Dark Romance

BAND 1

PEPPER WINTERS

Buch 1

Aus dem Amerikanischen von Doris Attwood

Die amerikanische Originalausgabe
Tears of Tess (Monsters in the Dark – Volume 1)
erschien 2013 im Verlag Pepper Winters.

3. Auflage April 2026

Festa Verlag GmbH
Justus-von-Liebig-Straße 10
04451 Borsdorf
Kontaktadresse nach EU-Produktsicherheitsverordnung:
shop@festa-verlag.de

Lektorat: Katrin Hoppe
Titelbild: Ari – www.coveritdesigns.net

ISBN 978-3-86552-616-8
eBook 978-3-86552-617-5

Widmung

Dieses Buch ist all den Bloggern, Facebook-Freunden, Beta-Lesern, Kritikern und unglaublichen Leuten in den Weiten des Internets gewidmet. Der Erfolg von *Tears of Tess* gehört euch wunderbaren Menschen.

Von ganzem Herzen ein riesiges Dankeschön.

PROLOG

Drei kleine Worte.

Wenn mich jemand gefragt hätte, wovor ich mich am meisten fürchtete, was mir schreckliche Angst einjagte, den Atem raubte und mein Leben flackernd vor meinen Augen vorbeiziehen ließ, hätte ich geantwortet: drei kleine Worte.

Wie konnte mein perfektes Leben nur so tief in die Hölle stürzen?

Wie konnte meine Liebe zu Brax nur so sehr zerfallen, bis sie nicht mehr zu retten war?

Der schwarze, muffige Sack über meinem Kopf erstickte alle Gedanken. Ich saß einfach da, die Hände hinter dem Rücken gefesselt. Die Schnur fraß sich mit hungrigen, faserigen Zähnen in meine Handgelenke, als wollte sie mich in diesem neuen Dasein ausbluten.

Lärm.

Die Frachttür des Flugzeugs öffnete sich und Schritte donnerten auf uns zu. Meine Sinne waren wie vernebelt, gedämpft von der schwarzen Kapuze. Mein Verstand lief mit einer Flut schreckenserfüllter Bilder Amok. Würde ich vergewaltigt werden? Verstümmelt? Würde ich Brax jemals wiedersehen?

Männerstimmen stritten sich und irgendjemand riss meinen Arm nach oben. Ich zuckte zusammen und stieß einen Schrei aus, was mir einen Faustschlag in den Bauch einbrachte.

Tränen strömten über mein Gesicht. Die ersten Tränen, die ich vergoss, aber gewiss nicht die letzten.

Dies war meine neue Zukunft. Das Schicksal hatte mich den Hunden des Hades zum Fraß vorgeworfen.

»Die da.«

Mein Magen rebellierte und drohte seinen kompletten Inhalt zu entleeren. O Gott.

Drei kleine Worte:

Ich wurde verkauft.

KAPITEL 1

STAR

»Wohin entführst du mich, Brax?« Seit zwei Jahren war ich mit ihm zusammen und kicherte drauflos, als Brax sein typisch schiefes Lächeln aufsetzte und mir den Koffer aus der Hand nahm.

Wir betraten das Flughafengebäude und ich hatte vor Aufregung Schmetterlinge im Bauch.

Vor einer Woche hatte er mich mit einem romantischen Abendessen und einem Umschlag überrascht. Ich hatte mich in seine Arme geworfen und ihn beinahe erdrückt, nachdem ich die beiden Kopien der Flugtickets herausgezogen hatte, deren Ziel mit dickem Filzstift geschwärzt war.

Mein perfekter, süßer Freund Brax Cliffingstone entführte mich an irgendeinen exotischen Ort, und das bedeutete Zweisamkeit, Sex und Spaß – Dinge, die ich wirklich dringend nötig hatte.

Brax hatte noch nie ein Geheimnis für sich behalten können. Verdammt, er war so ein grauenhaft schlechter Lügner – ich enttarnte seine Schwindeleien jedes Mal. Seine himmelblauen Augen wanderten dann immer nach links oben und seine niedlichen Ohren liefen rot an.

Aber irgendwie hatte er es geschafft, über diesen geheimnisvollen Urlaub Stillschweigen zu bewahren. Wie es jede andere normale 20-Jährige getan hätte, hatte ich unsere Wohnung skrupellos auf den Kopf gestellt. Ich hatte seine

Unterwäscheschublade durchwühlt, das Playstation-Regal und alle anderen potenziellen Geheimverstecke, in denen er die echten Flugtickets hätte aufbewahren können. Aber die ganze Schnüffelei war erfolglos geblieben.

Und hier stand ich nun auf dem Flughafen von Melbourne, mit einem vor Freude wie verrückt strahlenden Freund und vor Nervosität hüpfendem Herzen, und konnte nur noch grinsen wie eine Idiotin.

»Ich sag's dir nicht. Ich überlasse es den Typen am Check-in, die Überraschung zu verderben.« Er gluckste fröhlich. »Wenn es nach mir ginge, würde ich es dir erst sagen, wenn wir im Resort angekommen sind.« Er ließ die Koffer fallen und zog mich mit einem neckischen Grinsen zu sich. »Ehrlich gesagt, wenn ich könnte, dann würde ich dir die Augen verbinden, bis wir da sind, damit die Überraschung auch wirklich komplett ist.«

Tief in mir spürte ich ein Stechen, als heiße Bilder in meinem Kopf aufblitzten – sexy, sündige Visionen, in denen Brax mir die Augen verband, mich brutal durchvögelte und ich seiner Gnade vollkommen ausgeliefert war. *O Gott, Tess, denk bloß nicht wieder an so was. Solche Gedanken wolltest du doch nicht mehr zulassen, schon vergessen?*

Ich ignorierte meine innere Stimme und keuchte leise, als Brax' Finger über meine Haut strichen. Ich spürte einen wohligen Schauer und mein mit Pailletten besetztes Top schien sich aufzulösen.

»Das könntest du, weißt du?«, flüsterte ich und ließ die Augenlider auf Halbmast sinken. »Du könntest mich fesseln und …«

Anstatt wie verrückt auf und ab zu hüpfen und mich zu küssen, weil ich ihm anbot, den dominanten Part zu übernehmen, schluckte Brax nur erschrocken und sah mich an, als hätte ich ihn aufgefordert, mich mit einem toten Fisch zu verprügeln.

»Tess, was zur Hölle? Das ist schon das dritte Mal, dass du Witze über Bondage machst.«

Getroffen von der Ablehnung senkte ich den Blick. Das Kribbeln zwischen meinen Beinen verpuffte wie schmutzige Bläschen und ich ließ mich von Brax wieder in die Schublade schieben, in die ich gehörte. Die Schublade mit der Aufschrift ›perfekte, unschuldige Freundin, die alles für ihn tun würde, solange es im Dunkeln geschieht und sie dabei auf dem Rücken liegt‹.

Aber ich wollte eine neue Aufschrift. So etwas wie: die Freundin, die alles tun würde, um gefesselt, versohlt und durchgefickt zu werden, anstatt nur angebetet.

Brax sah so enttäuscht aus, dass ich mich selbst dafür hasste. *Ich muss damit aufhören.*

Ich ermahnte mich zum 300. Mal, dass die liebevolle, wunderbare Beziehung, die ich mit diesem Mann führte, um Längen wichtiger war als irgendwelche heißen Spielchen im Schlafzimmer.

»Es ist einfach schon zu lange her«, murmelte ich. »Fast eineinhalb Monate.« Ich erinnerte mich sogar an das exakte Datum, an dem der lustlose Sex in der guten alten Missionarsstellung stattgefunden hatte. Brax hatte Überstunden gemacht, mein Kurs an der Uni verlangte mir geistig einiges ab und irgendwie war das Leben wichtiger geworden als das, was unter der Bettdecke passierte.

Er erstarrte und ließ den Blick über die Menschenmenge um uns schweifen. »Toller Zeitpunkt, um das anzusprechen.« Er zerrte mich beiseite und bedachte ein Pärchen, das uns zu nahe kam, mit einem finsteren Blick. »Können wir vielleicht später darüber reden?« Er neigte den Kopf und küsste mich auf die Wange. »Ich liebe dich, Schatz. Wenn wir nicht mehr so viel zu tun haben, können wir auch wieder mehr Zeit allein verbringen.«

»Und in diesem Urlaub? Besorgst du es deiner angebeteten Freundin da wenigstens mal so richtig?«

Brax strahlte und schloss mich fest in die Arme. »Jede Nacht. Wart's nur ab.«

Ich lächelte. Die freudige Erregung und das Glücksgefühl vertrieben meine Angst. Brax und ich wollten im Schlafzimmer nun mal nicht dasselbe, und ich hoffte inständig, betete, fiel auf die Knie und flehte, dass ich das, was zwischen uns war, nicht kaputt gemacht hatte.

Mein Blut kochte förmlich, wenn ich mir Dinge vorstellte, die alles andere als süß und liebevoll waren. Dinge, die auszusprechen ich nicht den Mut hatte. Geradezu sündige Dinge, die mein Blut in brodelnde Lava verwandelten und mich ganz feucht werden ließen – und keusche Küsse waren nicht dabei.

Hier stand ich, in seinen Armen, an diesem öffentlichen Ort – er mit einem sexy Grinsen auf den Lippen und den Händen an meinen Hüften –, und erbebte in einem Cocktail aus wilder Sehnsucht. Diese Reise war genau das, was wir brauchten.

Er streifte mit den Lippen über meinen Mund – keine Zunge – und ich musste die Beine fest zusammenpressen, um die heißen Wellen zurückzudrängen, die meinen ganzen Körper durchzuschütteln drohten. *Stimmt was nicht mit mir?* Das konnte doch unmöglich normal sein. Vielleicht gab es ja ein Heilmittel – irgendetwas, das mein Verlangen unterdrückte.

Brax löste die Umarmung und lächelte. »Du bist umwerfend.«

Mein Blick fiel auf seinen wohlgeformten Mund, mein Atem wurde schneller. Was würde Brax tun, wenn ich ihn gegen die Wand stoßen und in aller Öffentlichkeit begrapschen würde? Sofort verdrehte mein Geist die Fantasie und ich sah, wie *er mich* hart gegen die Wand rammte, den Oberschenkel zwischen meine Beine schob, mich gierig befummelte und mir mehrere blaue Flecken bescherte, weil er mir einfach nicht nahe genug kommen konnte.

Ich schluckte und kämpfte gegen die viel zu verführerische Vorstellung an. »Du bist aber auch nicht so übel«, scherzte ich und zupfte an dem babyblauen T-Shirt, das so gut zu seinen Augen passte.

Ich liebte diesen Mann, aber gleichzeitig vermisste ich ihn auch. Wie war so etwas möglich?

Das Leben hatte sich zwischen uns gedrängt: Der Kurs an der Universität klaute mir jede Woche fünf volle Tage, von den Hausaufgaben ganz zu schweigen, und Brax' neuer Chef hatte ein großes Bauprojekt mitten im Stadtzentrum an Land gezogen.

Ein Monat tröpfelte in den anderen und unser Liebesleben spielte neben *Call of Duty* auf seiner Playstation und den Architekturskizzen für die zusätzlichen Credit Points, die ich sammeln wollte, nur noch die zweite Geige.

Aber jetzt würde sich das alles ändern. Unser gemeinsames Leben würde wieder besser laufen, weil ich meinen Freund verführen würde. Ich hatte ein paar unanständige Überraschungen eingepackt, um Brax zu zeigen, was mich antörnte. Ich musste das tun, wenn ich meine geistige Gesundheit retten wollte. Wenn ich meine Beziehung retten wollte.

Brax' Finger drückten meine Taille, bevor er einen Schritt zurückwich, sich nach unten beugte und sich die Koffer wieder schnappte.

Wenn ich ihn verführen wollte, war es dann nicht am besten, es einfach zu tun? Alles genau zu planen und Ewigkeiten davon zu träumen kam mir falsch vor, wo er doch jetzt und hier direkt vor mir stand.

Ich ließ die Umhängetasche von meiner Schulter rutschen, packte den Kragen seiner beigen Leinenjacke und zog ihn an mich. »Lass uns in den Mile High Club eintreten«, flüsterte ich, bevor ich ihm einen Kuss auf den Mund drückte. Seine Augen flackerten, als ich meinen gesamten Körper gegen ihn presste. *Spür mich. Brauch mich.*

Er schmeckte nach Orangensaft und seine Lippen waren warm, so wunderbar warm. Meine Zunge bat um Einlass, aber Brax' Hände legten sich auf meine Schultern und hielten mich auf Abstand.

Irgendjemand klatschte und rief: »Nimm ihn dir, Süße!«

Brax schreckte einen Schritt zurück und blickte unsere Zuschauerin über meine Schulter hinweg an. Dann senkte er den Blick und sah mir direkt in die Augen. In seinen blitzte Zorn auf. »Nettes Spektakel, Tess. Sind wir fertig? Können wir jetzt endlich einchecken?«

Die Enttäuschung sank wie ein schwerer Felsbrocken in meinen Magen. Brax spürte ganz genau, wie ich mich fühlte – das tat er immer. Er zog mich erneut in eine Umarmung. »Es tut mir leid. Du weißt doch, wie sehr ich öffentliche Zuneigungsbekundungen hasse. Aber hinter verschlossenen Türen gehöre ich ganz dir.« Er lächelte und ich nickte.

»Du hast recht. Tut mir leid. Ich bin nur so aufgeregt, weil ich mit dir in den Urlaub fliege.« Ich senkte den Blick und ließ die wilden blonden Locken wie einen Vorhang über mein Gesicht fallen. *Bitte, lass ihn nicht die Ablehnung in meinem Blick sehen.* Brax sagte gern, dass ihn meine Augen an Taubenfedern erinnerten – an einen weißen Vogel, der über den Himmel schwebte. Er konnte richtig poetisch sein, mein Brax. Aber ich wollte keine Poesie mehr. Ich wollte … Ich wusste nicht, was ich wollte.

Er lachte. »Du solltest auch aufgeregt sein.« Er wackelte mit den Augenbrauen und gemeinsam steuerten wir auf den Check-in zu. Das Mädchen, das mich angefeuert hatte, zwinkerte mir zu und reckte den Daumen hoch.

Ich lächelte und versteckte den nachklingenden Schmerz, weil mein Überfall nicht dieselbe Reaktion ausgelöst hatte.

Wir reihten uns in die Schlange ein und ich blickte mich um. Die Menschen schwärmten wie Fische in einem Teich hin und her, huschten vorbei und wichen größeren Gruppen von wartenden Passagieren aus. Die Atmosphäre eines Flughafens begeisterte mich immer wieder aufs Neue. Nicht dass ich häufig verreiste. Vor dem Kurs an der Uni war ich nach Sydney geflogen, um die Architektur der Stadt zu studieren und zu skizzieren. Ich liebe es, Gebäude zu skizzieren. Als ich zehn war, sind meine Eltern mit meinem Bruder und mir für eine Woche nach Bali geflogen. Nicht dass es Spaß gemacht hätte, mit meinem 30-jährigen Bruder zu verreisen, und meinen Eltern, die mich verachteten.

Alte Wunden drohten wieder aufzubrechen, wenn ich an sie dachte. Seit ich vor 18 Monaten mit Brax zusammengezogen war, hatte ich mich noch mehr von meinen Eltern entfernt. Immerhin waren sie fast 70 und widmeten sich lieber anderen »wichtigen Dingen« statt ihrer Tochter, die 20 Jahre zu spät gekommen war. Ein schrecklicher Fehler, wie sie mir immer wieder gern versicherten.

Sie waren so entsetzt über die Schwangerschaft gewesen, dass sie prompt den Arzt verklagt hatten, weil er die Vasektomie meines Vaters verpfuscht hatte.

Ein alter Feind – Ablehnung – regierte mein Leben. Ich nahm an, dass ich mich mit solcher Verzweiflung an Brax band, weil es eine Möglichkeit war, mich zu vergewissern, dass *irgendjemand* mich wollte.

Ich *wollte* Intimität nicht nur, ich *brauchte* sie. Ich brauchte es, seine Hände auf mir zu spüren, seinen Körper in meinem. Es war eine Sehnsucht, die mich niemals in Frieden ließ.

Ich blinzelte und gestand mir das Unmögliche ein: Ich brauchte das Gefühl, dass Brax grob zu mir war, weil ich es brauchte, *in Besitz genommen* zu werden.

O mein Gott, bin ich wirklich so verkorkst?

Ich folgte Brax wie in Trance zum Schalter, wo er die Koffer auf die Waage stellte.

»Guten Morgen. Ihre Tickets und Reisepässe, bitte«, bat das Mädchen in schicker Uniform.

Brax fummelte mit den Gepäckanhängern herum und fragte: »Schatz, kannst du ihr bitte unsere Tickets geben? Sie sind in meiner Gesäßtasche.«

Ich fasste um ihn herum und zog ein Reiseetui aus der Tasche seiner Baggy Jeans. Obwohl Brax schon 23 war, zog er sich immer noch an wie ein Teenager im Grunge-Look. Ich kniff ihm in den Hintern.

Er riss den Kopf zu mir herum und runzelte die Stirn.

Ich zwang mich zu einem strahlenden Lächeln und reichte der Angestellten am Schalter unsere Papiere. Ich warf noch nicht mal einen heimlichen Blick auf unser Reiseziel, weil ich zu sehr damit beschäftigt war, das Stechen der Traurigkeit zu ignorieren – ich durfte meinen eigenen Freund nicht begrapschen. *Vielleicht bin ich* zu *sexuell?* Vielleicht waren meine Ängste ja berechtigt. Ich war offensichtlich völlig falsch verkabelt.

»Danke.« Die junge Frau senkte den Blick und zeigte uns ihre dick bemalten Augenlider. Ihr braunes Haar war zu einem straffen Knoten gebunden und sah vor lauter Haarspray aus wie Plastik. Sie biss sich auf die Unterlippe und zog eine ganze Schlange an Etiketten aus der Maschine, bevor sie sich unsere Reisepässe anschaute. »Möchten Sie das Gepäck direkt bis Cancún einchecken?«

Cancún? Mein Herz machte einen Freudensprung. Wow. Brax hatte sich selbst übertroffen. Ich hätte niemals gedacht, dass er so weit von zu Hause wegfahren würde. Ich drehte mich zu ihm und küsste ihn auf die Wange. »Vielen, vielen Dank, Brax.«

Seine Miene wurde wieder weicher und er nahm meine Hand. »Gern geschehen. Es gibt keine bessere Art, unsere Zukunft zu feiern, als in ein Land zu reisen, in dem Freundschaft und Familie so große Bedeutung haben.« Er lehnte sich näher zu mir. »Ich hab gelesen, dass die Straßen dort sonntags richtig zum Leben erwachen und sogar Fremde miteinander tanzen. Alle werden durch die Musik verbunden.«

Ich konnte mich gar nicht mehr von seinen leuchtend blauen Augen losreißen. Genau das war der Grund, warum ich ihn so sehr liebte – auch wenn ich nicht vollkommen befriedigt war: Brax litt unter derselben Unsicherheit. Er hatte niemanden außer mir. Seine Eltern waren bei einem Autounfall ums Leben gekommen, als er gerade mal 17 gewesen war. Und er war ein Einzelkind.

Brax gehörte die Wohnung, in der wir lebten – dank der ausbezahlten Lebensversicherung. Außerdem hatte er den Husky seines Dads geerbt: Blizzard.

Blizzard und ich verstanden uns nicht besonders gut, aber Brax liebte den Hund wie einen schmuddeligen

Teddybären. Ich tolerierte das Biest und sorgte dafür, dass sich meine Handtaschen stets außerhalb seiner Bissweite befanden.

»Du bist der Beste.« Ich nahm sein Kinn, gab ihm einen Kuss und kümmerte mich nicht darum, ob es ihm unangenehm war. Verdammt, das Pärchen neben uns stand praktisch kurz vor dem Koitus. Dagegen war ein Kuss auf den Mund ja wohl völlig in Ordnung.

Die junge Frau hinter dem Schalter seufzte. »Sind das Ihre Flitterwochen? Cancún ist unglaublich. Mein Freund und ich sind vor ein paar Jahren auch dort gewesen. Wahnsinnig heiß und spaßig. Und die Musik ist so sexy, wir konnten die Finger gar nicht voneinander lassen.«

Bilder tanzten vor meinem inneren Auge, wie ich in einem neuen sexy Bikini um Brax herumwirbelte. Vielleicht würde ein Tapetenwechsel unserer Lust aufeinander ja wirklich den nötigen Kick verleihen.

»Nein, es sind nicht unsere Flitterwochen«, antwortete ich. »Wir feiern nur.«

Brax grinste und seine Augen leuchteten.

Ein Gedanke rauschte durch meinen Kopf. *War* diese Reise etwas Besonderes? Würde Brax mir einen Heiratsantrag machen? Ich wartete auf die unbändige Freude und das Herzrasen bei der Aussicht darauf, Mrs. Cliffingstone zu werden. Was mich stattdessen jedoch erfüllte, war das Gefühl wohliger Zufriedenheit. Ich würde *Ja* sagen …

Brax wollte mich. Brax hieß Sicherheit. Ich liebte ihn auf meine eigene Weise – auf die einzige Weise, auf die es ankam. Auf die langfristige Weise.

Stille breitete sich aus, während das Mädchen auf der Tastatur tippte und unsere Bordkarten ausdruckte. Nachdem sie unser Gepäck mit den Etiketten versehen hatte, gab sie uns die Papiere zurück. »Ihre Koffer sind bis Mexiko eingecheckt, aber Sie haben in Los Angeles vier Stunden Aufenthalt.« Sie malte je einen Kreis um die Nummer des Gates und die Einsteigezeit. »Bitte gehen Sie jetzt durch die Sicherheitskontrolle und dann weiter zum Abfluggate. Ihr Boarding beginnt um 11:30 Uhr.«

Brax nahm die Papiere entgegen und hängte sich die Laptoptasche über die Schulter. Er fädelte die Finger zwischen meine und sagte: »Vielen Dank.«

Wir begaben uns in den Passagierbereich. Uns blieb noch etwas mehr als eine Stunde, bevor wir einsteigen mussten. Mir fielen eine Menge Dinge ein, die wir in einer Stunde hätten tun können. Ich bezweifelte jedoch, dass Brax davon begeistert gewesen wäre.

Wir waren auf dem Weg nach Mexiko. Ein anderes Land und ein anderes Bett warteten auf uns. Ich konnte geduldig sein.

Während Brax im Duty-free-Shop in den Playstation-Spielen stöberte, beschloss ich, dass die heutige Nacht einen Neubeginn für uns bedeuten würde. Auf Wiedersehen, Behaglichkeit, hallo Lust.

Unsere Beziehung würde vor heiß flammender Liebe förmlich explodieren. Dafür würde ich sorgen.

Ja, heute Nacht würde alles anders werden.

Ich *brauchte* anders.

KAPITEL 2
BLAUHÄHER

Irgendwo, Hunderte Meter über der Erde, erwachte ich in trockener, wiederverwerteter Luft und mit dem widerwärtigen Geruch von überhitztem Essen in der Nase.

Brax strich mit den Lippen über meine Stirn. »Sie servieren das Abendessen, Schatz.«

Ich richtete mich widerstrebend im Gefängnis des unbequemen Sitzes auf und zuckte zusammen, als sich mein platt gedrückter Hintern meldete. Zur Hölle aber auch, es dauerte wirklich eine Ewigkeit, um die halbe Welt zu reisen.

Eine Flugbegleiterin schob langsam einen Servierwagen durch den Gang, lächelte aufgesetzt und reichte den Passagieren in Alufolie eingepackte Tabletts.

»Was möchtest du?«, fragte Brax und bedeckte ein breites Gähnen mit der Hand.

Ich wusste, wie er sich fühlte. Alles, was ich wollte, waren eine heiße Dusche, ein weiches Bett und Brax, der sich an mich kuschelte.

Ich zuckte mit den Achseln. »Weiß nicht. Was stand noch mal zur Auswahl?«

Die Flugbegleiterin erreichte strahlend unsere Reihe. »Hühnerfrikassee oder Rindergeschnetzeltes?«

Beides klang erbärmlich unappetitlich, aber ich antwortete: »Hühnchen, bitte.«

Brax nahm das Rindfleisch. Während wir aßen, herrschte Stille. Wann immer ich mir vorstellte, wie wir im Hotel eintrafen, sah ich dieselbe Bilderfolge. Wie ein Film lief sie vor meinem inneren Auge ab: Brax küssen, ihm sagen, dass ich ihn liebte, und voller Verlangen über ihn herfallen. Er würde meinen Rock hochreißen und mich nehmen, direkt vor den weit aufgerissenen Augen der anderen Hotelgäste. *Meine Libido hat das Reich der Normalität offiziell hinter sich gelassen.*

Das Flattern im dunkelsten Teil meines Bauches wollte gar nicht mehr aufhören. Zu wissen, dass ich ihm meine sexuellen Bedürfnisse endlich gestehen würde, ängstigte mich im selben Maße, wie es mich erregte.

Brax lächelte und kaute auf einem Stück Brokkoli herum. »Woran denkst du? Du hast schon wieder deinen typischen Verdutzter-Thunfisch-Blick.«

Oh, an gar nichts, Liebling. Ich fantasiere nur davon, wie du meine Handgelenke packst und mich brutal durchvögelst. Bei den Worten hätte er sich vermutlich aus dem Flugzeug gestürzt. Ich war diejenige, die unsere Beziehung verdarb. *Ich* war es, die sich verändert hatte.

Für Brax bedeutete Veränderung *nichts* Gutes.

Ich senkte den Blick und schob mir einen Bissen trockenes Hühnchen in den Mund. »Ich hab gerade gedacht, wie sehr ich dich liebe und dass ich es gar nicht erwarten kann, ins Bett zu kommen. Und mit dir allein zu sein.«

Sein Gesicht entspannte sich. In der spärlichen Beleuchtung der Kabine sah er unglaublich attraktiv aus. Der Lichtschein unterstrich den sanften Kiefer, die blauen Augen und das weiche braune Haar. Seine starken Arme und die kräftige Figur schrien förmlich Bauarbeiter. Verdammt, ich liebte es, dass er so groß und stark war. Er könnte mich so leicht unterwerfen … aber das tat er nie. Er behandelte mich wie Glas – wie wertvolles Kristallglas. Er stellte mich auf ein Podest, auf dem ich glänzen sollte, staubfrei und makellos.

Er drückte die Stirn gegen meine. »Ich liebe dich auch. Ich bin so glücklich, dass wir diese Zeit miteinander verbringen.« Er schob das Essen so weit von sich, wie es auf dem winzigen Klapptisch eben möglich war, und fasste unbeholfen in seine Hosentasche. »Ich hab ein Geschenk für dich. Es soll dich immer an diesen unglaublichen Urlaub erinnern.«

Ich konnte nicht mehr atmen. Meine Zunge verwandelte sich in einen Ziegelstein, der Speichel in Mörtel.

Er ließ eine Schachtel aus schwarzem Samt in meinen Schoß fallen und rieb sich mit einer Hand den Nacken. »Ich weiß, dass wir schon seit zwei Jahren zusammen sind, Tess, und ich liebe dich von ganzem Herzen. Aber mit jedem Jahr, das ich mit dir verbringe, wächst meine Angst, dass ich dich eines Tages verlieren werde.«

Plötzlich wurde die Kabine von alten Dämonen aus unserer Vergangenheit erstickt, die uns noch immer verfolgten. Ich lehnte mich zu ihm und küsste ihn zärtlich auf die Lippen, genau so, wie er es mochte. Ich konnte seinen Schmerz in meinem Herzen spüren. Würde er jemals darüber hinwegkommen, dass er seine Eltern verloren hatte? Die Ärzte meinten, dass seine nächtlichen Albträume irgendwann verschwinden würden. Inzwischen war es jedoch sechs Jahre her, dass sie gestorben waren, und er konnte noch immer nicht ohne Tabletten einschlafen.

»Du wirst mich nicht verlieren, Brax«, flüsterte ich. »Niemals. Das schwöre ich.« Ich küsste ihn noch einmal und sein Mund öffnete sich an meinem. Die Zunge huschte heraus und leckte meine Unterlippe. Hitzewellen schossen wie kleine Sternschnuppen durch meinen Körper.

Ich stöhnte, presste die Lippen fester auf seine, öffnete den Mund noch weiter und erzwang noch mehr Intensität.

Er zog sich zurück und lächelte schüchtern. Sein Blick jagte nervös durch die Kabine, so als könnten uns die Flugbegleiter deswegen zurechtweisen.

»Darf ich es gleich aufmachen?«, flüsterte ich.

Einen flüchtigen Moment lang hatte er einen völlig verwirrten Ausdruck auf dem Gesicht. »Was?«

Befriedigung über die Wirkmacht meiner weiblichen Reize breitete sich in mir aus – mit nur einem Kuss hatte ich ihn so sehr durcheinandergebracht, dass er es vergessen hatte.

»Das Geschenk. Darf ich es gleich aufmachen oder soll ich warten, bis wir im Hotel sind?« Kühnheit flammte in mir auf und ich fügte hinzu: »Weil ich nämlich auch ein Geschenk für dich habe, aber das muss warten, bis wir angekommen sind.« Meine Stimme, heiser und verlockend, brachte seine Nasenflügel zum Flattern.

»D-Du kannst es gleich aufmachen.«

Ich grinste, schnappte mir die Schachtel und war so glücklich wie seit Langem nicht mehr. Brax wirkte genauso aufgeregt. Ein gebanntes Publikum, wie man so schön sagte.

Ich öffnete die Schachtel und mein Herz machte einen Satz. »Brax, das ist … wunderschön.«

»Gefällt es dir?« Seine Stimme überschlug sich beinahe vor jungenhafter Begeisterung, als er das Armband aus dem samtenen Käfig befreite.

»Es gefällt mir nicht nur, ich liebe es.« Ich legte die Schachtel in meinen Schoß zurück und streckte ihm mein

Handgelenk hin. Ich konnte die Augen gar nicht mehr von dem filigranen silbernen Schmuckstück abwenden. Es symbolisierte uns: zwei zarte, mit Silberfäden verwobene Herzen, in deren Mitte ein schwacher Diamantschimmer funkelte.

Brax strich mit den Fingerspitzen über die Unterseite meines Handgelenks und machte den Verschluss zu. Ich erschauderte und schnappte zitternd nach Luft.

»Tess … Ich …«

Knisternde Anspannung breitete sich wie eine blitzschnell erblühende Blume zwischen uns aus und ich spürte ein Stechen der Sehnsucht. Sehnsucht nach ihm. Sehnsucht nach Nähe. Sehnsucht nach seinem Körper in meinem. Etwas Heißes brannte in unseren Blicken. Brax biss den Kiefer zusammen.

Dann senkte er den Blick und brach den Zauber.

Ich tat, als wäre nichts geschehen, legte den Kopf auf seine Schulter und betrachtete mein neues Armband. »Ich werde es nie wieder abnehmen.«

Er seufzte, kuschelte sich noch näher an mich und küsste mich auf den Kopf. »Ich will auch gar nicht, dass du das tust. Es gehört dir. Für immer. Genau wie ich.«

Ich holte tief Luft und atmete den sanften Apfelduft unseres gemeinsamen Duschgels ein. Würde er jemals damit aufhören, mich gleichzeitig zu verletzen und zu heilen?

»Für immer«, flüsterte ich und schloss die Augen.

Als ich das nächste Mal erwachte, rumpelten die Reifen über die Landebahn. Verschlafen und ein wenig benebelt stiegen wir aus der Maschine. Auf dem Flughafen herrschte manisches Treiben, selbst um ein Uhr nachts, und wir ließen uns vom Strom der Passagiere durch den Zoll und die Gepäckausgabe leiten.

Als wir draußen bei den wartenden Taxis standen, fühlten sich meine Augen so wund an, als hätte sie eine Katze mit einem Kratzbaum verwechselt, und mein Verstand kam mir vor wie Watte.

Ich ließ mich von Brax führen und folgte ihm gehorsam, während er nach unserem Fahrer ins Hotel suchte.

»Bleib hier. Ich frage mal am Infoschalter nach. Das Hotel hätte eigentlich ein Shuttle für uns organisieren müssen.«

Er stellte die Koffer auf den Bordstein, während ich ihm die Laptoptasche abnahm und sie vor meine Füße stellte. Dann ließ ich mich auf einen der Koffer plumpsen. »Kein Problem. Ich bewache das Gepäck.«

Er streichelte meine Wange. »Bin gleich wieder da.«

Ich lächelte und griff nach seiner Hand, als er sie gerade wieder wegziehen wollte. »Ich werde dich so lange vermissen.«

Mit einem Grinsen wandte er sich ab und ging auf demselben Weg zurück, auf dem wir gekommen waren. Ich bewunderte seinen knackigen Hintern in der weiten Jeans. Wenigstens einmal hätte ich ihn gerne in einem Anzug gesehen – oder zumindest in einer engeren Hose. Aber ganz gleich, mit wie vielen Komplimenten ich ihn bombardierte, Brax wirkte immer furchtbar schüchtern und verlegen. Dummer Kerl. Er sah einfach nicht, wie andere Frauen ihn anstarrten – ich aber schon. Und ich fuhr jedes Mal die Krallen aus.

Zehn Minuten verstrichen. Ich saß müde in der kleinen Oase, die unsere Koffer bildeten, während meine Nervosität allmählich stieg. Mexiko war laut und übermütig und die Luft schwer vor Feuchtigkeit. In Australien waren wir zwar an Hitze gewöhnt, aber es war eine trockene Hitze. Die Luftfeuchtigkeit zog in meine Kleider und mein lockiges Haar wurde ganz schlaff.

»Entschuldigen Sie, *señorita.*«

Ich drehte mich auf dem Koffer um und blickte hinter mich. Ein gut aussehender Mexikaner nahm seine Baseballkappe ab und verbeugte sich leicht. Seine schwarzen Augen begutachteten mich, was mich innerlich ganz kribbelig machte.

»Ja?«, fragte ich, stand auf und blickte mich aus dem Augenwinkel nach Brax um. Wo zur Hölle war er bloß?

»Ich habe mich gefragt, ob Sie allein unterwegs sind. Soll ich Sie vielleicht irgendwohin mitnehmen? Ich habe ein Taxi. Ich kann Sie hinbringen, wo immer Sie wollen.«

Sein breites, freundliches Lächeln entblößte verfärbte Zähne und Lachfalten um die Augen. Mein Instinkt schaltete nicht in den Panikmodus und ich entspannte mich ein wenig. »Nein danke. Ich bin mit meinem Freu…«

»Tess?« Brax tauchte wie eine Erscheinung urplötzlich auf und funkelte den Mann böse an. »Kann ich Ihnen helfen?«

Der Mann wich zurück und setzte die Baseballkappe wieder auf. »Nein, *señor.* Ich wollte nur sichergehen, dass dieses hübsche junge Mädchen in Sicherheit ist. Diese Stadt ist nicht gut für Frauen, die allein unterwegs sind.«

Brax blähte die Brust auf und zog mich zu sich heran. Meine Augen weiteten sich, als sich sein Arm fest um meine Schultern schlang. »Sie *ist* in Sicherheit. Danke für Ihre Besorgnis.« Dann drehte er sich zu mir um und schenkte dem Mann keine weitere Beachtung. »Ich hab das Shuttle gefunden. Können wir los?«

Ich nickte und schaute mich noch einmal nach dem Mann um, aber er war verschwunden – verschluckt von der wogenden Menschenmenge. Ich biss mir auf die Unterlippe. Wie sicher war dieses Land wirklich? Neben großartigen Lobeshymnen hatte ich auch viele Horrorgeschichten gehört. Aber wie dem auch sei, ich würde Brax sicher nicht noch mal aus den Augen lassen. Ich war nicht so dumm zu glauben, dass mir hier nichts passieren konnte.

Wir zogen die Koffer hinter uns her und trotteten zum Shuttlebus. Die nächsten 45 Minuten verbrachten wir damit, über mexikanische Straßen zu holpern und zu schaukeln. Der Verkehr war der reinste Irrsinn – Katastrophen waren hier eindeutig vorprogrammiert – und mein Herz hämmerte den Großteil der Strecke wie wild in meinem Hals. Ampeln hatten hier offensichtlich überhaupt keine Bedeutung und Motorroller schienen immer Vorfahrt zu haben. Fußgänger und Radfahrer schlängelten sich wie ein mächtiger, lebender Organismus auch noch um zwei Uhr morgens durch die Stadt. Wenn es hier jetzt schon so verrückt zuging, wie zur Hölle sah es dann bitte zu einer normalen Uhrzeit aus?

Es schien, als würde das Leben hier niemals zur Ruhe kommen. In jeder Bar, an der wir vorbeifuhren, feierten Salsa-Tänzer zu wilden Rhythmen und vertrieben meine Schläfrigkeit. Ich wollte auch tanzen, mich an Brax reiben, leckere Cocktails schlürfen und unsere gemeinsame Zeit genießen.

Ich liebte Mexiko sofort.

Ich hatte mein ganzes Leben lang geglaubt, ich wäre ängstlich, verschüchtert und von meiner eigenen Familie nicht gewollt, nur um später herauszufinden, dass in Wahrheit eine Tänzerin voller Lust und unzähliger dunkler Sehnsüchte in mir steckte. Diese Reise würde es mir ermöglichen zu erforschen, wer ich wirklich war, ehrlich mit mir zu sein und mein wahres Ich zu erkennen. Ich musste nicht mehr Tess sein – das Mädchen, das in seinem ganzen Leben noch nie für etwas eingestanden und stets nur das getan hatte, was andere von ihm erwarteten – und konnte mich endlich frei entfalten. *Ich werde die wahre Tess finden.* Meine Eingeweide verkrampften sich bei dem Gedanken. Was, wenn mein wahres Ich Brax nicht verdient hatte?

Wir hielten vor einem weitläufigen Resort, das mit riesigen Schnitzereien von Sombreros und tropischen Früchten verziert war. Die Wasserfontäne eines Springbrunnens schoss so hoch in die Luft, dass sie beinahe die Deckenhöhe des dritten Stocks erreichte.

Ein Page nahm uns das Gepäck ab und Brax checkte für uns ein. Ich taumelte voller Glück und Staunen durch die Lobby. Das Resort war ein riesiger lebendiger Dschungel: Palmen, Farne und Exotik in allen Ecken.

In mir kribbelte die Vorfreude. Es war mir egal, dass wir seit 24 Stunden wach waren. Ich wollte alles erkunden und am Meer spazieren gehen, das ich in der Ferne rauschen gehört hatte. Das sanfte Branden der Wellen auf den Sand lud ein zum Nacktbaden und Sex im Mondschein.

Arme schlangen sich um meine Taille und zogen mich rückwärts. Mir stockte der Atem, als mich harte Muskeln und zerknitterte Kleidung berührten. Brax küsste meine Schulter. Ich erschauderte. »Bereit fürs Bett, Schatz?«

O ja, ich war definitiv bereit fürs Bett. Mehr als bereit.

Ich nickte atemlos.

Brax drehte mich in seinen Armen und griff gleichzeitig nach meinem Koffer. Ein Page stand hinter uns und lächelte vielsagend. »Bitte, gehen Sie schon vor. Ich kümmere mich um Ihr Gepäck.«

Wir traten in den Fahrstuhl. Der Page quetschte sich ebenfalls hinein. Die Kabine war komplett verspiegelt. Meine Haare sahen aus wie ein verfilztes Vogelnest, die hauchdünne Bluse war zerknittert und musste dringend in die Wäsche und meine graublauen Augen glänzten vor Lust und Liebe.

Ich hoffte, dass Brax erkannte, wie sehr meine Seele leuchtete. Wie viel er mir bedeutete.

Seine blauen Augen schimmerten warm und zufrieden, als wir aus dem Fahrstuhl stiegen und zu unserem Zimmer gingen. Der Korridor war ein breiter Balkon unter freiem Himmel, dekoriert mit riesigen eingetopften Farnen und ausgestattet mit kleinen, intim arrangierten und gemütlich wirkenden Sitzecken.

»Hier ist es, Sir, wenn ich bitten darf?«, sagte der Page und zeigte im Gehen auf eine Tür.

Brax grinste und schob die Schlüsselkarte ins Schloss. Nachdem er sie in die kleine Halterung neben der Tür gesteckt hatte, erstrahlte weiches Licht. Ich bewegte mich wie in Trance.

Das Zimmer war in perfektem mexikanischem Stil mit Holzschnitzereien und leuchtenden Gemälden eingerichtet. Die Tagesdecke auf dem Bett war eine einzige Fiesta aus Farben und Stoffen. Handgewebte Teppiche in Violett-, Rot- und Gelbtönen waren auf dem Parkett verteilt.

Ich quietschte in kindlichem Staunen und stürmte auf den Balkon. Die tiefe Dunkelheit flüsterte magisch, während ich den ans Ufer rauschenden Wellen lauschte.

Der Himmel. *Ich bin im Himmel.*

Brax gab dem Pagen ein Trinkgeld und schloss die Tür. Ich drehte mich zu ihm um. Meine Atmung ging schneller. Nach dieser wahnsinnig langen Reise waren wir nun endlich allein.

Mein neues Armband glitzerte und mein Herz quoll vor Freude über. Ich ging auf Brax zu und er breitete die Arme aus. Er wirkte müde, aber glücklich.

Ich schmiegte mich in seine Umarmung und er legte zärtlich das Kinn auf meinen Kopf. »Tut mir leid, dass ich mir keine fünf Sterne leisten konnte, Tessie.«

Ich riss die Augen auf. Wir befanden uns mitten in einem Traum und er machte sich Sorgen, weil er mir nicht *noch* mehr geben konnte? Konnte er denn nicht sehen, dass das hier perfekt war?

Ich erwiderte nichts, sondern nahm stattdessen sein Gesicht in beide Hände. Er erstarrte und blickte tief in meine Augen. Ich schickte ihm Botschaften gierigen Verlangens und heiß wirbelnder Lust. Ich wollte in seine Seele kriechen und ein Feuer darin entzünden, das ebenso hell loderte wie die Flammen, die auf meiner Haut züngelten.

Ich küsste ihn.

Brax neigte den Kopf zur Seite und ließ zu, dass meine Zunge zwischen seinen Lippen versank, zog mich jedoch nicht näher zu sich. *Komm schon. Bitte, brauch mich auch.*

Ich küsste ihn noch intensiver und presste mich mit einer Dringlichkeit an ihn, die außer Kontrolle zu geraten drohte. Ich war zu heiß. Ich brauchte ihn zu sehr, und das schon viel zu lange. Ich hätte schon viel früher etwas sagen müssen – hätte ihm gestehen müssen, wie sehr ich es brauchte, besessen zu werden. Seit Monaten hatte ich das Gefühl, hilflos umherzutreiben, so als wäre er nicht länger mein Anker. Ich brauchte die Gewissheit, zu ihm zu gehören – genauso wie er zu mir gehörte.

Brax kicherte leise unter meinen Küssen und verzog die Lippen. »Was ist denn in dich gefahren, Tess? Du kannst die Finger ja gar nicht mehr von mir lassen.«

Ich verkrampfte mich und wurde rot. »Ist es denn so schlimm, dass ich dich will? Dich brauche? Wir sind in einem neuen Land. Können wir unsere erste Nacht hier nicht feiern?« Mein Blick huschte zum Bett hinüber, bevor ich ihm wieder direkt in die Augen sah. »Wir könnten zusammen duschen und danach zeige ich dir mein Geschenk.«

Mein Geschenk bestand darin, dass ich in Netzstrümpfe, Strapse und den lächerlich teuren Push-up schlüpfen würde, die ich gekauft hatte. Ich hatte alles genau geplant. Ich würde nicht mit meinen Reizen geizen und Brax würde der Mund offen stehen und ich mich wie eine Göttin fühlen. Ich würde ihn mit nach Erdbeeren duftendem Bodyöl massieren, bis er es nicht mehr aushielt und meine Handgelenke mit meinem Höschen fesselte. Er würde mich von hinten nehmen, unsere Körper in glitschiger Ekstase übereinanderrutschend, bis ich vor Erregung beinahe den Verstand verlor. Ich war sogar bei der Kosmetikerin gewesen und hatte mich für diesen speziellen Anlass einer ziemlich schmerzhaften Wachsenthaarung meiner empfindlichsten Regionen unterzogen.

Ich bebte förmlich bei dem Gedanken daran, wie Brax' Blick sich verfinsterte und sein Körper immer wilder und besitzergreifender wurde.

Er gab mir einen Schmatz auf die Lippen und stöhnte. »Ich bin todmüde. Können wir das auf morgen früh verschieben?«

Enttäuschung strömte durch meinen Körper und betäubte mein Verlangen wie Eiswasser. Obwohl es mich beinahe umbrachte und Tränen in meinen Augen brannten, ließ ich die Arme sinken und löste mich von Brax. »Ist gut. Ich versteh das.«

Er seufzte. »Okay, okay. Wenn du mich so dringend brauchst, dann bin ich dabei.« Seine Stimme klang resigniert, aber er lächelte müde.

Sind wir wirklich so lasch?

Meine Leidenschaft verpuffte zu Angst. Ich konnte es ihm nicht zeigen. Nicht jetzt. Nicht solange er mit 08/15 und der Missionarsstellung jeden zweiten Monat zufrieden war. Ich wollte nicht, dass er mich für sexuell abartig hielt, oder unseren Urlaub verderben, bevor er überhaupt angefangen hatte.

Ich beschloss, meine Geheimnisse nicht zu enthüllen. Es war ein Fehler gewesen zu glauben, ich könnte es. »Nein, du hast recht. Es ist spät. Wir sollten schlafen gehen«, murmelte ich.

Ich wandte mich ab, kam jedoch nicht weit, da Brax mich am Ellbogen packte. Seufzend fuhr er sich mit einer Hand durch das braune Haar. »Warum hast du das gemacht?«

Ich blinzelte. »Was gemacht?«

»Gelogen. Du lügst sonst nie.«

Schamesröte schimmerte auf meiner Haut und ich senkte den Blick zu dem leuchtenden Teppich auf dem Boden. »Tut mir leid, Brax. Es ist nur … Ich will's dir nicht mehr zeigen.«

Er richtete sich auf und atmete scharf ein. »Warum? Was hat sich denn verändert?«

Nutzlose Tränen traten in meine Augen. *Hör auf zu heulen!* Daran war doch nichts Schlimmes – ich war einfach nur anders. Aber ich wollte nicht mehr anders sein. Ich wollte Brax gefallen. Ich hasste es, so selbstsüchtig zu sein. *Ich bin ein schrecklicher Mensch.*

Er beugte sich ein wenig nach unten und blickte in meine wässrigen Augen. »Hey, Tess. Was ist denn? Sag's mir doch.«

Er zog mich zum Bett und auf seinen Schoß. Ich kuschelte mich an seine Brust.

Was, wenn ich es ihm sagte und er mich dafür hasste? Er würde sich bestimmt von mir zurückziehen und mich allein lassen, genau wie meine Eltern. Ich wäre wieder mal nur ein *Fehler*.

Ich antwortete nicht, ließ zu, dass er mich hin und her wiegte, und versuchte meine verworrenen Gedanken zu entzerren.

»Erinnerst du dich noch, wie wir uns kennengelernt haben?«, flüsterte Brax. »Daran, was du zu mir gesagt hast?«

Natürlich erinnerte ich mich noch daran. Seinetwegen hatte ich geblutet. Unsere erste Begegnung war nicht gerade wie aus dem Bilderbuch abgelaufen. Ich kicherte leise. »Ich hab dich ein Arschloch genannt.«

Er lachte. »Nicht das.« Er streichelte mir über den Rücken und tauchte in Erinnerungen ab. »Ich bin mit Blizzard am Strand spazieren gegangen und hab einen Stock für ihn geworfen. Plötzlich ist wie aus dem Nichts dieses Mädchen auf einem Kiteboard auf mich zugeschlingert – vollkommen außer Kontrolle, wie ich hinzufügen möchte –, wie ein gefallener Engel. Sie ist über die Wellen gehüpft, platschend und kreischend, bis sie eine Windböe aus dem Wasser und direkt auf meinen Husky katapultiert hat.«

Ein Phantomschmerz meldete sich bei der Erinnerung daran. Ich war eine verdammte Idiotin gewesen, als ich geglaubt hatte, ich könnte kiteboarden. Es war ein Versuch gewesen, meine Komfortzone zu verlassen. Er war gescheitert. Ziemlich dramatisch.

Brax fuhr fort: »Ich konnte es gar nicht glauben, als dein Kite über den Strand geflogen ist und dich und meinen

Hund mitgeschleift hat. Ich hab es geschafft, mich auf dich zu werfen, aber es hat eine gute halbe Stunde gedauert, dich und Blizzard aus den ganzen Schnüren und Gurten zu befreien.« Sein Blick verfinsterte sich. »Ich hab mir solche Sorgen gemacht, als ich dich endlich entwirrt hatte. Deine Schulter blutete ziemlich stark und du hattest ein blaues Auge. Und mein armer Hund hatte eine wunde Pfote und einen zerbrochenen Stock.« Er strich mit einem Finger über meinen Wangenknochen.

Der zersplitterte Stock war der Grund für meine blutende Schulter gewesen. Verfluchter Stock.

»Ich hab dir angeboten, dich ins Krankenhaus zu bringen, und du hast gefragt, ob es wirklich so schlimm ist. Ich wollte nicht, dass du ausflippst, deshalb hab ich gelogen und behauptet, es wäre nur ein Kratzer, obwohl es in Wahrheit eine klaffende Wunde war, aus der jede Menge Blut quoll und überall Holzsplitter herausragten. Ich hab gelogen, weil ich nicht wusste, was ich sonst sagen sollte.«

Ich zuckte zusammen. Es war ziemlich schlimm gewesen und hatte mir acht Stiche eingebracht, aber Brax war die ganze Zeit nicht von meiner Seite gewichen.

»Ich hab gelogen und du hast gesagt …«

»Lüg niemals. Die Wahrheit schmerzt weniger als Schwindeleien und Täuschung.« Ich erinnerte mich an diesen Tag, als wäre das Ganze erst vor zwei Stunden passiert. Ich war total verletzt gewesen, denn es war mein 18. Geburtstag, und meine Eltern hatten ihn vergessen.

»Die Wahrheit schmerzt weniger als Schwindeleien und Täuschung«, wiederholte Brax. »Ich habe das nie vergessen, weil es so ehrlich und echt ist. Es hat so viel über dich ausgesagt und war der Grund, warum ich mich in dich verliebt habe. So viele Menschen haben mich angelogen, was den

Tod meiner Eltern betraf. Sie haben die Dunkelheit übermalt und die unschöne Wahrheit versteckt.«

Er schloss die Arme enger um mich und drückte mich noch fester an sich. »Dass ich nie die Chance hatte, mich von ihnen zu verabschieden, wird mich für immer verfolgen. Und nicht die Wahrheit darüber zu kennen, warum sie diesen Unfall hatten, frisst mich innerlich auf.«

Sein Blick brannte sich förmlich in meinen. »Also lüg mich nicht an, Tess. Die Wahrheit ist der einzige Weg für uns.«

Ich nickte. Er hatte recht. Ich hätte es niemals ansprechen sollen, wenn ich nicht den Mumm hatte, es wirklich durchzuziehen.

»Lass mich los, dann zeig ich's dir.« *Ich bete, dass es dir gefällt. Dass* ich *dir gefalle.*

Er nahm meine Hand und drückte sie sanft. »Ich will alles sehen, was du mir zeigen willst.«

Ich biss mir auf die Unterlippe. Seine klaren Augen schimmerten himmelblau. Ein flammendes Glücksgefühl brannte in mir. Ich küsste ihn. »Du ahnst nicht, was mir das bedeutet.«

Er senkte den Kopf und schaute mich mit leicht zusammengekniffenen Augen an. »Doch. Ich glaube, schon.« Er half mir aus seinem Schoß auf und tätschelte meinen Po. »Geh. Aber mach schnell, sonst schlaf ich doch noch ein.«

Mein neu gewonnenes Selbstbewusstsein geriet ins Wanken. *Kann ich ihn wirklich bitten, sich zu ändern?*

Brax stöhnte. »Tess, du machst dir zu viele Gedanken.« Er zog mich noch einmal zu sich heran und klemmte mich zwischen den Oberschenkeln ein. »Ich lasse dich nie wieder gehen. Also, was es auch ist: Hab keine Angst.« Er ließ die Hand sinken und griff nach dem silbernen

Armband. »Das ist für mich nicht nur ein Armband. Ich hoffe, das weißt du.« Er strich mit den Fingern über die Unterseite meines Arms und eine Gänsehaut zog sich über meinen gesamten Körper. »Es ist ein Versprechen. Ich will leisten können, was du verdient hast, damit du mein bist.«

Ich lehnte mich zu ihm und drückte ihn ganz fest an mich. »Ich bin schon längst dein.«

Seine Atmung wurde flacher und er reckte sich, um mich zu küssen. Es begann ganz unschuldig, süß, aber dann neigte er langsam den Kopf zur Seite und küsste mich inniger. Seine Hand glitt zu meiner Taille hinunter und er schloss die Lücke zwischen unseren Körpern. Seine Zunge lud meine mit sanftem Lecken ein.

Ich krallte die Hände tief in seine Schultern. Mir wurde ganz warm. Sämtliche Angst und Unsicherheit fielen von mir ab. Ich stöhnte leise, als er an meiner Unterlippe knabberte und eine Hand an meinen Nacken legte, um mich noch tiefer in den Kuss zu ziehen.

Alles in mir spannte sich an, glühte heiß und triefte vor Begierde.

Stürz dich nicht auf ihn. Stürz dich nicht *auf ihn.*

Brax hörte auf mich zu küssen. Unser Atem klang rau. »Zeig es mir.«

Er schob mich sanft von sich und ich ging zu meinem Koffer hinüber. Ich öffnete die Seitentasche, in der ich auch den Vibrator verstaut hatte, holte die Plastiktüte mit meinen neuen Dessous heraus und versteckte beides hinter dem Rücken. Zitternd atmete ich tief ein und sagte: »Bin gleich wieder da.«

Brax nickte. »Ich werde genau hier sein.«

Ich zog mich ins Badezimmer zurück und schloss ab.

Die Tüte legte ich ins Waschbecken und betrachtete mein Spiegelbild. Nach dem langen Flug sah ich furchtbar aus, aber ich wollte die Sache jetzt durchziehen. Dennoch konnte ich das Gefühl einfach nicht abschütteln, dass das Ganze ein riesiger Fehler war.

Du kannst das. Sei einfach ehrlich. Alles andere ... schaffen wir dann schon irgendwie. Vielleicht erwies sich das alles als etwas Gutes, als der nächste Schritt in unserer Beziehung. Etwas, das uns stärker machte.

Ich zog mich aus und schlüpfte in den lila Spitzentanga und den passenden Push-up. Der BH mochte vielleicht überteuert gewesen sein, aber meine Brüste sahen darin schlichtweg unglaublich aus und verwandelten meine C- in üppige D-Körbchen, die oben über den Rand quollen.

Ich wollte mich sexy und heiß fühlen, aber in Wahrheit kam ich mir vor wie eine Betrügerin. Meine schneeweiße Haut wirkte neben der anrüchigen Unterwäsche geradezu jungfräulich. *Gott, ich sehe aus wie ein idiotischer Möchtegern-Vamp in der Unterwäsche seiner Mum.*

Mit zitternden Fingern rollte ich die Netzstrümpfe die Beine hinauf und schnallte sie an den Strapsen fest, damit sie nicht verrutschten. *Sogar* noch *lächerlicher.*

Ich seufzte und betrachtete mein Spiegelbild mit finsterer Miene. Ich wollte sexy, derb und schmutzig wirken – aber stattdessen sah ich nur Unsicherheit und Bedauern.

Aber verdammt noch mal, so wollte ich mich nicht mehr fühlen. Neue Dessous versprachen doch mehr Selbstwertgefühl und Sinnlichkeit. Aber ich hätte nichts lieber getan, als meinen Flanellschlafanzug anzuziehen und dieses ganze Fiasko zu vergessen.

Ich blickte mir im Spiegel in die Augen. *Bring es einfach hinter dich.*

Ich verstrubbelte mein Haar, zog den Bauch ein und verließ das Badezimmer.

Brax lag ausgestreckt auf dem Bett. Er stützte sich auf den Ellbogen, als ich das Zimmer betrat. Ihm klappte die Kinnlade herunter, als er den Blick über meinen Körper wandern ließ. Verlangen explodierte in seinen Augen, entzündete etwas in meinem tiefsten Inneren und verscheuchte die Angst, abgelehnt zu werden.

Weibliche Stärke verscheuchte die Verlegenheit.

Brax richtete sich noch weiter auf und rutschte vor bis an die Bettkante. Er zappelte nervös hin und her und zupfte seine Shorts zurecht. »Wow …«

Hitze von radioaktivem Ausmaß wallte in mir auf und ich preschte vor, bevor er noch irgendetwas anderes sagen konnte oder sich mein Selbstbewusstsein wieder in Luft auflöste. Ich holte den Vibrator hinter dem Rücken hervor. Beim Anblick des kleinen Häschens, das aus dem lila Glitzerphallus ragte, wurden meine Wangen knallrot. O Gott, *warum* tat ich das nur?

Brax schluckte und richtete den Blick auf meinen persönlichsten Besitz.

»Ich will, dass wir abenteuerlustiger sind«, flüsterte ich und hasste meine Zunge dafür, dass sie sich beinahe verknotete. »Ich liebe dich und ich liebe unser Sexleben, aber ich dachte einfach … Na ja, ich würde gerne sehen, ob … ähm …«

Brax stand vom Bett auf und kam langsam auf mich zu. Er riss sich das T-Shirt vom Leib und ich konnte ihn nur noch wie ein liebestoller Volltrottel anstarren.

Seine Miene war unlesbar, als er fragte: »Du willst mehr?«

Mehr. Ein so gefährliches Wort.

Ich schüttelte den Kopf. »Nicht mehr. Anders.«

Schmerz blitzte in seinen Augen auf, verschwand jedoch ebenso schnell wieder.

»Nicht immer. Nur manchmal …«

Seine Hand zitterte, als er sie nach dem Vibrator ausstreckte. »Benutzt du den?« Seine Finger schwebten über dem Powerknopf. Ich konnte nicht einmal mehr schlucken – meine Kehle war vor Scham wie zugeschnürt.

Super, Tess. Ihm deinen Vibrator zu zeigen ist total sexy und richtig spaßig. Ich hätte mir am liebsten selbst eine Ohrfeige verpasst. Aber ich stand nur vollkommen still da – starr vor Angst, was er als Nächstes sagen würde. Ich hatte mich selbst entblößt, meine tiefsten Sehnsüchte offenbart und dabei riskiert, Brax' Gefühle für mich zu zerstören.

Ich wollte nur noch schreien: »War doch nur ein Witz! Das bin nicht wirklich ich.« Aber meine Lippen waren wie zugeklebt. Ich konnte den Blick nicht von dem Vibrator in seiner Hand abwenden.

Dumm. So dumm.

Brax schob den Powerknopf nach oben und ein batteriebetriebenes Surren erfüllte den Raum. Ich wandte den Blick ab, als er eine Stufe höher schaltete. Der Phallus stand stramm und brüllte all meine Geheimnisse heraus.

»Anders?« In seiner Stimme bebten Verlust und Verwirrung, während er reglos auf den Vibrator starrte. Zweifellos stellte er sich vor, wie ich mich voller Hingabe rekelte und mit einem leblosen Gegenstand zum Höhepunkt kam statt mit ihm. Wie konnte ich ihm erklären, dass mehrere Wochen ohne die geringste Intimität zwischen uns die reinste Folter für mich waren?

Mein Herz flatterte. Hier ging es nicht länger um *meine* Bedürfnisse. Hier ging es um *seine*. Ich hatte ihn dazu gebracht, an sich zu zweifeln. Zu glauben, er wäre nicht gut genug. Scheiße.

Ich schnappte mir den Vibrator – in diesem Augenblick hasste ich das dämliche Ding. Ich schaltete ihn aus, riss die Batterien aus dem Fach und warf ihn in den Mülleimer. »Vergiss es, Brax. Es war eine dumme Idee. Ich will nur dich, okay? Bitte, hass mich nicht.« *Ich bin die mieseste Schlampe in der Geschichte der Menschheit.*

Er schüttelte sich und die Hände schlackerten an seinen Seiten. Er stierte mit vernebeltem Blick auf den Boden. Ich kannte diesen Blick. Es war derselbe Blick, den er auch hatte, wenn er aus einem Albtraum erwachte – voller Angst, allein aufzuwachen. »Tess, ich gehöre dir. Aber wenn ich nicht genug für dich bin …«

»Nein!« Ich warf mich in seine Arme und schob ihn Richtung Bett. »Du bist mehr als genug. Es tut mir so leid. Vergiss es. Alles. Bitte!« Nun war ich diejenige, die Angst davor hatte, allein zu sein. Wenn er nicht glaubte, dass ich ihn wollte, dann würde er mich von sich stoßen.

Vor Panik war ich ganz fahrig, ließ mich aufs Bett fallen und zog ihn auf mich. »Du bist genug. Mehr als genug. Bitte, Brax …« Tränen brannten in meinen Augen und meine Brust verkrampfte sich in einer Flut aus Emotionen.

Sein Blick fiel zu meinen Brüsten hinunter und er biss sich auf die Lippe. Ganz, ganz langsam streichelte er die sanfte Wölbung. »Der Gedanke, dass ich dir nicht das geben kann, was du brauchst, bringt mich beinah um.« Ein Finger tauchte noch tiefer und fand meinen Nippel unter dem BH.

Mir stockte der Atem. Obwohl so viele Gefühle gleichzeitig in mir brodelten, sehnte sich mein Körper mit glühendem Verlangen nach seinem. Ich musste mich mit ihm verbunden fühlen und dieses ganze Durcheinander hinter mir lassen.

»Du bist atemberaubend. Ich wusste immer, dass du außerhalb meiner Liga spielst … und dich in dieser Unterwäsche zu sehen macht mir bewusst, wie sexuell du bist.« Seine Stimme klang immer heiserer, während er mich weiter vorsichtig berührte. »Ich bin mir nicht sicher, ob ich mit dir mithalten kann. Ich liebe dich, Tess. Ich liebe es, mit dir zusammen zu sein. Aber ich muss dich nicht ficken, um mich als Mann zu fühlen. Ich brauche dich als Freundin, als Unterstützung. Verstehst du?«

Die Hand wanderte von meiner Brust, streichelte über meinen Bauch und zog mich in eine erstickende Umarmung. Ich ließ zu, dass er das Leben aus mir herausquetschte – ich brauchte es; brauchte die Gewissheit von ihm, dass er mich nicht verlassen würde, dass ich unsere Beziehung nicht gerade zerstört hatte.

»Alles, was ich brauche, bist du. Ehrlich. Alles andere spielt keine Rolle. Ich bin zufrieden und so glücklich, wenn ich bei dir bin«, flüsterte ich.

Der Schmerz in meiner Brust nahm kein Ende. Hatte er unseren Worten *wirklich* zugehört? Ich war *zufrieden* und er brauchte mich als *Unterstützung*. Kein Ton von Leidenschaft oder ungehemmter Lust.

Das spielt keine Rolle. Hör auf, so albern zu sein. Das ist was fürs Kino, aber das hier ist das richtige Leben.

Brax löste sich von mir. Aus seinen flackernden Augen sprachen Verlegenheit und Verlangen. Ich streckte mich und presste die Lippen auf seine. Er erwiderte den Kuss, so wie ich es mir immer von ihm gewünscht hatte – wild und unbändig und mit an Schmerzen grenzender Heftigkeit.

Ich stöhnte, krallte die Hände in seinem Haar fest und zog ihn näher zu mir heran. Genau das war es, was ich brauchte – Leidenschaft, befeuert durch Schmerz.

Er brach den Kuss ab und keuchte heftig. »Also, das Ganze hier … Können wir nicht einfach so tun, als wäre es nie passiert?«

Erleichterung durchströmte meine Brust. Die Enttäuschung darüber, dass mich Brax im Bett niemals hart rannehmen oder in Besitz nehmen würde, hatte sich in Luft aufgelöst. Ich hatte uns nicht zerstört. Ich hätte nicht dankbarer sein können. »Ist schon vergessen.«

Er atmete langsam und voller Erleichterung aus und grinste schief, bevor er mich auf die Nasenspitze küsste und sagte: »Danke, dass du mich so sehr liebst, dass du nimmst, was ich dir geben kann.«

Mein ganzer Körper pulsierte vor Reue. Ich konnte nichts erwidern.

Brax strich mit einer Hand über meinen Rücken und öffnete den BH. Langsam zog er ihn von meinen Brüsten, ließ den Kopf sinken und saugte an meinem Nippel. Hitze explodierte in mir.

Brax liebte mich immer noch. Das war alles, was zählte. Nichts sonst. Kein abartiger Sex oder wilde Spielchen im Schlafzimmer. Ich war ein sehr glückliches Mädchen. *Ich habe solches Glück. Solches Glück.*

Ich biss Brax ins Schlüsselbein. Er stöhnte und drehte und wand sich ein wenig, bis sich seine rasant wachsende Erektion gegen meinen Bauch drückte.

Zitternd zog ich die Jeans über seine Hüften. Er richtete sich auf und half mir, sie abzustreifen. Als er sich befreit hatte, zerriss er den 50-Dollar-Slip, den ich gerade mal zehn Sekunden lang getragen hatte, und schleuderte ihn auf den Boden.

Er schob sich zwischen meine Schenkel und sah mir direkt in die Augen. Ich biss mir auf die Unterlippe, als er sich in mich bohrte. Ich war nicht so feucht, wie ich es hätte sein sollen, und so bescherte mir sein Eindringen Wohlgefühl und Schmerz zugleich.

Brax schloss die Augen und tauchte tief in mich ein. Statt alles vernichtender Leidenschaft sandte seine anschwellende, mich ausfüllende Erektion Wogen der Sicherheit durch meinen Körper.

Wir bewegten uns gemeinsam hin und her, und er bedeckte mich mit zarten Küssen und liebevoller Zuneigung. Ich wurde feucht unter ihm, warm und wohlig.

Meine Nippel verzehrten sich nach Aufmerksamkeit und ich wünschte mir, er würde mich nur ein kleines bisschen beißen – vielleicht wäre ich dann in der Lage zu kommen.

»Tess …«, hauchte er mir ins Ohr und wurde schneller. Seine Hüften pressten sich fester auf meine und ich kämpfte gegen den Drang an, mich selbst zu berühren, um so zum Orgasmus zu kommen.

Ein weiterer heftiger Stoß, bevor Brax laut stöhnte, sein Rücken bebte und er den Hintern fest anspannte. Er kam in mir – Welle um Welle der Ekstase für ihn und schlichte Hinnahme für mich. Ich streichelte seine Brust und war froh, dass er sich überhaupt so hatte gehen lassen können, nach allem, was er meinetwegen durchgemacht hatte.

Er brach auf mir zusammen und presste mich zwischen sich und die Matratze.

Ich starrte nach oben an die Decke und kämpfte mit einer wahren Flut an Gedanken, die nicht alle einen Sinn ergaben. Brax schnaufte und vergrub das Gesicht zwischen meinen Brüsten.

Nach wenigen Augenblicken war er tief und fest eingeschlafen und ließ mich einsam und verwirrt zurück.

KAPITEL 3

ROTKEHLCHEN

»Bitte unterschreiben Sie hier.«

Der Portier reichte uns die obligatorischen Verzichtserklärungen. Ich schluckte kurz, als ich das Kleingedruckte las. Wenn wir uns verletzten, verstümmelten oder umbrachten, während wir die vom Hotel bereitgestellten Motorroller benutzten, konnte das Hotel dafür nicht zur Verantwortung gezogen werden. Aber wenn es wirklich eine so tolle Idee war, die Dinger zu vermieten, warum dann diese elend lange Erklärung?

Ich schaute Brax an. »Bist du sicher, dass du Cancún auf einer zweirädrigen Todesmaschine erkunden willst?«

Er kaute auf dem Ende des Bleistifts herum, blickte stirnrunzelnd auf den Mietvertrag und schenkte mir ein flüchtiges Grinsen. Kein Rest von Angst oder Traurigkeit wegen gestern war noch in seinem Gesicht zu erkennen. Gott sei Dank.

»Du hast es mir heute Morgen versprochen. Du hast gesagt, heute machen wir nur das, was ich will, und morgen geht es dafür nur um dich.«

Ich lächelte. »Na schön. Aber dafür musst du morgen eine Massage über dich ergehen lassen. Ohne Jammern.«

Er malte mit dem Finger ein Kreuz über sein Herz und unterschrieb mit großer Geste die Papiere. Dann lachte er und seine blauen Augen glänzten vor Aufregung. »Willst du deinen eigenen Roller oder bei mir hintendrauf sitzen und dich an mich kuscheln?«

Auf gar keinen Fall hätte ich mir zugetraut, in einem fremden Land selbst durch den verrückten, unkontrollierten Verkehr zu navigieren. »Ich fahre hinten bei dir mit. Du weißt aber schon, was du tust, oder?«

Bilder von uns, aufgespießt auf dem Fahrradträger an der Vorderseite eines Busses oder überfahren von einem mit Piñatas beladenen Lkw, blitzten vor mir auf. Mich fröstelte es plötzlich.

Brax tönte: »Ich bin schon mal Harley gefahren. Wie schwer kann da ein Roller sein?«

Verdammt schwer. Vor allem, wenn man nur von Irren umgeben ist.

Mit gespielt finsterer Miene erwiderte ich: »Du hast die Harley keine zehn Minuten gefahren.«

Bill, ein Bauarbeiter-Kollege, hatte Brax dazu ermutigt, der örtlichen Motorradtruppe beizutreten. Brax hatte eine Testfahrt gemacht und direkt danach abgelehnt, worüber ich sehr froh gewesen war – ohne Türen und Dach herumzufahren war mir schlichtweg unheimlich.

Er verdrehte die Augen und tippte auf die Unterschriftenzeile auf dem Vertrag. Ich streckte ihm die Zunge heraus und unterschrieb.

Der Pförtner strahlte und kam hinter dem Anmeldetresen hervor. Wir befanden uns in der Lobby und es waren soeben neue Gäste eingetroffen – ein wogendes Meer aus Gepäck und lächelnden Gesichtern. Das leise, aufgeregte Gemurmel umkreiste uns und versprühte Ferienstimmung.

»Bitte folgen Sie mir.« Der Pförtner, in leuchtend weißem Hemd und grell orangefarbener Weste, ging uns voraus.

Vielleicht war das Ganze ja doch keine so schlechte Idee. Verdammt, vielleicht würden wir ja sogar die ausgetretenen Touristenpfade verlassen und etwas Neues, Spannendes entdecken, von dem nur die Einheimischen wussten.

Ich hakte mich bei Brax unter und beglückwünschte mich dazu, für heute meine Leggings und ein langes cremefarbenes T-Shirt gewählt zu haben. Das Outfit bot unter all den Klamotten, die ich eingepackt hatte, den besten Schutz. Ich hoffte nur, dass der dünne Stoff mich wenigstens ein bisschen schützte, falls wir doch stürzen sollten.

Wir folgten dem Pförtner aus dem Hotel in eine Tiefgarage. Er schloss einen kanariengelben Motorroller auf und präsentierte zwei Helme. »Bitte denken Sie daran, sie immer mit sich zu führen. Wir müssen Ihnen 100 US-Dollar in Rechnung stellen, falls Sie sie verlieren sollten.«

Brax nickte und machte meinen Helm mit geschickten Fingern fest. Mein Herz bebte bei seiner Berührung. Er schenkte mir ein sanftes Lächeln, setzte seinen eigenen Helm auf und stieg auf den Motorroller.

Ich stand nur da und kam mir vor wie eine lächerliche, überreife Ananas. Der Helm wog mindestens eine Tonne.

Der Pförtner reichte mir einen DIN-A4-Stadtplan und malte ein rotes Oval, um das Hotel zu kennzeichnen. Zumindest vermutete ich das.

»Sie sind hier.« Sein Pfefferminzatem wehte über mich hinweg, als er sich dichter zu mir lehnte und auf den Stadtplan tippte. »Wenn Sie sich verirren, fragen Sie einen Polizisten nach dem Weg. Die sind überall in der Stadt. Und trennen Sie sich nicht. Es ist am besten, wenn Sie zusammenbleiben.«

Mein Pulsschlag beschleunigte ein wenig. Polizisten tummelten sich überall in dieser Stadt. Oder besser gesagt lauerten sie mit Waffen und Pistolen an jeder Straßenecke. Waren die Mexikaner wirklich so schonungslos und gefährlich?

Nein, bloß keine Antwort. Schon gar nicht, wenn wir gleich auf einem Gefährt auf Erkundungstour gehen wollten, das nicht die geringste Sicherheit bot.

Brax klopfte auf den Sitz hinter sich. Ich lächelte schwach, warf ein Bein über den Roller, stellte die Füße auf die kleinen Fußrasten und schlang die Arme wie ein Python um seinen Oberkörper.

Lachend startete er die Zündung und testete den Gaszug. »Bei deinem Todesgriff kannst du gar nicht runterfallen, Schatz.«

Genau das war der Plan. Ich küsste seinen Nacken und genoss, wie sehr er erzitterte. »Ich vertraue dir.« Ich versuchte nicht nur Brax zu überzeugen, sondern auch mich selbst.

Der Pförtner lächelte und überließ uns unserem Schicksal. Brax ließ die Kupplung kommen und wir schossen so schnell davon, dass mein Magen den Anschluss verpasste. Nach ein paar Känguruhüpfern gewann Brax jedoch die Kontrolle über den Roller.

»Bereit?«, fragte er über die Schulter hinweg.

»Ja«, log ich flüsternd in sein Ohr.

Wir fuhren aus der düsteren Tiefgarage in den grellen spätmorgendlichen Sonnenschein. Trotz der dreckigen Straßen erinnerte mich Cancún auch jetzt an eine tobende Party.

Brax hielt den Roller sicher an der Einfahrt in die geschäftige Straße an und stellte die Füße auf dem Boden ab. Sein Herz hämmerte wie wild unter meinen Armen und die Schultern waren vor Konzentration angespannt.

Wir sahen zu, wie Raser, verrückte Fußgänger und in allen Farben des Regenbogens bemalte Fahrzeuge an uns vorbeirauschten. Zum hundertsten Mal fragte ich mich, ob Brax' Idee wirklich so gut war.

»Wohin, Tessie? Links oder rechts?«

Ich schaute in beide Richtungen und rümpfte die Nase. Weder links noch rechts war eine Lücke im Verkehr zu erkennen. Norden, Süden, Osten, Westen – es spielte keine Rolle, wenn in jeder Richtung der sichere Tod zu lauern schien.

Aus einem Impuls heraus antwortete ich. »Rechts.« *Bitte, lass uns in einem Stück wieder im Hotel ankommen!*

Brax nickte und kratzte sich am Kinn. Der enge Riemen des Helms erwürgte mich beinahe. Er rollte vorwärts und die Flip-Flops an seinen Füßen klatschten über den heißen Asphalt. Der Motorroller vibrierte, während er volle zehn Minuten auf den nötigen Mut wartete, sich in den mächtigen Schwarm des Wahnsinns zu stürzen.

Ich wollte gerade vorschlagen, einfach aufzugeben und uns an den Pool zu legen …

»Halt dich fest!« Brax zog den Bauch ein und drehte am Gas. Der Roller heulte auf und raste schlitternd davon.

Mein Herz hüpfte in meine Kehle, als wir nach vorne schossen und nur knapp einem Radfahrer auswichen, der einen ganzen Berg an Waren auf den Gepäckträger geladen hatte, bevor wir vor einem Smog spuckenden Bus einfädelten.

Mein Mund war vor Panik ganz trocken und ich schlang die Arme so fest um Brax, dass seine Rippen gegen meinen Bizeps drückten. *O mein Gott!* Ich wollte nur noch runter von diesem Ding. *Das ist ganz und gar nicht meine Vorstellung von Spaß.*

Brax lachte und lenkte uns sicher geradeaus. Wir schwammen in der Masse mit. Brax' Glücksgefühl schloss sich wie eine schützende Blase um uns und ich versuchte, nicht mehr zu hyperventilieren.

Allmählich wurde mir warm ums Herz. Er genoss es sichtlich und ich würde ihm das nicht kaputt machen. Ich vertraute darauf, dass ich bei ihm in Sicherheit war.

Eine Stunde später ergoss sich ein Wasserfall aus Schweiß unter meinem T-Shirt. Die pralle Sonne hatte mir Kopfschmerzen beschert und ich hatte das Gefühl, mein Gehirn würde unter dem Helm gebraten. Mehr als einmal hatte ich versucht, mich von Brax' Rücken zu lösen, aber wir waren beide so verschwitzt und klebrig, dass es einfach nur widerlich war.

Immerhin waren wir inzwischen entspannt genug, um die Fahrt durch das Labyrinth der Straßen zu genießen. Wir erkundeten die zahllosen kleinen Gässchen und kurvten um die vielen Märkte und Straßenhändler herum. Trotzdem tat mir der Hintern mittlerweile ordentlich weh und meine Oberschenkel hatten langsam, aber sicher genug von der Vibration des Rollers.

Ich brauchte einen Drink und irgendein kühles Plätzchen – ein sehr, sehr kühles Plätzchen.

Es war beinahe, als hätte Brax meine Gedanken gehört, denn er blieb vor einem winzigen, verfallenden Lokal am Rand des Marktes stehen, um den wir gerade gefahren waren.

Das Café sah alles andere als keimfrei aus und vor der Tür baumelte eine traurig wirkende Esel-Piñata schlaff in der Sonne. Die zerrissenen Plastiktischdecken luden auch nicht gerade zum Bleiben ein und das Namensschild war vor Dreck so schwarz, dass ich es gar nicht lesen konnte.

»Igitt …« Ich hustete heftig, als sich eine Abgaswolke aus einem verrosteten alten Auto neben uns aufbauschte. *Sehr hygienisch.*

Brax streichelte meine Hände, die sich immer noch an seiner Taille festklammerten. »Alles okay?«

Ich nickte und schnappte keuchend nach Luft. »Ja. Ich wollte nur gerade sagen, dass wir doch sicher was Besseres finden als diese Kaschemme.«

Brax stieg vom Roller und half mir dabei, dasselbe zu tun. Meine Beine fühlten sich an wie Gummi. Ich war als Kind mal auf einem Pferd geritten und kam nun zu dem Schluss, dass es immer noch besser war, die Beine auf einem fetten Tier zu überdehnen, als auf einem Roller zu sitzen. Über Bodenwellen und Schlaglöcher zu rumpeln war gar nicht gut für meine empfindlichsten Teile.

»Ich bin am Verdursten.« Brax schürzte die Lippen und betrachtete das wenig einladende Etablissement. »Wir trinken nur schnell was und verschwinden sofort wieder.« Er machte den Helm auf und hängte ihn an den Lenker. Ich tat es ihm nach und wäre vor Erleichterung fast zerflossen, weil ich mein strähniges Haar endlich aus diesem Schwitzkasten befreien konnte.

Brax gluckste. »Bad Hair Day, was?«

Ich streckte eine Hand aus und fuhr durch seine verschwitzten Locken. Er lehnte sich in die Berührung. Seine Augen glänzten voller Liebe.

Ich kicherte. »Ein Helm an einem heißen Tag ist nicht unbedingt das Beste für sexy Haare.«

Er kämmte mit kräftigen Fingern durch meine verknoteten Strähnen. »Ich finde, du siehst immer heiß aus, egal in welcher Lage.« Er ließ die Hand über meine Wange wandern und bis zu meiner Hand hinunter.

Dann fädelte er die Finger zwischen meine, lehnte sich zu mir und küsste mich zärtlich. »Hoffentlich gibt's hier was Kaltes zu trinken … mit Eis.«

Meine Haut brannte regelrecht und bei dem bloßen Gedanken an Eis lief mir das Wasser im Munde zusammen, aber ich schüttelte trotzdem den Kopf. »Eis ist nicht erlaubt, schon vergessen? Nur Wasser aus Flaschen. Unsere Aussie-Bäuche können das örtliche H_2O gar nicht vertragen.«

Er seufzte. »Stimmt. Na schön, dann trinke ich eben nur ein Bier.«

»Wenn du wirklich glaubst, du kannst jetzt trinken und dich dann in diesem Chaos, das sie hier als normales Verkehrstreiben bezeichnen, wieder hinters Steuer setzen, dann hast du dich geirrt, mein Lieber.« Ich lachte, als wir das dunkle Innere des kleinen Cafés betraten – wenn man es so nennen konnte. Es erinnerte mich eher an eine abwärtsführende Höhle. Der Putz bröckelte von den Wänden und kitschige Poster hingen, mit Klebeband angebracht, überall im Raum verteilt und verbargen diverse Löcher. Ich runzelte die Stirn … Sie sahen aus wie … *Verdammt, sind das Einschusslöcher?*

Ein Gefühl der Beklommenheit kroch wie ein Schwarm eiskalter Spinnen durch meine Adern. Ich drückte Brax' Hand, als sich meine Intuition mit einem lauten Gong der Warnung meldete. Auf mein Bauchgefühl ließ ich nichts kommen – es hatte mich schon mehr als einmal gerettet. »Brax?«

Eine Frau mit von Tabak vergilbten Zähnen tauchte auf und bedachte uns mit einem löchrigen Lächeln. »Na, na, na. Schön, an einem so heißen Tag ein paar Kunden zu sehen.« Sie hatte einen starken Akzent und ihre Stimme kratzte wie Schleifpapier auf meiner Haut. »Was darf ich Ihnen bringen?«

Mein Herz wollte sich einfach nicht mehr beruhigen. Ich wollte etwas sagen. Ich wollte gehen. Brax grinste hingegen fröhlich. »Zwei Cola, bitte.«

Die Frau blickte mich an, ihre Augen finster wie Mitternacht. »Nichts zu essen?«

Ich versteifte mich und hasste mich dafür, wie furchtbar nervös ich war und wie sehr ich am liebsten weggerannt wäre. Bevor Brax auf die Idee kommen konnte, dass er womöglich Hunger hatte und nicht nur Durst, antwortete ich: »Nur was zu trinken. Und schnell, wir haben eine Verabredung und sind schon spät dran.« Brax hob eine Augenbraue, als er meinen bissigen Tonfall hörte.

Die Frau verzog das Gesicht und schlurfte davon.

Brax zerrte mich an einen Tisch und wir setzten uns direkt unter einen Deckenventilator, der heiße, schale Luft verwirbelte. Der Schweiß auf meiner Haut war ganz klebrig, kühlte jedoch angenehm ab. Ich schnappte mir eine Serviette, um mir das Gesicht abzuwischen.

»Was ist denn in dich gefahren?«, wollte Brax wissen und wischte sich über den Nacken.

Ich blickte hinter mich und versuchte herauszufinden, warum mein Spiderman-Sinn derartig Alarm schlug. Es schien alles in Ordnung zu sein. Dieser Ort war einfach nur ein schäbiges Lokal. Nichts weiter. Vielleicht benahm ich mich ja wirklich dämlich …

»Nichts. Tut mir leid. Ich will nur endlich wieder zurück ins Hotel und schwimmen gehen, das ist alles.« Ich schenkte ihm ein Lächeln.

Er grinste und sein Gesicht glänzte von der Fahrt ganz rosa. »Wir trinken kurz was und verschwinden.« Lachend fügte er hinzu: »Wir wirken bestimmt wie echte Gringos. Kein Wunder, dass die Bedienung uns so komisch angeschaut hat.«

In mir krampfte sich alles zusammen. Irgendwie wusste ich, dass *das* nicht der Grund dafür war. Sie hatte mich anders angesehen, beinahe ... hungrig.

Hinter uns war ein Schlurfen zu hören. Ich drehte mich auf dem Stuhl, um nachzusehen. Im hinteren Teil des Restaurants, in der Nähe der Registrierkasse, tauchte ein Mann auf. Seine Stimme klang tief und wütend, als er die Kellnerin unsanft schüttelte und die Finger in ihren Oberarm bohrte.

Mir drehte sich der Magen um, das Gefühl der Beklommenheit verwandelte sich in pure Angst. Ich konnte hier nicht bleiben.

»Brax, ich fühl mich hier gar nicht wohl. Können wir die Cola nicht mitnehmen?«

Er lehnte sich auf dem wackligen Stuhl zurück. »Ich glaube nicht, dass ich gleichzeitig trinken und lenken kann, Schatz. Gib mir nur zehn Minuten, okay? Dann gehen wir wieder.« Er sah sonnenverbrannt und rot aus.

Ich nickte kurz und biss mir auf die Zunge. Ich wollte nicht wie eine Dramaqueen wirken, aber verflucht noch mal, meine Haut kribbelte überall vor Panik. Ich wollte weg hier. Weit, weit weg. Zurück in die Sicherheit unseres Hotels.

Meine Beine zappelten unter dem Tisch und die Nervosität prickelte in meinen Gliedern.

Ein weiterer Mann betrat das Café. Er trug eine schwarze Lederjacke und Jeans. Seine fettige Haut glänzte vor Schweiß und an einem Ohr fehlte ihm die obere Ecke. Langes, strähniges Haar hing über das hagere Gesicht. Sein Blick verharrte auf mir und ich erstarrte.

Es war, als würde ich in die Augen eines Raubtiers starren: leer, hungrig, schwarz und böse. Er saugte mir die Seele aus und entfachte meine Angst zu einem Waldbrand.

»Brax …«

»Bitte schön.« Die Kellnerin mit der Zahnlücke stellte zwei mit Kondenswasser bedeckte, eiskalte Dosen Cola vor uns ab und legte zwei rosa Strohhalme daneben. Ich löste den Blick von Mr. Lederjacke und schluckte schwer. *Reiß dich zusammen. Brax ist hier. Brax wird dich beschützen.*

Brax öffnete eine der Dosen, trank einen genüsslichen Schluck und stöhnte. »Scheiße, hatte ich Durst.« Sein Flüssigkeitsmangel hatte ihn so in Beschlag genommen, dass er meine Angst gar nicht mitbekommen hatte.

Wie auf Autopilot öffnete ich meine eigene Dose und nippte daran. Die Bläschen machten die schäumende Furcht in meinem Bauch nur noch schlimmer. Warum reagierte ich so über? *Beruhige dich, Tess.* Es war eine dämliche, typische Weißes-Mädchen-Reaktion. Nur weil ich mich in einer etwas schäbigeren Kneipe befand, die in dieser überbevölkerten Stadt vollkommen normal war.

Brax stürzte sein Getränk hinunter und stand auf. »Ich muss nur mal kurz pinkeln. Bin gleich wieder da.«

Meine Angst entlud sich in einem Geysir aus Panik. »Nein! Ich meine, musst du wirklich *hier* gehen? Wir können doch auch einen McDonald's oder eine Tankstelle in der Nähe suchen.« Ich verknotete nervös die in meinem Schoß versteckten Finger. »Ich bezweifle, dass die Toiletten hier sauber sind.«

Er lachte. »Das ist hier nicht wie bei uns zu Hause. Ich weiß nicht, ob wir so schnell was anderes finden. Und außerdem dauert es eine Stunde, bis wir wieder im Hotel sind. Ich bin sofort wieder da.«

Ich klammerte mich so verkrampft an der Cola fest, dass meine Finger ganz weiß wurden, und gab mir alle Mühe, die Panik zu unterdrücken und nicht so eine Klette zu sein. Ich nickte.

Brax warf mir eine Kusshand zu und verschwand in den hinteren Bereich des Cafés. Sein grünes T-Shirt war vom Schweiß ganz dunkel und zeigte jede einzelne Wölbung seiner Muskeln. Muskeln, die mich beschützen konnten. Muskeln, die sich von mir entfernten. Mit jedem seiner Schritte starb mein Herz ein kleines bisschen mehr. Ich hatte keinerlei Erklärung für mein Verhalten, aber irgendein pessimistischer Teil von mir sandte eine Welle der Trauer durch meinen Körper.

Dreh dich wieder um. Komm zurück.

Brax tat nichts dergleichen und verschwand durch eine Tür mit der Aufschrift *Baño.*

Ein Adrenalinschub jagte durch meine Adern. Mein Blick huschte wie wild durch das Café und suchte nach möglichen Bedrohungen. Mein Instinkt sagte mir, dass ich in Gefahr schwebte. Ich wusste nur nicht, wovon sie ausging.

Es war niemand da. Sogar der Typ in der Lederjacke war verschwunden.

Siehst du, Tess? Hier ist nichts, wovor du dich fürchten müsstest.

Etwas Flauschiges strich um meine Beine und erschreckte mich so sehr, dass ich aufsprang und meine Coladose umwarf. Ich schob den Stuhl zurück und schaute unter den Tisch.

Eine schäbige rothaarige Katze blinzelte mich an und miaute. Heilige Scheiße, ich musste mich wirklich beruhigen. Mein Herz würde noch platzen, wenn es weiter in diesem Tempo hämmerte. Sämtliche Fasern meines Körpers schrillten Alarm.

»Hör auf mich anzuglotzen, du Mistvieh.« Ich zog die Beine von dem Tier und der klebrigen Cola-Pfütze weg.

Eine Minute verstrich in quälender Langsamkeit. Meine Augen weigerten sich, irgendwo anders hinzuschauen als auf die Tür, durch die Brax verschwunden war. Wie lange brauchte er denn, um zu pinkeln? *Sicher* hätte er längst fertig sein müssen, oder?

Ich fummelte an meinem Armband herum. Die silbernen Herzen zeichneten sich auf meinen Fingern ab, als ich fest darauf drückte und sie als Rosenkranzperlen benutzte, um meinen Freund wieder herbeizubeten. Mein Mund fühlte sich so trocken an, als hätte ich Kreide gekaut, und meine Handflächen waren vor Nervosität ganz glitschig.

Komm schon, Brax. Sollte ich rausgehen und am Motorroller warten? Alles war schließlich besser, als hier in Todesangst herumzuhocken. Ja, beim Roller zu warten war eine gute Idee – in der Öffentlichkeit, in der Sonne.

Ich stand auf, wandte mich zum Gehen – und mein Herz rutschte bis zu den Zehen hinunter.

Drei Männer bewachten den Ausgang. Die Arme verschränkt, die Lippen über dreckigen, verrottenden Zähnen gespannt. Der Lederjackenmann stand in der Mitte. Unsere Blicke trafen sich und dieselbe bösartige Energie schlug mir entgegen und schleuderte mich in triefend schwarze Schatten. Ich war nicht in der Lage, den Blick abzuwenden. Meine blanke Existenz wankte unter dem Gewicht der Schwärze. Mein Instinkt hatte mich nicht getäuscht.

Ich steckte richtig tief in der Scheiße.

»Brax!«, kreischte ich und stürzte Richtung Tür. Es war mir egal, ob ich überreagierte oder ob sie nur hier waren, um sich einen Drink zu gönnen. Mein Instinkt schrie und brüllte und donnerte gegen meine Rippen, damit ich endlich reagierte.

Lauf!

Meine Flip-Flops klatschten über den Linoleumboden, als ich losrannte.

Die Männer reagierten sofort, warfen einen Tisch um und begannen die Jagd auf mich. *Nein. Nein. Bitte, nicht.*

Ich hyperventilierte, sprintete durch die Tür. Plötzlich packte mich eine mächtige Faust am Haar und riss mich auf einen stinkenden, heißen Körper zurück.

»Brax!« Ich zappelte und fauchte und versuchte, meine Kopfhaut zu schützen. Ich ignorierte das Brennen aufgrund der ausgerissenen Haare und verwandelte mich in ein tollwütiges Biest. Ich biss den Mann in den Arm, den er um meine Brust geschlungen hatte.

Er fluchte auf Spanisch und ließ mich los. Ich fiel auf die Knie, aber in der nächsten Sekunde rannte ich schon wieder. Mir war alles andere egal, ich wollte nur noch zu Brax.

»Brax!« Ich stürzte in die Herrentoilette und prallte sofort gegen den strammen Körper eines vierten Mannes. Blut bedeckte seine Fingerknöchel, als er mir die Hand auf den Mund schlug und mich gegen die Wand warf. Sie stank so widerwärtig, dass ich würgen musste. Ich wehrte mich verzweifelt gegen seinen Griff.

Er grunzte und presste mich noch fester gegen die Wand.

Mein ganzes Leben schrumpfte zu Hoffnungslosigkeit zusammen, als ich über seine Schulter blickte. Brax lag ausgestreckt auf dem schmutzigen Toilettenboden, das Gesicht blutüberströmt. Ein Arm lag seltsam verdreht und er hatte die Augen geschlossen. »*Nein!*«

Wut, Leidenschaft und Entsetzen kochten in mir. Ich biss mit aller Kraft in die Handfläche des Mannes und nahm den Rostgeschmack von blutendem Fleisch wahr.

»*Puta!*«, fluchte er, als ich zu zappeln begann und versuchte, ihm ein Knie zwischen die Beine zu rammen.

»Brax! Wach auf!« Ich kickte mich frei, nur um von Mr. Lederjacke sofort wieder geschnappt zu werden. Er zischte etwas in mein Ohr, das ich nicht verstand. Seine widerwärtigen Finger quetschten meine Brust und zerrten mich von Brax fort.

»Nein! Lass mich *los!*«, schrie ich, zu wütend und zu sehr auf das nackte Überleben fokussiert, um zu weinen. »Ihr *beschissenen* Arschlöcher, lasst mich verdammt noch mal in Ruhe!«

Eine weitere stinkende Hand krallte sich um Mund und Nase und schnitt mir die Sauerstoffzufuhr ab. Meine Lunge bäumte sich auf und presste sich verzweifelt gegen meine Brust.

Ich rammte die Hüften nach hinten und erwischte meinen Angreifer direkt in den Weichteilen. Lederjacke heulte auf, stieß mich weg und krümmte sich über seinem verwundeten Schwanz zusammen.

Lauf, Tess. Lauf.

Ich wimmerte, gefangen in Unentschlossenheit. Ich wollte nach Brax sehen, aber ich musste von hier weg. Hilfe suchen und dann zurückkommen und ihn retten. Doch ganz egal, wie sehr ich mich auch wehrte, es kamen immer noch mehr Männer. Es war, als würde ich gegen Treibsand ankämpfen – ein Kampf, den ich nicht gewinnen konnte.

»Brax! Lieber Gott, ich brauche d…«

Lederjacke machte zwei Schritte auf mich zu und verpasste mir einen unerwarteten Schlag auf den Kiefer.

Ein Feuerwerk explodierte vor meinen Augen und ich fiel zu Boden. Fiel und fiel, schwer und nutzlos. Der Boden hieß mich mit einer Zähne erschütternden Umarmung willkommen. Farben tanzten vor meinen Augen und die Übelkeit drohte mich zu übermannen.

Jemand bohrte sich in meinen unteren Rücken, riss meine Arme nach hinten und wickelte irgendetwas Raues eng um meine Handgelenke.

Dann wurde ich nach oben gerissen. Die Welt verschwamm in Schwindel und ließ mich kopfüber und wie spiegelverkehrt zurück.

Lederjackes böse Augen funkelten vor Vergnügen, als er mir eine schwarze Kapuze über den Kopf zog.

KAPITEL 4

WEISSE TAUBE

Mein Geruchssinn kehrte als Erstes zurück.

Tast- und Geschmackssinn, Gehör und Sehvermögen schlummerten weiter. Aber der Geruchssinn … Wie hätte ich diesen widerlichen Gestank ignorieren können?

Schaler Schweiß und das Ammoniak von Pisse. Moschus, Körperausdünstungen und Abfall.

Meine Eingeweide verknoteten sich zu einem Klumpen des Schreckens.

Brax!

O Gott, Brax. Ging es ihm gut? War er tot? All das Blut. Meine Lunge streikte.

Brax war immer noch dort – wo immer dort auch war –, allein und voller Schmerzen. Würde ich ihn jemals wiedersehen? Die Gedanken rammten wie Autoscooter gegen meinen Schädel und in meinem Kopf dröhnten fiese Kopfschmerzen.

Furcht, ekelhaft süß und ranzig, kroch in meine Kehle. Dieser Mistkerl war so scharf darauf gewesen, mich zu schlagen, als wäre die Gewalt sein Lebenselixier. Bei Männern wie ihm gab es für mich keine Hoffnung. Ich wusste, wie erbärmlich und schwach das war, aber es wäre mir lieber gewesen, sie hätten mich getötet, anstatt mich mitzunehmen. Wer wusste schon, welche Brutalitäten meine Zukunft jetzt für mich bereithielt?

Eine erneute Ammoniakwolke. Ich würgte unter der Kapuze und hoffte, dass ich mich nicht übergeben und an meinem Erbrochenen ersticken würde. Ich atmete ein paarmal tief ein und aus und bezwang den Drang.

Bleib einfach ruhig. Ich hatte mich schon mein ganzes Leben lang auf mich selbst verlassen. Wenn ich in Schwierigkeiten geraten war, waren meine Eltern immer zu sehr mit meinem Bruder beschäftigt gewesen, um mir eine Schulter zum Ausweinen anzubieten. Ich war in glücklichen wie in ängstlichen Zeiten immer mir selbst überlassen gewesen. Ich würde hier wieder rauskommen. Niemand würde mir meine Freiheit wegnehmen.

Plötzlich rutschte ich zur Seite – mein Körper zollte der Schwerkraft Tribut, als wir um eine Ecke bogen. Mein Verstand begann wieder zu arbeiten und kämpfte sich durch den Nebel der Schmerzen. Ich musste mich in einem Fahrzeug befinden.

Mein Gehör kehrte zurück.

Ich vernahm ein Wimmern. Ich schreckte hoch und versuchte, das Geräusch auszublenden, aber das Wimmern verwandelte sich in ein Heulen. Das Flehen stammte eindeutig von einer Frau.

Ein Mann fluchte, gefolgt von einem dumpfen Schlag und einem Schrei.

Wie viele Opfer waren noch hier? Ich wollte nicht sterben – ich wollte nicht Teil der traurigen Statistik von entführten Touristinnen in Mexiko sein. Brax und ich waren so dumm gewesen, mit der Illusion herumzufahren, unverwundbar zu sein.

Erneutes Gewimmer und rüde Befehle, als der Motor aufheulte, Reifen über die Straße quietschten und wir zu schnell um mehrere Kurven rauschten.

Ich war nicht allein. Hier waren noch andere. Andere, die entführt worden waren. Geraubt. Verschleppt.

Diese Erkenntnis hätte mich nicht trösten sollen, aber sie tat es trotzdem. Allein das Wissen, dass ich vielleicht Verbündete hatte, entfachte Hoffnung in mir.

Auch mein Geschmackssinn erwachte wieder.

Sofort legte sich ein ekelhafter Geschmack auf meine Zunge, zusammen mit den süßlichen Rückständen der Cola und der bitteren Schärfe des Schreckens.

Die Cola erinnerte mich wieder an Brax und mein Herz verkrampfte sich vor Kummer. Selbst wenn es mir gelang zu fliehen, wie sollte ich Brax je wiederfinden? Ich hatte keine Ahnung, wo sich das Café befand oder wie ich dorthin kommen sollte. Würde jemand vom Hotel nach uns suchen, wenn wir den Roller nicht zurückbrachten?

Mir schnürte sich die Kehle zu, gequält von Bildern von Brax, der einsam auf dem dreckigen Fußboden einer Herrentoilette starb. Sicher würden sie ihn nicht sterben lassen. Irgendjemand würde ihn bestimmt ins Krankenhaus bringen.

Sie haben mich entführt. *Sie haben mich entführt.*

O Gott. Die Erkenntnis traf mich wie ein 100 Tonnen schweres Kreuzfahrtschiff. Sie haben mich entführt! Ich war machtlos.

Mein Atem fühlte sich ganz heiß unter der Kapuze an und verklebte meine Ohren und Wimpern mit dem Schweiß der Panik. Meine nutzlosen Augen sahen nur Schwarz. Die Kapuze verschleierte alles und dämpfte meine Umgebung mit einem Vorhang aus schmutzigem Stoff.

Eine raue Hand landete auf meinem Oberschenkel und drückte fest zu. Ich erschrak und versuchte wegzukrabbeln, aber die Fesseln um meine Handgelenke rissen mich wieder zurück.

Eine Sprache, die ich nicht verstand, säuselte durch die Luft und zerquetschte mein Herz. Ich wünschte mir, ich hätte einfach aufwachen und feststellen können, dass das alles nur ein schrecklicher Albtraum war.

Die Hand krallte sich erneut um meinen Schenkel und zwang meine Knie auseinander.

Rot blitzte vor mir auf. Ich hieß die Wut willkommen und trat zu, so fest ich konnte. Ich schrie auf, als eine Hand mir grob zwischen die Beine fuhr. Meine Leggings konnten dem furchtbaren Druck keinerlei Widerstand entgegensetzen. Ich fing mir eine schallende Ohrfeige ein, weil ich mich weiterhin wehrte.

Die Finger verschwanden und ich erstickte beinahe an der plötzlichen Erleichterung. Ich musste husten und würgte sämtliche Emotionen aus meinem Innersten hoch. Das hier *konnte* nicht wirklich passieren.

Das Fahrzeug kam quietschend zum Stehen und Türen öffneten sich mit lautem Knarren. Mein Herzschlag hämmerte in den Ohren wie schwere Trommeln.

Ich wurde an den Beinen gepackt und mein Hintern schabte über eine scharfe Oberfläche. Jemand grunzte, hob mich hoch und warf mich über seine Schulter wie einen leblosen Kadaver.

Mir wurde schwindelig und meine Lippen pressten sich gegen schmutzigen Stoff.

Die Macht des unbekannten Schreckens saugte mich an einen dunklen, tief begrabenen Ort – einen Ort voller Vergewaltiger, Mörder und unbeschreiblicher Ungeheuer. Selbstmitleid überkam mich und mein Überlebenswille schwand.

Nein!

Ich durfte mich nicht in diese resignierende Trauer hinabsaugen lassen und einfach aufgeben. Ich würde *niemals* aufgeben. Ich würde kämpfen bis zum Tod. Ich würde diesen Kidnappern zeigen, dass sie sich die Falsche geschnappt hatten, wenn sie ein demütiges, gebrochenes Opfer wollten.

Auf kranke Weise stärkten sie mein Selbstwertgefühl. Meine Eltern hatten mich vielleicht nie gewollt, aber diese Dreckschweine wollten mich ganz sicher. Sie hatten mich gestohlen, weil sie es tun *mussten*.

Weil ich wertvoll war. Ich musste stark bleiben und überleben.

Ich hing über der Schulter des Entführers und wurde Gott weiß wohin verschleppt, als plötzlich etwas mit mir passierte.

Mein Verstand zerbrach und spaltete sich im wahrsten Sinne des Wortes in zwei Teile. Die eine Hälfte war das Mädchen, das ich immer gewesen war, mit all meinen Hoffnungen und Träumen, meinen Ambitionen und meiner Liebe für Brax, die hell und wahrhaftig leuchtete. Meine Unsicherheit und mein Bedürfnis nach Liebe machten mich traurig – ich sah meine eigene Zerbrechlichkeit.

Aber das spielte keine Rolle, denn die andere Hälfte – der neue Teil – hatte Biss. Diese Frau war nicht gebrochen oder problembeladen. Sie war eine Kriegerin, die längst Blut gesehen und Ungeheuern ins Gesicht gestarrt hatte und ohne Zweifel wusste, dass ihr Leben irgendwann wieder ihr gehören würde.

Irgendwie hüllte sich dieser neue Teil um den Kern der alten Tess, beschützte und polsterte mich gegen die Schrecken, die noch kommen würden.

Oder zumindest hoffte ich, dass das passierte.

Ich hoffte es inständig.

Man riss mir die Kapuze vom Kopf und dabei mehrere Haare aus. Die restliche Mähne knisterte statisch aufgeladen und stand nach allen Seiten ab. Ich blinzelte, als Licht meine Augen überflutete und vor Übersättigung brennen ließ.

Ich befand mich in einem Raum.

Dunkel und schäbig. Kein Verlies, aber nicht weit davon entfernt. Stockbetten säumten alle vier Wände. Das Fehlen von Fenstern und die klamme Feuchtigkeit des Bodens gingen mir bis auf die Knochen.

Ich saß auf einer abgenutzten Matratze und blickte mich in meinem neuen Zuhause um. Mädchen hockten auf sämtlichen Betten. Sie alle umgab die Aura der Tragik: Ihre wunden Augen zeugten von Verlust und ihre Haut war von Verletzungen und Schmutz gezeichnet.

Ein Mann türmte sich über mir auf, sein Bart schwarz und widerwärtig. Er fasste hinter sich und brachte ein Messer zum Vorschein.

Ich zuckte zusammen und versuchte, von ihm wegzukriechen. Ein Teil von mir war überzeugt, dass er mir nicht wehtun würde. Noch nicht. Aber der andere Teil sah das Messer und winselte.

Ich wusste, was ein Messer tat. Es zerschnitt Dinge. *Schlachtete.* Ich wollte nicht abgeschlachtet werden.

Der Mann grunzte, bohrte mehrere Finger in meine Schulter und presste mich auf die feuchte Matratze des unteren Stockbetts. Ich jaulte auf, als er mich auf den Bauch rollte. Ich trat um mich, drehte und wand mich und versuchte, mich aufrecht zu halten. Ich kämpfte eine bereits verlorene Schlacht.

Durch die sägende Bewegung grub sich die Schnur um meine Handgelenke noch tiefer in meine wunde Haut. Die

Klinge war stumpf und es schien ewig zu dauern, bevor die Fesseln endlich zerrissen.

Der Mann ließ mich los und entfernte sich mit finsterem Blick von mir. Ich setzte mich langsam auf und rieb mir die Handgelenke. Die Haut war schlimm aufgeschürft und glühte in entzündet leuchtendem Rot.

»Du. Bleib.« Er fuchtelte mit einem Finger vor meinem Gesicht herum, bevor er Richtung Ausgang stapfte. Die schwere schwarze Tür öffnete sich und er verschwand. Ein lautes Klicken hallte im Raum wider, als die Tür ins Schloss fiel.

Im selben Moment, in dem er verschwand, starrte ich meine neuen Zimmergenossinnen an. Nur ein paar der Mädchen erwiderten meinen Blick. Der Rest kauerte sich vor Angst zusammen.

Ich konnte einfach nicht aufhören, sie anzuglotzen. Acht Stockbetten. Acht Frauen. Alle zwischen Anfang und Ende 20. Unsere Entführung schien keinem Schema zu folgen. Einige von uns waren blond, die anderen hatten schwarzes, rotes oder braunes Haar. Unsere Hautfarben passten auch nicht zusammen: drei Asiatinnen, zwei Schwarze und drei Weiße.

Nichts schrie nach einem Muster. Die Polizei wäre niemals in der Lage, herauszufinden, wer das nächste Opfer sein würde – wie es schien, betrachteten sie jede Frau, die sich leicht stehlen ließ, als Freiwild. Egal ob sie groß, klein, dick oder dünn war. Mit dicken Brüsten oder langen Beinen. Wir waren alle aus einem ganz bestimmten Grund hier.

Einem Grund, den ich noch nicht kannte.

Einem Grund, den ich gar nicht kennen wollte.

Stunden vergingen, in denen wir uns nur anstarrten.

Keine von uns sagte ein Wort – das mussten wir nicht. Wir kommunizierten mit unserem Schweigen, das tiefer reichte als Worte. Unsere Seelen sprachen miteinander. Wir trösteten einander und teilten die Trauer darüber, was mit uns passieren würde.

Eine flackernde Glühbirne erhellte unseren Käfig und schickte Wellen der Spannung durch den Raum.

Einige Zeit – Stunden – später öffnete sich die Tür und ein jüngerer Mann mit schiefen Zähnen und einer gezackten Narbe im Gesicht kam herein und stellte ein Tablett mit acht Schüsseln in der Mitte des Raumes ab.

Die schale Luft unseres Gefängnisses füllte sich mit dem Duft von Essen – irgendetwas Gebratenes und dazu ein Teller mit warmem Brot, um es aufzuschaufeln. Mir knurrte der Magen. Ich hatte seit dem Frühstück nichts mehr gegessen.

Mein Herzschlag setzte aus, als ich an Brax dachte. Es schien so lange her zu sein, dass wir unsere erste Nacht in Cancún verbracht und das Gefühl genossen hatten, zusammenzugehören.

Ich zwang mich dazu, nicht mehr an ihn zu denken. Es tat zu weh.

Niemand bewegte sich, aber wir starrten alle sehnsuchtsvoll auf das Essen, als die Tür wieder verschlossen wurde.

Ich wartete, um zu sehen, ob es eine Hierarchie gab.

Niemand rührte sich.

Der Geruch des Essens war überwältigend und ich hielt es einfach nicht mehr länger aus. Ich brauchte meine Kraft, um zu kämpfen. Ich würde nicht nur hier sitzen und abwarten – wer wusste schon, wann sie zurückkommen und uns holen würden?

Ich setzte mich in Bewegung.

Mein Körper knackste und protestierte, aber ich stand auf, nahm eine Schüssel nach der anderen und reichte sie den Mädchen jeweils mit einem Stück Fladenbrot.

Sie schenkten mir ein schüchternes Lächeln, ihre Blicke glasig und tränenschwer. Ich fand Trost darin, ihnen helfen zu können. Wenigstens waren sie nicht allein. Wir waren gemeinsam in diesem Albtraum.

Als ich die letzte Schüssel übergeben und mir eine eigene genommen hatte, musste ich Tränen hinunterschlucken. Sie drohten mich zu ertränken, wenn ich ihnen freien Lauf ließ.

Brax. Mein Leben. Meine ach so glückliche Welt hatte sich aufgelöst und mich in die Hölle entlassen.

Ich gehörte nicht mehr Brax. Ich gehörte noch nicht einmal mehr mir selbst. Ich gehörte einer düsteren, unbekannten und mit Schrecken erfüllten Zukunft.

Ich schluckte schwer und zwang die Tränen hinunter. Tränen nützten mir nichts und ich weigerte mich aufzugeben. Ich nahm einen Mundvoll von der Pampe, schluchzte und wappnete mich innerlich.

Ich würde nicht weinen.

Nicht heute Nacht.

KAPITEL 5

FÄCHERSCHWANZ

Zwei Tage lang war der kleine Raum meine ganze Welt.

Das Essen kam zweimal täglich und durchbrach unsere eintönige Wartezeit. Die Angst davor, was mit uns passieren würde, erschöpfte sich mit jedem Ticken der Uhr ein bisschen mehr und ließ mich gefühllos und leer zurück.

Die restlichen Stunden glotzten wir nur ins Leere oder starrten einander an.

Ein paar der Frauen unterhielten sich flüsternd, aber ich nicht. Ich saß in einen Mantel des Schweigens gehüllt und schmiedete einen Plan. Man hatte mir meine Freiheit genommen, aber ich würde sie mir wieder zurückholen.

Mein ganzes Leben war ich ein demütiger Fußabtreter gewesen. Selbst bei Brax hatte ich niemals die Kraft gehabt, die Wahrheit auszusprechen. All das änderte sich in diesen beiden Tagen, in denen ich nur dasitzen und nachdenken konnte. Ich verdrängte meine Angst vor Bestrafung und hieß die neue Wildheit mit offenen Armen willkommen. Ich beschwor Wut wie Magie herauf, säugte sie in meinem tiefsten Inneren und hüllte mich in sie wie in einen undurchdringlichen Umhang. Ich würde meine wahren Gefühle nie wieder verstecken oder es versäumen, den Dingen nachzujagen, nach denen ich mich wirklich sehnte. Und am meisten sehnte ich mich nach meiner Freiheit.

Unser Essen servierte jedes Mal derselbe junge Mann mit der Narbe, die von einer Augenbraue bis zum Kiefer reichte. Wer auch immer die Wunde genäht hatte, hatte ziemlichen Pfusch abgeliefert. Die Haut kräuselte sich und klumpte hässlich und er hätte mir deswegen leidgetan, wenn er nicht mit meinen Entführern unter einer Decke gesteckt hätte.

Er war nicht sehr groß, bewegte sich jedoch so kraftvoll, dass es seinen dürren Körper Lügen strafte. Ich beobachtete ihn aufmerksam und wägte ab, ob ich ihn würde überwältigen können, wenn die anderen Frauen mir helfen würden.

Aber selbst wenn wir Frauen zusammenarbeiteten, wie weit konnten wir es schaffen? Vor der Tür standen Wachen und ich hatte keine Ahnung, was dort draußen auf uns wartete. Eine Stadt, ein Wald – urbaner oder echter Dschungel? Es hatte keinen Sinn, irgendetwas zu versuchen, solange ich noch nicht einmal das wusste. Wissen war Macht und das Überraschungsmoment war der Schlüssel.

Am Abend des zweiten Tages schwang die Tür krachend auf. Es war noch keine Essenszeit und mein Herz machte vor Schreck einen Satz, als Lederjacke in den Raum stolzierte. Sein Raubtierblick fiel sofort auf mich. All meine Pläne und Entschlossenheit verpufften, als er mich böse angrinste und direkt auf mich zustampfte.

Angst schoss durch meine Adern, brannte in meinem schmerzenden Körper und erinnerte mich daran, dass die Gefahr an diesem Ort in jedem Zentimeter lauerte. Selbstgefälligkeit war keine gute Idee.

»Komm mit, Schlampe.« Finger schlossen sich um mein wundes Handgelenk und rissen mich hoch. Er leckte sich über die rissigen Lippen und zerrte mich zur Tür. *Nein!* Ich würde nicht gehen, nicht so.

Ich bohrte die Knie steif in den Boden, strampelte mit nackten Füßen über die alten Bodendielen und versuchte, Halt zu finden, was mir jedoch nicht gelang. Er zog mit einem kräftigen Ruck und ich prallte gegen seinen widerlichen Körper. Die Lederjacke stank nach Schweiß und Metall.

Die anderen Frauen begannen zu schreien, ein Geheul der Verwirrung, das die bis dahin so schwere Stille durchbohrte. Unsere kleine Oase inmitten des Wahnsinns zerbrach.

Ich zappelte verzweifelt und versuchte, seine Finger von meinem Handgelenk zu lösen, aber er holte aus und verpasste mir eine Ohrfeige. Mein Wangenknochen brannte vor Schmerz und ich kniff die Augen ganz fest zusammen.

»Gehorche! Es sei denn, du willst noch mal ausgeknockt werden«, knurrte Lederjacke. Er festigte seinen Griff erneut und zerrte mich einen klammen Korridor hinunter. Mein Gesicht stand in Flammen, aber ich wischte das unangenehme Gefühl schnell beiseite. Schmerz bedeutete Ablenkung und ich musste mich konzentrieren.

Männer, alle dunkelhaarig und finster, rauschten an mir vorbei. Eine Frau weinte, dann mischten sich Schreie unter die schreckliche Symphonie. Mein Herzschlag setzte aus. Ich war nicht die Einzige, die sie holen kamen.

Mein Puls pochte heftiger mit jedem Meter, den Lederjacke mich weiterschleppte. Wir kamen an einer verriegelten Tür nach der anderen vorbei, bis er mich schließlich von sich stieß und ich in einen Duschraum stolperte. Ich erkannte mehrere Duschköpfe, rissige weiße Kacheln und viel benutzte Seifenstücke, die den Fußboden bedeckten. Es sah aus wie in einem Fitnessstudio oder Gefängnis.

O Gott.

Lederjacke riss meine Schulter herum, bis er mir direkt in die Augen sehen konnte. »Ausziehen.«

Trotziger Ungehorsam blühte in mir auf und ich spuckte ihm ins Gesicht. Ich würde mich auf keinen Fall vor ihm ausziehen. Ich konnte nicht. Nur Brax hatte mich je nackt gesehen – das war mein Geschenk für ihn und niemanden sonst.

Fick dich. Fick diese ganze Scheiße hier. Ich war früher nie so draufgängerisch oder mutig gewesen, aber alles an mir hatte sich verändert. Es war Zeit, mein neues Ich zu akzeptieren.

Er lachte. »Du magst es also hart, Schlampe.« Bevor ich mich ducken konnte, landete eine Faust auf meinem Wangenknochen und ich sah nur noch bruchstückhaft. O Gott, die Schmerzen waren unendlich viel schlimmer als nach der Ohrfeige. Ich stöhnte gequält und legte die Hände aufs Gesicht. Ich war vorher noch nie geschlagen worden, aber das war schon das dritte Mal innerhalb weniger Tage.

Hände packten den Kragen meines T-Shirts und zerfetzten es. Das Geräusch des reißenden Stoffs hallte in dem gefliesten Duschraum wider. Ich wimmerte, als frische Luft meinen entblößten Bauch und Busen streifte. Als sich der Nebel der Schmerzen allmählich lichtete, täuschte ich seitlich an und versuchte, meinem Entführer zu entkommen. Er musste sich jedoch *nicht* von einem Schlag auf den Kiefer erholen und schnappte mich sofort.

Er grunzte und verpasste mir die nächste Ohrfeige. »Du bist eine ganz Wilde, was? Aber das wird dich auch nicht retten. Es bedeutet nur, dass du nicht bei den guten Käufern landen wirst. Du wirst im Drogenrausch und hirntot enden.« Er lehnte sich zu mir und leckte mich ab, zog seine faulige Zunge wie ein Labrador über meine Wange bis zum Haaransatz hinauf.

Ich erschauderte angewidert.

»Wenn du noch eine Faust in deinem hübschen Gesicht willst, dann beweg dich ruhig noch mal«, reizte er mich.

Schon jetzt donnerten hundert galoppierende Elefanten durch meinen Schädel. Mehr hätte ich niemals ausgehalten. Meine Seele wollte kämpfen, aber mein Körper blieb reglos und gehorchte.

»Braves Mädchen«, gurrte er, griff nach meinen Leggings und zog sie mit einer schnellen Bewegung herunter. Ich spürte einen kräftigen Ruck an den Hüften, als er mein Höschen zerriss, bevor Hände hinter meinem Rücken herumfummelten und den BH öffneten. Er flatterte zu Boden und ließ mich entblößter zurück, als ich mich in meinem ganzen Leben gefühlt hatte.

Nackt stand ich vor einem Vergewaltiger, Kidnapper und bösartigen, sadistischen Arschloch.

Ich zitterte und legte die Arme vor den nackten Busen. Der Mann lachte höhnisch und missbrauchte mich mit seinen starren, stechenden Augen. »Du hast nette Titten. Du kannst sie nicht ewig verstecken. Ab in die Dusche und wasch dir den Dreck ab.« Er schubste mich in den mit Seifenstücken übersäten Bereich des Waschraums.

Ich stolperte, ging jedoch freiwillig. Wenigstens kam ich so von ihm weg – weg von seinem Gestank und seiner Verdorbenheit. *Denk einfach nicht daran, dass er dich anglotzt. Nichts von alledem kann dir etwas anhaben, wenn du es nicht zulässt.*

Ich hielt mich an diesem Gedanken fest und beugte mich nach unten, um ein trockenes Stück Seife aufzuheben.

Weitere Frauen kamen in den Waschraum, eingepfercht zwischen den groben Händen widerwärtiger Männer. Jede von ihnen erfuhr dieselbe Behandlung wie ich, abgesehen von den Prügeln. Ich wandte mich ab, als auch ihre Kleider zu Boden fielen. Der Typ mit der Narbe sammelte unsere Habseligkeiten ein und verschwand mit der Garderobe unseres vergangenen Lebens. Alles weg – einfach so. Es ging dabei um mehr als nur die Tatsache, dass sie uns entkleidet hatten – es war eine Botschaft: Wir gehörten ihnen. Wir hatten nicht länger das Recht, anzuziehen, was wir wollten. Dorthin zu gehen, wo wir hinwollten. Zu lieben, wen wir wollten. Wir waren nichts weiter als nackte, zitternde Mädchen.

Die krasse Härte unserer Realität traf ein paar der Frauen mit besonderer Wucht. Sie krümmten sich auf dem Boden zusammen, brachen in Tränen aus und fingen sich dafür mehrere Tritte in die Magengegend ein, die sie zwangen, auf allen vieren in die Gemeinschaftsdusche zu kriechen.

Ich schluckte salzige Tränen hinunter, drehte den Wasserhahn auf und versuchte, die alte, schmutzige Seife aufzuweichen.

Das Wasser war kalt, aber es fühlte sich himmlisch an, den Dreck und die Qualen abzuwaschen. Ich wollte nicht darüber nachdenken, warum sie uns zum Duschen zwangen. Das lag in der Zukunft – an einem Ort, den ich mir noch nicht einmal vorstellen wollte. Ich konzentrierte mich auf die Gegenwart, darauf, nicht wahnsinnig zu werden, indem ich meiner Fantasie und all ihren Schrecken keinen freien Lauf ließ.

Langsam bildeten sich Bläschen auf der Seife und ich verbrachte die folgenden zehn Minuten damit, meine Haut einzureiben und mir die Haare einzuschäumen. Ich wollte wegwaschen, was geschehen war. Ich wünschte mir, das Wasser würde meine Traurigkeit auflösen, sie gurgelnd den Abfluss hinunterspülen und auch mich mit sich fortnehmen. Gewiss versprach die Kanalisation ein angenehmeres Dasein.

»Das reicht!«, schrie einer unserer Wärter.

Wir gehorchten, spülten die Seife unter der kalten Gischt ab und taumelten zu einer Bank hinüber, auf der ein Stapel mit von Motten zerfressenen Handtüchern lag. Ich wickelte eines der ausgebleichten Handtücher um meinen Körper, als von hinten plötzlich eine Seilschlinge auftauchte und sich um meinen Hals legte. Ich erschrak und krallte die Finger in die enge Fessel.

Der Mann mit der gezackten Narbe trat in meinen Sichtbereich und zog leicht an dem Seil. »Du bist nicht mehr die, die du bisher warst. Du musst deine Vergangenheit vergessen, weil du sie niemals wiedersehen wirst.«

Er kam näher und ich erstarrte. Ich hatte ihn unterschätzt. Nur weil er uns Essen gebracht hatte, war ich idiotischerweise davon ausgegangen, dass er netter war als die anderen, aber das stimmte nicht. In ihm wohnte dieselbe Schwärze.

»Komm mit.« Er setzte sich in Bewegung und riss an dem Seil. Mein Rücken bog sich unter dem Druck und ich war gezwungen, ebenfalls loszulaufen, um ihn einzuholen. Mit einer einzigen Aktion war ich vom Menschen zum Hund degradiert worden.

Niedere Instinkte kochten in mir hoch. Ich wollte ihn anknurren und die Zähne tief in seinen Arm bohren. Wenn er mich zum Tier machen wollte, dann würde ich mich in ein Tier verwandeln.

Der Duschraum verschwand allmählich, während ich hinter meiner Leine hertrottete. *Wo zur Hölle bringt er mich hin?* Ich kniff die Augen ganz fest zusammen. Ich wollte es gar nicht wissen.

Was, wenn sie mich jetzt, wo ich sauber war, vergewaltigen würden? Wenn sie mich in irgendeinen Puff verschleppten und mich in einem Meer aus Drogen und Chemikalien ertränkten? Dann würde ich nie wieder zu dem Menschen werden, der ich war. Ich würde nie wieder frei sein.

Nein!

Ich versuchte ihn auszubremsen und grub die nackten Füße in den Boden. Meine Zehen schrien vor Schmerzen, als Zackennarbe mit einem Ruck stehen blieb. Mein Hals brannte fürchterlich, als sich das Seil enger zuzog und ich beinahe erstickte.

»Beweg dich!« Zackennarbe funkelte mich finster an und presste seinen Körper hart gegen meine nur durch das Handtuch geschützte Haut. Jede Faser in mir rebellierte gegen die Nähe, aber ich biss die Zähne zusammen. Ich würde keinen Zentimeter zur Seite weichen und mich nicht geschlagen geben. Ich hätte ihn am liebsten angefaucht und ihm meinen Schädel ins Gesicht gerammt, aber ich stand nur da, starrte zu allem entschlossen in seine endlos schwarzen Augen und richtete mich so gerade wie möglich auf.

»Nein. Ich bewege mich keinen Meter weiter. Ihr habt kein Recht, mich oder diese anderen Frauen so zu behandeln. Lasst uns gehen.« Meine Stimme bebte vor Angst und mein Herz raste wie wild. Dieser Ungehorsam würde mich womöglich das Leben kosten, aber ich konnte nicht einfach kampflos untergehen. Ich *konnte* nicht so schnell aufgeben. Ich hatte mich von meiner Familie wie Dreck behandeln lassen – und ich würde ganz sicher nicht zulassen, dass diese verdammten Mistkerle dasselbe taten.

Schockiertes Gemurmel stieg hinter mir auf. Ich blickte mich um und meine Augen weiteten sich vor Schreck.

Meine Zimmergenossinnen waren ebenfalls mit Seilen gefesselt und standen in einer Reihe da – wie Schafe auf dem Weg zur Schlachtbank.

Lederjacke stieß sie unsanft aus dem Weg und stürmte wutentbrannt auf mich zu. Zackennarbe ließ das Ende meines Seils fallen und wich ein paar Schritte zurück.

Oh, *Scheiße.*

Ich duckte mich, warf die Arme über den Kopf und versuchte, mich zu schützen – es war zwecklos.

Lederjacke stieß mich zu Boden und trat zu. Seine mit Stahlkappen besetzten Stiefel brachen mir eine Rippe, als ich unter den Misshandlungen zusammenbrach. Das Knacken hallte von den Wänden wider und ich schrie auf und rollte mich zu einem Ball zusammen.

Ich konnte nicht atmen. Ich konnte mich nicht bewegen. Ich konnte noch nicht einmal mehr weinen, obwohl die Schmerzen unerträglich waren. Tritt folgte auf Tritt. Auf die Brüste, in den Magen, gegen die Oberschenkel und auf die Fußknöchel. Jeder Schlag war wie eine brennende Explosion und schlimmer als alle zuvor.

Ein weiterer Schrei brach aus meiner Kehle los, als einer der Tritte meinen Solarplexus traf und sich das Handtuch löste. Ich war jenseits aller Qualen. Ich war in der Hölle.

Lederjacke brüllte wütend etwas in seiner Muttersprache, krallte sich mit einer Hand in meinen Haaren fest und riss mich auf die Beine. Mein ganzer Körper pulsierte vor Angst und Entsetzen, als er mich nach hinten riss und Schwung holte, um meinen Kopf gegen die Wand zu rammen.

»Basta!«

Das Wort kannte ich: Es reicht.

Lederjacke ließ mich wieder los und ich brach auf dem Boden zusammen. Jeder Millimeter meines Körpers heulte vor Schmerzen. Das kalte Holz unter meiner Haut erinnerte mich daran, dass ich geschlagen und nackt war. *So dumm, Tess. So furchtbar dumm. Du kannst nicht gewinnen. Gib ihnen einfach, was sie wollen.* Ich machte es nur schlimmer, wenn ich ihnen nicht gehorchte: Ich war nur noch ein zitterndes Häuflein Elend, nackt auf dem dreckigen Boden, zu nichts mehr fähig außer zur Schwäche.

Brax. Wie sehr ich mir wünschte, er wäre hier. Er hätte gewusst, was zu tun war. Wie er mich beschützen konnte. Ich war so eine Idiotin gewesen, zu glauben, dass ich mich gegen diese Männer wehren könnte.

Wer *waren* sie überhaupt?

Mir kam ein Wort in den Sinn: Menschenhändler. Es dröhnte in mir wie ein wütender Hurrikan, der mich noch tiefer in diese Welt des Schreckens wirbelte. Und sosehr ich diese Erkenntnis auch verleugnen wollte, wusste ich doch, dass es stimmte.

Ich war Menschenhändlern ins Netz gegangen. Ich und diese Frauen würden überall auf der Welt verschwinden, im Austausch gegen Geld und ohne Rücksicht darauf, dass wir menschliche Wesen waren. Wir waren nur noch Besitz.

Ich hatte genügend grauenvolle Nachrichten gelesen, um zu wissen, dass das Zeitfenster, in dem geschmuggelte Frauen noch gerettet werden konnten, äußerst klein war – höchstens ein paar Tage, bevor sie für immer verschwanden.

Niemand außer meinen Eltern und Brax wusste, dass ich in Mexiko war. Meine Eltern würden gar nicht mitbekommen, dass ich vermisst wurde – sie riefen mich nie an oder schickten mir Nachrichten. Es würde Monate dauern, bevor sie meine Abwesenheit überhaupt bemerkten. Und Brax … Mein Herz schnürte sich zusammen. Brax war vielleicht schon längst tot. Tot und kalt und leichenblau unter einem Pissoir.

Der Mann mit der Narbe stieß Lederjacke beiseite und griff sich meine Leine wieder. Er zog am Seil und ein brennendes Stechen schoss durch meinen Hals. »Steh auf.«

Ich wollte lachen. Er erwartete, dass ich aufstand, obwohl mein ganzer Körper zerstört und gebrochen war? Und doch hatte ich etwas aus den Prügeln gelernt: Gehorsam war unerlässlich. Es sprach nichts dagegen, dass ich ihre Befehle befolgte, wenn ich dafür einen weiteren Tag überlebte. Auch wenn es mich beinahe umbrachte, rappelte ich mich daher taumelnd auf.

Ich keuchte heftig. Mein ganzer Körper hätte am liebsten losgeheult, aber meine Augen blieben trocken. Diese Männer hatten meine Tränen nicht verdient.

Zackennarbe griff mit den Fingern um meinen Oberarm und stützte einen Teil meines Gewichts. Er warf mir ein schiefes Grinsen zu und zuckte mit den Achseln. »Du kannst es dir leicht machen. Das hier ist sowieso nur vorübergehend. Spar dir die Kämpfe für deinen neuen Besitzer.«

Vor Schock war mein Verstand mit einem Mal völlig leer. Ich blinzelte erschrocken. Er hatte meine Befürchtungen bestätigt, auch wenn ich mir so sehr gewünscht hatte, dass ich damit falschlag.

Zackennarbe zerrte mich vorwärts, eine Hand um meinen Arm, die andere am Seil. Meine Verletzungen kreischten auf, vor allem die gebrochene Rippe, aber wir schlurften weiter gemeinsam den Korridor hinunter. Auch die Reihe hinter uns setzte sich wieder in Bewegung. Jede der Frauen wurde in ein anderes Zimmer gebracht. Würde ich sie jemals wiedersehen?

Lederjacke grinste höhnisch, öffnete eine Tür und Zackennarbe führte mich hindurch. Der Raum sah genauso aus wie die Zelle, in der wir hausten: fensterlos und nur eine einzige Tür.

Das klickende Schloss löste Panik von der Wucht einer Atombombe in meiner Brust aus.

Alles an diesem Raum war unauffällig, abgesehen von dem Folterinstrument, das in der Mitte stand: halb Zahnarztstuhl, halb Gynäkologensessel, inklusive Haltebügel und Hebel.

Daneben stand ein Edelstahltisch, auf dem Instrumente lagen, die direkt meinen schlimmsten Albträumen entsprungen schienen und unter dem riesigen Scheinwerfer darüber scharf und böse funkelten.

Mir klappte vor Schreck der Mund zu und ich krümmte mich ganz klein zusammen und versuchte, mich unsichtbar zu machen. *Schalte ab, Tess. Verschwinde einfach aus dieser Hölle.*

Spritzen, Skalpelle, Glasfläschchen mit kristallklaren Flüssigkeiten und Lederriemen läuteten mein Schicksal ein, während Zackennarbe mich weiter vorwärtsschob. Eigentlich hatte ich überhaupt keine Kraft mehr und mein ganzer Körper pulsierte vor Schmerzen, aber ich wirbelte trotzdem herum. Ich konnte mich nicht auf diesen Stuhl setzen. Ich konnte nicht.

Das Seil um meinen Hals zog sich eng zusammen und ich krallte mit verzweifelten Fingern und abgebrochenen Nägeln nach meiner Kehle. »Nein!«

Ein zweites, unbekanntes Paar Hände packte meinen nackten Körper und verfrachtete mich halb schleppend, halb tragend Richtung Stuhl. Gemeinsam warfen sie mich auf den quietschenden, blutbefleckten Ledersessel.

Zackennarbe stellte sich dahinter, riss an dem Seil und zwang mich, mich hinzulegen, wenn ich nicht ersticken wollte.

Meine Haut klebte an dem Leder, das Sauggeräusche von sich gab, die sich unter meine panische Atmung mischten.

Die unbekannte Person, die geholfen hatte, mich auf den Stuhl zu werfen, tauchte über mir auf.

Mein Herz krampfte sich vor Abscheu zusammen. Es war eine Frau – jung und grausam, das Gesicht von einem glänzenden Vorhang aus schwarzem Haar umrahmt. Ihre Lippen waren von frühen Raucherfalten umrandet, die schwarzen Augen ebenso leer wie die der Männer. An einem ihrer Ohren baumelte eine OP-Maske und die Finger steckten in Gummihandschuhen.

Wut kochte in mir hoch. Sie war eine Frau und handelte mit Frauen – eine Verräterin am eigenen Geschlecht. »Wie kannst du nur, du Schlampe? Wie kannst du dabei nur mitmachen?«

Zackennarbes Hand tauchte von hinten auf und tätschelte mir warnend die Wange. Die Frau antwortete nicht und wandte den Blick ab – aber nicht vor Verlegenheit, sondern um die Lederriemen um meine Unterarme festzuschnallen. Als sie damit fertig war, spreizte sie meine Beine in die Haltebügel, schnallte die Fußgelenke an und zog die Riemen so fest zu, dass sich das Leder wie Reißzähne in meine Haut grub.

Das Gefühl der Demütigung, so entblößt und hilflos zu sein, zeichnete sich in tiefem Rot auf meinen Wangen ab. Ich hatte mich noch nicht mal gewehrt.

Durch die Wände drang ein kurzer, spitzer Schrei, der jedoch ebenso schnell wieder erstarb. Ich riss die Augen auf. O mein Gott – was passierte hier?

Mein Atem krächzte durch den kleinen Raum, gehetzt und abgehackt. Die Frau zog sich die Maske über den Mund und riss eine sterile Verpackung auf.

Ich wollte die Augen schließen, um nicht sehen zu müssen, was sich in dem Plastik befand, konnte den Blick jedoch nicht abwenden. Mit kranker Faszination sah ich zu, wie sie die Nadel auf eine stiftähnliche Vorrichtung steckte und ein Fläschchen mit schwarzer Flüssigkeit ansetzte.

Was war das für ein Ding?

Zackennarbe schnappte sich eine zweite Flasche, begoss die Innenseite meines Handgelenks und schob Brax' Armband weiter nach oben. Mein Herz verkrampfte sich in schmerzvollem Verlust. Brax. Das Armband war das Einzige, was ich von ihm hatte. Sie hatten mir erlaubt, es zu behalten. Unangebrachte Dankbarkeit überwältigte mich – wenigstens hatten mir diese Dreckschweine nicht auch das noch gestohlen.

Mit einem weißen Wattebällchen tupfte Zackennarbe mein Handgelenk trocken, bevor er der Frau zunickte.

Sie beugte sich über meinen Arm, legte ein Stück Transferfolie darauf, die sie von dem kleinen Tisch genommen hatte, und klebte sie auf die feuchte Haut. Anschließend strich sie die Folie glatt und vergewisserte sich, dass das Bild richtig übertragen worden war, bevor sie sie wieder abzog und einen violetten Strichcode zurückließ.

Sie warf die Transferfolie weg, griff nach dem Stift mit dem schwarzen Fläschchen und drückte auf einen Knopf. Ein mechanisches Surren vibrierte.

Scheiße, die tätowieren mich! Ich hatte noch kein einziges Tattoo auf der Haut, weil mir bisher nie ein Motiv genug gefallen hatte, um es dauerhaft auf meine Haut zu bannen, und einen Strichcode wollte ich schon gar nicht.

»Aufhören!«

Zackennarbe schob das Gesicht ganz dicht vor meines, als sich die Tätowiermaschine mit einem scharfen Stechen in mein Fleisch bohrte. Winzige, klitzekleine Zähne zwickten und schnitten tiefer.

»Akzeptier endlich, dass du keine Frau mehr bist. Du bist eine Ware. Und Waren brauchen einen Strichcode, damit man sie verkaufen kann.«

Ich wollte ihn anspucken, hielt mich aber zurück. So erniedrigend es auch war, wie Vieh behandelt zu werden, ich biss mir auf die Unterlippe und ertrug die Demütigung schweigend. Ich würde es weglasern lassen, sobald ich entkommen war.

Das brennende Stechen verwandelte sich in ein loderndes Feuer, als aus Sekunden Minuten wurden.

Ich war nicht länger Tess – ich war ein großes Dollarzeichen.

Endlich erstarb der Tätowierstift mit einem Brummen. Mir stockte der Atem, als die Frau eine Art Gel auf die Stelle schmierte und mein Handgelenk in Plastikfolie einwickelte.

Die schwarzen Linien wirkten grässlich obszön auf der roten, geschwollenen Haut. Mein erstes Tattoo – und es degradierte mich vom Hund zur Ware. Zu einem Wegwerfprodukt. Einem Ding. Nicht mehr. Nicht weniger.

Meine Kampfeslust verebbte unter einer Lawine aus Unglück. Mir tat alles weh: mein Herz, mein Körper und meine Seele. Ich stürzte in eine tiefe Grube, in der Schlangen und Ungeheuer lebten, und suhlte mich in Selbstmitleid.

Die Frau zog die Handschuhe aus und schnappte sich ein neues Paar. Sie ging zum Fußende meines Stuhls, positionierte sich zwischen meinen Beinen und verwandelte sich von einer Tätowiererin in eine Gynäkologin.

Oh, zur Hölle noch mal. Nicht das auch noch.

Ich kniff die Augen zusammen und drehte den Kopf zur Seite. Ich wollte mich zwingen, diesen Ort zu verlassen, davonzuschweben und einfach zu verschwinden, aber die Berührung ihrer Finger verankerte mich fest in meiner Verzweiflung.

Sie untersuchte mich eine halbe Ewigkeit lang, bevor sie mir schließlich wie einem braven Hund den Schenkel tätschelte. Ich hatte weder gebellt noch nach ihr geschnappt. Ich hatte zugelassen, dass sie über mich verfügten, und noch nicht einmal mit der Wimper gezuckt.

Die Frau öffnete die Riemen an meinen Beinen und ich schlug sie übereinander, die Knie ganz fest zusammengepresst.

Zackennarbe grunzte. »Die Beine zu schließen wird dir auch nicht helfen. Es gibt noch jede Menge andere Stellen, die man vergewaltigen kann.«

Ich schluckte. Die Schnallen der Lederriemen schepperten gegen den Metalltisch, eine eiskalte Gänsehaut kroch über meine Glieder.

Bitte, lass diese erniedrigende und demütigende Untersuchung endlich vorbei sein.

Ich machte den Mund auf, um zu fragen, ob ich entlassen war, aber das Knistern einer weiteren sterilen Verpackung ließ meine Panik erneut anschwellen.

Die Frau fummelte an irgendetwas Kleinem herum, bevor sie mich mit einem grausamen Lächeln bedachte. Die Spritze glänzte im Licht des Scheinwerfers. Mein Herz raste. »Nein. Ich werd mich benehmen. Ihr müsst mich nicht unter Drogen setzen. Bitte.«

Die Vorstellung, mein Leben in einem permanenten Drogennebel zu fristen, machte mir noch mehr Angst als alles andere.

Die Frau erwiderte nichts. Ich riss verzweifelt an meinen Fesseln und versuchte, mich zu befreien.

Ich konnte den Blick nicht von der Spritze abwenden und erwartete, dass sie mir das Zeug – was auch immer es war – in den Arm injizieren würde. Sie steuerte jedoch einen anderen Teil meines Körpers an.

Ihre in Latex gehüllten Finger strichen einige verknotete Haarsträhnen von meinem Hals, bevor sie die dicke Nadel in die weiche Haut hinter dem Ohr stach.

Ich schrie auf, als eine harte Kugel aus der Spritze schoss, sich ausdehnte und mich entstellte.

Sie zog sich zurück, kicherte und sagte irgendetwas auf Spanisch zu Zackennarbe. Dann warf sie die Spritze in einen Mülleimer und griff nach etwas, das wie ein iPhone aussah. Sie reichte es Zackennarbe und er hielt es über meine jüngste Wunde. Meine Haut wollte gar nicht mehr aufhören zu pulsieren.

Eine Reihe spitzer Pieptöne erfüllte den Raum.

»Funktioniert und ist mit dem Strichcode verlinkt«, murmelte Zackennarbe.

Nein! Das hatten sie nicht wirklich getan! All mein Mut und meine Hoffnung auf eine Flucht waren zunichte. Sie hatten mich nicht nur markiert, sie hatten mir auch noch einen Peilsender verpasst. Selbst wenn ich entkam, konnten sie mich verflucht noch mal *orten.*

Tränen der Verzweiflung stiegen in mir auf. Mir war gar nicht bewusst gewesen, wie sehr mich der Gedanke an eine Flucht aufrecht gehalten hatte. Jetzt war mir auch das genommen worden.

Ich schluckte schwer und gab mir alle Mühe, die Augen trocken zu halten. Zackennarbe band meine Arme los, ging hinter mich und nahm mir das Seil vom Hals.

Es dauerte eine Weile, bis ich verstand, dass ich frei war – und noch länger, bis mein Körper sich in Bewegung setzte.

Zackennarbe half mir, mich aufzurichten. Ich verzerrte vor Schmerzen das Gesicht, hielt mir die Rippen und scherte mich nicht darum, dass ich meinen Busen dadurch entblößte.

Schniefend versuchte ich, mich noch aufrechter hinzusetzen, gab mich jedoch schnell geschlagen und sank mit gesenktem Blick in mich zusammen. Das hier war der schlimmste Tag meines Lebens. Nein, das stimmte nicht. Der schlimmste Tag meines Lebens war der Tag, an dem sie mich verschleppt hatten. An dem sie Brax verprügelt und ihn seinem Schicksal überlassen hatten. Ein Schluchzen blubberte in mir hoch, aber ich schluckte es hinunter. Ich konnte nicht über Brax nachdenken – oder über den Albtraum, der nun mein Leben war.

Eine braune Papiertüte tauchte auf meinem Schoß auf. Zackennarbe packte mein Kinn und hob es an, damit ich ihm in die Augen sah. »Braves Mädchen. Gib dich deiner Zukunft geschlagen. Ist einfacher, oder?« Er strich mir über die Wange – die erste sanfte Berührung, seit ich in dieser Hölle gelandet war. Nach den Misshandlungen durch Lederjacke wünschte ich mir nur noch, in den Arm genommen und fürsorglich gepflegt zu werden. Aber das würde niemals passieren.

Kämpf weiter, Tess. Hör nicht auf zu kämpfen.

Hitze strömte in meine Glieder, verdrängte die Schmerzen und Verletzungen. Kämpfen war alles, was mir noch geblieben war. Ich würde nicht aufgeben.

Ich funkelte die Frau wütend an, die mich mit einem Tattoo und einem Sender in ein undurchdringliches Gefängnis gebannt hatte. »Ich hasse dich. Eines Tages wirst du so leiden wie deine Opfer. Eines Tages wird dir das Karma so richtig den Arsch aufreißen.« Ich hatte keine Ahnung, ob mein Versprechen jemals wahr werden würde, aber ich würde es zu meiner Lebensaufgabe machen, den Zorn des Gesetzes über sie kommen zu lassen und andere unschuldige Frauen zu retten.

Ich hasste sie. Ich hasste alles.

Zackennarbe schnaubte und nahm mir die Papiertüte aus den Händen. Er öffnete sie, holte ein paar Klamotten heraus und warf sie mir zu. »Zieh das an.«

Ich fing die Sachen und stand vorsichtig vom Stuhl auf. Dann streifte ich stöhnend den braunen Pullover über den Kopf und zuckte dabei mehrmals vor Schmerzen zusammen. Als Nächstes schlüpfte ich in das weiße Höschen, gefolgt von einem Paar Overknee-Strümpfe.

Sonst nichts.

Sie hatten mich praktisch wie eine Puppe gekleidet. Wie eine kaputte, wertlose Puppe.

Aber ich scherte mich nicht länger um so oberflächliche Dinge wie Kleidung. Dennoch bot sie mir ein wenig Schutz, auch wenn die Overknee-Strümpfe juckten und der Pullover nicht besonders warm war – zumindest war ich nicht mehr nackt.

Die Frau drückte mir eine Bürste in die Hand und ich legte zögerlich die Finger darum. War es nun so weit? Würden sie mich woandershin bringen?

Ich kämpfte mich durch die zerzausten Strähnen und gab ihr die Bürste zurück. Meine Haut roch nach billiger Seife und mein Haar war ohne Spülung ganz strohig, aber ich fühlte mich dennoch besser. Besser darauf vorbereitet, was als Nächstes kommen würde.

Mein neues Tattoo juckte unter dem Verband und ich hätte ihn am liebsten abgerissen, um den Strichcode genauer zu betrachten. Konnten sie mich jetzt scannen? Welche Einzelheiten barg diese Markierung?

Sie hatten nicht nach persönlichen Informationen gefragt. Es interessierte sie nicht, wer ich war – nur was ich werden würde.

Etwas, das man verkaufen konnte.

KAPITEL 6

EULE

Drei Tage vergingen.

Unsere kleine Zelle, die alltägliche Routine von zwei Mahlzeiten und die gedämpften Gespräche hatten mich in eine Art taube Akzeptanz gelullt. Mein Körper war an Stellen geprellt, die ich noch nie wahrgenommen hatte, und meine Rippe schmerzte furchtbar. Nach allem, was wir durchgemacht hatten, widerte es mich an, einfach nur hier rumsitzen zu müssen.

Mit jeder Stunde, die verging, wurde ich wütender. Ich saß auf dem von Motten zerfressenen Bett und hieß die Hitze des Zorns willkommen. Ich wollte, dass irgendetwas passierte – ganz gleich, was es war. Denn die Stille des Wartens machte mich wahnsinnig und die Langeweile plagte mich mehr als mein neues Tattoo.

Die flackernde Glühbirne erlosch und ich starrte ins Schwarze. Viele meiner Zimmergenossinnen schienen in einen Zustand der Leere abzudriften – ihre Unterhaltungen wurden immer spärlicher und trostloser. Ich weigerte mich, dasselbe zu tun. Ich wollte nicht darüber nachdenken, in was für einer Situation ich mich befand, mein Fokus sollte einer Zukunft gelten, die weniger trostlos war. Ich musste versuchen, den Funken der Hoffnung in meinem Herzen am Leben zu erhalten, selbst wenn er an Wut und Zorn zu ersticken drohte.

Sobald ich eine Gelegenheit zur Flucht erkannte, würde ich sie ergreifen. Ohne zu zögern. Ohne Skrupel. Ich würde schießen und stechen. Ich würde töten, um fliehen zu können. Und diese Erkenntnis, dass ich bereit war, Blut zu vergießen und Leben auszulöschen, erfüllte mich mit Stärke.

Brax mochte bis zum Tod gekämpft haben, um mich zu retten. Jetzt war ich an der Reihe. Ich würde ihn finden, irgendwie. Ich würde ihn finden, und all das hier wäre nichts weiter als ein böses Kapitel in unserer Vergangenheit.

Ein Lichtschein, gefolgt von einem Scharren, das in den schwarzen Katakomben unseres Gefängnisses widerhallte. Ich erstarrte unter dem modrigen Laken.

Ein Schritt, dann noch einer.

Meine Hände ballten sich zu Fäusten, bereit zuzuschlagen. Diesmal war es keine der Frauen, die auf Zehenspitzen durch die Nacht zu dem Eimer in der Ecke trippelte. Es war ein Wärter. Ich hatte ihre Angewohnheiten und Geräusche studiert. Die vergangene Woche hatte mich gelehrt, all meine Sinne einzusetzen.

Deshalb wusste ich es mit schrecklicher Klarheit: Lederjacke war gekommen – meinetwegen.

Eine Hand tätschelte meinen Oberschenkel, kroch daran empor und versuchte, mich in der Dunkelheit zu ertasten. Ich versteifte mich und ließ ihn weitergrapschen, um Zeit zu gewinnen.

Als eine Hand meine Brüste fand, hielt ich die Luft an. *Noch nicht. Warte.* Ich tat, als wäre ich vor Todesangst erstarrt, ließ ihn in dem Glauben, dass ich mich nicht wehren würde. *Idiot.* Mir lief das Wasser im Munde zusammen – ich wollte ihn bluten sehen. Vergeltung war eine feine Sache.

Lederjackes stinkender Atem waberte über mich hinweg. Er drückte ein Knie auf das Bett und schwang das andere Bein über meinen Körper. Ich schlug zu.

Meine Faust sauste wild durch die Dunkelheit und traf hart auf seinen Kiefer. Die andere landete genau dort, wo ich sie haben wollte: direkt in seinen Eiern. Ein Gefühl des wohlverdienten Triumphes strömte durch meine Adern und ich lächelte.

Er jaulte auf, rollte vom Bett und landete mit einem dumpfen Schlag auf den Bodenbrettern. Schreie und Unruhe breiteten sich im Raum aus. Wir hatten noch nie einen nächtlichen Eindringling gehabt. Törichterweise hatten wir geglaubt, unantastbar zu sein, weil wir für unsere neuen Besitzer unberührt bleiben mussten – wer immer sie auch sein mochten.

Ich schoss aus dem Bett und trat in die Richtung, in der ich Lederjacke vermutete. Mein Fuß traf ihn zwar, aber nicht stark genug. Heiße Hände packten meinen Knöchel und verdrehten ihn. Ich verlor das Gleichgewicht, kippte um und landete halb auf meinem Angreifer. Meine Rippe schrie auf und mir wurde schwindelig.

Widerlich grapschende Finger wanderten an meinen Beinen empor, erreichten die Hüften, die Taille und meine Brust. Ich zappelte und trat um mich. »Geh von mir runter!« Ich biss ihm ins Ohr, als es ihm gelang, sich auf mich zu legen.

Er stieß einen Schrei aus und ich schmeckte einen metallischen Hauch von Rost. Er blutete. Die Erkenntnis war wie das rote Tuch für einen Stier.

Ich wurde vollkommen wild. Alles, was sie mir angetan hatten, ballte sich in unheilvoller Rage in mir zusammen. Ich kreischte und wehrte mich mit allem, was ich hatte.

Nägel, Zähne, Knie und Ellbogen. Mir war egal, wo ich ihn schlug oder kratzte. Ich bestand nur noch aus Krallen und Reißzähnen.

Lederjacke rutschte von mir weg und ließ mir damit noch mehr Luft zum Kämpfen.

»Du willst mich vergewaltigen, du Scheißkerl?« Meine Stimme zitterte vor Tränen und Gewalt. »Dann komm und hol mich.«

Die Frauen schrien mir aufmunternd zu, als ich mich ins Nichts stürzte.

Schließlich fand ich Lederjacke. Er taumelte Richtung Tür. Ich bekam ihn zu fassen und schnappte mir sein fettiges Haar. Mit aller Kraft, die ich noch in mir hatte, knallte ich seine Nase gegen die Wand.

Er kreischte, als irgendetwas zertrümmert wurde. Ein Adrenalinschub jagte durch meine Glieder und verwandelte sie in glitschigen, zitternden Wackelpudding, aber ich kämpfte dagegen an und blieb stark. *Bleib wütend.*

Die Glühbirne erwachte flackernd zum Leben und blendete mich.

Ich ignorierte das Brennen auf meiner Netzhaut, packte einen von Lederjackes Fingern und verdrehte ihn mit aller Kraft. Er schlug um sich und boxte mich in die Brust. Meine Lunge kollabierte und ich bekam keine Luft mehr.

Die Tür schwang auf und eine Wand aus Männern marschierte herein und richtete Maschinenpistolen auf mein Gesicht. Ich schnappte japsend nach dem bisschen Luft, das ich kriegen konnte, sprang rückwärts und riss die Arme hoch. Blut floss in einem dünnen Rinnsal von meiner Schläfe und zu den alten blauen Flecken gesellten sich weitere Prellungen. Lederjackes Anblick erfüllte mich dennoch mit einem Gefühl tiefster Befriedigung.

Das strähnige Haar war komplett zerzaust, auf der Wange klaffte eine offene Wunde und er keuchte und schnaufte, als wäre er von einem Gorilla verprügelt worden. »*Vete a la mierda, puta*«, knurrte er. Er hielt einen Finger hoch, stieß einen der bewaffneten Männer zur Seite und grapschte nach mir.

Ich dachte nicht nach. Mein Körper reagierte einfach. Ich verpasste ihm eine Ohrfeige, so fest ich konnte. Meine Handfläche brannte, aber das war nichts im Vergleich zu dem Glücksgefühl, als ich den roten Handabdruck sah, den ich auf seine Wange gemalt hatte. Ich hatte ihm sichtbar körperlichen Schaden zugefügt – und ich genoss es.

Ich war gefährlicher, als ich selbst jemals geglaubt hätte.

Er funkelte mich wütend an. »*Estás muerta.*«

Ich wusste, was das Wort bedeutete: tot.

Bevor Lederjacke jedoch Hand an mich legen konnte, packten ihn zwei der Männer und schleppten ihn aus dem Raum. Seine Stimme bebte vor Wut, als sie mit ihm verschwanden.

Die verbliebenen Männer gingen rückwärts aus dem Raum und richteten die Waffen auf uns, bis das Türschloss sicher eingerastet war.

Ich drehte mich langsam in der Mitte unseres Verlieses um und blickte in die weit aufgerissenen Augen der Frauen. Einige hielten sich ein Laken vor den Mund, andere glotzten mich mit heruntergeklappter Kinnlade an.

Was sahen sie, wenn sie mich anschauten? Ein wildes Weib, das sein eigenes Todesurteil unterschrieben hatte, oder eine furchtlose Kriegerin, die sich selbst vor einer Vergewaltigung gerettet hatte?

Das hübsche asiatische Mädchen mit dem langen schwarzen Haar ließ sein Laken fallen und applaudierte.

»Ich wollte das schon tun, seit sie mich und meine Freundin aus dem Nachtclub verschleppt haben.« Ihre Stimme zitterte, aber der Hauch von Feuer in ihren Augen erinnerte mich an mich selbst. »Wir werden wieder frei sein«, fügte sie hinzu.

Ich starrte sie nur an, verblüfft und schweigend, während ein dralles dunkelhäutiges Mädchen in ihren Applaus einstimmte. Eine nach der anderen fingen die Frauen an, in die Hände zu klatschen, und ein Lächeln verzog ihre unglücklichen Gesichter.

Bei ihnen allen loderte dasselbe Feuer in den Augen auf.

Eine nach der anderen schloss sich an und ich wusste, dass wir nicht länger passiv bleiben würden.

Wir waren im Recht – und sie waren im Unrecht.

Rechtschaffenheit würde uns befreien.

Am nächsten Tag wurde ich erneut an der Seilleine in den Duschraum geführt. Ich hatte gelernt, mit den Schmerzen in meinen Gelenken und Muskeln zu leben – sie erinnerten mich an meinen Sieg, nicht an meine Schwäche. Ich trug sie wie ein Ehrenabzeichen.

Nachdem ich mich gewaschen hatte, zerrte mich Zackennarbe den Korridor entlang und eine Treppe hinauf. Dieser Gebäudeteil der Fabrik, des Menschenhändler-Hotels – oder was auch immer es war –, sah anders aus. Hässliche Kunst zierte die Wände und das Zimmer, in das er mich schließlich stieß, wirkte wie ein gewöhnliches Arbeitszimmer. Fenster mit Blick auf ein Industriegebiet, außerdem Stühle und ein Schreibtisch mit einem Mann dahinter, der mich anstarrte.

Er war genauso weiß wie ich, hatte blondes Haar, gebräunte Haut und blaue Augen – dasselbe Blau wie bei Brax.

Mein Herz krampfte sich zusammen.

Zackennarbe zwang mich auf einen Stuhl, aber ich wandte den Blick keine Sekunde lang von dem Mann im Anzug ab.

»Wer sind Sie?«, krächzte ich.

Der Mann kniff die Augen zusammen und legte die Handflächen auf den Schreibtisch. Zackennarbe ging ein paar Schritte zurück und bezog an der Wand Stellung. Kribbelnde Angstschauer huschten über meinen Rücken, aber ich weigerte mich, der Furcht noch länger zu gehorchen. Ich hatte Blut fließen lassen – das bedeutete etwas.

»Ich bin der Mann, der dein Schicksal in Händen hält.«

»Ich bin die Einzige, der mein Schicksal gehört. Nicht Ihnen. Nicht Ihren Wachmännern. Nicht Ihrer kranken Organisation. Nur mir.«

Er lachte. »Ignacio hatte recht. Du bist eine Kämpferin.« Er lehnte sich vor und drehte einen Stift in der Hand. »Aber eine Kämpferin zu sein kann tödlich enden. Du solltest das sein lassen. Lass dich von uns führen.«

Ignacio? War das Lederjacke? Ich zuckte vor Zorn. »Ich soll mich von Ihnen in den Tod durch Vergewaltigung und Verstümmelung führen lassen?«

Er wich zurück, als hätte ich ihm eine Ohrfeige verpasst. »Dummes Ding. Wenn du dich anständig benimmst, werden wir dich an einen Gentleman verkaufen, der dich wie seinen wertvollsten Besitz behandeln wird. Der dich mit Aufmerksamkeit überschütten wird. Der dir kaufen wird, was immer du willst.«

In meinem Kopf drehte sich alles. Ich hatte recht gehabt: Ich würde als Sexsklavin verkauft werden, in die Knechtschaft.

»Ich bin niemandes Besitz.«

Der Mann schüttelte den Kopf und lächelte. »Ah, aber das siehst du falsch. Das bist du längst. Du wurdest verkauft. Der Vertrag ist unterschrieben. Alles schon passiert.«

Mein Herz krallte sich verzweifelt in meiner Kehle fest, aber ich rührte mich nicht, blieb tapfer. »Damit werden Sie nicht durchkommen.«

Er stand auf und warf ein Päckchen in meinen Schoß. Ich fing es reflexartig auf und war zu Tode erschrocken, als ich mein Foto auf einem gefälschten amerikanischen Reisepass entdeckte, der zwischen Papieren in spanischer Sprache lag.

»Das bin ich schon, meine Hübsche.« Er kam hinter dem Schreibtisch hervor und blieb direkt vor mir stehen. Er strich mir mit den Fingerspitzen über die Wange, genauso zärtlich, genauso anbetend, wie Brax es getan hätte. »Wie heißt du?«

»Sie sind nicht würdig, meinen Namen zu kennen«, spuckte ich aus und versuchte, ihm in die Finger zu beißen.

Er wich zurück und lachte. »Na, ich will nur hoffen, dass du des Kunden würdig bist, der dich gekauft hat. Bei mir gibt's keine Rückerstattungen.« Er nickte Zackennarbe zu, der sich unbemerkt hinter mich geschlichen hatte. »Tu es.«

Meine Welt endete, als Hände auf mein Gesicht klatschten und mir ein Tuch mit Chloroform auf Nase und Mund drückten. Ich versuchte, nicht zu atmen, und wehrte mich mit Händen und Füßen, aber die Dämpfe brannten in meinen Augen und drangen in meinen Blutkreislauf ein.

Nebel sank auf mich herab, flüsternd und räuberisch.

Die Bewusstlosigkeit zog mich mit sich.

KAPITEL 7

NACHTIGALL

Ich fühlte ein vertrautes Knacken in den Ohren.

Augenblicklich erkannte ich das Brummen der Flugzeugmotoren und das leise metallische Dröhnen. Mein letztes Mal in einem Flugzeug war kaum eine Woche her. War es wirklich erst eine Woche her, dass sie mich gefangen genommen hatten? Es fühlte sich viel, viel länger an. Ich hatte mich so sehr verändert. Mein Leben drehte sich nicht mehr nur um Abschlussprüfungen oder darum, wann ich Brax dazu bringen konnte, sich auszuziehen. Jetzt war alles, worauf ich mich konzentrierte, das blanke Überleben.

Eine schwarze Kapuze umhüllte meinen Kopf, aber ich versuchte, ruhig zu bleiben. Auszuflippen würde mir nicht helfen.

Der Druck auf den Ohren dauerte an, als das Flugzeug die Wolkendecke hinter sich ließ und zur Erde zurückkehrte. Wo war ich? Sie hatten mir aus gutem Grund einen Reisepass gegeben – ich musste irgendwo in Übersee sein.

Die Zeit schien ihre Bedeutung zu verlieren, als wir kurz darauf landeten und ziemlich lange über die Landebahn rollten. Schließlich erstarben die Motoren und die abrupte Stille schmerzte in den Ohren.

Ich saß da – mit gefesselten Händen und dröhnendem Kopf von den Drogen, die sie mir verabreicht hatten – und bereitete mich mental auf das Schlimmste vor. Auf die nächste Phase meines neuen Lebens. Ich musste mich schützen. Darauf vorbereitet sein, zu kämpfen und zu fliehen.

Ich durfte nicht an meine Vergangenheit denken oder daran, was ich bedauerte. Ich durfte nicht an Brax denken.

Und ich durfte definitiv nicht daran denken, was vor mir lag.

Ein trauriges Lächeln trat auf meine Lippen. Wenn mich jemand vor einer Woche gefragt hätte, wovor ich mich am meisten fürchtete, hätte ich geantwortet: »Grillen.« Diese verdammten fliegenden Grashüpfer jagten mir eine Scheißangst ein.

Wenn mich jetzt jemand fragen würde, würde ich antworten: »Drei kleine Worte.«

Drei kleine Worte, die mir schreckliche Angst einjagten, den Atem raubten und mein Leben flackernd vor meinen Augen vorbeiziehen ließen.

Drei kleine Worte:

Ich wurde verkauft.

Lärm.

Die Frachttür des Flugzeugs öffnete sich und Schritte donnerten auf uns zu.

Meine Sinne waren wie vernebelt, gedämpft von der schwarzen Kapuze. Mein Verstand lief mit einer Flut schreckenserfüllter Bilder Amok.

Männerstimmen stritten sich und irgendjemand riss unsanft an meinen Armen und zog mich auf die Beine. Ich zuckte zusammen und stieß einen Schrei aus, was mir einen Faustschlag in den Bauch einbrachte. Der Schlag traf eine besonders empfindliche Stelle und mit einem Mal war einfach alles zu viel. Ich war so stark gewesen, aber es hatte meine Zukunft nicht verändert. Tränen strömten über mein Gesicht. Die ersten Tränen, die ich vergoss, aber gewiss nicht die letzten.

Die Feuchtigkeit auf meinen Wangen besaß jedoch keine reinigenden Kräfte. Ich fühlte mich deswegen nur noch elender.

Ein kalter Wind peitschte und fuhr unter den weiten braunen Pullover, den ich trug. Die eisigen Krallen des Winters versicherten mir, dass ich mich nicht länger in Mexiko befand.

Ich ging weiter, bis das eine Paar Hände von mir abließ und mich ein zweites Paar fest packte und gegen einen straffen Oberkörper drückte. »Für Mr. Mercer?«

»*Sí.* Der Boss hofft, dass sie ihm gefällt. Sie hat ziemlich Feuer. Es sollte ihm Spaß machen, sie zu brechen.«

Mein Magen krampfte und drohte seinen kläglichen Inhalt von sich zu geben. *O Gott.*

»*Pas de problème.* Ich bin sicher, das wird es.«

Die französischen Worte brannten in meinen Ohren.

Mit einem kräftigen Ruck zwang mich mein neuer Wärter vorwärts. Ich hatte keine andere Wahl, als das zu tun, was er verlangte. Nach einer Weile bremste er mich so abrupt aus, dass ich ins Stolpern geriet. Meine Rippe meldete sich mit einem stechenden Schmerz, aber ich blieb aufrecht und hielt mich so gerade wie möglich. Mich zusammenzukrümmen wäre nur ein Zeichen von Feigheit und Unsicherheit gewesen. Aber ich war weder feige noch unsicher. In dem Moment, in dem sie mir die Kapuze abnahmen, würde ich losrennen.

Ein Seil schlang sich um meinen Hals und verfing sich in dem schwarzen Stoff an meinen Ohren. Ich schüttelte den Kopf hin und her und kam mir vor wie ein einst wertvolles, ausgedientes Pferd – ein Vollblut auf dem Weg in die Leimfabrik.

Männerstimmen murmelten, brummten in rauen, tiefen Tönen. Ich strengte mich an, ihnen zuzuhören, aber der Wind stahl die Vokale, bevor ich irgendetwas verstehen konnte.

Das Kreischen von Flugzeugmotoren näherte sich, als ein weiteres Flugzeug landete. Wir befanden uns demnach auf einem gewöhnlichen Verkehrsflughafen, aber sie hatten mich offensichtlich im Frachtraum geschmuggelt. Ich hatte zwar nichts sehen können, war mir aber sicher, dass wir nicht in einer Kabine mit weichen Sitzen und Bordpersonal gesessen hatten. Es war eiskalt und furchtbar ungemütlich gewesen.

Ich stand da und zitterte, während sich die Männer unterhielten. Die Tränen, die ich vergoss, gefroren auf meinen Wangen, erinnerten mich daran, dass ich diese frostige Fassade bewahren musste, wenn ich überleben wollte. Ich musste mich in einen Eiszapfen verwandeln – kalt und undurchdringlich, scharf und tödlich.

Eine Hand schob sich unter meinen gefesselten Arm und führte mich wieder vorwärts. Ich trottete mit, blind und orientierungslos. Das Seil um meine Handgelenke brannte sich mit jedem Ruck tiefer ein.

Warum konnten sie nicht mal in Handschellen investieren oder irgendetwas, das nicht so überholt war? Schließlich schien der Handel mit Frauen ein lukratives Geschäft zu sein. Wie viel brachte ich ihnen ein? Wie viel gab es für eine nicht jungfräuliche Australierin mit einem nicht abgeschlossenen Bachelorstudium in Immobilienentwicklung?

Ich werde mir meine Freiheit zurückkaufen. Manisches Gelächter kitzelte in meiner Kehle. *Ich marschiere einfach in eine Bank und bitte um einen Kredit, um mich selbst zu kaufen. Weil ich eine so gute Investition bin.* Ich schnaubte. O Gott, ich war dabei, den Verstand zu verlieren.

Wie sich herausstellte, gingen wir nicht weit und blieben schon nach einigen Metern wieder stehen. Mein Herz hämmerte, während ich wartete. Und wartete. Und wartete.

Dann ein kräftiges Zerren an den Handgelenken und ich war frei. Meine Schultern schmerzten, als ich die Arme nach vorne bewegte und hin und her drehte, um die Spannungen zu lösen.

Ich war frei.

In einem weit offenen Raum.

Ich konnte fliehen.

Jemand hinter mir entfernte das Seil von meinem Hals, zusammen mit der Kapuze. Ich blickte nach links und rechts und studierte meine neue Umgebung.

Drei muskulöse Männer standen im Dreieck um mich herum. Alle trugen schwarze Anzüge und sahen sehr nach *Men in Black* aus: mit dunklen Haaren und sehr robust. Am Nachthimmel glitzerte ein Band aus silbernen Sternen. Die Mondsichel durchschnitt den schwarzen Samt. Am liebsten hätte ich nur dagestanden und den Anblick staunend genossen.

»Geh an Bord«, befahl einer der Männer, die Augen hinter einer Sonnenbrille versteckt, trotz der Dunkelheit. Er hatte einen starken Akzent und seine Stimme dröhnte vor maskuliner Autorität. Er legte die Hände auf meine Schultern und schubste mich in Richtung eines Privatflugzeugs. Der weiße Rumpf glänzte elegant und modern und triefte vor Reichtum. Die Initialen *Q. M.* waren in verschnörkelter Schrift auf dem Heck und den Spitzen der Tragflächen zu lesen.

War das der Mann, der mich gekauft hatte? Der wohlhabende Besitzer eines Privatjets, der sich Frauen kaufte wie ein neues Paar Socken? Wenn er wirklich so reich war, musste er sich doch sicher keine willigen Partnerinnen *kaufen* … es sei denn … Ich schluckte schwer. Vielleicht hatte er irgendwelche kranken Fetische. Vielleicht gefiel es ihm, Schmerzen zuzufügen und sich sadistischen Ausschweifungen hinzugeben.

Wie lange konnte ich das überleben?

Ich wollte es nicht herausfinden.

»Na los. Die Stufen hoch.«

Jetzt oder nie, Tess.

Ich wippte auf den Fußballen auf und ab und tat zunächst, als würde ich gehorchen. Mein Körper strotzte vor Energie. Abrupt wirbelte ich in meinen Overknee-Strümpfen herum. Ich war schon immer eine Läuferin gewesen. Während meiner Schulzeit hatte ich als Langstreckenläuferin an Wettkämpfen teilgenommen und vor dem Urlaub war ich jeden Abend auf dem Laufband gejoggt, um mich für diese Woche mit Brax in Form zu bringen.

Mein Körper wusste, wie man floh.

Ich schaltete den Verstand aus und mein Instinkt übernahm das Kommando.

Ich rannte los.

Der kalte Asphalt biss in meine Fußsohlen, als ich mein Tempo steigerte. Die Männer reagierten sofort. *Sie werden wahrscheinlich schießen. Mir egal.*

Eine Kugel in den Kopf war vielleicht die bessere Alternative.

»Arrêtez!«, brüllte einer der Männer, gefolgt von: *»Merde!«*

Meine Atmung ging stoßweise, die Luft pfiff in meiner Lunge. Ich hatte keine Ahnung, wohin ich rannte. Hangars ragten vor mir auf wie klaffende Mäuler. Die funkelnden Lichter des Hauptterminals sahen aus wie die Pforten zum Himmel, aber so weit weg.

Die Worte *Charles de Gaulle* leuchteten hell und strahlend, neckten mit Hoffnung und Sicherheit. *Zu weit weg.* Ich konnte nie und nimmer so weit rennen. Nicht mit diesen Höllenhunden in Anzügen im Nacken, die beständig näher kamen.

Die Männer holten immer weiter auf und ich legte noch einmal an Tempo zu. Wenn ich nur hätte fliegen können. Vielleicht hätte ich mich dann in die Freiheit gerettet.

Aus dem Nichts schoss ein Mann wie eine Kanonenkugel herbei und schnitt mir den Weg ab.

Wir stürzten gemeinsam zu Boden. Mein Oberschenkel schürfte über den Asphalt und ich schrie vor Schmerz.

Mein Angreifer richtete sich blitzschnell wieder auf und klemmte mich zwischen seinen Beinen ein. Er sah genauso aus wie die anderen Wachmänner: die Augen hinter dunklen Brillengläsern verborgen, der schwarze Anzug elegant und sehr geschäftsmäßig.

Meine Brust bebte vor Bedauern. Ich rang nach Luft und die verwundete Rippe versetzte mir einen scharfen Stich. Ich hatte es versucht. Und hatte versagt. Der zweite Tränenschwall brannte in meinen Augen und strömte über meine glühenden Wangen, als der Mann mich vom Boden hochriss.

Ich zuckte zusammen und hinkte, mein Knöchel war verstaucht. Am liebsten hätte ich laut aufgeheult und geschrien. Mein Körper fesselte mich mit einer weiteren Verletzung – ich konnte niemandem mehr davonlaufen.

Mit gesenktem Kopf und erloschener Hoffnung humpelte ich zurück zum Flugzeug, fest im unsanften Griff von Wärter Nummer vier.

Ich vermied jeden Augenkontakt mit den Männern und stieg gedemütigt die Treppe der Privatmaschine hinauf. Die Männer plauderten und lachten, als ich mich niedergeschlagen auf einen der weißen Ledersessel fallen ließ.

Ich hab's versucht. Und habe versagt. Ich hab's versucht. Und habe versagt. Die Worte wiederholten sich in meinem Kopf. Immer und immer wieder.

Gib nicht auf. Nächstes Mal kannst du gewinnen. Nächstes Mal kann es klappen. Ich ballte die Fäuste – ich würde niemals aufhören, nach einem Fluchtweg zu suchen.

Niemals.

»Steh auf. Wir sind da.« Ein Fuß trat gegen meinen geschwollenen Knöchel.

Ich zuckte zusammen und machte die Augen auf. Schlaf vorzutäuschen hatte nicht funktioniert. In jedem einzelnen Moment, den wir in luxuriöser Höhe verbracht hatten, waren mir brodelnde Gedanken durch den Kopf geschwirrt, wie ich meine Wärter verstümmelte und das Flugzeug entführte.

Aber ich hatte nichts dergleichen getan. Ich hatte nur auf meinem Sitz gesessen wie eine aufblasbare Puppe.

Es schien endlos lange her zu sein, seit ich Brax zu mehr Frivolität und Obszönität in unserem Liebesleben gedrängt hatte. Nun hätte ich alles dafür gegeben, mein altes Leben zurückzubekommen, meine alte Liebe. Ich hätte alles gegeben für »süß« und »unschuldig« gegen das düstere, unheilvolle und sadistische Sklavendasein, das mich erwartete.

Wenn ich hätte zurückspulen können, dann hätte ich es getan – und wir wären niemals nach Mexiko geflogen.

Ich stand auf und Wärter Nummer vier half mir den mit weichem Teppichboden ausgelegten Gang entlang. Seine groben Finger um meine brennenden Handgelenke gaben mich am Fuß der kleinen Treppe an einen Kollegen weiter. Der Verband über der Tätowierung bot kaum Schutz. Sie glühte und juckte schmerzhaft. Ich hasste sie.

In dem Augenblick, als ich den Boden betrat, erstarrte ich. Wir standen inmitten einer gepflegten Graslandebahn, frostig vom Eis und so düster wie die Tiefen der Hölle – abgesehen davon, dass in der Ferne die prächtigste Villa vor uns aufragte, die ich jemals gesehen hatte. Subtile Außenbeleuchtung ließ ihre weichen Pastelltöne in Creme, Blau und Rosé erstrahlen – französische Architektur vom Feinsten.

Der Wachmann zerrte mich am Ellbogen hinter sich her und ich trottete mit ihm über den Rasen. Ich stolperte, vollkommen überwältigt von diesem unbegreiflichen Reichtum. Wer konnte sich ein eigenes Flugzeug *und* eine Villa leisten, in der er es unterbringen konnte?

Als wir die Vordertreppe hinaufstiegen, spürte ich meine Zehen nicht mehr. Vier Stockwerke hohe Säulen und aufwendige Stuckverzierungen mit Engeln und Rosetten begrüßten uns. Ein Springbrunnen mit drei Pferden gurgelte plätschernd vor sich hin und sah viel zu perfekt aus, um einem Mann zu gehören, der Frauen kaufte.

Unser Atem stieg in kleinen Wolken in die Kälte auf. Mein Wärter hämmerte an die riesige silberne Tür, bevor er den Knauf drehte und mich hineinschob.

Als uns das Haus mit seiner warmen Umarmung empfing, schob er sich die Sonnenbrille auf den Kopf. Seine

Augen waren grün und lebendig. Ich suchte nach etwas Bösem – nach derselben Niederträchtigkeit der Männer, die mich in Mexiko verschleppt hatten, wurde jedoch überrascht: Seine Augen wirkten mitfühlend. Menschlich.

Er verbeugte sich, hob den Blick und schaute nach oben.

Das war es. Mein neuer Anfang. Mein neues Ende.

»Bonsoir, esclave.«

Mein Blick huschte zum ersten Treppenabsatz der mächtigen, mit blauem Samt ausgekleideten Treppe hinauf. Riesige Kunstwerke hingen wie Rüstungen an den vergoldeten Wänden.

Ein Mann in einem grauen Karoanzug, mit schwarzem Hemd, silberner Krawatte und kurzem dunklem Haar sah vom Treppenabsatz aus auf uns herab.

Mein ganzer Körper brannte, als er den Kiefer anspannte. Er zog mich mit den Augen aus und jagte mir Todesangst ein. Alles an ihm schrie »Skrupellosigkeit« und »Macht«. Seine Haltung war stolz und majestätisch, so als wäre dies sein Schloss und ich die jüngste Untertanin.

Unsere Blicke trafen sich und irgendetwas kribbelte auf meiner Haut. Angst? Entsetzen? Tief in meinem Innersten wusste ich augenblicklich, dass er gefährlich war.

Seine Lippen zuckten, als ich erschrocken nach Luft schnappte. Er nahm die Hände aus den Hosentaschen und legte sie aufs Geländer. Seine Finger wirkten lang und stark, selbst aus der Ferne. Die Art, wie er mich anstarrte, war unerträglich. Ich fühlte mich völlig aufgelöst, entblößt bis auf die Seele.

Ich wich einen Schritt zurück und prallte gegen den Wachmann hinter mir. Er senkte den Kopf und flüsterte mir ins Ohr: »Sag Hallo zu deinem neuen Meister.«

KAPITEL 8

SPERLING

Das Wort ›Meister‹ hallte wie eine böse Stimmgabel wider.

Meister. *Meister.*

Nein, er war nicht mein Meister. Nicht mit seinem kurzen, glatten Haar und dem spitzen Haaransatz. Nicht mit seinem angespannten, von zarten Stoppeln überzogenen Kiefer und seiner sportlichen Figur. Er war *nicht* mein Meister. Das war *niemand.*

Tränen brannten, als ich an Brax dachte. Verglichen mit dieser Realität schien er Welten entfernt. Brax war rau und jungenhaft, ein harter Arbeiter durch und durch. Dieser Mann, der mich mit blassen Jadeaugen und einem undefinierbaren Ausdruck auf dem gemeißelten Gesicht anstarrte, lebte das genaue Gegenteil. Die Macht strahlte von ihm aus wie tatsächlich sichtbare Wellen und machte mir mehr Angst als alles andere.

Er war nicht der fette, abstoßende Mistkerl, der seinen Wohlstand benutzte, um sich Sexsklaven zu kaufen. Er war weder widerlich noch monströs. *Wer* ist *dieser Mann?*

Meine Augen weiteten sich und ich saugte ihn förmlich in mich auf – der Herr dieses Hauses. Der Herr … von mir. *Nein, niemals.*

Mir war egal, wer er war, weil mein Leben *mir* gehörte. Ich schob das Kinn vor und funkelte ihn an. Ich würde mich nicht von seinem Reichtum oder Status einschüchtern lassen. Es war mir egal, dass er so groß war und sich bewegte, als würde er erwarten, dass ihm alle Welt die Stiefel leckte. Ich würde niemals etwas an ihm lecken.

Der Mann brach den Augenkontakt ab, hielt mich jedoch weiter mit seinem Blick gefangen. Langsam löste er sich vom Geländer und bewegte sich die Treppe hinunter.

Ich schluckte.

Er war wie stilles Wasser – mühelos und elegant, aber ebenso gefährlich, wenn man nicht schwimmen konnte. Tödliche Wogen und Strömungen lauerten tief unter der Oberfläche. Ich beäugte ihn und versuchte zu erraten, welchen kranken Vergnügungen er wohl nachging, für die er offensichtlich nur schwer auf normalem Weg willige Frauen fand.

Mein Herz raste mit jedem seiner Schritte. Unerbittlich stieg er immer weiter zu mir herab.

Der Wachmann schubste mich vorwärts. »Verbeug dich vor deinem neuen Meister.«

Ich stolperte, fand aber sofort die Balance wieder. Meine Fäuste zitterten, weil ich sie so fest ballte. Die zahlreichen Verletzungen erinnerten mich daran, wie falsch all das hier war. In einer verdrehten Weise wirkte es vollkommen unschuldig, so als würde der Besitzer dieses Hauses nur einen ganz gewöhnlichen Gast willkommen heißen.

»Ich habe keinen Meister«, erwiderte ich und ließ jedes Wort vor Auflehnung vibrieren. »Lassen Sie mich gehen.«

Der Mann hielt mitten im nächsten Schritt inne und neigte den Kopf zur Seite. Er schlang die Finger um das Geländer und ich erkannte manikürte Nägel und nicht den Hauch einer Schwiele. Wieder fingen seine blassen Augen meinen Blick ein und saugten meine Gedanken in ein Vakuum.

Bisher war seine Miene unleserlich gewesen, aber während wir uns anstarrten, blitzten verschiedene Regungen darin auf. Wut. Interesse. Ärger. Resignation. Und schließlich, mit einem jadegrünen Schimmern … Lust.

Mein Atem ging schneller und ich versuchte erneut zurückzuweichen, jedoch nur, um wieder gegen dieselbe Mauer zu stoßen: die Brust des Wärters.

Der Wachmann legte eine heiße, schwere Hand zwischen meine Schulterblätter, drückte mich nach unten und zwang mich zu einer widerwilligen, schmerzhaften Verbeugung. »Tu, was man dir sagt.«

So viele Gedanken prallten aufeinander. Ich wollte herumwirbeln und mir die Waffe aus dem Holster unter seinem Arm schnappen. Ich wollte sie alle erschießen. Ich wollte die prächtigen Gemälde aufschlitzen und die unbezahlbaren Kunstwerke zerstören, die sich überall im Raum befanden. All diese wunderschönen Dinge hatten etwas Besseres verdient, als einem Mann zu gehören, dessen Handlanger eine Sexsklavin dazu zwang, sich vor ihm zu verbeugen.

»Mistkerl«, murmelte ich stattdessen. Voller Hass, weil ich nichts dergleichen tun konnte. Alles, was ich tun konnte, war zu gehorchen – für den Moment.

»Lass es. Wenn sie sich nicht verbeugen will, dann zwing sie nicht dazu.« Die maskuline Stimme erinnerte mich an glänzenden Stahl, geformt mit Präzision und Stärke. Es war der Klang von Autorität, und trotz all meiner Bemühungen zu rebellieren verbeugte ich mich freiwillig. Das schiere Gewicht seiner Stimme zwang mich zum Gehorsam.

Die Hand des Wachmanns verschwand von meinem Rücken. Er lachte. »Wenn sie sich nicht verbeugen will, vielleicht will sie dann ja kriechen.«

Mein Rücken schnellte wieder nach oben und ich machte erschrocken einen meilenweiten Satz. Plötzlich stand mein neuer Besitzer direkt vor mir, die Hände locker in den Hosentaschen, den Kopf leicht zur Seite geneigt, so als würde er ein Kunstwerk betrachten.

»Sie darf kriechen, wenn sie es wünscht«, murmelte er.

»Ich wünsche es nicht«, fauchte ich ihn an.

Einmal mehr trafen sich unsere Blicke und ich suchte nach dem Bösen in seinen Augen wie bei den Männern in Mexiko, aber er hatte sich zu sehr unter Kontrolle. Nichts verriet seine Gedanken. Selbst die Emotionen, die ich zuvor ausgemacht hatte, waren verschwunden.

Für einen langen Moment starrten wir uns einfach nur schweigend an, bevor sich der Wachmann hinter mir räusperte, die zerbrechliche Stille zerstörte und mich zu dem verdammte, was als Nächstes passieren würde.

»*Laissez-nous.*« Der Herr des Hauses winkte Richtung Ausgang.

Der Wachmann verschwand sofort mit einigen anderen, die ich zuvor gar nicht bemerkt hatte. Das Rauschen ihrer Anzüge klang wie ein geflüstertes Todesurteil, als sie zur Tür hinauseilten.

O Gott.

Meine Augen huschten nach links, wo eine prachtvolle Bibliothek lockte: dunkles Mahagoni, kräftige Brauntöne und goldene Bücherregale. Ein knisterndes Feuer lud geradezu dazu ein, es sich mit einem Buch auf einem der Ohrensessel gemütlich zu machen, die um den flammenden Kamin herumstanden.

Rechts erkannte ich eine gigantische Lounge voller bequemer Designersofas und Sessel. Felle von Zebras und Tigern bedeckten den Boden, während mächtige Glastüren mich spiegelten, wie ich unter den grellen Lichtern des Foyers stand.

Der Mann stand eine Armeslänge von mir entfernt. Tränen schnürten mir die Kehle zusammen.

Ich senkte den Blick – ich konnte nicht länger hinsehen. Erschöpfung übermannte mich und ich wollte nur noch schlafen, um diesem Albtraum zu entkommen.

»Du wirst nicht weglaufen können«, bemerkte er und beobachtete mich dabei genau.

Mir stockte der Atem. »Wer sagt, dass ich weglaufen werde?«

Seine Lippen – weich und wohlgeformt inmitten des zarten Bartschattens – zuckten kaum merklich. »Ich kann es an dir riechen. Der Geruch der Beute. Du suchst nach einem Schlupfloch, einem Versteck, in dem dich niemand finden kann.« Er beugte sich zu mir und umhüllte mich mit einer Wolke aus teurem Eau de Cologne. »Du bist anders, das muss ich dir lassen. Sie haben dich nicht gebrochen. Aber glaube ja nicht, dass du dich mir widersetzen kannst. Du wirst nicht gewinnen.«

Mein Herz krampfte sich zusammen. Sein Tonfall verriet Wut. Er war wütend auf *mich? Ich* war hier das Opfer. Meine Brust schwoll vor Empörung an. »Was haben Sie denn erwartet? Ich wurde hierher geschmuggelt. Sie haben mich *gekauft*. Ich bin nicht freiwillig hergekommen. Natürlich will ich weglaufen.«

Ein leiser Schauer jagte durch seinen Körper und er schürzte die Lippen. »Ich werde dir diese eine Taktlosigkeit erlauben. Aber reize mich noch einmal, und du wirst dir wünschen, es nicht getan zu haben.« Seine ungewöhnlichen blassgrünen Augen wanderten abwärts und folgten mit ungenierter Intimität meinen Konturen. Er machte einen Schritt nach vorne und kam mir so nah, dass ich das Kribbeln seiner Körperwärme spürte. »Es gibt ein paar Dinge, die du verstehen musst.«

Ich wollte zurückweichen, um die Distanz zwischen uns zu wahren, aber das hätte nur schwach gewirkt. Stattdessen machte ich selbst einen Schritt nach vorne und presste die Brust förmlich gegen seine. »Das Einzige, was ich verstehen muss, ist, dass Sie ein Monster sind, das mich gekauft hat. Sie haben mir mein Leben gestohlen. Die Menschen, die ich liebe.« Meine Stimme brach, aber ich fuhr tapfer fort: »Sie haben mir alles genommen. Das ist alles, was ich verstehen muss.«

Er streckte eine Hand aus, um meine Wange zu berühren. Ich hielt den Atem an, als er mit der Daumenkuppe über meinen Kiefer strich. Plötzlich blitzten seine Augen voller Erstaunen auf, so als wäre er selbst schockiert darüber, dass er mich berührt hatte. Er ließ die Hand fallen und ergriff mit den langen Fingern meinen Ellbogen. »Komm mit.«

Meine Haut brannte unter seiner Berührung. Mein Herz raste. Ich zappelte wie wild und versuchte, ihn abzuschütteln. »Lassen Sie mich los.«

Seine Augen bohrten sich in meine. »Du bist nicht in der Position, Befehle zu erteilen, Sklavin.«

War es sein französischer Akzent oder das Wort ›Sklavin‹, bei dem sich mir der Magen verkrampfte? Meine Nervenenden glühten vor Rage. Scheißkerl. »Ich. Bin. Keine. Sklavin.«

Er verpasste mir eine Ohrfeige. Nicht sehr stark, aber die Bestrafung wies mich dennoch in meine Schranken.

Ich biss mir auf die Lippe und schluckte den aufsteigenden Tränenstrom hinunter, als er mich Richtung

Bibliothek zerrte. Mit einem schweren Seufzer stieß er mich in einen der Ohrensessel und setzte sich mir gegenüber.

Ich zuckte zusammen, blieb jedoch still. Ich würde ihm niemals zeigen, dass er mir wehgetan hatte, selbst wenn er mir Schmerztabletten anbot. Nicht dass er das je tun würde. Er war ein kaltherziges Arschloch, das mich gebrochen und schwach sehen wollte.

Er lehnte sich vor und faltete die Hände zwischen den gespreizten Beinen. Er kam mir ganz nahe und dominierte den kompletten Raum. Wieder suchten seine Augen mein Gesicht ab, durchbohrten mich beinahe, um meine Geheimnisse zu erfahren.

Ich rutschte unbehaglich hin und her, weigerte mich jedoch, Augenkontakt mit ihm aufzunehmen, und starrte stattdessen in das züngelnde Feuer.

Keiner von uns rührte sich und ich hatte ganz sicher nicht vor, die schwere Stille zu durchbrechen. Ich wollte einfach nur nach Hause.

Er atmete ein und sagte: »Du gehörst mir. Aufgrund gewisser Umstände, die ich nicht mit dir diskutieren werde, bist du in meinen Besitz gelangt, und darum musst du mir in jeder Hinsicht gehorchen.«

Zur Hölle mit dir.

»Es ist dir untersagt, Internet, Telefon oder andere technische Geräte zu benutzen. Du darfst nicht mit dem Personal sprechen. Du darfst nicht das Haus verlassen.«

Er erhob sich und sein Körper mit den perfekt definierten Muskeln glitt zu einem großen Schreibtisch aus Holz hinüber. Er zog ein einzelnes Blatt Papier aus einem Stapel, griff nach einem kleinen schwarzen Beutel und setzte sich wieder. »Meine Geschäftspartner haben mir nicht gesagt, woher sie dich haben, welche Sprachen du sprichst oder über welche Fähigkeiten du verfügst. Du bist ein Niemand – betrachte das hier als deinen Neuanfang. Wir werden uns gut verstehen, wenn du das nicht vergisst.« Er lehnte sich wieder vor und drang in meinen persönlichen Raum ein. »Du gehörst niemandem außer mir. Hast du das verstanden?« Seine Augen blitzten bei diesen Worten vor Aufregung, als wäre er ganz hingerissen von der Vorstellung. *Natürlich* war er hingerissen. Wie viele andere Frauen hatte er wohl schon zerstört?

Ich spielte meine Möglichkeiten im Kopf durch. Ich konnte ihm ins Gesicht spucken. Versuchen, ihm ein Knie in die Eier zu rammen. Wegrennen und schreien. All diese Optionen würden jedoch schmerzhafte Konsequenzen nach sich ziehen.

Ich blieb daher stumm und still.

In einer einzigen flüssigen Bewegung ließ der Mann sich plötzlich auf die Knie fallen und stieß den Sessel nach hinten. Mein Herz raste noch schneller, als er nach vorn schoss und ich seinen heißen Atem auf meinen nackten Schenkeln spürte. So schnell? Ich war noch keine zehn Minuten hier und er hatte schon vor, mich zu vergewaltigen? Scheiße, ich konnte das nicht tun. Ich war immer nur mit Brax zusammen gewesen. Brax war der Erste. Ihm hatte ich meine Unschuld und mein Herz gegeben.

Atme. Stell dir vor, du wärst woanders.

Ich krallte mich an den Armlehnen fest, als er mein Bein auf seinen Schenkel zerrte und den Strumpf nach unten rollte. Seine Finger wanderten ganz nach unten, versengten meine Haut und verwandelten meine Prellungen und den verstauchten Knöchel in Nadelstiche aus Feuer. Ich verzog das Gesicht und keuchte auf, als der Strumpf von meinem Fuß glitt und ihn nackt zurückließ.

Er runzelte die Stirn und blickte auf meinen Knöchel. Er war geschwollen und heiß und sah schlimmer aus, als er sich anfühlte, aber so, wie er darauf starrte, hätte man meinen können, mein Knochen würde daraus hervorragen. »Haben sie dir das angetan?« Seine Stimme klang sanft und mitleidsvoll. Sein Blick wanderte wieder an meinem Bein hinauf und er entdeckte die blauen Flecken, die Schürfwunden und all die anderen Überbleibsel, die ich meiner Gefangenschaft und Lederjackes Gastfreundschaft verdankte.

Mein Puls schlug schneller, als ich seine Besorgnis erkannte, aber schon im nächsten Moment stieg glühende, ehrliche Wut in mir auf. »Was kümmert *Sie* das? Sie werden mir vermutlich viel Schlimmeres antun.«

Sein Blick schoss hoch zu meinen Augen und die Finger zuckten auf meiner Wade. »Es kümmert mich, weil ich beschädigte Mädchen nicht mag. Und ich werde dir nichts Schlimmeres antun.« Er senkte die Stimme und schlang die Finger eng um mein Bein. »Es sei denn, du hast es verdient.« Auf seinem Gesicht brannte der Beschützerinstinkt, gefolgt von überwältigendem Verlangen. Er schien gegen seine Triebe anzukämpfen – auf welche kranke Weise er sich auch immer zu mir hingezogen fühlen mochte.

Mein Herz hämmerte, das Blut kochte. Ich schluckte schwer und wartete auf wandernde Hände und grauenvoll grapschende Finger, aber nichts passierte.

Der Mann lehnte sich wieder zurück und löste die Berührung. Mit schnellen, sicheren Bewegungen zog er einen langen Gegenstand aus dem schwarzen Beutel und drückte auf einen Knopf an der Rückseite. Grellrotes Licht leuchtete auf und verschwand.

Er schob sich näher zu mir, bis eine in teuren Stoff gehüllte Schulter meine Knie streifte. Er rollte den Strumpf von meinem anderen Bein und legte den Gegenstand um meinen unverletzten Knöchel. Der kalte Biss von Plastik ließ mich zusammenzucken, was ihn jedoch nicht davon abhielt, es noch enger zuzuziehen. Das Klicken eines Kabelbinders war zu hören und mein Herz hämmerte noch wilder – er würde sich nur durch ein Messer oder eine Schere entfernen lassen.

Als er fertig war, erhob er sich wieder und setzte sich auf die Kante des Sessels.

Die Frage entwich mir, bevor ich überhaupt darüber nachdenken konnte. »Was ist das?«

Er lehnte sich zurück und wischte sich die Hände an den Hosenbeinen ab. »Ein Sender.« Er deutete auf meine nackten Beine und fügte hinzu: »Wenn du dich unwohl fühlst, darfst du deine Strümpfe wieder anziehen.«

Ich ignorierte die Tatsache, dass er mich nun schon mit dem zweiten Sender versehen hatte – nach den Mexikanern –, und erwiderte: »Das sind nicht meine Strümpfe. Das haben mir die Entführer angezogen.« Ich wusste selbst nicht, welche Reaktion ich auf diese Enthüllung erwartet hatte, aber der leere Ausdruck des Desinteresses war es ganz sicher nicht.

Er strich sich mit der Spitze eines Mittelfingers über die Augenbraue und schaute auf seine mit Diamanten besetzte Rolex. »Das Gerät sagt mir immer, wo du gerade bist. Siehst du, Sklavin, es gibt kein Entkommen.«

Ich verspürte das irrsinnige Bedürfnis, in Gelächter auszubrechen. Das war doch alles komplett übertrieben. Ich hatte einen tätowierten Strichcode am Arm, einen Peilsender am Hals und einen GPS-Sender am Fuß. Ich funkelte ihn an, hasste ihn genauso sehr wie die Männer in Mexiko. Was war mit den anderen Frauen passiert? War die kleine Asiatin, die ebenso furchtlos gewesen war wie ich, in derselben Situation geendet?

Der Mann hob das Blatt Papier vom Boden auf und reichte es mir. »Das ist alles, was ich von dir weiß. Aber ich will noch mehr wissen.«

Ich nahm es ihm ab und mir schnürte sich die Kehle zusammen.

Objekt: blondes Mädchen auf Motorroller
Strichcode-Nummer: 302493528752445
Alter: 20 bis 30
Temperament: wütend und aggressiv
Sexueller Status: keine Jungfrau
Gesundheitszustand: keine Geschlechts- oder andere Krankheiten
Richtlinien für Besitzer: strikte Bestrafung vonnöten, um ihren Willen zu brechen; sportlicher Körper, fit genug für extreme Aktivitäten
Hintergrund: keine lebenden Angehörigen

O Gott. Brax. Bedeutete das, dass er nicht überlebt hatte? Nein, ich hätte es gespürt, wenn ich ihn für immer verloren hätte. Oder nicht? Irgendetwas würde ganz gewiss in mir zerbrechen und eine Leere hinterlassen, wenn er für immer fort wäre.

Ich blickte auf, die Augen aufgerissen, auf irgendein Anzeichen von Mitgefühl hoffend. Etwas, woran ich mich klammern konnte, während ich in meinem Elend ertrank. Aber der Mann blieb starr und reglos und sein Blick blieb verschlossen.

»Wie heißt du?«, fragte er in diesem typisch französischen Singsang. Ich hatte diesen Akzent immer als sexy empfunden, sinnlich. Jetzt wollte ich mich nur noch übergeben und mir dir Ohren abreißen, wenn ich ihn hörte.

Wut vertrieb die Angst um Brax und ich knurrte: »Wenn ich ein Niemand bin, warum wollen Sie dann meinen Namen wissen?«

Ein Blitz von erotischem Verlangen flammte über sein Gesicht. »Du hast recht. Es ist nicht nötig. Allerdings ist es ein ziemlich einsames Dasein, wenn dich niemand bei deinem Namen nennt.« Seine Stimme knisterte vor düsterer Intensität. *Versuch gar nicht erst, meine Sympathie zu gewinnen. Du hast keine Ahnung, was Einsamkeit wirklich bedeutet.*

»Warum haben Sie mich gekauft?«

Er lehnte sich zurück und legte die Fingerspitzen aneinander. »Habe ich nicht. Du warst ein Geschenk. Ein ungebetenes Geschenk.« Seine Mundwinkel zuckten. »Als Bestechung, wenn du so willst.«

Mein Magen schlängelte sich wie eine Viper zusammen. Ich war jemandem geschenkt worden, der mich noch nicht einmal wollte. Hätte mich jemand gekauft und eine Menge Geld für mich ausgegeben, hätte ich vielleicht auf eine etwas bessere Behandlung hoffen können. Wie ein wertvolles Rennpferd oder eine teure Zuchtkatze. Aber das hier … Ich war ein unerwünschtes Geschenk. Wie ein handgestrickter Pullover zu Weihnachten.

»Was werden Sie mit mir machen?« Meine Stimme war nun kaum mehr als ein Flüstern.

»Das geht dich nichts an.«

»Sie finden nicht, dass meine eigene Zukunft mich etwas angeht?«

»Nein. Weil deine Zukunft mir gehört.«

Die Ungerechtigkeit nahm mir beinahe die Luft zum Atmen.

Er erhob sich und blickte auf mich herab. Mit einer blitzschnellen Bewegung presste er mich tief in den Sessel und drückte meine Hände fest auf die Armlehnen. Ich hörte auf zu atmen. Ich hörte mit allem auf. Ich war unbeweglich.

Er packte mich mit seinem Blick und hielt mich in der Tiefe seiner blassgrünen Augen gefangen. Etwas Dunkles, Drängendes leuchtete darin auf, erlosch jedoch sofort wieder. Er ließ den Blick zu meinen Lippen sinken und öffnete den Mund.

Die schwere, heiße Luft des Feuers versengte uns. Bei jedem Knistern der Flammen zuckte ich zusammen.

Beweg dich nicht. Beweg dich nicht.

Schließlich zog er sich wieder zurück. Es schien, als hätte ihn der Rückzug große Mühe gekostet, und er versuchte diskret, sich wieder zu sammeln. »Willst du denn nicht wissen, wem du gehörst?«

Ich brauchte einen Moment, um dem abrupten Wechsel von Dominanzgebaren zu simpler Befragung zu folgen. Langsam schüttelte ich den Kopf. Warum sollte ich seinen Namen wissen wollen, wenn ich nicht die Absicht hatte, ihn zu benutzen? »Nein.«

Seine Nasenflügel bebten und er entfernte sich von mir. Der Anzug flüsterte bei jedem seiner Schritte. An der Tür blieb er stehen.

»Du musst mich aber irgendwie ansprechen und ich will nicht, dass du mich Meister oder Besitzer nennst. Ich befehle dir, mich Q zu nennen.«

»Q?«

Er antwortete nicht, ging aus der Tür und sagte über die Schulter hinweg: »Mein Personal wird dir dein Zimmer zeigen. Und vergiss nicht: Such nicht nach einer Fluchtmöglichkeit. Es gibt keine.«

KAPITEL 9

SCHWARZDROSSEL

Im selben Augenblick, in dem Q die Bibliothek verließ, tauchte eine Silhouette auf. Ich erschrak zu Tode und klatschte eine Hand auf meine Brust.

Bilder eines finsteren Lakaien, der mich in einen Keller warf, wo ich mit den Ratten leben musste, tauchten in mir auf und erfüllten mich mit Furcht. Ich versuchte, Ruhe zu bewahren, und erinnerte mich wieder daran, dass Q meine Verletzungen nicht gefallen hatten. Ich bezweifelte, dass er mich in ein feuchtes, kaltes Verlies stecken würde, in dem ich mir den Tod holen konnte. Wo bliebe da für ihn der Spaß, wenn ich an einer Lungenentzündung starb?

Eine junge Frau, wahrscheinlich Mitte 20, mit kastanienbraunem Haar, das zu einem straffen Knoten zusammengebunden war, lächelte mich an. »Ich wollte dich nicht erschrecken.« Ihr Akzent war weich und weiblich und die haselnussbraunen Augen leuchteten auf der dunklen Haut. Warum zur Hölle arbeitete sie für einen Mann wie Q?

Wusste sie, wer ich war? *Was* ich war?

»Bitte folge mir.« Sie ging durch die Tür zurück ins Foyer. »Hast du Sachen dabei?«, erkundigte sie sich, während wir unbehaglich Seite an Seite gingen.

Ich riss die Augen auf und schnaubte verächtlich. »Nein, ich habe keine Sachen dabei.«

Ich *war* eine.

Der Gedanke schnürte mir die Kehle zu. Ich musste aufhören, so zu denken. Ich war nichts weiter als Tess. Ich würde überleben.

»Oh, nun, das ist schon in Ordnung. Ich bin mir sicher, dass *Maître* Mercer eine neue Garderobe für dich organisieren kann.«

»Mercer?« Ich trottete neben ihr die Stufen hinauf. Der dicke blaue Teppich fühlte sich wie eine Wolke unter meinen Zehen an. Moment mal. Q hatte mir gesagt, dass ich nicht mit dem Personal sprechen durfte. Ich hielt inne und wägte ab, ob eine Unterhaltung mit diesem Mädchen die unbekannte Bestrafung wert war, die er möglicherweise darauf folgen ließ. Ich ballte die Fäuste.

Drauf geschissen. Zum ersten Mal seit einer Woche wollte sich jemand mit mir unterhalten, anstatt mir nur Befehle zu erteilen oder etwas von mir zu verlangen.

»Der Herr dieses Hauses. Er ist … nun, er ist der Meister.«

Das klang alles andere als gut. Ich wollte Worte hören wie »fair« und »netter Arbeitgeber« und nicht sehen, wie das Dienstmädchen rot anlief und verstummte.

Schweigend gingen wir den längsten Korridor hinunter, den ich je in meinem Leben gesehen hatte, und stiegen schließlich eine Wendeltreppe hinauf, bevor wir vor einer weiß lackierten Tür stehen blieben.

»Das ist dein Zimmer. Ich habe neue Bettwäsche für dich kommen lassen und alles für deine Ankunft vorbereitet.«

Wie lange hatten sie denn schon gewusst, dass ich kommen würde? Seit Tagen? Wochen? Hatten sie Betten aufgeschüttelt und Handtücher für dieses unerwünschte Geschenk gebügelt? Und wer verschenkte überhaupt eine gestohlene Frau als Bestechung – und wofür? In meinem Kopf wirbelten Gedanken über Drogendeals und illegale

Waffengeschäfte durcheinander – irgendetwas, das so schrecklich war, dass ein gestohlenes Mädchen als Sicherheit dienen konnte. *Q, dieser hinterhältige Mistkerl.*

Ich versuchte, mich daran zu gewöhnen, seinen Namen zu benutzen. Q. Wie lächerlich.

Ich öffnete die Tür und erstarrte sofort wieder. Am liebsten hätte ich laut losgelacht. Sicher, ich war von elegantem Reichtum umgeben, aber ich war nun mal nichts weiter als eine niedere Sklavin und hatte daher offensichtlich weder viel Platz noch Licht noch andere Nettigkeiten verdient.

Das Schlafzimmer war nackt und kahl und barg in keiner Weise etwas Einladendes oder Warmes. Das Einzelbett, der Kleiderschrank und die Regale waren karg und unfreundlich, aber wenigstens roch die Bettwäsche sauber und die Luft frisch.

Es war eine Zelle, nichts anderes, aber in mir meldete sich dennoch Dankbarkeit, weil ich zumindest ein eigenes Zimmer und ein hygienisches Bett hatte. Nach einer Woche im mexikanischen Menschenhändlergefängnis glich dies einer Fünf-Sterne-Unterkunft.

Ich spürte ein Stechen im Herzen, als ich an Brax dachte. Er hätte den Gedanken gehasst, dass ich hier leben musste. Selbst unser winziges Ein-Zimmer-Apartment war gemütlich und im Designerstil eingerichtet. Brax hatte sich an unzähligen Wochenenden als Heimwerker betätigt. Sein letztes Projekt war ein Schlittenbett aus einem alten Gummibaum gewesen. Dieses kleine Zimmer befand sich zwar in einem Herrenhaus, aber es gehörte einem Mann, der nicht zögern würde, mich auf jede Weise zu benutzen, die ihm in den Sinn kam.

Der Sauerstoff in der Luft schien seinen Zweck plötzlich nicht mehr zu erfüllen und ich gab den Versuch auf, stark zu sein. Tränen füllten meine Augen und ich ließ ihnen freien Lauf. Mein Leben würde nie wieder so sein wie früher.

Das Dienstmädchen versuchte mich zu trösten und schob mich sachte in Richtung Bett. »Na, na, na. Nicht weinen. Du hast ein eigenes Bad und wir können ein paar persönliche Dinge zum Dekorieren besorgen.« Ihr warmer Arm legte sich schüchtern um meine Schultern und wiegte mich sanft hin und her.

Nun da ich hier war – am Ziel meines Schicksals –, hatte ich sämtliche Kraft verloren. Ich wollte wütend und stark bleiben, aber Selbstmitleid und ein Gefühl von Verlust stiegen in mir auf.

Die schlichte Berührung einer fürsorglichen Frau ließ alle Dämme brechen.

Ich schluchzte heftig.

Ich schluchzte in meine Hände, in mein Kopfkissen und weinte mich in den Schlaf.

Am nächsten Morgen wurde ich mir selbst überlassen. Ich duschte und schlüpfte wieder in den sackartigen Pullover. Ich wusste nicht, ob man mir andere Kleider besorgt hatte, aber es war mir auch egal. Gegen etwas so Schlichtes zu rebellieren, erhielt das glimmende Feuer tief in meinem Inneren am Leben.

Ich ließ die Strümpfe weg und trippelte barfuß die Treppe hinunter. Ich konnte nur vermuten, dass man mich in den Angestelltenquartieren untergebracht hatte. Der Lärm um fünf Uhr morgens, als mehrere Personen geduscht und sich auf den Tag vorbereitet hatten, hatte mich geweckt.

Nicht dass ich wirklich geschlafen hatte. Mein Verstand war vor lauter Weinen wie vernebelt und ich war mit rasenden Kopfschmerzen aufgewacht. Doch die vielen vergossenen Tränen hatten mich gereinigt und mich mit einem seltsamen Gefühl der Leere zurückgelassen, bereit, meiner neuen Zukunft entgegenzutreten.

Eine Sache verwunderte mich jedoch: Ich hatte zwar keinerlei Erfahrung in der Beziehung zwischen Sklave und Besitzer, aber es überraschte mich, dass Q mich ohne Bewacher frei umherspazieren ließ. *Wahrscheinlich irgendein Powertrip oder chauvinistisches Psychospielchen.*

Ich konnte das ungute Gefühl auch nicht abschütteln, als ich die Lounge betrat und dem Geräusch von klapperndem Besteck folgte. Der Duft von frisch aufgebrühtem Kaffee lockte mich weiter, trotz meiner Beklommenheit. Mir lief das Wasser im Munde zusammen – Koffein!

Ich bog um die Ecke und blieb stehen, als ich die Küche entdeckte. Blassgrüne Fliesen verliefen vom Boden bis zur Decke und wirkten wie ein bemalter Spiegel. *Sie haben dieselbe Farbe wie Qs Augen.*

Ich musste zugeben, dass mein rätselhafter neuer Besitzer Geschmack hatte. Weiße Küchenschränke mit silbernen Griffen glänzten wie frisch gefallener Schnee – dank der Sonne, die durch ein riesiges Deckenfenster hereinströmte. Drei Öfen aus Edelstahl, ein riesiger Herd und ein Kühlschrank, der so groß war, dass eine ganze Kuh hineingepasst hätte, komplettierten den riesigen Raum. In einem Nebenzimmer mit Temperaturregler und Holzregalen lagerten unzählige Flaschen Wein. Sicher stammten sie von einem Weingut ganz in der Nähe, falls wir uns tatsächlich in Frankreich befanden.

Das Mädchen, das vergangene Nacht so freundlich zu mir gewesen war, stand hinter der Theke und lächelte mich an. »*Bonjour*. Hast du Hunger?«

Ich glaubte zwar nicht, dass ich angesichts meiner bizarren Situation irgendetwas hinunterbekommen würde, nickte aber dennoch. Ich musste bei Kräften bleiben und konnte mich gar nicht mehr erinnern, wann ich zum letzten Mal etwas gegessen hatte. Moment, doch. Ich konnte mich erinnern – in der Nacht, in der Lederjacke versucht hatte, mich zu vergewaltigen. *Verfluchtes Arschloch.*

Ich verzerrte die Lippen, als ich daran dachte, wie schnell ich mich von einem Mädchen, das niemals fluchte, in ein regelrechtes Schandmaul verwandelt hatte. In gewisser Weise schöpfte ich Kraft daraus, ordinär und geschmacklos zu sein.

Mein Magen knurrte laut und nahm mir die Kontrolle aus den Händen.

Das Dienstmädchen kicherte. »Ich schätze, das beantwortet meine Frage. Aber bevor du etwas essen kannst, hat der Meister um deine Gesellschaft gebeten. Er ist im Esszimmer.« Sie nickte in Richtung der anderen Seite der Lounge. Zwei Schiebetüren trennten sie von einem dekadenten Speisesaal im altenglischen Stil.

Q saß am Kopfende der Tafel. Er hatte eine Zeitung aufgeschlagen, die sein Gesicht verbarg.

Bei seinem Anblick schnürte sich mir der Magen mit Stacheldraht zusammen. Das Haus hatte mich eingelullt und ich akzeptierte meine Umgebung in gewisser Weise – aber ich würde mich niemals damit abfinden, jemandes *Besitz* zu sein. Jemandes Sklavin.

Er hatte mich nicht mal gekauft. Er hatte mich nur als eine Form der Bestechung akzeptiert. Meine Neugier war geweckt. Ich wollte wissen, wofür er mich akzeptiert hatte, verdrängte den Gedanken jedoch. Was kümmerte es mich? Ich würde ohnehin nicht lange hierbleiben … Ich würde einen Weg finden zu fliehen – schon bald.

Ich schüttelte den Kopf und drehte mich wieder zu dem Dienstmädchen um. »Ich will ihn nicht sehen.«

Das Mädchen hielt inne, die Hände voller Gebäck. »Du hast keine Wahl. Er ruft dich, du erscheinst. So ist das Gesetz.«

»Das Gesetz?« Meine Augenbraue zuckte. Sofort hasste ich das Wort. Das Gesetz war etwas, das von Polizisten aufrechterhalten wurde. Ein Wort, das Sicherheit implizierte und nicht die kruden Regeln eines Wahnsinnigen.

»Das Gesetz.« Der maskuline Bariton dröhnte hinter mir. Seine Anwesenheit jagte mir Schauer kreuz und quer über den Rücken, aber ich schreckte nicht hoch. Ich war stolz darauf, aber ich musste mir merken, dass er sich so lautlos bewegte. Ich wollte nicht, dass er sich an mich heranschlich, mich überraschte und einen Vorteil daraus schlagen konnte.

Ich hielt den Kopf hoch und den Rücken gerade und drehte mich zu meinem *Meister* um.

»Ich gehorche keinem derartigen Gesetz.«

Q knurrte und fuhr sich mit einer Hand über die stoppelige Wange. Sein dunkelbraunes kurzes Haar glänzte und sah beinahe wie ein Pelz aus. Sein wintergrüner Blick ließ mir das Blut in den Adern gefrieren. Er trug einen grafitfarbenen Anzug mit silbergrauem Hemd und schwarzer Krawatte. Er wirkte distinguiert, intelligent.

Ich schrie auf, als er mich packte. »Ich rufe dich. Du kommst. Das ist das einzige Gesetz, das du verstehen musst. Ich bin dein Eigentümer. Das hast du doch nicht schon vergessen, oder?«

Er führte mich durch die Lounge ins Speisezimmer. Dort schleuderte er mich auf einen Stuhl mit hoher Lehne, der an einem für 20 Personen gedeckten Tisch stand. Er atmete schwer und lehnte sich über mich. »Du gehörst mir. Du gehörst mir. Wiederhole das, bis es dir endlich in den Kopf will. Du kannst dich nicht widersetzen. Es sei denn ...« Ein Hauch von Interesse blitzte in seinen Augen auf. »Es sei denn, du *willst* bestraft werden?«

Mein Herz schaltete panisch einen Gang höher und schlug so wild wie Kolibriflügel. Ich schüttelte energisch den Kopf. Meine Zunge war vollkommen nutzlos – ich konnte nicht mehr sprechen. Ich war noch nie vom schieren Willen eines anderen Menschen so überwältigt worden, aber Q knockte mich mit seinem intensiven Gebaren förmlich aus. Wie konnte ich auch nur *hoffen,* mich ihm zu widersetzen, wenn schon drohende Worte von ihm genügten, um mich in ein widerlich fügsames Ding zu verwandeln?

»Hast du vergessen, wie man kämpft? So schnell?« Sein Akzent wurde immer stärker. Er packte mein Kinn und drückte brutal zu. Ein Grummeln dröhnte in seiner Brust, und dann – blitzschnell – küsste er mich.

Durch die Wucht des Übergriffs knallte mein Kopf gegen die Rückenlehne des Stuhls und jagte eine Schmerzwelle zu meinen Schläfen. Seine Lippen zwangen meine, sich zu teilen, und eine Zunge schoss in meinen Mund und raubte mir sämtliche Willenskraft und Kampfeslust. Er raubte mir alles – mit einer einzigen Berührung.

Keuchend plünderte er mit seiner Zunge meinen Mund, vollkommen außer Kontrolle. Finger krochen von meinem Kinn bis zu meiner Kehle hinab und umschlangen sie besitzergreifend – eine unausgesprochene Drohung, dass er mich töten konnte, ohne dass irgendwer je davon erfahren oder sich dafür interessieren würde. Ich gehörte ihm – und er konnte mit mir tun, was immer ihm gefiel.

Ich stöhnte und hieb ihm meine zerfetzten Nägel ins Gesicht.

Er zuckte zurück und schnaufte wie ein wütender Bulle. Die Lippen glänzten vom Angriff auf meinen Mund. Sie hatten den Geschmack von starkem Kaffee und etwas Dunklerem hinterlassen – ein Versprechen auf mehr.

Er funkelte mich an und wischte mit dem Hemdsärmel über die Wange. Ein dunkelroter Tropfen war auf dem Stoff zu erkennen. Er betrachtete das Blut und sein Körper spannte sich an.

Mein Herz schwoll vor Stolz an. Er konnte mich vielleicht missbrauchen, aber nicht, ohne selbst Schaden zu nehmen.

Er schnappte sich eine Serviette vom Tisch und tupfte sich die Wange ab. »Du wirst gehorchen. Zwinge mich nicht, dich so zu benutzen, wie jeder andere Käufer es tun würde.«

»Ist es nicht das, was Sie ohnehin mit mir vorhaben? Mich vergewaltigen und zerstören?«

Er warf die Serviette weg und stolzierte zu seinem Stuhl am Ende des Tisches zurück. Die liegen gelassene Zeitung raschelte, als er die Hände vor sich ablegte. Jede seiner Bewegungen war präzise und kalkuliert, so als wüsste er, dass er mit jeder noch so kleinen Nuance Dominanz ausstrahlte.

Wir waren durch vier Gedecke getrennt, was mir ein Gefühl von Freiraum gab. Ich konnte wieder leichter atmen und wünschte mir, der Geschmack von Dunkelheit und Sünde würde sich auflösen. Warum musste er mich küssen? Ein Kuss bedeutete Intimität und Romantik, aber dieser Kuss … hatte mich mehr in Besitz genommen, als es jeder von Brax' Küssen jemals getan hatte. Ich hasste Q deswegen nur umso mehr.

Er ignorierte meine Erwiderung und fragte: »Wie heißt du?«

Ich verschränkte die Arme und funkelte ihn an. *Niemals.*

»Na schön«, bellte er. »Ich werde dich Taube nennen, bis du mir antwortest. Nach dem Graublau deiner Augen.«

Mein Herz zerbrach in winzige, unersetzbare Scherben. *Taube?* Wut stieg in mir auf und entflammte brodelnd, als Erinnerungen an Brax über mich hereinbrachen. Das Plüschtier, das er für mich gekauft hatte, als ich im Krankenhaus gewesen war. All die Male, die er mich seine kleine Taube genannt hatte.

»Nein!«, kreischte ich mit einem aggressiven Unterton.

Mein plötzlicher Ausbruch ließ ihn noch nicht einmal blinzeln. Anscheinend unbeeindruckt fuhr er sich mit einem Finger über die Unterlippe, während er mich mit einem eiskalten Blick bedachte. Seine finstere Miene brannte vor Autorität, und zu meiner unaussprechlichen Schande stellte ich fest, dass meine Nippel hart wurden. Mein Körper erinnerte sich an die Art, wie er küsste – wie er all die Teile in mir ansprach, die ich nicht anerkennen wollte. All die Teile, von denen ich mir wünschte, sie existierten gar nicht. Es gab mir das Gefühl, *ich* hätte ihn dazu verführt – ihn eingeladen mit meinem kranken Verlangen, all das zu tun.

Verdammt noch mal – hatte *ich* all das heraufbeschworen, weil ich mir gewünscht hatte, dass Brax mich härter rannahm? Hatte mein Schicksal deswegen beschlossen, dass mein Leben zu perfekt war, und meine kranken Sehnsüchte auf die schlimmstmögliche Weise erfüllt?

Ich konnte nicht mehr atmen. Ich starrte auf die Tischdecke, als das Dienstmädchen nach einem leisen Klopfen den Raum betrat und einen Teller mit pochierten Eiern vor mir abstellte. Sie verbeugte sich leicht in Qs Richtung und stellte das Gleiche auch vor ihm ab.

Obwohl meine Glieder vor Hunger ganz schwach waren, schob ich den Teller von mir weg. Wie konnte ich etwas essen, während ich mich gerade dermaßen vor mir selbst ekelte? Das alles war *meine* Schuld. Ich war mit meiner verdorbenen Perversion selbst dafür verantwortlich.

»Iss, verflucht noch mal«, befahl Q mit stoischer Miene.

Nach allem, was ich durchgemacht hatte, nach dem atemraubenden Kuss, den blutrünstigen Mexikanern und meiner dämlichen Naivität – und ich hätte noch endlos mehr aufzählen können –, genoss ich mein Schandmaul nun in vollen Zügen. »Fick. Dich.«

Seine Augen weiteten sich und der Kiefer spannte sich an, aber er regte sich nicht. Er schnitt einen kleinen Happen ab und kaute genüsslich. Jeder Bissen war kontrolliert und präzise, so als hielte er sich selbst die ganze Zeit an straffen Zügeln. Wogegen kämpfte er? Denn *dass* er kämpfte, konnte ich in seinen Augen erkennen.

»Wenn du mir schon deinen Namen nicht sagen willst, erzähl mir etwas anderes über dich.«

Warum wollte er das wissen? Er hatte doch schon gesagt, dass nichts anderes eine Rolle spielte, außer dass ich ihm gehörte.

Ich schluckte, starrte auf die Terrasse und das riesige Vogelhaus hinaus, in dem es vor lauten Sperlingen und Schwarzdrosseln nur so wimmelte. Der gepflegte Garten mit den perfekten Hecken und kahlen Blumen glitzerte vor Frost wie schillernde Seide. Vom heißen Mexiko ins winterliche Frankreich – ich vermisste fürchterlich mein Zuhause.

Q legte Messer und Gabel beiseite und faltete die Hände auf dem Schoß. Ich machte den Fehler, ihn anzusehen, und wir fochten den nächsten stummen Wettkampf aus. Ich schrie und kreischte innerlich, während er nur dasaß und mich mit unausgesprochenen Drohungen dominierte.

Er brach den Wettkampf ab und murmelte: »Du hast zwei Optionen.«

Ich spitzte sofort die Ohren, täuschte jedoch weiter Kaltschnäuzigkeit vor. Zwei Optionen. Wohl eher drei. Was immer auch die ersten beiden waren, die dritte war meine Flucht. Ich würde es schaffen. Ich würde mir das Tattoo weglasern lassen, den GPS-Sender von meinem Knöchel schneiden und eine Möglichkeit finden, den Chip von meinem Hals zu entfernen. Ich hatte mir diese ganze Sache vielleicht selbst eingebrockt, aber ich würde mich auch selbst wieder befreien.

Q fuhr mit tiefer Stimme und starkem Akzent fort: »Erstens, ich vergewaltige dich, füge dir Schmerzen zu, tue alles, was du von mir erwartest, und sorge dafür, dass du ein elendiges Dasein fristest.«

Ich kniff die Augen zusammen und beobachtete ihn genau. Beim Wort »Vergewaltigung« spannte er die Schultern an, aber in seinem Blick blitzte auch Erregung auf. Warum diese beiden Emotionen? Eine heiß und fordernd, die andere angewidert und wütend. Ich faltete die Hände und drückte sie ganz fest zusammen. Meine Furcht drohte mich zu ersticken.

»Oder du erzählst mir etwas von dir, und wenn du über mir nützliche Fähigkeiten verfügst, werde ich dich auf andere Weise einsetzen.«

Ich konnte nicht anders. Ich musste fragen: »Auf andere Weise?«

Bedauern huschte so schnell über sein Gesicht, dass ich mir unsicher war, ob ich es mir nicht nur eingebildet hatte. Er nickte kaum merklich. »Auf andere Weise.«

»Zum Beispiel?«

»Erzähl mir mehr über dich.«

»Sag es mir zuerst.«

Er knallte die Hände mit solcher Wucht neben dem Teller vor sich auf die Tischplatte, dass das Porzellan klirrte. »Verdammt noch mal, Mädchen, ich biete dir eine Wahl. Aber das bedeutet nicht, dass ich dir diese Wahl nicht auch wieder wegnehmen kann.« Er atmete schwer und seine Wut wirbelte die Angst in mir erneut auf.

Er hatte mich Mädchen genannt, auch wenn ich bezweifelte, dass er viel älter war als ich. Höchstens Anfang 30. Aber das Alter spielte keine Rolle, wenn er brüllte. Er jagte mir mehr Angst ein, als Lederjacke es je getan hatte. Bei ihm hatte ich wenigstens gewusst, gegen was für einen Mann ich kämpfte. Bei Q hatte ich keine Ahnung.

Ich versuchte mich zu konzentrieren und atmete tief ein. Q bot mir eine Wahl. Wenn ich fliehen wollte, dann musste ich auf den richtigen Moment warten. Wenn Q mich für sich arbeiten ließ, dann boten sich mir vielleicht mehr Gelegenheiten, als wenn ich nur an ein Bett gefesselt war.

Ich imitierte ihn, legte die Hände auf den Tisch und nahm all meine Entschlossenheit zusammen. »Was willst du wissen?«

Er entspannte die Schultern ein wenig, aber die Härte in seinen blassgrünen Augen blieb. »Woher kommst du?«

»Melbourne.«

»Sprichst du noch andere Sprachen außer Englisch?«

Ich schüttelte den Kopf.

Er schnaubte. »Das ist das Erste, was wir ändern werden.

Ich weigere mich, über längere Zeit Englisch zu sprechen. Es ist eine langweilige Sprache. Du wirst Französisch lernen.« Er machte eine abwinkende Geste und fragte: »Welche Ausbildung hast du ansonsten genossen?«

Ich balancierte auf einem Spinnennetz. Eine falsche Antwort und ich brachte den falschen Faden zum Zittern und endete bei Option eins: Vergewaltigung und Untergang.

»Ich bin noch an der Universität. Ich habe als Kellnerin und im Einzelhandel gearbeitet.«

Er stöhnte und begutachtete seine perfekten Fingernägel. »Nichts von Bedeutung. Du solltest besser noch ein paar andere Talente haben, sonst ...«

»Ich studiere Immobilienentwicklung«, fügte ich hastig hinzu. »Ich stehe kurz vor dem Abschluss in Projektmanagement mit Spezialgebiet Architekturskizzen.«

Er hielt inne. Für einen kurzen Moment verdrängte Interesse die Härte in seinen Augen, bevor sich die Mauer wieder aufbaute. »Sprich weiter.«

Viel mehr gab es nicht zu sagen. »Ich muss meine Abschlussprüfung noch ablegen, aber im Studium habe ich mich mit dem Erstellen von Baubudgets beschäftigt und alles über den Umgang mit Stadträten, Genehmigungen und Geschäftsbedingungen gelernt. Ich habe zum Halbjahr in unserem Kurs das beste Konzept für ein nachhaltiges Öko-Dorf abgeliefert.« Das war geschwindelt. Ich war die Zweitbeste gewesen, aber wenn er mich wirklich in der Immobilienbranche einsetzen wollte ... Scheiße, dann würde ich mich in die beste Immobilienexpertin überhaupt verwandeln.

Er lehnte sich zurück und legte die Fingerspitzen aneinander. Die Geste war charakteristisch für ihn. Q bewegte sich mit Macht und in dem unbestreitbaren Wissen völliger Kontrolle. »Wie haben sie dich gefangen?«

Der abrupte Themenwechsel erwischte mich eiskalt.

Ich hatte geglaubt, die Schrecken der Entführung weit von mir geschoben und mich letzte Nacht in einem Meer aus Tränen davon gereinigt zu haben. Meine Panik loderte jedoch sofort wieder brüllend in mir auf und verdrängte alles andere, abgesehen von zwei quälenden Bildern: Brax, der blutend auf dem Boden lag, und die Männer, die mich bewusstlos schlugen. O Gott, würde ich jemals wieder frei sein?

Q rutschte auf dem Stuhl hin und her, wartete. Offenbar kümmerte es ihn weder, noch empfand er ein sadistisches Vergnügen dabei, mich mit meinen Erinnerungen kämpfen zu sehen. Warum zur Hölle musste er dann damit anfangen? *Mistkerl.*

Ich antwortete monoton und tat, als hätte ich das Ganze gar nicht selbst durchlebt. Überraschenderweise half es mir tatsächlich dabei, mich davon zu distanzieren, was mich mit einem Anflug von Stolz erfüllte. Ich hatte mich gewehrt und Lederjacke eine oder zwei Lektionen erteilt. Ich feierte diesen kleinen Sieg. »Ich wurde in Mexiko entführt. Sie haben meinen Freund verprügelt, mich k. o. geschlagen und mich verschleppt.«

»Haben sie dir wehgetan? Abgesehen von deinem Knöchel?«

Wenn er damit auch Prügel und Tätowierungen meinte, dann ja. Ich nickte.

Er holte tief Luft und legte die Stirn in Falten. »Haben sie dich vergewaltigt?«

Lederjacke hatte es versucht, aber es war ihm nicht gelungen. Ein kaltes Lächeln zuckte um meine Mundwinkel. »Nein. Einer hat es versucht. Er hatte keinen Erfolg.«

Sein hartes Lächeln glich dem meinen. Irgendetwas baute sich zwischen uns auf. Verständnis? Respekt? Irgendetwas in meinen Worten hatte offensichtlich verändert, wie Q über mich dachte.

Mein Pulsschlag beschleunigte. Wenn ich ihn dazu brachte, *mich* zu sehen – nicht als seinen Besitz, sondern als Frau –, vielleicht war dann doch noch nicht alles verloren.

Wie immer seine Gefühle auch aussahen: Wenn sein Respekt mir Sicherheit garantierte, dann sollte es mir nur recht sein.

Doch was immer auch zwischen uns passiert war, löste sich sofort wieder in nichts auf, als Q murmelte: »Wie heißt du?« Er verbarg die Augen, indem er den Blick auf die Zeitung vor sich richtete. Glaubte er etwa, ich hätte die Beiläufigkeit seiner Frage nicht bemerkt?

Ich schürzte die Lippen, antwortete jedoch nicht.

Nach einer Weile blickte er auf und sah mich wütend an. »Du wirst mir deinen Namen sagen.«

Meine Atmung ging schneller. Meine Rippe schmerzte, aber ich schwieg weiter. *Was tust du denn, Tess? Ist es wirklich eine weitere Tracht Prügel wert, deinen Namen geheim zu halten?* Ich kannte die Antwort: Ja, ist es. Mein Name war das Einzige, was ich noch besaß. Er war mir heilig.

Ich erschrak, als Q rief: »Suzette!« Er hob das Kinn und zeigte einen anmutigen Hals und die männlich-weiche Haut. Straffe Muskelstränge deuteten auf ein rigoroses Trainingsprogramm hin, aber sein Körper war nicht massig. In einem anderen Leben hätte ich bei seinem Anblick regelrecht gesabbert. Er gehörte auf das Cover von *GQ*. Ich kniff die Augen zusammen. War das der Grund, warum er sich Q nannte? So was von egozentrisch!

Das Dienstmädchen erschien. Ihr sanftes Lächeln und die Bewunderung für ihren Arbeitgeber trafen mich wie ein Schuss ins Herz. Wie konnte sie diesem Mann gegenüber nur loyal sein und ihn auch noch mögen?

»Oui, maître?«

»Enfermez – la dans la bibliothèque. Retirez le téléphone et l'ordinateur portable. Vous avez compris?«

Ich blinzelte und wünschte mir, ich hätte Französisch in der High School nicht abgewählt. Die rostigen Rädchen in meinem Hirn drehten sich mühevoll und wirbelten Staub von einer Sprache auf, die ich zwar kannte, aber seit Jahren nicht benutzt hatte. Irgendetwas mit der Bibliothek und einem Computer.

Mein Blick huschte zwischen Q und Suzette hin und her.

Sie verbeugte sich. *»Oui, autre chose?«*

Mein Verstand arbeitete auf Hochtouren und grub sich durch mein Gedächtnis. Sie hatte ihn gefragt, ob er sonst noch etwas wünschte. Ich war noch nie dankbar für mein gutes Gedächtnis gewesen, aber ich hätte am liebsten vor Erleichterung geschrien – wenigstens würde ich nicht völlig im Dunkeln tappen.

Q wirkte wie erstarrt und Suzette fixierte ihn mit haselnussbraunen Augen. Aus ihrer Haltung sprach Beschützerinstinkt, Verständnis. Ihre Augen drängten ihn zu … was?

Sie starrten einander eine halbe Ewigkeit lang an, versunken in stille Konversation. Ich kam mir vor wie das fünfte Rad am Wagen. Schließlich nickte Q seufzend. *»Vous savez?«* Wissen Sie?

Suzette entspannte sich und auf ihrer Miene zeichnete sich traurige Anerkennung ab. *»Elle est différente.«* Sie zuckte mit den Achseln. *»Ne la punissez pas.«*

Sie sprach so schnell, dass ich nur »anders« und »bestrafen« verstand. Mein Magen verkrampfte sich, als Q wieder mich ansah, mit einer quälenden Mischung aus Lust und Hass im Gesicht.

Er nickte scharf und ließ die Schutzmauer wieder sinken. Seine Augen flackerten hungrig. *»Oui.«* Seine Stimme jagte mir eiskalte Schauer über den Rücken.

Mein Instinkt wusste es vor meinem Verstand: Irgendetwas hatte sich in Q verändert. Er hatte den Kampf aufgegeben, den er ausgefochten hatte. Mein Herz hüpfte aus dem Gefängnis meiner Rippen und galoppierte durch meinen Brustkorb. Düstere Gewissheit kroch durch meine Adern. Er hatte aufgegeben. Die Entscheidung war an seiner resignierten, aber noch immer angespannten Haltung abzulesen. Ich war vollkommen entsetzt. Ich musste wissen, welchen Kampf genau er gerade aufgegeben hatte.

Suzette blickte mich voller Mitleid und Hoffnung an, bevor sie in der Lounge verschwand. Ich wollte ihr nachrennen, sie anbetteln, mir zu sagen, was hier eigentlich los war.

Q erhob sich und strich den makellosen Anzug und das silbergraue Hemd glatt. Ohne mir in die Augen zu sehen, sagte er: »Suzette hat ihre Anweisungen. Befolge sie. Solange du dich weigerst, mir deinen Namen zu sagen, wirst du *esclave* heißen. Wenn du mit dem Französischunterricht beginnst, fang mit diesem Wort an.«

Das war nicht der Moment, um zu widersprechen, so viel hatte ich verstanden.

Er ging ein paar Schritte um den Tisch herum, aber änderte dann seine Meinung. Meine Haut glühte förmlich, als er näher kam. Er presste sich gegen mich und ich schnappte abgehackt nach Luft. Sein fester Oberschenkel berührte meine Schulter. Er schob die Hüften hin und her, um mir genau zu zeigen, was sich zwischen seinen Beinen befand.

Mein Verstand rebellierte gegen das alles überflutende Verlangen, das sich in mir rührte. Er war so hart und lang – so steif und unnachgiebig. Die Art, wie er über mir thronte, ließ meine Angst wieder aufflackern, aber sie vermischte sich mit unerwünschter Begierde.

Ich wand mich hin und her, zuckte zusammen, als meine Rippe protestierte, aber der Schmerz konnte den Hass auf meinen verräterischen Körper nicht vertreiben. Wie konnte ich an Begierde auch nur denken? Aber genau das war das Problem – ich dachte nicht. Mein Körper reagierte nur. Er gierte vollkommen ausgehungert nach dem, was er schon so lange brauchte – verwoben mit dem Akt der Kontrolle wurde in mir, trotz meiner Angst und meines Ekels, etwas entfacht. Tränen erstickten mich. Wie konnte ich nur? *Ich bin ein kranker, abartiger Freak.*

Q durchbrach meine Verwirrung und meinen Hass. »Kennst du dieses Wort?«

Ich hatte keine Ahnung und war viel zu sehr damit beschäftigt, mich für meinen grauenvollen Verrat zu geißeln. *Kämpfe! Denk an Brax.* Mir blieb das Herz stehen. *Nein, denk nicht an Brax.*

Q packte mein Kinn und ein grelles Feuer loderte in meinem Inneren auf. »*Esclave,* antworte mir. Kennst du dieses Wort?« Sein Mund war mir so nah, ich konnte die Augen einfach nicht von ihm abwenden.

Ich befahl meinem Hirn zu arbeiten und ignorierte meinen sündigen Körper. Ich schüttelte den Kopf. Ich kannte das Wort sehr wohl: Sklavin. Doch Wissen war eine Waffe und ich wollte nicht, dass er mein Arsenal kannte.

Ich überlegte blitzschnell und war dankbar, als die Fesseln der Lust zu Hass entflammten. Ja, Hass. Dieses Gefühl würde meine Rettung sein, wann immer es Q gelang, meinen Körper gegen mich aufzuhetzen.

Meine Stimme zitterte. »Ich bin keine *esclave* und du bist nicht mein *maître*. Das wirst du niemals sein.«

Seine Pupillen weiteten sich und aus dem Nichts schoss eine Hand nach vorne und schlang sich um meinen Hals. Wir starrten einander an, Nase an Nase, er in seinem teuren Gucci-Anzug über mir, ich in einem zerlumpten Pullover. »Du *bist* meine *esclave*. Das ist nicht verhandelbar. Und betrachte mein Angebot der zwei Optionen als zurückgezogen. Ich kann es nicht länger aufrechterhalten.« Er atmete schwer und konnte sein Verlangen nicht verbergen. »Du gehörst mir und ich wähle Option eins.«

Ich keuchte heftig. Mir tat alles weh. Jede einzelne Zelle meines Körpers schien zu explodieren und triefte vor schwarzen, gefährlichen Gedanken. Ich hatte Mühe, mich zu meinem Hass auf Q zu ermahnen – ein Karussell der Emotionen drehte sich in mir, machte mich ganz schwindelig und schleuderte mich in Finsternis. In eine Finsternis, in der Hitze, Angst, Berauschtheit und Hypersensibilität lauerten.

Eine Träne rann über meine Wange. Ich war bereits zerstört.

Q knurrte und in mir löste sich alles auf. Mein verräterischer Körper pulsierte und glühte, während mein Geist sich weiterhin wehrte und Obszönitäten ausspuckte. Wie konnte ich nur zulassen, dass mein Körper mich so verriet? *Warum bin ich nur so abgefuckt?*

Q beobachtete meinen Zusammenbruch mit Verwunderung. Er öffnete die Lippen und seine blassen Augen funkelten.

Alles hier war falsch. So, so falsch. Ich stürzte kopfüber in Trauer.

Q strich mit der Nase über meine und atmete keuchend. Etwas Hartes und Starres drückte sich gegen meinen Bauch. Ich bewegte mich nicht. Ich *konnte* mich nicht bewegen.

»Ich will Option eins nicht«, hauchte ich. Ich wusste, was sie bedeutete: Demütigung, sexuelle Folter und alle möglichen anderen Dinge, die man mit einem unerwünschten Besitzstück anstellte. Er würde mit mir spielen, seinen Spaß mit mir haben und mich am Ende auf den Müll werfen.

Eine weitere rebellische Träne entwischte und ich hasste den Tropfen von ganzem Herzen. Er zeigte, wie schwach ich war, wie gebrochen.

Q erstarrte und sah zu, wie die Träne über meine Wange rollte und auf meiner glühenden Haut prickelte. Er blickte mir direkt in die Augen und eine Millisekunde lang sah ich etwas Menschliches darin – Mitgefühl, Reue. Dann übermannte ihn wieder der Hunger und er senkte den Kopf. Seine Zunge glitt mit zärtlicher Sanftheit über meine Wange, fing mein salziges Bedauern ein und fuhr schließlich über seine Unterlippe.

Vielleicht lag es daran, dass Lederjacke mich auf dieselbe Weise abgeleckt hatte, vielleicht aber auch daran, dass mein Instinkt etwas wusste, das ich selbst erst noch begreifen musste, aber ich entspannte mich wieder ein wenig. Im Gegensatz zu Lederjacke hatte Q mich nicht mit krankem Vergnügen abgeleckt, sondern aus Freundlichkeit.

Der verkorkste, zerbrochene Teil in mir reagierte auf Qs anmaßendes, besitzergreifendes Verhalten. Ich wollte unbedingt glauben, dass er freundlich sein konnte und mir nicht wehtun würde. Aber er hatte mich als Bestechung akzeptiert! Niemand, der eine Seele besaß, hätte jemals so etwas getan. Ich konnte es mir nicht leisten, mich von seiner Masche betören zu lassen.

Ich kniff die Augen zusammen, um alle Facetten meiner Seele zu schützen. Ein kleiner Teil von mir, vielleicht zehn Prozent, wünschte sich, er würde seine Drohungen wahrmachen – wünschte sich, dass er grob zu mir war und mich benutzte. 90 Prozent hätten ihm jedoch am liebsten das Buttermesser immer wieder in den Körper gerammt, bis Blut die silberne Tapete und das hübsche Tischtuch zierte.

Er ließ mich los und fuhr mir mit weichen Fingerspitzen durchs Haar. Ich schwankte hin und her – ich hatte mich so leicht brechen lassen. Ich war vollkommen verwirrt.

Seine Augen blitzten auf, als er flüsterte: »Bis heute Abend, *esclave.*«

KAPITEL 10

SCHWALBE

Das Sklavendasein war – ich wage es zu sagen – langweilig.

Nachdem Q gegangen war, kehrte Suzette zurück und ließ mich keine Sekunde lang aus den Augen. Sie wirkte süß und gehorsam, aber ich erkannte die Wahrheit. Sie gehörte Q: Sie war die Chefhaushälterin und half ihm, seine Sklavin zu kontrollieren. Was hatte sie im Speisesaal zu ihm gesagt? Sie hatte ihm widersprochen, aber ihm gleichzeitig eine Erlaubnis erteilt. Q mochte vielleicht ihren Lohn bezahlen, aber sie übte eine Macht über ihn aus, die ich nicht verstand.

Ich glaubte nicht, dass er sich an mich gepresst oder meine Tränen abgeleckt hätte, wenn sie ihn nicht dazu ermutigt hätte, seinen inneren Kampf aufzugeben.

Manchmal hasste ich es wirklich, dass mein Instinkt so sensibel war. Ich fühlte zu viel und malte mir oft eine sehr lebendige Zukunft aus, von der ich nicht wollte, dass sie wahr wurde.

Was mich am meisten verstörte, war die Tatsache, dass Q auf sie hörte – dass er sich von seinem Dienstmädchen zu etwas treiben ließ, das er nicht unterdrücken konnte. Meine Augen verengten sich und ich versuchte, die Beziehung der beiden zu begreifen.

Überraschenderweise kehrte mit Qs Verschwinden mein Hunger zurück und ich verschlang die kalten pochierten Eier gierig. Suzette verließ das Zimmer für keine Sekunde und als ich fertig war, führte sie mich in die Bibliothek und schloss beiläufig die Tür.

Dann ließ sie mich allein und das Klicken des Schlosses hallte in meinen Ohren nach.

Sie mochte sich vielleicht mit einem süßlichen Lächeln verabschiedet haben und meine neue Zelle war durch hohe Literatur und Kristallkaraffen aufgewertet worden, aber sie war trotzdem noch ein Käfig.

Meine Gedanken kreisten um Q. Wohin war er verschwunden? Wahrscheinlich musste er sein Reich der illegalen Aktivitäten und Ausschweifungen regieren. Nur Geschäfte, die zumindest am Rande der Gesetzwidrigkeit schlingerten, konnten zu derartigem Reichtum führen. Es hätte mich nicht überrascht, wenn er ein mächtiger Drogendealer gewesen wäre.

Ich warf mich auf einen Ohrensessel und erstarrte. Qs Duft hüllte mich ein und brachte mein Herz mit einem Hauch von Sandelholz, Wacholder und Zitrus zum Rasen.

Mir schnürte sich die Kehle zusammen. Ich brachte diesen Geruch mit meinem Unglück in Verbindung. Ich wünschte mir, ich hätte aus dem Fenster schauen und meine Flucht planen können, aber in der Bibliothek hielten dunkle Fensterläden aus Zedernholz die Sonne ab und beschützten die wertvollen Bücher in den Regalen. In der Luft flimmerten Staubpartikel und die Lichtstrahlen verwandelten den Raum in eine beruhigende Grotte.

Aber trotz der entspannenden Atmosphäre konnte ich einfach nicht still sitzen. Qs Drohung, bevor er gegangen war – bis heute Abend, *esclave* –, dröhnte in meinem Schädel. Ich würde nicht einfach geduldig darauf warten, dass er tat, was immer er vorhatte. Ich musste aktiv bleiben. Eine Waffe finden. Meine Freiheit.

Ich versuchte mein Glück an der Tür, aber sie war abgeschlossen. Ich rüttelte an den Fensterläden, aber sosehr ich es auch versuchte, sie ließen sich nicht öffnen. Der einzige Ausweg war der Kamin und ich hatte nicht die Absicht, den Schacht hinaufzuklettern.

Da mich der Gedanke an eine Flucht fast in den Wahnsinn trieb, wandte ich mich den Büchern zu. Ich blätterte durch signierte Erstausgaben unbezahlbarer Literatur und hoffte, die Worte würden mich forttragen, aber es funktionierte nicht. Ich knallte den Band wieder zu und starrte in das züngelnde Feuer. Wenn ich all seine Bücher verbrannte, würde ich Q damit eine Lektion erteilen?

Ich stand auf und ließ das in rotes Leder eingebundene Buch über den gierigen Flammen baumeln. *Tu es.* Meine Finger weigerten sich jedoch loszulassen und ich ließ mich wieder in den Sessel fallen. Ich konnte es nicht. Ich würde keinen Frevel an antiker Literatur begehen, ganz gleich, wie sehr ich Q hasste.

Falls ich doch noch für längere Zeit hier sein würde, war sie vielleicht meine einzige Unterhaltung.

Mehrere Stunden tickten auf einer Standuhr in der Ecke vorbei. Sie läutete alle 15 Minuten das Ende meines Lebens ein und ließ jede Stunde den Gong meines Untergangs ertönen.

Wie lange, bevor Q zurückkam? Wie lange, bevor ich in mein winziges Zimmer zurückkehren und mich im Schlaf der Vergessenheit verstecken konnte?

Mein Magen knurrte, als die Wintersonne über der sanften französischen Hügellandschaft unterging. Ich hatte mich stundenlang auf der Fensterbank zusammengekauert und durch die Zedernholzlatten geblickt. Hatte mich von dem kleinen Stück Welt verhöhnen lassen. Winzige

Sperlinge schossen vorüber und putzten ihre Federn im Springbrunnen. Sie waren frei – ich war es nicht.

Ich hatte mich noch nie so sehr nach Sonne gesehnt. Ihre Strahlen hatten meine Haut seit über einer Woche nicht mehr berührt. Ich hätte niemals geglaubt, dass ich es so sehr vermissen könnte, draußen zu sein, vor allem nicht bei dieser Kälte, aber das tat ich. Es juckte mich förmlich, aber es half kein Kratzen.

Ich spürte ein Stechen im Herzen, als eine schwarze Limousine langsam die lange Kieseinfahrt herauffuhr und vor dem Haus stehen blieb. Der Chauffeur sprang aus dem Wagen und öffnete die Hintertür.

Q stieg aus und lächelte den Mann reserviert an. Er strich seinen schwarzen Trenchcoat glatt und holte tief Luft, so als würde er sich dafür wappnen, das Haus zu betreten. Der Mantel spannte sich über seiner Brust und zeigte die mächtigen, breiten Schultern darunter. Er neigte den Kopf in Richtung Bibliothek, zweifellos auf der Suche nach mir, und lockerte die Krawatte um seinen Hals.

Verdorbenheit und Traurigkeit waren in seinem Gesicht zu lesen. Ich kauerte mich noch enger auf der Fensterbank zusammen, verborgen von den Fensterläden und der Dunkelheit, und dachte mir Geschichten über ihn aus.

Wer war dieser Mann? Dieses Rätsel? Dieses Mysterium? Ein so junger Mann und doch schon so reich. Ein Mann, der Frauen als Bestechung akzeptierte und allein in einem riesigen Haus mit einer kompletten Mannschaft an Personal lebte. Ein Mann, der mehr Geheimnisse verbarg, als ich jemals vor Brax gehabt hatte.

Kannte er Leiden? War er verheiratet? Ich spann ein Märchen mit all seinen Fehlern und Makeln und gewährte ihm Erlösung. Vielleicht versteckte sich unter der rauen

Fassade ja ein freundlicher Mensch. Vielleicht konnte ich ja an einen empfindsamen Teil ganz tief unter der Oberfläche appellieren und ihn dazu bringen, mich freiwillig gehen zu lassen?

Vielleicht.

Vielleicht.

Vielleicht.

Ich drückte die Handballen auf meine Augen und zwang sie warnend, trocken zu bleiben. All meine Geschichten waren nichts als Fiktion. Ich musste in der realen Welt bleiben. Einer Welt, in der mich nur ein klarer Fokus und präzise Planung meiner Flucht retten würden.

Ich konzentrierte meinen Verstand auf andere Dinge. Dinge wie mein Fluchtgepäck. Ich brauchte warme Kleidung, einen Vorrat an Essen und ein Messer, um das GPS von meinem Knöchel zu entfernen. Diese Dinge würden mich am Leben halten, falls ich eine Möglichkeit zur Flucht fand.

Ich würde mich irgendwie zur australischen Botschaft durchschlagen – wo immer zur Hölle sie sich auch befand. Würden sie mich retten? Mich nach Hause bringen? Nach Hause zu Brax und zu meinen Eltern, denen ich egal war? Zu meinen Eltern, die mich hassten, weil ich ihnen ihren wohlverdienten Ruhestand gestohlen hatte?

Die Haustür schwang weit auf und Q betrat das Haus. Durch das Glas der Bibliothekstüren wirkte er majestätisch und stolz, wie ein Herrscher, der in sein Schloss zurückkehrte. Jede Spur von Verwirrung war aus seinem Gesicht verschwunden.

Er blieb nicht stehen, sondern steuerte direkt auf die Bibliothek zu und schloss die Tür auf.

Ich spannte mich an und schlang die Arme um die Knie. Als er den Raum betrat, hielt ich die Luft an.

Es dauerte einen Moment, bis er mich entdeckte, da sein Blick zuerst zu dem Ohrensessel vor den Bücherregalen wanderte. Sein Körper versteifte sich, als seine Augen auf der Jagd nach mir den Raum absuchten. Als sie mich schließlich fanden, erstarrte er.

Irgendetwas schnappte wie eine Falle zwischen uns zu und spannte einen Bogen der Erkenntnis, Verlockung. Ich kämpfte mental dagegen an und durchtrennte das Band wieder.

Seine Nasenflügel bebten, als wir uns von verschiedenen Seiten des Zimmers anfunkelten.

»Komm mit«, befahl er, streckte eine Hand aus in der Erwartung, dass ich mich fügsam gab und seinem Befehl Folge leistete. *Von wegen.*

Ich zeigte ihm die Zähne und schlang die Arme ganz fest um meinen Körper. Ich beehrte ihn nicht mit einer Erwiderung. Meine Körpersprache schrie ihm alles entgegen, was er wissen musste: Ich verabscheute ihn.

Er wiederholte den Befehl nicht. Stattdessen biss er die Zähne zusammen und stürmte los. Mit einer Kraft, die mir Angst einjagte, hob er mich von der Fensterbank hoch, als wäre ich ein ungezogenes Kind. Seine Finger bohrten sich in meinen Oberarm, als er mich über den weichen Teppichboden und aus der Bibliothek trug.

Ich zappelte und wand mich, aber ich konnte mich nicht befreien. »Lass mich los.«

Er reagierte nicht und joggte beinahe mit mir durch das Haus.

Ich konnte niemanden sehen. Hörte keine Geräusche des alltäglichen Lebens, sah keine Chance auf Hilfe.

Q eilte hinter die breite, mit blauem Samt ausgelegte Treppe, wo er gegen die dunkle Holzverschalung schlug.

Ich erschrak, als sie plötzlich aufsprang und eine Tür enthüllte. Angst schoss durch meine Adern. Der obere Teil des Hauses strahlte wenigstens eine Illusion von Anständigkeit aus. Wenn er mich nach dort unten schleppte, zeigte dies nur, dass er sich nicht mehr völlig im Griff hatte. Meine Schreckensvisionen würden sich womöglich doch noch erfüllen.

»Nein!« Ich verdrehte den Arm und Q entwich ein Grunzen. Er hatte keine andere Wahl, als mich loszulassen, wenn er sich nicht das Handgelenk brechen lassen wollte. Ich rannte los, aber Q war schneller. Er warf sich auf mich und wir knallten gegen die Wand. Meine Rippe brüllte auf und ich keuchte heftig und kämpfte gegen den Schmerz an. Wie sich herausstellte, hatte ich die Lektion bereits vergessen, die Lederjacke mir erteilt hatte: Gehorsam mochte vielleicht der Schlüssel sein, aber ich konnte diese Stufen einfach nicht freiwillig hinuntersteigen. Lieber ließ ich Blut und wusste, dass ich versucht hatte, mich selbst zu retten.

Q presste die Hüften gegen meine und klemmte mich zwischen sich und der Wand ein. »Hör auf, dich zu wehren, *esclave!*«

Es gelang ihm, meine Arme zu packen und festzuhalten. Meine Tätowierung brannte so wie die Wunden, die das Seil hinterlassen hatte. Ein Knie zwang meine Beine auseinander – ich saß in der Falle.

Ich winselte, als mein Körper mir zum wiederholten Mal nicht gehorchte und unter seiner Berührung heiß glühte. Mein Herz machte einen Satz, als Q die Stirn gegen meine drückte. Seine Augen brannten sich in mein tiefstes Inneres. »*Arrête.*«

Ich hörte auf zu atmen, erschrocken durch das harte Verlangen in seiner Stimme.

Ich hob das Kinn. »Nein.«

Er seufzte schwer und stieß sich von der Wand ab, hielt meine Handgelenke jedoch weiter fest. Meine Muskeln zitterten, als er mich durch die Geheimtür und die Stufen hinunterzerrte. Er zog zu stark und ich geriet ins Stolpern.

Ich prallte gegen seinen Rücken und er wäre beinahe selbst gestürzt. Seine Arme flogen nach oben, schlangen sich um mich und drückten uns gegen das Geländer, um das Gleichgewicht wiederzuerlangen.

»*Merde*«, brummte er. »Kannst du nicht mal richtig gehen? Ist das der Grund, warum sie dich mir überlassen haben? Warst du die Ausschussware? Für die sie eh nicht viel bekommen hätten?«

Seine Worte trafen mich wie Ohrfeigen, scharf und brennend.

War es so? Hatte ich ihre kranke Operation gestört, weil ich mich gegen Lederjacke behauptet hatte? Waren mich diese schwächlichen Mistkerle losgeworden, bevor ich alles kaputt machte? Wut und ein Gefühl der Freude breiteten sich warm in meinem Inneren aus. Wut darüber, dass sie mich als Ausschussware betrachtet hatten, und Freude, weil ich mich gegen sie behauptet hatte.

Gott sei Dank hatte ich gekämpft. Ich wusste zwar nicht, welchen Gefahren ich bei Q entgegensah, aber ich wusste in meinem tiefsten Inneren, dass es immer noch besser war als Mexiko. Sie hätten mich unter Drogen setzen, mich immer wieder vergewaltigen und mich zum Sterben in meinem eigenen Erbrochenen zurücklassen können. Stattdessen musste ich mich jetzt mit einem gestörten Millionär auseinandersetzen.

Siehst du, Tess? Was auch passiert: Es hätte alles noch schlimmer kommen können.

So pervers das auch sein mochte, ich schöpfte Stärke daraus. Ich war bei Bewusstsein und hatte noch immer meinen Verstand. Ich war noch immer ich, auch wenn ich mich hinter meinem Schandmaul und einer wilden Persönlichkeit versteckte.

Als ich nicht antwortete, zerrte mich Q auch die letzten Stufen hinunter. Die schmale Treppe endete in einem von Schatten überfluteten, höhlenartigen Spielzimmer. Zu unserer Rechten leuchtete ein mit apfelgrünem Filz bezogener Billardtisch unter einem tief hängenden roten Kronleuchter. Zur Linken glitzerte im Licht mehrerer Scheinwerfer eine mit geschliffenem Kristall verzierte Bar und warf schillernde Regenbogen an die Wand dahinter. Holzpaneele an Wänden und Decke umfingen uns wie in einem Grab. Alles, was noch fehlte, waren Schwaden von Zigarrenrauch und der Geruch von starkem Whisky.

Der Raum versprühte eine gedämpfte, intime Atmosphäre. Ein wahres Männerparadies.

Q schleuderte mich von sich, fast so, als könnte er es nicht länger ertragen, mich zu berühren. Durch den Schwung taumelte ich bis zum Billardtisch. Die Kugeln schossen klackernd auseinander, als ich das präzise Dreieck mit einem Ellbogen zerstörte.

Ich wollte mich umdrehen und ihm ins Gesicht schauen, aber sein langer Körper umklammerte mich bereits und stieß mich hart gegen den Filz. Ich schrie auf, als er mich auf den Tisch presste und die Hüften gegen meinen Hintern rammte.

Ich hatte angenommen, dass ich in diesem Moment Angst empfinden würde. Aber das tat ich nicht, nicht wirklich. Unter seinem Körper gefangen zu sein, mit seinem heißen Atem im Nacken, erinnerte mich daran, dass er das

Raubtier war, und ich seine Beute. Er degradierte mich, verwies mich in meine Schranken, und dabei rauschte mein Blut die ganze Zeit schneller und die Atemluft verklebte mir die Lungenflügel.

Ich kämpfte.

Ich wand mich, versuchte ihn abzuwerfen. »Lass mich los!«

Zur Antwort packte er mich nur umso gröber und hielt mich noch brutaler fest. Ich verwandelte mich in ein wildes Tier, schnappte mir eine der schweren Billardkugeln und versuchte, seinen Schädel zu zertrümmern. »Du Arschloch, nimm die Finger von mir!«

Q stöhnte – es klang qualvoll und verloren –, aber er sagte nichts. Schweres Atmen durchbrach die vollkommene Stille der Höhle.

Sein Schweigen verwirrte mich. Ich hatte keine Ahnung, was er dachte oder vorhatte. Die Stille verstärkte meine anderen Sinne, steigerte die Schmerzen meiner unzähligen Prellungen und – zu meinem großen Entsetzen – die Feuchtigkeit zwischen meinen Beinen.

Wenn Brax das jemals getan hätte – wenn er mich mit derart wilder Brutalität behandelt hätte –, wäre ich innerhalb einer Sekunde gekommen. Ich hatte mal gelesen, dass das Gehirn Sex von gut in großartig verwandeln konnte. Brutal dazu gezwungen zu werden, würde mich zerstören, also warum ignorierte mein Körper dann diese Angst und wurde zu Wachs?

Ich wehrte mich nicht mehr, ich war scharf. Bereit, obwohl mein Herz vor Panik raste.

Q schien meine Fügsamkeit zu spüren. Er presste sich sanft an mich und mein Blut kochte noch heißer. Er schnappte nach Luft und dann landete eine weiche, leicht zitternde Hand auf meinem Haar und streichelte und liebkoste es. Ganz, ganz langsam steckte er die blonden Strähnen hinter meine Ohren und betete mich mit seiner Berührung förmlich an.

Mein Herz beruhigte sich ein wenig, besänftigt von seiner Zärtlichkeit. Er zwang mich, mich zu unterwerfen und seine verzerrte Freundlichkeit zu akzeptieren.

Minutenlanges Streicheln brachte meine Knochen förmlich zum Schmelzen. Irgendwann wanderte die sanfte Hand zu meiner Schulter hinunter und über meine Wirbelsäule – nie mehr als ein Hauchen, aber dennoch bedrohlich.

Ich hatte Brutalität erwartet, aber er zeigte mir Zärtlichkeit. Wie konnte ich dagegen ankommen? Wie konnte ich stark bleiben und kämpfen, wenn jeder meiner animalischen Triebe auf ihn reagierte?

Ich wimmerte, als seine Finger über meine Rippen streiften, ein wenig zur Seite wichen und die Wölbung einer Brust fanden.

Er gab ein kehliges Brummen von sich – ein Geräusch der Zurückhaltung, aber auch eine Warnung. Seine Finger streichelten mich langsam, kreisten auf meiner weichen Brust und näherten sich der Brustwarze mit jeder Bewegung ein bisschen weiter.

Meine Nippel wurden steif und pulsierten vor Verlangen. Ich keuchte heftig in dem Wissen, dass er kurz davor war, mich auf sehr intime Weise zu berühren. Meine Reaktion schien Q zu erregen – er krallte eine Faust in mein Haar und riss meinen Oberkörper von der Filzdecke. Mit den Hüften klemmte er mich weiter zwischen sich und dem Billardtisch ein.

Meine Kopfhaut brannte und ich jaulte auf, zugleich schoss eine feurige Welle der Lust durch meinen Körper. Alles in mir stand in Flammen.

Eine Hand legte sich um meine Brust und kniff in den Nippel.

Er senkte heiße Lippen auf meinen Hals hinab und biss mit scharfen Zähnen zu.

Ich konnte meinen Körper nicht mehr kontrollieren. Aber ich wollte ihn auch nicht glauben lassen, dass ich all das hier wollte. Das tat ich nicht. Ganz und gar nicht. »Aufhören. Bitte, nicht.«

Ich kniff die Augen zusammen und wünschte mir, meinen Verstand von den überwältigenden Schuldgefühlen befreien zu können, die meine Seele zerquetschten. Schuldgefühle, weil ich eine Reaktion gezeigt hatte. Schuldgefühle, weil ich mich verzweifelt nach mehr sehnte. Schuldgefühle, weil ich ihn töten wollte.

Q flüsterte etwas auf Französisch. Sein minziger Atem schwebte über meiner hochsensiblen Haut. Er knetete mit einer Hand meine Brust, immer fester und härter, als Brax es jemals getan hatte. Er rollte meinen Nippel zwischen geschickten Fingern hin und her und meiner Kehle entwich ein ungewolltes Stöhnen.

Qs ganzer Körper spannte sich an und er presste seinen steifen Schwanz fest gegen meinen Hintern. »*Putain,* ich will dich so sehr, verflucht.«

Er zwickte erneut meinen Nippel und der grelle Schmerz schoss bis in meine Eingeweide. Das Zwicken symbolisierte etwas – er beanspruchte mich für sich. »Was ist das?«, flüsterte er düster.

Q hielt sich nicht länger an die Regeln, nach denen er normalerweise spielte. Die Erkenntnis löste eine schmerzende Woge der Begierde zwischen meinen Beinen aus. Ich versuchte, die ausströmende, alles vernebelnde Lust zu unterdrücken, aber ich schaffte es nicht.

Ich konnte nicht mehr atmen. Ich sah nur noch Brax' blaue Augen vor mir. Was *machte* ich hier? Brax würde mich bis in alle Ewigkeit hassen, wenn ich das hier geschehen ließ. Es spielte keine Rolle, dass ich keine andere Wahl hatte … Ich konnte nicht mehr zu ihm zurück, wenn ich von einem anderen benutzt worden war. Tränen drängten. Ich hasste meine Schwäche, hasste meinen Körper.

Q biss mich erneut in den Hals und presste die Lippen auf mein Schlüsselbein. Sein teurer Anzug schabte über meinen Rücken. »Sag mir, *esclave*. Was berühre ich?«

In meinem Kopf dröhnte weißes Rauschen und mein Verstand löste sich. Er mochte vielleicht meinen Körper benutzen, aber meine Seele würde er nicht brechen. Ich würde unberührt bleiben. Unberührbar.

Als ich nicht antwortete, rammte er sich gegen meinen Hintern und ich stieß einen Schrei aus. »Was ist das?«

»M-mein Nippel.«

Er biss mir ins Ohrläppchen, sein Atem schroff und laut. »Falsch. Es ist *meiner*.« Er ließ mich los und ich atmete erleichtert aus, erstarrte aber augenblicklich, als er meinen Po berührte. Seine Finger hinterließen mit quälend sanftem Streicheln feurige Spuren auf meiner Haut und arbeiteten sich immer weiter nach vorn, immer tiefer.

Meine Beine bebten, meine Atmung beschleunigte wieder. Mein verräterischer Körper wurde schwach und weich, wollte mehr.

»Deine Haut ist hier so weich«, hauchte er. Seine Finger flatterten höher, näher.

Eine Träne löste sich, tropfte auf den Filz und verwandelte Apfelgrün in Tannengrün.

Q keuchte heftig. »Tue ich dir so weh, dass du weinen musst? Habe ich dich geschlagen? Dich verprügelt?«

Ich schüttelte den Kopf, außerstande zu antworten.

Seine Berührungen verwandelten sich von flüchtig in gierig. Mir stockte der Atem, als sich eine drängende Hand auf meinen Schritt presste. Scham, Verlangen, Begierde, *Verachtung* – alles schoss gleichzeitig durch mein Herz.

Eine Fingerspitze strich über mein klammes Höschen. »So feucht, *ma chérie.*« Er streichelte mit der Nase über meinen Hals, während die Fingerspitze meine Klitoris fand. Ich bäumte mich in seiner Umarmung auf. Er presste die Brust gegen meinen Rücken. »Dein Körper lügt nicht. Er mag es. Er mag mich.«

»Ich kann die natürliche Reaktion meines Körpers vielleicht nicht kontrollieren, aber das solltest du nicht verwechseln – ich mag dich nicht«, erwiderte ich halb keuchend, halb fauchend. »Das werde ich nicht. Niemals.«

Er lachte und alles vibrierte. »So wild entschlossen, dagegen anzukämpfen? Na schön.« Mit einer schnellen Bewegung packte er mich am Nacken und drückte mich wieder auf den Billardtisch hinunter. Er beugte sich tiefer und sein Finger bohrte sich noch energischer durch den Stoff meines Höschen in mich. »Was ist das?«, flüsterte er.

Meine Wangen glühten. Ich wünschte mich weit, weit fort.

»Antworte mir, *esclave.*«

»Meine Vagina.«

Er lachte und drückte noch fester. »Wieder falsch.« Geschickte Finger glitten in mein Höschen, schoben es zur Seite und entblößten mich. Alles in mir spannte sich an, ich drehte und wand mich. *O Gott.*

Warum passierte das? Brax. Ich wollte die Erinnerungen an ihn nicht durch dieses Ungeheuer ersetzen, das glaubte, mich zu besitzen. *Denk nicht nach.* Tränen strömten still.

Der Geruch von Sandelholz und Zitrus stieg mir in die Nase, als Q sich über mir aufbaute. Er berührte mich nicht, was alles nur noch schlimmer machte. Seine Finger schwebten nur über mir, die Hitze seiner Haut versengte meine Schenkel. Die Erwartung – zu wissen, was gleich passieren würde – machte mich ganz wild und brachte mich gleichzeitig fast um.

Q krallte eine Faust in meinem Haar fest und riss meinen Kopf zur Seite. Sein Mund rauschte auf meinen herab und seine Zunge öffnete mit spielerischer Leichtigkeit meine Lippen, obwohl ich sie fest zusammendrückte. In dem Moment, in dem seine Zunge in meinen Mund eindrang, tauchte ein Finger in mich ein, hart und schnell.

»O Gott.« Ich riss den Mund in einem stummen Schrei auf und ließ den Angriff – die Inbesitznahme – zitternd über mich ergehen. Er war nicht sanft, er war nicht zärtlich.

»Es ist meine. Alles ist meins.«

Ich wusste, was er wollte. Das Wort balancierte auf meiner Zunge, aber ich schluckte es hinunter. Ich würde es niemals aussprechen.

»Mein«, knurrte er. Ohne Vorwarnung rammte er einen zweiten Finger in mich hinein, fickte mich und drang brutal immer tiefer. Mein ganzer Körper bebte vor Hunger. Meine Atmung ging rau und viel zu schnell. Ich war noch nie von jemandem so genommen worden, so vollkommen. Nichts anderes spielte mehr eine Rolle, nur seine Finger in mir und der unerbittliche Rhythmus, den er vorgab. Zu meiner Überraschung baute sich die schwere Woge eines Orgasmus in mir auf. Ich stöhnte. Ich durfte nicht zum Höhepunkt kommen. Das hätte den ultimativen Verrat bedeutet.

Ich bäumte mich auf, versuchte seinen Fingern zu entkommen, aber er presste noch fester und rieb seine pralle

Erektion an meinem Arsch. »*Merde,* du bist ganz nass. Nass für mich.« Aus seiner Stimme sprach Überraschung, beinahe Ehrfurcht. Hatte er noch nie zuvor eine Frau feucht gemacht? Das konnte nicht sein – nicht wenn er mir auf so gekonnte Weise mein abstoßendes Verlangen entlockte. Ich litt nicht unter dem Stockholm-Syndrom – ich hasste ihn. Ich wusste, dass das, was er tat, falsch war. Aber mein Körper … Scheiße, meinem Körper war das vollkommen egal.

Q gab mir etwas, das ich begehrte, seit ich angefangen hatte, über sündige Dinge nachzudenken. Seit ich angefangen hatte, mir im Internet Fotos von Männern anzuschauen, die Frauen am schmalen Grat zur Gewalttätigkeit fickten.

Wieder presste er seinen Schritt gegen mich, drängend, rhythmisch. Und ich erwiderte den Druck gegen meinen Willen. Er schnappte nach Luft und kitzelte mich am Hals. Obwohl ich mich gegen ihn wehrte, um mich zu befreien, bebte mein Innerstes vor Lust. Seine Dominanz war wie ein unerwünschter, wirkungsvoller Zaubertrank für mein Gehirn. *Ich will das nicht. Aufhören!*

Seine Finger stießen in mich hinein und entlockten meinem Körper noch mehr Feuchtigkeit.

Er stöhnte heftig, schob ein Knie zwischen meine Beine und spreizte sie noch weiter. Ich verlor das Gleichgewicht und seine Finger rutschten heraus und packten meine Hüften.

Er beugte die Beine und ließ seinen von der Hose umhüllten Schwanz auf meinem feuchten Schritt kreisen. Er schwang vor und zurück, hart wie Stahl und heiß wie ein Brandeisen.

Millionen von Sternen erstrahlten vor meinen Augen. Nur der Stoff hielt ihn davon ab, mich zu nehmen. Ich hasste jeden einzelnen Stoß. »Bitte … nicht«, schluchzte ich. Die Tränen strömten ungehemmt und vergrößerten den nassen Fleck unter mir.

Er presste die Worte mühevoll hervor, tief und rau: »Du hast Option eins gewählt, weißt du noch?«

Er drückte mir einen Ellbogen in den Rücken und tastete hektisch hinter mir herum. Der Druck seiner Hüfte verschwand, als er den Reißverschluss aufzog. Das Geräusch der sich öffnenden Metallzähne ließ die Angst in mir hochkochen und ich hielt erschrocken die Luft an. Mein *Körper* wollte das hier vielleicht, aber *ich* verflucht noch mal ganz sicher nicht.

Ich richtete mich mit aller Kraft auf und ignorierte den bohrenden Schmerz seines Ellbogens. Ich täuschte eine Bewegung zur Seite an und trat ihm gegen die Kniescheibe. Sein Bein gab nach, aber er konnte sich an der Tischkante festhalten. »Hör auf, dich zu wehren. Du machst es nur noch schlimmer.«

Wie oft hatte ich das nun schon gehört? Und jedes Mal hatte es sich als die Wahrheit erwiesen. Aber ich konnte mich nicht *nicht* wehren. Ich hätte mir das sonst niemals verziehen.

Ich atmete so schwer, dass meine Lunge schmerzte, und blickte mich panisch nach der Treppe um. Wo zur Hölle war die beschissene Treppe?

Ich wollte losrennen, als Q sich gerade wieder gesammelt hatte. Er stürzte sich auf mich, schlang die Arme um meine bebende Brust und zerrte uns zu Boden. Wir landeten in einem Gewirr aus Gliedmaßen und meine Rippe schrie auf. Qs Reißverschluss war offen und die Hose saß bedrohlich auf seinen Hüften. Mein Höschen klebte zusammengeknüllt an der Seite, die hypersensible Haut darunter war geschwollen und gierte nach Erlösung. *Nein! Ich bin nicht angetörnt. Ich bin nicht gebrochen. Noch nicht.*

Manische Besessenheit brannte in meinen Augen und ich schlug ihm ins Gesicht. Q wich zurück und verzog finster die Lippen. Er schnaubte gewaltbereit, warf sich auf mich und hielt mich unter sich fest.

Ich erstarrte und presste die Knie zusammen, damit er sich nicht wieder zwischen meine Beine drängen konnte. Er packte mein Kinn und zwang mich, ihm tief in die Augen zu blicken. »Was bist du?«

Ich wand mich verzweifelt und hasste den Hunger in seiner Stimme, der die erneut aufblühende Begierde in mir selbst widerspiegelte. Ich war vollkommen krank, wenn ich jemals geglaubt hatte, dass ich das hier mit Brax tun wollte. Aber ich *hatte* das hier auch niemals mit Brax gewollt. Ich hatte mich nach harmlosen Rollen- und zahmen Fesselspielen gesehnt – nicht nach so etwas. *Bitte, nicht so.*

Q ließ mich schockiert verstummen, als er mich auf den Hals küsste. Er verharrte dort und atmete keuchend. Mein Innerstes schrie. Dann zog er sich plötzlich wieder zurück und aus seiner Miene sprach schockiertes Entsetzen, so als hätte er gar nicht vorgehabt, wieder sanftere Töne anzuschlagen.

In seinen Augen war ein Kampf der Gefühle zu lesen, und dieser dämpfte die unverhohlene Lust und verwandelte sie in etwas anderes. Er klang bedauernd. »Sag es mir und ich lasse dich gehen. Ich werde dir nicht wehtun. Ich werde dich nicht vergewaltigen. Nicht heute Nacht.«

Ich biss mir auf die Lippe. Wenn ich es ihm sagte, dann unterwarf ich mich seiner Gnade. Aber wenn ich es ihm nicht sagte, würde er mich vergewaltigen – und das hätte ich nicht ertragen. Nicht nach diesem schrecklichen

Trauma. Nicht nachdem mich meine ganze Welt im Stich gelassen und mir alles geraubt hatte. Vor allem nicht, seit mein eigener Körper mein schlimmster Feind war.

»*Esclave*, sag es mir.« Sein Mund kitzelte erneut an meinem Ohr und die Worte ließen meine Haut vibrieren.

Mein Kampfgeist war erloschen. Der Wille zum Widerstand löste sich in Demut auf. »Dein«, flüsterte ich und mir wurde ganz übel dabei. Am liebsten hätte ich mir dafür den Mund mit Seife ausgewaschen.

Er küsste mich, unglaublich sanft. Er roch nach Minze und Lust – falls Lust überhaupt einen Geruch besaß. »Noch mal.«

Ich schüttelte den Kopf und versuchte mich zu befreien. Qs Arme schlossen sich noch enger um mich und pressten mich gegen seine steinharte Erektion. »Stell mich nicht auf die Probe. Ich habe kaum noch die Kraft, dich gehen zu lassen. Wenn du mich noch einmal reizt, dann werde ich mich nicht mehr zurückhalten können.«

»Warum dieses Zögern? Das ist es doch, was du willst, oder nicht? Mich zerstören. Mich gefangen halten. Als Sexsklavin. Mich behandeln wie ein Tier, das du benutzen und missbrauchen kannst?«, keuchte ich, aber meine Stimme kratzte vor Wut, wild und lodernd.

»Ich will dir nicht wehtun. Ich will dir nichts wegnehmen«, erwiderte er leise. Mein Herz setzte einen Schlag lang aus. Sein Tonfall verriet seine Gefühle – Reue.

»Was willst du dann?« Ich hob verwirrt eine Augenbraue.

Q schwieg einen Moment lang, strich mit hauchzarten Fingern über meinen Arm und nahm mich wieder gefangen. Dann hielt er plötzlich inne, als hätte er es unbewusst getan. »Du weißt, was ich will, *esclave*.«

Ich spürte ein Stechen im Herzen. Ich konnte nicht mehr folgen. Im einen Moment berührte er mich, als wäre ich ein unersetzbares Kunstwerk, und im nächsten packte er mich, als wäre ich eine unfolgsame Hündin, der er eine Lektion erteilen musste. Er schüttelte mich und raunte mir ins Ohr: »Ich will, dass du es noch einmal sagst. Dann kannst du gehen.«

Zwei Optionen. Zwei Entscheidungen. Keine von beiden war einfach. Beide hatten Konsequenzen. Aber für den Moment wählte ich die, die meine Tugend noch für eine weitere Nacht schützen würde.

Ich senkte den Kopf und flüsterte: »Dein.«

KAPITEL 11

FELDLERCHE

Am nächsten Tag kam Suzette zu mir.

Ich hatte die ganze Nacht kein Auge zugetan. In der Sekunde, in der Q mich hatte gehen lassen, war ich die Treppe hinaufgerannt und hatte mich in meinem Käfig verkrochen.

Die Tür und die Wände halfen dabei, die in mir aufsteigende Panikattacke zu unterdrücken. Ich schob die Kommode vor die Tür und rollte mich in der Mitte des Betts ganz klein zusammen. Aber ich konnte nicht einschlafen – was, wenn Q zurückkam, um zu Ende zu bringen, was er begonnen hatte …

Die ganze Nacht hindurch kämpfte ich gegen wiederkehrende Übelkeit und fiebrige Hitze. Ich konnte weder den Schrecken aus meiner Lunge verbannen noch die Schande aus meinem Herzen. Nicht wegen dem, was Q getan hatte – nicht weil er mich berührt und mich gegen meinen Willen hatte feucht werden lassen –, sondern wegen des dunklen Teils in mir, der *gewollt* hatte, dass er mich nahm. Ich hatte es so verdammt gewollt.

Meine Augen blieben trocken, aber mein Herz weinte. Q war meine Strafe dafür, dass ich Brax so bedrängt hatte. *Karma is a bitch*, wie man so schön sagte – ich musste meine kranken Fantasien durchleben, um zu erkennen, dass ich nicht normal war. Dass ich Hilfe brauchte.

Meine Rippe tat von dem Kampf noch immer weh, aber ich drückte auf den Knochen und verstärkte die Schmerzen noch mehr. Ich hatte es verdient, Qualen zu leiden. Um für die Sünden gegen den liebevollsten Mann zu bezahlen, den ich jemals gekannt hatte. Einen Mann, den ich vielleicht niemals wiedersehen würde. Die Schmerzen förderten all das Hässliche zutage, das in meiner Seele wohnte. *Kein Wunder, dass deine Eltern dich nie geliebt haben. Sie haben dich dafür gehasst, dass du ihnen den wohlverdienten Ruhestand geraubt hast, aber auch, weil sie erkannt haben, was du selbst nicht sehen wolltest: wie kaputt du bist.*

Ich war ein schlechter, schlechter Mensch und hatte mein Schicksal verdient. Ich hatte diesen Albtraum mit meinen sündhaften Gedanken selbst heraufbeschworen.

Q war mein Fluch.

Als Suzette am Morgen zu mir kam, versuchte sie erfolglos, die Tür zu öffnen. Sie stieß einige wütend klingende französische Worte aus, bevor sie schließlich laut anklopfte. »Mach auf. Es ist dir nicht gestattet, die Tür zu blockieren.« Das Dienstmädchen musste sich dagegenstemmen und ganz langsam öffnete sich die Tür.

Ich riss die Augen auf, als es Suzette schließlich gelang, die Kommode Zentimeter um Zentimeter beiseitezuschieben. Verdammte Scheiße, wenn meine Schutzmaßnahmen selbst für eine Frau ihrer Größe kein Hindernis waren, dann konnte Q in dieses Zimmer kommen, wann immer es ihm verflucht noch mal passte.

Gab es wirklich keinen Ausweg? Ich hatte bereits aus dem winzigen, postkartengroßen Fenster geblickt und nach einem Regenrohr oder etwas Ähnlichem Ausschau gehalten, an dem ich hätte hinunterklettern können, aber da war nichts. Die Bäume standen zu weit entfernt und die Fallhöhe betrug mindestens fünf Stockwerke. Ganz davon zu schweigen, dass Wachleute auf dem Anwesen patrouillierten und die GPS-Fußfessel Q sofort alarmiert und ihn darüber informiert hätte, wo ich mich befand, falls ich es doch irgendwie auf den Boden geschafft hätte.

Suzette quetschte sich durch den Türspalt und stemmte die Hände gegen die Hüfte. »Mach das nicht noch mal, *esclave.*«

Das Wort beschwor jedes Detail der vergangenen Nacht wieder herauf: Qs Geruch, seine Berührungen, seine Aura der Macht. Ich erschauderte. Ich sollte meinem Leben einfach ein Ende setzen. Das würde meinen inneren Kampf beenden und mich aus meinem Elend erlösen. Ich schluckte schwer und hasste mich für diesen hoffnungslos schwachen Gedanken. *Niemals! Scheiße, Tess, niemals. Was auch passiert, du kannst und wirst überleben.*

Suzette verschränkte die Arme vor der Brust und sah mich an. »Es wird leichter.« Ihre Stimme war verzerrt von Wut und ihren eigenen Qualen und Verletzungen. Man musste kein studierter Psychologe sein, um zu erkennen, dass sie selbst Ähnliches durchgemacht hatte.

Ich starrte sie mit großen Augen an. »War es für dich genauso?« Hatte Q sie ganz langsam, Stück für Stück, mit seiner eigenartigen Mischung aus Kontrolle und Sanftheit gebrochen?

Sie schüttelte den Kopf und ihre Fingerspitzen bohrten sich in die Unterarme. »Nicht *Maître* Mercer. Ein anderer.« Ihre haselnussbraunen Augen blitzten für einen flüchtigen Moment auf. Sie seufzte. »Q ist vieles, aber niemals so schlimm wie die anderen.«

Meine Ohren dröhnten. Sein Name aus ihrem Mund klang seltsam. Ich war daran gewöhnt, dass sie ihn *Maître*

Mercer nannte. Was für eine Beziehung hatten die beiden? Nicht dass es mich wirklich kümmerte.

»Ich möchte dir einen Rat geben.« Sie kam näher und ich beobachtete sie wachsam. Ich nahm ihr das Freundinnen-Getue nicht ab. »Lass es gut sein. Es muss ja nicht für immer sein, aber erlaube es dir, dich ein wenig gehen zu lassen. Es muss nicht falsch sein, wenn er dich richtig behandelt.«

Ihre Worte waren reine Blasphemie, aber ein kleiner Teil von mir dachte darüber nach. Wie würde es sich anfühlen, Tess einfach für eine Weile zu vergessen? Die Rolle der perfekten Sklavin zu spielen? Tess würde verschwinden und *Esclave* würde ihren Platz einnehmen. Ich wäre das perfekte Spielzeug, während ich trotzdem die ganze Zeit weiter nach einem Fluchtweg suchte.

Vielleicht war es am besten, wenn sie glaubte, ich hätte ihren Rat angenommen. Ich stand auf und senkte den Kopf. »Du hast recht. Ich werde es versuchen.« Wie überstanden andere Opfer das nur alles? Ich brauchte einen Sicherheitsmechanismus. Irgendetwas, um meine Seele zu schützen – so wie es eine Rüstung in der Schlacht tat.

In Mexiko hatte ich diesen Mechanismus gefunden. Ich war bereit gewesen, alles zu tun, um meinen Geist zu schützen. Nun musste ich diesen Mechanismus dauerhaft einsetzen.

Sie lächelte und klatschte in die Hände. »*Super*. Und jetzt geh unter die Dusche und zieh dich an, damit wir diesen Tag beginnen können.« Ihr Blick fiel auf meinen dreckigen Pullover.

Ich hasste die Freude, die in ihren Augen aufflackerte – und das nur, weil ich eingewilligt hatte, Q eine Chance zu geben. Sie vollführte praktisch Freudensprünge, weil ich es diesem grauenvollen Dasein erlauben wollte, mein Leben zu bestimmen. Eiskaltes Entsetzen kroch an meiner Wirbelsäule hinunter. Was war der Grund für ihr gesteigertes Interesse? Ich musste auf der Hut sein und durfte mir vor ihr keine Blöße geben. Was immer ich auch zu ihr sagte, kam mit großer Wahrscheinlichkeit auch bei Q an.

»Ich hab nichts anderes zum Anziehen.«

Suzette schnalzte mit der Zunge und ging auf den frei stehenden Kleiderschrank zu. »Du hast anscheinend noch nicht gesehen, was Q für dich gekauft hat.«

Q hatte mir etwas zum Anziehen gekauft? *Widerlicher Mistkerl.* Zuerst zwang er mich zuzugeben, dass ich ihm gehörte, und dann erwartete er auch noch, dass er mich einkleiden konnte wie eine Barbiepuppe?

Ich kletterte aus dem Bett und blickte über Suzettes Schulter. Sie war kleiner als ich, aber ihre Persönlichkeit machte das mit Leichtigkeit wieder wett. Sie nahm ein wunderschönes, aufreizendes silbernes Kleid aus dem Schrank. Die Korsage war mit Diamanten besetzt. »*Fantastique*. Das wird wundervoll an dir aussehen.«

Ich schnaubte, vergaß für einen Moment, wo ich mich befand, und genoss es einfach, mit einer anderen Frau über Klamotten zu plaudern. »Das würde ich nie im Leben anziehen.« Ich erschauderte, als ich mir vorstellte, wie der elegante Stoff verführerisch auf meiner Haut flüsterte und die Aufmerksamkeit aller Männer auf sich zog. Qs Aufmerksamkeit.

Ich streckte eine Hand aus und griff mir eine enge Jeans und einen cremefarbenen Strickpullover. Es waren die am wenigsten schillernden Klamotten im Schrank, aber sie schrien trotzdem »Designer« und »Geld«.

»Die hier tun's auch.« Ich drückte sie an mich und konnte es kaum erwarten, den mexikanischen Pullover gegen neue Kleider zu tauschen.

Suzette schüttelte den Kopf und lachte. »Falls du versuchst, deine Figur zu verstecken, damit Q dich nicht will, dann wird das niemals funktionieren. Du kennst ihn nicht so gut wie ich. Er ist … anders in deiner Nähe.«

Mein Herz machte einen Satz und in meinem Magen rumorte es. Ich hasste ihren Tonfall – die beinahe mütterliche Liebe in ihrer Stimme. Was meinte sie damit: anders? Vielleicht war er normalerweise ja nicht so ein geiles Arschloch – typisch mein Glück, dass ich ausgerechnet diese Seite in ihm geweckt hatte.

Bevor ich nachfragen konnte, schob sie sich jedoch an mir vorbei und blieb in der Tür noch einmal stehen. »Komm nach unten, wenn du fertig bist. Ich lasse dir ein wenig Privatsphäre.« Dann schloss sie mit einem freundlichen Lächeln die Tür und überließ mich meinen Gedanken.

Ich wollte nicht allein sein und in Selbstmitleid versinken, schnappte mir schnell einen weißen Spitzen-BH und ein passendes Höschen und ging ins Bad. Schon komisch, dass ich erst vor einer Woche in teure violette Dessous geschlüpft war, in der Hoffnung, Brax scharfzumachen. Jetzt hätte ich mich am liebsten in einem Leinensack versteckt.

Die Dusche half, meine Nerven ein wenig zu beruhigen. Ich hätte schon vergangene Nacht duschen sollen, nachdem Q mich betatscht hatte, aber allein der Gedanke daran, in diesem Haus nackt zu sein, wenn *er* überall lauern konnte … Ich hatte es einfach nicht geschafft. Lieber stank ich – vielleicht fand er mich dann ja abstoßend.

Tagsüber zu duschen gab mir hingegen ein angenehmes Gefühl. Q schien das Haus tagsüber zu verlassen, wofür ich sehr dankbar war. Ich hatte Zeit für mich allein – weit weg von seinen gierigen Fingern und hungrigen Lippen.

Nachdem ich mich angezogen hatte, ging ich nach unten und fand Suzette in der Lounge. Die schwache Wintersonne malte helle Flecken wie kleine goldene Teiche auf den weißen Teppich. Alles in diesem Haus wirkte, als würde es in ein Wachsfigurenkabinett oder ein Museum gehören. Zu perfekt. Zu adrett. Wo war die Willkürlichkeit des Lebens? Ein Paar Schuhe neben der Tür, ein dreckiges Glas auf dem Couchtisch? Alles hier wirkte steril.

Ich sehnte mich nach meinem Zuhause mit Brax. Nach der Unordnung, der Atmosphäre, aber vor allem nach dem Glück. Hier würde ich niemals Glück finden. Vielleicht hatte Suzette ja recht. Vielleicht wäre es wirklich leichter, eine Rolle zu spielen, bis ich endlich wieder frei war.

Ich blendete meine Gefühle aus und fragte Suzette: »Also, hier bin ich. Was wolltest du von mir?« Ich hoffte, dass sie mich nicht wieder in der Bibliothek einsperren würde. Q hatte mich zwar nicht zum Frühstück herunterbefohlen, aber wer wusste schon, welche Anweisungen er ihr gegeben hatte.

Suzette war damit beschäftigt, die Fenster mit einem grellen pinkfarbenen Lappen zu putzen. Sie hielt inne und lächelte mich an. »Gar nichts. Ich wollte nur nicht, dass du da oben ganz alleine bist, das ist alles.« Sie steckte den Lappen in die Tasche ihrer Schürze und kam auf mich zu. »Ich weiß, was du durchmachst. Du kannst mit mir reden. Ich werde dein Vertrauen nicht missbrauchen.« Aus ihren Augen sprachen Mitleid und Verständnis.

Ihre Freundlichkeit, das Angebot ihrer Freundschaft, wrang mir das Herz aus. Ungewollte Tränen schossen mir in die Augen. Wie verzweifelt wünschte ich mir eine

Freundin? Jemanden zu haben, mit dem ich reden konnte, wäre wundervoll.

Aber das kannst du nicht. Sie gehört Q.

Misstrauen ersetzte die Hoffnung und ich funkelte sie böse an. »Was hat Q dir befohlen? Sollst du dich mit mir anfreunden, damit ich dir meinen Namen verrate? Dir Dinge anvertraue, die ich ihm niemals erzählen würde? Damit du mich meiner einzigen Verteidigung beraubst?«

Ihr blieb der Mund offen stehen und sie verzog das Gesicht. »Nein, ganz und gar nicht. Ich versuche nur, nett zu dir zu sein.«

Ihre Reaktion ließ Zweifel in mir aufsteigen und ich ließ den Kopf hängen. Ich war eine miese Schlampe. Ich erwiderte nichts und zwischen uns breitete sich unbehagliche Stille aus.

Eine Frau rief aus der Küche: »*Suzette, arrêtez de parler à l'esclave et venez m'aider à faire le dîner de maître Mercer. C'est dimanche; je ne vais pas faire le canard à l'orange toute seule.*«

Ich gab mir alle Mühe, die lange französische Wortfolge zu entschlüsseln. Irgendetwas wie: Hör auf, mit der Sklavin zu reden, und koche das Abendessen für *Maître* Mercer – meinen Folterer. Er hatte Essen nicht verdient.

Ich hob eine Augenbraue, als Suzette mich anlächelte. Ich hätte alles dafür gegeben, zu wissen, was sie dachte – es hätte mir vielleicht dabei geholfen, herauszufinden, was meine Zukunft für mich bereithielt.

»Willst du uns beim Kochen helfen? *Maître* Mercer isst sonntags immer Ente à l'orange. Die Zubereitung ist recht aufwendig.«

Mir klappte die Kinnlade herunter. Glaubte sie ernsthaft, ich wollte das Abendessen für dieses Dreckschwein kochen, das mich letzte Nacht befingert hatte? Wusste sie, was im Spielzimmer geschehen war? Meine Wangen liefen rot an. Q war nicht unbedingt diskret gewesen, als er mich die Treppe hinuntergezerrt hatte.

Ich lachte verbittert. »Willst du eine ehrliche Antwort? Oder die, die ich dir geben sollte?«

Suzette senkte den Kopf und machte einen Schritt auf mich zu. Ihr Blick huschte flüchtig Richtung Küche. »Komm und hilf uns. Sei ein Teil des Haushalts, wenn er nicht hier ist. Er kann dich nicht davon abhalten, ein bisschen Spaß zu haben, oder Gesellschaft.« Ihre Hand legte sich auf meine und ich spannte mich an. »Wenn du eine Verbindung zu anderen aufbaust, dann wirst du in der Lage sein, sehr viel mehr durchzustehen.«

Mehr durchzustehen? Was denn? Erotische Folter und kranke Spielchen, die meinen Verstand zerstören sollten? Ich lachte erneut, hart und tränenerstickt. »Glaubst du wirklich, ich könnte hier Spaß haben? Das ist völlig unmöglich. Lass mich gehen. Lass mich zu meinem Freund zurückkehren – erst dann werde ich wieder Spaß haben.« Mein ganzer Körper bebte, als die Wut in mir explodierte. Ich wünschte mir, ich könnte statt Suzette Q anbrüllen, aber seine Lakaiin musste im Augenblick genügen. »Die Männer, die mich entführt haben, haben Brax vielleicht getötet. Und das alles nur, weil es deinem kranken Boss gefällt, Frauen zu besitzen. Das ist alles so *falsch.*« Ich schlug mir auf die Brust – mein Herz tat so weh, als würde es platzen. »Brax ist vielleicht *tot.* Verstehst du das? Und das ist alles meine Schuld!«

Sie nickte und biss sich auf die Unterlippe. Sie wirkte verstört über meinen Ausbruch. »Das mit deinem Freund tut mir wirklich sehr leid, aber du musst ihn vergessen. Er ist deine Vergangenheit. *Maître* Mercer ist kein schlechter Mensch. Gib ihm eine Cha…«

Ich klatschte die Hände auf die Ohren wie ein Kind, das sich weigert, die schreckliche Wahrheit zu hören. »Du bist vollkommen herzlos, wenn du glaubst, ich könnte Brax jemals vergessen.« Ich bekämpfte die Tränen mit Zorn. »Und hör auf, für Q zu lügen. Hör auf, mich zu dem zu formen, was er von seinen Sklavinnen erwartet. Hör einfach auf damit!«

Sie legte eine Hand auf meinen Arm und drückte ihn so sanft, dass ich meinen Tränen freien Lauf ließ. »Hör nicht auf zu leben, während du all das durchleidest«, flüsterte sie. »Und lass nicht zu, dass dich der Schmerz der Vergangenheit davon abhält, in diesem neuen Leben glücklich zu werden.« Sie holte tief Luft und unter ihr Mitgefühl mischte sich Wut, als sie hinzufügte: »Tu nicht, was ich getan habe, und bilde dir nicht ein, dass sich alles in Luft auflösen wird. Ich habe zugelassen, dass mein Besitzer mich gebrochen hat. Nicht weil ich nicht mehr dagegen ankämpfen konnte, sondern weil es leichter war, so zu leben. Aber du musst niemals wirklich zerbrechen. Das Geheimnis ist, dich selbst nicht zu belügen, auch wenn du alle anderen täuschst.«

Ich schluchzte heftig und ließ die Arme sinken. Ihre haselnussbraunen Augen wirkten klar und voller Weisheit. Sie hatte ihre Lektion auf die harte Tour gelernt und wollte mir dabei helfen, mich durch das hindurchzumogeln, was noch auf mich wartete.

Ich verstand zwar immer noch nicht, warum sie Q so in den Himmel hob, aber ich taute dennoch ein wenig auf. Trotzdem bohrte sich die Erinnerung an Brax – daran, wie ich an unserem letzten gemeinsamen Abend auf seinem

Schoß saß – tief in mein Herz. Brax' Stimme hallte in meinen Gedanken wider. »*Die Wahrheit schmerzt weniger als Schwindeleien und Täuschung.*«

Ich musste die Wahrheit verbannen und mich in Lügen hüllen, wenn ich überleben wollte. Ich musste mich vollkommen verändern.

Suzette zeigte mir eine andere Realität, aber auch wenn sie nur an den Gitterstäben meines Gefängnisses geklappert und bestätigt hatte, dass es keinen Ausweg für mich gab, hatte sie mir doch Trost gespendet. Sie war der lebende Beweis dafür, dass ich das Ganze durchstehen und überleben konnte.

»Danke«, murmelte ich. »Überraschenderweise hilft mir das tatsächlich ein bisschen.«

Sie hakte sich bei mir unter und zog mich Richtung Küche. »Das freut mich. Und nächstes Mal wehr dich nicht gegen ihn, in Ordnung?«

Mir stellten sich die Nackenhaare auf. Damit hatte sie die warmen Gefühle regelrecht zertrampelt, die ich eben erst für sie entwickelt hatte. »Was kümmert dich das?«

Sie weigerte sich, mir in die Augen zu schauen. »Das spielt keine Rolle. Komm jetzt, das Abendessen kocht sich nicht von allein.«

Stunden später hatte ich den Zitrusduft von Orange in der mehlbestäubten Nase. Die Köchin, Madame Sucre, war so rund wie ein Donut und genauso teigig. Sie holte gerade eine perfekt gebratene Ente aus dem Ofen, als die Haustür zuknallte.

Der Nachmittag in der Küche war der beste gewesen, seit ich in den Flieger nach Mexiko gestiegen war. Suzette bemühte sich mit ihrer Wärme unermüdlich um meine

Freundschaft und zwischen uns entstand ein zartes Band, von dem ich hoffte, dass es mir helfen würde, bei klarem Verstand zu bleiben, solange ich hier in Gefangenschaft lebte.

All diese entspannten Gefühle lösten sich jedoch in Luft auf, als Q die Küche betrat.

Ich erstarrte, eine Pfanne mit gebratenen Rosmarinkartoffeln in der Hand. Qs Anwesenheit erfüllte die komplette Küche, saugte sämtlichen Sauerstoff ein, mein Bewusstsein … den ganzen Raum. Er sah aus wie ein prächtiger Pfau in einem königsblauen Anzug und tiefrotem Hemd. Sein Haar schimmerte im Schein der Küchenlampe und seine blassen Jadeaugen glühten.

Mein ganzer Körper reagierte: Die Nippel wurden hart und meine Lippen öffneten sich. Ich versuchte, es zu unterdrücken, aber ich konnte seine Wirkung auf mich nicht ignorieren.

Ihn.

Er war zurück. Hier. Im Haus.

O Gott. Primitive Instinkte regten sich in mir und drängten an die Oberfläche, während ich vor Begierde gleichzeitig zu zerfließen schien. Meine Gefühle rissen mich entzwei und ich zitterte so sehr, dass ich beinahe die Kartoffeln fallen ließ.

Suzette kam zu mir und strich sanft mit den Fingern über meine Hüfte. Ihre Berührung war blütenzart, ein Ausdruck unausgesprochener schwesterlicher Solidarität. Meine Nervosität legte sich wieder, aber Q brach den Augenkontakt keine Sekunde lang ab. Sein Blick war so intensiv, dass ich ihn beinahe körperlich spürte. Mein Herz begann zu rasen, während völlig grundlos Schuldgefühle in meiner Brust anschwollen.

Suzette lächelte glücklich, während Q und ich unsere stille Schlacht ausfochten, zuckte jedoch zusammen, als er auf uns zustürmte.

Seine abrupte Bewegung erschreckte mich ebenso sehr wie sie.

Wir wichen gemeinsam einen Schritt zurück – nicht dass wir Qs Macht damit hätten entkommen können.

»C'est quoi ce bordel, qu'est ce qu'elle fait ici?«, blaffte Q Suzette an und seine Schultern bebten vor Wut.

Suzette ließ den Kopf sinken. *»Je suis désolée, maître.«*

Er würdigte Suzette keines weiteren Blickes und betrachtete mich mit abschätzender, arroganter Miene von oben bis unten. »Was tust du hier? Du bist eine Sklavin, kein Dienstmädchen. Verschwinde.« Er lehnte sich näher zu mir und strich mit harter Hand unsanft über meine Wange. Seine Berührung war wie ein Stromstoß und jagte mit brutaler Kraft bis in mein tiefstes Inneres.

Nicht schon wieder. Bitte hör auf, mich zu verraten! Wie konnte ich Q hassen, wenn mein Körper jedes Mal dahinschmolz, wenn er mich berührte?

Er zog die Hand weg und kniff die Augen zusammen, so als wäre der Funke zwischen uns allein meine Schuld gewesen. »Geh duschen. Du bist voller Mehl. *Merde.*«

Bevor ich einwenden konnte, dass der Begriff *Sklave* implizierte, dass ich kochte und putzte, stieß mich Suzette Richtung Tür und flüsterte: »Widersprich ihm nicht. Ich kann in deinen Augen sehen, dass du dich ihm widersetzen willst. Aber vergiss nicht, was ich gesagt habe.«

Als wir die Lounge erreicht hatten, fügte sie hastig hinzu: »Geh duschen und zieh eins von diesen wunderschönen Kleidern an. Er wird sich freuen, dich in etwas zu sehen, das er für dich gekauft hat.« Ihr Blick wirkte verträumt, so als wäre es das Normalste auf der Welt, uns zu verkuppeln. »Gib ihm, was er will.«

Ich riss mich von ihr los und fühlte mich erneut verraten. »Ich soll ihm geben, was er will?«, fauchte ich. »Wieso fessele ich mich dann nicht einfach selbst und serviere mich zum Hauptgang? Genau das will er doch, oder nicht?«

Suzette legte Daumen und Mittelfinger an ihren Nasenrücken und bedachte mich mit einem frustrierten Blick. »Er wird dir seine Fantasien ganz gewiss offenbaren. Aber es ist deine Aufgabe, ihm dabei seine Angst oder Schuldgefühle zu nehmen.«

Sämtliche Luft wich aus meiner Lunge. »*Was?* Glaubst du ernsthaft, *er* leidet unter Angst oder Schuldgefühlen? Und was ist mit dem Mädchen, das entführt wurde? Verfickte Scheiße!« Die obszönen Worte fielen wie eine schmutzige Bombe nieder. Suzette legte missbilligend die Stirn in Falten.

»Geh dich einfach umziehen.« Sie schob mich Richtung Treppe und ich rannte hinauf.

Ich wollte nur noch von ihr weg, aber ich hatte nicht die Absicht zu gehorchen. Sie hatte eine Grenze überschritten und angedeutet, dass ihr Meister schlimmere Qualen litt als ich. Sie konnten mich alle mal. Ich würde ihm zeigen, wie schrecklich ich es hier fand. Ich hatte wirklich geglaubt, ich könnte es – ihm etwas vorspielen. Ich hatte geglaubt, ich könnte mich zum Schein in seine Sklavin verwandeln und schwach sein.

Aber ich hatte mich geirrt.

Heiße, schreckliche Wut schäumte in mir, als ich die Stufen immer zwei auf einmal nehmend hinaufstürmte. Ich würde es ihm zeigen. Ich dachte nicht über die Konsequenzen nach, sondern konzentrierte mich nur darauf, das zu tun, wodurch ich mich besser fühlen würde.

Ich knallte die Tür zu, lief direkt zum Kleiderschrank und riss dessen Türen auf. Stangenweise elegante Designerroben und stilvolle Dessous von Victoria's Secret lockten mich. Meine Finger kribbelten förmlich, so sehr sehnte ich mich danach, mich über die Kleider herzumachen und meine Wut an dem unschuldigen Stoff auszulassen. Ich mochte vielleicht nicht in der Lage sein, Q körperlichen Schaden zuzufügen – aber wenigstens seinem Geldbeutel.

Ich zerrte das erste Teil, ein amethystfarbenes Kleid, vom Bügel und riss mit den Zähnen am Ausschnitt. Mein Herz raste, als ich an dem seidigen Material nagte. Ich brauchte ein paar Versuche, aber schließlich gelang es mir, es so weit einzureißen, dass ich es mit den Händen zerfetzen konnte. Es knisterte wie ein Blitz, als es sich in zwei Teile teilte.

Mein nächstes Opfer hing auf einem gepolsterten Bügel – eine cremefarbene Bluse mit tänzelnden schwarzen Pferden. Ich zerriss sie mit einem lauten Fauchen und warf sie auf den Boden auf den wachsenden Friedhof der Kleidungsstücke.

Voller Zorn schnappte ich mir die BHs und riss die Träger ab. Auch sie wanderten auf den Friedhof. Als Nächstes entdeckte ich eine Schublade voller unpraktischer Nylonstrümpfe und trennte sie mit Fingernägeln und Zähnen auf.

Ich keuchte heftig und genoss das wilde Gefühl der Rache in meinen Adern. Ich zerstörte vielleicht nur Kleider, aber wenigstens konnte ich meine Wut und Verzweiflung an ihnen auslassen. Meine Haut glänzte vor Schweiß, als ich nach einer weiteren Bluse griff.

Plötzlich wurde die Tür aufgerissen und ich erstarrte.

Q stand vor mir, die Fäuste an den Seiten geballt, die Haltung starr und unbeweglich. Sein Blick huschte über das Meer zerstörter Kleidungsstücke und er verkrampfte den Kiefer, bevor er mich mit unausgesprochenen Befehlen finster anstarrte.

Meine Beine wurden ganz wackelig und wären am liebsten zu Boden gesunken, um ihn um Vergebung anzuflehen. Ich kannte diesen Herrn nicht, der dort in der Tür stand. Von dem Mann, der mich gestern Nacht voller Lust und Schmerzen befingert hatte, war in seinem Blick nichts mehr zu erkennen. Ich war zu weit gegangen.

Shit.

Ich machte mich ganz klein und knüllte die graue Bluse fest zusammen. Angst erfasste mich und verwandelte mich in zitterndes Herbstlaub.

Er räusperte sich und neigte den Kopf zur Seite. Die Macht seines Zorns traf mich wie ein Schlag ins Gesicht. »Willst du mir vielleicht erklären, warum du 3000 Euro teure Kleider zerstörst?« Er knurrte vor unverhohlenem Verlangen und konnte sich kaum noch im Zaum halten. Seine Miene war starr vor Anspannung und in seinen Augen brannte Begierde.

Mein Körper übernahm die Kontrolle, während mein Blut brodelte wie kochende Lava. Seine Anziehungskraft wütete in meinem Magen und ich hätte mir am liebsten selbst einen Faustschlag verpasst, weil ich schon wieder ganz feucht war. Ich hatte mich überhaupt nicht mehr im Griff. Er hatte recht damit, mich wie eine Sklavin zu behandeln. Ich war nichts weiter als ein sexhungriges Weib, das Brax' Liebe nicht verdient hatte. Ich verdiente, verprügelt und brutal genommen zu werden. Ich war so abgefuckt, dass ich nicht mal feucht werden konnte, wenn mich der Mann, der mich liebte, mit sanften Küssen verwöhnte. Aber zeig mir einen Mann, der mir wehtun wollte und nichts weiter im Kopf hatte, als mich zu fesseln und zu ficken, und ich verwandelte mich sofort in die Hure, die ich im Kern meines Wesens auch war.

Tränen brachen sich Bahn und Q knurrte: »Heulen hat keinen Sinn. Du wusstest, dass ich wütend werden würde, aber du hast es trotzdem getan.« Er machte einen Schritt nach vorne und kickte die Tür zu. Einen Meter vor mir blieb er stehen. »Tränen werden dich nicht retten.«

Ich schniefte und richtete mich auf. Ich würde ihm nicht die Befriedigung verschaffen, zuzugeben, dass ich wegen meiner Qualen Tränen vergossen oder aus Hass auf meinen verräterischen Körper geheult hatte. Ich fühlte, wie die Furcht durch meine Adern kroch, aber das unverhüllte Verlangen, das mein Blut in Wallung brachte, machte mir noch tausendmal mehr Angst. Hätte ich auf jeden Mann, der mich gekauft hätte, so reagiert? Oder war Q anders? Ein unerwünschtes Aphrodisiakum für meinen sündigen Körper?

Meine Stimme war kaum mehr als ein gehauchtes Flüstern. »Ich werde nicht zulassen, dass du mich wie ein Objekt einkleidest. Ich weigere mich.« Ich sagte ihm nicht, dass ich die meisten der Kleider umwerfend fand und dass sie genau das waren, was ich mir selbst ausgesucht hätte, wenn ich mehr Geld gehabt hätte. »Ich bin auch ein Mensch. Kein Objekt, mit dem du spielen kannst.«

Er lachte. »Ein Objekt, das lieber die ganze Zeit nackt herumlaufen würde? Das lässt sich einrichten.«

Mein Herz machte einen Satz und ich senkte den Blick. »Nein.«

»Nein?« Er schob sich näher an mich heran. Die Hitze zwischen uns brannte wie ein Inferno. Sein ganzer Körper knisterte mit einem lodernden Feuer der Lust. »Du sagst

Nein, nachdem du die Sachen zerstört hast, die ich für dich gekauft habe?«

»Tut es dir weh zu sehen, wie Dinge zerstört werden?« Ich wagte es, ihm in die Augen zu schauen. Seine Nasenflügel bebten. »Denn wenn das der Fall ist … Du tust mir weh. Ich habe auch Gefühle – genau wie du!«

Seine Hand schoss hervor und packte mich am Hals. Er riss mich zu sich heran und ich prallte gegen eine solide Wand aus Muskeln, während sämtliche Luft aus meiner Lunge wich.

»Du denkst, du bist wie ich? Das bist du nicht«, knurrte er, bevor er den Mund auf meinen presste und mit der Zunge meine Lippen teilte. Ich versetzte ihm einen Fausthieb, aber er hörte nicht auf. Wenn überhaupt, dann geriet seine Hemmungslosigkeit dadurch nur umso mehr außer Kontrolle.

Er wirbelte mich herum, presste mich hart gegen die Tür und rieb seine Hüften an meinen. In einer einzigen fließenden Bewegung spreizte er meine Beine mit einem Tritt. So schnell, so sicher.

Meine Lunge bekam nicht mehr genügend Sauerstoff, während er mich grober küsste, als es irgendwer jemals zuvor getan hatte. Blut vermischte sich mit seinem düsteren Geschmack. Abdrücke seiner Zähne gruben sich in meinen Mund und ich konnte nicht mehr klar denken. Halb stöhnte, halb weinte ich, als er seinen Schwanz mit solcher Wucht gegen mich rammte, dass meine Füße vom Boden abhoben.

Er beendete den Kuss auf dieselbe brutale Weise und keuchte: »Was bist du?«

Ich blinzelte vollkommen orientierungslos. Dann kehrte meine Kampfeslust zurück, ich stieß ihn weg.

Er grunzte und taumelte rückwärts, aber es reichte nicht aus. Er landete sofort wieder auf mir und hielt mich mit dem Gewicht seines Körpers fest. Sein Atem brannte heiß auf meiner Wange, als er mit seinen Bartstoppeln über meinen Kiefer strich. »Stoß mich nicht weg, verflucht. Was *bist* du?«

Nicht das schon wieder. In einem Augenblick des Wahnsinns versuchte ich, ihm eine Kopfnuss zu verpassen.

Er riss die Augen auf und seine Mundwinkel zuckten. Aufrichtiges Erstaunen überschattete für einen kurzen Moment den Blick des Alphamännchens. Er rammte den Schenkel zwischen meine Beine und rieb sich an meinem überhitzten Fleisch. Selbst durch den Jeansstoff erregte er jede einzelne meiner Fasern. Ich litt Schmerzen. Ich brannte. Ich *begehrte.*

»Du hast mich schon letzte Nacht gezwungen, es zu sagen. Du hast mich gebrochen. Ich werde es nicht noch einmal tun«, zischte ich.

Er stöhnte, schob den Oberschenkel zur Seite und packte mich mit kraftvollen Fingern. Mein Kopf hätte sich am liebsten ergeben auf seine Schulter gesenkt, aber das durfte ich nicht zulassen. Das hier war falsch. Gott stehe mir bei, aber ich hatte mich selbst mit meinem inneren Widerspruch zerstört. Fliehen. Ficken. Fliehen. Ficken. Ich war wie in Trance und spürte, wie ich immer feuchter wurde und förmlich zerfloss. Ich war noch nie so angetörnt gewesen und hatte noch niemals einen Menschen mehr gehasst.

»Ich breche dich mit Freuden erneut, um es noch einmal zu hören.« Er packte meine Handgelenke und knallte sie über meinem Kopf gegen die Tür. Während er sie mit einer Hand festhielt, wanderte die andere zu meiner Jeans zurück. Mit geschickten Fingern öffnete er den Reißverschluss und schaffte es irgendwie, die Hand unter den Jeansstoff und in mein Höschen zu schieben.

Ich bäumte mich auf, als sich ein Finger tief in mich hineinpresste. Kein zartes Bitten oder sanftes Vorspiel – er fickte mich direkt mit seinem Finger.

»Sag es«, befahl er. Ich kniff die Augen zusammen, als er den Finger krümmte und meinen G-Punkt fand. »Dein Körper trieft vor Verlangen nach mir, *esclave*. Du darfst mich haben, wenn du es sagst. Sag, dass du mein bist.«

Ein zweiter Finger drang in mich ein, so brutal wie der erste, und meine Beine verwandelten sich in weiches Wachs. Er hielt mich an den Handgelenken aufrecht und vögelte mich tief mit gierigem Finger. Ich war noch nie zuvor so vollkommen berührt worden. Brax … war kein Freund des Vorspiels … *Hör auf, an Brax zu denken. Besonders jetzt. Das hier würde ihm das Herz brechen.*

Mein Geist zerbrach in tausend Scherben. Ich hatte alle Mühe, gegen den wahnsinnigen Drang anzukämpfen, mich ihm zu unterwerfen. Ich konnte mich *niemals* unterwerfen. Ich hob meine unfassbar schweren Augenlider und fauchte: »Mein. Nicht dein.«

Er zuckte zusammen, als hätte ich ihn geschlagen. Seine Augen funkelten vor Rage. »Falsche Antwort.« Er beugte sich vor und warf mich über seine Schulter, genau wie mein Entführer in Mexiko es getan hatte. Meine Furcht überflutete mich mit einer mächtigen Woge und das Kribbeln in meinem Körper erstarb. Ich brannte nach Freiheit. Ich wollte, dass das hier aufhörte. Ich wollte fliehen.

Q ließ mich aufs Bett fallen und riss mir sofort die Jeans vom Leib. Ich konnte ihn nicht aufhalten. Im einen Moment hatte ich sie noch an und im nächsten lag sie auf den anderen zerrissenen Kleidungsstücken.

Er stieg auf mich und ich trat wie wild um mich. Mein Knie traf seine Rippen und er wich zurück, packte mich jedoch mit einer Hand an der Taille und drückte auf meine eigene gebrochene Rippe. Alles verschwamm in schmerzendem Grau. Es gab ihm Zeit, seine Krawatte auszuziehen und sie straff um meine Handgelenke zu wickeln.

Mein Herzschlag pulsierte in meinen Armen – ich hasste die engen Fesseln.

Er riss die gebundenen Handgelenke über meinen Kopf, hielt mich fest und versuchte, zwischen meine Beine zu dringen. Ich wehrte mich wie ein wildes Tier gegen ihn. Unsere Beine kämpften gegeneinander, die Füße rangen mit den Laken und einen Moment lang sah es so aus, als würde ich gewinnen. Aber dann verlor ich durch einen ungezielten Tritt.

Im nächsten Moment lag ich ausgestreckt da, während er über mir keuchte. Glühende, unerwünschte Lust entflammte. Deplatzierte Lust. Lust, die mich mit Hass und Verwirrung in den Wahnsinn trieb.

Gier und Verlangen flackerten auf seinem Gesicht auf. Sein Geruch von Sünde, Zitrus und Sandelholz vernebelte meine Sinne und brannte sich in meine Seele. Mein tiefstes Inneres krampfte sich zusammen, als Q begann, seinen Schritt gegen meinen zu treiben. Sein keuchender Atem rasselte. Meine Synapsen schienen mit seinem Geruch verkabelt zu sein.

O Gott. Es war ihm gelungen, einen meiner Sinne in Besitz zu nehmen! Meinen Geruchssinn. Ich konnte nicht zulassen, dass er sich noch mehr von mir nahm.

Ich heulte auf und biss ihm in die Schulter. »Lass mich los, verdammt!«

Er wich zurück, Wut und kalten Respekt in den Augen. Respektierte er die Tatsache, dass ich mich wehrte? Törnte ihn das wirklich so sehr an, verflucht? *Widerliches, krankes Arschloch.*

Er hob eine Hand, als wollte er mich schlagen.

Ich widerstand dem Drang, mich zu einem winzigen Ball zusammenzurollen, und starrte in seine wild lodernden Augen. »Tu es. Schlag mich. Wenigstens wird der Schmerz eine körperliche Wunde hinterlassen, die du jeden Tag sehen musst.«

Er machte den Mund auf, schloss ihn dann jedoch wieder. Seine Hand schwebte eine Weile über mir, bevor sie sich auf meine Wange legte. Er fuhr mit zitterndem Daumen über meine Lippen. »Sag es.« Etwas Rohes blitzte in seinen Augen auf, das mich aus tiefster Seele anflehte. Er schien sich verzweifelt danach zu sehnen, dass ich zugab, dass ich ihm gehörte.

Er schob eine Hand zwischen uns und streichelte meine Klitoris durch den Stoff des Slips.

Das Feuerwerk, das die ganze Zeit geglüht hatte, erwachte zum Leben. Ein Orgasmus packte meine Muskeln mit heißer Ekstase. Ich warf den Kopf in den Nacken.

»Oh, fuck.« Ich wollte diesen Orgasmus nicht – und wollte ihn doch. Ich wollte ihn doch, weil ich bei Brax noch nie einen erlebt hatte – es machte unsere Trennung schrecklich endgültig. Es war, als würde Q uns auseinanderschneiden und mich völlig zerstört zurücklassen, zu nichts mehr gut außer derber, wilder Brutalität.

In dem Moment, als all meine Muskeln zu bersten schienen, hörte Q auf, mich zu berühren. Er stieg von mir und zog mich in eine sitzende Position. Die gefesselten Handgelenke fielen in meinen Schoß. Ich blinzelte verstört. Mein Körper vibrierte noch immer vor intensiver Erwartung und sehnte sich schmerzend nach Befriedigung. Mein Orgasmus verpuffte im Nichts.

Ich hätte am liebsten laut geschrien. Er hatte mich absichtlich auf Messers Schneide getrieben und mich in meiner Lust verhungern lassen.

»Wie heißt du?«, fragte er, während er den Gürtel öffnete, ihn aus den Schlaufen zog und auf den Boden warf. Das Geräusch der schweren Gürtelschnalle, die auf dem weichen Teppich landete, ließ mein Herz noch schneller schlagen.

Ich weigerte mich, ihm zu antworten, aber ich konnte den Blick auch nicht abwenden, als er seinen Reißverschluss öffnete und das dunkelrote Hemd herauszog. Er ließ das königsblaue Jackett an, knöpfte es jedoch ganz auf, sodass der Stoff zur Seite schwang.

Er richtete sich vor mir auf, sein Schritt auf einer Höhe mit meinem Mund, und befahl: »Blas mir einen.« Qs Blick brachte mein Blut zum Kochen, aber es war nichts im Vergleich zu dem Horror, den ich durchlebte. Ihm einen blasen? Das konnte ich nicht. Bei einem anderen Mann. Einem Fremden. Meinem *Besitzer.* Ich hätte ihn lieber gebissen.

Als ich mich nicht rührte, zog Q seine engen Boxershorts nach unten und befreite den wütenden, steifen Schwanz aus seinem Gefängnis. Auf der Spitze glänzten erste Lusttropfen und der Geruch von Moschus und Dunkelheit lullte mich ein.

Er legte die Faust um seinen mächtigen Penis, biss sich auf die Lippe und streichelte ihn. Mein Magen krampfte und ich kniff die Augen ganz fest zusammen. »Bitte …« Ich schüttelte den Kopf. »Ich kann nicht.«

Er schob sich noch näher und presste seinen Schwanz regelrecht gegen meine Lippen. »Du kannst. Und du wirst, *esclave.*«

Ich drehte den Kopf zur Seite und spürte die Nässe der Lusttropfen, als er mit seiner heißen Erektion über meine Wange fuhr. Er schlug zu, umfasste mein Kinn und brachte mich wieder in Position. »Mach auf. Und wenn du mich beißt, schlage ich so fest zu, dass du tagelang nicht mehr aufwachst.« Seine Stimme klang vor Erregung ganz rau, aber in ihr lag auch noch etwas anderes. Etwas, das ich kannte, aber nicht einordnen konnte. Die Hitze verbrannte all meine Emotionen zu Staub.

Mein Körper zuckte, als die Tränen sich Bahn brachen. Ich brauchte Hilfe. Ich musste gerettet werden. All meine Gefühle kochten mit einem Mal über, brodelten in mir und fanden kein Ventil … und dann passierte etwas.

Alles … hörte auf.

Mein Verstand schaltete sich aus und mein Körper wurde vollkommen taub. Alles, wogegen ich gekämpft hatte … verschwand einfach. Ich blieb als leere Hülle zurück – gefühllos und wunderbar hohl.

Ruhe legte sich über mich, als ich mich in den Gehorsam fügte, der wie Balsam die Härte des Kampfes überdeckte. In diesem Augenblick wurde ich genau das, was er wollte: sein.

Q schien den Moment der Erleuchtung, den ich erlebte, nicht zu bemerken. Als er meinen Kopf anhob, damit ich sein pulsierendes Rohr aufnahm, ließ ich es geschehen.

Er drückte gegen meinen Hinterkopf, drang in meinen Mund ein mit seiner vollen, samtigen Länge. Er stöhnte, als ich ihn tief in meinen Rachen gleiten ließ und keinerlei Widerstand leistete.

Ich ließ es zu.

Er stöhnte noch lauter und sein Hintern spannte sich an, als meine Lippen an seinem heißen Fleisch saugten. Er brummte irgendetwas auf Französisch, beugte sich vor und berührte mit der Brust beinahe mein Haar.

Ich ließ ihn.

Von meinem unantastbaren Kokon aus würde ich ihn alles tun lassen.

Er war ein Mann. Ich war eine Frau. Das war alles. Nicht mehr und nicht weniger.

Meine Hände bewegten sich ganz von allein und streckten sich nach ihm aus. Eine Hand schloss sich um seine festen, weichen Hoden, die andere streichelte seine bebende Erektion.

Ich schwebte auf einer Wolke der Gleichgültigkeit, während ich befriedigte, berührte, schmeckte. Ich nahm nichts wahr – weder Geruch noch Geschmack oder Geräusche. Ich war ein Roboter, ein perfektes Spielzeug, mit nur einem Zweck: dafür zu sorgen, dass er kam.

Warum hatte ich je dagegen angekämpft? Das hier war so viel einfacher. Beinahe wie im Drogenrausch. Wie im Traum. Ich wollte lachen. Freiheit. Ich hatte sie gefunden – in meinem Kopf.

Q hörte auf, sich in meinen Mund zu rammen, und packte mit harschen Fingern meine Kehle, damit ich zu ihm hochblickte. Ich hörte nicht auf, ihn zu streicheln, selbst als mich seine blassen Augen förmlich verschlangen.

Ich blinzelte nur – es war mir egal. Wenn er mich vergewaltigen wollte, dann sollte er es tun. Wenn ich bis in alle Ewigkeit ihm gehören sollte, so sei es. Er besaß vielleicht meinen Körper. Aber er würde niemals meine Seele besitzen.

»Wie heißt du, verdammt noch mal?«, fluchte er, aber durch den französischen Akzent war es eher ein Trällern.

Er sollte lieber auf Französisch fluchen. Es klang einfach besser.

Ich brach den Augenkontakt keine Sekunde lang ab, streichelte ihn weiter und funktionierte wie ein braves Aufziehspielzeug.

Er knurrte und schlug meine Hände von seinem Schwanz. Sie landeten schlaff in meinem Schoß.

Dann stand er auf und schwankte mit der stolzen Erektion unter dem Hemd leicht hin und her, während sich die Hose wie Fesseln um seine Fußgelenke schloss. Meine Haut kribbelte unter der Macht seines Blicks, aber abgesehen davon regte sich nichts in mir. Es war mir egal, was er wollte. Meinen Namen? Ich kannte meinen Namen nicht mehr.

Oh, aber ich musste ihm antworten. Er hatte mir eine Frage gestellt. Ich musste ihm gehorchen. »*Esclave.* Mein Name ist *Esclave.*«

Er fauchte mit zusammengebissenen Zähnen, als ich meine Hand wieder nach seinem Schwanz ausstreckte, mit einem Fingernagel über die steife Länge fuhr und fest gegen die Spitze drückte.

Qs Finger gruben sich in mein Haar und packten eine Handvoll. Er riss meinen Kopf nach hinten und ließ sein Gesicht zu meinem sinken. Wir atmeten den Atem des anderen.

Ich saß nur da und bewegte mich nicht. Ich seufzte, Erleichterung durchströmte mein Herz. Es kümmerte mich nicht mehr. Ich hatte meinen Geist davon überzeugt, zu verschwinden, und er hatte es getan. Alles, was von nun an passierte, spielte keine Rolle mehr. Es würde mein Leben nicht beflecken, weil mein Leben auf Eis gelegt war.

Sein Blick weitete sich, drängend, herrschend. Dann wurde seine Miene plötzlich weicher und spiegelte Unglück und Trauer wider. Aber bevor ich das Rätsel lösen konnte, legte sich Leere über sein Gesicht und er küsste mich.

Seine räuberische Zunge drängte in meinen Mund und ich öffnete ihn noch weiter, lud ihn ein. Ich erwiderte sogar sein Lecken und massierte ihn mit meiner eigenen Zunge. Er stöhnte. Es klang gequält, so als wollte er mich küssen und doch wieder nicht. Als kämpfte er gegen seine eigene Moral, seine Entscheidung.

Mein Herz schlug die ganze Zeit im selben Rhythmus, wurde nie schneller, nicht mal, als seine Hand auf meine Brust sank und meinen Nippel zwickte. Ganz die gehorsame Sklavin, die er sich wünschte, öffnete ich mich wie eine von der Sonne erwärmte Blume, presste mein Fleisch in seine Handfläche und drückte den Rücken durch.

Er taumelte rückwärts, als hätte ich ihn gebissen, und stolperte über seine Hose. Mit einem wutentbrannten Ruck riss er sie nach oben und zuckte zusammen, als er sein erigiertes Glied wieder hineinzwang.

Ich neigte verwundert den Kopf zur Seite, auch wenn mich nicht wirklich interessierte, warum er sich zurückzog. Ich hatte alles richtig gemacht. »Habe ich dich nicht befriedigt?« Meine Stimme klang eigenartig – tot, leblos, roboterhaft.

Q erstarrte, fuhr sich mit den Händen durch das kurze Haar. Seine gebräunte Haut wurde blass, als würde er sich fürchten. »Was bist du?«, fragte er.

Ich zögerte nicht. Ich kannte die Antwort. Es war ganz leicht. »Dein.«

Er atmete scharf ein, seine funkelnden Augen waren weit aufgerissen. Er ging vor mir auf und ab, ohne mich aus den Augen zu lassen. »Du hast gesagt, du würdest es mir nicht erlauben! Du schienst so stark, so unzerbrechlich. Du hast mich angelogen.« Er tobte vor Wut. »Ich habe dich noch nicht mal gefickt und trotzdem bist du schon gebrochen.« Schuldgefühle verzerrten seinen zornigen Tonfall.

Ich blieb ungerührt, völlig gelassen. Er war in Rage, weil er mich gebrochen hatte? War das denn nicht sein Ziel gewesen? Er hätte sich freuen sollen, dass es so schnell gegangen war. Ich hatte geglaubt, ich könnte länger durchhalten, aber mein Geist hatte nicht länger kämpfen wollen. Ich weigerte mich, zu schreien und zu weinen, wenn ich stattdessen Frieden und Ruhe finden konnte. Geilten ihn nur die Geräusche von Folter und Qualen auf?

Ich hatte keine Antwort darauf, daher senkte ich den Blick, starrte auf meine gefesselten Hände, wartete.

Er schoss auf mich zu und löste mit wütenden Bewegungen die Krawatte von meinen Handgelenken. »Du hast mich angelogen. Ich mag keine Lügner.«

Ich zuckte mit den Achseln. Was konnte ich schon sagen? Ich war sein Eigentum – er konnte mich nennen, wie er wollte. »Ich bin dein. Ist es nicht das, was du wolltest?«

Er schüttelte den Kopf und die Wut flammte erneut in ihm auf. »Du hast aufgegeben. Du bist nicht mein, solange ich dich nicht dazu mache!«

Mein Kopf tat weh. Ich begriff das nicht. Ich war sein. Es war nicht zu leugnen. Er *wusste* das. Mein ganzer Körper schrie es förmlich heraus.

»Zieh den Pullover aus.« Sein Blick fiel auf die Wölbung meiner Brüste unter dem Stoff. Statt Erregung, Angst oder Vorfreude spürte ich gar nichts – nur himmlische Leere. Er thronte über mir wie ein Sexgott. Die Erektion spannte seine Hose bis zum Platzen und rief förmlich nach mir.

Ich griff nach dem Saum und zog mir den Pullover mit einer fließenden Bewegung über den Kopf. Dann stand ich auf und griff nach seiner Taille. Seine Haut brannte, als ich die Hüftknochen berührte.

Sein Atem ging schneller und er sah hungrig auf meinen BH. Es war so wunderbar, nichts zu fühlen. Wenn Brax mich so angesehen hätte, wie Q es tat, hätte ich meinen Bauch versteckt und mir Sorgen wegen des Muttermals zwischen meinen Brüsten gemacht – ich hätte mir Sorgen gemacht, ob er mich trotz meiner Fehler liebte. Aber hier war es mir egal.

»Gib mir deinen BH.« Er streckte eine Hand aus und wartete. Sein Kiefer spannte sich an, als ich hinter meinen Rücken fasste und den Verschluss des mit Spitze verzierten Push-ups öffnete. Ich ließ ihn zwischen Daumen und Zeigefinger baumeln und reichte ihn ihm. Meine Nippel versteiften sich so sehr, dass sie wehtaten. Sein Blick erregte meinen Körper und erhitzte die Leere mit Lust.

Q wandte die Augen nicht ab, schlang die Finger um mein Handgelenk und nahm mir den BH ab. Sein Daumen drückte auf mein Strichcode-Tattoo. Der brennende Schmerz ließ mich zusammenzucken. Ein zartes, filigranes Glitzern erregte seine Aufmerksamkeit. Er legte die Stirn in Falten.

Brax' Armband.

Die Leere, in der ich schwebte, löste sich urplötzlich in Luft auf und Erinnerungen brachen donnernd über mich herein.

Brax.

Mexiko.

Schmerz.

Lederjacke.

Mein Geist erwachte und hängte sich an Dinge, von denen ich mir wünschte, ich könnte sie vergessen. *Nein. Nein, bleib. Geh nicht zurück.*

Qs Kiefer zitterte vor Anspannung, als ich meine Hand zurückzog. Meine Haut kribbelte. Wie war es möglich, dass ich nur in meinem Höschen vor ihm stand? Alles war wie vernebelt, wie ein Traum, den ich nicht ganz zu fassen bekam.

Qs Finger schlossen sich um mein Handgelenk. Er lehnte sich vor und drang tief in meine Seele. Sein Daumen spielte mit dem Armband und jagte eiskalte Schauer über meinen Rücken. »Wer hat dir das gegeben?«

Meine Atmung beschleunigte. Ich schluckte schwer. *Antworte nicht.*

Aber ich musste gar nicht antworten. Triumph flutete sein Gesicht und aus seiner Haltung sprach Hohn. »Jemand, der dir etwas bedeutet, hat dir das hier gegeben. Findest du, ich sollte dir erlauben, es zu behalten?« Er zog daran und das Metall biss sich in meine Haut. Noch etwas mehr, und es würde zerreißen.

Tess, geh wieder zurück. Lass los und schweb davon. Wen interessiert schon das Armband? Er kann es haben. Brax kann dir ein neues kaufen.

Mein Herz stotterte und blieb stehen. Aber wenn Brax auf diesem Badezimmerfußboden gestorben war, dann würde ich niemals ein neues bekommen. Es war das Einzige, was mir von ihm geblieben war.

Mein Wille zum Kampf gewann die Oberhand und ich stürzte mich auf ihn. Ich kratzte mit den Fingernägeln über seine Wange, als ich gegen ihn prallte, und kreischte auf, als wir gemeinsam zu Boden stürzten. Q schrie etwas und packte mein Handgelenk. Das Silberkettchen zerriss mit einem leisen Klirren und landete neben Qs Kopf auf dem Teppich.

Brax!

Ich brüllte und zappelte. Q schirmte sein Gesicht ab, während ich vollkommen wild wurde und nach dem kaputten Schmuckstück griff. Atemlos warf ich mich nach vorn, aber Q war zu schnell. Er rollte sich zur Seite und ich landete unter ihm auf dem grauen Teppichboden. Er hielt meine Arme mühelos fest und dafür hasste ich ihn nur umso mehr. Wie hatte ich nur glauben können, ich könnte ihn bezwingen, wenn er mich wie einen nervigen Schmetterling bändigen konnte?

Er leckte sich über die Lippen, sein Gesicht von leidenschaftlicher Wut verzerrt. »Da bist du ja. Schalte nicht wieder ab. Ich verbiete es dir.«

Ich war zurück in diesem grauenvollen Leben. Ich kämpfte. Ich zappelte und fuchtelte mit den Händen und hasste es, wie meine nackten Brüste hin und her wackelten, als ich versuchte, mich zu befreien.

Q grunzte und setzte sich auf, die Beine über meinem Körper gespreizt, je eine Hand auf einer meiner Brüste. »Wie heißt du?« Er verzog die Lippen und entblößte die Zähne, während er meine Nippel verdrehte und Schockwellen schmerzvoller Lust durch meinen Körper schickte. »Wie heißt du, gottverdammt noch mal? Sag es mir!«

Ich schoss jeden einzelnen Funken Hass aus meinem tiefsten Inneren mit meinen Blicken auf ihn.

Und schwieg.

Ich verknotete meine Zunge – ich würde meinen Namen nie wieder aussprechen. Er gehörte mir. Nicht ihm. Ich wollte nicht, dass er ihn jemals sagte. »Niemals!«

Q erschauderte mit einer Mischung undeutbarer Gefühle auf seinen Zügen und verpasste mir eine Ohrfeige. Meine Augen brannten, jedoch eher aus Scham als vom Schmerz. Er hatte mich verdammt noch mal geschlagen!

»*Merde!*«, fluchte er. Er erhob sich, hob das Armband vom Teppich auf und ließ es über mir baumeln. »Das gehört mir. *Du* gehörst mir. Krieg das endlich in deinen Kopf, wenn du es jemals wiederhaben willst.«

Ich rappelte mich auf die Knie und schnappte nach dem Kettchen. Nein, er konnte es mir nicht wegnehmen. Es verband mich mit meiner Vergangenheit. Es verband mich mit Brax, mit dem Menschen, der ich in meinem tiefsten Inneren immer noch war – mit dem zahmen, lieben Mädchen, das sich nichts mehr wünschte, als irgendwohin zu gehören.

Tränen stauten sich in meiner Kehle. »Ich habe dir gesagt, was du hören willst. Ich gehöre dir. Bitte, gib es mir zurück. Ich bin *dein!*«

Sein kräftiger Körper versteifte sich, mit präzisen Bewegungen knöpfte er das Jackett zu. Das Silber glitzerte quälend in seinen Fingern, bevor er es in seine Jackentasche steckte. »Du sagst die Worte, aber du glaubst sie nicht. Ich habe dich gewarnt: Ich mag keine Lügner.«

Er drehte sich um, öffnete die Tür und packte den Knauf dabei so fest, dass seine Finger ganz weiß wurden. »Bleib hier oben. Als Strafe für deinen Ungehorsam wirst du hungern. Gute Nacht.«

Er wischte sich übers Gesicht und verließ das Zimmer.

KAPITEL 12

ZAUNKÖNIG

In jener Nacht träumte ich.

Ich träumte von Rot und Leidenschaft und Gewalt. Davon, verschleppt, genommen und besessen zu werden – von Q, der mich mit seiner Härte erfüllte und mich auf dem Billardtisch fickte.

Ich erwachte, weil meine Finger in meinen feuchten Schritt glitten.

Mit zusammengerollten Zehen und durchgedrücktem Rücken brachte mich der Orgasmus, den Q mir verwehrt hatte, mit einer Intensität zum Beben, die ich bis in die Haarspitzen spürte.

Mein Herz raste, als ich auf die Erde zurückkehrte und meine Zehen entkrampfte. Ein nasser Fleck bildete sich unter meinem Po und meine Wangen glühten, weil ich so feucht war. Ich lag in der Dunkelheit, mit leerem Magen und zerstörtem Herzen, und fand doch meinen Frieden.

Mein Körper hörte auf zu pulsieren und zum ersten Mal seit Wochen schlief ich tief und fest.

Die Zeit verstrich mit quälender Langsamkeit.

Sekunden krochen widerwillig zu Minuten dahin, verwandelten sich in den nächsten Tag und die nächste Woche. Q kam nicht wieder zu mir und ich sah auch nie, wie er von der Arbeit nach Hause zurückkehrte.

Trotzdem wusste ich immer, wenn er eingetroffen war, denn nach seiner Rückkehr war die Villa von leidenschaftlicher Musik erfüllt. Die Worte vibrierten, hallten warnend von den Wänden wider. Er lebte im selben Haus wie ich – er hätte jeden Moment zu mir kommen können, aber er tat es nie.

Die meiste Zeit liefen französische Klagelieder, aber eines Abends dröhnte ein englisches Lied aus den Lautsprechern.

Jede Sekunde, in der mein Temperament glüht,
jeden Moment, in dem die Bestie in mir begehrt,
glaubst du, du könntest gewinnen.
Aber du bist nicht von Sünde verzehrt,
süße Zärtlichkeiten haben keine Macht
gegen Untergang und Hölle.
Ich will nicht, dass du die Schwärze
meiner Finsternis siehst,
denn darin lauern Dämonen und Wahnsinn.
Schau mir nicht in die Augen,
die Wahrheit ist nicht für dich bestimmt.
Du solltest rennen, du solltest fliehen,
du solltest dich für immer verstecken.

Ich spürte eine unbeschreibliche Einsamkeit, die mich bis ins Mark traf. Das Lied drang wie ein Flehen zu mir herauf und ließ mich gelähmt vor Verwirrung zurück.

Seit jener Nacht und diesem schmerzvollen Lied wurde ich das Gefühl nicht los, dass Q versuchte, mir etwas mitzuteilen – durch die Musik, die er spielte. Andererseits konnte ich das nicht recht glauben, denn was würde das bedeuten? Ich konnte kein Mitleid mit dem Mann empfinden, der mich gefangen hielt. Ich musste unnahbar bleiben, distanziert. *Sei ein Eiszapfen – scharf und tödlich.*

Schließlich fiel das Leben in einen Rhythmus: einen ungewollten Rhythmus, aber doch einen Wechsel aus Ebbe und Flut. Ich driftete dahin und wunderte mich, warum Q mir meinen Frieden gönnte und mich in Ruhe ließ. War ihm sein neues Eigentum bereits langweilig geworden? Oder beanspruchte die Arbeit seine ganze Zeit und schenkte mir so eine gewisse, wenn auch begrenzte Freiheit?

Doch was auch immer der Grund dafür war: Jener Sonntag, an dem Q meine Gefühle so pervertiert hatte, dass ich dadurch einen Ort in meinem Inneren fand, an den ich mich flüchten konnte, brannte sich tief in mein Gedächtnis ein. In gewisser Weise hatte er mir gezeigt, wie ich mich selbst retten konnte, auch wenn er mich dabei noch mehr gebrochen hatte.

Fünf Tage vergingen, eingraviert in einen Kalender des Wartens. Ich existierte, um abzustauben und zu putzen, während Suzette mir dabei half, mein eingerostetes Französisch aufzufrischen. Ich starrte voller Hoffnung auf die Haustür und sehnte mich nach Freiheit, aber der grünäugige Wachmann war nie weit entfernt. Ich stand unter ständiger Beobachtung.

Der einzige Lichtblick war Suzette. Sie hieß mich mit offenen Armen im Mercer-Haushalt willkommen und wurde zum Fels in der turbulenten Brandung, in der ich dahintrieb.

Sie löcherte mich nie mit Fragen, plauderte über Gott und die Welt und gab mir ein Gefühl von Normalität. Hin und wieder ertappte ich sie dabei, wie sie mich beobachtete, die Stirn in tiefe Falten gelegt und Neugier im Blick. Sie plante irgendetwas, auch wenn ich keine Ahnung hatte, was.

Selbst Madame Sucre tolerierte inzwischen meine Anwesenheit in der Küche, in der ich zu einem festen Bestandteil geworden war. Ich half dabei, das Abendessen zuzubereiten, und genoss die geschäftige Atmosphäre im Herzen des Hauses.

Suzette drückte mir Lappen und Besen in die Hand und fand immer neue Aufgaben für mich. Sie machte es mir leichter, die Langeweile in Schach zu halten, und genau das brauchte ich. Langeweile führte nur zu Gedanken an Flucht und Gefahren. Aber ganz gleich, wie viel ich schrubbte – ich spürte jedes Mal ein Stechen im Herzen, wenn ich daran dachte, dass Q Brax' Armband hatte.

Auf meinem Rücken bildete sich kalter Schweiß bei dem Gedanken daran, wie er es in tausend Einzelteile zerbrach, um mir eine Lektion zu erteilen – wie er etwas zerstörte, das mir gehörte, weil *ich* etwas zerstört hatte, das *ihm* gehörte.

Er hatte die Kleider nicht ersetzt, die ich zerrissen hatte. Seit einer Woche trug ich dieselbe Jeans und denselben cremefarbenen Pullover, aber das war mir egal. Suzette trauerte den Kleidern mehr hinterher als ich. Für mich symbolisierten sie eine geschmacklose Uniform: ein Outfit für ein Spielzeug.

Während ich am Freitag die Fenster in der Lounge putzte, spielte ich mit dem Gedanken, mich durch das Glas zu stürzen. Nicht um zu sterben – nur um endlich mal wieder nach draußen zu kommen. Die flatternden Vögel und der sanfte Frost des Winters lockten mich zu sich. Ich war seit Wochen nicht mehr draußen gewesen.

Die Vorstellung, das Glas zu durchbrechen und zu verbluten, machte meinem Drang jedoch ein Ende, auch wenn sie meinen Wunsch, von hier zu fliehen, nicht ersticken konnte. Diese Villa musste doch bestimmt über ein Fitnessstudio verfügen – mit einem Laufband. Auf der Stelle zu laufen war immer noch besser, als gar nicht zu laufen. Q hielt sich fit, also musste er auch irgendwo die entsprechenden Geräte haben.

Plötzlich summte meine Fußfessel los und jagte mir einen Riesenschrecken ein. Ich setzte mich auf eines der weichen Sofas und zog das Hosenbein hoch. Warum hatte das Ding gebrummt? Dieser GPS-Sender machte mich noch wahnsinnig – er war furchtbar lästig, wenn ich zu schlafen versuchte oder mich anziehen wollte. Ich hatte gehofft, er wäre nicht wasserdicht, und eine Stunde mit dem Versuch zugebracht, ihn in der Dusche zu ertränken. Wie sich herausstellte, *war* er wasserdicht.

»*Esclave?*« Suzette tauchte in der Tür auf. »*Maître* Mercer hat gerade angerufen. Er hat heute Abend ein Geschäftsessen mit potenziellen Kunden.«

Ich stand auf und streckte mich. Das einzig Gute daran, dass Q nicht mehr zu mir kam, war, dass mein Körper allmählich heilte. Die blauen Flecken von Lederjacke waren zu einem hässlichen Gelb verblasst und meine Rippe tat zwar noch weh, schrie aber nicht mehr vor Schmerzen.

Qs Ohrfeige hatte hingegen leider keine Spuren hinterlassen. Ich hatte das Gefühl, dass er mich hatte verletzen *wollen,* dann aber doch nicht den nötigen Mut dazu gehabt hatte. Ich wünschte mir, er *hätte* mich gezeichnet und wäre darüber selbst so entsetzt gewesen, dass er diesen Gefühlen nie wieder nachgab.

Ich wollte es zwar nicht hören, aber mein Bauchgefühl sagte mir, dass er noch brutaler werden würde. Ich musste fliehen, bevor sich mein Instinkt als zutreffend erwies.

Suzette hatte unrecht, was ihn anging: Er verfügte über keinerlei versöhnliche Eigenschaften. Und ich würde mich sicher nicht durch vor Traurigkeit triefende Lieder von ihm einlullen lassen.

»Soll ich dir helfen, das Essen zuzubereiten?« Ich lächelte. Mit Suzette zu kochen gehörte zu den Highlights meines eingeschränkten neuen Lebens. Ich hatte früher nie gekocht, weil Brax bei uns der Küchenchef gewesen war, aber inzwischen machte es mir richtig Spaß. Mein Herz verkrampfte sich, als ich an Brax dachte. Immer wieder brachen die Erinnerungen an ihn völlig unvorbereitet über mich herein. Ich wollte trauern, aber ich konnte es nicht. Ich würde nicht akzeptieren, dass er tot war oder dass ich ihn niemals wiedersehen würde. Das war keine Option.

Suzette kam auf mich zu. Irgendetwas hatte sich verändert. Ihr Blick war traurig und niedergeschlagen. Meine Haut kribbelte, als sie fragte: »Ist es leichter?«

Ich wusste sofort, was sie meinte, und verzog den Mund. Leichter? Es würde niemals leichter werden.

Sie seufzte und flüsterte: »Hat er dich schon ganz in Besitz genommen?«

Mein Herz raste, als ich Eifersucht in ihren Augen aufblitzen sah. Sie war eifersüchtig? Auf *was?* Gedemütigt und benutzt zu werden?

Ich wich einen Schritt zurück. »Warum stellst du mir diese Fragen?«

Sie senkte den Blick. »Ich muss das wissen. Heute Abend … dieses geschäftliche Meeting. Ich muss wissen, wie gut du vorbereitet bist.«

Erleichterung durchströmte mich. Wenn ich damit fertigwurde, was ich bisher durchgemacht hatte, dann würde ich auch eine Dinnerparty überstehen. Immerhin war es entschieden einfacher, die Rolle eines Dienstmädchens oder einer Kellnerin zu spielen, als einem Mann einen zu blasen, der mich dazu zwang. Mein Puls hämmerte. Vielleicht konnte ich einem der Gäste ja zu verstehen geben, dass Q mich hier als Gefangene hielt. Dass jemand die Polizei rufen musste.

Ein Lächeln zuckte an meinen Mundwinkeln, aber ich unterdrückte es. Suzette durfte meine Hoffnungen nicht erkennen. Meine Freude löste sich jedoch in Luft auf, als ich genauer darüber nachdachte. Die Männer waren wahrscheinlich genauso wie Q: kranke Arschlöcher.

Suzette blickte mich einen Moment lang an, bevor sie nickte. »Du musst mir nicht mit dem Abendessen helfen. Wir haben alles im Griff. Du solltest nach oben gehen und dich fertig machen. Die Gäste werden in einer Stunde hier sein.«

Ich ließ den Blick nach draußen wandern, um Zeit zu schinden. Die Sonne küsste bereits den Horizont und verwandelte Helligkeit in Schatten. Wann war es bloß so spät geworden?

Suzette schob mich Richtung Treppe und flüsterte: »Kann ich dir noch eine Frage stellen?«

Ich versteifte mich, nickte aber. »Okay.«

»Findest du ihn denn nicht attraktiv?«

Ich blieb mitten im Foyer abrupt stehen. »Attraktivität hat nichts damit zu tun, Suzette. Es sind die Umstände, die Art und Weise, wie er mich behandelt.«

Sie kniff die Augen zusammen. »Q behandelt dich besser, als all meine Besitzer mich je behandelt haben. Du hast so ein Glück.« Ihr Tonfall wurde verbittert. »Du hast ja keine Ahnung.«

Wut stieg in mir hoch und ich konnte nicht mehr sprechen. Es tat mir leid, was sie durchgemacht hatte, aber ernsthaft zu behaupten, ich hätte es *besser*? Ha!

Sie fuhr fort: »Betrachte seine Wünsche einfach als Mietforderung oder Ausgaben für Schutzmaßnahmen. Du gibst ihm, was er will, und er kümmert sich dafür um dich. Q wird dir niemals ernsthaft wehtun. Nicht wie die Männer …« Sie zuckte kaum merklich zusammen und hielt inne. In ihren Haselnussaugen blitzten tief verborgene Geheimnisse auf. »Gib ihm, was er braucht, dann kannst du die Grenzen deines Käfigs austesten.«

Die Neugier siegte über meine Wut. Ich holte tief Luft und fragte leise: »Was für Männer, Suzette? Wie bist du hierhergekommen? Wurdest du genauso weggefangen wie ich?«

Sie knetete nervös die Finger und blickte auf den Boden hinunter. »Der Tag, an dem ich an Q verkauft wurde, war der beste Ta…«

Die Haustür schwang auf und der Teufel höchstpersönlich stand von Dämmerlicht umrahmt vor uns. Sein Haar war ein wenig kürzer und sah aus, als hätte er dem Friseur gesagt, er solle es so schneiden, dass es aussah wie das Fell eines Otters – glatt, glänzend und undurchdringlich. In seinem hellen silbergrauen Anzug und dem türkisen Hemd sah er aus wie ein teurer Edelstein.

Sein Blick schoss zu mir herüber, nackt und ohne die üblichen Mauern. Für einen flüchtigen Moment sah ich markerschütternde Einsamkeit, Überraschung und den Wunsch, zu beschützen. Es tat mir im Herzen weh, solche Sehnsucht zu sehen. Was, wenn Suzette doch recht hatte? Q war tiefgründiger, als ich ihm zugestand. Irgendetwas lauerte unter der Oberfläche, etwas Dunkles und Böses.

Aber in ihm steckte auch ein Mensch, genauso wie das Monster.

Mein Körper war hin- und hergerissen – ich wollte ebenso seine Traurigkeit vertreiben, wie ich ihn töten wollte, um ihn aus seinem Elend zu erlösen. Und mich.

Eisige Härte schnellte vor seine wahren Gedanken und zerstörte den Moment. Ich hatte Q nicht mehr gesehen, seit er Brax' Armband gestohlen hatte. Seitdem mied er mich wie die Pest, so als wollte er mir Zeit geben, um zu trauern und über seinen Diebstahl hinwegzukommen.

Meine Finger legten sich gedankenverloren um mein Handgelenk. Qs Augen folgten ihnen. Sein Gesicht wirkte wieder leer und zeigte nichts als dominierende Arroganz. »Suzette, ich dachte, ich hätte dir gesagt, du sollst sie fertig machen.«

Suzette verbeugte sich. *»Oui, maître.«* Sie schubste mich sanft vorwärts und sagte: »Zieh das Kleid an, das du in deinem Schrank finden wirst.«

»Und wenn du das auch ruinierst, wird die Strafe noch um einiges schlimmer ausfallen«, brummte Q. Seine tiefe Stimme kroch über meine Haut und brachte mein Blut zum Kochen.

Ich rannte nach oben.

In der sicheren Zelle meines Zimmers öffnete ich den Kleiderschrank und rang sofort nach Luft.

Das einzige Kleidungsstück darin bestand komplett aus goldener Spitze. Es war lang, schmal und filigran und würde meinen Körper in einen Hauch von nichts hüllen. Nur im Schritt und am Busen bot es etwas mehr Material. Der Stoff flüsterte über den Boden, als ich das Kleid aus dem Schrank nahm.

Ich war wie vor den Kopf gestoßen.

O mein Gott, erwartete er wirklich, dass ich das anzog? Zum Abendessen? Das konnte ich nicht. Das *würde* ich nicht.

Plötzlich wurde die Tür voller Wucht aufgestoßen und ich drückte das Kleid an meine Brust. Der Wachmann mit den leuchtend grünen Augen funkelte mich an. Er war viel breiter gebaut als Q und ziemlich einschüchternd. »Mr. Mercer schickt mich, damit ich dafür sorge, dass du dich ordentlich anziehst.« Er ließ den Blick über meinen Körper gleiten und blähte die Brust auf. »Zieh dich aus. Ich kann dir auch helfen, falls es nötig sein sollte.«

Ich wich vor Entsetzen zurück. Q würde sicher nicht zulassen, dass dieser Wachmann seinen Spaß mit mir hatte, oder doch? Ich konnte mir zwar nicht vorstellen, dass er es tatsächlich ernst meinte, aber wer wusste das schon mit Sicherheit? Die Luft in dem winzigen Zimmer schien plötzlich ins Nichts zu entweichen. Ich atmete schwer. »Ich brauche Privatsphäre.«

Er schüttelte den Kopf. »Keine Privatsphäre.«

Ich biss die Zähne zusammen und rührte mich nicht. Ich spielte mit dem Gedanken, laut zu schreien und mich auf ihn zu stürzen, aber realistisch betrachtet: Was hätte das genützt? Q hatte mir bereits bewiesen, dass ich hier über keinerlei Macht verfügte. Auch wenn es mich umbrachte – ich hatte keine Wahl.

Ich gestand mir meine Niederlage ein, ließ die Schultern sinken und verzog das Gesicht. Ich wandte mich ab, legte mit zitternden Händen das Kleid aufs Bett und zog den Pullover über den Kopf aus. Ich bekam eine Gänsehaut, weil ich wusste, dass der Mann mich beobachtete.

Ich schlüpfte aus der Jeans und ließ sie auf dem Boden liegen. Dann griff ich nach dem Kleid und versuchte herauszufinden, wie ich es anziehen musste. Da fiel eine schwere Hand auf meine Schulter. »Zieh die Unterwäsche aus. Du darfst unter dem Kleid nichts tragen.«

Mein ganzer Körper protestierte und ich riss mich von meinem Bewacher los und rannte in die Ecke des Raumes. Seine Berührung infizierte mich jedoch nicht, wie es bei Q geschah. Mir wurde nicht warm und ich zeigte auch sonst keinerlei Reaktionen. Außer dass sich mein ganzer Körper anspannte und sich alles in mir gegen ihn sträubte.

Der Wachmann schnaubte und hob die Arme. »Ich werde dich nicht anfassen, Mädchen. Dieses Recht hat nur der *Maître*.« Er senkte die Augenlider, um seine wachsende Erregung zu verbergen. »Allerdings dürfen die Gäste heute Abend auch mal ran.«

Was? Meine Ohren dröhnten. *Nein. Bitte.* Die schreckliche Erkenntnis zwang mich in die Knie. Die Dinnerparty … Es würde gar kein Abendessen geben. *Ich* war das Hauptgericht. Der Verrat bohrte sich tief in mein Herz. Ich hasste Q, aber ich hätte niemals geglaubt, dass er zulassen würde, dass mich ein anderer berührte. Er war so besitzergreifend und hatte dabei immer so kompromisslos gewirkt.

Der Wachmann streckte eine Hand aus. »Gib mir deinen BH und das Höschen. Die Gäste werden jeden Moment eintreffen und du musst an deinem Platz sein, bevor sie hier sind.«

Ich ballte die Fäuste und verspürte den mächtigen Drang, ihm einen Schlag in sein raues, attraktives Gesicht zu verpassen – ich wollte ihn bluten sehen. Aber auch hier blieb die Frage: Was würde das nützen? Gar nichts. Das Ergebnis wäre dasselbe, nur noch schmerzvoller.

Ich öffnete den BH und warf ihn ihm zu. Ich weigerte mich jedoch, ihm auch meinen Slip zu geben, und kickte ihn stattdessen gegen die Wand hinter mir.

Er grinste. »Ich hätte nicht daran geschnüffelt, falls du dir deswegen dein hübsches Köpfchen zerbrichst. Dem Meister würde ich es aber durchaus zutrauen.« Er lachte laut, viel zu begeistert von seinem eigenen Witz.

Ich hielt mich aufrecht, nahm das Kleid und zog es mir über den Kopf. Ich musste hin und her wackeln, bis der enge Stoff Zentimeter um Zentimeter nach unten gerutscht war. Das Gewebe bot keinerlei Schutz vor gierigen Augen oder kalten Temperaturen. Als es mich schließlich völlig umhüllte, hatte ich das Gefühl, darin gefangen zu sein.

Ich konnte nur winzige Schritte machen und der Stoff spannte sich über meinem Busen, wodurch sich das filigrane Muster des Kleids in meine Haut drückte.

Die Schleppe umspielte meine Füße und sah aus wie der goldene Schwanz einer Meerjungfrau – einer armen Kreatur, die nirgendwo dazugehörte. Ich konnte mich nur allzu gut damit identifizieren.

Als ich fertig war, packte der Wachmann mein tätowiertes Handgelenk und zerrte mich nach unten.

KAPITEL 13

Fink

Ich kaute nervös auf meiner Unterlippe herum, als wir die Stufen hinunterstiegen und einen vollkommen neuen Raum betraten. Er roch nach Sex, Geld und Macht. Qs Quintessenz – sein charakteristischer Duft von Lust und Dunkelheit – waberte durch die Luft.

Tiefrote Sitznischen umringten ein winziges Podest, rund und hoch – wie für eine unbezahlbare Skulptur oder Statue. Lederriemen mit Handschellen baumelten in der Mitte von der Decke. Schwere Gardinen verdeckten große Fenster und ein dicker schwarzer Teppich schluckte sämtliche Geräusche.

Der Raum glich einem dekadenten Grab.

Der Wachmann ließ mich los, aber Q packte mich sofort. Wo zur Hölle war er hergekommen? Ich würde mich niemals daran gewöhnen, wie lautlos er sich bewegte.

Meine Haut brannte unter seiner Berührung, animalischer Hunger schoss durch meinen Körper. Q schnappte nach Luft. Ich war offensichtlich nicht die Einzige, die von diesem wahnsinnigen Trieb erfasst wurde. Ich verfluchte meinen Körper für seine Reaktion. Ich gehörte wirklich dringend in psychologische Behandlung. Ich sollte nicht feucht werden, wenn mich ein Mann berührte, der nur dafür existierte, mir das Leben zur Hölle zu machen. Ich sollte nicht dieses Gefühlschaos aus Hass und Begierde empfinden. Ich sollte nur *hassen*.

Er riss mich an seine Brust und wandte den Blick keine Sekunde von mir ab. »*Esclave …*« Er strich mit der Nase über meine Wange und tauchte dann zu meinem Hals und Schlüsselbein ab. Sein heißer Atem beschleunigte mein bebendes Herz auf eine Million Schläge pro Sekunde. Ich wollte meine Finger in seinen Haaren vergraben und meine Hüften fest gegen die seinen pressen, unterdrückte den diabolischen Drang jedoch. Das war es nicht, was ich wirklich tun wollte. *Ich will ihm die Kehle aufschlitzen und zu Brax nach Hause fliehen.*

Scharfe Zähne knabberten an meiner Kehle und nahmen mir das Gleichgewicht.

Es war eine Woche her, seit er mich zum letzten Mal berührt hatte, aber es hätte auch nur eine Minute oder ein ganzes Jahrtausend her sein können – ich wäre jedes Mal genauso explodiert. Ich *hasste* ihn. Er kehrte die ganze Welt gegen mich und es tat so weh, so *furchtbar* weh.

Er schob mich rückwärts, die Lippen auf meinen Hals gedrückt, die Hände um meine Taille. Er fing mich auf, als ich gegen das Podest prallte und ins Stolpern geriet. Er nahm meine Hand und half mir, auf die Plattform zu steigen. Als er zu mir heraufblickte, die limettengrünen Augen auf der Höhe meiner Brust, glühte gierige Lust darin.

Völlig unerwartet schlang er die Arme um mich und presste das Gesicht zwischen meine Brüste. Er hielt mich gefangen, leckte meine Haut durch die Löcher des Kleids und hinterließ nasse, brennende Spuren.

»Hör auf«, wimmerte ich und verfluchte meinen zitternden Bauch. Mein Kern schmolz bereits dahin.

Zu meiner Überraschung entsprach er meinem Wunsch, richtete sich auf und gesellte sich zu mir auf das Podest. Mit einem leisen Lächeln streckte er eine Hand aus und griff nach den über uns baumelnden Lederhandschellen.

Ich konnte den Blick nicht abwenden, als er meinen rechten Arm nach oben führte und die Fessel um das Handgelenk schloss. Er zog die Schnalle zu und ich atmete scharf ein. Es erinnerte mich zu sehr an Mexiko, an das Tattoo, an die Untersuchung, an die Injektion. Angst übermannte mich und ich versuchte mich loszureißen, meine Schulter protestierte jedoch heftig. Ich stieß Q in heller Panik von mir, rüttelte an den Handschellen und fummelte mit hilflosen Fingern an der Schnalle herum.

Q lachte leise und fuhr sich mit dem Daumen über die Unterlippe. »Ich will dir ein Geheimnis verraten, *esclave*. Für mich ist das auch das erste Mal.« Er ließ die Hand sinken und legte sie um die pralle Erektion in seiner Hose. »Und es törnt mich verflucht noch mal an zuzusehen, wie du dich wehrst.«

Zwei Dinge wollte ich mehr als alles andere auf der Welt: dass Q eines elenden Todes starb und dass er mich fickte. Gefesselt zu sein verstärkte meine albernen Fantasien nur umso mehr. Ich konnte nichts dagegen tun, dass ich immer feuchter wurde. Ein nasser Film bedeckte die Innenseite meiner Oberschenkel, als Q mich noch enger an sich presste.

»*Fuck, tu me rends fou.*« Fuck, du machst mich verrückt. Seine Stimme bebte und quälte mich mit Verlangen.

Mein Herz brach ein wenig mehr. Nun besaß er nicht nur meinen Geruchssinn, sondern auch mein Gehör. Ich konnte den verführerischen Bariton nicht ausblenden, ebenso wenig wie den überwältigenden Drang, ihm zu gehorchen.

Q riss auch meinen linken Arm nach oben und schloss die andere Handschelle darum. Meine Lungenflügel schienen zusammenzukleben, als er einen Schritt zurückwich und mich mit in der Luft gefesselten Armen zurückließ. Mein Brustkorb hob und senkte sich mit panischem Atem. Schmerzen brannten. »Du kannst das nicht tun.«

Er legte den Kopf schief. »Das habe ich gerade.«

»Du weißt, was ich meine.« Ich schluckte die Angst hinunter und fügte tollkühn hinzu: »Du willst das nicht tun. Irgendetwas in dir will mich nicht missbrauchen. Das kann ich spüren.«

Er erstarrte. Seine Nasenflügel bebten. Wir standen einander gegenüber und funkelten uns schweigend an, bevor er plötzlich eine Faust in mein Haar krallte. »Du weißt gar nichts, *esclave*. Ich will das. Ich will das schon so verdammt lange. Du irrst dich: Es tut nicht weh.« Der makellose Anzug spannte sich über seiner Brust, als er sich zu mir lehnte und mein Ohrläppchen küsste. »Ich habe keine Angst davor, dir wehzutun«, flüsterte er. »Ich habe Angst davor, wie weit ich gehen will.«

Wäre ich nicht gefesselt gewesen, ich wäre zusammengebrochen.

»Maître, vos invités sont arrivés«, vermeldete Suzette. Die Gäste waren eingetroffen.

Mein Blick huschte verzweifelt zu ihr hinüber und flehte sie um Hilfe an. Sie stand in der Tür und ich konnte einen Mix aus Emotionen aus ihrem Gesicht ablesen. Eine konnte ich am deutlichsten erkennen: Verlangen. Sie leckte sich über die Lippen und senkte den Kopf.

Q winkte in Richtung einer Ecke des Raumes. »Zieh an dem Seil, Suzette.«

Sie riss die Augen weit auf und das Verlangen darin löste sich auf und wurde von Entsetzen abgelöst. »Sind Sie sicher, *Maître?*«

Er knurrte eine Warnung und Suzette beeilte sich, ihm zu gehorchen.

Sie schloss die zarten Hände um ein dickes rotes Seil und zog mit einem kräftigen Ruck daran.

Ich schrie auf, als meine Schultern nach oben gerissen wurden und sich mein ganzes Körpergewicht von den Füßen auf die Handgelenke verlagerte.

Meine Zehenspitzen berührten das Podest gerade noch so. Ich war im wahrsten Sinne des Wortes eine Gefangene der Schwerkraft. Q stieg von dem niedrigen Podest und betrachtete mich. Mit den Armen über dem Kopf ragte mein Busen stolz hervor und das Mosaik des Kleides enthüllte alles. »Lass uns allein«, befahl er Suzette, ohne sie anzusehen.

Ich konnte nicht mehr atmen.

Sie verließ hastig das Zimmer und nahm all meine Hoffnung, von hier zu entkommen, mit sich. Q stand nur da und blickte mich an. Langsam schob er sich einen Mittelfinger in den Mund und saugte daran. In seinen Augen glühte solche Finsternis, dass ich gewiss nie wieder in die Nacht schauen würde, ohne dabei an ihn zu denken. Seine Zunge leckte mit berauschender Anmut.

Meine Lippen teilten sich, vollkommen hypnotisiert. Aus irgendeinem Grund half es mir dabei, meine Panik im Zaum zu halten, wenn ich mich auf ihn konzentrierte. Es erinnerte mich daran, dass Q böse war, aber er war definitiv nicht der Schlimmste.

Es war beinahe eine Erleichterung, als er mich an der Hüfte packte und mich festhielt. Seine Hände gruben sich in mein Fleisch. Langsam bohrte er einen Finger durch das Gewebe des Kleides und fand die Feuchtigkeit auf meinem Oberschenkel.

Sein Blick schoss zu meinem Gesicht hoch. »Du überraschst mich immer wieder. Ich hätte meinen Finger gar nicht ablecken müssen.«

Meine Wangen glühten, als er mein Bein hinauffuhr und meine feuchte Spalte streichelte. Sein Finger glitt in die Nässe und ein Stöhnen entwich seiner Brust. Er zog mich näher zu sich und ich folgte ihm wie ein Pendel – er konnte mich haben, wo immer er mich wollte. Er presste das Gesicht auf meine Brust, tauchte den Finger tiefer ein und ließ meine Knie ganz weich werden. Ich schwang sanft in den Fesseln hin und her.

Die Hand löste sich von meiner Hüfte, legte sich auf meinen unteren Rücken und hielt mich in Position. »Ah, *esclave*. Du lügst noch immer. Aber dein Körper sagt mir die Wahrheit.«

Ich hätte am liebsten laut geflucht. Ich hatte keine Kontrolle über mich – er war der Maestro und wie sein gefügiges Instrument erwachte ich durch ihn zum Leben.

»Mercer, wie es scheint, haben Sie bereits ohne uns angefangen«, drang eine Männerstimme zu uns, gefolgt von einer zweiten. »Wie es aussieht, konnte er sich nicht zurückhalten. Seht euch dieses köstliche Prachtexemplar doch nur mal an.«

Entsetzen brannte auf meinen Wangen. Vier Männer beobachteten mit gierigen Blicken, wie Q mich mit seinem Finger fickte. Er nahm mich hart, schnell. Sein Handgelenk rieb unsanft über die Innenseite meines Oberschenkels und ich versuchte, die Beine zusammenzudrücken, um ihn aufzuhalten. Er war alles andere als zärtlich und ich konnte mich nicht gleichzeitig auf seine Berührungen und die Männer konzentrieren.

Meine Augenlider wurden schwer und schlossen sich wie von selbst, als Q den Finger krümmte und meinen G-Punkt stimulierte. Ich erschrak, als der Druck in mir zu einem Crescendo anschwoll. O Gott. Ich konnte nicht kommen. Nicht so. Nicht wenn diese Männer mir dabei zusahen, mich hörten, mich *wollten*.

Als sich meine inneren Muskeln gierig um seinen Finger spannten, zog Q ihn heraus und ließ mich keuchend und mit glühenden Wangen zurück. Ich schwankte in den Fesseln hin und her und trippelte auf Zehenspitzen, um mich nicht im Kreis zu drehen.

Q machte einige Schritte zurück und blickte mich dabei die ganze Zeit an. Im Gehen schob er sich den Finger in den Mund und leckte ihn ab. Er saugte die daran klebende glänzende Feuchtigkeit auf, meinen Geschmack, meine pure Essenz.

Ich wollte nur noch weinen.

Mein Körper pulsierte, vibrierte, aber ich widerstand dem Drang, die Schenkel zu spreizen und zu versuchen, mir selbst Erleichterung zu verschaffen. Ich würde der Selbstgefälligkeit in Qs Augen nicht noch mehr Futter geben. Er wusste, dass er mir wehgetan hatte, und so würde er mich auch zurücklassen. *Verfluchter französischer Mistkerl.*

Er gesellte sich zu den vier Männern und schüttelte ihnen die Hände. Sie tauschten Höflichkeiten auf Englisch aus, wandten die Blicke jedoch die ganze Zeit nicht von mir ab. Ich war das Herzstück der Veranstaltung. Das Objekt der Begierde, das man jedoch nicht mit Würde behandelte.

»Ich wusste gar nicht, dass Sie die Familiengeschäfte übernommen haben, Mercer«, sagte einer der Männer und strich sich über den angegrauten Schnurrbart, während er mich mit den Augen vögelte.

Ich hatte erwartet, dass Q lachen und sich mit seinen widerlichen Geschäftsfreunden über die Bemerkung amüsieren würde, und erschrak daher, als er dem Mann einen Finger in die Brust bohrte. »Sagen Sie das nie wieder, verdammt. Das ist etwas vollkommen anderes.«

Der Mann erstarrte und zwischen den beiden fand ein testosterongeladener Kampf statt, bevor Qs Gegenüber den Blick abwandte und mit den Achseln zuckte. »Wie Sie meinen.«

Ein weiterer Mann in teurer Jeans und schwarzem Hemd schien ungefähr im selben Alter zu sein wie Q. Sein Gesicht erinnerte mich an einen Filmstar aus den 1920ern. Das Haar war zurückgekämmt und stark gegelt und seine Haut so glatt wie Porzellan. »Q …«, begann er und gaffte mich mit angsterfüllten Augen an.

Angst? Meine Furcht wuchs noch weiter. Warum hatte er Angst vor mir? Durch meinen Kopf wirbelten Albtraumbilder, was Q wohl als Nächstes mit mir anstellen würde. Mich verletzen, bis ich mir wünschte, ich wäre tot?

Q schüttelte den Kopf und legte einen Arm um die Schultern des Mannes. Sie entfernten sich von den anderen und Q flüsterte eindringlich in sein Ohr. Ich konnte kein einziges Wort hören, aber Q warf mir immer wieder harte Blicke zu, während der 1920er-Mann ununterbrochen nickte, als würde Q sehr überzeugende Argumente anführen. Schließlich verschwand die Angst aus seinen Augen und er betrachtete mich mit regem Interesse.

Q nickte einmal kurz mit dem Kopf, als ihm der Mann anerkennend auf den Rücken klopfte, und kümmerte sich dann wieder um die anderen Gäste.

Der 1920er-Typ sah Q nach, bevor er sich auf mich zubewegte.

Mein Atem ging immer schneller. Er blieb direkt vor mir stehen und blickte mit saphirblauen Augen zu mir herauf.

Mit ruhiger Hand berührte er meinen Oberschenkel und drückte ihn so fest, dass ich in den Handschellen wankte. »Du bist also diejenige, die ihn schließlich bricht.«

Er ging um mich herum, strich mit dem Finger über meinen Hintern und den anderen Oberschenkel und umkreiste mich komplett. Als er wieder vor mir stehen blieb, griff er nach meinem Nippel und drückte zu.

Ich zuckte zusammen, trat mit dem Fuß und schwang daraufhin unkontrolliert hin und her. Der Mann lachte amüsiert, packte mich um die Taille und half mir, das Gleichgewicht auf den Zehenspitzen wiederzuerlangen. Ich runzelte die Stirn. Was zur Hölle war hier los?

Der 1920er-Mann neigte den Kopf zur Seite und nickte dann. »Ich kann sehen, warum.« Und mit dieser kryptischen Bemerkung kehrte er wieder zu der Gruppe zurück.

Zehn Minuten verstrichen, in denen das grabähnliche Zimmer mit selbstgefälligen Worten gefüllt wurde. Jede einzelne Silbe brannte auf meiner Haut, besonders Qs tiefer Bariton. Ich fürchtete mich vor meiner unmittelbaren Zukunft.

Wie konnte ich meinen Körper nur davon abhalten, auf diese Stimme und diesen Geruch zu reagieren? Zwei meiner Sinne besaß Q bereits … also blieben mir noch vier: Sehvermögen, Tastsinn, Geschmackssinn und Instinkt. Eines konnte ich ihm schwören: Meinen Instinkt würde er niemals besitzen – er war einfach zu stark.

Suzette betrat zusammen mit zwei weiteren Dienstmädchen in knappen schwarz-weißen Uniformen den Raum. Sie stellten mehrere Platten mit köstlich aussehendem Essen auf dem Sideboard ab. Das meiste davon war Fingerfood – Cracker mit Lachs und Crème fraîche, gefüllte

Oliven, Krabben im Schinkenmantel und ein Dessertbrunnen mit einem Wasserfall aus seidiger Schokolade.

Ich spürte ein Stechen im Magen, als ich die in die Schokolade zu tauchenden Leckereien sah: Ananas, Erdbeeren, Marshmallows – die Liste war endlos. Ich hatte nichts Süßes mehr gegessen, seit ich Qs Folter-Villa betreten hatte. Suzette erlaubte es mir nicht.

Das Personal bekam fade und, um ehrlich zu sein, recht deprimierende Mahlzeiten, wenn man bedachte, dass wir uns im Herzen eines Landes befanden, das sich selbst für seinen Käse, sein Brot und seinen Wein rühmte.

Die Männer verstummten und bedienten sich am Buffet. Nachdem sie ihre Teller gefüllt hatten, setzten sie sich in eine der dunkelroten Sitznischen zu meinen Füßen.

Auch Q ließ sich in der Nische nieder und knöpfte sein silbergraues Jackett auf, um bequemer sitzen zu können. Er öffnete die prallen Lippen und steckte sich eine gefüllte Olive in den Mund. Er kaute genüsslich und die Bewegungen seines Kiefers und seiner Halsmuskeln lösten Krämpfe in meinem Innersten aus.

Ich wandte den Blick ab und betrachtete die anderen Männer. Einer von ihnen hatte eine dicke Nase und zerzaustes schwarzes Haar. Sein Anzug saß nicht richtig und auf dem Revers war ein dunkler Fleck zu erkennen. Verglichen mit Q sah er aus, als hätte man ihn eben von der Straße geholt und ihm ein kostenloses Essen und eine Show versprochen. Woher kannte Q ihn? Trotz seiner düsteren erotischen Begierden war er meilenweit über dem Niveau dieser Männer.

Der andere Typ wandte die Augen keinen Moment lang von mir ab. Sein Blick durchstach mich wie ein Dolch, bohrte sich in mich und ließ die Angst aus jeder meiner

Poren quellen. Er war groß, einen Kopf größer als Q – etwa so lang wie ein professioneller Basketballspieler und genauso breit. Unter dem kurz geschorenen blonden Haar war seine rosa Kopfhaut zu erkennen und hinter dem rechten Ohr befand sich eine unschöne Narbe.

Er trug keinen Anzug und war stattdessen in einem geschmacklosen weißen Jogginganzug erschienen. Auf einer Schulter und dem Rücken prangte die Nummer 19. Nichts an ihm ergab einen Sinn. Er passte nicht in Qs Welt. Eigentlich war der Einzige, bei dem dies der Fall war, der 1920er-Mann. Irgendetwas verband ihn und Q. Freundschaft.

Während die Männer genüsslich aßen, wurden meine Hände eiskalt, weil das Blut nicht mehr in die Arme hinaufgepumpt wurde. Meine Handgelenke waren von dem Leder ganz aufgeschürft und das Strichcode-Tattoo juckte wie verrückt. Ich versuchte, den Kopf zu drehen und auf den äußersten Zehenspitzen zu stehen, um meinen Schultern eine Pause zu gönnen, aber ich fand einfach keinen Halt. Ich stöhnte vor Anstrengung.

Q würdigte mich keines Blickes. Er richtete seine Aufmerksamkeit weiter auf Mr. Dicke Nase und ließ sich das Essen von seinem kleinen Teller schmecken.

Das ließ mich auf seltsame Weise allein mit dem Mann in dem weißen Trainingsanzug. Er verschlang gierig die Horsd'œuvres auf seinem Teller und fragte Q auf Englisch: »Gefällt Ihnen unser Geschenk, ja?« Er nickte in meine Richtung und ließ seine widerlichen Augäpfel über meinen in Gold gehüllten Körper gleiten.

Ich spitzte die Ohren. Er hatte einen russischen Akzent, keinen französischen. Die Rädchen in meinem Kopf drehten sich rasant, während ich versuchte, mir alles zusammenzureimen.

Q hörte auf zu essen und tupfte sich den Mund mit einer Serviette ab. Verglichen mit dem russischen Hinterwäldler waren seine Bewegungen fließend und kontrolliert. Qs Augen funkelten – er konnte sein Gegenüber nur mit Mühe tolerieren. »*Oui*. Ich bin sehr zufrieden.« Er warf mir einen flüchtigen Blick zu, bevor er hinzufügte: »Wo haben Sie sie gekauft?«

Die Brust des Russen schwoll vor Stolz an. Warum interessierte es ihn, ob Q mit mir zufrieden war? Er hatte mich gekauft, um Q zu bestechen und dazu zu bringen, etwas für ihn zu tun. Aber was?

»Ich werde den Namen meines Kontakts nicht preisgeben. Aber ich hatte um ein weißes Mädchen gebeten. Ich kenne Ihre Vorlieben.«

Mein Blick schoss zu Q hinüber, aber seine Haltung hatte sich nicht verändert. Er trank einen Schluck von einem gekühlten Glas Wein. »Nun gut. Sie können unser Geschäft als abgeschlossen betrachten.«

Der Russe setzte eine finstere Miene auf. »Und woher weiß ich, dass Sie Ihr Versprechen halten werden?«

Q bewegte sich kaum merklich. Ein Schauer lief mir über den Rücken – die gastfreundliche Atmosphäre hatte sich verändert. Q schien die Schatten aus dem Raum zu saugen und sich selbst in düstere Autorität zu hüllen. »Zweifeln Sie an meiner Arbeitsmoral?«

Der Russe spannte den Kiefer an und blickte von Q zu mir. »Wann sehen wir die Verträge?«

Q spielte an einem Manschettenknopf herum und ließ sich Zeit. »In drei Monaten. Diese Dinge dauern ihre Zeit. Aber Sie haben mein Wort. Und das ist Gesetz.«

Der russische Hinterwäldler schnaubte und zog die Schultern hoch. Er schien mit diesem Arrangement ganz und gar nicht glücklich zu sein, aber ich bezweifelte, dass er irgendetwas dagegen tun konnte. Q hatte eindeutig die Kontrolle. Genau wie in meinem Fall – bei diesem ganzen Sexsklaven-Ding.

Ich hätte am liebsten mit den Augen gerollt. Ich würde noch verrückt werden, wenn ich noch länger hier baumelte.

Nach einer Pause erhob sich der Russe und ging auf den Schokoladenbrunnen zu. Q sah ihm mit zusammengekniffenen Augen nach, bevor er sich zu Dicke Nase und Grauer Schnurrbart umdrehte. Die Saphiraugen des 1920er-Manns huschten zwischen Q und mir hin und her. In seinem Blick waren wild wirbelnde Gedanken zu erkennen, aber seine Miene blieb ausdruckslos.

Mir blieb das Herz stehen, als ich zu dem russischen Hinterwäldler blickte. Seine Körpersprache machte mir Angst. Er warf Q einen Blick zu, während er darauf wartete, dass die Schokolade in einen Krug floss. Auf seinen Augen lagen Schatten der Eifersucht und des gierigen Hungers nach Macht.

Ich drehte mich wieder zu Q um. Sollte ich ihn warnen, dass der Russe nicht sein Freund war, sondern sein Feind? *Was denkst du dir denn, Tess? Das geht dich nichts an. Wen kümmert das?*

So ungern ich es auch zugeben wollte – es kümmerte *mich*. Nicht wegen Qs Sicherheit, sondern wegen meiner eigenen. Wenn sich Q Männern wie diesem Russen unterwarf, dann würde sich mein goldener Käfig schnell in ein nasskaltes Verlies verwandeln.

Mein Körper schwang an den Fesseln hin und her und ich spannte die Bauchmuskeln an, um mich weiter dem russischen Hinterwäldler zuwenden zu können. Er bewegte sich eigenartig langsam, so als würde er in Wahrheit über etwas anderes nachdenken als nur darüber, sich etwas zu essen zu holen.

Ich bekam eine Gänsehaut, als sich mein Instinkt meldete. Derselbe Instinkt, der mich angeschrien hatte, nicht in dieses Café in Mexiko zu gehen. Die Sache gefiel mir überhaupt nicht. *Wie könnte sie dir auch gefallen? Du bist praktisch nackt und hängst an der Decke, damit dich fünf perverse Typen angaffen können, während sie essen.*

Ich hasste dieses ganze Szenario, aber irgendetwas an dem Mann im weißen Trainingsanzug behagte mir überhaupt nicht.

Plötzlich setzte sich der Russe wieder in Bewegung. Er trug einen Teller voller Marshmallows und einen kleinen überlaufenden Krug mit geschmolzener Schokolade. Es sah aus, als würde er zum Tisch zurückgehen, er überlegte es sich jedoch in letzter Sekunde anders und steuerte direkt auf mich zu.

Ich zappelte in meinen Handschellen und versuchte zurückzuweichen, aber es war sinnlos. Mein Blick schoss zu Q hinüber und bettelte um seine Aufmerksamkeit, flehte ihn an, dem Mann Einhalt zu gebieten, aber er hielt den Kopf gesenkt und war in eine Unterhaltung mit Grauer Schnurrbart vertieft.

Der Russe blieb am Fuß des Podests stehen und glotzte mich an. Aus der Nähe konnte ich die pockigen Aknenarben auf seiner Haut erkennen, die vor Fett glänzte. Sein kurz geschorenes Haar sah borstig aus und roch nach zu viel Haarpflegemitteln. Er lächelte und zeigte mir mehrere Goldzähne. »*Privét, kraßiwaja déwuschka.*« Er streichelte mein Knie durch den filigranen Stoff. »Das bedeutet: Hallo, hübsches Mädchen.« Das tiefe Grollen seiner Stimme jagte mir einen Angstschauer über den Rücken. Meine Haut zog sich erschrocken an der Stelle zusammen, die er berührte. Wenn sich Haut hätte übergeben können, dann hätte sie es todsicher getan.

Ich blickte erneut zu Q hinüber und konnte nicht glauben, dass er zuließ, wie mich dieser Mann berührte. Er schien es gar nicht zu bemerken, und wenn doch, dann schien es ihn nicht zu kümmern.

Er wandte den Körper noch weiter von mir ab, legte die gefalteten Hände auf den Tisch und nickte zu etwas, das Dicke Nase gesagt hatte.

Er schloss mich völlig aus und ließ mich mit einem Tier von Mann allein, aus dessen Blick unverhohlene Geilheit sprach. Es war keine sinnliche Lust wie bei Q, sondern das primitive Verlangen, zu rammeln. Schmerzen zu verursachen. Ich hatte nicht den geringsten Zweifel daran, dass er meine Schreie genießen würde.

Mit einem sadistischen Lächeln nahm der Russe den Krug mit der geschmolzenen Schokolade und träufelte mit kalkuliertem Grinsen ein wenig davon auf meinen Oberschenkel. Die Schokolade war heiß und ich fauchte zwischen zusammengebissenen Zähnen.

Q rührte sich, schaute mich aber nicht an. Ich wollte schreien, wusste jedoch nicht, ob mir das nicht noch mehr Ärger einbrachte. Vielleicht gab Q dem Russen ja dadurch, dass er *nicht* hinsah, die Erlaubnis, mit mir zu tun, was immer er wollte.

Der russische Hinterwäldler grinste noch breiter und stellte den Teller mit den Marshmallows auf dem Boden ab, behielt den kleinen Krug jedoch in der Hand.

Shit.

»Nicht. Lass mich verdammt noch mal in Ruhe«, zischte ich mit zitternder Stimme.

Qs blassgrüne Augen schossen zu mir herüber und meine Haut kribbelte vor Erleichterung. Er würde nicht zulassen, dass dieser Mann mir wehtat.

Mir blieb der Mund offen stehen, als Q mir einen wutentbrannten Blick zuwarf und sich dann wieder abwandte.

Mein Herzschlag setzte aus und das schale Gefühl des Verrats legte sich auf meine Zunge. Q hatte mich mit einer einzigen Bewegung seines kräftigen Körpers einfach fallen lassen.

Tränen stiegen mir in die Augen, als der Russe schallend lachte und mit fetten Fingern meinen Schenkel betatschte. Er hielt mich fest, leckte mit seiner großen nassen Zunge die Schokolade von meiner Haut und hinterließ eine Speichelspur auf meiner nackten Haut und dem Kleid.

Ein Ekelschauer schüttelte mich und ich versuchte, mich zappelnd aus seinem Griff zu befreien, aber er drückte nur noch fester zu. »Nicht wehren, hübsches Mädchen.« Er hob den Krug hoch und goss einen dicken Klacks auf meinen Fuß. Mit einem widerwärtigen Grinsen beugte er sich nach unten und leckte die Schokolade ab. Ich versuchte, ihn zu treten, aber ich musste mit den Zehenspitzen auf dem Boden bleiben, um das Gleichgewicht zu halten. Ich wollte nicht wieder die Kontrolle verlieren und mich im Kreis drehen wie bei dem 1920er-Mann. Wenigstens war *er* so nett gewesen, mich anzuhalten. Dieser Mann würde mich wahrscheinlich nur noch schneller drehen, bis ich komplett die Orientierung verlor und mir übel wurde.

Der Russe richtete sich wieder auf und tröpfelte Schokolade auf meinen Bauch. Sie rann über meine Haut und wurde bereits wieder dickflüssiger, für meinen Geschmack jedoch nicht schnell genug. Sie triefte über meinen Unterleib, floss gefährlich abwärts und war bereits viel zu nah an meinem Schritt.

»Nicht tief genug, was, Schätzchen?« Er grunzte, packte mich mit fleischigen Armen und zog mich zu seinem Mund. Ich drehte und wand mich, als er die Schokolade abschleckte und seine Zunge eine kalte, schleimige Spur hinterließ. Dann drehte er sich ein wenig, neigte den Kopf zur Seite und die Zunge streifte meine Klitoris. Mein gesamter Körper wollte sich vor Scham und Ekel, weil ich von diesem Widerling geleckt wurde, nur noch in Luft auflösen.

»Du beschissenes Arschloch. Damit wirst du nicht durchkommen.« Bilder, wie ich ihm die Kehle aufschlitzte und ihn in ein wild loderndes Krematorium warf, halfen mir dabei, seine Berührung zu ertragen. All die Feuchtigkeit, die Q mir beschert hatte, war mit einem Mal verschwunden und ließ mich trocken, unwillig und mit einem überwältigenden Gefühl der Übelkeit zurück.

Ich riss die Augen auf, als mich die Erkenntnis wie ein Schlag traf. Mein Körper reagierte auf Q, trotz allem, was er tat – *weil* er tat, was er tat. Ich verschloss mich jedoch komplett, sobald mich ein anderer berührte. Wenn Q mich geleckt hätte, hätte mein Körper unter der erotischen Folter gebebt und es gleichzeitig gehasst und insgeheim geliebt. Dieser russische Koloss widerte mich jedoch einfach nur an. Der bloße Gedanke, er würde meinem Körper irgendwie nahe kommen, brachte mich zum Würgen.

Die Erkenntnis, dass mein Körper nur auf Q reagierte, quälte mich zwar, bescherte mir aber auch ein Gefühl des Friedens. Mein Körper wollte seinen, aber er wollte niemanden sonst. Hatte er mich so gut abgerichtet, ohne dass ich es bemerkt hatte? Oder hatte ich ihm meinen Tastsinn freiwillig überlassen? *Bitte, lass nicht zu, dass er den auch noch besitzt.*

Ich hasste den Russen mit einem Feuer, das niemals erlöschen würde, während mein Hass auf Q stetig brodelte und meinen Körper zum Schmelzen brachte. Ich wollte Q vielleicht umbringen, weil er mein Leben zerstört hatte, aber ich hasste ihn nicht genug, um mich selbst zu töten, damit er mich niemals besitzen konnte.

Die fetten Finger des Russen drückten meine Oberschenkel auseinander. Sein schwerer Atem stank nach Knoblauch. Er schubste mich, meine Fußspitzen verloren den Halt und ich schwang zur Seite. Anschließend stieg er auf das Podest und fing meinen baumelnden Körper wieder ein, als ich gegen ihn prallte. Er drehte mich absichtlich von Q weg und positionierte sich zwischen uns.

Ich hob den Blick und meine Augen weiteten sich, als ich das fantastischste Wandgemälde erkannte, das ich jemals gesehen hatte, gemalt in Braun, Schwarz und Schatten. Ein Schwarm Sperlinge zierte die Wand. Sie flohen aus den Fängen einer schwarzen Sturmwolke und ich konnte den Wind ihrer flatternden Flügel beinahe spüren. Die Freiheit winkte in einem kleinen Stück blauen Himmels unter der Decke. Das Gemälde brachte mein Herz zum Weinen, das sich nach derselben Freiheit sehnte. Ich konnte die vielen kleinen Vögel gar nicht zählen, aber jeder von ihnen war einzigartig und in schierer Perfektion zum Leben erweckt.

Die Hand des Russen grapschte nach meiner Brust und quetschte sie so fest, dass es wehtat. Er presste den Mund auf mein Ohr.

Ich wollte schreien und Q befehlen, mich zurückzufordern, aber eine geradezu obszön große Hand drückte sich auf meinen Mund und meine Nase. Er sorgte dafür, dass ich keine Luft mehr bekam, genau wie Lederjacke es getan hatte.

Meine Lungenflügel krampften sich zusammen und ich wehrte mich verzweifelt. Er lachte nur, als meine schwächlichen Versuche nicht verhindern konnten, dass sein widerwärtig harter Schwanz zwischen meine Pobacken glitt. Mein Blick flog wieder zu den Sperlingen hinüber. Ich wünschte mir, ich könnte die Flügel spreizen und davonfliegen. Ich versuchte, mich in dem Gemälde zu verlieren und meinen Verstand dazu zu bringen, zu entfliehen.

Der Russe fummelte zwischen uns herum, holte irgendetwas hervor und schob es auf meinen Bauch. Etwas Eiskaltes biss in mein Fleisch. Mir stockte der Atem und mein Herz setzte aus.

»Sch, kleine Hure. Das geht nur uns etwas an. Du hast mich eine Menge Geld gekostet, weißt du? Ich finde, es ist nur fair, wenn ich dich selbst mal ausprobiere.« Eine fette Hand grapschte über meinen Bauch und das verabscheuungswürdige Geräusch meines zerreißenden Kleides erfüllte mich mit blanker Panik. Ich rollte die Augen nach unten und versuchte, irgendetwas zu erkennen. Was war dieses eisige Ding, das den Stoff aufschlitzte?

Ein weiterer grober Ruck, und das Kleid hing nur noch in Fetzen an mir herunter. Der filigrane Stoff, der sich über meinen Hintern gespannt hatte, klaffte in feinen Streifen auf.

Der Russe leckte mein Ohr und ließ ein Jagdmesser aufblitzen. Ich stöhnte und trat wie wild um mich. Die Klinge war rostbefleckt und dreckig, glänzte aber dennoch mit schneidender Boshaftigkeit. »Hör auf, so zu zappeln, Fischlein. Ich werde dich nicht schneiden.« Er drehte das Messer, bis das scharfe Metall in seiner schwieligen Handfläche ruhte und der schweißbefleckte Holzgriff nach oben zeigte.

O Scheiße.

Mein Instinkt brüllte förmlich. *Er wird mich mit einem Messergriff vergewaltigen!*

Ich stöhnte so laut ich konnte und wandte sämtlichen Sauerstoff, der mir noch blieb, auf, um nach Hilfe zu schreien. Bewusstlosigkeit umhüllte mich, als Q mit kontrollierter, aber wütender Stimme befahl: »Victor, lass mein Geschenk in Ruhe.«

Aus den Worten sprach Macht. Ich badete in Erleichterung. Q würde nicht zulassen, dass mir irgendetwas Schlimmes zustieß. Ich wusste es. Ich vertraute darauf, dass er mich nur zu seinem eigenen kranken Vergnügen benutzte.

»Ich drücke sie doch nur mal, Mr. M. Ich lasse sie gleich wieder los.« Er blickte über seine Schulter, zweifellos um Q anzulächeln. Ich schwang die Hüften zurück und versuchte, ihn aus dem Gleichgewicht zu bringen, aber er rührte sich nicht.

Die Spannung schwoll immer mehr an, während ich darauf wartete, dass Q ihm erneut befahl, mich loszulassen. Ihm sagte, dass er mich schon lange genug betatscht hatte. Aber nichts dergleichen passierte.

Es herrschte Stille. Mein Herz starb, als der Russe geräuschlos in mein Ohr gluckste. »Ich schätze, mir bleiben noch etwa 30 Sekunden, bevor er mich endgültig aufhält …«

Ich hatte keine Zeit mehr, Luft zu holen. Er trat mit einem mächtigen Stiefel gegen den GPS-Sender an meinem Knöchel und zwang meine Beine auseinander. Er fing mein ganzes Körpergewicht auf und drückte mir den Knauf des Messergriffs in den Schritt.

Ich wehrte mich mit aller Kraft, aber ich war nichts weiter als eine Fliege auf klebrigem Fliegenpapier – völlig belanglos.

»Ich wünschte, das wäre mein Prügel, aber es wird auch so reichen«, knurrte er. Er biss mir in den Hals und rammte den Griff in mich hinein. Ich riss den Mund hinter seiner fleischigen Hand auf und schrie. Meine Lunge kreischte, aber es kam kein Laut heraus. Er zerriss mich innerlich, mit splittrigem Holz und roher Gewalt. Ich war so trocken, dass ich jede Kerbe des Griffes spürte, jede scharfe Rille dieser abscheulichen Härte.

Ein grauer Schleier legte sich über meine Augen und ich versuchte, das Bewusstsein zu verlieren, doch die Wut schoss wie eine Kanonenkugel durch mein Blut. Zorn und Kampfeswille tobten in mir und ich wehrte mich mit letzten Kräften.

Der Russe grunzte, als ich wild wurde. Ich drehte und wand mich unter ihm, kickte und trat um mich.

Es war mir egal, wenn ich mich selbst in dem Versuch umbrachte, mich zu befreien. Ich konnte nicht zulassen, dass er das tat. Es tat weh. Es tat *weh!* Q rettete mich nicht. Er ließ zu, dass dieses Dreckschwein ein Messer tief in mich hineinrammte.

Plötzlich hallte ein Schuss im Raum wider und dann fiel ich, fiel scheinbar endlos, bis ich auf brutale Weise ausgebremst wurde und es sich anfühlte, als hätte ich mir aufgrund der Handschellen beide Arme ausgekugelt. Ich baumelte hilflos, mein Kopf kippte hin und her und ich japste gierig nach Sauerstoff.

Der Russe kläffte, fiel von dem Podest und nahm das vergewaltigende Messer mit sich. Er hielt sich das Bein – über den weißen Trainingsanzug ergoss sich ein rotes Rinnsal, das an seinem Oberschenkel begann.

»Fuck!«, brüllte er.

Q tobte, in sein Gesicht war die blanke Wut eingeätzt.

»Verschwinde, verflucht noch mal, aus meinem Haus.« Am Ende seines ausgestreckten Arms glänzte eine kleine silberne Pistole.

Mir wurde schwindelig. Q hatte eine Waffe. Er hatte auf den Russen geschossen.

Die anderen Gäste sprangen von ihren Stühlen auf und rannten zum Ausgang. Alle außer dem 1920er-Mann. Er blieb hinter Q stehen, der Körper angespannt, die Fäuste geballt.

»Franco!«, schrie Q. »Begleite unsere Gäste nach draußen. Sie gehen.«

Der grünäugige Wachmann tauchte wie durch Zauberei aus dem Nichts auf und scheuchte alle nach draußen, bevor er zurückkehrte und den Russen auf die Beine zerrte. Als sie verschwunden waren, legte der 1920er-Mann eine Hand auf Qs Schulter.

Q wirbelte sofort herum und fuchtelte mit der Waffe. »*Putain!* Hör auf. Ich weiß, was ich tue, Frederick. Geh!«

Der Mann legte die Stirn in Falten. Es war offensichtlich, dass er Q nicht glaubte. Nach einem Moment nickte er jedoch und entfernte sich Richtung Tür.

Stille legte sich über uns, nur durchbrochen von Qs keuchendem Atem. Ich baumelte hilflos und sah durch die Tränen alles ganz verschwommen. Ich hatte nicht die Kraft, mich aufzurichten. Meine Schultern schrien vor Schmerzen. Aber nichts war auch nur annähernd so schlimm wie die brennenden Qualen in meinem Inneren. Ich fühlte mich, als hätte er mich in zwei Teile gerissen, und durchlebte immer wieder den ersten harten Stoß und die entsetzliche Pein, die meinen Verstand zertrümmerte.

Wie hatte Q das nur geschehen lassen können? Ich war *sein,* gottverdammt noch mal, und er hatte mich nicht beschützt. Er hatte zugelassen, dass mir ein anderer Mann wehtat.

Ich zersplitterte förmlich und wünschte mir nichts sehnlicher, als wieder in die stille Leere zurückzukriechen, die mich schon beim letzten Mal gerettet hatte, aber mein Geist wollte einfach nicht davonfliegen. Mein Geist war zerstört.

Schließlich musste ich doch das Bewusstsein verloren haben, denn als ich wieder zu mir kam, pulsierte meine Wange auf einer warmen Schulter und mein Körper lag in einem Kokon starker Arme. Der Geruch von Zitrus und Sandelholz umschloss mich und jagte eine Mischung aus Sehnsucht und Panik durch meine Adern.

»*Je suis vraiment désolé.*« Es tut mir so leid, flüsterte eine gequälte Stimme. Küsse huschten endlos über meinen Haaransatz. Ich schwebte auf seinen Armen durch das Haus. »Ich werde dich beschützen. Ich werde es wiedergutmachen.«

Seine Stimme verwirrte mich. Aus ihr quollen uralter Schmerz und Kummer und das Bedauern darin wog so schwer, dass es ihn niederzudrücken schien.

Warum litt *er?* Er hatte zugelassen, dass der Mann mit mir machte, was er wollte. Es war *seine* Schuld, dass das passiert war, und ich weigerte mich, mir seine Qualen anzuhören – ich hatte mit meinen eigenen Qualen schon genug zu tun. Seine Entschuldigungen waren einen Scheiß wert.

Ich versuchte, genügend Kraft zu sammeln, um ihn zu schlagen oder ihn anzuschreien. Um ihm zu sagen, dass er es geschafft hatte, mir mehr wehzutun als irgendjemand sonst in meinem Leben – und das wollte schon etwas heißen, wenn man bedachte, dass ich von meiner eigenen Familie wie eine Leprakranke behandelt worden war.

Dann beschloss mein Geist jedoch, dass er endgültig genug hatte, und alles wurde schwarz.

KAPITEL 14
KOLIBRI

Ich erwachte mit nagenden Schmerzen im Schoß und verschmiertem Blut zwischen den Beinen. Ich wusch mich vorsichtig in der Dusche und zwang sämtliche Erinnerungen und Schrecken in einen Käfig in meinem Kopf. Ich würde nie mehr an diese Nacht denken. Selbst aus meinen Albträumen war diese Nacht verbannt, gelöscht, als wäre sie niemals passiert. Manche hätten vielleicht gesagt, das sei keine besonders gute Idee. Aber ich behaupte, es half mir dabei, den Verstand nicht zu verlieren und fokussiert zu bleiben, anstatt in Selbstmitleid und Wahnsinn zu ersticken.

Ich vergrub den Kopf im Sand, aber befreite mich dadurch von all den Dingen, die meine Seele verletzten – ich wurde immun gegen sie. Mein Körper schmerzte, aber nicht mehr als bei anderen Wunden, die ich bereits davongetragen hatte. Die tiefste Verletzung stammte von Q. Er hatte mich im Stich gelassen.

In der kranken Hierarchie zwischen Besitzer und Sklavin hätten mein Schutz und Wohlergehen an erster Stelle stehen müssen, aber er hatte sie in vollem Bewusstsein außer Acht gelassen.

Nach allem, was er mir bereits angetan hatte, hätte mich die vergangene Nacht unheilbar brechen können, aber sie machte mich nur noch stärker. Es war an der Zeit, zu gehen. Ich hatte etwas Besseres verdient. Ich hatte ein Leben ohne kranke Mistkerle verdient, die mich mit Gegenständen vergewaltigten. Ein Leben ohne Qs abartige Psychospielchen. Nichts würde mich aufhalten – ich würde aus dieser Hölle ausbrechen und wieder in die Menschheit zurückkehren.

Vier Tage waren seit der grauenvollen Dinnerparty verstrichen und Suzette vermied noch immer jeden Augenkontakt mit mir. Auch Q hielt sich einmal mehr von mir fern und drehte die Musik so laut, dass die Worte meine Entschlossenheit, von hier zu fliehen, ganz langsam untergruben. Tieftraurige französische Lieder voller Bedauern und Selbstverachtung dröhnten aus den Lautsprechern.

Mes besoins sont ma défaite.
Je suis un monstre dans la peau d'un homme.
Mein Verlangen ist mein Untergang.
Ich bin ein Monster in Menschengestalt.

Ich hasste diese Lieder. Sanfte Lieder ließen Q menschlich erscheinen, wie ein Wesen mit Fehlern und Seelenqualen, genau wie der Rest von uns. Ich bevorzugte wütende Songs mit donnernden Beats, die mein Blut in Wallung brachten und mich mit der nötigen Energie für meine Flucht erfüllten.

Et je prendrai ce que je veux
et payerai mes propres désirs.
Cauchemars de ma solitude.
L'obscurité comme ami.

Und ich nehme mir, was ich will,
und bezahle für meine Sehnsüchte.
Albträume und Einsamkeit,
die Dunkelheit zum Freund.

Je länger ich in Qs Haus lebte, desto besser wurde mein Französisch. Der Rost blätterte immer mehr ab, ohne dass ich es richtig merkte. Ich musste nicht mehr mit einem Stirnrunzeln über jedes einzelne Wort nachdenken – ganze Sätze wurden plötzlich klar und ich tastete mich nicht mehr wie im Dunkeln durch die Sprache.

Auch wenn ich Suzette und ihre Freundschaft vermisste, machte mir die Isolation nichts aus. Man ließ mich allein und das half mir dabei, fokussiert zu bleiben.

Unter dem Vorwand, zu putzen, durchsuchte ich die Bibliothek und die Lounge nach Waffen: einem Brieföffner, einer Schere oder irgendetwas anderem, das mir helfen konnte, den GPS-Sender loszuwerden. Ich konnte nicht fliehen, bis ich ihn entfernt hatte. Q würde mich sonst überall mit Leichtigkeit finden.

Mein Fluchtplan war nicht besonders durchdacht. Ich hatte keine grandiose Idee à la *Mission Impossible* und plante, Q als Geisel zu nehmen und ihn zu zwingen, mich freizulassen. Alles, was ich hatte, waren zwei gesunde Beine und ein paar Äpfel, die ich aus der Küche geklaut hatte. In einem so offenen Haus zu leben, gab mir zwar eine Illusion von Freiheit – ich konnte gehen, wohin ich wollte, und mich frei bewegen –, aber erst, als ich nach einer Waffe suchte, wurde mir bewusst, wie unecht diese Freiheit eigentlich war.

Wachen patrouillierten in den oberen Stockwerken und hielten mich davon ab, die Schlafzimmer zu betreten.

Gorillas in schwarzen Anzügen bewachten das Außengelände, ihr Atem malte blasse Wolken in die spätwinterliche Luft.

Ich durfte nur die Bibliothek, die Lounge, die Küche und mein Zimmer betreten. Es war ein winziger Käfig, wenn man bedachte, wie weitläufig diese Villa war. Wenn ich vorgehabt hätte hierzubleiben, hätte ich mich durch die Flure geschlichen und sie weiter erkundet. Wo schlief Q? Was für andere Zimmer gab es noch? Glichen sie dem Raum mit dem Podest, in dem dieses russische Dreckschwein mir wehgetan hatte? Oder waren sie noch schlimmer?

Aber all das interessierte mich nicht wirklich. Ich war nun lange genug hier gewesen. Ich würde nicht länger wie die Jungfrau in Nöten darauf warten, dass Brax oder die Polizei mich rettete. Sie würden niemals kommen. Es lag allein an mir – und ich war bereit.

Ich verließ die Bibliothek mit einem Staubwedel bewaffnet und enttäuscht, dass ich auch diesmal keinen scharfen Gegenstand hatte finden können. Plötzlich erstarrte ich.

Mein Herz schlug schneller, als mir ein Hauch von Sünde und Zitrus entgegenschlug. Q war in der Nähe.

»*Je suis allé trop loin,* Suzette.« Ich bin zu weit gegangen. Qs Stimme war von unerbittlicher Düsternis verzerrt.

Ich hätte mich am liebsten ganz klein zusammengerollt und mich versteckt. Ich hasste es, andere zu belauschen. Wann immer ich es als Kind getan hatte, hatte ich nur schreckliche Dinge gehört, die mich wie ein Schlag in den Magen getroffen hatten. Dass ich nicht gewollt war, ein Ärgernis, eine Last.

Meine Eltern hatten sogar darüber gesprochen, mich zur Adoption freizugeben, als ich mir eine schlimme Grippe eingefangen hatte. Sie hatten keine Lust gehabt, sich um ein krankes Kind zu kümmern, weil sie damals schon älter und selbst recht anfällig gewesen waren. Sie waren mehr um sich selbst besorgt gewesen als um ein unschuldiges kleines Mädchen.

Suzette antwortete ihm. Ihre Stimme drang von hinter der blauen Samttreppe zu mir – von dort, wo sich die Geheimtür zum Spielzimmer versteckte. »Sie ist nicht gebrochen. Sie sollten sie sehen, *Maître*. Das Feuer brennt noch immer in ihren Augen.« Die Luft knisterte vor Leidenschaft – sie sprachen über mich. Mein ganzer Körper sträubte sich. Ich wollte mich bewegen, aber wenn ich es tat, würden sie mich hören. Und was würde Q dann tun?

Er murmelte etwas, das ich nicht verstand.

»Sie sind nicht wie er. Lassen Sie sich nicht aufhalten. Sie empfindet nicht nur Hass, glauben Sie mir. Eine Frau weiß, wenn eine andere einen Mann will.«

Q lachte. »Du willst mich, Suzette?«

Sie kicherte finster. »Sie wissen, dass ich das will. Aber ich respektiere auch Ihr Versprechen und deshalb finde ich, dass Sie weitermachen sollten.« Ich hörte die traurige Resignation in ihrer Stimme und empfand Mitleid mit ihr.

Q war rücksichtslos und verschlossen. Mir war egal, gegen welche Dämonen er kämpfte. Das gab ihm noch lange nicht das Recht, das zu tun, was er getan hatte. Aber warum spürte ich dann bei dem Gedanken daran, dass er eine andere fickte, ein eifersüchtiges Kribbeln am ganzen Körper? Ich wusste nichts über ihn und dennoch verzehrte sich mein Körper nach mehr – gegen meinen Willen.

Aber wenn Suzette auf meiner Seite war, warum hatte sie dann in den vergangenen vier Tagen nicht mit mir gesprochen? Wenn sie mir gezeigt hätte, dass sie noch immer meine Freundin sein wollte, dann hätte ich mich vielleicht nicht so verkrochen und isoliert und mich nicht nur noch auf meine Flucht in die Freiheit konzentriert.

Meine Augen weiteten sich. *Das meinst du nicht ernst, Tess.* Wäre ich wirklich geblieben, selbst nach allem, was passiert war?

Ich schüttelte den Kopf. Wut kochte in mir hoch. Auf keinen Fall. Ich konnte nicht bleiben. Alles, was ich brauchte, war der Sekundenbruchteil einer Gelegenheit, und dann würde ich von hier verschwinden. Genau wie die Sperlinge an der Wand – ich würde davonfliegen, irgendwohin, wo Q mich niemals finden würde.

»Genug. Darüber werde ich nicht sprechen«, blaffte Q sie an. Sein Tonfall hatte sich verändert. Kleidung raschelte und ich rannte in die Bibliothek zurück und kauerte mich hinter ein Bücherregal. Qs Silhouette rauschte an der Tür vorbei nach draußen. Das aufblitzende Sonnenlicht winkte mir verlockend zu und ich wäre ihm am liebsten nachgerannt – hinaus in die frische Luft, um diesen Ort ein für alle Mal hinter mir zu lassen. Diesen verwirrenden, schrecklichen Ort.

Draußen wartete ein Wagen, aber Q stieg nicht ein, um davonzufahren. Stattdessen ging er weiter, bis ich ihn nicht mehr sehen konnte.

Ich wagte es nicht, mich zu rühren. Suzette rief: »Ich gehe ins Dorf, Madame Sucre. Heute ist mein freier Nachmittag und ich habe ein paar Dinge zu erledigen.«

Ich konnte Madame Sucres Antwort nicht verstehen, aber es klang, als würde sie widersprechen. Mein Herz galoppierte. Suzette verließ das Haus. *Das ist meine Chance!* Ich bekam vielleicht keine zweite. Ein Dorf bedeutete Menschen. Und Menschen bedeuteten die Sicherheit einer Gruppe.

Suzette grummelte irgendetwas und stapfte davon. Offensichtlich hatte die Köchin sie zu sich gerufen. Ich wollte den Moment nicht ungenutzt verstreichen lassen, stieß mich vom Boden ab wie eine olympische Sprinterin und rannte ins Foyer. Ich öffnete mit hektischen Fingern die Haustür und sprintete die breiten Stufen zum Auto hinunter. *Bitte, lass einen Schlüssel im Schloss stecken.*

Die Sonne brannte auf meiner Netzhaut, obwohl sich die Kälte durch meine Kleider biss. Die frische Luft – draußen zu sein – löste ein Glücksgefühl in mir aus. Ich würde mich selbst retten. Tess, die Überlebenskünstlerin.

Ich keuchte vor Adrenalin und schaute durchs Fenster, um zu sehen, ob ein Schlüssel im Zündschloss steckte.

Nichts.

Scheiße! Ich konnte zwar nicht selbst in die Freiheit fahren, aber ich konnte mich als blinder Passagier mit Suzette am Steuer davonstehlen. Ich weigerte mich, den Mut zu verlieren, versuchte mein Glück an der hinteren Tür und hätte vor Erleichterung fast geweint, als sie sich öffnete.

Ich sprang hinein und kauerte mich so klein wie möglich im Fußraum zusammen.

Suzette hüpfte die Treppe hinunter. »*Bonjour,* Franco. Fährst du mich ins Dorf?«

O shit. Ich klatschte mir eine Hand auf den Mund. Warum konnte Suzette denn nicht selber fahren? Durfte sich denn keiner von Qs Angestellten ohne Aufsicht bewegen? Mein Herz raste noch schneller. So vieles konnte schiefgehen – Franco konnte mich entdecken und dann würde Q mich bestrafen.

»Kein Problem. Ich brauche sowieso Zigaretten – perfektes Timing.« Francos Stimme klang freundlich, fröhlich – die Stimme eines Mannes, der ein sorgenfreies Leben führte. Offensichtlich interessierte es sein Gewissen nicht, was sein Arbeitgeber Frauen antat.

Suzette setzte sich auf den Beifahrersitz und strich ihre Uniform glatt. Franco ließ sich hinter dem Steuer nieder und der ganze Wagen wackelte. Der glänzende schwarze Anzug spannte sich um seine Muskeln und meine Hoffnungen auf eine erfolgreiche Flucht schwanden dahin.

Der Motor sprang an und das laute Brummen vibrierte in meinen Zähnen. Ich kauerte mich noch kleiner zusammen, als Franco einen Gang einlegte und der Wagen sanft ins Rollen kam. Das Knirschen der Kieseinfahrt klang furchtbar laut, aber der Springbrunnen mit den drei Pferden verschwand allmählich, als wir davonfuhren.

Je weiter wir fuhren, desto nervöser wurde ich. Das Ganze konnte furchtbar schiefgehen, aber falls es funktionierte, würde ich Q niemals wiedersehen. Seine Stimme niemals wieder hören und nie mehr seinen einzigartigen Duft riechen. Ich spürte ein scharfes Stechen tief in meinem Inneren. Ich hasste es, dass er zwei meiner Sinne besaß – vielleicht sogar drei. Er war ein Meister darin, meine körperlichen Triebe zu wecken, bis ich meinen Verstand dem erotischen Vergnügen opferte. Ich hatte genug davon, von meinem eigenen Körper verraten zu werden.

Mit jeder Umdrehung der Reifen spürte ich eine Mischung aus Ungeduld und Enttäuschung. Mein Leben würde wieder mir gehören. Mein Körper würde wieder in seinen Schlummerzustand verfallen und seine geheimen Sehnsüchte verstecken. *Aber genau das will ich ja!* Q war ein Monster in Menschengestalt – sogar er selbst wusste das, seiner Liedauswahl nach zu urteilen. Wenn er zuließ, dass mich ein Mann mit einem Messergriff vergewaltigte, wer wusste dann schon, was er als Nächstes tun würde?

Ich ballte wütend die Fäuste. Ich konnte es mir nicht erlauben, irgendetwas außer Hass für Q zu empfinden. Suzette hatte unrecht – ich empfand nichts als Ablehnung. Hoffentlich würden auch all meine Sinne nach einer gewissen Zeit wieder ganz mir gehören. Ich würde diesen ganzen Albtraum vergessen.

Meine Aufregung und Nervosität stiegen, je weiter wir uns von Stille umgeben von der Hölle entfernten und ich mich meiner Rettung näherte.

Suzette und Franco unterhielten sich nicht und ich atmete so leise und flach wie möglich. Es war ein eigenartiges Gefühl, ohne irgendetwas zu fliehen. Wie weit konnte ich ohne Geld überhaupt kommen? Ohne Kreditkarten, ohne Reisepass?

Mein Reisepass und mein Geldbeutel befanden sich in einem Hotel in Cancún. Andererseits hatte das Hotel höchstwahrscheinlich unser Zimmer geräumt, als wir nicht zurückgekehrt waren. War Brax noch einmal dort gewesen? Ich war endlich auf dem Weg nach Hause und weigerte mich, den Gedanken zuzulassen, dass er nicht dort sein könnte. Ich brauchte ihn. Lebend. Er war mein endgültiges Ziel. Wenn ich *ihn* nicht mehr hatte, zu wem rannte ich dann zurück?

Du lässt ein Leben der überwältigenden Sinnlichkeit für Bequemlichkeit zurück, Tess.

Der Gedanke erschütterte meine Seele. Ich war zwar Qs Gefangene gewesen, aber ich hatte mich noch nie so lebendig gefühlt. Sicher, er war ein Arschloch, und was er tat, war nicht legal. Aber gleichzeitig hatte er mir das Gefühl gegeben, *am Leben* zu sein.

Ich hatte diesen Albtraum mit meinen unheilschwangeren Gedanken selbst heraufbeschworen, aber Q hatte mir gezeigt, dass das Leben, das ich mit Brax führte, nicht wirklich … vollständig war. Brax behandelte mich mit liebevoller Fürsorge, aber bei ihm fühlte ich mich nie wirklich lebendig.

Auf dem Boden des Wagens, auf der Flucht vor meinem Sklavenhalter, überdachte ich mein komplettes Leben. Ich hatte mich so lange verleugnet, dass es von ganz allein passierte. Ich liebte Brax, das konnte ich nicht leugnen. Aber meine Liebe grenzte beinahe an geschwisterliche Liebe. Freundschaftliche Liebe. Eine Liebe, die niemals erlöschen würde, die mich aber auch niemals vollkommen verzehren würde. Ich liebte Brax, weil er mich in sein Leben gelassen hatte. Er wollte mich und ich hatte mich damit zufriedengegeben, anstatt den Mut zu haben, einen Mann zu finden, der meine Seele zum Singen brachte.

Schuldgefühle brachen über mich herein und drückten mich schwer zu Boden. Ich hatte mich selbst belogen und Brax damit furchtbar wehgetan. Vereinzelte Tränen tropften auf meine Wangen und ich widerstand dem Drang, laut zu schniefen. Eines wusste ich mit Sicherheit: Wenn er noch am Leben war, dann würde ich es zu meiner Lebensaufgabe machen, all das wiedergutzumachen. Ich würde die Prinzessin sein, die er sich immer gewünscht hatte. Ich würde mich um ihn kümmern, auch wenn er mich in Mexiko nicht hatte retten können.

Suzette und Franco unterhielten sich nun über Belanglosigkeiten wie das Wetter, und ich zwang mich, ihnen zuzuhören und die lähmenden Gedanken zu verdrängen. Ich konnte es mir nicht leisten, über diese traurigen Dinge nachzugrübeln. Ich musste bereit sein, jederzeit loszurennen.

Vor dem Fenster zogen Hecken und schattige Bäume vorbei, rollende Hügel und Ackerlandschaft. Alles war so malerisch und idyllisch, dass ich nur schwer glauben konnte, dass Q inmitten dieser perfekten Unschuld in solcher Finsternis lebte.

Durch die Kurven der sich schlängelnden Landstraße wurde mir übel und ich schloss die Augen.

Ich wusste nicht, wie lange es dauerte – vielleicht 20 Minuten –, bevor der Wagen schließlich langsamer wurde. Suzette fragte: »Kannst du mich in der *Rue La Belle* aussteigen lassen? Ich brauche auch nicht lange.«

Franco grunzte zustimmend und nach ein paar weiteren Kurven rollten wir in ein geschäftiges Dörfchen. Alles in mir kribbelte vor Aufregung, als ich die plaudernden Stimmen und den Verkehrslärm hörte. Meine Freiheit war so nahe.

Ich wagte es, die Augen zu öffnen. Fußgänger huschten an dem Auto vorbei und hübsche alte Häuser ragten in all ihrer französischen Pracht um uns auf. Wir hielten an und Suzette stieg aus dem Wagen. *»Merci, Franco, à plus tard.«* Bis gleich.

»Ich bin in zehn Minuten wieder am Auto.« Seine Stimme kratzte. Ich traute meinen Augen nicht, als Franco die Türen verriegelte, sich entfernte und sofort von der wuselnden Menge verschluckt wurde.

Ich lag auf dem Boden und japste in dem leeren Auto gierig nach Luft. Ich war allein!

Warte noch, bevor du wegrennst.

Mein ganzer Körper bebte vor Sehnsucht nach Freiheit, aber ich wartete eine volle quälende Minute. Dann faltete ich mich ganz langsam auf dem Boden auseinander und streckte eine Hand aus, um die Tür zu entriegeln. Ich versuchte, schnell aus dem Wagen zu klettern, bekam jedoch einen Krampf in den Beinen und fiel einer älteren Frau direkt vor die Füße. Hübsche Pflastersteine drückten sich in meinen Hintern, als ich aufblickte.

Die Frau runzelte die Stirn und schob ihre Tasche höher auf die Schulter. »*Excusez-moi*«, sagte sie, ging um mich herum und setzte ihren Weg fort.

Ich sprang auf und befahl meinen Beinen, die Krämpfe abzuschütteln, damit ich endlich davonrennen konnte.

Die geschäftige Straße sah aus wie aus einem Frankreich-Bilderbuch. Altmodische Ladenschilder baumelten vor schiefen Gebäuden mit Blumenkästen und das in großen Körben präsentierte frische Obst sah in der Wintersonne glänzend und köstlich aus. Alles war auf Französisch geschrieben und ich wusste, dass ich mich innerhalb kürzester Zeit verlaufen würde. Wo zur Hölle war ich hier? Wie weit waren wir von Paris entfernt?

Ich blinzelte verwirrt. Ich würde meine Freiheit nie wieder als selbstverständlich betrachten. Nachdem ich mehrere Wochen in einem Käfig zugebracht hatte, fühlte sich die leichte Brise auf meiner Haut ganz fremd an, die Sonne wie ein alter, lange vermisster Freund. Mein Herz machte einen Satz. *Ich bin entkommen.*

Ich wusste nicht, in welche Richtung Suzette oder Franco gegangen waren, deshalb hielt ich meinen Blick aufmerksam in die Menge gerichtet und flüchtete auf die andere Straßenseite in einen Lebensmittelladen.

»*Bonjour, ma belle*«, sagte ein älterer Mann und neigte den Kopf, als ich an ihm vorbeieilte. Beim Anblick der Reihen mit köstlichem Essen lief mir das Wasser im Munde zusammen. Es war wie eine Explosion der Eindrücke und Farben – wie ein Wunder für meine Sinne.

Unter Menschen zu sein war ein befreiendes, berauschendes Gefühl. Mir war nie wirklich bewusst gewesen, wie sehr ich es brauchte, ein Teil von etwas zu sein. Sicher, meine Unsicherheit und das Bedürfnis, gewollt zu sein, gingen auf den Mangel an elterlicher Liebe zurück, aber bis jetzt hatte ich nie darüber nachgedacht, wie sehr ich mich an der Uni tatsächlich entfaltet hatte. Ich hatte Freunde gefunden. Gute Freunde.

Meine Augen brannten, als ich an Fiona, Marion und Stacey dachte. Wir hatten zusammen studiert und die abgefahrensten Gebäude gezeichnet, die wir uns vorstellen konnten. Baumhäuser. Unterwasserhäuser. Und trotzdem kannten sie mich nicht wirklich. Ich hatte ihnen nie erzählt, was ich mir von Brax insgeheim wünschte. Selbst wenn wir uns über unsere schmutzigen Fantasien unterhalten hatten, hatte ich mich nie wirklich geöffnet und ihnen gestanden, dass ich mir wünschte, unterworfen zu werden, wenn auch nur für eine Nacht.

Mein Herz setzte einen Schlag aus. Was würden sie sagen, wenn sie erfuhren, was passiert war? Würden sie verstehen, dass mein Körper mir nicht mehr gehorcht hatte? Dass ich in der sexuellen Spannung, der ungewollten Hitze, der lähmenden Begierde in meinem tiefsten Inneren für einen Mann feucht geworden war, den ich hasste?

Das lag so weit außerhalb der Normalität, dass sie mich wahrscheinlich direkt auf das nächste Polizeirevier verfrachtet hätten, damit sie mich einem psychologischen Gutachten unterzogen.

Die Polizei.

Alle Gedanken lösten sich in Luft auf. Ich war noch nicht frei.

Ich steuerte auf das nächste Gebäude zu – ein hübsches einstöckiges Häuschen mit einem roten Huhn auf der Fassade und dem Schriftzug *Le Coq*. Der Hahn.

Ich blieb stehen. Ich hasste die Vorstellung, dass Q Suzette dafür bestrafen würde, dass sie mich hatte entkommen lassen. Ich seufzte, verfluchte mich dafür, dass ich überhaupt Loyalität für sie empfand und auch ohne Fesseln und Strichcode-Tattoos durch ein gewisses Pflichtgefühl gebunden war. Ich hielt den Atem an und mein Herz hämmerte vor Aufregung.

Trotz meiner Angst um Suzette stieß ich die Tür des Cafés auf. Die kleine Glocke über mir klingelte fröhlich und erinnerte mich daran, dass ich auf dem Weg nach Hause war. Ich konnte nicht darüber nachdenken, dass ich dadurch eine Freundschaft mit jemandem zerstörte, den ich kaum kannte.

Ich rannte direkt auf die Kasse zu.

Die freundliche mollige Frau hinter der Theke strahlte mich an. *»Bonjour, que puis-je faire pour vous?«* Was kann ich für Sie tun?

Mein Mund fühlte sich ganz trocken an und ich blinzelte hektisch. Das war es, jetzt gab es kein Zurück mehr. »Ich wurde entführt. Ich brauche ein Telefon und die Polizei.«

KAPITEL 15

REIHER

Ihre Augen weiteten sich und huschten durch das Café, so als könnte ihr einer der Gäste erklären, was hier vor sich ging. Ausgeschlossen, dass diese durchgeknallte Australierin die Wahrheit sagte.

Meine Brust hob und senkte sich panisch. Was, wenn sie mir nicht glaubte?

Ich blickte mich um und betrachtete die vereinzelten Gäste über meine Schulter hinweg. Sie glotzten mich an, als wäre ich ein Schimpanse und aus dem Zoo entwischt. Das kleine Café war eigentlich sehr heimelig mit seiner hauptsächlich in Rot gehaltenen Inneneinrichtung und den unzähligen Figuren und Bildern von Hähnen, aber auf mich wirkte es trotzdem seltsam feindselig. So als würden die Hähne jeden Moment zum Leben erwachen und mir die Augen auspicken, weil ich ihre gemütliche Mittagspause gestört hatte.

Ich hatte einer Fremden mein Herz ausgeschüttet und alles, was sie tat, war, mich anzugaffen.

»Kann ich mal Ihr Telefon benutzen?« Meine Stimme zitterte und Tränen traten mir in die Augen. Der Freiheit so nahe zu sein machte mich ganz zappelig.

Sie nickte zögerlich, hatte mich ganz offensichtlich jedoch nicht richtig verstanden. Ich entdeckte das Telefon hinter der Theke, lehnte mich über eine Platte mit Croissants und Pains au chocolat und schnappte mir den Hörer.

Meine Hände zitterten und Schauer der Aufregung jagten mir über den Rücken. Meine Finger schwebten über den Notruftasten, aber ich konnte sie nicht drücken. Ich musste zuerst eine andere Stimme hören.

Ich wählte die Nummer, die ich auswendig kannte, und Tränen strömten über meine Wangen, als sich die Verbindung aufbaute.

Es klingelte eine halbe Ewigkeit. *Bitte, nimm ab. Bitte, sei noch am Leben.*

Die Frau warf mir einen bösen Blick zu, verschwand im hinteren Teil des Cafés und tauchte kurz darauf mit einem älteren Koch wieder auf. Sie trugen beide gelbe Uniformen mit weißen Schürzen und hatten denselben »Was zur Hölle?«-Ausdruck auf dem Gesicht.

Ich wippte angespannt auf und ab und wartete darauf, dass der Anruf entgegengenommen wurde. Mir lief die Zeit davon.

Hi, hier ist Brax Cliffingstone. Ich kann gerade nicht ans Telefon gehen, aber ihr wisst ja, wie das funktioniert. Hinterlasst mir eure Nummer, dann rufe ich euch zurück. Und falls es um Leben oder Tod geht, setzt euch mit meiner Freundin Tess in Verbindung. Sie hilft euch gerne weiter. Ihre Nummer ist 044-873-4937. Bis dann!

Piep.

In meiner Brust zerriss etwas. Ich hatte meinen Namen schon so lange nicht mehr gehört. Ihn von Brax' Stimme zu hören, raubte mir sämtlichen Kampfgeist. Ich schrumpfte zu dem zahmen kleinen Mädchen zusammen, das ich vor Mexiko gewesen war, vor Q – bevor ich gewusst hatte, wozu ich wirklich fähig war.

Ich brach schluchzend zusammen. Brax' Stimme hallte in meinem Herzen wider und ließ es vor Sehnsucht vibrieren. Warum nahm er nicht ab? War er tot oder nur beschäftigt? Ich hatte so viele Fragen, aber eine Mailbox würde mir keine Antworten geben. Ich schniefte die Tränen hinunter und stammelte: »Brax, ich bin's. Ich bin ... Ich lebe noch. Ich wurde an einen Mann namens Q verkauft. Ich bin nicht verletzt und ich bin auf dem Weg nach Hause. Wenn du diese Nachricht hörst, bin ich in der australischen Botschaft und regele hoffentlich schon die Sache mit meinem Reisepass und so.«

Ich holte tief und zitternd Luft. Ich wollte ihm so vieles sagen: wie ich mich verändert und was ich durchgemacht hatte, auch wenn ich ihm niemals würde erzählen können, was Q mir angetan hatte – weil es mir niemals gelingen würde, das kranke, abartige Verlangen in meiner Stimme zu verbergen. Er hätte erfahren, dass Q mich angetörnt hatte, selbst wenn ich log und ihm versicherte, dass ich auf zahm stand. Ich hatte diese Brücke bereits abgebrannt, als ich Brax meinen Vibrator gezeigt und ihn um mehr gebeten hatte.

Die Zeit drängte – ich musste wieder auflegen. Ticktack, ticktack. Ich konnte immer noch zusammenbrechen und mich ganz langsam wieder aufbauen, wenn ich erst einmal zu Hause war.

»Brax, wenn ... wenn ich es nicht nach Hause schaffe, dann versprich mir, dass du einen Mann namens Q Mercer irgendwo in Frankreich findest. Er hat eine große Villa und Angestellte. Erzähl es der Polizei. Ich liebe dich.«

Frische Tränen strömten, als ich den Anruf beendete und sofort die nächste Nummer wählte. Der Koch, von oben bis unten mit Soßenflecken und Mehl bedeckt, riss mir den Hörer aus der Hand.

»Hey!«, fauchte ich.

Er schüttelte wutentbrannt den Kopf. »Du verbreiten Lügen. Ich glaube nicht …« Er blickte an mir vorbei. Die Tür schwang auf und die Glocke klingelte warnend.

Ich wirbelte zu Tode erschrocken herum.

O mein Gott. Franco stand im Türrahmen und die Augen fielen ihm fast aus den Höhlen. Eine Millisekunde lang war er wie erstarrt, bevor er reagierte. Dann flogen die Hände an sein Jackett und er fummelte an der Innentasche herum. Wonach suchte er? Nach einer Pistole?

Ich hatte nicht vor, es herauszufinden.

Ich rannte los.

Ich drängte mich an dem Koch und der Frau vorbei, stürmte in die Küche und dankte Gott, als ich den Hinterausgang sah. Die Tür schwang auf, als ich mit der Schulter dagegenstieß.

Die Gasse war meine Rettung und ich sprintete mit voller Kraft los. Meine wunden Knöchel jaulten auf, als ich über die unebenen Pflastersteine flog und eine weitere Gasse hinunterrannte. Ich lief im Zickzack und versuchte absichtlich, mich zu verirren, in der Hoffnung, dass auch Franco völlig die Orientierung verlieren würde.

Knurrende Schreie machten meine Hoffnung zunichte, aber ich rannte noch schneller. Ich konnte nicht wieder zurück. Ich konnte nicht. Q würde mich bestrafen und ich wusste nicht, wie viel mein Verstand noch ertragen konnte. Ich bekam vielleicht nie wieder eine Chance zur Flucht.

Ich änderte meine Richtung, stürmte auf die Hauptstraße zu und schoss aus der Gasse in den entgegenkommenden Verkehr. Menschen stoben auseinander, als ich unkontrolliert ins Schlingern geriet, heftig keuchend und mit wilder Entschlossenheit in den Augen.

Autohupen lärmten und ich kam mitten auf der Straße schlitternd zum Stehen. Ich blickte mich panisch um und versuchte, irgendjemanden – irgendetwas zu finden, das mich retten würde. Ich wagte es nicht, mich umzudrehen und nachzusehen, ob Franco mir bereits nahe war. Ich fühlte mich von Kopf bis Fuß wie ein gejagtes Tier. Jeden Moment konnte mir eine Kugel das Hirn zerfetzen und meinem Leben ein Ende bereiten wie bei einer entlaufenen tollwütigen Bestie – aber das war ich ja schließlich auch.

Ich kämpfte gegen diese nutzlosen Gedanken an und fokussierte mich ganz darauf, Rettung zu finden.

Ein Auto blieb mit quietschenden Reifen stehen und verfehlte mich nur um wenige Millimeter. Mein Herz katapultierte sich bis in den Hals – die Stoßstange hauchte meinem Knie ein bedrohliches Flüstern zu. *Scheiße, bin ich wirklich bereit, den Tod in Kauf zu nehmen, um zu überleben?*

»*Putain de merde!*« Was zur Hölle? Ein Mann mit rotbraunem Haar öffnete die Autotür und fuchtelte wütend mit der Hand in der Luft herum. »Ich hätte Sie umbringen können!«

Ich blickte ihm direkt in die Augen und ließ meinen Instinkt beurteilen, ob ich ihm trauen konnte. Konnte er mich retten? Ich rannte zur Fahrerseite und packte mit weißen Fingern die Tür. »Bitte. Bringen Sie mich zur Polizei. Ich wurde entführt.«

Ich blickte mich um und erwartete, Franco so dicht hinter mir zu sehen, dass er mich jede Sekunde packen würde. Ich war ein ungeschütztes Ziel, mitten auf einer verstopften Straße.

Der Mann betrachtete mich von oben bis unten. Seine Nasenlöcher blähten sich auf und er fuhr sich mit einer nervösen Hand durchs Haar. Die braunen Augen flackerten verwirrt und stechende Angst bohrte sich in mein Herz. Er würde mir nicht helfen.

Ich wich zurück und spannte die Muskeln an, um weiterzurennen.

Als ich gerade lossprinten wollte, rief er: »Warten Sie! Ich fahre Sie. Ich fahre Sie.« Er lief vorne um das Auto herum und öffnete die Beifahrertür.

Ich zögerte und blickte in das Innere des Kleinwagens. Stürzte ich mich hier vom Regen in die Traufe?

Wen hast du denn sonst noch, der dich retten könnte?

»Esclave!«

Mein Herz raste vor Schrecken und ich warf mich in den Wagen. »Steigen Sie ein! Steigen Sie ein!« Ich konnte kaum atmen, als Franco sich einen Weg durch die schaulustigen Passanten bahnte und den Blick die ganze Zeit starr auf mich richtete.

Endlich reagierte auch der Mann, rannte zur Fahrerseite und stieg ein. Er rammte den Schalthebel nach vorne und wir machten mit aufheulendem Motor einen Satz nach vorn. Franco knallte eine Hand auf das Dach des Autos, als wir an ihm vorbeirasten, andere Autos überholten und über den Bordstein schanzten.

Ich blickte den Mann an – meinen Retter. Sein Mund verzog sich zu einer dünnen weißen Linie, während er in Lichtgeschwindigkeit durch die Straße navigierte. Ich hätte ihn am liebsten umarmt und ihn vor lauter Dankbarkeit erdrückt.

Ich drehte mich auf dem Sitz um und schaute zur Heckscheibe hinaus. Franco hüpfte auf der Straße auf und ab und riss sich fast das schwarze Haar aus. Er brüllte irgendetwas und warf die Hände in die Luft, bevor er zu seinem geparkten Wagen zurückrannte.

Ich schnaufte heftig, drehte mich wieder nach vorn und versuchte, mich zu beruhigen. Ich hatte es geschafft. Ich war frei.

Wir sprachen kein Wort und rauschten aus der Postkartenidylle des Dorfes hinaus auf die hübsche Landstraße.

Stille lauerte im Wagen wie ein dritter Insasse. Ich starrte aus dem Fenster und vor Anspannung krampfte sich mein Magen zusammen. Ich hätte am liebsten vor Glück getanzt, aber noch war ich nicht frei. Ich musste ruhig bleiben, wachsam. Ich runzelte die Stirn. Nach drei Wochen der Folter, konnte es da wirklich so einfach sein? Ein ungutes Gefühl machte sich breit und ich biss mir auf die Lippe. Sicher konnte es nicht so einfach sein, oder?

Das GPS! In meiner Eile hatte ich Qs verfluchten Peilsender völlig vergessen. *Scheiße!* Ich hob das Bein und stellte die Ferse auf dem Sitz ab. Mit hektischen Fingern fummelte ich an der Jeans herum und schob das Hosenbein hoch, um den Knöchel freizulegen. Ich zerrte an dem Sender und versuchte mit aller Kraft, die Finger unter den Kabelbinder zu bekommen, aber er zog sich nur umso enger zu und schnitt die Blutzufuhr zu meinem Fuß ab.

Ich schnaubte vor Wut. Wie zur Hölle sollte ich das Ding nur loswerden?

Der Mann sah mich an und hob eine Augenbraue. »Was machen Sie?« Er fuhr um eine Kurve, bevor er wieder zu mir schaute. »Was ist das?«

Wir sahen einander direkt in die Augen. Sein Gesicht wirkte freundlich. Er war nicht attraktiv, aber auch nicht hässlich. Mitte 30 mit frühen Falten um die braunen Augen. Ich stufte ihn als vertrauenswürdig ein und erwiderte: »Ich brauche ein Messer oder eine Schere. Haben Sie so was in der Art?« Ich fingerte an der Fußfessel herum. Wenn ich den Fuß an meinen Mund heben konnte, dann konnte ich es mit den Zähnen versuchen. Bei der Vorstellung hätte ich am liebsten laut losgelacht – ich war entkommen, nur um mir selbst den Fuß abzunagen. Wie eine Ratte, die am Verhungern war.

Ich rechnete mit einem Nein. Ich meine, diese ganze Flucht lief ohnehin schon zu perfekt. Wer konnte schließlich schon von sich behaupten, von einem Ritter in schimmernder Rüstung fast überfahren und dann in einem klapprigen alten Volvo gerettet worden zu sein?

Ich musste wieder an Franco denken. Hatte er Q angerufen? Einen Suchtrupp nach mir losgeschickt? Q würde mich nicht so einfach gehen lassen. Er würde mich jagen, aber ich hatte nicht die Absicht, mich von ihm einfangen zu lassen.

Die Dringlichkeit ließ mein Blut schneller rauschen. Ich wünschte mir, der Fahrer würde aufs Gas drücken. Ich wollte einen Formel-1-Fahrer, keinen schläfrigen alten Opa.

Der Mann rutschte ein wenig auf dem Sitz zur Seite, trat aufs Gaspedal und fummelte in seiner Hosentasche herum. Er runzelte die Stirn, wackelte mit dem Hintern und angelte offensichtlich nach irgendetwas.

Ich beobachtete ihn ungläubig und versuchte herauszufinden, was er tat. Nach einigen unangenehmen Augenblicken lächelte er und zog die Hand wieder hervor.

Mit strahlender Miene präsentierte er ein Schweizer Taschenmesser.

Ich riss die Augen auf und nahm es mit zitternden Händen entgegen. »Danke«, flüsterte ich beinahe ehrfürchtig. Von jetzt an würde ich immer ein Schweizer Taschenmesser dabeihaben – man konnte schließlich nie wissen, wann man es mal brauchte. Ich hätte gewettet, dass er an diesem Morgen nicht aufgewacht war und erwartet hatte, dass es eine Ausreißerin dazu benutzen würde, einen Peilsender von ihrem Fuß zu schneiden.

Ich klappte eine kleine Säge aus dem roten Werkzeug, blies mir den blonden Pony aus den Augen und begann, das Plastik zu zerschneiden. Es kostete mich ziemlich viel Kraft und meine Haut war unter dem Pullover ganz klebrig, als ich es endlich durchtrennt hatte und der Sender von meinem Knöchel fiel.

In dem Moment, als er auf den Boden fiel, stieß ich einen erleichterten Seufzer aus. Der Albtraum war fast vorbei und ich war Brax wieder einen Schritt näher.

Der Mann beobachtete mich aufmerksam. Sein intensiver Blick jagte mir alarmierende Schauer über den Rücken. Ich gab ihm das Messer zurück und sah ihn mit leerer Miene an, als er es wieder an sich nahm und in seine Hosentasche zurücksteckte.

Vielleicht hätte ich es behalten sollen? *Du denkst nicht mehr klar, Tess. Vertraue niemandem.*

Er schenkte mir ein vorsichtiges Lächeln und das Leuchten kehrte in seine Augen zurück. Er umfasste das Lenkrad noch fester. »Was ist passiert?«

Ich brachte nur vier Worte heraus: »Q Mercer ist passiert.« Dann übermannte mich die Erschöpfung und allein der Gedanke daran, all das noch einmal zu durchleben, war zu viel für mich. Ich konnte nicht darüber sprechen. Ich würde vielleicht niemals bereit sein, darüber zu reden, und das war in Ordnung für mich. Diese ganze Geschichte würde zu einem unausgesprochenen Augenblick verkümmern und in Vergessenheit verblassen.

Ich kauerte mich zusammen und bekam vor lauter aufsteigenden Gefühlen kaum noch Luft. So nah … so nah.

Mir wurde ganz schwer ums Herz, als das Adrenalin in meinem Blut versiegte. »Ich muss einfach nur zur Polizei.«

Er nickte. Das Licht der Nachmittagssonne fiel durch die Windschutzscheibe und brachte das Rot in seinem Haar zum Leuchten. »*Pas de problème.*«

Ich schenkte ihm ein wässriges Lächeln, lehnte mich zurück und freute mich auf die Zukunft.

Das Geräusch von Kies unter den Reifen ließ mich hochschrecken. Panik schlug mir entgegen wie ein alter Feind. *Kies – bitte sag mir, dass wir nicht wieder bei Q sind.*

Ich setzte mich kerzengerade auf und blinzelte aus dem Fenster. Adrenalin und nervöse Hitze ließen meinen Atem schneller gehen. Ich war inzwischen so sehr an das alles überschattende Gefühl der Todesangst gewöhnt, dass ich mich ernsthaft fragte, ob ich mich jemals wieder sicher fühlen würde.

Es war dunkel und weit und breit waren keine Menschen oder Häuser zu erkennen. Nichts als bedrohliche Finsternis. Ich funkelte den Mann misstrauisch an, der mich hatte retten sollen, und versuchte, das alles zu begreifen.

Er grinste und ging vom Gas. Erneut schaute ich ungläubig aus dem Fenster. Wo waren die grellen Lichter des Polizeireviers? Die tröstlichen Geräusche anderer Menschen?

Die Bremsen quietschten und er grinste mich weiter aus dem Schatten an. »Komm mit mir.«

»Aber das ist keine Polizeiwache.«

Er lachte. »Nein. Wir gehen nicht zur Polizei. Aber du bist trotzdem zu Hause.«

Meine Welt hörte auf sich zu drehen. Ich glotzte ihn an. Das meinte er nicht ernst. Das *konnte* er nicht ernst meinen. Das konnte nicht passieren. Das konnte es einfach nicht. Hatte ich in Mexiko und mit Q nicht schon genug durchgemacht?

Glühende Wut kochte in mir hoch und ich sah nur noch rot. Ich würde nicht zulassen, dass das passierte. Ich stieß die Tür auf und ließ mich aus dem Wagen fallen.

»*Hey, arrêtez!*« Der Mann fummelte an seinem Sicherheitsgurt herum, aber er kam zu spät. Ich war bereits auf den Beinen und rannte los.

Er brüllte mir Obszönitäten hinterher und seine Flüche züngelten an meinen Fersen und ließen mich nur noch schneller laufen. Ich drehte panisch den Kopf hin und her und suchte nach Rettung, nach irgendetwas, wohin ich fliehen konnte. Aber ich war von nichts als rollenden Hügeln und einem Flickenteppich aus Ackerland umgeben, die mich sicherer gefangen hielten als jeder Stacheldraht. Ich wusste ja noch nicht einmal, wohin er mich gebracht hatte. Ich hätte meilenweit rennen und niemals Hilfe finden können.

Mein Herz tat weh, aber ich trieb meinen Körper an die Grenze der Belastbarkeit und darüber hinaus. Ich rannte an einer Reihe hoher Pinien vorbei und mir blieb der Mund offen stehen.

Das weitläufige Gelände eines Landsitzes erstreckte sich vor mir im Mondlicht. Mit seinen Bogenfenstern und dem toskanischen Stil wirkte die Villa beinahe einladend, aber mein Instinkt trommelte wie ein Warnsignal in meiner Brust. Das *Böse*. Das Haus stank regelrecht nach dem Bösen.

Ich stürmte nach rechts und rannte so weit von dem Anwesen weg, wie ich konnte. Ich erreichte einen Holzzaun und kletterte darüber. In dem Moment, als meine Füße wieder den Boden berührten, schwang ich wie wild mit den Armen und beschleunigte. Die Schmerzen meiner Prellungen und Rippen waren bedeutungslos – Weiterrennen war das Einzige, was zählte.

Ich stolperte durch die Dunkelheit. Das einzige Licht lieferte der silberne, dralle Mond. Mein Knöchel streifte eine Ackerreihe erntereifer Kartoffeln. Ich blickte mich um – ein Kartoffelfeld reihte sich in einem riesigen Teppich aus Erde ans nächste.

Renn weiter!

Meine Atmung kratzte in der Stille der Nacht und meine Beine brannten wie Feuer, aber ich wurde nicht langsamer. Ich hetzte über die Kartoffelreihen wie eine von einem Löwen gejagte Gazelle.

Nur noch ein Stückchen weiter, dann würde mich die Nacht vollkommen verbergen und ich konnte woanders Hilfe finden. Doch in Wahrheit starb mein Glaube an die Menschheit einen grausamen Feuertod, während ich weiterrannte. Mein ganzes Leben lang hatte ich an das Gute im Menschen geglaubt und nie nach der Dunkelheit in mir selbst gesucht. Aber jetzt hasste und verdächtigte ich alles und jeden. Ein weiterer Teil in mir war zerbrochen: meine Fähigkeit, zu vertrauen.

Eine Gestalt tauchte in meinem Augenwinkel auf und ich stieß einen Schrei aus. Ein fester Körper knallte gegen meinen und warf mich auf den Acker. Der Geruch von Erde schlug mir ins Gesicht und eine Welle des Schmerzes jagte durch meinen Körper.

Schwerer Atem drang in mein Ohr. Ich wehrte mich mit aller Kraft und wir rollten über das Feld und wälzten uns im Dreck. Ich versuchte zuzubeißen, fand jedoch nichts in Reichweite meiner Zähne.

Ich war diesem neuen Biest nicht gewachsen. Es ragte wie ein Fels in der Nacht über mir auf – doppelt so groß wie Q. Angst zerschnitt mir das Herz, als raue, wütende Hände nach mir griffen.

Das Biest zog mich auf die Beine und funkelte mich mit schwarzen Augen an. »Hallo, Schätzchen.«

Ich fauchte und trat um mich. »Lass mich los.«

Der Mann warf den Kopf in den Nacken und lachte schallend. Schütteres braunes Haar und Falten im Gesicht sprachen dafür, dass er ungefähr Mitte 50 war. Sein Körper zeigte jedoch nicht den typischen Bauchansatz des Alters – er platzte fast vor kompakter Muskelkraft. Es kostete ihn kaum Energie, mich über das Feld zu zerren, so als wäre ich nichts weiter als ein Floh. Ich hörte auf, mich zu wehren. Diesen Kampf hatte ich verloren, aber ich würde mir meine Kräfte für die nächste Schlacht aufsparen.

Mein Fahrer wartete über den Holzzaun gebeugt auf uns. Er grinste anzüglich, als Biest mich hochhob und mir über die Latten half. Fahrer fing mich auf, fuhr mit widerlichen Händen über meine Rippen und strich mir seitlich über die Brüste. »Nett von dir, dass du versucht hast, wegzulaufen. Wir freuen uns immer über eine kleine Jagd.«

Ich senkte den Blick und betrachtete meine dreckverschmierten Kleider. Ich betete darum, wieder in der Leere verschwinden zu können, in der Wolke aus Gleichgültigkeit, aber sie zeigte sich nirgendwo. Mühelos schleppten sie meinen zappelnden Körper zu dem toskanisch inspirierten Haus. Mein Geist verurteilte mich dazu, bei vollem Bewusstsein zu durchleben, was immer als Nächstes auf mich zukommen würde.

Biest schubste mich durch die Haustür und ich erschrak, als sie mit einem lauten Knall ins Schloss fiel. Meine Kehle fühlte sich ganz ausgedörrt an – unzählige Schlösser sicherten den Ausgang. Es sah aus wie in einem Bunker. Irgendjemand traute hier offensichtlich einem einzelnen Riegel nicht und brauchte auch noch eine Kette und einen Balken. Was zur Hölle trieben sie hier drin? *Nein, beantworte das nicht.*

Ich gab mir alle Mühe, nicht in Panik zu verfallen, aber meine Atmung ging immer schneller.

Biest bewegte sich flink und bescherte mir noch mehr blaue Flecken an den Armen, als er mich immer tiefer ins Haus zerrte. Die Zimmer zeugten von unaufdringlicher Eleganz und Geld, aber die Kronleuchter waren mit Spinnweben überzogen und die unbenutzten Möbel mit Staub bedeckt. *Was zur Hölle ist das hier für ein Ort?*

»Warum tut ihr das?«, fragte ich, als der Mann eine Tür öffnete und mich in ein Zimmer stieß. Mir klappte die Kinnlade herunter.

Der Ballsaal des verfallenden Hauses war in ein sadistisches Spielzimmer verwandelt worden. Stuckverzierungen in Form von Rosen und Engeln lächelten auf ein endloses Sammelsurium aus verstaubten Riemen, Peitschen, Fesseln und so vielen Spielzeugen herab, dass wir uns auch in einem Sexshop hätten befinden können. Zwei der riesigen Wände waren komplett verspiegelt.

Ich wandte unwillkürlich den Blick ab. Ich konnte die Vorstellung nicht ertragen, von zwei Männern in die Falle gelockt worden zu sein. Mein Leben lag in den Händen des Teufels und ich hatte es mir auch noch selbst eingebrockt! Ich war vor Q geflohen. Ich war dumm gewesen. So verdammt dumm!

Biest packte mich am Kinn und zwang mich, in seine schwarzen Augen zu blicken. »Ich tue es, weil es höchste

Zeit ist, dass dieser Mistkerl Mercer mir 'ne Muschi rüberwachsen lässt. Er glaubt, er könnte einfach aufhören, mit Weibern zu handeln? Zu dumm nur, dass er immer noch Kunden hat. Und Kunden haben Bedürfnisse.«

Meine Welt stürzte ein. Das konnte nicht wahr sein. Q war vieles, aber ich konnte mir einfach nicht vorstellen, dass er Frauen teilte, mit ihnen handelte oder sie verlieh. Eine entsetzte Stimme in mir fragte sich jedoch, ob er so sein Geld verdiente. Wohin verschwand er den ganzen Tag über? Versteckte er noch weitere Mädchen im Haus, die benutzt und missbraucht wurden?

Ich schüttelte den Kopf. Q hasste sich für das, was der russische Hinterwäldler mir angetan hatte. Seine Entschuldigung war aufrichtig und schmerzerfüllt gewesen. Er konnte nicht solche Gefühle haben und gleichzeitig ein Menschenhändler sein. Das ergab keinen Sinn!

Fahrer fügte hinzu: »Dieser Wichser Mercer hat uns eine Menge zu erklären – und wir werden uns diese Erklärungen einfach bei dir holen.« Er leckte sich über die Lippen. »Als du mir gesagt hast, dass du vor ihm davongelaufen bist, konnte ich mein verfluchtes Glück gar nicht fassen! Er hat uns angelogen und jetzt wirst du dafür bezahlen.«

Ich winselte, als Biest mich am Nacken packte und mich in Richtung der riesigen Matratze auf dem Boden stieß. Ich fiel darauf und hustete, als mich eine Staubwolke einhüllte. Meine Augen brannten, aber ich weigerte mich, Tränen fließen zu lassen.

Die Männer lachten und schlugen sich gegenseitig auf die Schulter, so als würden sie gleich bei einem Date zum Zug kommen. Die Welt war vom Bösen infiziert. Ich hasste sie. Hasste, hasste, *hasste* sie!

Ich funkelte sie an. »Ich bin kein Objekt, an dem ihr Rache üben könnt. Wenn ihr ein Problem mit Q habt, dann tragt die Sache mit ihm aus!«

Biest lachte und klopfte sich auf die fleischigen Oberschenkel. »Oh, Schätzchen. *Du* bist die perfekte Rache.« Er zog die braune Jacke aus und ließ sie auf den Boden fallen. »Aber ich bin neugierig. Wie viele Mädchen hat er denn jetzt?«

Ich presste die Lippen zusammen. Q hatte mich getäuscht und mich in dem Glauben gelassen, ich sei seine einzige Sklavin – sein einziges Spielzeug. Einmal mehr bohrte sich Eifersucht in mein Herz. Alles, was Q mir weisgemacht hatte, war eine Lüge gewesen. Ich kümmerte ihn nicht. Er hatte keine Gefühle und er handelte mit Frauen. Er war noch schlimmer als die Männer, die mich entführt hatten – wenigstens zeigten sie ihre wahren Gesichter. Q war ein Chamäleon und sehr geschickt darin, die Wahrheit zu verbergen.

Fahrer ging zu einem der Regale hinüber und wählte einen Flogger aus. Mein Herz raste, als er die Riemenpeitsche in seiner Hand schnalzen ließ und ihre Kraft testete. Dann schnappte er sich zwei Päckchen aus einer staubigen Schale und warf eines davon Biest zu.

Der nickte. »*Merci.*« Dann richtete sich sein Blick wieder auf mich und verdunkelte sich. Ich konnte ihn nicht zur Vernunft bringen, weil nichts von seiner Seele übrig war. Ich wusste mit absoluter Sicherheit, dass sie mich anschließend töten würden. Ich wünschte mir, sie würden mich gleich umbringen, bevor sie mich völlig zerstörten.

Fahrer stellte sich hinter mich. Ich wandte mich ab. Ich hasste seine Nähe.

Die Luft schien dicker zu werden. Für einen flüchtigen Moment erstarrten wir alle drei, gefangen in einem winzigen Fenster der Normalität – und dann endete mein Leben zum dritten Mal.

Biest warf sich auf die Matratze, die unter seinem massigen Körper ächzte. Sämtliche Luft wich aus meiner Lunge. Ich kreischte, als Fahrer seine Hände in meinen Haaren vergrub und so fest daran zog, dass ich keine andere Wahl hatte, als mich auf die ranzige Matratze zu legen. Meine Kopfhaut brannte, aber er zog noch fester. »Gehorche, Schlampe.«

Biest verschwendete keine Zeit und stieg auf mich. Sein ganzer Körper war so abstoßend, dass ich würgen musste. Sein Atem war sauer und stank nach Zigaretten. Er riss meine Beine auseinander, als wären es Streichhölzer. Er sah aus wie ein mächtiges Gnu, das mich besteigen und zu Tode rammeln würde.

Mein Brustkorb hob und senkte sich, und vor meinen Augen flirrten schwarze Punkte. Ich hyperventilierte. »Aufhören!«

Die Männer lachten. »Bettle ruhig weiter, Schätzchen. Wir mögen es, wenn du schreist.«

O Gott. O Gott. Es würde wirklich passieren. Nicht der kleinste Funke Menschlichkeit glomm in ihren Augen. Es war niemand hier, der mich retten konnte. Kein Brax. Kein Q.

Nur ich, zwei Dreckschweine und ein leeres Haus.

Ich wimmerte und kniff die Augen ganz fest zusammen, als Biest meine Jeans aufknöpfte und sie mir vom Leib riss. Er tat dasselbe mit meinem Slip, während ich die Handgelenke von Fahrer zerkratzte und ihn dazu zu bringen versuchte, mein Haar loszulassen.

Er knurrte, löste eine seiner Hände und verpasste mir eine kraftvolle Ohrfeige. Die Handfläche traf mit solcher Wucht auf meine Wange, dass der Knall im ganzen Raum widerhallte. Er schlug mich erneut, und diesmal flossen die Tränen. Dann ließ er die Hand sinken, schob sie unter mein T-Shirt und quetschte meine Brust so fest, dass ich nur noch Sterne sah.

Ich wollte stumm bleiben und ihnen nicht die Genugtuung geben, dass ich sie anflehte, aber die Worte schluchzten nur so aus mir heraus. »Bitte. Ich will einfach nur nach Hause. Du wolltest mir doch helfen!«

Fahrer lachte bösartig und zog mit einem brutalen Ruck an meinem Haar. »Oh, wir werden dir auch helfen.«

Ich machte den Fehler, ihm in die Augen zu schauen. Darin lagen nichts als animalische Lust und düsteres Vergnügen angesichts meiner Qualen. Was hatte Q diesen Männern getan, dass es sie so glücklich machte, eine Frau zu zerstören? Warum musste ich für seine Sünden bezahlen?

Fahrer schlang eine Hand um meine Kehle, drückte mich nach unten und erstickte mich beinahe.

Verschwinde, Tess. Finde diesen Ort. Beeil dich!

Biest spuckte sich auf die Finger und schob sie zwischen meine Beine. Dann zog er die Stirn in Falten und grummelte: »Sie ist so scheißtrocken wie 'ne Nussschale.«

In meinem Kopf explodierten Gedanken an Brax. Bei Brax war ich auch immer trocken gewesen. Aber Q … Q machte mich feucht. Er sprach meinen Körper an, trotz meines Hasses. Ich hatte mich tatsächlich selbst gebrochen – ich brauchte dazu keine Männer, die mich folterten. Ich hatte es in jeder Nacht selbst getan, als ich in die Pubertät gekommen war.

Ich verwelkte innerlich vor Schrecken, als Biest seinen Speichel in mich hineinzwang. Seine Finger schabten und rissen. Meine Trockenheit bedeutete Schmerzen … Qualen.

Wenn mich jemand vor die Wahl gestellt hätte: Das hier oder eine Pistole – ich hätte die Pistole gewählt.

Wie hatte ich nur glauben können, dass ich dominiert werden wollte, befehligt? Die naive Vergewaltigungsfantasie war kein Spaß mehr. Sie war weder sexy noch heiß. Das hier war eine echte Vergewaltigung und sie würde mehr zerstören als nur meinen Körper. Sie würde mich endgültig in eine Million winziger Teile zerbrechen, die sich nicht wieder zusammensetzen ließen.

Biests Finger stießen noch härter in mich hinein und seine dreckigen Fingernägel zerkratzten mein Innerstes. Ich warf den Kopf zur Seite und ignorierte mein reißendes Haar.

Das Ratschen von Folie hallte wider und meine Atmung ging schneller – eine leise Totenklage in meiner Brust.

Fahrer schlug mir ins Gesicht. »Halt die Klappe. Das wird dir gefallen, Schlampe. Und dann bin *ich* dran.«

Ich machte die Augen auf. Großer Fehler.

Biest hatte seinen Schwanz ausgepackt und rollte ein schleimiges Kondom darüber. Der Geruch von Latex erfüllte die Luft und ich musste würgen. Ich versuchte, die Beine zusammenzudrücken und meine Knie aneinanderzupressen.

Fahrer lachte hässlich und reichte Biest den Flogger über meinen Kopf hinweg. »Benutz den. Heiz sie damit an.«

Die Lippen von Biest verzerrten sich zu einem grausamen Lächeln. »Ah, Schätzchen. Ich werd's dir so richtig besorgen.« Er holte mit der Peitsche aus und schlug zu.

Das Leder biss sich in meinen nackten Schenkel, über den sofort heißes Blut strömte. Ich biss mir auf die Lippe und versuchte mit aller Kraft, mir vorzustellen, ich wäre tot.

Biest schlug mich noch einmal. Und noch einmal. Jeder Peitschenhieb zerstörte etwas in mir: meine Hoffnungen, meine albernen Gedanken an Flucht, meine Liebe zu Brax, meinen Hass auf Q – alles vermischte sich in einem einzigen Kessel der schmutzigen Gefühle und sog mich immer tiefer in die Dunkelheit hinab. Mein Kampfeswille, auf den ich so stolz gewesen war, löste sich in Luft auf und ich schrumpfte immer weiter zusammen. Jeder Hieb entblößte mich ein bisschen mehr. Ich verlor mich selbst. Ich wusste nicht mehr, wer Tess war – und ich wollte es auch gar nicht mehr wissen.

Dann verebbten die Peitschenhiebe plötzlich und Biest riss meine Beine auseinander. Er spuckte sich erneut auf die Finger und rubbelte brutal an meinen Schamlippen.

»Bitte …«, stöhnte ich. »Nicht.«

Er lachte nur und positionierte sich zwischen meinen Beinen. »War das ein Flehen, Schätzchen? Du willst mich?«

Fahrer keuchte heftig in mein Ohr und zerrte voller Erregung an meinen Haaren. »Ich glaube, sie bettelt, dass du sie endlich fickst. Du gibst ihr besser, was sie will.«

Bitte, lass mich in Vergessenheit sinken. Ich würde das hier nicht überleben. Mein Geist klirrte bereits wie gesprungenes Glas.

Biest schob sich näher und streifte mich mit seinem dicken Ständer. Mein Körper revoltierte, mir drehte sich der Magen um und Tränen strömten über meine Wangen. *Nein, nein, nein.*

Er schnaubte und bohrte sich in mein Innerstes. Mein Fleisch stieß ihn ab und lehnte sich brennend gegen die Gewalttat auf.

Mit rammenden Hüften versenkte er sich immer tiefer in mir. Sein Kopf kippte nach vorne, als ihn ein Schauer erfasste, und er grinste Fahrer dreckig an. »Sie ist verdammt eng. Die wird dir gefallen.«

»Beeil dich«, knurrte Fahrer. Er zwang seine widerwärtigen Finger in meinen Mund. Sie schmeckten nach Säure und Metall.

Während er meinen Mund mit den Fingern fickte, stieß Biest unablässig hart mit den Hüften zu und rammte seinen Schwanz immer wieder brutal in mich hinein. Sein Körper bebte gewaltig und sein schwerer Atem schlug auf mein Gesicht nieder, ekelhaft und ranzig.

Ich versuchte, das alles auszublenden. Ich wollte Fahrer in die Finger beißen – ich wollte mich wehren. Aber ich war zu einem Stück Fleisch reduziert worden.

Meine Ohren dröhnten und der ganze Raum verschwamm wie im Delirium. In den Spiegeln konnte ich den nackten Arsch von Biest sehen, während er mich fickte. Meine Augen geisterten durch den Saal. Fahrer ragte mit einem Ausdruck des Wahnsinns auf dem Gesicht bedrohlich über mir auf.

Ein lauter Knall drang von irgendwo aus dem Haus zu uns und Biest geriet aus dem Rhythmus. Ich kniff die Augen zusammen. Ich wollte es nicht sehen, falls noch mehr Männer kamen und ich in ein endloses Fegefeuer verbannt wurde. Ich wollte meine Augen nie wieder öffnen.

Ein weiterer Knall, gefolgt von einem Luftstoß. Der widerliche Schwanz von Biest glitt aus mir heraus und sein Gewicht hob sich von mir. Fahrer riss an meinen Haaren, stieß einen jähen Schrei aus und ließ mich los.

Gebrüll und Geschrei schwollen im Raum an; ich öffnete die Augen.

Drei Männer in Anzügen schlugen auf das zu einem Ball zusammengekauerte Biest ein. Die Jeans hing an seinen Knöcheln, die Arme legten sich um seinen Kopf. Sie ließen einen Schlag nach dem anderen auf ihn herabregnen und ich zuckte zusammen, als einer von ihnen ihm mit solcher Wucht gegen den Kiefer trat, dass sein Kopf nach hinten flog und Zähne heraussprühten.

Ich ballte die Fäuste und genoss die Vergeltung und die Schmerzen, die Biest litt.

Fahrer war vor einer der Spiegelwände an das Regal mit den Peitschen und Handschellen gefesselt und wurde von weiteren Männern verprügelt. Sein Kopf baumelte auf den Schultern und Blut glänzte an einer Schläfe.

Mein Herz sprang förmlich aus meinem gepeitschten, schmerzenden Körper, als Q den Raum betrat. Er bewegte sich mit wütender Eleganz, die Fäuste geballt, der Kiefer angespannt. Aber seine Augen … ich hatte noch niemals solch geballte Rage gesehen.

»*Putain de bâtards*«, spuckte er aus, zog eine Pistole hinten aus dem Hosenbund und ging auf Biest zu, der winselnd auf dem Boden lag. »Du fasst eins meiner Mädchen an und bildest dir verflucht noch mal ein, du würdest das überleben?«

Biest streckte eine Hand nach ihm aus und sah ihn mit flehenden Augen an. »Wir haben uns nur genommen, was wir von Ihrer Familie schon immer bekommen haben. Nichts weiter.« Blut und Spucke flogen aus seinem übel zugerichteten Mund.

Q schloss die Augen und wurde von einem Schauer geschüttelt. Dann sah er Biest mit funkelnden Augen an und in seinem Gesicht wüteten so viele Emotionen, dass es wehtat. »Betrachte dies als Bezahlung für die Vergangenheit und die Gegenwart.« Er drückte auf den Abzug und das Biest hörte auf zu existieren. Sein Hinterkopf explodierte in einem Schwall aus Rot und ich krabbelte von ihm weg und kauerte mich auf der Matratze zusammen.

Q drehte sich mit Furcht einflößender Gelassenheit zu mir um. »Ah, *esclave*.« Er kam näher und steckte die Waffe wieder weg. »Das hätte nicht passieren sollen.«

In jenem Moment, in meinem zerbrechlichen und zerstörten Zustand, veränderten sich meine Gefühle für Q. Er verwandelte sich von einem Monster in meinen Retter. Er hatte getan, was Brax in Mexiko nicht getan hatte: Er hatte mich gefunden. Er hatte für mich *getötet*. Er hatte mich aus diesem Schrecken gerettet und mich vor den Dreckschweinen beschützt, die mir wehgetan hatten.

Q war nicht länger der Teufel.

Er war mein Meister und ich gehörte ihm.

KAPITEL 16

TAUBE

Q murmelte irgendetwas auf Französisch und trug mich durchs Haus.

Er fand eine Decke, wickelte mich hinein und sprach so zärtlich auf mich ein, als könnte ich jeden Moment wieder davonlaufen. Seine Berührungen waren federleicht, als er mich in die Arme nahm, aber in seinen Augen loderte die Wut. Sein Zorn war Furcht einflößend, aber ich ließ zu, dass er mich trug, umsorgte – beschützte.

In seinen Armen fand ich den Trost, nach dem ich mich sehnte. Sein schwerer Herzschlag beruhigte mich mehr als tausend Worte und ich schmiegte mich an seinen Hals und verlor mich in Zitrus und Sandelholz. Q hatte mich gesucht und gefunden. Q wollte mich.

Seine Wachmänner blieben zurück, um sich um die Leichen zu kümmern. Ich begann zu zittern. Qs Armmuskeln spannten sich unter meinem Gewicht an und er hielt mich noch fester. »Es ist vorbei. Du musst keine Angst mehr haben«, flüsterte er. »Ich werde jeden töten, der dir wehtut.«

Die Wahrheit strahlte hell in seiner Stimme. Ich glaubte ihm, absolut und zweifelsfrei. Q hatte etwas für mich getan, das noch nie jemand für mich getan hatte: mich beschützt. Er hatte härter um mich gekämpft, als meine Eltern es jemals getan hatten, und Brax' Stärke auf beschämende

Weise in den Schatten gestellt. Q hatte nach mir gesucht, als würde ich ihm alles bedeuten, und mir gezeigt, wie einsam und verloren ich wirklich gewesen war.

Wir verließen das Haus und erfrischend kalte Nachtluft umhüllte uns. Franco reagierte sofort und öffnete die Hintertür des Wagens. Q stieg ein und hielt mich dabei die ganze Zeit in den Armen.

Auf der kompletten Fahrt zurück zur Villa sagte niemand ein Wort. Q hielt mich einfach nur fest und ich war ihm dankbar dafür. Er ließ zu, dass ich seinen wunderschönen grafitgrauen Anzug mit salzigen Tränen durchnässte, als ich noch einmal durchlebte, was sie mir angetan hatten. Er drückte mich ganz fest an sich, weil ich dabei so heftig zitterte, dass meine Zähne klapperten.

Ich hasste meine Starrköpfigkeit, meinen Kampfeswillen. Ich war daran schuld. Nur wegen meiner Dummheit war ich in eine Situation gestolpert, an der ich zerbrochen war.

Die Fahrt schien eine Ewigkeit zu dauern und doch nach einer Mikrosekunde vorbei zu sein. Als wir die Einfahrt zu Qs atemberaubendem Zuhause entlangrollten, küsste er meine Schläfe und flüsterte: »Du bist in Sicherheit.«

Die vier kleinen Worte schossen direkt in mein Herz und veränderten mich unwiederbringlich. Sie öffneten sämtliche Schleusen. Alles, was ich wusste, löste sich auf. Alles, was ich gewesen war, verwandelte sich in nichts. Die Tess, die Brax geliebt und die um ihre Flucht gekämpft hatte, verschwand. Sie war Qs Schutz nicht wert. Sie war es nicht wert, von einem Mann gerettet zu werden, der für sie getötet hatte.

Q hatte recht: Bei ihm war ich in Sicherheit. Er machte es mir so leicht. Ich konnte gar nicht mehr begreifen, warum ich überhaupt weggelaufen war. Ich war aus Qs Sicherheit geflohen, und Ungeheuer hatten mich in der Finsternis gefunden.

Mein Herz weinte bei dem Gedanken an das, was ich getan hatte. Dann erinnerte ich mich daran, dass ich Qs Namen auf Brax' Mailbox hinterlassen hatte, und wurde von einem Angstschauer geschüttelt.

Ich war schwierig und starrsinnig gewesen, aber Q wollte mich trotzdem – er war mir sofort nachgejagt. Ein seliges Glücksgefühl wärmte mich innerlich, weil ich endlich jemanden gefunden hatte, der mich nie mehr gehen lassen würde. Seine Gründe waren vielleicht düster und falsch, aber zu wissen, dass er mich immer finden würde, bescherte mir inneren Frieden und gab mir die Kraft, mit der Vergewaltigung fertigzuwerden.

Q hatte mir vieles angetan, aber er hatte mich niemals gebrochen. Er bot mir Dinge, nach denen mein Körper verlangte, ohne dass ich gewusst hätte, was für Dinge das waren.

Er war mein Zuhause. Mein Meister. Mein neues Leben.

Meine Vergangenheit definierte mich nicht. Die grauenvolle Vergewaltigung definierte mich nicht. Q definierte mich – und er wollte mich als seine *esclave*.

Warum hatte ich das vorher nie so klar erkannt? Eine riesige Last hob sich von meinen Schultern. Ich stieß ein Seufzen der vollkommenen Unterwerfung aus.

Q bewegte sich, blickte zu mir herab, aber ich kuschelte mich noch enger an ihn und sah ihn nicht an. Ich musste all das bei ihm wiedergutmachen. Ich musste mich entschuldigen, damit er mich nie wieder wegschickte und der Gnade der Welt auslieferte.

Der Wagen blieb stehen und Franco öffnete die Tür. Q hielt mich fest in seinen Armen und trug mich ins Haus.

Als sich die Tür hinter uns schloss, wurde ich von Zufriedenheit überflutet. Zuhause.

Suzette eilte aus der Lounge zu uns. Sie sah mich in Qs Armen und schlug mit tiefer Erleichterung die Hände auf die Brust. »*Oh, dieu, merci.*«

Er gab Suzette mit einem Nicken zu verstehen, sie solle näher kommen. Sanft strich sie mit einer Hand über meinen in die Decke gewickelten Körper. »Ich bin so froh, dass Q dich gefunden hat. Du bist jetzt ein Teil dieser Familie, *mon amie*. Lauf nicht mehr weg.«

Ich zuckte am ganzen Körper. *Mon amie*. Suzette nannte mich ihre Freundin.

Neue Tränen strömten, weil ich so selbstsüchtig gewesen und geflohen war. Brax brauchte mich nicht mehr, aber Q und dieses neue Leben schon.

Er räusperte sich und stieg die Stufen hinauf. Suzette sah uns nach.

Ich erwartete, dass Q mich in mein Zimmer bringen würde, aber im ersten Stock wurde er langsamer und öffnete eine Tür. Meine Augen weiteten sich vor Staunen – er trug mich in den unglaublichsten Raum, den ich jemals gesehen hatte.

Die Wände zierte der lebensgroße Schattenriss eines Karussells mit einem tanzenden Pony, einer Kutsche, einem tänzelnden Bären und einem aufsteigenden Adler. Die Schwarz-Weiß-Bilder dieser Rummelplatzszene hätten kindisch wirken müssen, aber sie verliehen dem Zimmer eine ganz besondere Eleganz und eine ungewöhnliche Note, die gut zum Rest des Schwarz-Weiß-Themas passte. Ein Himmelbett mit weiß lackierten Pfosten und breiten, silbernen Vorhängen hieß mich willkommen, aber Q steuerte nicht auf das Bett zu. Er ging ins Badezimmer, in dem schillernde Fliesen, eine Dusche in Doppelgröße und eine Whirlpool-Wanne warteten.

Er ging direkt auf die Dusche zu, wo er mich vorsichtig absetzte. Er ließ mich los, aber ich klammerte mich weiter an seinen Schultern fest. Er war der Grund dafür, dass sich meine Gedanken nur noch um ihn drehten – und nicht um das, was passiert war. Ich verlor mich in Verdrängung und weigerte mich, mich mit dem zu befassen, was geschehen war. Ich scheute vor der Erinnerung zurück, ließ zu, dass sie in mir gärte und sich immer dickere Schichten aus Unsicherheit, Schmerzen und überwältigender Trauer bildeten.

Mein Leben war nicht mehr perfekt – ich hatte es zerstört, als ich weggelaufen war. Ich sehnte mich schmerzlich danach, dass Q mir verzieh. Und mir sagte, dass er nicht zulassen würde, dass ich je wieder weglief.

Er sah mir direkt in die Augen. Das Blassgrün in seinen trübte sich ein und Traurigkeit schimmerte darin. Stilles Verständnis legte sich zwischen uns. Er fasste hinter mich und drehte die Dusche auf.

Sofort regnete warmes Wasser aus zwei mächtigen Duschköpfen auf mich herab und drang wie heiße Nadeln durch meine Kleidung. Ich neigte den Kopf nach oben und hieß jeden einzelnen brennenden Tropfen willkommen. Sie reinigten meine Haut vom Schmutz der Tragödie.

Q wickelte mich aus der Decke und warf sie aus der Dusche. Dann nahm er den Saum meines Pullovers und zog ihn mir über den Kopf.

Sein makelloser Anzug verfärbte sich dunkel, als die Nässe in Kaschmir und Seide kroch. Er würde ihn ruinieren, wenn er in der Dusche blieb. Aber es schien ihn nicht zu kümmern, dass der exquisite Stoff irreparable Falten und Flecken bekam. Q konzentrierte sich ausschließlich auf mich. Seine Hände bewegten sich schnell und sicher, seine Miene war verschlossen und fokussiert. Aber seine Augen … In seinen Augen glühten wilde Entschlossenheit und eine Wut, die Angstschauer durch meinen Körper jagte.

Er warf den Pullover auf den Boden und seine Augen wanderten zu meiner Brust. Der weiße BH war transparent geworden und meine Nippel wurden ganz hart unter seinem Blick. Er spannte den Kiefer an, senkte den Kopf und ließ den Blick über meinen Körper wandern, über meine Nacktheit und zu dem roten, wunden Zickzackmuster auf meinen Schenkeln.

Die Striemen des Floggers zischten unter dem heißen Wasser und ich wünschte mir, Q hätte die Augen abgewandt. Ich war beschädigt – ich war keine hübsche Sklavin mehr. Vielleicht würde er mich ja doch wegschicken.

Er fuhr mit einer flüsterzarten Fingerspitze über eine der Wunden. Ich zuckte zusammen und Tränen strömten, als die Erinnerung sich auf mich stürzte. Die Dusche verwandelte sich in die verrottende Pracht der Toskana-Villa, Qs Berührungen in bösartige Brutalität. Ich schnappte nach Luft und versuchte, mich an die Gegenwart zu klammern. Ich weigerte mich zuzulassen, dass mich diese Albträume in die Dunkelheit rissen.

Q verzerrte das Gesicht und umfing meine Wangen mit glühenden Händen. »Was bist du?«, fragte er, seine Miene hart und undurchdringlich.

Die Frage verankerte mich in der Wirklichkeit und ich blickte tief in seine blassen, wilden Augen. Ich wusste, welche Antwort er hören wollte. »Ich bin dein.«

Er atmete schwer und bebte am ganzen Körper. »Sag es noch einmal, aber nicht auf Englisch.«

Q berauschte mich. Meine Lippen teilten sich und ich wünschte mir nichts mehr, als von ihm gefangen genommen zu werden – für immer. Eine uralte Verbindung einte uns. Ich blickte tief in seine Seele – in ihr tobten Qualen und Dämonen, aber er war nicht böse.

Qs Blick fiel auf meine Lippen. *»Je suis à toi.«* Etwas Animalisches leuchtete in seinem Gesicht auf und er presste den Mund in einem schnellen Kuss auf meinen. »Das bedeutet, ich bin dein.«

Mir stockte der Atem. Seine Stärke drang tief in mich und fügte die zerbrochenen Teile in meinem Innersten unter sprühenden Funken wieder zusammen. Seine Aura, seine Macht, bohrte sich wie eine Faust in meinen Magen. In der hintersten, dunkelsten Ecke meines Verstandes übersetzte ich seine Worte nur für mich: *Er* war *mein*. Die Kraft, die diese drei kleinen Worte mir schenkten, war unbeschreiblich.

Kein Wunder, dass er wollte, dass ich sie aussprach. Ich war wie betrunken von ihnen. Er war mein. *Mein*.

Was für ein Leben führte Q, wenn er diese absolute Bestätigung hören musste? Welche Geister suchten ihn heim?

Er verkrampfte die Finger und sie gruben sich noch tiefer in meine Wangen. »Sag es.«

Durch seinen Befehl verwandelte ich mich wieder in das Opfer, die Überlebende einer Vergewaltigung, die Sklavin. Das flüchtige Gefühl, besessen zu werden, ließ mich leer zurück.

Q verdrehte meinen Nippel unter dem nassen Stoff des BHs. Die Härte seiner Berührung rötete meine Haut und mein innerer Kampf verpuffte wieder zu Sehnsucht. Er schleuderte mich einfach so zurück – ich fühlte mich wieder hilflos und beschädigt. Ich war so kurz davor gewesen, meine Stärke wiederzufinden, aber er nahm mir in einem einzigen Augenblick alles wieder weg.

Frische Tränen flossen und ich flüsterte: »*Je suis à toi.*«

Q seufzte schwer und legte die Stirn an meine. »Wirst du wieder weglaufen? Wirst du den Mann verlassen, der dich mehr als alle anderen will? Seinen Schutz aufgeben?« Seine Stimme zitterte vor Bedauern und Resignation, so als würde er fest damit rechnen, dass ich wieder fliehen würde. Als würde er schon jetzt unter der Einsamkeit leiden.

Ich riss die Augen auf und schüttelte den Kopf. »Nein, ich werde nicht wieder weglaufen.«

Er sah mich mit halb geschlossenen Augen an. »Wie kannst du dir da so sicher sein? Mache ich dir denn keine Angst? Stoße ich dich nicht ab?«

Er hatte mich niemals abgestoßen – wenn es um Q ging, war Angst ein Aphrodisiakum. Aber das konnte ich ihm nicht sagen. »Ich werde nie wieder fliehen. *Je suis à toi.*«

Er nickte kurz, führte eine Hand auf meinen Rücken und öffnete den Verschluss des BHs. Wassertropfen blieben an seinen Wimpern hängen. Er sah mich stirnrunzelnd an und warf das filigrane Dessous aus der Dusche.

Die verzerrte Dynamik – er komplett bekleidet in einem triefnassen Anzug, ich nackt und verprügelt – erinnerte mich einmal mehr daran, dass dies keine Begegnung auf Augenhöhe war. Q war kein Mann, der sich um mich sorgte, weil er mich liebte oder wollte. Er war mein Besitzer und lebte seine Besessenheit aus.

Er presste mich gegen die Fliesen und mein Körper schrie vor Schmerzen. Seine starken Finger schlossen sich um meine Kehle und ich wurde von Panik erfasst. Qs Mauern stürzten ein und er ließ der Wut freien Lauf. »Du bist verdammt noch mal geflohen, du Schlampe! Hast du eine Ahnung, wie sehr ich versuche, dich glücklich zu machen? Dich zu genießen und dich trotzdem nicht zu brechen? Habe ich dir jemals ernsthaft wehgetan? Habe ich dich vergewaltigt? Habe ich dir unbeschreiblichen Schaden zugefügt?«

Dann stieß er mich plötzlich wieder weg, so als wäre er selbst entsetzt darüber, was er getan hatte. Er betrachtete mich mit weit aufgerissenen, ungläubigen Augen. Ich hustete heftig und rieb mir den Hals. Phantomfinger schlangen sich eng um meine Kehle.

Ich zitterte, sah ihn an und wartete auf den nächsten Ausbruch. Wartete darauf, dass er mich schlagen würde. Schließlich hatte ich es verdient.

Q stöhnte jedoch nur und fuhr sich mit den Händen durch das glatte Haar. »Antworte mir, *esclave*. Ist es wirklich so schlimm, mir zu gehören?«

Ich ließ den Kopf hängen. Ich war so abgefuckt, wenn es um Q ging. Nein, er hatte mich nicht vergewaltigt. Aber trotzdem hatte er mich Situationen ausgesetzt, in denen mein Geist vergewaltigt worden war, die meine ganze Welt auf den Kopf gestellt und mich gezwungen hatten, mich meinen dunklen Sehnsüchten zu stellen – während ich mich weiter an die Idealvorstellung klammerte, einen Mann wie Brax lieben zu können.

Er folterte mich mit Spielchen und ließ zu, dass ein Mann einen Dolchgriff in mich hineinrammte. Er hatte so viele Dinge getan, aber er war nie so brutal wie das Biest und der Fahrer gewesen.

Ich weiß nicht, warum, aber ich brauche das Gefühl, dass du mich willst!

Ich fiel auf die Knie und weinte hemmungslos. Die Striemen an meinen Beinen brannten und die Fliesen drückten gegen meine Kniescheiben. Ich verneigte mich vor seinen Füßen, nicht in der Lage, irgendetwas anderes zu tun. Er hasste mich. Er würde mich rauswerfen – aber wohin sollte ich dann gehen? Wer würde mich nach all dem noch wollen?

»Es tut mir leid!«, schrie ich und rang glucksend nach Luft. Irgendetwas in mir zerbrach. Traurigkeit, Selbstmitleid und das Gefühl der Verlorenheit erstickten mich. »Du hast mir wehgetan, du hast mich gequält …« Schluchzen unterbrach meine Worte. Ich schlang die Arme um meinen Körper. »Aber ich brauche dich!« Ich konnte das nicht tun. *Ich kann nicht!*

Q spendete mir keinen Trost. Er gab mir nicht, was ich brauchte – er stand nur da, mit einer Aura der Macht und Skrupellosigkeit, und sah zu, wie ich mich regelrecht auflöste. Wo war der Mann, der mich die Treppe hinaufgetragen hatte? *Er* war der Mann, den ich brauchte. Nicht dieser Dreckskerl. Mein *Besitzer.*

Q ging in die Hocke und versuchte, die Arme von meinem Körper zu lösen, aber ich sträubte mich und verkroch mich in der Ecke. Blonde Strähnen baumelten vor meinem Gesicht und boten mir Schutz vor seinen wutentbrannten Blicken.

»*Je suis un salaud*«, murmelte er und zog mich auf seinen Schoß. Sein Anzug triefte vor Nässe. Er lehnte sich gegen die Wand und wiegte mich sanft. Ich wollte ihm zustimmen – er war ein Mistkerl –, aber der Schmerz in seiner Stimme verletzte auch mich. Er glaubte es wirklich, aus tiefstem Inneren.

Das reinste Durcheinander jagte durch meinen Körper, während er mich einfach festhielt. Ein Teil von mir wollte sich für immer an ihn schmiegen. Wollte, dass er mir zuflüsterte und mich tröstete. Aber ein anderer Teil von mir wäre am liebsten davongerannt, denn sein Mitgefühl war falsch und tat dadurch nur umso mehr weh. Aber ich konnte weder das eine noch das andere tun. Ich war schwach und meine Tränen hielten mich als Geisel.

Q streichelte mir über den Rücken und streckte die langen Beine auf dem Boden der Dusche aus. Durch glasige Tränen erkannte ich, dass er immer noch Schuhe anhatte. War ihm denn alles egal, was ihm gehörte? Waren wir alle austauschbar?

Ich weinte noch heftiger.

Q drückte mich fester an sich und raunte: »Du bist mein, *esclave*. Mein – und ich werde mich um dich kümmern und dich wieder heilen. Ich erlaube dir zu weinen, während ich dich wasche. Aber sobald du sauber bist, musst du damit aufhören. Hast du das verstanden?«

Ich blinzelte hinter den Tränen und wurde von einem so heftigen Schauer geschüttelt, dass ich ihm nicht antworten konnte.

»Alles, was heute Abend passiert ist, wird vergessen sein und du wirst dich nur noch daran erinnern, was *ich* mit dir mache. Ist das klar?« Er schüttelte mich. »Antworte mir, *esclave*.«

Ich nickte. Es lag Erleichterung in seinem Befehl, alles zu vergessen, und ich würde ihn befolgen. Außerdem besaß Q mein Gehör – ich konnte also gar nicht widersprechen. »Ich habe verstanden.«

Er nickte kurz und streckte eine Hand zu dem Glasregal aus, auf dem verschiedene Kristallfläschchen standen. Er griff nach einem von ihnen, pumpte eine Handvoll blumig duftendes Shampoo heraus und legte die Handflächen auf meinen Kopf.

In dem Moment, als seine Hände zu massieren begannen, brach es erneut aus mir heraus. Heftige Schluchzer platzten aus meiner Brust und ich krümmte mich vor Schmerzen zusammen. Nicht wegen der Vergewaltigung oder Qs Wutausbruch, sondern wegen seiner Berührung. Niemand sonst berührte mich so zärtlich. Meine Eltern hatten mich niemals an sich gedrückt oder mich in den Arm genommen und getröstet. Ich war ohne das Wissen aufgewachsen, wie es sich anfühlte, umarmt, geküsst oder geliebt zu werden. Dann war Brax gekommen und hatte mir mit seiner liebevollen, süßen Art geholfen zu heilen. Aber auch wenn sein Herz voller Liebe war, hatte er mich nie einfach nur festgehalten. Er hatte nie mein wahres Ich erkannt, mich gewaschen oder sich so um mich gekümmert.

Ich hatte erst entführt und an einen Mann verkauft werden müssen, der mich gar nicht wirklich wollte, um zu erkennen, was mir in meinem Leben wirklich fehlte. Q hatte meine Mauern mit seiner groben Art eingerissen. Wie konnte ich jemals in eine Welt zurückkehren, in der meine Sinne in einem Schwebezustand dahinvegetierten? In der ich niemandem so viel bedeutete, dass er für mich töten würde?

Q hörte auf, mein Haar zu waschen, und zog mich noch näher an sich. Ich brach auf seiner unter dem nassen Anzug verborgenen Brust zusammen und sog seinen einzigartigen Duft ein.

Er ließ mich weiterweinen, wies mich nicht zurecht und versuchte auch nicht, mich zu kontrollieren. Er schenkte mir Trost in der Stille. Seine Lippen pressten sich auf meine Stirn und er flüsterte: »*Je suis là*«, immer und immer wieder. Ich bin hier. Ich bin hier.

Mit seiner Freundlichkeit verwandelte er mich in die perfekte gebrochene Sklavin. Ich brauchte seine Wut nicht, um mich ihm hinzugeben. Ich brauchte die sanfteren Momente mit ihm – liebevolle Fürsorge war mein Verderben, nicht Befehle oder Drohungen. Es war erbärmlich, wie sehr ich sein Mitgefühl und seine Zuwendung brauchte.

Tränen der Traurigkeit verwandelten sich in Tränen der Erleichterung. Nachdem ich 20 Jahre lang gekämpft hatte, gehörte ich endlich zu jemandem.

Das Wasser prasselte auf uns herab, aber Q hörte nicht auf, mich zu schaukeln und einfach für mich da zu sein.

Alles, was ich über ihn zu wissen geglaubt hatte, war falsch. Wer war dieser Mann, der zuließ, dass ich in seinen Armen zusammenbrach? Wer war dieser Mann, der sich so sehr um mich sorgte?

Schließlich versiegten meine Tränen und Q wusch mir weiter die Haare. Ich blieb zusammengerollt auf seinem Schoß, während er mit starken Fingern meinen Hals und die Schultern massierte und sämtliche Makel aus meinem Körper verbannte. Seine Hände schenkten mir nie gekannte Glückseligkeit. Auf dem Boden der Dusche war ich sein Schoßtier. *Sein*. Durch und durch.

Nachdem er mein Haar abgespült hatte, ließ er die Hände sinken und seifte meine Brüste ein. Seine Berührungen waren platonisch, nicht lusterfüllt oder fordernd. Als meine Brüste gewaschen waren, seifte er Arme, Hals und Bauch ein. Er lullte mich mit Wohlbehagen ein und bedeckte mich mit neu gefundenem Glück. Ich erstarrte, als er den Atem anhielt und mit einer Hand auf meinem Unterleib kreiste. Der Dampf der Dusche knisterte vor Spannung und ich wusste, dass sich seine Fürsorge in Verlangen verwandelte.

Er drückte die Stirn gegen meine Wange und sein nasses Haar vermischte sich mit meinem. »Lass mich dir helfen, zu vergessen. Lass mich dir eine neue Erinnerung geben, *esclave.*«

Sein Raunen ließ mir den Atem stocken und mein Glücksgefühl steigerte sich in Begierde. Mein Körper wollte, dass Q die Qualen vom Biest auslöschte. Er würde mir nicht wehtun. Nicht so wie diese Männer.

Ich nickte kaum merklich.

Qs Atmung ging abgehackter und er ließ die Hand tiefer wandern. Quälend langsam strich er über mein Bein, umging die Peitschenstriemen und streichelte mich hingebungsvoll. Zentimeter um Zentimeter arbeitete er sich an der Innenseite des Oberschenkels entlang, bis die forschenden Finger meine Hitze fanden.

Ich zuckte zusammen, als er meine Öffnung umkreiste. Weitere Tränen brachen sich Bahn, aber er küsste sie weg, erhöhte den Druck und hielt mich ganz fest. *»Écarté tes jambes pour moi.«* Spreize die Beine für mich.

Es war ein Befehl und ich gehorchte bedingungslos, entspannte die Muskeln und öffnete bereitwillig die Knie. Q nutzte die Gelegenheit sofort.

Ganz langsam schob er die Hand dazwischen und drang in mich ein. Er liebte mich mit seinem Finger, aber ich zuckte zusammen, als er die wunden Stellen berührte, die Biest hinterlassen hatte.

Er senkte den Kopf und biss in mein Schlüsselbein. Ich stieß ein Fauchen aus. »Denk nur an mich und daran, was ich tue. Schmerzen können auch etwas Intimes sein, *esclave.* Lass mich deine Schmerzen in mein Vergnügen verwandeln.«

Ich bäumte mich auf, als der Finger nun kraftvoller in mich eindrang, sich auf die tiefen Wunden presste und mich für sich beanspruchte. Ich verzog das Gesicht, konzentrierte mich jedoch voll und ganz auf Qs Arme, die sich um mich schlangen, und auf seine Berührungen in mir. Er hatte recht: Schmerzen *waren* etwas Intimes. Ich hatte mich noch nie so vollkommen entblößt gefühlt, so verzaubert von einem anderen Menschen wie in diesem Moment.

Q massierte mit dem Handballen meine Klitoris, während sein Finger in mir spielte. Ich wurde feucht für ihn und wölbte mich in seinen Armen. Das war der Mann, der mich erregte. Mein Meister.

Er schnappte keuchend nach Luft und presste das Gesicht zwischen meine Brüste. Er leckte das Tal meines Busens, ließ einen weiteren Finger in mich gleiten und schob ihn tief hinein. Ich öffnete den Mund und versuchte, mich aus der Umarmung zu lösen, die mir fast den Verstand raubte.

»Du betörst mich, wenn du dich gehen lässt, *esclave*. Lass dich gehen.«

Und wie eine gehorsame Sklavin gehorchte ich. Ich wimmerte und schrie und hob die Hüfte, um die Stöße seiner Finger zu erwidern. Ich stöhnte wohlig und mein Schoß spannte sich an und wurde wunderbar warm. Ich gab mich seinen eindringlichen Berührungen völlig hin.

Er biss mich ins Ohr und knurrte, als ich die Beine auf seinem Schoß weit spreizte und mich ihm vollkommen unterwarf. Er atmete schwer und umhüllte mich mit dem Duft von Minze und Gewürzen.

Ohne Vorwarnung zog er die Finger heraus, verschmierte meine Nässe auf meiner Spalte, kitzelte und rubbelte. Funken der Leidenschaft knisterten, blitzten auf und jagten an meinen Beinen hinunter.

Er stöhnte laut und ich suhlte mich lasziv auf seinem Schoß. Sein eigenes Verlangen brodelte gierig, er zitterte am ganzen Körper und sein steifer Penis streifte meine Hüfte.

Mir stockte der Atem, ich presste mich gegen ihn. Ich liebte das Geschenk, das er mir machte – das Geschenk der sinnlichen Macht. Dass ich mich so gehen ließ, törnte ihn an.

Er brauchte mich ebenso sehr, wie ich ihn brauchte. Dieses Wissen steigerte meine Lust um das Tausendfache. Mit einer Kühnheit, die ich mir nie zugetraut hätte, packte ich sein Handgelenk und hielt ihn davon ab, weiter meine Klitoris zu kitzeln.

Sein Blick fing meinen ein, die geöffneten Lippen glänzten. Ohne die Augen von ihm zu lösen, führte ich seine Finger wieder zwischen meine heißen Schamlippen und bog mich in seinen Armen, als ich sie tief hineinbohrte. Mein Fleisch hieß ihn willkommen und ich ritt seine Hand, wie ich es schon immer hatte tun wollen.

Nun war Q derjenige, der die Kontrolle verlor. Seine Finger fickten mich weiter, während er mich von seinem Schoß und auf die kalten, rutschigen Fliesen stieß. Meine Wirbelsäule protestierte und das Atmen fiel mir schwer, weil heißes Wasser auf mein Gesicht herabregnete, aber das spielte alles keine Rolle. Es spielte keine Rolle, weil Q die Finger aus mir herauszog und an seiner Gürtelschnalle herumfummelte. Er hatte seinen Siedepunkt erreicht.

Ich griff nach dem Reißverschluss und half ihm, seinen harten Schwanz aus den durchtränkten Klamotten zu befreien. Wir keuchten und fluchten, beide von dem Verlangen verzehrt, endlich zu ficken. Uns zu vereinen. Zu verbinden.

Q riss sich die Hose von den Hüften, gefolgt von den engen schwarzen Boxershorts. Sein wundervoller Schwanz ragte stolz hervor und ich spürte einen flüchtigen Moment der Furcht. Ich schluckte und Q funkelte mich mit brennenden, blassgrünen Augen an. »Ich werde dir geben, was du brauchst. Hab keine Angst vor mir.« Seine Stimme grollte tief, rau wie Sand und Stein.

Ich nickte.

Er packte meine Hüfte, ließ mich unter seinen Körper gleiten und schob sich in einer schnellen, besitzergreifenden Bewegung zwischen meine Beine. Ich keuchte und blickte zu ihm auf. Mein Körper brannte zu heiß, mein Herz raste zu schnell – es fühlte sich an, als wäre es mein erstes Mal. Das erste Mal, dass es einem Mann gelang, all meine Fantasien zu vereinen: Verbundenheit, Besessenheit, Lust und Leidenschaft.

Q knallte die Lippen auf meinen Mund und erfüllte mich mit seinem Geschmack. Seine süße, minzige Dunkelheit löschte die metallische Säure des Fahrers aus, der mir seine widerwärtigen Finger in den Mund gerammt hatte. Ich stöhnte und zog ihn näher zu mir. Freiwillig überließ ich Q meinen Geschmackssinn.

Ich ertrank in seinem Geruch, seinen Berührungen, seinem Geschmack und seinem Klang. Mein Herz machte einen Satz, als sein Stöhnen tief in mir vibrierte.

Seine Zunge fickte meinen Mund. Vor meinen Augen verschwamm alles und mir wurde ganz schwindelig. Speichel mischte sich mit dem Wasser der Dusche und wir tranken einander gierig.

Q schob die Hüften nach vorne und ließ seinen Schwanz nur ein kleines bisschen in mich hineingleiten. Er verharrte und hörte auf, mich zu küssen. »Nimmst du die Pille?«

Wow, war ich wirklich so verantwortungslos? Ich hatte noch nicht mal an Safer Sex gedacht. Ich strich mir das

Haar aus dem Gesicht und hoffte, dass Q keine Krankheiten hatte. Ich senkte den Blick. »Dreimonatsspritze.«

»Und mit wie vielen Männern bist du schon zusammen gewesen?«, wollte er wissen und glühte dabei vor Lust.

Ich wollte ihm sagen, mit niemandem, denn die Antwort war ein zweischneidiges Schwert. Brax war der Einzige gewesen – bis heute Nacht.

Q musste die Antwort in meinem Gesicht gelesen haben. Er nickte. »Du musst nicht antworten. Und du musst dir meinetwegen um nichts Sorgen machen.«

Es war seltsam, eine Pause zu machen und über Safer Sex zu sprechen, wenn wir auf dem schmalen Grat zu hemmungsloser Lust und Leidenschaft balancierten, aber es schenkte mir auch inneren Frieden. Es bestärkte mich darin, meine selbst auferlegten Grenzen zu durchbrechen und mich meiner heißen Begierde hinzugeben. Zum allerersten Mal in meinem Leben war ich wirklich aufrichtig. »Ich will dich in mir spüren. Ich brauche dich«, hauchte ich.

Als Antwort küsste mich Q so brutal, dass meine Lippe blutete. Dann pfählte er sich mit einem einzigen harten Stoß in mich hinein. Ich war so feucht, dass ich ihn sanft gleitend empfing – keine Schmerzen, keine Qualen, nur reinste Wonne und Ekstase. Sein Anzug rieb auf meiner nassen Haut und mein Rücken protestierte gegen die harten, gnadenlosen Fliesen, aber das war mir egal.

Q stöhnte, füllte mich komplett aus, bohrte die Fingerspitzen in meine Taille und packte mich grob. »Ich wollte dich schon ficken, seit du hier angekommen bist«, keuchte er, trieb seinen Schwanz immer wieder erbarmungslos in mich hinein und fachte das Feuer immer weiter an.

Ich konnte nicht mehr sprechen – ich konnte mich nur noch auf Q und die Hitze in meinem Inneren konzentrieren.

Er fickte mich mit Arroganz und Macht. Jeder seiner Stöße erinnerte mich daran, dass ich ihm gehörte. Tief in mir bildete sich ein Orgasmus und ich wimmerte vor Erregung.

Q stieß noch heftiger zu, presste mich gegen den Boden und wir rutschten über die Fliesen. »Das ist es. Gib mir etwas von dir. Das bist du mir schuldig.« Er ließ alle Hemmungen fallen, rammte sich ganz tief in mich hinein und brüllte französische Flüche. In seinen Augen glühten die unterschiedlichsten Emotionen und mich packte eine tiefe Ehrfurcht, weil er mich all das sehen ließ.

Mein Körper reagierte prompt, spannte sich an, bäumte sich auf und hatte den Missbrauch durch Biest bereits vergessen.

Q biss mir ins Ohr und drückte seine unter dem Anzug bebende Brust gegen meine. Sein Schwanz schwoll in mir an, wurde immer heißer und brennender. Der schmale Grat zwischen Vergnügen und Gewalt peitschte mich in ungeahnte Höhen. »Komm für mich, *esclave*.«

Seine magischen Worte formten mich nach seinem Willen und mein Körper gehorchte mir nicht länger. Er gehorchte nur noch seinem neuen Besitzer.

Ich schrie, als ein Orgasmus von meinen Zehenspitzen über die Waden und Oberschenkel jagte und schließlich in meinem innersten Kern explodierte. Ich krallte mich an Q fest, schlang mich eng um ihn und genoss jede Woge der Erleichterung in vollen Zügen. Doch das Feuerwerk reichte mir noch nicht und ich kletterte höher, getrieben von Qs Stößen, seinem Geruch, seinem Geschmack und der ungezügelten Lust.

Das Feuerwerk schwoll zu brennenden Kometen an, Kometen explodierten zu Galaxien und Q rammte sich immer härter und brutaler in mich hinein.

»*Baise-moi*«, brüllte er. Fick mich. Er streckte den Rücken durch, versteifte die Arme und nahm mich härter, als mich jemals zuvor jemand gefickt hatte. Seine weichen Eier klatschten gegen meinen Hintern. Ich brannte, glühte, explodierte, als er mich völlig in Besitz nahm. »Nimm meinen Saft. Nimm einen Teil von mir«, stöhnte er.

Ich spürte, wie er tief in mir abspritzte, mich in seine Wärme tauchte, mich markierte und gleichzeitig einen Teil von sich selbst aufgab.

Er wurde von einem letzten orgiastischen Schauer geschüttelt, der ihn vollkommen leer zurückließ. Er kollabierte auf mir und scherte sich nicht um die von Dampf vernebelte Dusche oder den ruinierten Anzug. Sein donnerndes Herz schlug im Gleichklang mit meinem, als wir auf dem Boden liegen blieben, unfähig, uns zu bewegen.

Zum allerersten Mal in meinem Leben fühlte ich eine echte Verbindung. Ein tief greifendes Band. Ein bedeutender Teil von mir gehörte ihm. Nicht nur als Meister und Sklavin, sondern als Mann und Frau.

War er der Mann, der mein Herz zum Singen brachte? Jener anmaßende Herrscher meiner Sinne, der im einen Moment verlangte, dass ich mich ihm unterwarf, und mich im nächsten in Watte packte?

Ich konnte nicht leugnen, dass er mir ein selbstsüchtiges Geschenk gemacht hatte. Mein Körper litt nicht mehr unter dem, was geschehen war. Er hatte mir eine neue Erinnerung von herzzerreißender Brutalität geschenkt. Ich pulsierte unter den letzten Ausläufern des Orgasmus und fühlte mich dank meines seelenerschütternden Heulkrampfs angenehm leer.

Q blickte mir in die Augen und ich schluckte erschrocken, als ich lodernde Wut erkannte. »Stecke ich in

Schwierigkeiten?« Er sah mich an, als wollte er mich übers Knie legen und mir den Hintern versohlen.

Seine Mundwinkel zuckten und er klatschte mir auf den Po. »Oh, *esclave,* du steckst mächtig in Schwierigkeiten. Jetzt werde ich dich nie wieder allein lassen können.«

KAPITEL 17

WACHTEL

Ich hatte erwartet, dass Q sich nach unserer Dusche wieder verschließen und von mir zurückziehen würde. Zwischen uns war so viel passiert und ich war ganz wund. Er vermied es, mir in die Augen zu schauen, löste sich von mir und erhob sich, machte jedoch keinerlei Anstalten zu gehen.

Er beugte sich nach unten und zog mich vom Boden hoch, bevor er die triefnasse Hose abstreifte und sie in die Badewanne warf. Der nasse Stoff gab ein lautes Klatschen von sich. Er ließ auch das Jackett folgen. Das Hemd behielt er hingegen an. Es war lang genug, um seine Hüften zu bedecken, aber nicht den dicken, schweren Penis zwischen seinen Beinen. Er pflegte die Haare dort unten genauso wie die auf seinem Kopf – ein subtiler Schatten der Männlichkeit, ohne irgendein Anzeichen seiner Wildheit.

Mein ganzer Körper prickelte. Alles an ihm schrie »maskulin« und »dynamisch«. Ich war nichts weiter als ein kleines Mädchen mit belangloser Vergangenheit, nicht einmal annähernd genug für ihn, aber wild entschlossen, es zu versuchen.

Er hatte mich in dieser Nacht mit einer Mischung aus Mitgefühl und Wut genommen, aber ich wollte noch mehr. Ich wollte das, was er mir versprochen hatte, als ich hierhergekommen war. Ich wollte das Gefühl, dass er mich mit

Gewalt nahm, auch wenn mein Körper ihm freiwillig jeden einzelnen Teil von mir geschenkt hätte.

Ich biss mir auf die Unterlippe und musste wieder daran denken, wie Q es mir auf dem Billardtisch mit dem Finger besorgt hatte. Ich war angetörnter gewesen, als ich es mir in meinen heißesten Träumen jemals hätte vorstellen können. Der Hass auf ihn hatte der ohnehin überwältigenden Erfahrung eine ganz neue Dimension verliehen. Jetzt hasste ich ihn zwar nicht mehr, aber ich wollte mich ihm dennoch weiter widersetzen.

Ich brauchte das Gefühl, wieder und wieder von Q genommen zu werden. Ich brauchte das Gefühl, von ihm beherrscht zu werden, damit Biest am Ende nicht doch noch gewann und ich nicht für immer Angst vor Sex hatte. Ich gehörte Q und doch hatte er niemals die Grenze vom Folterer zum Vergewaltiger überschritten.

Ich kuschelte mich in das Handtuch. Ich war schrecklich verwirrt.

Q ging aus dem Badezimmer und hinterließ nasse Fußabdrücke. Die kalte Umarmung der Ablehnung ließ mich zittern. War es das? Er hatte sich genommen, was er wollte, und überließ mich nun wieder mir selbst? Was war mit seinem Versprechen, dass er mich nie mehr allein lassen würde?

Ich konnte nicht zulassen, dass Q mich einfach verstieß. Ohne ihn gehörte ich zu niemandem. Ich hatte weder meine Eltern noch Brax. Mein altes Leben war vorbei.

Q hatte mich für ein monotones, graues Dasein ruiniert und meine Welt mit seiner eigenen Farbpalette verdunkelt.

Die Badezimmerwände schienen mich zu erdrücken und vor Schwärze und schreckenserfüllten Erinnerungen zu triefen. Ohne Q kribbelte Grauen auf meiner Haut und Dämonen und Monster krochen aus den Schatten.

Ich wusste, dass ich mich meinen Problemen stellen und meine Stärke selbst wiederfinden musste. Ich konnte Q nicht als dauerhaftes Heilmittel benutzen, um alles zu vergessen. Aber noch war ich dafür nicht stark genug.

Das Geräusch sich öffnender Schubladen drang ins Badezimmer, bevor Q mit einem Arm voller Kleider wieder zurückkehrte. Er legte sie in das trockene Waschbecken und riss mir das Handtuch vom Leib. Ich stand vor ihm, nackt und erregt, und sah, dass auch er sich anspannte. Die Augen klebten förmlich an meinem entblößten Körper.

»Streck die Arme hoch«, befahl er, ein großes weißes T-Shirt in den Händen. Ich gehorchte und er streifte es mir über den Kopf. Sein Bartschatten kratzte über meine Wange, als er sich nach vorne lehnte, um den Saum herunterzuziehen.

»Fuß hoch.« Er kniete sich mit einem weißen Slip vor mich und hob eine Augenbraue. Ich hielt mich an seiner nassen Schulter fest, um das Gleichgewicht nicht zu verlieren, und ließ zu, dass er das Höschen an meinen Beinen hinaufzog. Als ich die sinnlich-gleitende Berührung spürte, mit der seine Finger meine Haut küssten, schloss ich unwillkürlich die Augen.

Er ließ den Bund an meinen Hüften schnalzen und lächelte.

Dieser Mann hatte für mich getötet, mich gefickt und *besaß* mich – und jetzt half er mir beim Anziehen? Das ergab alles keinen Sinn.

Q lehnte sich nach vorne, schob die Finger unter meine schwere Mähne und befreite die nassen Locken aus dem T-Shirt. Seine Berührung weckte neue Lust in mir. Ich war unersättlich.

Seine Nasenflügel bebten. Sex und Provokation knisterten in der dampfigen Luft des Badezimmers. Er stand vor mir, steif und distanziert, das Gesicht hinter einer Maske unerschöpflicher Kontrolle verborgen.

»Hallo, Schätzchen.«

Biests Stimme hämmerte in meinem Schädel. Meine Kehle trocknete vor Panik aus, als die Vergewaltigung im Zeitraffer noch einmal vor meinem inneren Auge ablief. Meine Seele erstarrte zu Eis, während ich alles noch einmal durchlebte. Ein Zittern erfasste meinen Körper und ich stieß ein klagendes Heulen aus.

Q packte mich unsanft am Kinn. »Was tust du denn da? Ich habe dir doch gesagt, dass du es vergessen sollst. Du sollst dich heute Nacht nur an *mich* erinnern.«

Ich senkte den Blick, nickte hastig und wünschte mir, ich könnte ihm gehorchen, aber meine Gedanken taumelten am Rande des Bewusstseins: Biest mit seinem widerwärtigen Atem und den ekelhaften Fingern – und Fahrer mit seinen Lügen, der mir fast die Haare ausriss.

Wenn Q bei mir war, half er mir dabei, das alles zu vergessen. Aber in dem Moment, in dem er sich wieder zurückzog und sich vom aufmerksamen Liebhaber in den kalten Meister verwandelte, brach ich unwillkürlich zusammen.

Er zwang sich, den Blick von mir abzuwenden, öffnete eine Schublade am Waschtisch und holte eine Dose Arnikasalbe heraus. »Setz dich«, befahl er und deutete auf eine gepolsterte Bank hinter der Tür. Ich gehorchte und atmete scharf ein, als Q vor mir auf die Knie ging. »Das wird dir helfen.«

Mit sanften Fingerspitzen massierte er die Salbe in die Peitschenwunden auf meinen Oberschenkeln – der

Druck war ebenso schmerzhaft wie köstlich. Echos der Erinnerung versuchten mich gefangen zu nehmen, aber Qs Berührungen ließen nicht zu, dass ich mich in diesem Albtraum verlor. Nicht solange er zwischen meinen Beinen war und mich streichelte. Sein Zitrusduft erdete mich und erinnerte mich daran, dass auch er zwar nicht ohne Fehler war, sich aber stets gut um seinen Besitz kümmerte. Er würde für mich sorgen, solange ich ihn zufriedenstellte.

»Was hast du damit gemeint, als du sagtest, du hast Angst davor, wie weit du gehen würdest, als ich in dem Sperlingszimmer gefesselt war?« Die Worte sprudelten nur so aus mir heraus und ich klatschte erschrocken eine Hand auf den Mund. O mein Gott, was hatte mich nur dazu gebracht, ihn das zu fragen?

Q erstarrte und seine abrupte eisige Reaktion jagte mir einen kalten Schauer über den Rücken. »Ich bin nicht in der Stimmung, Fragen zu beantworten, *esclave.*«

Er warf mir einen bösen Blick zu, konzentrierte sich wieder auf das Einreiben der Heilsalbe und erstickte damit jede weitere Unterhaltung im Keim. Aber ich konnte die in meinem Inneren aufflammende Kraft deutlich spüren und musste es einfach wissen. Ich musste mehr über dieses Rätsel von einem Mann wissen. Wer *war* er?

»Was haben diese Männer heute Nacht gemeint? Dass sie sich nur nehmen, was sie sich auch in der Vergangenheit immer genommen haben? Hast du mit Frauen gehandelt, Q? Hast du Angst, dass du mir dasselbe antun könntest, was du auch den anderen angetan hast?«

Ich hätte niemals geglaubt, dass ich Q irgendwann erschrocken erleben würde, aber nach meiner Frage richtete er sich wackelig wieder auf und warf die Arnikatube ins

Waschbecken. Sie drehte sich mit endlosem Klappern im Kreis und blieb schließlich neben dem Abfluss liegen.

Q fletschte die Zähne und rieb sich mit rabiaten Händen übers Gesicht. »Ich verbiete dir, darüber zu sprechen. Das geht dich nichts an, verdammt noch mal. *Merde, ne me demande plus ça.*« Frag mich das nie wieder.

Ich zuckte zusammen, völlig verstört von seinem Zorn.

Er packte mich und riss mich auf die Beine. Ich tastete nach seinen Händen und versuchte, mich aus seinem Griff zu befreien.

Q funkelte mich böse an. Das Band, das zwischen uns entstanden war, löste sich in Luft auf. In seinem Blick lagen nur noch Verärgerung, Frustration und tief reichende Verachtung. »Wie heißt du?« Seine Stimme schabte über meine Haut und löste Hitze und Verlangen aus.

Die ›alte Tess‹ mochte vielleicht tot sein, aber auch die ›neue Tess‹ wollte dieses Geheimnis nicht offenbaren. Ich konnte mich zwar selbst nicht mehr daran erinnern, warum, aber es war fundamental, dass ich es für mich behielt.

»Ami«, flüsterte ich. Das französische Wort für »Freund«. Wenn Suzette mich ihre Freundin nennen wollte, warum sollte ich mich dem dann widersetzen? Ich konnte mich daran gewöhnen. Tess würde in Vergessenheit geraten. Der Gedanke machte mich zwar traurig, aber ich konnte Q meinen Namen nicht verraten. Ich hatte ihm schon alles andere gegeben … Dieser kleine Teil gehörte nur mir allein.

Q knurrte und ging vor mir auf und ab. »Nicht einmal jetzt brichst du. Nach allem, was geschehen ist, bist du noch immer stark genug, um dich mir zu widersetzen.« Er blieb abrupt stehen und kochte vor Wut. »Sag es mir! Gib auf, *esclave!* Sag mir deinen Namen!« Sein Brustkorb hob und senkte sich vor Rage, während er versuchte, mich allein durch seinen Blick zu unterwerfen.

Ich senkte den Kopf. Ich hätte ihm alles dafür geschenkt, dass er mich gerettet hatte, aber nicht das. Mein Name gehörte in meine Vergangenheit. Meine Vergangenheit gehörte Brax. Q war etwas vollkommen anderes. Er war mein neues Ein und Alles.

»Ami«, wiederholte ich.

»Wir sind keine Freunde«, blaffte er mich an. »Hör auf, mich anzulügen.«

Ich schüttelte den Kopf. Das wusste ich. Ich wollte auch nicht sein Freund sein. Ich wollte, dass auch *ich* alles für *ihn* bedeutete. Ich wollte das, was er mir mit seinen Berührungen versprach, in seinem unterschwelligen Verlangen. Ich wollte, dass er ehrlich zu mir war, genauso wie unsere Körper ehrlich zueinander waren. Ich war nicht die Einzige, die log.

Q baute sich ganz dicht vor mir auf – ein Vorbote der nach Zitrus duftenden, knisternden Lust. »Ein letztes Mal, *esclave*. Wie. Heißt. Du?«

Sein Befehl rammte sich wie ein Schlag in meinen Magen, weil ich wusste, dass ich ihn erneut anlügen würde. Ich brachte es einfach nicht über mich, ihm die Wahrheit zu sagen.

»Katrina.«

»Lüge.«

»Sophie.«

»Lüge.«

»Crystal.«

»Gottverdammt, hör auf!«, explodierte er. Seine Hand schoss nach vorne und er krallte sich mit den Fingern in meinen Haaren fest und riss den Kopf nach hinten.

Ich verlor mich in seinen grünen Augen. »*Comment tu t'appelles?*« Wie heißt du?

»*Esclave.*«

Er kniff die Augen zusammen, damit ich die widersprüchlichen Emotionen nicht sah, die in ihrer Tiefe miteinander kämpften: Wut, Bedauern, greifbares Verlangen.

Als er sie wieder öffnete, lag darin nichts als Leere. Er nickte. »Eines Tages werde ich herausfinden, wer du bist. Das ist ein Versprechen. Und meine Versprechen sind Gesetz.«

Aus irgendeinem Grund flatterte mein Herz. Er hatte mir sein Versprechen gegeben, es weiter zu versuchen – und wenn er es weiter versuchte, dann musste er mich besser kennenlernen. Vielleicht gelang es mir ja doch noch, ihn dazu zu bringen, mich nicht als ein Objekt oder seinen Besitz zu betrachten, sondern als Menschen – als Frau, die er mit Leichtigkeit verführen konnte, wenn er einfach nur er selbst war und nicht mein Meister. All seine verrückten kleinen Eigenheiten woben einen Käfig, der undurchdringlicher war als seine Villa oder all seine Wachen. Was würde er erst tun, wenn er mich wirklich kannte? Würde er mich verstoßen, weil ich bereit war, ihm den wichtigsten all meiner Sinne zu überlassen? Oder würde er vor mir auf die Knie fallen und mich mit seiner Dankbarkeit erdrücken, weil ich ihm etwas so Wertvolles geschenkt hatte?

Ich wusste es nicht. Aber ich wollte es wissen. Alles.

»Nein! Das kann nicht wahr sein. Das kann es nicht!«

Brax warf sich im Bett hin und her, trat und schlug um sich, in einem Albtraum gefangen. Es war allein in dieser Woche schon Albtraum Nummer vier und ich war einfach nur müde. So müde.

»Brax, wach auf.« Ich packte seine verschwitzte Schulter und rüttelte ihn.

Er reagierte nicht, sein Gesicht vor Trauer verzerrt. Ich wusste, was er durchlitt. Er hatte mir von seinen Träumen erzählt und sie handelten stets von dem Autounfall, bei dem seine Eltern gestorben waren.

Jede Nacht hielt ich ihn, tröstete ihn, und jeden Morgen erwachte ich völlig erschöpft und ausgelaugt. Aber ich versuchte jedes Mal, ihn zu beruhigen, weil er mich brauchte. Für ihn da zu sein, gab mir das Gefühl, zu ihm zu gehören.

Brax holte im Schlaf ganz weit aus und landete einen Schlag auf meinem Kiefer. »Au! Scheiße, Brax. Wach auf!« Ich zwickte seine Nase zusammen und schnitt ihm die Sauerstoffzufuhr ab, damit er endlich wach wurde, aber die Schatten am Fuß des Bettes sammelten sich bereits, wurden dunkler, verformten sich und wuchsen immer weiter.

Mir blieb das Herz stehen, als sich Biest und Fahrer über mir auftürmten und sich gierig die Lippen leckten. Ihre Schwänze ragten aus ihren Hosen hervor, glänzend und böse.

Sie waren gekommen, um zu Ende zu bringen, was sie begonnen hatten. Sie würden mich töten.

»Brax! Hilf mir!« Ich schlug ihm ins Gesicht, aber er wachte nicht auf.

Biest grunzte. »Er ist nicht stark genug für dich, Schätzchen. Ich werde dich so hart ficken, dass du dir wünschst, du wärst tot.« Er bewegte sich schnell, packte meine Fußgelenke unter der Decke und zerrte mich ans Ende des Bettes.

Ich schrie.

Nein, das konnte nicht passieren. »Brax!«

Er lag nur da, in sein eigenes Unglück verstrickt, und bemerkte das meine gar nicht. Fahrer lachte, riss mir die Pyjamahose vom Leib und warf sie weg.

Ich hatte das Gefühl, mein Körper würde von einer Last niedergedrückt, und bewegte mich wie unter Drogen. »Aufhören. Hört auf, verflucht!«

Sie lachten nur.

Ich wünschte mir, ich wäre tot. Tränen brachen sich Bahn. Ein weiterer Schatten manifestierte sich hinter Biest und Fahrer und erwachte mit den Flügelschlägen schwarzer Raben mörderisch zum Leben. Aber statt Furcht ließ er Hoffnung in mir aufflammen.

Meister.

Q stand da und blickte mich mit ungezügelter Wut und alles übersteigender Macht an. Die Zeit verging langsamer, als er eine silberne Pistole hervorholte und erst Biest und dann Fahrer mit eleganter Präzision erschoss. Roter Regen prasselte nieder, aber das war mir egal. Ich krabbelte auf den schattenhaften Q zu, kletterte über die Leichen und hatte nur noch Augen für meinen Besitzer.

»Du hast mich gerettet.«

Sein Lächeln stimmte eine Melodie der Gefühle in mir an. »Du bist mein. Es ist mir eine Ehre, dich zu beschützen.« Er zog mich zu sich. Schatten küssten mich mit eisigen Zähnen. »Je reviendrai toujours pour toi.« *Ich werde dich immer finden …*

Ich erwachte in einem Raum aus Luxus. Die Matratze trug mich wie luftige Wolken und die Karussellbilder an den Wänden gaben mir das Gefühl, wieder jung und voller Fantasie zu sein – und keine Sklavin, die vergangene Nacht von zwei verschiedenen Männern gefickt und dann ins Bett geschickt worden war wie ein unartiges Mädchen, weil es Q seinen Namen nicht verraten wollte.

Es klopfte an der Tür und ich setzte mich mühevoll auf und zuckte zusammen, als sich die Striemen an meinen

Beinen meldeten. Ich war nachts aufgewacht und hatte all meine Wunden und blauen Flecken begutachtet, aber Q und seine Fürsorge hatten dafür gesorgt, dass die Verletzungen nicht noch schlimmer geworden waren. Sie sahen schon jetzt zehnmal besser aus, aber ich konnte es gar nicht erwarten, dass sie ganz verheilten. Jeder Kratzer erinnerte mich an die zwei Widerlinge. Daran, dass Q gemordet hatte, und an jede noch so winzige schreckliche Einzelheit meiner Flucht.

Aber Q hatte recht. Indem er mich gevögelt hatte, hatte er Biest komplett überschattet. Die Angst und die lähmenden Erinnerungen waren zwar immer noch da, aber jedes Mal, wenn sie versuchten, mich auszusaugen, würde Q mich finden. Er würde mich berühren, mich küssen und mir befehlen, nur noch an ihn zu denken. Er gebot meiner Traurigkeit und meinem Kummer Einhalt und verwandelte sie in willige Lust.

Q stahl ihnen ihre Macht und befreite mich, indem er mich fickte.

Es klopfte erneut und die Tür ging auf, ohne dass jemand meine Reaktion abwartete.

Suzette trippelte mit einem Frühstückstablett mit hausgemachter Marmelade und warmen Croissants herein. Sie lächelte und stellte es auf meinem Schoß ab. »*Bonjour,* Ami.«

Ich blinzelte und war erstaunt, wie glücklich sie wirkte. Ihre haselnussbraunen Augen und die dunkle Haut leuchteten förmlich.

Ich kniff die Augen zusammen. Meine weibliche Intuition fragte sich, warum sie nicht aufhören konnte zu grinsen. »Du weißt, dass er mich letzte Nacht gevögelt hat, oder?« Es war seltsam, so offen darüber zu sprechen, aber sie konnte ihre hämische Freude nicht verbergen. Sie hatte schon so lange auf diesen Tag gewartet – ich wollte gar nicht darüber nachdenken.

Sie nickte und setzte sich auf die Bettkante. »Ja. Aber ich bin vor allem froh, dich in einem Stück wiederzusehen.« Sie senkte den Blick und zupfte an ihrer Schürze herum. »Wegzulaufen war so dumm. Ich hätte dich warnen können, was einige der Leute hier in der Gegend angeht. Franco steht nicht Wache, damit du nicht wegläufst. Er steht Wache, um uns vor ihnen zu beschützen.«

Ich hielt mitten in einem genüsslichen Croissant-Bissen inne. »Was meinst du damit?«

Sie seufzte und blickte zur Tür, so als würde sie erwarten, dass Q jeden Moment hereinstürmte. Bevor sie etwas sagen konnte, legte ich jedoch mit einer weiteren Frage nach. »Warst du auch Qs Sklavin, Suzette?«

Sie erstarrte.

Ich hatte nicht wirklich erwartet, dass sie mir antwortete, und meine Augen weiteten sich, als sie erwiderte: »Q hat mich freigelassen, als ich an ihn verkauft wurde. Dafür werde ich ihn immer lieben.« Sie kaute auf ihrer Unterlippe herum, bevor sie hinzufügte: »Q hat mich nie genommen – nicht dass ich es nicht versucht hätte. Als ich hierherkam, war ich vollkommen zerstört, irreparabel. Man hatte mir Dinge angetan, an die ich nicht einmal denken kann, geschweige denn darüber sprechen. Aber Q … Q hat mich ins Leben zurückgeholt.«

Ich schob das Tablett weg und hatte mein Frühstück völlig vergessen. Würde ich endlich mehr über meinen mysteriösen Besitzer erfahren? »Wie hat er dich ins Leben zurückgeholt?«

Sie hob den Blick wieder und in ihren Augen schimmerten Tränen und Erinnerungen. »Er hat mir die Freiheit geschenkt. Er hat mir alles gegeben, was ich brauchte, damit ich wieder heilen konnte. Ein Jahr lang hat er es ertragen, dass ich nur gebeugt ging und auf dem Boden kroch, bis es ihm schließlich gelungen ist, mich dazu zu bewegen, wieder aufrecht zu stehen. Aber es hat ein weiteres Jahr gedauert, bis er mich dazu überreden konnte, mich zu öffnen oder zu sprechen, wann immer ich wollte – und nicht nur, wenn mir jemand eine Frage stellte. Er hat ganz langsam das Zerbrochene in mir geheilt.«

Sie nahm meine Hand und drückte sie ganz fest. »Du hast es noch immer nicht verstanden, Ami. Und das wirst du auch nicht, solange er es dir nicht selbst sagt – aber er ist der beste Mann, den ich kenne. Von uns allen ist er derjenige, der innerlich am meisten zerstört ist. Ich war nie in der Lage, ihm zu helfen. Seit fünf Jahren arbeite ich nun schon für ihn und bin niemals von seiner Seite gewichen, aber nichts, was ich versucht habe, hat je funktioniert.«

Mein Herz raste. Suzette bestätigte meine Vermutungen von letzter Nacht. Q mochte vielleicht dominant sein, aber er litt mehr als jeder andere. Woran? Vielleicht war er ja furchtbar entstellt. War das der Grund, warum er sich weigerte, sein Hemd auszuziehen? Ich hatte ihn noch nie nackt gesehen oder seine Haut berührt.

»Dann sag es mir, Suzette. Sag mir, warum er gebrochener ist als du oder ich.«

Sie ließ den Kopf hängen. »Es ist nicht an mir, dir diese Geschichte zu erzählen, Ami. Du musst sein Vertrauen gewinnen und zeigen, was er dir bedeutet, wenn du mehr über deinen Meister erfahren willst.«

»Und wenn ich es nicht erfahren will?«

Suzette erhob sich und sah aus, als wäre sie von endloser Traurigkeit erfüllt. »Dann hast du ihn nicht verdient.«

In jener Nacht kam Q zu mir.

Ich verbrachte den Tag mit Suzette und Madame Sucre und kämpfte mit zwei unterschiedlichen Emotionen. Im einen Moment fühlte sich mein Körper ganz warm an, so als würde er am liebsten zerfließen, wenn ich mich an Qs Stärke erinnerte, an seine Lust in der Dusche. Und im nächsten erstarrte ich und musste die aufsteigende Übelkeit niederringen, wenn die Erinnerungen an Biest über mich hereinbrachen.

Ich schwankte endlos zwischen den beiden Extremen, und als wir in der Küche die Vorbereitungen für das Abendessen beendet hatten, waren meine Augen schwer und mein Körper furchtbar lethargisch. Ich brauchte Schlaf und hoffte, dass ich nicht von Albträumen heimgesucht werden würde.

Ich lag im Bett und starrte an den silbernen Himmel über mir. Ich hatte niemanden gefragt, ob ich in dem Karussellzimmer bleiben durfte, aber Franco hatte vorhin beobachtet, wie ich die Tür öffnete, und mich nur mit einem leichten Kopfnicken bedacht. Ich hoffte, dass dieses Nicken bedeutete, dass ich im ersten Stock bleiben konnte und nicht wieder in die Zelle des Dienstmädchenzimmers verbannt werden würde.

Die Tür knarrte kaum hörbar und mein Herz raste sofort mit Lichtgeschwindigkeit. Ich musste nicht fragen, wer da war. Mein Körper kannte die Antwort – mein Meister.

Q schlich über den dicken Teppich, seine Silhouette stolz und geheimnisvoll. Ich rutschte nervös unter der Bettdecke hin und her. Was bitte machte er hier um zwei Uhr morgens an einem Werktag? Ich wusste, wie hart er arbeitete. Ich hatte vermutet, dass er bereits im Bett lag. Im selben Augenblick, als ich an Q in seinem Bett dachte, wurde mein Mund ganz trocken. Wo schlief er? Wie sah sein Schlafzimmer aus?

Andererseits *vermutete* ich nur, dass Q hart arbeitete. Ich wusste nicht das Geringste über ihn und nach Biests Bemerkungen über Qs Familie wollte ich es auch gar nicht wissen. Wenn ich die Wahrheit erfuhr und sie verstörend und grauenvoll war, würde ich erneut davonlaufen müssen.

Aber ich wollte nicht mehr davonlaufen. Die Welt dort draußen war gefährlich. Ich zog es vor, mit dem Teufel zu leben, den ich kannte.

Ich hielt den Atem an, während Q immer näher schlich. Er schien mit jedem seiner Schritte Energie in sich aufzusaugen, bis die Dunkelheit regelrecht funkelte. Ein Bild von Q, nackt und schlafend in seinem Bett, schlug mir entgegen. Mein Mund wurde ganz wässrig bei dem Gedanken daran, ihn so verletzlich zu sehen.

Neben dem Bett blieb er stehen. In der Dunkelheit konnte ich sein Gesicht nicht erkennen, aber seine Atmung ging ruhig und gleichmäßig.

Er stand in einer ausgebleichten Jeans und einem zerknitterten weißen T-Shirt vor mir. Ich hatte ihn noch nie so … gewöhnlich gesehen. Er trug seine Anzüge wie eine Persönlichkeit – eine Uniform, die seine Befehle zur Unterwerfung verstärkten. Und das funktionierte. Es verwandelte ihn in eine messerscharfe, gnadenlose Waffe. Mein weiblicher Urinstinkt leckte sich praktisch die Lippen angesichts seiner gefährlichen Züge. Aber Q in Jeans und T-Shirt offenbarte eine ganz andere Seite: einen Hinweis auf den Mann hinter den Anzügen, auf einen Mann mit zu vielen Gedanken und niemandem, mit dem er reden konnte.

Er sagte kein Wort, sondern legte nur zwei Dinge auf das Fußende des Bettes. Dann verharrte er wieder reglos in der Dunkelheit.

Ich lag ebenso reglos da und wartete, was er als Nächstes tun würde. Ich würde ihn nicht wieder aus der Tür gehen lassen, ohne zu bekommen, was ich wollte. Ich wollte mit ihm reden, seine Geheimnisse enthüllen. Ich musste wissen, ob er mich so sehr wollte, dass er sogar mitten in der Nacht zu mir kam, um mich zu wecken.

Ich wartete daher stumm in der Dunkelheit und sehnte mich schmerzlich nach dem Befehl, ihm zu dienen.

Ich leckte mir die Lippen, als er sich nachdenklich mit einer Hand über den Kopf strich.

Schließlich ging er wieder Richtung Tür, blieb dann jedoch stehen und kam erneut zurück. Er atmete tief ein und sagte: »Wach auf, *esclave*.«

Seine Stimme streichelte sanft über meine Haut und es war mir peinlich, dass mir ein leises Keuchen entwich. Ich konnte nicht anders – mein Gehör gehörte ganz ihm.

Er kicherte. »Es sei denn, du bist bereits wach.«

Verdammt.

Er kam näher, beugte sich nach unten und knipste die mit Strass besetzte Nachttischlampe an. Sie tauchte den Raum in sanften Glanz, eine Oase des zarten Lichts. *»Bonsoir.«* Seine Mundwinkel zuckten ein wenig, als er auf mich herabblickte. Mir wurde viel zu heiß unter der Bettdecke, aber ich wagte es nicht, sie wegzustrampeln. Ich trug ein weites T-Shirt und Shorts, aber irgendwie schienen sie sich in nichts aufzulösen, wenn Q mich ansah – so als wäre ich ein Schokoladen-Eclair und er bräuchte dringend einen Zuckerschub.

»Hallo«, murmelte ich und genoss die erregende Mischung aus Lust und Angst. Das Wissen, dass ich ihm geben würde, was immer er wollte, und deswegen nicht länger unter Schuldgefühlen litt. Ich war von meinen Gefühlen für Brax befreit – ich hatte ihn losgelassen. Es tat zwar immer noch weh, wenn ich mich an seine besonderen Eigenheiten und seine Freundlichkeit erinnerte, aber es hatte keinen Sinn, mich selbst zu quälen. Q war mein Besitzer und das war alles, woran ich mich erinnern musste.

»Ich habe Geschenke für dich.« Q setzte sich auf die Bettkante. Sein warmer Körper drückte sich fest gegen meinen Oberschenkel unter der Decke. Ich zitterte.

Er legte eine Hand auf das Laken und ließ sie unter die Decke wandern. Ich jaulte auf, als er meinen Knöchel fand und mein Bein aus dem Bett zog.

Ich bekam kein Wort heraus, als er das Bein über seine Schenkel legte und mit dem Daumen über mein knochiges Fußgelenk strich. »Da fehlt irgendetwas.«

Seine Berührung vibrierte zwischen meinen Beinen. Ich bebte innerlich, als er sich vorbeugte und mir einen besitzergreifenden Kuss auf das Schienbein drückte. Dann griff er hinter sich und ließ eine schwarze Fußfessel vor seinem Gesicht baumeln.

Ich schluckte. Ein neuer GPS-Sender.

»Der hat dir das Leben gerettet, *esclave,* und doch hast du ihn abgeschnitten, um zu fliehen. Wenn du ihn beim Fahren aus dem Fenster geworfen hättest, anstatt ihn im Auto liegen zu lassen, hätte ich dich niemals rechtzeitig gefunden.« Seine Stimme klang beinahe drohend. Entsetzen bohrte sich in mein Herz.

O mein Gott, er hatte recht. Wenn ich nicht geglaubt hätte, ich wäre frei und die Polizei würde mich beschützen, dann läge ich inzwischen womöglich längst zwischen all den Kartoffeln begraben – oder würde mir wünschen, es wäre so.

Mit einer schnellen Bewegung setzte ich mich auf, riss ihm den Sender aus der Hand und schloss ihn selbst um mein Fußgelenk. Das Klicken des Kunststoffs hallte in der Stille des Raumes wider und mein Herz pochte wie wild. Ich hatte mir selbst einen Peilsender angelegt. Ich hatte freiwillig zugegeben, dass ich nicht wieder weglaufen würde.

Q schnappte nach Luft und packte mein Handgelenk, bevor ich mich wieder zurücklehnen konnte. Er fuhr über den tätowierten Strichcode auf meiner Haut. In seinem Gesicht blitzten Hass und Wut auf, aber sein Zorn richtete sich nicht gegen mich. Mir wurde ganz warm ums Herz, weil ich wusste, wie sehr er die Typen hasste, die mich gestohlen hatten.

Er hielt mich mit groben Fingern fest und sein Blick nahm mich gefangen. »Wie schlimm war es, als sie dich entführt haben?«

Ich wartete darauf, dass Wut und Entsetzen über das, was sie getan hatten, in mir aufstiegen, aber ich fühlte rein gar nichts. Ich wusste nicht, ob ich es verdrängt hatte oder ob die Vergewaltigung noch immer meine Sinne vernebelte.

Achselzuckend versuchte ich meinen Arm zu befreien. »Es war die schlimmste Woche meines Lebens, bis gestern Nacht.«

»Schlimmer als ich?«, flüsterte er. In seiner Stimme schwang ein Unterton mit, beinahe so, als würde seine Frage viel mehr bedeuten als nur das, was die Worte vermuten ließen.

Ich wollte ihm etwas zurückgeben, nach allem, was er in der vergangenen Nacht für mich getan hatte, und nickte entschlossen. »Viel schlimmer.«

Er schüttelte mit abwesendem Ausdruck in den Augen den Kopf. Erinnerungen wirbelten in ihrer Tiefe und ich wäre ihm überallhin gefolgt. Ich wollte ihn *kennen*. Würde er mich jemals so nah an sich heranlassen? War es einer Sklavin erlaubt, ihrem Meister zu helfen, wenn er gleichzeitig ihren Körper benutzte? Ich kannte die Regeln nicht.

Schließlich ließ mich Q wieder los und präsentierte sein zweites Geschenk. »Das ist für dich.« Sein Kiefer spannte sich an, als ich die Hände ausstreckte und das große Skizzenbuch und die Kohlestifte entgegennahm. Ich klappte es auf und konnte kaum noch atmen. Die Seiten waren aus grafischem Architektenpapier – genau das gleiche hatte ich in meinem Kurs an der Uni benutzt – und strahlten frisch und neu.

Ich riss die Augen auf. »Du hast dich daran erinnert, was ich dir erzählt habe … bei unserem ersten Frühstück. Als du mich geküsst hast.«

Er richtete sich noch gerader auf und die Anspannung in seinem Körper war beinahe greifbar. »Ich erinnere mich an alles, *esclave*. Ich erinnere mich daran, wie du riechst und wie du schmeckst. Ich erinnere mich daran, wie sich dein Inneres anfühlt und dass du Todesangst hattest, als ich dich in Lefebvres Haus gefunden habe. Und ich weiß auch Dinge, die du mir nicht erzählt hast. Insgeheim gefällt dir, was ich dir antue. Du glaubst, du könntest es verstecken, aber ich erkenne diese Dunkelheit in deinen Augen. Sie nährt mich, ruft nach mir.«

Er packte die Bettdecke, riss sie weg und entblößte meinen Körper. »Was glaubst du wohl, warum ich einfach nicht von dir lassen kann?«

Ich konnte meinen Blick nicht von seinen Augen abwenden. Ihre Intensität hielt mich gefangen, Begierde und

Verlangen loderten in mir auf. Als ich nichts erwiderte, befahl er: »Raus aus dem Bett.«

Einen Moment lang wollte ich ihm nicht gehorchen, nur um zu sehen, wie er reagieren würde, aber ein kleiner Teil von mir hatte auch aufrichtige Angst vor ihm. Ich beeilte mich, mein warmes Nest zu verlassen, schwang die Beine über die Bettkante und stand auf.

Er packte mich sofort an den Hüften und positionierte mich direkt vor sich. Er atmete harsch, während er den Blick über mein wenig sinnliches Outfit gleiten ließ.

Er legte die Stirn in Falten und ein nachdenklicher Ausdruck huschte über sein Gesicht. Er ließ mich wieder los, ging zur Kommode hinüber, öffnete eine Schublade und tastete darin herum, bevor er einen Spitzentanga herausholte. Ich schluckte, als er wieder zurückkam und den Slip um seinen Mittelfinger baumeln ließ.

»Stell dich neben den Bettpfosten.« Seine Stimme grollte noch tiefer als sonst und bellte mir seine Absichten mit jeder einzelnen Silbe entgegen.

Ich rührte mich nicht. Ich hatte mit zu vielen komplexen Gefühlen zu kämpfen, um meine Beine dazu zu bewegen, mir zu gehorchen.

Er knirschte mit den Zähnen, packte mich am Arm, zerrte mich am Bett entlang und ließ mich vor einem der weiß lackierten Pfosten stehen. »Nimm die Arme über den Kopf.«

Er war mir so nah. Eine schwere Wolke aus Sandelholz und Gewürzen stieg empor und meine Knie verwandelten sich in Wackelpudding. Ich streckte mich und bog den Rücken dabei absichtlich so stark vor dem Pfosten durch, dass mein Busen seine Brust berührte. Erstaunt hob er eine Augenbraue, bevor er die Hand ausstreckte und meine

Handgelenke mit dem Tanga festband. Der Spitzenstoff schnitt sich in meine Haut, aber es war nicht annähernd so schlimm wie beim letzten Mal, als ich im Sperlingszimmer gefesselt gewesen war. Wenigstens stand ich mit den Füßen auf dem Teppich und es waren keine Gäste da, die mein Leiden beobachten konnten.

Q neigte den Kopf zur Seite. Plötzlich drückte er sich mit seinem ganzen Körper gegen meinen. Die Hüften pressten sich hart gegen mich, dominierend.

Ich schob das Kinn vor und bot ihm meine Lippen an, damit er sie küsste. Er schloss die Augen nicht und ich tauchte in die grüne Iris ab, als würde ich eine Waldlichtung betreten, auf der sich unanständige Feenmänner schamlos über holde Maiden hermachten.

Ich schluckte schwer, als er nur noch einen Sekundenbruchteil davon entfernt schien, mich zu küssen. Aber dann setzte er ein schiefes Grinsen auf und zog sich wieder zurück. »Du willst, dass ich dich küsse, *esclave?* So funktioniert das nicht.«

Er steckte die Hand in die Hosentasche und zog eine silbern glänzende Schere hervor. Ich riss vor Schreck die Augen auf. Was zur Hölle?

»Du kannst dir nicht aussuchen, was ich mit dir mache. Weil du willst, dass ich dich küsse, werde ich es nicht tun.«

Ich stieß ein Stöhnen aus, zuckte jedoch sofort zusammen und wünschte mir, ich hätte eine Hand auf meinen verräterischen Mund klatschen können. *Gott, Tess, kannst du vielleicht noch verzweifelter klingen?* Ich wollte nicht, dass er mich fesselte und missbrauchte. *Und warum sehnst du dich dann so sehr danach, dass es wehtut?* Scheiße, ich war wirklich völlig krank. Durch die Vergewaltigung musste irgendetwas mit mir passiert sein, das mich in eine Hure verwandelt hatte, die das Spiel mit der Gefahr liebte. Aber ich wusste, dass das eine Lüge war. Das Einzige, was mir passiert war, war Q. Er kontrollierte meinen Körper wie ein Puppenspieler. Ich hatte nicht den Willen, ihm ungehorsam zu sein. Ich *konnte* ihm nicht ungehorsam sein.

Vielleicht sollte ich versuchen, jenen Ort des inneren Friedens wiederzufinden, an den ich mich auch an dem Tag geflüchtet hatte, an dem ich Q einen geblasen hatte. Dieser sichere Raum würde mich vielleicht vor weiteren verstörenden Gedanken beschützen, meine geistige Gesundheit bewahren und mich davon abhalten, mich aus freien Stücken in ein von Bondage und anderen Perversionen regiertes Reich zu stürzen.

Ich schloss die Augen und versuchte angestrengt, mich in die Sicherheit der Leere zu flüchten. Angst schwoll in mir an. Wenn ich meinen Begierden jetzt keinen Einhalt gebot, dann rutschte ich vielleicht noch tiefer in den Abgrund und würde nie mehr den Weg zurück in die Normalität finden.

Du warst noch nie normal. Ich presste die Lippen zusammen. Ich fühlte mich völlig verloren und verwirrt. Wie konnte ich zwei Dinge auf einmal wollen? Brutalität und Freiheit … beide lockten mich mit quälender Versuchung.

Q nahm mein Kinn zwischen Daumen und Zeigefinger und hypnotisierte mich mit seinem Blick. »Nicht. Bleib bei mir.«

Wie hatte er gespürt, dass ich mich zurückzog? Ich schüttelte den Kopf und warf seine Finger ab. »Was hat mich verraten?«

Q rollte die Schultern, als müsste er sich selbst wieder unter Kontrolle bringen und seine Energie im Zaum halten. »Ich habe es dir doch gesagt – ich kann dich spüren.« Seine perfekt definierten Muskeln zeichneten sich unter dem weißen T-Shirt ab. Ich konnte den Blick einfach nicht von der Wölbung in seiner Jeans abwenden.

»Und jetzt bleib ganz ruhig und im Hier und Jetzt.« Seine Miene blieb stoisch und kalt, als er die Schere hochhob und den kalten Kuss des Metalls über meinen Hals gleiten ließ, bis es sich an meine Kehle drückte. Seine Atmung ging schneller, als die Klingen meinen Kragen anschnitten.

Mit großer Sorgfalt durchtrennte er das T-Shirt genau in der Mitte. Mit jedem Schnitt löste auch ich mich immer mehr auf, Faden um Faden, bis ich mir vollkommen sicher war, dass er in Wahrheit meine Brust geöffnet und mein wild rasendes Herz freigelegt hatte, zusammen mit all meinen Geheimnissen.

Jede seiner Handlungen symbolisierte so vieles. Q genoss es, mit unausgesprochenen Worten mit mir zu spielen – alles an ihm war ein Rätsel.

Er wird nicht mehr so selbstgefällig sein, wenn ich erst herausgefunden habe, wer er ist. Ich würde diese Geheimnisse dazu benutzen, das gleiche Spielchen mit ihm zu spielen – in einem kranken Kreislauf aus Psychotrips und Machtkämpfen. Mein Innerstes erbebte bei dem Gedanken, mich mit Q in einer Schlacht des Willens zu messen. Ich glaubte zwar nicht, dass ich sie gewinnen konnte, aber das war mir egal. Ich wollte, dass *er* gewann. Ich konnte einfach nicht zulassen, dass er mich beherrschte – auch wenn ich es mir noch so sehr wünschte.

Er schluckte, als er den Saum durchtrennte, den Stoff weit öffnete und meine nackten Brüste und den schnell atmenden Bauch entblößte. Mit perfekter Kontrolle fuhr er mit der Spitze der Klinge von meiner Unterlippe zum Hals hinunter, über mein Dekolleté und bis zum Bund meiner Baumwollshorts.

Ich bekam eine Gänsehaut, als er ganz leicht zudrückte. Die Klinge pikte in meine Haut, verletzte sie jedoch nicht. Die zerbrechliche Balance aus Vertrauen und Angst, die ich für ihn empfand, ließ mein Herz noch schneller rasen.

Q schien völlig in Gedanken verloren zu sein und beschrieb mit der Schere einen Kreis um meinen Bauchnabel. Er hatte mich aufgefordert, nicht zu gehen – bei ihm zu bleiben, anstatt mich in mich selbst zurückzuziehen, aber genau das tat *er*. Über sein Gesicht huschten nachdenkliche Schatten der Erinnerung. Es schienen keine angenehmen Gedanken zu sein, denn er zitterte dabei am ganzen Körper. Ich hätte alles dafür gegeben, ihm folgen zu können – zu sehen, ob er in der Finsternis lebte oder im Licht.

Ich testete die Belastbarkeit meiner Fesseln. Sie gaben nicht nach. Er hatte das Höschen straff festgebunden. Ich wand mich unter der Klinge und seine Augen huschten wieder zu meinen. Er blinzelte und schüttelte die Schatten ab.

Er umschloss die Schere mit der Hand, lehnte sich näher zu mir und schlang die Finger um meine Handgelenke, während sich der Knopf seiner Jeans in meinen Bauch bohrte. Seine unter dem T-Shirt verborgene Brust rieb über meine Nippel und sie verhärteten sich zu schmerzenden Knospen. »Du hast ja keine Ahnung, wie sehr ich dich ficken will.«

O Gott. Seine Stimme aktivierte jede einzelne meiner Fasern und ich keuchte atemlos. »Warum tust du es dann nicht? Oder bereitet es dir Vergnügen, mich vorher zu foltern?«

Er wich wieder zurück. Sein Kiefer spannte sich an. »Du denkst, das hier sei Folter? Ich könnte dir noch so viel Schlimmeres antun, *esclave.*« Er rieb den Schritt gegen meinen und presste meinen Hintern mit seinem Penis fest gegen den Bettpfosten. »Ich *will* dir noch viel Schlimmeres antun.« Sein Akzent war wieder stärker und er fügte auf Französisch hinzu: *»Je veux te faire crier.«* Ich will dich zum Schreien bringen. Er sagte es jedoch nicht auf sinnliche, spielerische Weise, sondern mit einer Eindringlichkeit, die etwas Albtraumhaftes an sich hatte. Ich konnte die Peitschen, die Schmerzen und das Blut regelrecht vor mir sehen.

Das war der Auslöser.

Meine Lust verwandelte sich in Angst. Ich stöhnte erneut, aber diesmal war es ein Flehen. »Bitte … du musst mich nicht zum Schreien bringen. Du kannst mich nehmen. Ich bin dein.«

Er lachte finster. »Du verstehst es einfach nicht, oder, *esclave?* Deine Erlaubnis törnt mich ab. Ich muss von dir nehmen, um etwas zu empfinden. Wenn du glaubst, ich sei nicht wie diese Männer, die dich vergewaltigt haben, dann irrst du dich. In mir ist etwas zerbrochen und ich brauche deinen Schmerz, um zu kommen.« Er verdrehte mit wütenden Fingern einen Nippel und ich jaulte auf.

Der Schmerz verwandelte sich in Vergnügen, machte mich heiß und feucht. Wenn Q falsch gepolt war und Schmerzen brauchte, um Sex zu genießen, dann war ich es auch. Ohne ihn wäre ich wahrscheinlich weiter durchs Leben gegangen, ohne jemals zu erfahren, dass Schmerzen der Schlüssel zu meiner Befriedigung waren.

In seiner Brutalität hatte Q mir ein Tabu gezeigt. Er hatte mir gezeigt, dass es mir gefiel, dominiert zu werden, und dass ich mehr brauchte als harmlose Rollenspiele. Nein, ich brauchte echte Schmerzen.

Die Erkenntnis bescherte mir Erleuchtung. *Ich bin kein süßes, unschuldiges Mädchen, das sich nach Zuckerwatte und Gedichten sehnt. Ich bin eine Kämpferin, eine Schlampe – eine Frau, der man erst ihren eigenen Körper erklären musste.*

Hier stand ich nun, an den Bettpfosten gefesselt, während mein Besitzer mich mit sündigen Augen begaffte, und das Versprechen von Schmerzen auf den Lippen veränderte mich erneut. Meine Schmetterlingsraupe war aufgeplatzt und ich konnte frei davonfliegen. Ich breitete meine neu gefundenen Flügel aus und wurde zu mehr als nur Tess. Ich verwandelte mich in ein perverses, wertvolles Stück Eigentum, das Wollust dabei empfand, besessen zu werden, und wollte, dass Q ihm wehtat.

Ein Feuer loderte in meinem Bauch. Ich fletschte die Zähne und knurrte ihn an: »Ich werde nicht zulassen, dass du mich fickst.«

Alles erstarrte abrupt.

Q. Ich. Die Zeit.

Die Welt geriet ins Wanken, während Q versuchte, mich zu lesen. Wir blickten einander in die funkelnden Augen, in denen sich dieselbe Abartigkeit widerspiegelte, und erkannten uns in dem anderen. Das Band zwischen uns blitzte auf, spannte sich mit glühenden Ketten straff und fesselte uns aneinander. Ich ergab mich in meine Fesseln und akzeptierte meine wahre Identität, bevor Q überhaupt bewusst wurde, was ich ihm anbot.

Ganz langsam bewegte sich sein Körper wieder und glich dabei einem Raubtier: geschmeidig wie ein Hai. »Du wirst also nicht zulassen, dass ich dich ficke, *esclave?*« Vergnügen schimmerte in seinem Blick, umrahmt von schwarzer, brennender Lust. »Ich habe dich doch bereits gefickt. Warum glaubst du, dass ich es noch einmal tun will?«

Ich schob die Hüften nach vorne und mein überhitzter Schritt prallte gegen seine drängende Erektion. In dem Augenblick, in dem ich mich in ein unwilliges Opfer verwandelte, wurde Q steif und wild. Sein Schwanz war wie Stahl, hart und unnachgiebig.

»Es ist mir egal, ob du es willst oder nicht. Du wirst es nicht tun, weil ich es dir nicht erlaub…«

Er zerquetschte mich mit seinem Körper und der Bettpfosten grub sich hart in meinen Rücken, als sein Mund meinen einfing. Seine Zunge schoss wie ein Pfeil zwischen meine Lippen.

Ich wimmerte, schmolz dahin und wünschte mir nichts sehnlicher, als den Kuss zu erwidern. Aber das war mir in der Rolle, die ich spielte, nicht gestattet. Der Rolle, die ich spielen *musste*.

Seine Lippen brandmarkten mich und entrissen mir ein weiteres Stöhnen, das mein Fluchen unterdrückte. Er nahm all meine Sinne mit seiner Zunge in Besitz und zwang mich zu einem Duell. Zwang mich, ihn abzuwehren, ihn zu schmecken und mich an ihm zu laben. Erwiderte ich seinen Kuss doch? Nein. Ich kämpfte nur um die Luft zum Atmen, im wahrsten Sinne des Wortes.

Ich bäumte mich auf und löste mich aus dem Kuss. Mein Atem ging abgehackt.

Er holte die Schere wieder hervor, seine Hände tödlich still, und durchschnitt den Bund meiner Shorts. »Willst du, dass ich aufhöre?«, hauchte er.

Gott, nein. Niemals.

»Ja, du Mistkerl. Ich werde nicht zulassen, dass du das tust. Das ist krank. Falsch. Lass mich frei.«

Sein Körper bebte, von unbeschreiblichen Gefühlen erfasst. Er schaute mir tief in die Augen und machte den nächsten Schnitt.

Ich zuckte zusammen, als das Metall immer tiefer und tiefer glitt und meinen Schritt streifte. »Ich erlaube dir das nicht. Hör auf.«

Seine Augen blitzten auf. Er genoss die Herausforderung sichtlich und schnitt absichtlich langsamer, um die Spannung in die Länge zu ziehen. Er trennte die Shorts von meinem Leib, einen Schnitt nach dem anderen.

Als er den Schritt der Hose zertrennt hatte, fiel sie von mir ab und landete als ehrloses Häuflein auf dem Boden. Wenn Q mich jetzt berührte, würde ich verbrennen. Der feuchte Slip klebte an meiner Haut. So zu tun, als würde ich mich wehren, entfachte meine Lust wie einen unkontrollierbaren Waldbrand.

Kein Wunder, dass die Missionarsstellung mich nie befriedigt hatte. Ich brauchte eine Schere und harte Drohungen, um einen Rausch der Begierde zu spüren.

Q fiel auf die Knie, schlang die starken Arme um meine Schenkel und zog mich mit einem groben Ruck zu sich. Ich kreischte, als sein Mund meinen Slip streifte und sein heißer Atem wie eine Bombe zwischen meinen Beinen explodierte. Er knabberte durch den Stoff an meiner pulsierenden Klitoris und entlockte meiner Lunge weitere abgehackte Atemstöße.

Ich wollte die Beine öffnen, sie über Qs Schultern legen und seinen Mund reiten, aber das passte nicht zu meiner Rolle der unwilligen Sklavin. Stattdessen drehte und wand ich mich und versuchte, seiner fordernden, mich in den Wahnsinn treibenden Zunge zu entkommen.

Ich spürte ein Brummen in seiner Brust, das auf meinen Beinen vibrierte. Mit einer Hand packte er meinen Knöchel und lenkte meine Aufmerksamkeit gezielt auf den GPS-Sender. Seine stille Berührung sprach Bände. *Du bist mein. Ich verfolge jeden deiner Schritte. Du kannst nicht fliehen.*

Es wirkte wie ein rotes Tuch für meinen Verstand, das mir zeigte, dass ich wild und ungestüm sein konnte, weil er es so wollte. Ich konnte schreien und mich wehren, denn es törnte ihn nur noch mehr an. Brax hätte die Flucht ergriffen, wenn ich je im Bett geschrien hätte.

Q besorgte es mir mit der Zunge und kitzelte mich mit der harten Spitze durch den Baumwollstoff. Ich konnte nichts dagegen tun, dass meine Atmung weicher wurde, federleicht, gierig.

»Du willst das nicht?«, keuchte Q, richtete sich langsam wieder auf, fuhr mit dem Finger über die Innenseite meines Oberschenkels und bis hinauf zu meinem Mund. Er verzog die Lippen und zwang den Finger hinein.

Der primitive Sauginstinkt übermannte mich, aber ich zwang mich, mich ihm zu widersetzen, und biss ihm stattdessen in den Finger.

Er erschrak und zog den Finger wieder heraus.

Ich lächelte finster. »Wenn du mir noch mal irgendwas in den Mund steckst, dann schwöre ich bei Gott, dass ich es dir abbeißen werde.« Mein Mund füllte sich mit Speichel und vor lauter Vorfreude steigerte sich mein gieriger Hunger nur noch.

Seit ich Q gehörte, hatte ich Dinge an mir entdeckt, bei denen ich vorher nie die Kraft gehabt hatte, sie zu erforschen. Dieser neue, dunkle Teil von mir wollte sein Blut schmecken. Er wollte echte Lust, gefährlich, köstlich und falsch.

Q kam wieder näher und seine Jeans kratzte über meine hochsensible Haut. Ein orgiastischer Funke flammte allein bei dem flüchtigen Kontakt in mir auf. *Ich bin so nah dran. Ich bin* nie *so nah dran. Mein Gott, Tess, er hat dich doch kaum angefasst.*

Es waren die Psychospielchen – mein Hirn verwandelte sie in etwas Rohes, Wundervolles.

Seine Augen glänzten vor Lust und er biss sich auf die Unterlippe und leckte über das zarte Fleisch: eine Warnung, dass er zurückbeißen würde.

Ich erschauderte, als er mich plötzlich losließ. Ich hatte erwartet, dass er mein Höschen zerschneiden würde, aber nun hielt er inne und kehrte die Schere sich selbst zu.

Er legte den Kopf in den Nacken, zerschnitt den Kragen seines T-Shirts und zertrennte es in der Mitte, genauso wie er es bei meinem getan hatte. Als es aufklaffte, schüttelte er es ab und es gesellte sich zu meinen zerstörten Klamotten auf dem Boden.

Meine Welt wirbelte wild durcheinander und alles, woran ich denken konnte, waren Sperlinge.

Q funkelte mich an und forderte mich auf, ihn zu begutachten. Und genau das tat ich. Sein kompletter Oberkörper und die rechte Seite waren mit flatternden Vögeln bedeckt. Die Panik in den Augen eines der Sperlinge schnürte mir die Kehle zusammen. Die Vögel flogen zwischen Dornensträuchern, Stacheldraht und Sturmwolken wild durcheinander. Die Wolken bauschten sich an Qs Seite auf, verschluckten unglückliche Vögel und erstickten sie.

Es tat mir im Herzen weh, Qs detailverliebte Tätowierung zu betrachten. Darin lauerte etwas Böses, Trauriges, das mich an das Wandgemälde in dem Zimmer mit dem Podest erinnerte.

Ich wollte am liebsten mit den Fingern über die perfekten

Tintenfedern streichen. Ich wollte seinen Nippel lecken, über dem ein befreiter Vogel flatterte, dessen Augen voller Hoffnung leuchteten.

Das Bild sagte so vieles aus, aber ich verstand es nicht. Ich schaute in Qs Augen. Er hielt meinem Blick einen Moment lang stand, bevor er sich abwandte. Er ballte die Fäuste, sog scharf die Luft ein und ließ seine perfekten Bauchmuskeln spielen.

Er vibrierte vor Spannung. Mein Herz flatterte wie kleine Sperlingsflügel und ich schenkte Q meinen letzten Sinn: mein Sehvermögen. Er stand vor mir, aufrecht und distanziert, und erfüllte mein Sichtfeld mit allem, was ich mir jemals gewünscht hatte. Ihm gehörte alles, abgesehen von meinem Instinkt und meinem Herzen.

»Erzähl sie mir. Erzähl mir die Geschichte von den Vögeln.«

Er spannte den Kiefer an. »Das ist keine Geschichte, die du kennen musst.«

»Aber sie bedeutet dir so viel. Ich sehe überall dieses wiederkehrende Motiv, Q … Ich will es verstehen.«

Seine Miene verfinsterte sich. »Du hast nicht das Recht, mich Q zu nennen, wenn du an ein Bett gefesselt bist. Ich bin dein *Maître*. Und so sprichst du mich auch an.«

Die Wut darüber, dass er mir die Antwort verweigerte, machte mich streitlustig. »Ich werde mich gegen dich wehren. Du musst mich schon in Dornensträucher wickeln, genau wie die Sperlinge auf deiner Brust, wenn du mich ficken willst, *Maître*.«

Mein Hohn zeigte Wirkung. Er packte mein Kinn mit unerbittlichen Fingern. »Du hältst dich wohl für sehr wild mit deinen Drohungen, was? Aber es ist nicht meine Aufgabe, dich in Fesseln zu legen, *esclave*. Es ist meine Aufgabe, deine Fesseln zu *lösen*. Und sosehr du es auch leugnen magst, ich mache meine Aufgabe verdammt gut.«

Er streichelte mit der Nase über meine und brummte: »Also halt verflucht noch mal die Klappe, hör auf, mich anzustarren, als wäre ich irgendein Code, den du knacken musst, und lass mich gottverdammt noch mal mit dir tun, was ich will.«

Er wich einen Schritt zurück und machte sich an seine Jeans. Anstatt sie einfach auszuziehen, zerschnitt er sie ebenfalls. Er sägte durch den Bund und schlitzte anschließend die Hosenbeine auf. Jeder Schnitt enthüllte von kleinen Löckchen geküsste, harte Schenkel, stramme Muskeln und perfekte nackte Füße. »Dann wollen wir doch mal sehen, ob du deine Drohungen wirklich wahr machst, wenn ich mir deinen Körper nehme.«

O Gott. Mein Innerstes schmolz vor Hitze dahin. Die Verlegenheit darüber, wie feucht ich war, färbte meine Wangen leuchtend rot. Ich konnte meine Reaktion nicht mehr kontrollieren. Q war wortwörtlich der Meister all meiner Sinne.

Er stieg aus der ruinierten Jeans und schloss die kleine Lücke zwischen uns. Ich konnte den Blick nicht von seinem Tattoo abwenden. In gewisser Weise konnte ich mich damit identifizieren. Ich wusste, was es repräsentierte, auch wenn sich mir der ganze Sinn nach wie vor nicht erschloss.

Q presste die nur noch in engen Boxershorts steckenden Hüften gegen meine und raunte: »Sag mir noch mal, dass du das hier nicht auch willst, *esclave*.«

Wie konnte ich noch lügen, wenn mein Körper ihm die Wahrheit entgegenbrüllte? Mein Geist war von Lust erfüllt und völlig vernebelt, aber ich musste meine Rolle weiterspielen. Q wollte, dass ich mich ihm widersetzte, also … widersetzte ich mich.

Ich lehnte mich vor, schnappte mit den Zähnen nach ihm und verfehlte nur um Haaresbreite seine Nase. »Fahr zur Hölle.«

Sein Schwanz regte sich energisch in den Shorts, als wollte er mich tadeln. Aus dem Nichts schlug er mir mit der flachen Hand ins Gesicht und jagte einen heißen Schauer durch meinen Körper.

Ich japste nach Luft und funkelte ihn mit wässrigen Augen an. »Verdammt, du schlägst eine Frau, wenn sie Nein sagt? Du bist doch pervers!«

Er schürzte die Lippen. »Sag mir was, das ich noch nicht weiß.«

Ich nahm sein Angebot an und erwiderte: »Du denkst, du wärst ein Monster. Aber das bist du nicht.«

Er krallte sich in meinen Haaren fest und verdrehte mir den Hals. Ich spürte einen brennenden Schmerz und echte Angst und wimmerte leise.

»Würde ein netter Mann das hier tun?«

Als ich nicht antwortete, drehte er meinen Kopf noch weiter, bis ich einen Schrei ausstieß. »Nein! Nur ein Monster tut so etwas.«

Noch immer nicht beschwichtigt, griff er nach der Schere und zerschnitt blitzschnell meinen Slip und seine Boxershorts. Sie flatterten zerstört zu Boden. Q wiegte die Schere in der Hand, bevor er mit der Klinge über meinen nackten Bauch fuhr. »Würde ein netter Mann das hier tun?« Mit einer schnellen Drehung des Handgelenks fügte er mir einen Schnitt zu. Blut quoll aus der winzigen Wunde. Ich zitterte und wünschte mir, eine Hand auf die Wunde legen zu können, um sie zu verstecken, zu heilen.

Echte Tränen flossen. Ich war eine Idiotin, weil ich geglaubt hatte, dieser Mann könnte noch gerettet werden.

»Nein, nur ein Monster würde das tun.« Meine Worte waren kaum zu hören.

Q grinste höhnisch. »Jetzt kennst du die Wahrheit.« Er beugte sich nach unten und leckte das Blut von meinem Bauch. Seine Zunge streichelte mich und ein Schauer erfasste meinen Körper – eine Reaktion auf die Zärtlichkeit, nachdem er mir Schmerzen zugefügt hatte. Sein Speichel stoppte die Blutung und er richtete sich wieder auf und leckte sich die Lippen.

Alles in mir spannte sich an. Ich öffnete den Mund und wünschte mir verzweifelt, sein Blut zu schmecken. Ihn zu schmecken wäre nur fair gewesen. Er hatte mich geschnitten – es galt, eine Schuld zu begleichen.

Q kniff die Augen zusammen und unsere Seelen schrien einander förmlich an, ungehindert von menschlichen Worten.

Ich will dir wehtun.

Ich will dich besitzen.

Ich will dich verzehren.

Ich will, dass du mein bist.

Ich bin bereits dein.

Wer dachte das? Ich oder er? Wessen Augen sprachen die Wahrheit aus, bevor wir sie überhaupt mit unserem Verstand dachten?

Q hob die Hand und fügte sich mit einer schnellen Bewegung einen Schnitt direkt unter dem Nippel mit dem in die Freiheit fliegenden Sperling zu. Ein dunkelroter Tropfen bildete sich. Ich betrachtete ihn mit lähmendem Verlangen.

Schmecken. Ich muss ihn schmecken.

Er richtete sich kerzengerade auf und presste die Brust auf meinen Mund. Ich schleckte den Tropfen gierig ab und stöhnte laut, als der salzig-metallische Geschmack mein Wesen erfüllte. Nachdem ich ihn gesäubert hatte, zog sich Q wieder zurück und raunte: »Monster finden einander im Dunkel.«

Ich konnte seinen Tonfall nicht deuten, aber mir gefiel die Anspielung nicht. *Bin ich ein Monster?* Verglichen mit Brax ganz eindeutig, aber mit Q … Er hatte Grenzen überschritten, die ich niemals überschreiten würde. *Hatten* wir einander in der Dunkelheit gefunden? Ich mochte vielleicht düstere Begierden haben, aber ich liebte auch das Licht. Ich brauchte Zärtlichkeit, um die Schmerzen und die Erniedrigungen zu mildern. War das mit ihm eine Option?

Q legte eine Hand um seinen Schwanz, massierte ihn und blickte tief in meine Augen. Mit der anderen Hand fand er meine Öffnung und ließ einen Finger tief hineingleiten.

Obwohl ich am ganzen Körper bebte, hörte ich nie auf, meine Rolle zu spielen. Q durfte nicht wissen, wie sehr ich das hier wollte. Ich musste mich wehren – ich *wollte* mich wehren.

Irgendwie gelang es mir, mich in eine oscarwürdige Schauspielerin zu verwandeln, und ich ließ sogar eine Träne fließen. »Ich will das nicht.«

Seine Nasenflügel bebten. Er nahm die Hand von seinem Schwanz und fing eine der Tränen mit der Fingerspitze auf. Er starrte erst den Tropfen an, dann mich. Unentschlossenheit sprach aus seinem Blick. Die Nacht forderte ihn zurück und zeichnete Schatten auf sein Gesicht. Er leckte die salzige Träne ab. »Du wirst noch mehr weinen, bevor ich mit dir fertig bin.«

Ich begann, eine mentale Liste mit den Dingen zusammenzustellen, die meinen Meister antörnten. Tränen waren das eine, Widerstand das andere. Aber was stürzte ihn wirklich in den Abgrund? Ich würde nicht aufhören, bis ich es herausgefunden hatte.

Erneut strömten Tränen und zwangen mich, mich in *die* Ecke meines Verstandes zu flüchten, in der ich ihn hasste – genau wie bei meiner Ankunft hier. *Bevor* er mich gerettet und für mich getötet hatte. Q wollte keine demütige Sklavin. Es gefiel ihm, dass ich mich nicht brechen ließ.

Ein weiteres Puzzleteil fiel an seinen Platz. Hatte Suzette das gemeint, als sie gesagt hatte, dass Q sie nicht anfasste, weil sie zerstört war? Er berührte mich, weil ich mich wehrte – weil ich stark war. Er konnte keine Frau ficken, die verletzt war … aber trotzdem wollte er … Was wollte er? Mich zähmen? Sich mit mir messen? Irgendetwas in ihm wollte als Vergewaltiger bezichtigt werden, als krank und verdorben, denn genau so sah er sich selbst, wenn er ehrlich war.

Q leckte mit der Zunge über meine Wange und fing die Tränen auf. Ich rang nach Luft, zappelte unter ihm und biss mir auf die Lippe, als unsere nackten Körper übereinanderglitten. Meine Nippel waren so hart wie noch nie zuvor und pulsierten vor Erregung.

Er neigte den Kopf und wir waren Stirn an Stirn. Ich atmete ihn ein und presste mich gegen den Pfosten, damit sich kein Teil von mir aus Versehen nach ihm reckte. Das hätte das Spiel ruiniert. Ich durfte nicht vergessen, dass ich das hier angeblich nicht wollte.

»Ah, *esclave. Tu m'excites comme c'est pas croyable.*« Du erregst mich auf unglaubliche Weise. Seine Finger schossen zwischen meine Beine und tauchten tief in mich ein. Meine Knie zitterten, als er mit der Hand zustieß, hart.

Ich wimmerte und mein Körper reagierte sofort: schwoll an, schmolz dahin, *begehrte*. Ich lechzte gierig nach allem, was Q mir gab. Ich wollte ihn so sehr, aber ich wollte mich ebenso sehr gegen ihn wehren. Nein zu sagen hatte eine sonderbare Wirkung auf mich; es steigerte den Sex von einem mittelmäßigen Vergnügen zu einem erschütternden fleischlichen Akt. Ich verwandelte mich in eine hungrige, von ihrer Libido getriebene Frau, und nur Q konnte dieses erotische Verlangen befriedigen.

Er raunte etwas auf Französisch, aber die Worte wurden von dem stillen, in Nacht gehüllten Zimmer verschluckt. Ich keuchte heftig, aber es klang seltsam gedämpft, wie in einem Traum.

Sein Finger nahm mich völlig in Besitz. Er erschütterte mein tiefstes Inneres und schnappte nach Luft, als ich mich ihm hingab und mich nach mehr sehnte.

Ich konnte nicht anders, ich stöhnte laut.

Er presste den Penis gegen meine Hüfte und schmierte seine schillernden Lusttropfen auf mich. Seine Erektion war heiß, steif und unglaublich verlockend. Sein Atem ging ebenso rau wie meiner. »Du kannst nicht lügen. Nicht jetzt. Nicht wenn dein Körper die Wahrheit herausbrüllt.« Er bewegte die Finger, streichelte mich tief in meinem Inneren, bis ich nach Erlösung gierte.

Er hatte recht, ich konnte nicht lügen und weinte deshalb nur umso heftiger.

Ich wollte schreien: *Fick mich, ich bin dein.* Aber stattdessen fauchte ich ihn an: »Nimm deine Finger aus mir.«

»Schhh, *ma belle*. Du willst das.« Seine Stimme vibrierte vor Sinnlichkeit. Ich fragte mich, wie sehr er selbst wohl schauspielerte. Hielt er sich meinetwegen im Zaum? Wie weit – in welche Dunkelheit – würde er noch gehen?

Q streichelte mich grober, Nässe verteilte sich zwischen meinen Schenkeln. Meine Brüste sehnten sich schmerzlich danach, berührt zu werden. Mein Mund war ganz trocken und verzehrte sich nach Küssen, aber mein Herz war so voll, dass ich Angst hatte, ich würde in einem Regen aus brennenden Funken explodieren.

Plötzlich hielt Q inne und zog sich zurück. »Ich bin der Einzige, der dir geben kann, was du wirklich begehrst.« Seine Finger bohrten sich in meine Wange und verbreiteten meinen Geruch. »Und ich weigere mich, es dir zu nehmen.« Er trat zwischen meine Beine und platzierte seine heiße Länge genau dort, wo ich sie so sehr wollte. Er glitt mit der Spitze über mich und entlockte mir zuerst ein Keuchen und dann einen Schrei.

Ich wiegte mich vor und zurück, flehte ihn an, mich zu nehmen. Ich zitterte vor extremem Verlangen und konnte es bis in die Zahnwurzeln spüren.

»Gib es mir, oder du wirst ein Nichts.«

Ich kniff die Augen zusammen. »Ich habe dir alles gegeben, was du wolltest. Es ist nichts mehr übrig, was ich dir geben könnte.«

Er wich zurück und starrte mich unverhohlen an. Überwältigende Lust flackerte in seinen Augen auf. Er machte einen Schritt rückwärts und fuhr mit der Hand durch sein kurzes Haar.

Meine Hüften schoben sich aus eigenem Antrieb auf ihn zu, suchend, wollend. Erschrocken presste ich mich wieder an den Pfosten und hoffte, dass er es nicht gesehen hatte.

Aber das hatte er. Seine Lippen zuckten. »Immer diese Lügen.«

Ich erwiderte nichts.

Q ging vor mir auf und ab. »Ich ficke dich, wie immer du willst, wenn du mir dafür gibst, was *ich* will.«

Köstliche Erregung durchflutete mich, aber ich runzelte die Stirn. »Und was willst du?«

»Ich will alles an dir besitzen, *esclave*. Auch deinen Namen.«

Mein Herz raste. Ich wusste, dass er die Wahrheit sagte. Er würde uns beiden die Befriedigung verweigern, nur weil er meinen Namen wissen wollte. Diesmal musste ich bei meiner Antwort nicht lügen. »Du bist tot, bevor das passiert.« Ich war wütend auf ihn.

Er lachte spöttisch – es klang geradezu unbeschwert, verglichen mit der aufgeladenen Spannung, die uns umgab. »Niemand wird sterben – es sei denn, ich sterbe am Vergnügen, es dir zu besorgen.«

Ich ignorierte meine Erregung und spielte meine Rolle weiter. »Arschloch.«

Seine Stimmung veränderte sich. Er wurde herrischer, dominierender. »Du hast ja keine Ahnung.« Er lachte, aber es klang schmerzverzerrt.

Meine Atmung ging schnell und abgehackt. Ich versuchte es mit meinem eingerosteten Französisch: »*Je ne suis pas à toi.*« Ich bin nicht dein.

Er biss die Zähne zusammen, streckte eine Hand aus und entfernte die Tanga-Fessel. Er zog mich unsanft von dem Bettpfosten weg und warf mich auf die Matratze. »Sag das noch mal, *esclave*.« Er breitete sich über mich wie ein lebendiger Umhang und erstickte mich beinahe zwischen den Laken. Mein Magen schlug Purzelbäume und mir entwich ein leises Jaulen. Sein auf mir liegender Körper überwältigte mich – es war so erregend wie Furcht einflößend.

Seine Lippen wanderten an meinem Nacken entlang, während er die Innenseite meines Oberschenkels mit flinken Fingern kitzelte, höher und immer höher.

Mit jedem weiteren Millimeter geriet mein Blut noch mehr in Wallung.

Ich begriff nicht, wie mich eine einzige Berührung vor Verlangen erbeben lassen konnte. War es Qs Dominanz? Das Wissen, dass ich ihn nicht aufhalten konnte? Das konnte es nicht sein. Die Vergewaltigung hatte mich von dieser lächerlichen Fantasie geheilt.

Irgendwo tief in mir wusste ich, dass Q mir keinen Schaden zufügen wollte. Er wollte mich und ich war die Seine. Es war nichts Falsches daran, wenn er mich nahm – wie auch immer es ihm beliebte.

»Spreiz die Beine«, befahl er.

Ich gehorchte sofort. Seine Finger fanden meine Öffnung und streichelten sie. Qs Atem stockte, als er zwei Finger hineinzwang, dehnend und quetschend, aber es war nicht genug. Ich brauchte mehr. Ein Orgasmus neckte mich, kurz vor dem Ausbruch. So nah, so schnell. Ich wünschte es mir voller Verzweiflung.

Q schien meinen Drang zu spüren und rutschte wieder von mir herunter. Er kniete sich hin, packte besitzergreifend meine Knöchel und spreizte meine Beine noch weiter.

Ich schrie auf, als er mit der Zunge an meinem Bein hinaufleckte und sich mit herrlich feuchtem Druck auf die eine Stelle zubewegte, an der ich ihn so schmerzlich ersehnte.

Als seine Zunge mich endlich fand und er meine Klitoris mit der Geschicklichkeit eines erfahrenen Liebhabers einsaugte, bäumte ich mich unwillkürlich auf und presste die

Hüften auf seinen Mund. Ich hatte noch niemals etwas so sehr begehrt, war noch nie so von Verlangen besessen gewesen. Ich wollte nie wieder denken. Das hier war wahre Freiheit – genau hier, während mein Meister zwischen meinen Beinen kniete.

Qs langer Finger drang in mich, tauchte tief in mich ein, während seine kitzelnde Zunge köstliche, sternenhelle Spasmen durch meinen Bauch jagte. Ich ritt seinen Finger und suchte gierig nach Reibung.

Ich musste ihn in mir spüren. Ich brauchte das Gefühl, dass er mich beherrschte.

Er stand auf, packte mich am Hals und zog mich zu sich, damit ich ihn küsste. Meine Feuchtigkeit glänzte auf seinem Kinn und er erfüllte mich mit meinem Geschmack.

Er biss mir in die Lippe und schob sich hinter mich. »Ich besitze alles an dir, *esclave.*«

Ich war nicht auf die plötzliche, schockierend harte Invasion seines mächtigen Penis vorbereitet. Ich kreischte, als er mich unendlich weit dehnte und mir keinerlei Zeit ließ, mich darauf einzustellen. Mein Magen zog sich zu einem dichten Kosmos zusammen, kurz vor dem befreienden Urknall.

Ich stöhnte, als er hart in mich hineinstieß, mich von hinten auf dem Bett nahm. Ich bebte vor nie gekannter Ekstase.

Q biss mir in die Schulter, vergrub die Finger tief in meinen Hüften und riss mich bei jedem Stoß mit voller Wucht nach hinten. Meine Erregung steigerte sich mit jeder Rückwärtsbewegung und jeder Penetration, bis ich schließlich triefend nass war, heftig stöhnte und wimmerte und lauter kreischte und keuchte als je zuvor in meinem Leben.

»*Putain de merde*«, knurrte er und fickte mich so hart, dass meine Knie über die weiche Bettdecke schürften.

Seine Stimme war alles, was ich brauchte, um die glühende Galaxie in meinem Inneren explodieren zu lassen. Ich stieß einen ohrenbetäubenden Schrei aus und kam heftiger, als ich es mir je hätte träumen lassen.

Qs Psychospielchen – die tiefe Verbindung zu ihm, die ich spürte, nachdem ich ein Leben lang ziellos dahingetrieben war – hatten schließlich sämtliche Dämme brechen lassen und meinen Körper in ein Bündel hochsensibler Nerven verwandelt.

Qs sexuelle Dominanz erleuchtete mich. Meine Braves-Mädchen-Maske war unwiederbringlich zerstört und ich suhlte mich förmlich in dem Gefühl von Qs Körper, der gegen meinen klatschte, während er seine eigene Befriedigung fand.

Die schwere Hitze seiner Hoden peitschte meine Klitoris, als er mich noch härter fickte. Ich krallte mich in die Bettlaken und knüllte sie mit jedem Stoß fester in meiner Faust zusammen.

Q packte mein Haar, drückte meinen Rücken durch und schlug mir gleichzeitig auf den Hintern. »Fuck, ich will, dass du blutest.« Er schlug mich wieder und wieder. Jeder heiße Handabdruck brachte köstlichen Schmerz und erotische Folter.

Durch die Qualen überwand ich eine weitere Schwelle meiner geschundenen Nervenenden. »O Gott«, stöhnte ich und erschauderte, als sich der orgiastische Druck erneut aufbaute und in einer mächtigen Woge meine Beine hinauf- und bis in mein Innerstes hineinschwappte.

Nicht noch mal. Sicher nicht. Ich hatte *nie* multiple Orgasmen.

Q fluchte und schlug mich so hart, dass Tränen flossen, obwohl ich vor Erregung keuchte. *Es tut weh. Es fühlt sich zu gut an. Hör auf. Schlag noch fester zu. Nein, nicht. Mehr.*

Ich zersprang in eine Zillion Einzelteile und melkte Qs Schwanz ein zweites Mal.

»Fuck«, stöhnte er, bäumte sich mit wilder Kraft auf und erschütterte meine Seele. Er schlug mir so fest auf den Hintern, dass ich mir auf die Lippe biss, bis sie blutete. Ein stechender Schmerz pulsierte, als Q in mir explodierte. Ich spürte jeden Schub, jeden Strahl, und ergötzte mich daran, einen Teil von ihm zu besitzen. Er hatte sich mir hingegeben.

Sein Saft gehörte mir. So wie ich ihm gehörte.

Mein Po brannte, aber mein Körper war schlaff wie eine Stoffpuppe.

Q zog sich aus mir heraus und keuchte schwer. Ich rollte mich unter Schmerzen auf den Rücken und sah zu, wie er ins Badezimmer taumelte. Mit einem Handtuch um die Hüften kehrte er wieder zurück.

Ich setzte mich auf und zuckte zusammen, als ich die Folgen des Missbrauchs spürte, innerlich wie äußerlich. Mein Körper war völlig ermattet, aber satt und selig.

Q wirkte verschlossen, wütend. Er schaute mir nicht mal in die Augen.

War ich so schrecklich gewesen? Ich hatte zwar nicht viel Erfahrung, aber Brax schien den Sex mit mir immer genossen zu haben. Die Ablehnung stach wie tausend Dolche. Ich wartete auf ein Zeichen, dass Q befriedigt war, aber er würdigte mich keines Blickes.

Sein Samen tropfte an meinem Schenkel hinunter und sammelte sich in einem nassen Fleck auf dem Laken. Tränen traten in meine Augen. Ich musste irgendeinen furchtbaren

Fehler begangen haben. Ich musste ihn wiedergutmachen. Wenn ich Q nicht befriedigte, würde er mich wieder Männern wie dem Biest und dem Fahrer zum Fraß vorwerfen. Er würde mich nicht mehr beschützen. Oder trösten.

Ich wusste nicht, was ich tun sollte.

Ich stieg aus dem Bett und kroch zu Q. Er hatte mich nie gebeten, irgendetwas anderes zu sein als ein Mensch, aber vielleicht wünschte er sich ja insgeheim, dass ich mich in ein niederes Wesen verwandelte.

Ich klammerte mich an das Handtuch und blickte in seine gequälten blassen Augen. Er sah nicht aus wie ein Mann, der gerade explosiven Sex gehabt hatte. Er sah aus, als wollte er Selbstmord begehen oder seinen Schwanz mit Scheuermilch abreiben. Wie ein Mann, auf dessen Schultern tausend Tonnen des Bedauerns lasteten.

Ein Kloß aus Sehnsucht und Versagen bildete sich in meinem Hals. »Es tut mir leid. Ich kann es besser machen. Versprochen. Bitte, gib mir noch eine Chance.«

Die ›alte Tess‹ schreckte auf. Ich flehte einen Mann an, der mich noch nicht mal wollte – einen Mann, der mich wie ein unerwünschtes Paar Socken behandelte –, mich noch einmal zu vögeln.

Ich flehte ihn an, als könnte er meinem Leben ein Ende bereiten.

Weil er es konnte.

Ich vertraute dem Rest der Welt nicht mehr. Ich vertraute Q. Mit allem, was ich hatte. Ich konnte es nicht ertragen, wenn er mich verachtete, weil ich einen Fehler begangen hatte.

Er wich zurück und die Bewegung seiner Muskeln ließ es aussehen, als würden die Sperlinge davonflattern. »Hör auf, *esclave*. Geh dich waschen. Geh ins Bett.«

Seine Befehle waren wie ein Schlag ins Gesicht. Wollte er, dass ich mich wusch, damit kein Teil von ihm an mir zurückblieb? Wie konnte er das von mir verlangen? Wir waren miteinander verbunden. Wenn ich jetzt duschte, verschwand die Verbindung und ich würde mich wieder in nichts verwandeln.

O Gott, ich war völlig gestört. Ruiniert. Gebrochen.

Q senkte den Blick und sein Kiefer spannte sich unter dem Bartschatten an. »Ich werde dich nicht wieder anfassen, bis du mir deinen Namen verrätst.«

Dann ging er.

Genau wie jedes Mal.

KAPITEL 18

SCHWAN

Mein neues Leben hatte begonnen.

Zwei Wochen lang sah ich Q nur, wenn er von der Arbeit nach Hause kam, und auch dann nur flüchtig.

Er betrachtete mich jedes Mal mit schwelender, unlesbarer Miene, bevor er in dem Bereich des Hauses verschwand, zu dem mir der Zutritt nicht erlaubt war.

Kurz darauf tönte Musik aus den Lautsprechern. Klagelieder, gesungene Flüche und Texte voller Wut und Drohungen brachten die Fenster zum Klirren.

Q hatte einen vielseitigen Musikgeschmack. Eines Abends dröhnte sogar Heavy Metal aus den Lautsprechern und schleuderte mir Worte voll nagendem Verlangen entgegen.

Es ist erwacht und weigert sich,
in die Dunkelheit zurückzukehren.
Jeden Moment, jede Sekunde,
jeden Herzschlag kämpfe ich
gegen den Drang an, zu verletzen.
Meine Entschlossenheit wankt,
meine Schuldgefühle schwinden,
mein Verlangen ist übermächtig.
Ich bin nicht dafür verantwortlich,
was mit dir geschieht;
du hast mich provoziert, erweckt, erregt.

Meine Zunge lechzt nach deinem Blut,
mein Herz schlägt für Schmerzen.
Angst ist meine Visitenkarte
und ich bringe dir Angst und Schrecken.

Q spielte den Song zweimal, so als wollte er die Botschaft in mich hineinhämmern: Was immer er mit mir gemacht hatte, war nichts im Vergleich zu dem, was er mit mir tun *wollte,* und je länger ich mich weigerte, ihm meinen Namen zu verraten, desto mehr musste er mir wehtun.

Aber meinen Namen geheim zu halten war meine einzige Waffe gegen Q. Es machte ihn wahnsinnig und das liebte ich. Ich liebte die Macht, ihm Gefühle zu entlocken.

Ich lag im Bett, heftig keuchend, mehr als bereit dafür, dass endlich die Tür aufschwang und ein wutentbrannter Q Besitz von mir ergriff. Aber Starrsinn war mein Freund, und ich würde mein letztes Geheimnis nicht preisgeben. Entweder war ich verrückt, meinen Meister so zu provozieren, oder ich hatte in der Gefangenschaft den Verstand verloren. So oder so, es spielte keine Rolle, denn ich fühlte mich unglaublich lebendig, wenn ich die lauten Songs hörte. Ich war besessen davon, wie mein Körper kribbelte und pulsierte, verzehrt von den schlagenden Flügeln der Erwartung – völlig verhext von Q.

Wir spielten unser Spiel und warteten darauf, wer als Erster einknicken würde. Die Nächte verstrichen in gnadenlosem Verlangen, die Tage krochen mit quälender Ungeduld dahin.

14 Tage lang blieb Q seinem Versprechen treu und kam kein einziges Mal zu mir.

Der Winter schmolz dahin und der Frühling breitete sich mit Tulpen und Narzissen über der Landschaft aus.

Ich akzeptierte, dass ich niemals erfahren würde, wo ich eigentlich lebte. Suzette antwortete mir nicht, wenn ich sie danach fragte, und ich bezweifelte, dass Q es mir jemals sagen würde.

Niemand würde Tess Snow je wiederfinden. Sie existierte nicht mehr. Ich war nun *Mon Amie l'Esclave.*

Tagsüber arbeitete ich mit Suzette an meinem Französisch, nachts wartete ich auf Q. Ich war die ganze Zeit über feucht, und wenn er nicht auftauchte, wurde ich von Träumen übermannt. Albträume, in denen Q mich verstieß, weil er mich nicht länger ertragen konnte. Wiederkehrende Träume von Fahrer und Biest, die mich vergewaltigten und mich töten wollten. Nur dass in den Träumen nicht Q auftauchte und mich rettete, sondern mich Lederjacke zurück nach Mexiko verschleppte, wo er mich verprügelte, mich brach und mich schließlich an den Nächsten verkaufte. Brax spielte stets die Hauptrolle in meinen Träumen, aber er rettete mich nie. Entweder schlief er während meiner Folter oder betrachtete das Geschehen nur voller Verzweiflung.

Mein Herz verkrampfte sich. Mein Unterbewusstsein gab Brax die Schuld an allem, was passiert war. Gleichzeitig wusste ich jedoch, dass es mein Fehler gewesen war, weil ich nicht darauf bestanden hatte, dass wir das Café verließen. Ich konnte nicht erwarten, dass Brax kämpfte und tötete – das lag nicht in seiner Natur. Ich vermisste seine Sanftheit, auch wenn sie mich immer ein wenig genervt hatte. Ich hatte in unserer Beziehung immer die Hosen angehabt und war trotzdem weinerlich, hilfsbedürftig und schwach geblieben, weil er mir keine Kraft gegeben hatte.

Q schlug mich, fickte mich und verwandelte mich in ein Besitzstück, aber gleichzeitig setzte er Kräfte in mir frei, von denen ich noch nicht einmal geahnt hatte, dass sie in mir schlummerten.

Q hatte mir alles genommen, aber er hatte mir nichts gestohlen – ich hatte es ihm freiwillig gegeben. Weil ich es ihm erlaubt hatte, mich zu beherrschen, hatte er mir im Gegenzug etwas Greifbares geschenkt: Er hatte es mir erlaubt, *ich selbst* zu sein. *Echt* zu sein.

Ich war nicht mehr so naiv und scheu. Ich hatte mich vom Mädchen zur Frau entwickelt. Zu einer Frau, die einen Platz an der Seite dieses komplizierten, problembeladenen Mannes wollte. Einer Frau, die nicht aufgeben würde, bis sie endlich die Wahrheit kannte.

»Ami, kannst du das Käsesoufflé fürs Abendessen zubereiten?«, fragte Suzette und stieß mich freundschaftlich mit der Hüfte an, als sie an mir vorbeiging. Wir befanden uns in der Küche, eingehüllt in den Duft von frischem Brot und Gebackenem.

Die Schiebetüren waren geöffnet und ließen eine milde Brise herein, untermalt von der angenehmen Geräuschkulisse der Vögel und des Frühlings. Frankreich hatte mich verändert. Ich vermisste die australische Sonne, aber ich liebte Frankreichs kühles, unaufdringliches Flair.

Ich lächelte und nickte. »Gerne. Ich hab ja sonst nichts zu tun.«

Suzette kicherte. »Du könntest natürlich auch in etwas Aufregendes schlüpfen und Q überraschen, wenn er nach Hause kommt. Ich warte schon die ganze Zeit darauf, dich wieder zu hören, du kleine Gotteslästerin. Warum hat er dich denn nicht mehr besucht?«

Suzette interessierte sich in übertriebenem Maße für mein Liebesleben. Wir führten jeden Tag dieselbe Unterhaltung. Nur weil ich ein paar Flüche ausgestoßen hatte, als

Q mich gevögelt hatte, hatte sie sofort einen neuen Spitznamen für mich gefunden: kleine Gotteslästerin. Ich hasste es, dass sie uns gehört hatte.

Madame Sucre wedelte mit einem Geschirrtuch in der Luft herum. »Suzette, sei nicht so neugierig.« An mich gewandt fügte sie hinzu: »Sie hat nicht mehr aufgehört zu grinsen, seit du den Meister in dein Bett gelassen hast.«

Ich wirbelte herum und starrte sie an. Madame Sucres massiger Körper bewachte den Topf mit dem Hummer, in dem sie rührte.

Ich blies mir ein paar Haarsträhnen aus den Augen. »Seit ich ihn in mein Bett gelassen habe? Als hätte ich eine andere Wahl gehabt.« Ich drehte mich wieder zu Suzette und sagte: »Q ist derjenige, der nicht zu mir kommt, Suzette. Und das wird er auch nicht, bis ich ihm meinen Namen verrate.«

Sie schnaubte. »Q ist immer noch dein Meister und du bist seine Sklavin. Sag ihm, was er wissen will. Du solltest keine Geheimnisse vor ihm haben.«

Ich errötete und blickte auf den weichen Teig hinunter, den ich knetete. »Er kann mich vielleicht herumkommandieren, aber ich muss nicht jede winzige Einzelheit mit ihm teilen. Außerdem bin ich nicht länger diese Person. Ich bin Ami.« Ich schenkte ihr ein Lächeln und fuhr mit leiserer Stimme fort: »Weißt du eigentlich irgendwas über sein Sperlingstattoo?«

Ich konnte einfach nicht aufhören, daran zu denken. Ich wollte es wie eine Landkarte lesen, jede einzelne Feder küssen und seine Bedeutung verstehen.

Suzette kaute auf ihrer Unterlippe herum. »Ähm …«

Madame Sucre wirbelte herum und wischte sich die Hände an der Schürze ab. »Suzette, wage es ja nicht. Es ist nicht an dir, dieses Geheimnis zu verraten.«

Ich funkelte die beiden an und wünschte mir, ich hätte die Antworten aus ihnen herausfoltern können. Dass ich so lange nicht mit Q zusammen gewesen war, ließ mich allmählich verzweifeln.

Suzette zuckte mit den Achseln und verschwand in der riesigen Speisekammer.

Ich schnaubte frustriert und knetete weiter.

An jenem Abend kehrte Q erst spät nach dem Abendessen nach Hause zurück und entschied sich für französische Musik. Die Worte waberten durch die Villa und vibrierten in meinem Blut. Die sorgenvolle Melodie schlängelte sich wie ein Faden durch die Gänge und führte mich durch das Haus.

Ich wusste nicht, wie spät es war, aber das Personal war bereits zu Bett gegangen. Ich selbst war zu aufgewühlt, um zu schlafen. Mein Körper war rastlos und brauchte etwas, das nur Q mir geben konnte.

Aufblitzende grüne Augen erschreckten mich, als ich einen Korridor entlangschwebte, den ich noch nie zuvor betreten hatte. Franco warf mir einen finsteren Blick zu, machte jedoch keinerlei Anstalten, mich aufzuhalten. Seit jener grauenvollen Nacht, in der Q zum Mörder geworden war, ließ Franco mir mehr Freiheiten. Er folgte mir zwar mit den Augen, wo immer ich ging und stand, aber er hielt mich nicht auf. Vielleicht hatte Q ihm befohlen, mich in Ruhe zu lassen – oder vielleicht spürte er auch, dass ich nicht noch einmal weglaufen würde. Ich war dankbar dafür, dass sich mein Käfig vergrößert hatte.

Ich ging an Franco vorbei und drang tiefer in den Westflügel vor. Ich sah oft, wie Q hier verschwand – es war an der Zeit herauszufinden, warum.

Ich öffnete die Doppeltür am Ende des Korridors und betrat einen lang gezogenen, mit Perserteppichen ausgelegten Raum und blickte auf mächtige Fotoleinwände. Sie zeigten keine wilden Tiere oder Menschen, sondern Stadtansichten und Wolkenkratzer. Der harsche Beton und das kalte Metall wirkten fehl am Platz, bis ich unter jedem Foto ein Datum erkannte, das angab, wann und wo das jeweilige Gebäude gekauft worden war.

Das hier waren keine dekorativen Bilder, sondern Eigentumsdokumentationen. *Heilige Scheiße, gehören die alle Q?*

Ich drehte mich im Kreis. Unzählige Aufnahmen beeindruckender Architektur, weitläufiger Hotels und luxuriöser Apartmentgebäude … die unterschiedlichsten Immobilien zierten die Wände. Wenn sie wirklich alle ihm gehörten, dann besaß er praktisch ein eigenes kleines Land.

Ich musste noch mehr wissen und ging weiter. Alles an der Villa schrie »altmodischer Charme« und »altes Geld«, doch zugleich konnte ich Q in den Artefakten, Statuen oder exotischen Pflanzen, die in sämtlichen Räumen blühten, nicht erkennen.

Q verschloss sich vor mir. Ich hoffte, auf meiner Erkundungstour Antworten zu finden, aber bisher verwirrte sie mich nur noch mehr.

Das französische Lied verfolgte mich auf jedem Schritt mit seelenvollem Stöhnen und hoffnungsvollen Sonetten. Ich summte den Refrain leise mit.

Personne ne voit ma situation,
quand tout ce que je veux faire c'est me battre,
Tu me dépeins dans une lumière
que je ne pourrai jamais être,

Je suis enchaîné dans l'obscurité,
consommé par la rage et le feu,
Je suis proche de la rupture,
l'envie est tremblante, violente,
Je suis le diable, et il n'y a aucun espoir.

Erkennst du meine Not denn nicht,
wenn ich nur noch kämpfen will?
Du zeichnest mich in einem Licht,
das ich niemals erfüllen kann.
Ich bin von Schatten gefesselt,
verzehrt von Rage und Feuer.
Ich bin kurz davor zu brechen.
Der Drang lässt mich beben, schändet mich.
Ich bin der Teufel und es gibt
keine Hoffnung für mich.

Das Lied verklang und mein Herz raste in der Stille. Instinktiv öffnete ich eine riesige Tür und betrat das Paradies. Ein Wintergarten von der Größe einer Vierzimmerwohnung entfaltete sich mit wolkenkratzerhohen Palmen unter einer gewaltigen Glaskuppel vor mir. Die Geräusche eines plätschernden Flusses und Wasserfalls sprudelten hinter dem üppigen Blattwerk. Sterne funkelten über mir durch das endlose Glasdach – eine mondlose Nacht.

Ich neigte den Kopf zur Seite und lauschte. *Was ist das?*

Zwitschern und Trällern, Zirpen und Pfeifen. Ich kämpfte mich durch die Blätter, bis ich direkt vor einer zweistöckigen Voliere stand.

Schillernde Vögel flatterten und sangen, glücklich in ihrem Käfig. Viele von ihnen schliefen bereits, den Kopf unter die Flügel gesteckt, die kleine Brust aufgeplustert.

Ich betrachtete sie näher. Anstelle der Papageien und Wellensittiche, die ich erwartet hatte, bevölkerten Schwärme aus Sperlingen, Wachteln, Zaunkönigen und Schwarzdrosseln die Voliere. Gewöhnliche, alltägliche, geflügelte Kreaturen, aber ebenso einzigartig und perfekt.

Ich muss wissen, was diese Vögel zu bedeuten haben.

Ich musste wieder an das Wandgemälde und die Sperlinge auf Qs Brust denken – die unglaublichste Tätowierung, die ich jemals gesehen hatte. Unzählige Stunden mussten in das Kunstwerk geflossen sein, wohingegen mein Tattoo nur zehn Minuten gedauert hatte. Ich rieb über den Strichcode und fragte mich, ob er sich wohl verändern ließ. Ich wollte nicht mehr daran erinnert werden, was passiert war. Es lag in der Vergangenheit und das Sklavendasein bei Q hatte nichts damit zu tun.

Eine Woge der Schuld schwappte durch meinen Körper, als ich mit dem Daumen über die schwarzen Linien fuhr. Ich konnte nicht über die anderen Frauen nachdenken, darüber, wo sie gelandet waren und wem sie nun gehörten. Es tat zu weh.

Ein Sperling trällerte eine Note und landete auf einem nahen Ast. Seine schwarzen, intelligenten Augen schätzten mich ab und er neigte das Köpfchen zur Seite.

Was denkst du, kleiner Vogel? Kennst du deinen Meister? Kannst du mir sagen, wer er ist?

Er schaukelte auf dem Ast, flatterte dann wieder davon und ließ eine Wolke aus Federn zurück.

Die Lautsprecher knackten, als ein neues Lied begann. Ein tiefer, erotischer Beat vibrierte in der Luft. Der schwere Bass ließ die Blätter erzittern.

Mein ganzer Körper schmerzte, verlangte nach Erlösung. Q besaß mein Gehör. Wusste er, dass dieses Lied meine

Frustration ins Unermessliche steigerte? Wie sehr ich ihn brauchte und wollte?

Ich weigerte mich, mir selbst einen Orgasmus zu verschaffen. Aber wenn Q nicht bald zu mir kam, dann würde ich ihn finden und ihn dazu zwingen, sein dämliches Versprechen zu brechen. Ich würde dieses Kräftemessen gewinnen und ihm meinen Namen nicht verraten.

Während ich die Vögel beobachtete, wanderten meine Finger zu der Stelle hinunter, an der Q mich geschnitten hatte. Die Wunde war längst verheilt, aber ich wollte eine neue. Ich wollte das Raue, Ungezähmte. Ich wollte blaue Flecken und Schnitte, die meine Erregung und Befriedigung noch weiter steigerten.

Ich will, dass er mich wieder schlägt.

»*Esclave. Qu'est-ce que tu fais ici?*« Was tust du hier? Qs Stimme hallte im ganzen Wintergarten wider.

Alles in mir spannte sich unwillkürlich an, schmolz dahin, reagierte auf ihn. Ich konnte durch das dichte Blattwerk nichts sehen und drehte mich langsam suchend im Kreis.

»Woher wusstest du, wo ich bin?« Ich blickte in den dunkelgrünen Dunst und versuchte, etwas zwischen den Blättern zu erkennen.

Er lachte. Ein tiefes Brummen. »Im Haus sind überall Kameras. Hier passiert nichts ohne mein Wissen.«

Das hätte mir klar sein müssen. Der Kontrollfreak Mr. Mercer beobachtete sein Reich ununterbrochen. Gab es in meinem Zimmer auch Kameras? Ich wollte ihn fragen, ob er auch meine quälenden Albträume sah. Ob er die Stunden zählte, die ich für ihn wach lag, auch wenn er niemals kam.

Q tauchte hinter einer Palme auf. Er trug einen weißen Leinenanzug – makellose Perfektion ohne eine einzige

Falte. Das graue Hemd hatte die Farbe eines kalten Wintertags und unterstrich seine blassen Augen. Er hielt eine schwarze Ledermappe in der Hand und drückte sie an seinen Oberschenkel.

Mein Hintern brannte, als eine Fantasie wie ein Buschfeuer in mir aufflammte und ich mir vorstellte, wie er mich mit der Mappe schlug.

Ich seufzte und lächelte still. Alles war genau so, wie es sein sollte. Mein Platz in dieser Welt war an Qs Seite. Ich akzeptierte das. Es war schon viel zu lange her. Mein Körper wurde ganz warm und zerfloss bei der Erinnerung an seine Befehle und die Art, wie er mich geschlagen hatte, als er gekommen war. Er hatte gesagt, dass er mich zum Schreien bringe wollte. Nach zwei Wochen der Einsamkeit würde ich zulassen, dass er es tat – mit Freuden.

Q kam näher, die Schultern angespannt, die Augen wachsam.

Ich runzelte die Stirn, als ich die Stressfalten auf seiner Stirn und um seinen Mund sah. Sein Blick traf meinen, aber statt des üblichen weichen Jadegrüns wirkten seine Augen bleich. Sie hatten die Farbe von verwässerten Limetten und pulsierten vor Schmerz. Ich hielt inne. Ich kannte diesen Blick – ich litt selbst darunter.

Q hatte Migräne.

»Du solltest nicht hier sein.« Er seufzte und fuhr sich mit der Hand über das kurze Haar. Er wirkte abgespannt und müde.

Mein Herz schlug schneller. Er sah menschlich aus. Erschöpft. Der grausame, verwirrende Meister verbarg sich hinter einem überarbeiteten, leidenden Mann. Zärtlichkeit stieg in mir auf. Ich wollte mich um ihn kümmern, seinen Stress vertreiben. Heute Nacht würde es keine von

Wut getriebene Dominanz geben, aber das war mir egal. Q so zu sehen offenbarte mir ein weiteres Teil des Puzzles. Es zeigte mir, wie tief meine eigenen Gefühle reichten. All die normalen Emotionen, die Q auslöste, waren wie weggewischt: Angst, Wachsamkeit, Lust … Sie alle lagen unter dem Bedürfnis verschüttet, seine Schmerzen zu lindern.

Ich entfernte mich von den lärmenden Vögeln in der Voliere, ging auf ihn zu und küsste ihn ganz sacht auf den Mundwinkel. »Es geht dir nicht gut.«

Seine Nasenflügel bebten und er wich vor mir zurück. »Mein Wohlergehen geht dich nichts an.«

Ich blickte ihn finster an und verschränkte die Arme. »Dein Wohlergehen *geht* mich etwas an. Und ich sage dir auch, warum. Wenn du krank wirst, was passiert dann mit mir? Wo soll ich hin? Bei wem lande ich dann?«

Q wandte sich ab und sein Blick wanderte zu dem Käfig voller Vögel hinüber. Schatten ummantelten ihn und ich versuchte, seine Geheimnisse zu lesen. *Warum lässt er nicht zu, dass ich all seine Seiten sehe?* Was zur Hölle versteckte er?

»Es geht mir gut. Mir oder dir wird nichts geschehen.« Zorn blitzte in seinen Augen auf.

Ich bot ihm Trost an, aber er wollte ihn nicht. Ich hatte die Grenze von der verängstigten Sklavin zur Ebenbürtigen überschritten und es verärgerte mich, dass er es nicht zulassen wollte.

Ich wirbelte herum und lief zur Tür. Verdammter Mistkerl. Wenn er nur daliegen und sich in seinem Elend suhlen wollte – von mir aus. Das bedeutete aber nicht, dass ich hierbleiben und mir seinetwegen Sorgen machen musste. Wenn er wollte, dass ich als sein Besitzstück in meinem kleinen Käfig blieb, und er sich weigerte, mich als eine

Frau zu betrachten, die ihm helfen konnte – großartig. Das konnte er haben.

»Warte!« Er zuckte zusammen und ließ die Mappe fallen. Ich starrte auf den Ausgang. Ich sollte gehen. Ich wollte nicht mehr in Qs Intimsphäre eindringen, jetzt wo ich wusste, dass er mich dort nicht wollte.

Er stöhnte leise und rieb sich die Schläfen. »Ich wollte dich nicht verletzen. Ich bin nicht daran gewöhnt, dass Sklaven durchs Haus spazieren und in meinen Sachen schnüffeln.« Er lächelte schwach. »Du bist wissbegierig, das muss ich dir lassen.«

Ich fühlte mich gleichzeitig beleidigt und glücklich. Meine Füße bewegten sich ohne mein Zutun und ich drehte mich wieder um und baute mich vor ihm auf. Ich versuchte, kalt zu wirken, so als würden seine Schmerzen mich nicht berühren. Ich bückte mich, hob die Mappe auf und reichte sie ihm.

Er nahm sie mit einem knappen Nicken entgegen.

»Hast du Schmerztabletten genommen? Soll ich dir welche bringen?« Ich fragte mich, wo Suzette das Aspirin aufbewahrte. Nicht dass es geholfen hätte – oder zumindest half es *mir* nie. Das Einzige, was gegen eine Migräne half, waren eine Kopfmassage mit Menthol und Schlaf, um die Schmerzen zu vertreiben.

Q schüttelte den Kopf und bedeutete mir vorauszugehen. Ich gehorchte und schritt langsam durch den überwucherten Wintergarten, bis wir an einem kleinen Essbereich neben einem großen Teich stehen blieben, in den sachte ein Wasserfall plätscherte.

Q ließ sich stöhnend in einen der Korbsessel sinken und seufzte schwer. Er warf die Mappe auf den passenden Couchtisch und legte die Beine darauf. Mit einem weiteren

Seufzen streckte er seinen langen Körper, als würde es gegen die Kopfschmerzen helfen, sämtliche Verspannungen zu lösen.

Ich wusste nicht, was er von mir wollte – sollte ich gehen oder bleiben? Aber dann kam mir ein kühner Gedanke. Q war im Augenblick nicht so wachsam wie normalerweise. Wenn ich blieb und ihm Hilfe anbot, verriet er mir vielleicht etwas.

Ich setzte mich auf den Stuhl neben ihm und beobachtete, wie er die Stirn in Falten legte und die Augen schloss.

Wir saßen schweigend da und lauschten den sanften Geräuschen des fließenden Wassers. Q ließ sich noch tiefer in den Sessel sinken und rieb sich mit starken Fingern den Nacken.

Ich stand auf und stellte mich hinter ihn. Ich dachte nicht darüber nach, wie er darauf reagieren würde, wenn ich ihn ohne Erlaubnis berührte. Ich versuchte, nicht an seine Vergeltung zu denken, sondern nur an das Bedürfnis, ihm zu helfen. *Willst du das wirklich tun?* Wenn ich mich um ihn kümmerte und mein Herz für eine andere Seite von Q öffnete, dann würde ich nicht verhindern können, dass ich neue Gefühle für ihn entwickelte. Wenn ich ihn berührte, dann nur, weil *ich* es wollte, und nicht, weil ich ihm gehorchen musste. Die Dynamik unserer kranken Beziehung würde sich verändern, sanfter werden.

Ohne sein Wissen würde Q mir genau das geben, was ich brauchte, um es ihm zu erlauben, mir beim Sex wehzutun und mich zu missbrauchen. Wenn er mir etwas Weiches gab, konnte ich ihm Härte geben. Wenn er sich an mich lehnte, schenkte er mir das Licht, das ich brauchte, um die Dunkelheit zu ertragen, die in mir wohnte.

Die Gedanken kämpften um ihren Platz in meinem Kopf und ich hielt inne, um sie zu ordnen.

Q atmete erschöpft ein und rutschte noch tiefer in dem Sessel hinunter. Ich hatte meine Entscheidung getroffen. Wenn ich mich um ihn kümmerte, würde er sich vielleicht öffnen. Vielleicht würde er mich nicht mehr nur als Sklavin betrachten, sondern mehr als … Tess.

O mein Gott. Ich wollte Q meinen Namen verraten. Ich wollte hören, wie er ihn mir liebevoll zuflüsterte. Hören, wie er mir mit seiner sexy, kontrollierenden Stimme Befehle gab. Wie er meinen Namen brüllte, wenn er mich brutal durchvögelte. Ich wollte nicht länger eine Unbekannte sein.

Was passiert mit mir?

Ich senkte die Hände auf Qs Kopf und fuhr mit den Fingern durch sein fellartiges Haar. Ich stöhnte leise, so weich war es. Ich schwankte, wollte daran riechen und mich an seinem Duft aus Zitrus und Sandelholz berauschen.

Er erstarrte und packte meine Hände. »Was tust du da, *esclave?*«

Tess. Mein Name ist Tess.

Ich erhöhte den Druck und massierte seine Kopfhaut mit festen Bewegungen. Er erschauderte unter meinen Fingern. »Ich helfe dir, die Kopfschmerzen loszuwerden.« Ich ließ die Finger weiter abwärts zu seiner Schädelbasis wandern, beugte mich nach unten und strich mit den Lippen über sein Ohr. »Wenn du mich lässt?«

Q atmete scharf ein und seine Brust spannte sich unter dem Anzug an. Meine Knie versteiften sich, als ein heißer Wirbel der Lust in meinem Bauch aufloderte.

Er drückte meine Hände so fest, dass es beinahe wehtat, bevor er sie wieder freigab und mir damit seine Erlaubnis erteilte.

Von der Aufregung, ihn berühren zu dürfen, wurde mir ganz schwindelig. Ich drückte noch fester, massierte ihn kräftig mit den Fingerkuppen und kratzte ihn hin und wieder sachte mit den Nägeln.

Q stöhnte und schloss die Augen, während meine Finger zu seinem Hals hinabmassierten, pressten, lockten und den Schmerz durch Berührungen vertrieben. Ich strich mit den Händen von seiner Schädelbasis bis zu seiner Stirn.

»*Ouf, c'est une sensation incroyable.*« Das ist ein unglaubliches Gefühl. Er stöhnte noch lauter, als ich seine Ohren umkreiste und die Finger fest gegen die Schläfen presste.

Schmetterlinge flatterten durch meinen Bauch. Ich kümmerte mich um meinen Meister und es gefiel ihm. Würde er mich dafür belohnen?

Ich lächelte leise. Q hatte gewonnen. Er hatte die Schlacht des Willens gewonnen, indem er mir seine Verletzlichkeit gezeigt hatte. Ich würde ihm meinen Namen schenken, wenn er mich das nächste Mal fragte – nicht weil er es verlangte, sondern weil *ich* es wollte.

Mein Rücken schmerzte, aber ich massierte ihn weiter, drückte und knetete. Ich würde nicht aufhören, solange er mich brauchte.

Schließlich legte er die Hände wieder auf meine und befahl mir sanft: »Du kannst dich jetzt hinsetzen. Die Schmerzen sind etwas besser. *Merci.*«

Ich wollte nicht aufhören. Über ihm zu stehen gab mir beinahe das Gefühl, ihn zu besitzen. Ich streichelte ihn ein letztes Mal, bevor ich gehorchte und mich auf einen Stuhl niederließ.

Er beobachtete mich mit halb geschlossenen Augen. Die Falten auf seiner Stirn waren verschwunden und die Anspannung um seinen Mund weniger offensichtlich.

Seine Augen wirkten immer noch schmerzerfüllt, aber sie waren nicht mehr glasig oder unfokussiert.

Wir blickten einander an, mit knisternder Lust und beide nicht in der Lage, die Augen abzuwenden. Q war die schwarze Sturmwolke, die mich zu sich saugte, und ich der mit schnellen Flügelschlägen flatternde Sperling. Der Unterschied zwischen seiner Tätowierung und diesem Moment war nur, dass ich nicht davonfliegen, sondern mich von der Wolke verschlingen lassen wollte.

»Danke, *esclave.*« Er senkte den Blick und richtete sich im Sessel auf.

Ein Schauer tanzte über meine Haut und ich griff nach der Mappe, nur um irgendetwas zu tun.

Q beobachtete mich mit unlesbarer Miene. Ich warf ihm immer wieder einen verstohlenen Blick zu, während ich mit der Mappe spielte. Ich hatte unsere Beziehung verändert, weil ich mich um ihn gesorgt hatte. Als seine Sklavin sollte ich eigentlich nichts mit ihm zu tun haben wollen, ganz davon zu schweigen, dass ich seine Schmerzen linderte. Aber das Wissen, dass mein Meister – mein wütender, wahnsinniger, lüsterner Meister – zuließ, dass ich mich um ihn kümmerte, machte mich ganz feucht und kribbelig.

In meinem Kopf drehte sich alles und ich versuchte, meine Gefühle zu begreifen. Warum fühlte ich mich gleichzeitig mächtig, zufrieden und verloren, wenn ich mich um Q kümmerte?

Q sagte kein Wort, als ich die Mappe öffnete und hineinschaute.

Ich runzelte die Stirn über den dahingekritzelten französischen Text. Gesprochenes Französisch verstand ich inzwischen zwar mit Leichtigkeit, aber lesen konnte ich es noch immer nicht besonders gut.

Q lehnte sich nach vorne und faltete die Hände zwischen den gespreizten Schenkeln – genau wie er es getan hatte, als ich hierhergebracht worden war und er den Peilsender an meinem Knöchel befestigt hatte. Mein Fußgelenk juckte, als ich an das Gerät dachte. Es war schon eigenartig, wie sehr ich mich inzwischen daran gewöhnt hatte. Es war meine Schutzmauer – das Wissen, dass Q mich immer finden würde, genau wie er es in meinen Träumen versprach.

Er zeigte oben auf die Seite, auf der sich ein Logo befand: die Umrisse eines fliegenden Vogels vor dem Hintergrund hoch aufragender Wolkenkratzer. »*Moineau* Holdings«, sagte Q.

Mein Herzschlag beschleunigte. Ich schaute ihm in die Augen. »Sperling-Konzern.«

Er nickte, öffnete den Mund, um etwas zu erwidern, schloss ihn dann jedoch wieder und räusperte sich. »Du hast gesagt, dass du dich mit Immobilien auskennst. Das ist mein Vermächtnis. Ich habe über 500 Objekte in weniger als zwölf Jahren erworben.« Sein Blick wurde wieder glasig. »Ich habe die Firma übernommen, als ich 16 war. Sie bestimmt mein Leben, aber ich bin dankbar für das, was sie mir im Gegenzug gibt. Für das, was ich mit dem Geld tun kann.«

Er sprach sonst niemals so. Ich wagte es nicht, mich zu bewegen, aus Angst, ich könnte den Zauber brechen und er sich wieder verschließen.

Stolz sprach aus seinen Augen. Zum allerersten Mal löste sich die erstickende Aura der Wut und Selbstverachtung auf, unter der ein mächtiger Firmenboss ein Imperium regierte. »Früher hieß das Unternehmen Mercer Conglomerates, als es noch meinem Vater gehörte.« Hass verdichtete seine Stimme und seine Hände verkrampften sich. »In dem Moment, als er gestorben ist, habe ich den

Namen geändert. Aber nicht nur den Namen, sondern die komplette Struktur des Unternehmens.«

Stille senkte sich über uns und ich wollte weder sprechen noch mich bewegen, um die Aufmerksamkeit keinesfalls auf mich zu lenken. Q sprach mit mir, als wäre ich mehr als nur ein Sexspielzeug oder sein Besitz. Er erlaubte mir, die Leidenschaft in seinem Herzen zu sehen, für eine Firma, über die ich nicht das Geringste wusste. Er deutete ein Vermögen an, das ich nicht einmal annähernd begreifen konnte, und ein ganzes Leben in den Diensten eines Unternehmens, das er seit dem Teenageralter führte.

Seinen Vater zu erwähnen brachte ihn vor Zorn zum Beben. Die Neugier brannte in mir und ich wünschte, ich wüsste, was passiert war. Hatte sein Vater ihn geschlagen?

Er blinzelte die Erinnerungen weg und wies mit einer Hand auf die Mappe. »Lies es. Ich möchte wissen, was du über diese spezielle Anschaffung denkst.«

»Was?« Ich konnte den ungläubigen Tonfall nicht unterdrücken. Ich starrte auf die Mappe, als hätte sie meinen Sklavenstatus gestohlen und mich in ein Angestelltenverhältnis geschleudert. Ich wollte nicht Qs Angestellte sein, ich wollte auf Augenhöhe mit ihm sein. *Dann antworte ihm … Er fragt dich als Frau – er* sieht *dich.*

Mit hämmerndem Herzen betrachtete ich die Seite und fuhr mit zitterndem Finger über das Sperlingslogo.

Q atmete schwer und rieb sich die Schläfen. »Ich habe dich gefragt, was du denkst, *esclave*. Du hast an der Universität doch Immobilienmanagement studiert, oder nicht? Es sei denn, du hast mich in dieser Sache auch angelogen.«

Sein Seitenhieb, weil ich ihn bei meinem Namen angelogen hatte, ärgerte mich. *Ich bin bereit, ihn dir zu verraten. Frag mich einfach.*

Mein Temperament drohte mit mir durchzugehen. Q wollte meine Meinung hören, aber er war nicht bereit, mir Menschenrechte einzuräumen. Meine Augen funkelten. »Das fragst du *mich?* Die Sklavin, der du nicht einmal erlaubst, das Haus zu verlassen, ein Telefon zu benutzen oder ins Internet zu gehen? Das Mädchen, das du als Bestechung akzeptiert hast?« Entsetzen schnürte mir die Luft ab und mit einem Mal wusste ich, wofür man mich als Bestechung benutzt hatte.

Ich verzerrte die Lippen und blickte wieder auf die Mappe. »Ich war die Bestechung für einen Bauvertrag, richtig?« Ich blätterte hektisch durch die Seiten, als erwartete ich, dass sie mir eine Antwort geben würden. »Du hast mich für irgendwas Illegales von dem Russen bekommen.« Selbstgerechtigkeit brannte in meiner Stimme. »Was für einer Abmachung hast du zugestimmt?«

Ich konnte nicht mehr klar denken. Ich war nichts weiter als eine geschäftliche Transaktion und trotzdem hatte Q auf den Russen geschossen, weil er mir wehgetan hatte. Wo lag seine Loyalität? Bei mir – seiner *esclave* – oder bei den Leuten, durch die er ein Vermögen verdient hatte?

Q richtete sich auf und trennte die Verbindung zwischen uns. »Das geht dich nichts an. Ich habe dich nach dieser Übernahme gefragt. Nicht nach einer anderen.«

Ich schüttelte den Kopf – ich konnte die Sache nicht so einfach auf sich beruhen lassen. Ich hatte endlich eine Antwort und der Rest fügte sich auch allmählich zusammen. »Hast du deshalb noch andere Mädchen? Du akzeptierst Frauen als Bestechung, damit du Genehmigungen für Gebäude und andere Dinge erhältst, mit denen du dich überhaupt nicht befassen solltest?« Ich keuchte heftig – jetzt ergab endlich alles einen Sinn. »Was ist mit den anderen

Mädchen passiert?« Mein Blick flog zu der hinter dem dichten Blattwerk versteckten Voliere. »Warum bin nur ich in diesem Haus? Wirst du mich auch wegwerfen, wenn du mich leid bist? Oder wartest du, bis ein besserer Ersatz eintrifft?«

Q funkelte mich wutentbrannt an.

Ich ballte die Fäuste – ich hätte ihn am liebsten geschlagen. »Sag mir die Wahrheit! Was wird mit mir passieren?« Die Angst vor der Zukunft lähmte mich und verwandelte meine Lunge in ein pfeifendes, nutzloses Ding. Ich hatte geglaubt, wenn ich Q erst einmal etwas bedeutete, dann würde er mich behalten und ich würde nie wieder in die Welt hinausmüssen.

Aber einmal mehr hatte er ein Netz aus Lügen gesponnen. Ich würde nicht für immer hierbleiben können, wenn weitere Mädchen eintrafen, weitere Verträge unterschrieben wurden, eine andere Sklavin ihre Beine breit machte, damit Q sie schlagen, ficken und beherrschen konnte.

Alles wurde schwarz, als mich Panik erfasste. Wenn ich nicht mehr willkommen war, würde er mich verbannen, töten oder an einen anderen verkaufen.

Q saß totenstill da und sah zu, wie ich zusammenbrach. Er drückte seine Nasenwurzel zusammen und versuchte, so die Kopfschmerzen zu lindern. »Du hast alles missverstanden, *esclave,* aber ich bin nicht in der Stimmung, es dir zu erklären.«

Gott, ich war *so* froh, dass ich ihm meinen Namen noch nicht verraten hatte. Er wäre wertlos für ihn gewesen. Er war ihm egal. Ich hätte gewettet, dass er all seine Bestechungsmädchen *esclave* nannte, weil er sie nie lange genug behielt, um sie wirklich kennenzulernen.

Es brach mir das Herz. Ich stand auf und streckte eine Hand aus. »Ich will mein Armband zurück. Ich will, dass du mich gehen lässt.«

Q kicherte und zuckte zusammen. »Das Armband gehört mir. Genau wie *du* mir gehörst. Ich dachte, du hättest das akzeptiert.«

»Niemals. Du denkst, dass *ich* lüge. Aber alles an dir ist eine Lüge. Ich will keinen Meister, der unaufrichtig ist. Ich habe etwas Besseres verdient.« Das Bedürfnis, ihm wehzutun, brachte mich dazu, ihn anzuschreien: »Ich will einen Meister, der mich kauft! Und mich nicht nur akzeptiert, weil er keine andere Wahl hat.«

Seine Augen blitzten gefährlich auf und er knurrte mich an: »Nimm das zurück oder ich sorge dafür, dass deine Gefangenschaft sehr lang und voller elender Qualen ist.«

Ich wollte lachen oder weinen oder beides. Irgendwie klang die Drohung wie eine Lüge. Wenn er sie wirklich ernst meinte, dann hätte er mich längst unbeschreiblich grauenvollen Folterungen unterzogen. Zwei Wochen lang hatte er mich nicht mal angefasst, während ich in meinen Träumen darum gebettelt hatte, dass er mich fesselte. Die Lieder von einem Leben mit Dämonen und unkontrollierbaren Trieben, die er ständig spielte … alles Schwachsinn.

Er war ein kaltherziger Mann, der mich verführte, mir schmeichelte und mir einen flüchtigen Blick auf die Frau gewährte, die ich sein konnte, bevor er mich wieder ins Nichts schleuderte.

Mir reichte es.

Q spannte den Kiefer an und erhob sich in einer einzigen fließenden Bewegung. Er verpasste mir eine dermaßen harte Ohrfeige, dass mein Kopf nach hinten kippte. Tränen strömten hervor, als ich die Hand auf meine brennende

Wange legte. Angst übermannte meinen Kampfgeist und ich kauerte mich erschrocken zusammen.

Auf Qs Gesicht wüteten Qualen und unverkennbarer Hunger. Er rieb die Handflächen aneinander und lächelte düster. »Du kannst nicht so mit mir sprechen, ohne dafür bestraft zu werden, *esclave*.« Er packte mich im Nacken und riss mich nach vorn. Eine Zunge fing salzige Tränen ein. »Das ist das erste Mal, dass du etwas Vernünftiges tust.« Sein Akzent war tief, exotisch, und verwandelte sein Lob in etwas ebenso Sinnliches wie Düsteres.

Trotz meiner Schmerzen und Wut schlang sich seine Stimme um mein Herz. Ich kämpfte mit Visionen, in denen ich mich gegen ihn wehrte, ihn zu Boden stieß, mich auf ihn setzte und ihn anflehte, das sündige Versprechen einzulösen, das er angedeutet hatte.

Aber meine Angst, verlassen zu werden, war stärker. Ich neigte den Kopf. »Und was wäre das?«

Q ließ mich los. »Du hast mich erkannt. Mich gesehen. Ich bin dein Meister.«

Mir schnürte sich die Kehle zusammen, als ich versuchte, mich gegen die Ungerechtigkeit aufzulehnen. Er war mein Meister, aber für wie lange noch? *Ich kann nicht entscheiden, wie lange meine Gefangenschaft dauern wird.* Das hatte ich nie gekonnt. Und würde es nie können.

Er würde mich niemals als Tess betrachten. Als ein Mädchen. Als eine Frau, die es ablehnte, sich vor irgendwem zu beugen. Eine Frau, die mehr war als eine Bestechung, die er ficken konnte.

Ich funkelte ihn wütend an. »Und siehst du *mich?* Ich bin nicht dein, damit du mich folterst.«

Unsere Augen trafen sich in einem Wettkampf des Willens. Wie viele dieser nonverbalen Kämpfe hatten wir bereits ausgetragen? Meine Atmung ging wieder angestrengter, als Qs düstere Begierde aufflammte. Die Luft knisterte vor monströsen Trieben und selbst die Vögel verstummten.

Mein ganzer Körper wurde warm, heiß, und schmolz einmal mehr dahin. *Nein, verrate mich nicht.* Doch ich konnte nicht verhindern, dass sich Feuchtigkeit zwischen meinen Beinen bildete oder Fantasien durch meinen kranken Kopf rauschten.

Mein letzter Orgasmus war schon zu lange her. Ich hatte mich für Q aufgespart, aber jetzt wünschte ich mir, er würde mich nie wieder besuchen.

Scham und Schuldgefühle saugten mich in einen Abgrund. Wie hatte ich nur glauben können, Q könnte der Eine für mich sein? Er brachte meine Seele nicht zum Singen. Er brachte sie zum Weinen, zum Schreien und dazu, sich selbst in Stücke zu reißen.

»Ich hasse dich.«

»Nein, tust du nicht. Du willst es nur nicht sehen.«

»Was sehen?«, blaffte ich ihn an.

Er packte das Handgelenk mit dem Strichcode und riss mich zu sich heran. Sein Körper brodelte wie ein Inferno. »Du bist mein. Ich kann mit dir machen, was ich will. Ich kann dich anziehen. Dich ficken. Dich wegschicken. Dich an andere ausleihen. Du *gehörst* mir. Und du hast endlich erkannt, dass das nichts Romantisches ist, weder sexy noch ein Vergnügen. Es ist etwas, das sich niemand wünschen oder begehren sollte. Du bist eine Gefangene.«

Er schüttelte mich und die Kopfschmerzen spiegelten sich in seinen Augen wider. »Meine Rolle als dein Meister ist es, dich so zu erniedrigen, dass du keine Gefühle mehr hast, keine Sinne, keine Hoffnungen oder Träume. Wenn ich dir sage, dass du einen anderen Mann vögeln sollst, dann fragst du, wie lange. Wenn ich dir sage, dass du etwas anziehen sollst, dann zerschneidest du es verflucht noch mal nicht aus Trotz. Du ziehst es an und weißt zu schätzen, was ich dir gebe. Du bist mein, *esclave*. Und es gibt dabei kein verdammtes ›glücklich bis an ihr Lebensende‹.«

Er stieß mich mit solcher Wucht von sich, dass ich stolperte. »Wie fühlt es sich an, die Wahrheit zu erkennen?«

Ich konnte nicht mehr atmen. Die Wahrheit zu erkennen machte mir mehr Angst als alles andere. In jenem Moment glaubte ich, dass Q alles tun würde, was er mir angedroht hatte. Er würde mich so gnadenlos erniedrigen, bis ich vollkommen hohl war. Er würde mich mit Freuden wie einen kaputten Schuh oder einen schäbigen alten Koffer behandeln.

Ich war nichts.

Q machte einen Schritt auf mich zu und verzog schmerzerfüllt das Gesicht. »Auf die Knie, *esclave*.« Er drückte eine schwere Hand auf meine Schulter.

Ich war zu betäubt, um nach ihm zu treten oder wegzulaufen. So viele Emotionen in so kurzer Zeit. Was zur Hölle war hier gerade passiert? Im einen Moment wollte ich hören, wie er mich Tess nannte, und im nächsten wünschte ich mir, er wäre tot. Ich kam da einfach nicht mehr mit.

Q zwang mich auf die Knie. »Mach meine Hose auf.«

Ich hätte nicht geglaubt, dass ich die Gefühllosigkeit jemals wiederfinden würde, aber als ich an Qs Gürtel herumfummelte, schwebte die Wolke der Gleichgültigkeit auf mich nieder. Mein Herz raste, als ich den Reißverschluss öffnete und sein steifes Glied herausholte, aber gleichzeitig wurde mein Verstand vollkommen leer.

Q geriet ins Wanken und krallte eine Hand in mein Haar, um das Gleichgewicht zu halten. »Blas mir einen. Lass meine Kopfschmerzen auf andere Art verschwinden.«

Ich blickte auf und umkreiste seinen heißen Schritt mit den Fingern. Ein desinteressierter Gedanke blitzte in der Leere auf. Entweder war er wirklich *mutig,* wenn er mich erst anbrüllte und dann ernsthaft glaubte, dass ich ihm einen blies, statt ihn zu beißen, oder er war schlicht und ergreifend *dumm.* Wie auch immer – es war mir egal. Ich würde gehorchen.

Ich holte tief Luft, rutschte auf den Knien ein Stück vorwärts und berührte mit den Lippen seine Eichel. Q atmete schwer und schob die Hüfte nach vorne.

Ich streichelte ihn mit der Zunge und schmeckte Salz. Meine Sinne versuchten, mich wieder in die Realität zurückzuzerren – ich konnte ihn als Geisel halten, während ich an ihm saugte. Ich konnte ihn beißen und ihm unermessliche Schmerzen zufügen. Ich konnte um meine Freiheit feilschen.

Ich machte den Mund weit auf und ließ ihn tief in meine Kehle eindringen.

Er stöhnte, zog mich an den Haaren und spannte die Pobacken an. Ich hätte ihn beißen können, aber ich wollte es nicht. Selbst jetzt verriet mich mein Körper. Ich bebte vor Lust und beschmutzte die Leere mit Verlangen.

Ich zog mich zurück, nahm ihn in meine Faust und leckte ihn.

»Oh, *merde.*«

Ich erstarrte. Q taumelte rückwärts und hielt seinen feuchten Penis.

Suzette stand hinter ihm, die Kinnlade heruntergeklappt. »Es tut mir leid. Ich … äh …« Sie wirbelte herum und stammelte: »Ich wollte Sie nicht unterbrechen.«

Ich setzte mich auf die Fersen ab und hielt den Kopf gesenkt. Q tobte vor Wut und packte seinen Schwanz wieder in die Hose. Er zuckte zusammen, als der Reißverschluss ganz dicht an der empfindlichen Haut vorbeiratschte. *»C'est quoi ce bordel?«* Was soll das, verflucht?

Suzette wich zurück und blickte an die Decke, die Finger zappelnd an ihrer Seite. »*Je suis désolée*, aber hier sind einige Herren, die Sie sprechen wollen, *Maître*.«

Q keuchte heftig, strich sich das Haar und den Anzug glatt und funkelte mich so wütend an, dass es sich wie eine weitere Ohrfeige anfühlte. Meine Wange brannte zur Antwort. »Schick sie weg. Ich bin nicht darauf vorbereitet, so spät noch Gäste zu empfangen.«

Suzette blickte über ihre Schulter, einen Anflug von Erleichterung auf dem Gesicht. Sie drehte sich ganz zu uns um und entblößte mir in einem Blick ihre ganze Seele.

Mein Herzschlag galoppierte außer Kontrolle. Mein Instinkt erwachte mit einem kreischenden Schrei und ich hätte mir am liebsten die Ohren zugehalten. Die mächtigen Palmen schienen immer näher auf mich zuzukommen und ihre düsteren Äste nach mir auszustrecken. Ich wollte nicht, dass sie etwas sagte.

»Sie werden nicht wieder gehen, Q. Es hat jemand Anzeige erstattet.«

Er wirbelte zu ihr herum. »Anzeige?«

Ich klatschte eine Hand auf meinen Mund. Meine Welt stürzte ein. Die Polizei. Brax. Er hatte meine Nachricht erhalten. Er war noch am Leben! *Brax ist noch am Leben und hat jemanden geschickt, um mich zu retten!*

Mein Herz machte einen Satz. Ich konnte nicht mehr denken. Ich konnte nicht mehr atmen. Ich konnte gar nichts mehr tun, außer auf dem Boden zu knien.

Die Hoffnungslosigkeit schien mich zu erdrücken, als sich Q ganz langsam zu mir umdrehte. Ich schrumpfte in mich zusammen. Die Konsequenzen meiner Flucht drohten einmal mehr, mein Leben zu zerstören.

Die Polizei war gekommen, um Q zu verhaften. *Ich* hatte sein Leben zerstört – genauso, wie er meins zerstört hatte.

Das ist nicht wahr und das weißt du auch. Er hat dir dein Leben zurückgegeben. Er hat dir ein neues Leben geschenkt. Ein besseres *Leben.* Ich zwang mein Hirn, sich auszuschalten, und riskierte einen Blick auf Suzette.

Aus ihren Augen sprachen Enttäuschung und überwältigende Traurigkeit. Ich kauerte mich noch dichter auf dem Boden zusammen und hasste mich dafür, dass ich sie verraten hatte.

Sie brach den Blickkontakt ab und schaute Q an. »Die Polizei glaubt, dass Sie ein Mädchen namens Tess Snow hier festhalten«, flüsterte Suzette mit brechender Stimme.

Sie machte zwei wütende Schritte auf mich zu, aber Q hob einen Arm und versperrte ihr den Weg. »Wie konntest du nur? Du … du …« Sie verstummte und ihre Mundwinkel zuckten traurig. »Wir alle haben dir vertraut.«

Mein Leben zerbrach zum vierten und letzten Mal.

Q erstarrte, jegliche Anzeichen für Schmerzen oder Emotionen waren verschwunden. »Ist das dein Name? Tess?«

Mein Körper zerriss vor Verlangen. Er hatte meinen Namen ausgesprochen. Endlich, nach fast zwei Monaten als *esclave*.

Er war ihm mit einer wunderschönen französischen Note über die Zunge gerollt. Ich wollte diese Zunge auf mir spüren. Ich wollte alles andere vergessen – ich wollte so tun, als hätte er all diese grässlichen Dinge niemals gesagt. Als hätte ich sein Leben und seine Geschäfte nicht ruiniert. Ich wollte ihm mein Herz schenken und alles andere vergessen.

»Tess …«, hauchte Q, dann fletschte er die Zähne. Schatten ummantelten ihn und das Gefühl, verraten worden zu sein, das ich in seinem Gesicht erkannte, traf mich härter als jede Peitsche. »Du hast die Polizei gerufen.« Er ließ die Schultern sinken und der Schmerz, den er zu verbergen versuchte, flammte erneut auf.

Suzette lehnte sich zu ihm und er hieß sie willkommen und zog sie ganz dicht zu sich heran.

Mein Körper rebellierte mit grellgrüner Eifersucht. Wie konnte er es wagen, sich von seinem Dienstmädchen trösten zu lassen? *Ich* war seine Sklavin. *Lass dich von mir trösten – auch wenn ich die Ursache für deinen Ruin bin!*

Er nickte einmal. »So sei es.«

KAPITEL 19

DISTELFINK

Q und Suzette entfernten sich.

Ohne einen weiteren Blick oder ein weiteres Wort kehrte mir Q den Rücken zu und ging aus meinem Leben.

Meine Beine taten vom Knien weh, aber das war nichts im Vergleich zu den lähmenden Schmerzen in meinem Herzen.

Ich hätte mich freuen sollen. Brax war am Leben! Für meinen Meister war ich jedoch gestorben und wusste nicht, was die Zukunft für mich bereithielt. Die Polizei würde ihn verhaften. Sie würden mich zurück nach Australien bringen und mich in mein Halb-Leben zurückwerfen – ein falsches Leben, ein Leben, das ich nicht länger wollte.

Ich wusste nicht, wie lange ich vor- und zurückgeschaukelt war, aber eine Pfütze aus Tränen nässte den Marmor unter mir.

Du hast das getan. Du bist weggelaufen, weil du wusstest, dass es nicht richtig ist. Q ist nicht richtig. Ich versuchte, mich selbst davon zu überzeugen, endlich aufzustehen, meine Freiheit mit offenen Armen zu begrüßen und dieses Haus zu verlassen, in dem so viele schlimme Dinge geschehen waren, aber ich konnte einfach nicht die nötige Energie aufbringen.

Irgendwann rappelte ich mich mühsam auf und zitterte am ganzen Körper. Die Vögel waren verstummt und die stille Welt der Pflanzen gab mir das Gefühl, das einzige lebende Wesen auf der Welt zu sein. Niemand wollte mich. Meine Verlustängste steigerten sich ins Unermessliche und ertränkten mich in Erbärmlichkeit.

Wie in Trance taumelte ich aus dem Wintergarten durch den Raum mit den Fotografien und den langen Korridor hinunter. Jeder Schritt fühlte sich an wie ein Gang zum Schafott. Ich wollte Suzette nie wiedersehen – mich niemals ihrer Wut und ihren Tränen stellen müssen. Sie liebte Q und ich hatte ihn zu Gefängnis verurteilt. Sie würde mich nie wieder *mon amie* nennen.

Ich wollte nicht, dass Q ins Gefängnis ging. Er war vieles, aber er hatte nicht verdient, was ich ihm angetan hatte. Er hätte mich brechen oder mich vergewaltigen können wie Biest, aber das hatte er nicht getan. Er hatte gegen seine Triebe angekämpft, um zu gewährleisten, dass ich heil und stark blieb. Er hatte alles für eine niedere Sklavin geopfert.

Meine Eingeweide verkrampften sich und ich krümmte mich zusammen. *Was habe ich nur getan?* Ich hatte mich selbst aus dem Zuhause verstoßen, das ich mir immer gewünscht hatte, und mich in eine Welt zurückgeschleudert, die mich nicht wollte. Zurück zu dem Mann, der mir niemals würde geben können, was ich brauchte. Zurück in ein halbes Dasein.

Tränen rannen über mein Gesicht. Meine Flucht war in einer Katastrophe geendet. Wut auf Franco kochte in mir hoch. Das war alles *seine* Schuld. Wenn er besser auf mich aufgepasst hätte, wäre ich niemals in der Lage gewesen zu fliehen. Er hätte mich schnappen sollen, bevor ich so viele Leben zerstörte.

Meine Gedanken sprangen wieder zu Brax. Schuldgefühle übermannten mich. Wie waren die letzten Monate für ihn gewesen? Er musste mich dafür hassen, dass ich mein Versprechen gebrochen hatte – ich hatte behauptet, dass ich ihn niemals verlassen würde, aber genau das hatte ich getan. Das erste Mal zwar nicht aus freien Stücken, aber das zweite Mal … das zweite Mal war allein meine Schuld gewesen. Ich hatte mich freiwillig von meinen Gedanken und meinem Herzen getrennt, um Platz für meinen Meister zu schaffen.

Bilder von Brax, verstört und mit gebrochenem Herzen, bohrten sich in meine Brust. Mein Hirn erlitt einen Kurzschluss und weigerte sich, an ihn zu denken.

Q beherrschte mich noch immer. Ich glitt an der Wand hinab, zog die Knie an und schlang die Arme um die Beine. Was, wenn die Polizei ihn bereits in Gewahrsam genommen hatte? Dann würde ich ihn niemals wiedersehen. O Gott. Würden sie mich zwingen, gegen ihn auszusagen? Das konnte ich nicht. Das würde ich nicht.

Es bestand kein Zweifel daran, dass er mich bis in alle Ewigkeit hassen würde und sich wünschte, er hätte zugelassen, dass Biest mich tötete und mich zwischen den Kartoffeln verscharrte.

Mein Herz starb.

Ich wollte *alles* von ihm. Ich wollte seine Dominanz. Seine Wut. Aber ich wollte auch seine Liebe. Ich brauchte die Verbindung, die er mir erst vor einer halben Stunde angeboten hatte. Einen kurzen Blick auf seine sanftere Seite – eine Seite, die ich so verzweifelt kennenlernen wollte. *Ich bin ein dummes, dummes Mädchen.*

»*Esclave.* Was machst du denn da auf dem Boden?« Franco erschien in seinem glänzenden schwarzen Anzug und ging vor mir in die Hocke.

Ich konnte ihm nicht in die Augen schauen. Er würde ebenfalls festgenommen werden. Warum hatte die Polizei nicht längst alle versammelt? Ich konnte weder Sirenen noch Rufen hören. Suzette hatte nur von einer Anzeige gesprochen. Vielleicht … vielleicht würden sie ja gar nichts weiter tun?

Franco tätschelte mir die Schulter und blickte mich mit lebendigen, aber traurigen Smaragdaugen an. »Es tut dir leid, dass du weggelaufen bist, oder?«

Ich schluckte ein Schluchzen hinunter und schlang die Arme noch enger um die Knie. Franco war immer nur nett zu mir gewesen. Streng und ein ziemliches Arschloch, als ich hier angekommen war, aber trotzdem nett. Seine raue Fassade verbarg einen Mann, der seinem Arbeitgeber aus Gründen Zuneigung entgegenbrachte, die ich erst jetzt zu verstehen begann.

Er seufzte und strich mir ein paar tränennasse Strähnen von der Wange. »Na, na, na. Ist schon gut. Das ist doch nicht das Ende der Welt.«

Ich schüttelte den Kopf. »Es ist das Ende der Welt. Meiner Welt. Der Welt meines Meisters. *Deiner* Welt. Es ist alles kaputt.«

»War es das, was du in dem Café gemacht hast, als ich dich gefunden habe? Die Polizei gerufen?«, fragte er ohne den geringsten Anflug von Wut, sondern aus reiner Neugier.

Ich atmete schwer. »Nein. Ich hab meinen Freund angerufen. Ich *wollte* die Polizei rufen, aber dann bist du aufgetaucht.«

Er spannte sich an. »Dann hast du sie nicht direkt angerufen?« Seine Miene hellte sich auf. Die Schuldgefühle drückten noch schwerer. Er wollte glauben, dass ich mich nicht gegen Q gewandt hatte. Er wollte glauben, dass ich ihn niemals verraten hatte.

Ich flüsterte: »Ich habe eine Nachricht mit Qs Namen auf der Mailbox von meinem Freund hinterlassen.« Es fiel mir schwer, ihm in die Augen zu schauen. »Ich hätte die Polizei angerufen, Franco. Du solltest nicht infrage stellen, wie verzweifelt ich fliehen wollte.« Selbst in tiefer Verzweiflung war ich hin- und hergerissen. Ich kauerte mich zu einer winzigen Kugel zusammen und vergrub den Kopf zwischen den Armen.

Franco richtete sich wieder auf und zog mich so fest am Ellbogen, dass mir nichts anderes übrig blieb, als ebenfalls aufzustehen. »Du kannst das wiedergutmachen.« Er zerrte mich den Korridor hinunter. »Es ist nicht deine Schuld, *esclave*. Du hast getan, was du tun musstest. Aber jetzt … Ich glaube, du würdest es nicht noch einmal tun, und deshalb verzeihe ich dir.«

Ich blickte schniefend zu ihm hoch. Ich hatte seinen Meister zu einem Leben im Gefängnis verdammt und er *verzieh* mir?

Er lächelte warmherzig, seine grünen Augen voller Leben im Vergleich zu Qs blass schimmernder Jade. »Rede mit der Polizei. Sag ihnen, dass es ein Fehler war. Du kannst den Schaden wiedergutmachen, den du angerichtet hast.«

Bei der Vorstellung flammte glühende Hoffnung in mir auf.

Ich warf mich auf ihn und drückte ihn ganz fest an mich. »Warum bin ich da nicht selbst drauf gekommen?«

Franco lachte und schob mich verlegen von sich. »Du hast eine Menge durchgemacht, aber jetzt hast du …«

Ich ließ Franco nicht aussprechen. Ich war der Schlüssel – ich konnte Qs Leben retten, sein Unternehmen. Ich hatte sowieso schon zu viel Zeit vergeudet.

Ich rannte los.

Die Gemälde verschwammen neben mir, als ich durch das Haus flog. Ich würde Q nicht sein Lebenswerk nehmen. Mein Platz war an seiner Seite. Ich akzeptierte das. Ich musste nur noch dafür sorgen, dass er mir verzieh, und einen Weg finden, bei ihm zu bleiben. *Ich* hatte Fehler gemacht, *er* hatte Fehler gemacht. Aber gemeinsam konnten wir es wieder in Ordnung bringen.

Ich stürzte in die Lounge. Leer.

Keuchend vollführte ich eine Pirouette und stürmte durch das Foyer in die Bibliothek. Das milchige Glas verbarg die Menschen dahinter. Es war mir egal. Ich platzte durch die Tür. Q blickte auf, die Augen schmerzumflort. Zwei Zivilbeamte saßen ihm gegenüber auf dem ledernen Chesterfield-Sofa.

Ich stand da wie eine Idiotin und versuchte, das Bild in meinem Kopf von einer Horde Polizisten, die Q in Handschellen abführten, mit der ruhigen Szene vor mir in Einklang zu bringen.

Kleine Wolken aus Zigarrenrauch waberten durch die Luft und der Duft von Kognak und Likör reizte mich. Ich verstand nicht, warum diese beiden älteren Männer mit Schnurrbart – der eine war dünn und gepflegt, der andere buschig und grau – völlig entspannt und ruhig auf der Couch saßen und gemütlich qualmten, als wären sie für ein Plauderstündchen nach dem Abendessen hier und nicht wegen einer Anzeige wegen Kidnappings.

Q schwenkte seinen Kristallkelch und die bernsteinfarbene Flüssigkeit schwappte an den Rändern hinauf. Er betrachtete mich mit verschleierten Augen. Ich wartete auf eine Welle des Hasses, einen von Verrat gezeichneten Blick, aber es passierte nichts. Er war distanziert, kalt – der perfekte unlesbare Meister.

Die Männer mit dem Schnurrbart hoben jeder eine Augenbraue und beäugten mich von oben bis unten. Sie schienen es nicht eilig zu haben und widmeten sich wieder ihrem Kognak und den Zigarren.

Was zur Hölle geht hier vor sich? Ich war in den Raum geplatzt, um Q zu retten, weil ich erwartet hatte, dass sie ihn niederringen und in Handschellen legen würden, aber sie sahen mich an, als wäre *ich* der Eindringling.

Ich machte den Mund auf, schloss ihn jedoch sofort wieder. Ich wollte sie fragen, was hier eigentlich los war, aber was konnte ich schon sagen?

Scheiße, ich hätte mir vorher eine Geschichte zurechtlegen sollen. Ich war so darauf fokussiert gewesen, die Retterin zu spielen – wie eine Drachen erschlagende Prinzessin, die ihrem gefolterten Ritter zu Hilfe eilte –, dass ich gar nicht darüber nachgedacht hatte, wie ich es anstellen wollte.

Der Beamte mit dem dünnen Schnurrbart und den tiefen Falten drehte sich zu Q um und murmelte auf Französisch: »Ist das das Mädchen?«

Q spannte den Kiefer an und betrachtete mich mit bohrendem Blick. Er nickte kaum merklich. »Das ist Tess Snow, falls Sie sie suchen.«

Mir krampfte sich der Magen zusammen, als ich meinen Namen aus seinem Mund hörte. Ich sehnte mich zitternd danach, ihn noch einmal zu hören. Ich machte ein paar Schritte vorwärts.

Q stand mit einer einzigen fließenden Bewegung auf und zuckte zusammen, als die Migräne in seine Augen stach. *Er sollte in seinem Zustand wirklich nichts trinken.* »Gehen Sie, Miss Snow. Sie sind hier nicht willkommen.«

Der Befehl streute Salz auf ohnehin brennende Wunden. *Nicht willkommen.*

Mein Blick huschte zu dem Polizisten mit dem buschigen Schnurrbart hinüber.

Er sah aus wie ein knuddeliger Vater und liebevoller Ehemann. Wie würde er wohl darauf reagieren, dass Q einer Frau, die er allem Anschein nach als Gefangene hielt, befahl, zu verschwinden?

Der Mann nippte von seinem Likör und betrachtete Q und mich, als wären wir eine Seifenoper aus dem Nachmittagsprogramm.

Die Sache lief ganz und gar nicht so, wie ich es erwartet hatte. »Ich wollte ein paar Dinge klarstellen, nur fürs Protokoll. Für den Fall, dass Sie einen falschen Eindruck gewonnen haben«, begann ich und ignorierte Qs wütenden Blick.

Die Polizisten sahen einander an und zuckten mit den Achseln. Buschiger Schnurrbart rutschte an die Kante des Sofas vor und das Leder knirschte unter seinem Gewicht. Er stellte das Glas ab, legte die Zigarre in einen Kristallaschenbecher und sagte: »Und was wollten Sie klarstellen, Miss Snow?«

Ich unterdrückte den Drang, Q anzuschauen. Ich hielt den Kopf hoch und antwortete: »Wenn Sie mir sagen, warum Sie hier sind, dann kann ich Ihnen die Wahrheit erzählen.« Ich wollte auf keinen Fall irgendetwas ausplaudern, das sie noch nicht wussten.

Buschiger Schnurrbart nickte mit einem schiefen Lächeln. »Wie Sie meinen.« Er holte einen Notizblock aus der Brusttasche und klappte ihn auf. »Wir sind hier, weil die australische Bundespolizei wegen einer Frau, auf die Ihre Beschreibung passt, Kontakt zu uns aufgenommen hat. Ein gewisser Braxton Cliffingstone hat sie darüber informiert, dass Sie in Mexiko entführt wurden.«

Der Beamte mit dem dünnen Schnurrbart fügte hinzu: »Er hat eine ausführliche Aussage dazu gemacht, dass er Opfer eines Überfalls wurde. Als er wieder zu sich kam, waren Sie weg. Er konnte außerdem eine Mailboxnachricht von Ihnen vorlegen, in der Sie Mr. Mercer mit Ihrem Verschwinden in Zusammenhang bringen. Wie Sie sich sicher vorstellen können, war Mr. Cliffingstone bis zu diesem Anruf sehr verstört und dachte, Sie wären tot.«

Buschiger Schnurrbart warf ein: »Er wird sehr erleichtert sein zu hören, dass Sie noch am Leben und wohlauf sind.«

Qs Finger legten sich enger um das Glas. Er wandte zu keinem Zeitpunkt den Blick von mir ab und zuckte zusammen, als er Brax' Namen hörte.

Die Polizisten hörten auf zu existieren. Die Bibliothek wurde immer kleiner und sperrte Q und mich in unserer eigenen privaten Welt ein. Seine Macht packte mich. Seine Miene war hart und ernst, die Augen funkelten wild vor Emotionen. Er beobachtete mich nicht mit einem Ausdruck des Verrats oder des Hasses, sondern mit Einsamkeit und Verständnis.

Ich ballte die Fäuste und kämpfte gegen den Drang an, mich vor seine Füße zu werfen. Selbst unter Schmerzen vibrierte Q vor Autorität und Gefühlen. Ich erkannte, wie viel ich ihm wirklich bedeutete.

Sein Körper rief nach mir und als gehorsame Sklavin folgte ich diesem Ruf. Q erschrak, als ich seine Finger berührte, die noch immer um den Kelch gelegt waren. Seine Nasenflügel bebten, als er über meine Schulter zu den beiden Polizisten blickte, die uns zweifellos beobachteten.

Aber das war mir egal. Sie mussten sehen, was zwischen Q und mir existierte. Sie konnten es vielleicht nicht verstehen – verdammt, ich verstand es ja selbst nicht –, aber unsere Verbindung brachte die Luft im Raum förmlich zum Pulsieren.

Qs Finger lösten sich von dem Glas und packten meine mit einer schnellen Bewegung. Auf meiner kribbelnden Haut explodierte ein Feuerwerk. Ich vergaß zu atmen und blickte tief in seine blassen Augen.

Er richtete sich auf, schob sich an mir vorbei und stellte sich vor den Kamin.

Mein Herz raste. Ich hasste es, dass er sich zurückzog. Verzweiflung ersetzte mein Verlangen und ich nickte niedergeschlagen. Er hatte mich bereits gehen lassen.

Ich hasste die Polizisten dafür, dass sie meine zaghafte neue Existenz zerstörten. Ich hasste Brax dafür, dass er mich am Ende doch noch gefunden hatte. Und ich hasste mich selbst dafür, dass ich so schwach war.

Ich bohrte die Fingernägel in meine Handflächen und sprach die Wahrheit laut aus: »Ich bin Tess Snow und ich wurde in Mexiko entführt. Aber dieser Mann«, ich deutete auf Q, »Q Mercer, und sein Hausstand haben mich gerettet und mich in Sicherheit gebracht. Ich bin auf eigenen Wunsch hiergeblieben. Die Nachricht auf Mr. Cliffingstones Mailbox war ein Fehler. Er hat sich verhört.«

Ich fiel in den nächsten grauenvollen Abgrund, weil ich gelogen hatte, was Brax anging, aber ich war voll und ganz auf Q fokussiert. Darauf zu reparieren, was sich nicht mehr reparieren ließ.

Buschiger Schnurrbart erhob sich mit einem Nicken. »Vielen Dank, dass Sie das klargestellt haben, Miss Snow. Aber nun müssen wir uns wirklich allein mit Quincy unterhalten.«

Quincy.

Quincy.

Meine Augen schossen zu Q hinüber. Ich kannte seinen Namen.

Wir waren so in unseren Kampf des Willens vertieft gewesen, dass wir jemanden von außen gebraucht hatten, der die Wahrheit enthüllte.

Ich blickte ihn mit endloser Sehnsucht an. Seine Lippen öffneten sich. Etwas schwoll zwischen uns an, funkelte und zerriss. Ich konnte nicht mehr atmen. Ich akzeptierte alles, was er im Wintergarten gesagt hatte – dass er mich erniedrigen und besitzen würde.

Q wollte mich erniedrigen und besitzen. *Quincy* wollte gewisse Bereiche seines Lebens mit mir teilen. Quincy hatte mit mir über seine Geschäfte gesprochen. Q hatte mir befohlen, ihm einen zu blasen.

Ich wollte beide. O Gott, ich wollte sie beide so sehr.

Bilder von Q hinter Gittern brachen über mich herein. Niemand, der die Vögel in seiner Voliere fütterte. Ich wäre beinahe auf die Knie gefallen und hätte ihn um Verzeihung angefleht.

Rohe Emotionen überfluteten mich. Ich ließ den Tränen freien Lauf. »Bitte, verhaften Sie Q … Quincy nicht. Er hat nichts Falsches getan.«

Dann rannte ich davon.

KAPITEL 20

SEESCHWALBE

Ich warf mich im Bett hin und her und fürchtete mich davor, was der Morgen bringen würde.

Nachdem ich wie ein Feigling davongerannt war, hatte ich versucht, die Männer zu belauschen, aber ihre Stimmen waren durchs Treppenhaus nicht bis nach oben gedrungen.

Die unbekannte Zukunft verfolgte mich und ich konnte das Bild von Q in einer Zelle einfach nicht aus meinem Kopf verbannen.

Ich sah auf die Uhr. Mein Herz holperte in meiner Brust. 2:14 Uhr.

Niemand war gekommen, um mich zu holen. Kein Geräusch deutete darauf hin, dass Q unter Zwang aus dem Haus geschafft worden war. Bestach er sie, damit sie die Sache auf sich beruhen ließen? Ich gab die Hoffnung nicht auf, dass sich die ganze Sache in Wohlgefallen auflösen und das Leben einfach weitergehen würde wie bisher. Wenn nicht, würde ich mich einfach an den Bettpfosten ketten und mich weigern zu gehen. Ich wollte nicht mehr zu Brax zurück oder zu meinen Eltern, denen ich egal war.

Ich wusste nicht, wie die Polizei bei einer Anzeige vorgehen musste. Hatten sie nicht das Recht, das Haus zu durchsuchen? Aber warum war dann niemand gekommen, um sich umzusehen?

Das ergab alles keinen Sinn. Ich befand mich immer noch im Haus des Mannes, von dem Brax behauptete, er würde mich gefangen halten. Irgendwie hielt Q die Gesetzeshüter davon ab, mich mitzunehmen oder ihn zu verhaften. *Er ist noch mächtiger, als ich dachte.*

Er blieb der große Unbekannte.

Um halb drei gab ich es auf, so zu tun, als könnte ich einschlafen. Ich holte das Skizzenbuch, das Q mir gegeben hatte, aus dem Nachttisch und knipste die Lampe an.

Mit schmerzvollem Druck in der Brust schlug ich eine neue Seite auf und griff nach einem Kohlestift. Ich wirbelte ihn wie einen alten Freund zwischen meinen Fingern hin und her, konnte aber nur verloren auf das leere Papier starren.

So viele Dinge kämpften in mir um ihren rechtmäßigen Platz. Ich wollte davonrennen, kämpfen, schreien. Ich wollte mich bei Q entschuldigen und ihn zugleich dafür anbrüllen, dass er all diese Gefühle in mir auslöste.

Zeichnen war mein Ventil und ich hätte am liebsten alle Gefühle auf einmal über der Seite ausgeschüttet.

Langsam fuhr meine Hand mit leichten Bewegungen über das Blatt, bis hin und wieder entschlossenere Striche folgten. Während ich arbeitete, wurde mir wieder bewusst, welche Erleichterung mir das Zeichnen verschaffte. Es tröstete und beruhigte mich und half mir dabei, meinen überforderten Verstand zu ordnen. Ich folgte den Linien und Umrissen von Gebäuden aus dem Gedächtnis und verschwand im Reich der Immobilien und Architektur, das mir herrliche Ruhe inmitten von Kummer und Lust schenkte.

Ich runzelte die Stirn. Ich hatte einen Fehler gemacht, beschloss jedoch, trotzdem weiterzuzeichnen. Ich zog es vor, nach einem Foto oder direkt vor dem Gebäude zu skizzieren, während mir die Sonne ins Gesicht schien und die Welt an mir vorbeirauschte.

Ich saß im Bett, wartete darauf zu erfahren, wie mein weiteres Schicksal aussehen würde, und zeichnete Qs Villa. Ich skizzierte sein Zuhause in das Buch, das er mir geschenkt hatte. Seine freundliche Geste zerriss mir das Herz – ich sehnte mich so schmerzlich nach ihm. *Bitte, lass ihn nicht in Haft sein.* Meine ungewisse Zukunft drohte mich aus dieser Oase der Stille zu ziehen. Ich seufzte laut. Wohin war eigentlich Suzette verschwunden? Ich hatte sie seit dem Wintergarten nicht mehr gesehen. Ich zuckte bei dem Gedanken zusammen, dass sie mir eine Ohrfeige verpasste hätte, wenn Q sie nicht aufgehalten hätte.

Die Nacht ging in den frühen Morgen über, aber ich schaltete das Licht nicht aus. Ich kauerte mich zusammen und zeichnete weiter, als würde die Welt in sich zusammenfallen, wenn ich es nicht tat. Qs pastellfarbene Villa erwachte allmählich zum Leben. Ich fügte Gesichter und Stuckarbeiten unter den mächtigen Fenstern hinzu und fing die rotwangigen Engel und aufwendig verzierten Balken ein.

Normalerweise gehörte meine Leidenschaft klaren Linien aus Beton und Stahl und nicht historischen Herrenhäusern, aber trotzdem gehörte diese Zeichnung zu meinen bislang besten. Ich wünschte mir nur, ich hätte auch Menschen zeichnen und Qs Gesicht auf die Seite bannen können, seine Ernsthaftigkeit, seine Haltung. Aber nichts, nicht einmal eine perfekte Fotografie, konnte Qs Wesen wirklich einfangen. Q pulsierte. Q war einzigartig.

Q strahlte … und als Quincy wurde er menschlich. Aber ich wollte ihn nicht menschlich. Ich wollte meinen Meister. Einen Liebhaber, der mich dominierte.

Traurigkeit vermischte sich mit Erschöpfung und ich sank noch tiefer in die Kissen.

Ich schlief mit dem Buch auf dem Schoß ein, eine Wange auf der mit Kohle verschmierten Hand.

»*Esclave*. Ich meine … Tess.«

Mein Herz raste, pumpte Blut.

Biest. Fahrer.

Hände. Schwanz. Schmerzen.

Albträume suchten mich heim, ließen mich in atemberaubender Angst zurück. Eine Hand legte sich auf meine Schulter, heiß und schwer. Ich japste erschrocken nach Luft.

Schreiend schlug ich um mich und traf irgendetwas Hartes. Ein stechender Schmerz fuhr in mein Handgelenk und ich schoss kerzengerade hoch und jaulte auf. »Was zur Hölle?«

Das *Hmpf* eines Mannes erfüllte die Stille der Nacht. Der Duft von Zitrus schlug mir entgegen, vermischt mit dem Geruch von Bourbon und Kognak.

Q taumelte rückwärts. »*Merde*. Du musstest m-mich ja nicht g-gleich schlagn, verdammt«, lallte er, rieb sich die Brust und stieg betrunken aus dem Bett.

O mein Gott. Q.

Mir wurde ganz warm, auch wenn mein Verstand mich warnte, vorsichtig zu sein.

Er grunzte, schwankte wieder Richtung Bett und wäre beinahe auf die Matratze gefallen.

Verflucht, mein Meister war sturzbesoffen. Ich wusste, er hätte mit dieser Migräne nichts trinken dürfen. Seine Schultern hingen herunter, alles andere als aufrecht und stolz, und die Augen waren glasig und wässrig. *Sag mir nicht, dass er die ganze Nacht mit den Polizisten gesoffen hat!*

Ich setzte mich auf, schlug die Decke zurück und kletterte aus dem Bett.

Q blinzelte und schüttelte den Kopf. Er stolperte und hielt sich an einem der Bettpfosten fest. Ich näherte mich ihm vorsichtig und mit hämmerndem Herzen, die Hände als Zeichen meiner Unterwerfung erhoben. »Q … komm ins Bett, bevor du noch umkippst.«

Er kicherte. Kicherte im wahrsten Sinne des Wortes wie ein kleines Mädchen. »V-Versuchst du, m-mich in meinem be-betrunkenen Zustand zu missbrauchen, *esclave?*« Der französische Akzent wurde stärker, seine Worte verschwommener. Ich hatte Mühe, ihn zu verstehen.

Ich ging auf ihn zu und fing den Geruch von Alkohol ein. Er wich zurück und kam in Schräglage wie ein menschlicher Schiefer Turm von Pisa. Um Gottes willen, wie viel hatte er denn getrunken?

Ich warf mich nach vorne, bekam ihn zu fassen und stützte ihn mit meiner Schulter. Seine Alkoholfahne kitzelte mich in der Nase. Allein von den Dämpfen bekam ich schon beinahe einen Rausch. Oder lag es an seinem heißen, harten Körper, der sich an meinen presste? Oder dem starken Moschusgeruch von Aftershave und Sandelholz?

Mein Bauch flatterte, als Q sich schwer auf mich lehnte und den Kopf drehte, um an meinen Haaren zu schnuppern. Er seufzte. »Riecht so gut. So verdammt gut. Wie Regen … nein, nein, wie Frost. Klar und frisch und eisig und kalt und … und schmerzhaft.« Er schloss die Augen und senkte die Stimme zu einem Flüstern. »Du liebst es, Sch-Schmerzen zuzufügen.«

Mir blieb das Herz stehen. *Ich* hatte *ihn* verletzt? Es war doch umgekehrt. Genau umgekehrt. Ich hatte noch nie so sehr gelitten wie jetzt – seit er mich besaß.

Sein Blick huschte zu meinen Augen. Seine glänzten vom Alkohol und den noch immer nachklingenden Kopfschmerzen. »Genau das bist du. Schmerzhaft.« Er schlug sich auf die Brust. »Schmerzhaft für mich.« Er schloss die Augen wieder, runzelte die Stirn und schluckte schwer.

Unfähig, den wilden Wirbel der Gefühle in meinem Inneren zu entwirren, schob ich ihn Richtung Bett. »Setz dich, bevor du umfällst.« Während er heftig keuchte, setzte ich ihn aufs Bett und half ihm, sich hinzulegen.

Er stöhnte und packte mich am Unterarm, als ich mich entfernen wollte. Sein Griff war wie eine Todesfalle und ich hatte keine andere Wahl, als mich neben ihn zu setzen und zuzulassen, dass er die starken, heißen Finger um mein Strichcode-Handgelenk schloss.

Ich schob mich näher zu ihm, kämmte ihm zögerlich mit den Fingern durchs Haar und genoss es, ihn endlich wieder berühren zu können. Ich hatte geglaubt, ihn nie wiederzusehen – nie wieder mit ihm allein zu sein. Dass er sich am Morgen nicht mehr daran erinnern würde, zu mir gekommen zu sein, spielte keine Rolle. Er war hier. Für den Moment. In diesem kleinen Zeitfenster, bis die Sonne aufging, gehörte er nur mir.

Er kam allmählich zur Ruhe, schnurrte unter meinen sanften Berührungen. Traurigkeit erfasste mich, als mir klar wurde, dass er jeden Moment das Bewusstsein verlieren würde.

So viel dazu, dass ich ihn für mich allein hatte. Er war zu mir ins Bett gekrochen und ließ mich doch allein in der Kälte stehen.

Seine Atmung ging gleichmäßiger, langsam und ruhig. Ich zog mich zurück. Er war eingeschlafen. Aber in dem Augenblick, als ich mich bewegte, legten sich sofort starke

Finger um mein Handgelenk. »Snow. Schnee. Dein Name bedeutet Winter … meine liebste Jahreszeit.«

Ich erstarrte. Er sprach völlig frei, ohne Hemmungen. Seine Stimme klang wieder klarer, aber seine Zunge war noch immer vom Alkohol gelockert. »Warum magst du den Winter?«, flüsterte ich schnell, voller Angst, er könnte in komatösen Schlaf fallen, bevor er mir antwortete.

»Die Jahreszeit, in der alles stirbt, um besser als je zuvor wiedergeboren zu werden.« Seine Augen flackerten und er stützte sich mühevoll auf die Ellbogen. »Das tue ich auch, weißt du? Ich bin der Winter.«

Ich hatte keine Ahnung, was er damit meinte, blieb jedoch so ruhig wie möglich. *Bitte, sprich weiter.*

Ein seltsamer Glanz erfüllte seine blassen Augen. »57«, murmelte er.

Mein Herz raste. Irgendwie wusste ich, dass Q kurz davor war, sich völlig zu öffnen. Er ließ seine Schutzmauern sinken und erlaubte es mir, in sein Inneres zu blicken. Ich wechselte in den Verhörmodus. Bemüht, nicht zu interessiert zu wirken, fädelte ich die Finger zwischen seine und streichelte ihn sanft. »57 was, Meister?«

Er schloss die Augen und lehnte sich stöhnend in meine Berührung. Dann zuckten seine Lippen plötzlich und er wich wieder zurück. »Nicht Meister. Ich hasse dieses verfluchte Wort.« Sein Kiefer spannte sich an und ich sah, wie er einen inneren Kampf austrug. Glühende Jadeaugen nahmen mich gefangen und ich konnte mich nicht mehr rühren.

Dann stahl er sich wieder mit glasigem Blick in die Trunkenheit davon und seufzte laut, als würde die ganze Welt auf seinen Schultern lasten. »Nicht wahr … Ich liebe dieses Wort, wenn ich *dein* Meister bin. Ich liebe es, dir wehzutun, dich zu ficken, Psychospielchen mit dir zu spielen. Deshalb bin ich genau wie er.«

Q ballte eine Faust und ich jaulte auf, als er sich selbst mit voller Wucht auf die Brust schlug. »Ich bin krank. Nichts als Böses wohnt in mir.« Er packte mich und riss mich zu sich, so nah, dass sich seine Nase fast gegen meine presste. »Aber dann bist du gekommen und hast mich dazu gebracht, die Dunkelheit zu akzeptieren.«

Ich wusste nicht, was er meinte, aber mir gefielen die Wut und der seltsame Glanz in seinen Augen überhaupt nicht. Ich fühlte mich vollkommen verloren und zerbrechlich. Ich schluckte und wechselte das Thema. »Warum 57? Wofür steht diese Zahl?«

Q lachte düster. »Mädchen natürlich. 57 kleine Vögel, die ich mit meinem Winterfrost eingefroren habe, um ihnen dann wieder beim Auftauen zu helfen.«

Mädchen? Er hatte vor mir 57 Mädchen besessen und mit ihnen gelebt? Kranke Eifersucht erfasste mich. Ich war starr vor Schock. *Was zur Hölle hat das zu bedeuten?* Mein Kopf tat weh. Qs betrunkene Metaphern ergaben keinen Sinn. Niemand konnte 57 Frauen haben. Nur ein Monster.

Ich hätte ihn am liebsten geohrfeigt. »Du hast 57 Mädchen besessen?«

Er nickte, so als wäre es das Natürlichste von der Welt. »57.« Ein Finger schob sich in mein Dekolleté, markierte mich, brannte sich in mich. »Du bist Nummer 58.« Er senkte den Blick auf meine Brüste, umschloss eine mit grober Hand. »Nummer 58, die mein Leben ruiniert hat.«

Ich schlug seine Hand weg. »*Ich* habe *dein* Leben ruiniert?« Wilde Wut kochte in mir hoch, vermischte sich mit Eifersucht und ertränkte mich in zitternder Angst. Mein Herz trommelte mit einer Milliarde Schlägen pro Minute.

»Du hast mit 57 Sklavinnen geschlafen und besitzt die Unverschämtheit, *mich* zu fragen, mit wie vielen Männern ich schon zusammen war? Du beschissener Heuchler.« Ich sprang vom Bett auf, riss mir an den Haaren und versuchte, durch den Schmerz die erdrückenden Qualen der Wahrheit auszublenden. »Du hast ja keine Ahnung, wie abgefuckt ich deinetwegen bin.«

Q schwang die langen Beine über die Bettkante und erhob sich, fiel jedoch sofort wieder aufs Bett und hielt sich den Kopf. »Hör auf, so zu kreischen, *esclave.* Komm her.« Er hielt den Kopf gesenkt, streckte eine Hand aus und erwartete offensichtlich, dass ich ihm gehorchte. Aber nicht diesmal. Ich hatte mein Limit erreicht.

Ich wich zurück und verpasste ihm eine Ohrfeige. »Ich hatte recht damit, die Polizei zu rufen. Du bist ein Dreckschwein.«

Die Luft knisterte vor Spannung. Q blickte mich durch schwere Lider an. Er mahlte mit den Zähnen und der rührselige Betrunkene verwandelte sich in einen wütenden Trunkenbold. Q sprang blitzschnell auf, hob mich hoch und warf mich aufs Bett. Ich schrie, als er sich auf mich fallen ließ und mich auf die Matratze presste.

»Ich bin ein Dreckschwein?«, knurrte er. »Ist das nicht eine Grundvoraussetzung für jeden Meister? Grausam zu sein und unnahbar?« Er fuhr mit der Zunge an meinem Ohr entlang und bestrich mich mit Kognak. »Ich liebe es, dich wie Dreck zu behandeln. Das macht mich unglaublich geil.« Er rieb seinen wütend heißen Schwanz gegen meine dünnen Pyjamashorts. »Spürst du das, *esclave?* Siehst du, was du mit mir machst, wenn du dich wehrst? Wenn du dich mir verweigerst? Ich bin ein wandelnder Ständer, der dich bestrafen will, dich ficken, dich daran erinnern, dass dein Platz *unter* mir ist, um mein Sperma zu schlucken und meine Schläge willkommen zu heißen.«

Er stieß erneut zu, einen Ausdruck der wilden Lust in den Augen. »Jeder Moment mit dir in meinem Haus gleicht einer köstlichen, verfluchten Folter. Ich brauch dich nur zu Gesicht zu bekommen und schon will ich deine Haut mit Schmerz überziehen, deinen Atem vor Lust ins Stocken bringen. Ich will alles mit dir tun, was ich nicht tun sollte. Was ich nicht *wollen* sollte. Verstehst du das? Du verursachst mir unermessliche Schmerzen, weil du das Kranke in mir zum Leben erweckst.«

Seine Worte peitschten durch meinen Kopf. Ich versuchte, ihn von mir zu stoßen, aber meine Arme waren schwach und zittrig und mein Körper feucht und gierig. Die Schwärze in seiner Stimme wärmte mich, erregte mich, stieß mich ab, machte mir *Todesangst*. Nicht *einer* meiner Sinne, sondern *alle* waren mit einem Mal hochsensibel. Ich wollte ihm die Augen auskratzen und ihn aus irgendeinem grotesken Grund noch mehr in Rage bringen.

Mein Innerstes bebte, sehnte sich danach, brutal von ihm genommen zu werden, auch wenn sich mein Verstand dagegen wehrte, weil er bereits mit so vielen anderen zusammen gewesen war. »Geh von mir runter, verdammt.«

Seine Antwort war ein Kuss. Seine Zunge schoss zwischen meine Lippen, drängender, habgieriger mit jedem wütenden Stoß. Ich zappelte, aber es nützte nichts. Er beschmierte mich mit seinem Geschmack, hielt meine Handgelenke über dem Kopf fest und keuchte heftig. Er biss mir in die Unterlippe und zog sich dann abrupt zurück. »Warum wolltest du nicht, dass ich deinen Namen kenne?«

Der plötzliche Sprung von bebender Wut zu Neugier machte mich ganz schwindelig. Ich presste die Lippen zusammen und funkelte ihn an.

Zorn flammte auf seinem Gesicht auf und er küsste mich so brutal, dass ich vor Schmerzen schrie. Q nutzte meinen offenen Mund aus, tauchte die Zunge tief hinein und erstickte mich fast mit seiner Gier. Als er mich schließlich wieder Luft holen ließ, biss er in meinen Hals und riss den Kopf hin und her – wie ein Löwe, der seine Beute zerfetzte. Meine Haut brannte und schrie, als sich Zähne tief hineinbohrten.

»Fuck!«, brüllte er. Und lachte.

Er leckte meine Wunde. Sein Speichel brannte vor Alkohol.

Ich kniff die Augen zusammen und lag einfach nur da. »Warum bist du so grausam?«

Tränen drängten hinaus und meine chaotischen Emotionen schalteten von Begierde auf lustvollen Hass. »Ich wünschte, die Polizei hätte dich verhaftet.« Wenn es um Q ging, wusste ich nie, welche meiner Gefühle der Wahrheit entsprachen. Im einen Moment dachte ich, ich könnte seine Sklavin sein und ihm geben, was er brauchte, wenn er mir dafür auch etwas gab – und im nächsten wollte ich ihn tot sehen.

Er wich zurück und blickte mich voller Wut und Bedauern an. Mein Herz geriet ins Stolpern und raste in unregelmäßigem Rhythmus weiter. In ihm steckten so viele Persönlichkeiten – ich kam einfach nicht mehr mit.

»Tu ne peux pas être à moi, mais je deviens à toi«, murmelte Q.

Mir krampfte sich der Magen zusammen und füllte sich mit schäumenden Blasen. Unsere Blicke trafen sich.

Ich konnte die Augen nicht von ihm abwenden. Q strich hauchzart mit den Lippen über meinen Mund und wiederholte die Worte auf Englisch. Zwang mich, sie zu schlucken. »Du bist vielleicht nicht mein, aber ich bin drauf und dran, dein zu sein.«

Die Zeit blieb stehen.

Sein Geständnis fesselte mich, raubte mir den Verstand. Sein betrunkener Zustand ließ mich die Tiefe seiner Gefühle sehen. Die Zeit tickte weiter und erstrahlte mit ganz neuen Möglichkeiten. Mein Körper gehörte mir nicht mehr, er gehörte Q. Alles gehörte Q.

»Gottverdammt, du spielst nicht fair«, flüsterte ich und wischte eine Träne weg, die die Dreistigkeit besessen hatte, mir zu entwischen.

Q rollte sich auf die Seite und stützte sich auf den Ellbogen. Ein Finger strich durch das dünne T-Shirt über meinen Nippel. Er brummte mit seinem tiefen französischen Akzent: »*Esclave* … ich kann nicht … ich werde nicht …«, stammelte er.

Meine Hand wanderte gegen meinen Willen zu seiner Wange hinauf. Schweißbedeckte Haut brannte unter meinen Fingerspitzen. Er lehnte sich zu mir, als wäre ich sein rettender Anker.

»Was brauchst du, Meister?«, hauchte ich. Mein Körper wusste es bereits. Er hatte es die ganze Zeit gewusst. Q trug mehr innere Schlachten aus als ich und nach seinem verrückten betrunkenen Ausbruch begann ich allmählich zu verstehen, wie tief diese reichten. Wie sehr er in Wahrheit litt. »Sag es mir. Alles, was du willst.«

»Ich habe ihn getötet. Ich habe ihn getötet, weil er diesen Mädchen Dinge angetan hat, die ich so verzweifelt dir antun will.« Er setzte sich auf die Knie, vom Alkohol noch ganz benebelt, aber nach wie vor fokussiert und wachsam.

Er holte tief Luft. »Schenke mir eine Nacht, in der ich alles tun kann, was ich will. Unterwirf dich mir vollkommen, ohne Widerstand, ohne Kämpfe. Sei die perfekte Sklavin.« Er senkte die Stimme. Sie vibrierte vor Intensität. »Für mich.«

In seiner Bitte erkannte ich düstere Begierde, so extrem, dass sie meine eigene Lust in den Schatten stellte – wie eine Schwärmerei verglichen mit einer glühenden Affäre.

»Du bist nicht einfach nur ein Besitz, *esclave*. Ich könnte dich zwingen, es zu tun, aber das werde ich nicht.« Er fuhr mit zitterndem Daumen über meine Unterlippe. »Ich lasse dir eine Wahl.«

Die Verbindung zwischen uns wurde stärker, intensiver. Indem er mir die Wahl ließ, zeigte er mir, wie viel ich ihm bedeutete, auch wenn er den Drang verspürte, mich zu zerstören.

Der Rest der Welt hörte auf zu existieren. Die Polizei spielte keine Rolle mehr. Brax spielte keine Rolle mehr.

Q und ich waren unsere eigene Galaxie. Ich suhlte mich in dem Geschenk, das ich ihm machen würde. In dem Geschenk, das ich mir selbst machen würde.

Ich rollte vom Bett und fiel auf die Knie. Ich verbeugte mich und spreizte die Beine, genauso wie auf all den Bildern, die ich von Untergebenen und ihren Meistern gesehen hatte. Als ich mich noch tiefer vor ihm verneigte, fiel mir mein Haar wie ein Vorhang übers Gesicht. Ich flüsterte: »*Je suis à toi*. Fick mich, Meister, lebe deine Fantasien aus. Tu mir weh. Erniedrige mich. Mach mich zu der Deinen.« Mit jedem Wort, das ich aussprach, erweckte ich eine Macht in mir, die mit keiner anderen zu vergleichen war.

Die Tatsache, dass ich mich ihm freiwillig hingab, damit er mit mir tat, was immer er wollte, katapultierte mich in völlig neue Dimensionen, eröffnete mir eine Sphäre, die zu betreten ich bisher immer zu feige gewesen war. Aber ich brauchte das hier genauso sehr wie er.

Q stieg aus dem Bett und baute sich vor mir auf. Sein Atem klang scharf und schwer und der Brustkorb hob und senkte sich vor Erregung. Er strich mir übers Haar, bevor er eine Hand hineinkrallte und meinen Kopf nach hinten riss, damit ich ihm in die Augen blickte. Alles an ihm glühte: Augen, Mund, Körper. Ich hätte allein durch die Pheromone kommen können, die er in die Luft schoss.

»Du hast deine Entscheidung getroffen. Du kannst sie nicht mehr zurücknehmen. Ich nehme dein Angebot an, *esclave.*« Er zog mich an den Haaren auf die Beine. Meine Kopfhaut brannte und ich zuckte zusammen und klammerte mich an seinen Händen fest.

Als ich vor ihm stand, sagte er: »Du kannst schreien. Du kannst weinen. Aber ich verspreche dir, dass ich aufhöre, wenn du das Safeword sagst.«

»Was ist das Safeword?« Ich hätte nicht fragen müssen. Ich lächelte leise.

Gemeinsam flüsterten wir: »Sperling.«

Mit einem weiteren Blick, der meine Seele versengte, besiegelten wir unseren Pakt. Q schwoll förmlich vor Dominanz an und auch in mir brannte eine neue Macht. Eine Macht, für die ich keinen Namen hatte – die Macht von Q.

»Heute Nacht gehörst du mir.« Er küsste mich auf die Wange.

»Ja«, hauchte ich. Und damit wurde ich zu Qs Hure. Seiner ergebenen, willigen, eifrigen kleinen Hure.

Q vibrierte vor ungezügelter Sexualität, packte meine Hand und zerrte mich aus dem Zimmer. Ich folgte meinem betrunkenen Meister den prächtigen Korridor hinunter und eine private Treppe hinauf, die sich hinter der Wandvertäfelung versteckte. Eine Wendeltreppe führte uns immer weiter aufwärts, bis Q einen Schlüssel aus der Tasche zog und eine mittelalterlich anmutende Tür öffnete.

Er schleuderte mich förmlich hindurch, knallte sie zu und verschloss sie mit demselben Schlüssel.

Ich riss die Augen auf, als ich mich in dem runden Raum umschaute. Ursprünglich war es ein Turm gewesen, der jedoch im Laufe der Jahre durch immer neue Anbauten an der Villa verborgen worden war. Er roch nach Männlichkeit – eine dunkle Note, die heißes Verlangen durch meine Adern schießen ließ.

Ein riesiger weißer Teppich lag vor einem gigantischen Kamin. Er war so groß, dass ich mich hätte hineinstellen können und trotzdem den Sims nicht erreicht hätte. Waffen und antike Gemälde zierten die Wände. Vor einer von ihnen stand ein Bett, das dreimal so groß war wie ein gewöhnliches.

Qs Reich.

Das Dekor schrie »Jäger« – ein Einblick in seine Wünsche und sein Verlangen, zu verwüsten und zu zerstören. Das riesige Zimmer verriet, wie sehr er es liebte, zu kontrollieren und zu dominieren. Er hatte mich hierhergebracht, um alles mit mir zu tun, was er wollte. *Wie viele andere Mädchen sind schon in seinem Reich gewesen?*

Ich legte die Stirn in Falten und ignorierte den Gedanken. Heute Nacht ging es nur um Q und mich. Vergangenheit und Zukunft hatten in dieser exquisiten Gegenwart nichts verloren.

Am Ende des mächtigen, mit schwarzen Laken bedeckten Bettes stand eine Spiegelkommode. Sie war mit silbernen Nieten verziert und zeigte mein zerzaustes Haar und meinen zitternden Körper.

Mein Herz raste, während ich alles auf einmal in mich aufsaugte.

Q stellte sich hinter mich und schlug mir auf den Po. »Stell dich in die Mitte des Raumes.« Der Alkoholgeruch warnte mich davor, dass Q sämtliche Hemmungen hatte fallen lassen. Vielleicht hätte ich erst einwilligen sollen, wenn er wieder nüchtern war.

Als ich mich nicht rührte, packte Q mich an der Kehle und jagte Pfeile der Angst und Begierde durch meinen Körper. »Gehorche, *esclave.*«

Er ließ mich los und ich taumelte zur Mitte des Zimmers. Meine Füße sanken in die dicken silberweißen Fäden des Teppichs ein.

Ich stand mit dem Gesicht zu dem prachtvollen Kamin und bemerkte eingravierte Füchse, die von Hunden gejagt wurden, und auf Speeren aufgespießte Rehe. Auf den ersten Blick war das Relief aufwendig und schön. Aber bei näherer Betrachtung schrie es vor Hunger nach Tod und Verstümmelung.

Ein Angstschauer peitschte über meinen Rücken und ich blickte mich zu Q um. Er stand vor einer der Wände und betätigte einen Hebel. Über uns war ein Klirren zu hören. Ich legte den Kopf in den Nacken und sah, wie Ketten mit Lederhandschellen von der Decke herabschwebten.

Mir schnürte sich die Kehle zu. Er wollte mich fesseln, genau wie in dem Sperlingszimmer. Panik loderte in mir auf und verwandelte mein kochendes Blut in heiße Lava.

Qs glühender Körper presste sich von hinten gegen mich. Ich zitterte, als er seine Erektion an meinem Hintern rieb. »Heb die Hände hoch, *esclave.*«

Ich hatte eingewilligt, dass er mit mir tun konnte, was immer er wollte, aber ich hatte nicht den Mut, das noch einmal durchzustehen. Alles, woran ich denken konnte, waren der Russe und sein Messer.

Ich schüttelte den Kopf und wimmerte: »Ich tue alles, aber nicht das.«

Er zog scharf die Luft ein. »Du bist ungehorsam?« Sein Tonfall war albtraumhaft. »Ich werde dich bestrafen, wenn du nicht sofort die Arme hebst.«

Ich biss mir auf die Lippe. Die Macht des Befehls ließ mich einknicken und ich hob langsam die Arme. Was Q gleich tun würde, würde meinen Geist auf eine harte Probe stellen. Ich würde mich entweder kopfüber in ihn verlieben oder endgültig brechen. Ich wollte, dass er mir wehtat. Ich wollte jeden Zentimeter spüren. Ich wollte mich für den Rest meines Lebens daran erinnern. Und wenn das bedeutete, dass ich mich wieder fesseln lassen musste, dann war es eben so. Vielleicht würde Q dadurch ja die Erinnerungen an den Russen und sein Messer ersetzen, genau wie er die Vergewaltigung durch sich selbst und die Dusche ersetzt hatte.

Meine Augen schlossen sich flatternd, als er die Lederhandschellen um meine Handgelenke schloss. Als er auch die letzte Schnalle fest zugezogen hatte, flüsterte ich: »Ich habe eine Bitte, wenn du es mir gestattest, Meister?«

Q presste das Gesicht auf meinen Nacken und leckte über die Bisswunde von vorhin. »*Eine* Bitte, nicht mehr. Wähle sie weise.«

Ich zitterte und öffnete die letzten Schranken in meinem Inneren. Diese Bitte war für mich. Ganz allein für mich. »Ich will, dass du mich Tess nennst.«

Er erstarrte. Sein Schwanz bohrte sich hart gegen meinen Hintern, die Brust gegen den Rücken. Eine Minute verstrich, bevor er erwiderte: »Du willst deinen Namen hiermit in Verbindung bringen? Aber du hast so hart dafür gekämpft, ihn vor mir geheim zu halten.«

Ich nickte und schluckte nervös, als er die Hüfte nach vorn schob und ich in meinen Fesseln vorwärtsschwang. »Ich weiß. Aber ich will, dass du mich bei meinem Namen nennst. Ich will wissen, dass du mich besitzt.« In mir krampfte sich alles zusammen. Ich stöhnte, als Q meine Brust fand und so fest in den Nippel zwickte, dass er regelrecht in Flammen ausbrach.

»Wie du wünschst, *esclave*. Jedes Mal, wenn ich dich Tess nenne, sollst du dich daran erinnern, dass ich mit dir tun kann, was immer ich will. Du gehörst verflucht noch mal mir.«

»Ja.«

»Nach heute Nacht wirst du jedes Mal, wenn ich deinen Namen sage, für mich feucht werden. Ich besitze nicht nur deinen Körper, sondern auch deine Identität. Leugnest du das?«

»Nein, ich leugne es nicht. Ich bin dein. Voll und ganz.«

Er zwickte mich erneut in den Nippel und trat vor den Kamin. Ich hing hilflos in den Handschellen und beobachtete ihn.

Er legte kein Holz ins Feuer oder fummelte mit Streichhölzern herum. Ein Klicken ertönte und Gasflammen züngelten und verbreiteten sofort sengende Hitze.

Q drehte sich wieder zu mir um und fuhr sich mit den Händen durchs Haar. Er schüttelte den restlichen trunkenen Nebel ab und hüllte sich wieder in Souveränität. Er näherte sich mir und zog eine silberne Schere aus der Tasche.

Ich schluckte schwer, sagte jedoch kein Wort. Es verschlug mir den Atem. Er schnippelte einmal mit der Schere, ein angespanntes Grinsen im Gesicht, packte den Saum meines T-Shirts und zerschnitt ihn.

Die Klinge kitzelte auf meinem Bauch und zwischen meinen Brüsten hinauf, bis er den Ausschnitt durchtrennte und der Stoff in Fetzen an mir hing. Q spannte den Kiefer an und zerschnitt auch den BH und meine Shorts. Mit heißem Feuer in den schweren Augen durchtrennte er schließlich den Slip und sah zu, wie er zu Boden flatterte.

Ich stand in all meiner nackten Pracht vor ihm und breitete mit ängstlicher Freude meine Flügel aus.

Er sammelte die zerschnittenen Kleidungsstücke ein und warf sie ins Feuer. Der Geruch nach Verbranntem breitete sich im Raum aus und die trunkene Lust auf Qs Gesicht nahm verzweifelte Ausmaße an.

Ich konnte nichts dagegen tun, dass mein Atem immer schneller ging, und hasste es, dass Q wieder hinter mir verschwand. Ich hörte das Geräusch von sich öffnenden Verschlüssen und das Knarren eines schweren Deckels. Irgendetwas klapperte und klirrte. Meine Fantasie arbeitete in Lichtgeschwindigkeit. Ich versuchte angestrengt über meine Schulter zu blicken und starrte mit herunterhängender Kinnlade auf die Spielzeuge und Apparate, die ich in der Spiegelkommode erkannte.

Stille legte sich über den Raum, abgesehen vom Züngeln der Flammen. Ich fühlte mich immer unwohler. Die Erwartung zerrte an meinen Nerven. *Was tue ich hier? Ich will das nicht. Ich will keine Schmerzen oder Demütigung.* Ich sollte einfach das Safeword aussprechen und zugeben, dass das Ganze ein riesiger Fehler gewesen war. Ich sollte nicht hier angekettet sein, nackt, und es einem Mann erlauben, alles mit mir zu tun, was er wollte. Er konnte mich töten und ich würde nichts unternehmen können, um ihn davon abzuhalten.

Ich hörte ein Zischen hinter mir und spannte mich an. Ich wollte gar nicht wissen, was es war. Q ging hinter mir auf und ab, seine Schritte beinahe lautlos auf dem Teppich. »Da ich dich bereits in diese ausgelieferte Position gebracht habe, werde ich dies zu meinem Vorteil nutzen.« Seine Stimme kratzte vor Sünde.

O Gott. Ich wollte ihn fragen, was er damit meinte, aber dann blieb er hinter mir stehen, mehrere Meter entfernt. Warum war er so weit weg?

»Wie lange fantasierst du schon davon, richtig *gefickt* zu werden? Gequält? Vollkommen benutzt?« Er betonte das Wort »gefickt« und es schwoll wie eine erotische Welle in meinem Inneren an. Das war wohl die direkteste, roheste Frage, die mir jemals jemand gestellt hatte.

Aber es war auch eine Frage, die nach einer Lüge bettelte. Ich konnte ihm nicht sagen, dass ich mich seit meiner Pubertät nach etwas sehnte, das ich noch nicht einmal benennen konnte. Ich hatte mir selbst Orgasmen verschafft und mich dabei Fantasien der Dominanz und Angst hingegeben. Ich presste die Lippen zusammen und antwortete ihm nicht.

Aus dem Nichts stach der Schmerz von tausend Bienen in mein Schulterblatt. Der krachende Knall einer Peitsche hallte durch den Raum.

Ich schrie auf und zerrte an meinen Fesseln.

Er hatte mich mit einer Peitsche geschlagen, verdammt! Der Schmerz jagte an meinem Rücken hinunter, heiß und beißend. Bedauern krampfte mein Innerstes zusammen. Ich wollte mich nicht schlagen und missbrauchen lassen. Ich wollte mich rücksichtslos durchficken lassen. Tränen flossen, als ein weiterer qualvoller Kuss mit lautem Knall landete. Meine Wirbelsäule kreischte und die Feuchtigkeit zwischen meinen Beinen nahm zu.

»Antworte mir, Tess. Wie lange? Wie sehr? Ich muss es wissen.«

Ich wimmerte und ließ den Kopf hängen. »Schon immer. Mein Geist ist krank, solange ich zurückdenken kann. Es macht mir schreckliche Angst. Ich kann es nicht kontrollieren. Ich habe meine Beziehung zu einem liebevollen Mann zerstört, und das nur, weil ich lieber gefickt werden will als geliebt.« Die Wahrheit sprudelte wie ein endloser Wasserfall über meine Lippen. »Ich brauche es. Mehr als du dir vorstellen kannst.«

Er grunzte. »Oh, ich *kann* es mir vorstellen.« Die Peitsche schlug erneut zu und leckte mich quälend.

»Hör auf!«, schrie ich und ließ den Tränen freien Lauf.

»Macht die Peitsche dich feucht? Lässt sie dich verzweifeln?«

»Ja! Scheiße, ja! So sehr.«

Q lachte, dunkel und intensiv und so voller Begierde, dass sich mir das Herz zusammenschnürte. Er *musste* Schmerzen zufügen – ich *konnte* ihm das nicht nehmen.

Die Peitsche knallte erneut, aber anstatt mich anzuspannen und mich dagegen zu sträuben, hieß ich den Hieb willkommen. Mein Körper schmolz willig dahin, mein Fleisch fügte sich.

»Erzähl mir deine dunkelste Fantasie«, befahl er und ging auf und ab. Die Peitsche folgte raschelnd seinen leisen Schritten.

Ich stöhnte, als Bilder vor meinem inneren Auge aufblitzten: in eine Faust gekralltes Haar, Prügel, Bondage. Er wusste, was mir gefiel – er *wusste* es. Aber ich wusste nicht, was *ihm* gefiel. Ich ballte die gefesselten Hände zu Fäusten. »Alles, was du mit mir machst, ist eine meiner Fantasien. Aber ich will *deine* kennenlernen. Wie düster willst du sein? Wie weit wirst du gehen?«

Q versetzte mir einen tieferen Hieb, der auf meinem unteren Rücken und Hintern zischte. »Es ist dir nicht erlaubt, Fragen zu stellen.« Jeder Schlag brannte, aber die Misshandlung lähmte mich nicht – sie veränderte mich. Ich verwandelte mich in einen Phönix mit flammendem Rücken, der den Kuss der Peitsche willkommen hieß. Mein Körper akzeptierte die Hiebe, jedoch nicht auf meiner Haut, sondern in meinem tiefsten Inneren. Die Hitze in mir loderte wie ein Freudenfeuer auf.

»Bitte, ich muss es wissen. Bitte ...«

Q ließ die Peitsche verstummen. Ich glaubte nicht, dass er mir antworten würde, aber sein Atem küsste meinen Nacken und er flüsterte: »Du bist noch nicht bereit, in die Abgründe meiner Verderbtheit zu sehen, *esclave.*« Er schlug mir mit fester, beißender Hand auf den Po. Ich stöhnte laut.

Obwohl ich den Schmerz gleichzeitig genoss und hasste, versuchte ich, mich zu befreien. Es war nicht die Peitsche, die mich bestrafte – es war die Tatsache, dass ich in völliger Unterwerfung gefangen war. Ich konnte mich nicht wehren. Ich konnte mich nicht umdrehen und weglaufen. Ich konnte nur dort hängen und akzeptieren, was immer Q mit mir machte.

Er wich wieder zurück und raunte: »Deine Haut ist ausgepeitscht so wunderschön, Tess. Leuchtend pink und rot.

Aber ich glaube, wir brauchen noch ein paar andere Farben. Vielleicht ein dunkles Kastanienbraun.«

Der Knall warnte mich erneut, bevor ein brennendes Stechen meine Knie einknicken ließ und ich wie im Delirium herumschwang. Die Peitsche hortete seine aufgestauten Emotionen. Erneut übermannte mich Angst. Die aufreizenden Fragen waren vergessen – das hier war pure Gewalt.

»Das ist dafür, dass du mir die Polizei auf den Hals gehetzt hast.« Q ließ die Peitsche hart herabsausen.

»Das ist dafür, dass du weggelaufen bist.« Ein weiterer quälender Kuss.

»Das ist dafür, dass ich deinetwegen so von Sünde verzehrt werde, dass ich nicht mehr klar denken kann.« Q grunzte, als die Peitsche auf meiner Haut schnalzte. Ich schluchzte und wünschte mir jammernd, er würde aufhören. Das brennende Zickzackmuster versengte meine Seele.

Q warf mir die Peitsche vor die Füße und wiegte mich in seinen Armen. »Es ist schon gut … Hör auf zu weinen.« Sein Leinenanzug schabte über meinen wunden Rücken, als er mich tröstete. Die Hitze pulsierte im Gleichklang mit meinem Herzschlag. Ich japste gierig nach Luft. *Ist es vorbei?* »Du willst nicht mich ficken, sondern meinen Verstand«, keuchte ich unter Tränen.

Qs Hand wanderte zu meinem Bauch hinab und langsam immer weiter, bis sie sich um meinen Schritt legte. »Nein, ich will dir den Verstand *rauben*. Ich hab dir doch gesagt, dass ich dich besitzen will: Körper, Herz, alles.«

Ich stöhnte, als er meine Klitoris umkreiste und gleichzeitig an meinem Ohr knabberte. »Sag mir: Hat es dir gefallen, ausgepeitscht zu werden?« Er rammte ohne

Vorwarnung einen Finger in mich hinein und die Fesseln zogen sich noch enger um meine Arme, als ich mich überrascht aufbäumte. »Sag mir die Wahrheit.«

Ich konnte nicht mehr klar denken und murmelte: »Es hat mir nicht gefallen, aber es hat mir gefallen, dir zu geben, was du brauchst. Ich bin feucht geworden, weil ich wusste, dass du es genießt.«

»Du glaubst, du hättest es selbst nicht genossen ... aber dein Körper hat sich in den Schlag der Peitsche gebogen. Hör genau zu, was sie dir sagt. Lass sie dein Meister sein.« Q schnappte nach Luft und ließ den Finger in mir pulsieren, bevor er ihn wieder herauszog. Er hob die Hand an meine Lippen. »Du bist nass. So nass. Saug an meinem Finger, Tess.«

Ich öffnete den Mund, einladend. Meine Nase war vom vielen Weinen ganz verstopft und ich bekam nicht genügend Luft. Sein Zitrusduft vermischte sich mit meinem eigenen Geschmack. Die Wunden, die er mir zugefügt hatte, brannten vor Lust.

Ich schwang mich mit einem stummen Flehen an seine Erektion.

Er machte einen Schritt zurück und ließ mich einfach hängen. Ich war seine Gefangene. Q hatte unrecht damit gehabt, dass von ihm besessen zu werden weder romantisch noch sexy noch ein Vergnügen war. Ich hatte mich noch nie so gefühlt. So hemmungslos. So *frei*.

Die Welt wurde schwarz, als Q mir eine Augenbinde anlegte und sie fest verknotete. Seine Finger strichen über meinen Hals und ein wohliger Schauer breitete eine Gänsehaut über meinen nackten Körper aus. Von dem Kaminfeuer war mir ganz heiß und auf meiner Oberlippe bildeten sich Schweißperlen.

»Ich werde jetzt die Kontrolle über dich übernehmen, Tess.«

Ich nickte hektisch und mein Herz raste wie wild.

Q packte mit einer Hand meine Brust. Etwas Scharfes stach in meinen Nippel. Ich wünschte mir, ich hätte sehen können, was es war. Er legte die andere Hand auf meine zweite Brust und klemmte etwas fest, das unangenehm und schwer daran herunterbaumelte.

»J'adore tes seins«, raunte er. Ich liebe deine Titten.

Er zwickte das gleiche Gewicht auch an meinem anderen Nippel fest und Stromschläge der Begierde schossen wie Sternschnuppen über eine unsichtbare Leitung in mein Innerstes.

Mein Körper pulsierte im selben Rhythmus wie das Blut in meinen Nippeln und den Peitschenstriemen. Ich winselte unter neuen Schmerzen, als Blut floss.

Q packte mich am Nacken und presste den Mund auf meinen. Er trieb die Zunge besitzergreifend zwischen meine Lippen und unser Atem vermischte sich.

Ich stöhnte und war wie berauscht von seinem Geschmack.

Heftig keuchend brach er den Kuss ab und irgendetwas Weiches und Ledriges tanzte über meinen Bauch. Ich zuckte zusammen und versuchte herauszufinden, was es war. Ich hasste die Augenbinde – hasste es, nichts sehen zu können. Es machte alles noch intensiver, furchteinflößender, sensibler.

Q atmete geräuschvoll ein. »Jede Strieme, die ich dir zufüge, macht mich so verflucht hart.«

Ich wimmerte, als sich das Leder in meinen Bauch grub, direkt auf meinem Schambein. Ich versuchte, mich nach vorne zu beugen, aber die Fesseln hielten mich aufrecht – parat für die nächste Folter, die er bereithielt.

»Du willst wissen, wie düster ich bin und wie weit ich gehen würde? Ich will Blut. Ich will dich schluchzend vor meinen Füßen. Ich will dich verdammt noch mal in Trümmern. Macht dir das Angst?«

Ein weiterer Schlag, diesmal direkt unter dem Busen. Meine Rippenverletzung flammte vor Schmerzen auf und die Nippelklemmen wackelten, als ich mich drehte und versuchte, mich zu befreien. Ich konnte nicht leugnen, dass die Erregung, ihm so vollkommen ausgeliefert zu sein, meine Möse pulsieren ließ, aber ich verstand nicht, warum. Warum törnte es mich an, mich zu unterwerfen? Warum törnte es Q an, Schmerzen zuzufügen?

Meine Stimme war kaum zu hören. »Ja, es macht mir Angst. Köstliche Todesangst.« Meine Ehrlichkeit schockierte uns beide. Heftig keuchend fragte ich: »Warum willst du mir wehtun, *Maître?*«

Q schlug zu, verpasste mir mit zärtlicher Hand eine Ohrfeige. Es tat nicht weh, aber unter der Augenbinde flossen trotzdem Tränen. »Ich widerrufe deine Erlaubnis zu sprechen.«

Ich ließ gezüchtigt den Kopf hängen. Ich würde es wohl nie erfahren.

Q umkreiste mich und ließ die Peitsche über meine Haut gleiten. »Es geht nicht darum, dir wehzutun, süße Tess. Es geht darum, dich zu brandmarken. Deine Haut ist rein wie Schnee, aber *ich* darf sie markieren.« Er ließ einen Hieb auf meinen Hintern knallen. Der neue Peitschenabdruck brannte furchtbar. »Es ist falsch *und* richtig – ich brauche deinen Schmerz.« Er flüsterte mir ins Ohr: »Ich bin unverwundbar, wenn ich dir wehtue.«

Bilder von dunklen Schrecken erfüllten mich. Jeder einzelne Muskel in meinem Körper brüllte mich an wegzurennen. Das Safeword tanzte auf meiner Zunge. *Ich bin stärker. Ich habe selbst darum gebeten. Ich werde es nicht sagen … noch nicht.*

Q schlug mich erneut, diesmal besonders hart. Es stach wie tausend Hornissen, aber ich gab keinen Laut von mir.

Er stöhnte und fuhr mit dem Finger über die neue Verletzung. »So verdammt perfekt.«

Ich atmete flach und wünschte mir, ich könnte es sehen. Ich *musste* es sehen.

»Du hast eine Belohnung verdient, Tess«, sagte er so süßlich, als wäre ich ein braves Mädchen und würde dafür ein Eis am Stiel bekommen. Seine Dominanz zeigte mir jedoch nur allzu deutlich, dass ich kein Eis bekommen würde.

Einmal mehr verwandelte sich der Schmerz in ein zärtliches Brennen der Leidenschaft. Ich genoss jede Sekunde. Genoss die Markierungen, die Q hinterlassen hatte.

Er riss mir die Augenbinde vom Gesicht, küsste mich und packte mein Haar so fest, dass ich mich nicht bewegen konnte, als er mit der Zunge meinen Mund fickte und mich nicht mehr atmen ließ.

Ich keuchte erstickt, aber in dem Moment, als er von mir abließ, wollte ich mehr. Ich wollte sterben, während er mich küsste.

Mit glänzenden blassen Augen ging Q vor mir auf die Knie. »Leg die Beine über meine Schultern«, befahl er.

Ich blinzelte. »Die Beine über deine Schultern?« Ich errötete verlegen bei dem Gedanken daran, dass er so nah an meiner offenen, entblößten Muschi war. Ich war so feucht, dass es bereits an meinem Oberschenkel hinunterrann. Ich schüttelte den Kopf, unfähig, mich so verletzlich zu machen.

Q klatschte eine Hand auf meinen Hintern. Sie traf direkt auf die Peitschenstriemen und ich jaulte auf.

»Tu, was ich dir befehle, *Tess.*« Er betonte meinen Namen extra und erzielte damit die beabsichtigte Wirkung. Es erinnerte mich daran, dass er mich besaß und ich daher keine andere Wahl hatte.

Zögernd hob ich ein Bein und legte es über seine Schulter. Sein Blick fiel auf meine Mitte und seine Miene wurde dunkel vor Verlangen. Verlegenheit ließ meine Wangen erröten. Als mein anderes Bein fest auf dem Boden blieb, funkelte er mich böse an. »Du hast zwei Beine. Leg sie beide auf meine Schultern.« Seine Stimme kratzte, der Brustkorb hob und senkte sich gierig.

Seine Leidenschaft gab mir den Mut, mich als starke Frau zu beweisen. Ich hob auch das andere Bein, ließ die Handschellen mein ganzes Gewicht tragen und legte es ebenfalls auf Qs Schulter. Dort hing ich nun, völlig seiner Gnade ausgeliefert. Er schlang die Arme um meinen Po, spannte den Bizeps an und wandte den Blick keine Sekunde von meiner Spalte ab. »Du bist so verflucht schön.« Er küsste die Innenseite meines Oberschenkels mit einer fließenden Bewegung und heißem Atem. »Hier ist deine Belohnung dafür, dass ich dir wehtun durfte.« Seine Stimme klang rau wie Schiefer. Ich warf den Kopf in den Nacken, als er den Mund über meiner Klitoris schloss.

Meine auf seinen Schultern gespreizten Beine ermöglichten ihm einen freien Zugang und er nutzte ihn schamlos aus.

Seine Zunge war alles andere als schüchtern, kitzelte meine Klitoris, leckte und saugte. Er tauchte tief in meine Feuchtigkeit ab und vögelte mich mit der Zunge, als wäre er besessen.

Es war zu viel. Zu intensiv. Ich stöhnte und wimmerte, zappelte und zuckte. Sternchen schossen und blitzten mit jedem Kitzeln seiner Zunge, jedem Saugen seines Mundes vor meinen Augen vorbei.

Er rammte die Zunge so weit in mich hinein, dass ich einen Schrei ausstieß und mir wünschte, es wäre sein Schwanz, den er bis zum Anschlag in mir vergrub. »Bitte, Meister … mehr …« Mein Körper war mehr als bereit, von ihm in Besitz genommen zu werden, geschunden, wiedererweckt mit leidenschaftlicher Lust.

Die Peitschenstriemen brannten unerträglich heiß, meine Haut triefte durch das Kaminfeuer vor Schweiß und meine Nippel schrien nach Erlösung. Ich schaukelte mit den Hüften gegen Qs Mund, zwang die Zunge noch tiefer hinein und flehte ihn an, mich noch gröber zu behandeln.

»Fuck, ja«, stieß er aus, bohrte die Finger tief in meine Hüften und zog mich näher zu sich heran, bis sein ganzes Gesicht zwischen meinen Beinen verschwand. Er knurrte und biss in meine Klitoris. Aber es war nicht nur ein leichtes Knabbern – ein richtiger, wilder Biss.

Ich schrie auf, als sich meine Muschi verkrampfte und im Rhythmus ihres eigenen Herzschlags pulsierte. Ich warf mich hin und her, versuchte, ihm näher zu kommen. Versuchte, von ihm wegzukommen. *Ich will mehr. Ich halte das nicht mehr aus.*

Mein Verstand schaltete sich aus, regiert von dem Verlangen zu kommen. »Fick mich, Q. Fick mich. Ich … ich halte das nicht mehr aus.«

Er stieß meine Schenkel weg und ich schmolz von seinen Schultern. Er sprang so blitzschnell auf, dass ich zitternd im Kreis herumschwang. Mein Kopf kippte zur Seite und meine Augen fühlten sich so schwer an, dass ich sie nicht mehr offen halten konnte. Ich wollte meine Beine übereinanderschlagen, um mir Erleichterung von der Folter zu verschaffen. Q hatte mich von einer rationalen Frau in eine gierige Abhängige verwandelt, die den nächsten Schuss brauchte. Ich brauchte seinen Schwanz. Ich brauchte meinen Meister.

Q packte mein Kinn und ich öffnete widerwillig die Augen. »Du erträgst es nicht, oder?« Sein sexy Bartschatten glänzte, weil er mich förmlich aufgefressen hatte. Ich schwang nach vorne, wollte ihn ablecken, ihn säubern. Bei dem Gedanken, ihn auszusaugen, lief mir das Wasser im Munde zusammen. Ich wollte in seinen Schwanz beißen, wie er mich gebissen hatte. Ich wollte es so sehr, dass ich platzen würde, wenn es nicht passierte.

Ich versuchte, sinnvolle Sätze zu bilden. »Ich kann den Gedanken nicht ertragen, dass du mich nicht fickst.«

Er schloss die Augen, bevor er die Kontrolle wiedergewann, und raunte: »Du hast dich mir völlig untergeordnet. Du hast ja keine Ahnung, was das mit mir macht.«

Aber ich hatte eine Ahnung. Er empfand dasselbe wahnsinnige Gefühl, das er auch in mir auslöste. Wenn ich nicht gefesselt gewesen wäre, dann hätte ich mich auf ihn gestürzt und gefickt, bis das kribbelnde, drängende, alles verschlingende Verlangen verschwand. Das einzige Problem war nur, dass ich nicht glaubte, dass es jemals verschwinden würde. Und das wollte ich auch gar nicht.

»Sag es noch mal, Tess.« Q ließ mich los und knöpfte sein Jackett auf.

Ich atmete schwer und keuchte heftig, als er sich die Jacke vom Leib riss und sie auf den Boden fallen ließ.

»Fick mich, Meister. Ich ertrag es nicht, dich nicht zu haben.«

Er stöhnte, kickte die Schuhe von sich und öffnete die Krawatte. Ein böses Funkeln blitzte in seinen Augen auf.

Er ließ die cremefarbene Krawatte zwischen seine Finger gleiten, blickte darauf und dann wieder zu mir.

Mein Herz machte einen Satz, als er näher kam. »Aufmachen.«

Ich schüttelte den Kopf. »Nein. Dann kann ich nicht mehr atmen.«

»Du kannst drum herum atmen. Du kannst darauf beißen.«

Ich presste den Mund zusammen und stöhnte, als er die Krawatte zwischen meine Lippen zwang und sie zuband. Als sie fest verknotet war, küsste er meinen geknebelten Mund und fuhr mit der Fingerspitze über meine Unterlippe. »Du siehst gefesselt und geknebelt *incroyable* aus, *esclave*. Ab jetzt werde ich die Peinlichkeit ertragen müssen, jedes Mal in meiner Hose zu kommen, wenn ich an heute Nacht denke.«

Er ging einen Schritt rückwärts und zog sich aus. Er sparte sich die Mühe, die Knöpfe seines Hemds zu öffnen, und zerriss es einfach. Die Plastikknöpfe flogen wie wild durch die Luft und verteilten sich klimpernd im Raum.

Mein Mund wurde ganz trocken, als ich seinen perfekten Körper in mich aufsaugte. Die glatte Brust, die wie gemeißelt definierten Muskeln. Sperlinge in schwarzbrauner Tinte flatterten und erwachten in all ihren federigen Details zum Leben. Er öffnete erst den Gürtel, dann den Reißverschluss und stieg aus der Hose.

Nur in schwarzen engen Boxershorts stand Q stolz vor mir und befingerte seine dicke Erektion, während er mich anstarrte. Seine Augen fokussierten sich auf meine Brüste mit den Nippelklemmen. »Deine Haut ist ganz angeschwollen, Tessie.«

Ich zuckte zusammen. *Tessie*. Brax' Spitzname für mich. Schuldgefühle fluteten wie ein Tsunami über mich hinweg und ich hustete gequält. Ich hatte Brax auf die schlimmstmögliche Weise betrogen. Ich war eine untreue Schlampe.

Q schlich näher und hakte die Finger unter den Knebel. »Was habe ich gesagt? Warum leidest du?«

Ich senkte den Blick und versuchte, Brax zu verdrängen. Er sollte mich nicht kümmern, aber das tat er. Es war ein Fehler gewesen, Q zu bitten, mich bei meinem Namen zu nennen. Tess mochte die sadistisch-erotischen Spiele mit Q vielleicht lieben, aber Tessie … Sie gehörte in eine simplere Vergangenheit.

Unsere Blicke trafen sich und Q schien zu verstehen. »Du magst es nicht, wenn ich dich so nenne.«

Ich wünschte, ich hätte anders gefühlt, aber eine Träne kullerte, und ich nickte.

Er leckte den Tropfen weg. »Ich mache mir auch nichts aus Tessie. Du bist mein. Meine *Tess.*«

Vor meinen Augen verschwamm alles und ich schwenkte zu ihm. Die Schuldgefühle lösten sich in Luft auf und meine Lust kehrte tausendfach zurück. Ich erwachte unter seinem durchdringenden Blick erneut zum Leben.

Und er wusste es. Er zog den Schwanz aus der Unterhose, schlang die Finger um den dicken Ständer und streichelte ihn grob. »Gefällt es dir, wenn ich dich so nenne? Mein? Ganz allein mein?«

Ich schüttelte den Kopf, nur um mich zu widersetzen. Ich konnte den Blick nicht davon abwenden, wie Q sich selbst streichelte. Ich bog den Rücken durch und versuchte Erleichterung zu finden, indem ich meine gequälten Nippel an seiner Brust rieb.

Er erschauderte und rieb weiter seinen Schwanz. Er streckte die andere Hand aus, spreizte zwei Finger, stahl sich etwas von meiner Feuchtigkeit, strich sie auf die Spitze und benutzte mein Gleitmittel für sich.

Ich stöhnte und mein Körper löste sich vollkommen auf. Meine Muschi spannte sich an und sehnte sich nach ihm. Nichts anderes auf der Welt spielte noch eine Rolle, nur ihn in mir zu spüren. Ich wollte ihn anschreien, dass er mich ficken solle, aber der verdammte Knebel verwandelte meine Worte in nutzloses Stöhnen.

Er presste den Schwanz gegen meinen Bauch und schlug mich damit. Ich keuchte und zappelte und versuchte ihm näher zu kommen.

»Schling die Beine um meine Hüften.« Q streckte die Arme aus, bereit, mich aufzufangen.

Endlich. *Ja. Ja.*

Ich sprang ab, spreizte gleichzeitig die Beine und hievte mich mithilfe der Fesseln hoch. Ich passte perfekt um seinen Körper. Seine Hitze vermischte sich mit meiner Feuchtigkeit. Sein pulsierender Penis war so nah, dass es mich wahnsinnig machte.

Seine Augen blitzten auf, als ich hin und her schaukelte und ihm meinen sinnlichen Saft über den Schwanz und die Eier schmierte. Er stöhnte und ich stieß mich schamlos auf ihn und spürte endlich die heiß ersehnte Reibung. Ich hätte auf der Stelle kommen können. Ich wollte mich von meinem Meister wie eine läufige Hündin rammeln lassen.

Er fasste zwischen uns und schob mich ein Stück zurück, bevor er den Schwanz zu meiner Öffnung führte.

Mit einer schnellen Bewegung und den Händen an meiner Hüfte zog er mich auf sich und pfählte mich förmlich. Seine Spitze stieß vor bis an meine Gebärmutter, scheuerte, dehnte. Die Invasion raubte mir den Verstand.

Ich wurde ganz steif und stöhnte wie eine Hure – aber genau das war ich schließlich auch.

Qs Miene verfinsterte sich vor ungestümer Lust. Er rammte sich in mich hinein und bohrte die Finger tief in meine Haut. »Verflucht, mein Schwanz gehört in dich.« Mit einer Hand schlug er mir auf die Brust, wodurch die Klammern zukniffen und eine Woge aus Schmerzen und Spasmen gierige Feuchtigkeit zwischen meine Beine sandte. Ich würde nicht lange durchhalten. Scheiße, ich war so nah dran, dass ich schon jetzt vor Befriedigung bebte. Ein Orgasmus schwankte auf Messers Schneide – scharf und tödlich.

Q kreiste mit den Hüften, unfassbar langsam, und ließ jeden Millimeter von sich über jeden Millimeter von mir gleiten. Ich wollte schreien. Ich wollte kein langsames Kreisen. Ich wollte zügelloses Rammeln.

»Schau hoch«, befahl Q.

Ich zwang meine unglaublich schweren Augen, sich von dem mich fickenden Schwanz abzuwenden. In blassem Jadefeuer loderten die Dämonen auf, die er sonst unter Verschluss hielt. Sie flatterten wie Geister, schwärmten aus und drängten ihn, die Kontrolle zu verlieren.

Er knurrte und stieß einmal zu.

Zweimal.

Ein drittes Mal voller Ekstase.

Ich warf den Kopf in den Nacken, kaute auf dem Knebel herum und stöhnte laut, um ihn wissen zu lassen, welche Gewalt er mir antat – und wie sehr ich mir wünschte, dass er noch weiter ging.

Er bäumte sich erneut auf und biss die Zähne zusammen. »Ich hasse dich dafür, dass du mich dazu getrieben hast, meinen Schwur zu brechen.« Sein Gesicht verzerrte sich voller Selbstverachtung und schwarzer Lust. »*Qu'est-ce que tu es en train de me faire?*« Was tust du mit mir?

Bevor ich antworten konnte, verlor Q völlig die Kontrolle. Er fletschte die Zähne, ließ die Mauer zu seinen Dämonen einstürzen und drillte sich endlos tief in mich. Es gab kein Schaukeln oder zärtliches Liebemachen. Er rammte die Hüften gegen meine, grunzte wild und schwitzte mit einem irren Ausdruck in den Augen. Seine manikürten Nägel zerkratzten meinen Arsch, gruben sich wie tollwütige Klauen in mein Fleisch und fügten mir glorreiche Schmerzen zu.

Der Knebel dämpfte meine Schreie. Ich hüpfte in seinen Armen, meine Brüste wackelten mit jedem Stoß. Das Zimmer explodierte unter schwerem Keuchen und dem Klatschen von schwitzender Haut. Die Luft war unfassbar heiß. Q war zu viel für mich. Mein Körper konnte die Überlastung der Sinne einfach nicht verkraften.

O Gott. O Gott. Ich komme …

»*Tu es à moi.*« Du bist mein. Q lehnte sich zurück, nutzte meinen Körper als Gegengewicht und rammte sich nach oben. Sein Schwanz war so heiß und hart, dass er mich bis zur Belastungsgrenze dehnte.

Mein Herz bekam Flügel und flog davon. Der Gipfel der Lust bauschte sich immer weiter und weiter auf, erreichte aber nie seinen Höhepunkt. Angst verflocht sich mit Begierde. *Zu intensiv*. Ich glaubte nicht, dass ich das überleben konnte.

Der Knebel schnitt mir die Luftzufuhr ab und von dem Sauerstoffmangel wurde mir ganz schwindelig. Alles, woran ich denken konnte, waren Q, seine Fingernägel, sein Schwanz und sein abgehackter Atem.

Er lehnte sich noch weiter zurück und der Kopf kippte in seinen Nacken, als er mich – wie war das möglich? – noch härter fickte. Seine Hüftknochen scheuerten die Innenseite meiner Oberschenkel auf und er gab mir endlich den hemmungslosen Fick, den ich brauchte.

»Fuck, Tess. Fuck, ja. Nimm das. *Putain, ta chatte est faite pour ma bite.*« Fuck, deine Fotze passt so gut auf meinen Schwanz.

Ich konnte nicht mehr. Ich konnte mich nicht länger zurückhalten. Mein ganzer Körper schien zu zerreißen, aber ich kam *noch immer* nicht zum Höhepunkt.

Bitte, bitte, Gott. Ich brauche ... Ich kann nicht ... Ich ... Ich ...

»Sieh mich an«, knurrte Q keuchend.

Ich gehorchte und ertrank in seinem glühenden Grün. Knisternde Spannung verschlang uns, aber zwischen uns passierte auch noch etwas anderes. Wir waren nicht länger Meister und Sklavin. Wir waren zwei rammelnde Tiere, auf ein einziges Ziel fokussiert.

»Meister, bitte ...«, flehte ich durch den Stoff in meinem Mund.

Q wurde noch steifer, noch mächtiger, stieß mit aller Gewalt zu, riss die Augen auf und öffnete die Lippen. »Ich gebe dir, was du willst.« Sein Körper verkrampfte sich und ein tiefes, wütendes Stöhnen entwich seiner Kehle. Ein heißer Samenschwall erfüllte mich und das war alles, was ich brauchte.

Ich ging in Flammen auf.

Jedes Atom in meinem Körper detonierte und verbrannte. Meine Vagina krallte sich um Qs gnadenlose Erektion und ich schrie und kreischte, dem Wahnsinn nahe. Qs Mund fuhr auf meinen Hals herab und biss zu. Ich verließ meine sterbliche Hülle und ritt auf einer Woge der markerschütternden, hirnspaltenden Euphorie.

Q grunzte und stieß in meinen Orgasmus. Seine Zähne krallten sich an mein Schlüsselbein und ein dünnes Rinnsal aus Blut tropfte von der Bisswunde an meiner Kehle. Der primitive Teil meines Gehirns wurde ganz wild. Ich liebte es, dass er mich so sehr brauchte, dass er meine Haut verletzt hatte. Ich liebte es, wie zärtlich seine Zunge war und wie sie mein Wesen aufleckte.

Mein Körper erbebte unter jeder neuen flutenden Woge. Sie verloren nur ganz allmählich an Intensität. Meine Füße verkrampften sich und mein ganzer Körper fühlte sich an, als wäre ich von einem Truck überrollt worden.

Mit zitternden Fingern nahm mir Q den Knebel aus dem Mund und befreite meine Handgelenke. Er fing mich auf, hielt mich fest und wiegte uns zu Boden. Wir sanken in einem Knoten aus Gliedmaßen auf den dicken weißen Teppich, bedeckt mit Schweiß, Sperma und Blutstropfen.

Q löste sich nicht aus der Umarmung und irgendwie gelang es ihm, mich so zu drehen, dass ich ihn nicht mehr ansehen konnte. Er sagte kein Wort, drückte mich an sich und schmiegte seinen festen Körper an meinen.

Sein Herz hämmerte gegen meinen Rücken, im selben unregelmäßigen Rhythmus wie meines.

Ich kuschelte mich dichter an ihn, selig und zufrieden. Q hatte mir wehgetan, aber gleichzeitig betete er mich an. Er gab mir alles, was ich brauchte. Die Intimität zwischen uns ließ sich nicht beschreiben. Ich zitterte wohlig, als er die Klammern von meinen Nippeln entfernte und sanft meine Brüste streichelte.

Er seufzte tief und gähnte. Dank des Alkohols in seinem Körper war er zweifellos völlig erschöpft.

Du hast mich benutzt, aber du hast mich auch beschützt. Ich versuchte ihm den Gedanken zu übermitteln. Mein

Körper war nicht in der Lage zu sprechen. Q murmelte irgendetwas und zog mich näher zu sich.

Die Sonne malte den Himmel draußen rosa. Q zuckte ein paarmal und schien bereits in den Schlaf abzudriften.

Die heutige Nacht hatte mein Leben verändert. Q brachte meine Seele vielleicht zum Weinen und zerriss sie in Stücke, aber er erfüllte sie auch mit dramatischer Freude. Meine Seele sang nicht nur, sie jubilierte.

Ich hatte endlich einen Platz gefunden, an den meine Verdorbenheit gehörte.

In Qs Armen.

KAPITEL 21

FASAN

Schmerzen weckten mich.

Die Erinnerungen an letzte Nacht wirbelten durch meinen Kopf, dicht und schwer. Mein Körper verkrampfte sich, als ich an Qs animalischen Fick dachte, an sein betrunkenes Gelalle über Mädchen und den Winter. Er hatte mir Hinweise gegeben – ich musste nur die Metaphern deuten, um sie auch zu verstehen.

Aber im Augenblick war ich dazu nicht in der Lage. Mein Hirn war Matsch, mein Körper brannte vor Wunden und blauen Flecken. Ich fühlte mich benutzt, missbraucht und vollkommen angebetet.

Ich drehte mich hin und her und versuchte, eine angenehme Position zu finden. Der dicke Teppich war weich, aber er kitzelte auch. Q stöhnte und drückte mich noch fester an sich. Er hatte seinen muskulösen Arm um meinen Bauch geschlungen. Unglaublich, aber er war immer noch in mir – schlaff, aber nach wie vor groß genug, dass ich ihn deutlich spüren konnte.

Ich bewegte ein wenig meine Hüfte und versuchte, ihn aufzuwecken.

Seine tiefe Atmung wurde flacher. Ganz langsam wurde er steif und füllte mich aus wie ein Ballon, der sich immer weiter ausdehnte. Mich holte die schmerzhafte Erinnerung daran ein, wie hart er mich vergangene Nacht genommen hatte.

Ich biss mir auf die Lippe, als er mit der Nase ein paar verknotete Strähnen beiseiteschob und mich zärtlich küsste.

Leise stöhnend schob er sich vor und zurück.

Ich schloss die Augen, als geschickte Finger meine Nippel berührten und sie sanft streichelten, ganz anders als die wütende Dominanz von letzter Nacht. Q war nicht derjenige, der mich an diesem Morgen nahm. Es war Quincy.

Ich stöhnte, schob mich nach hinten und stimmte in seinen Rhythmus ein. Wir gingen ineinander auf, genossen es und jagten dabei keinem markerschütternden Orgasmus nach, sondern eher einem sanften Glühen.

Seine Hand wanderte von der Brust zu meinem Schritt hinunter und spielte mit meiner Klitoris. Unsere Bewegungen wurde entschlossener, besitzergreifender.

Ich wimmerte, als Q die Beine um mich schlang und mich gefangen nahm. Er klammerte sich an mich, drang tiefer in mich ein, presste sich aufwärts und stieß gegen meinen Schoß.

»Ich hätte nie gedacht, dass mir 08/15 gefällt«, flüsterte er in mein Haar.

Ich erstarrte. Was meinte er damit? Hatte er noch nie zuvor Intimität mit jemandem erlebt? Sanften Sex statt wütender Rammelei?

Sein Atem stockte. Er hatte nicht bemerkt, dass ich mich zurückgezogen hatte und zu verstehen versuchte, was er meinte. Seine Finger beschmierten meinen Kitzler mit meinem Saft, rieben mit erotischer Lust und ließen mir keine andere Wahl, als ihm Aufmerksamkeit zu schenken.

»Komm für mich, *esclave.*« Sein Befehl klang atemlos, die um meinen Körper geschlungenen Beine spannten sich an.

Er stieß härter zu, mit einem Anflug der Brutalität, die ich von Q gewöhnt war. Er zwickte meine Klitoris und zwang mich zu kommen. Mein ganzer Körper verkrampfte sich, bebte unter Qs Orgasmus, als er mich mit seinem Samen füllte. Er gab ein leises Stöhnen von sich. Mein Herz flatterte und ich lächelte.

Wir mussten wieder eingeschlafen sein, denn ich erwachte, als es klopfte.

Q zuckte zusammen und löste sich von mir. Unsere Haut gab ein leise saugendes Ploppen von sich – unsere Körper versuchten, uns zusammenzuhalten. Q knurrte und hob den Kopf. »*Merde*, wie viel habe ich gestern Nacht getrunken?«

Ich lachte leise. »Genug um irgendwas von Vögeln und Mädchen zu faseln und …« Ich verstummte. Traurigkeit ersetzte meine postkoitale Seligkeit. »Dass ich Nummer 58 bin.«

Die Luft wurde kälter. Q erstarrte. »Was?« In seinen Augen flackerte Panik. »Das habe ich gesagt?« Er setzte sich auf und zuckte erneut zusammen.

Ich konnte den Blick nicht von seinem durchtrainierten, definierten Körper abwenden. An seinem schweren Schwanz hing noch immer mein feuchter Glanz. Das Sperlingstattoo erfüllte mich aus irgendeinem unerklärlichen Grund mit Kummer.

»Kannst du es mir jetzt sagen? Was haben die Vögel mit den 57 Sklavinnen zu tun, die du vor mir hattest?«

Q fuhr sich mit der Hand übers Gesicht und entfernte sich von mir. Er griff nach seiner Hose und weigerte sich, mich anzuschauen. Er hielt sich nicht mit Unterwäsche auf und schlüpfte hinein. Ich hatte die Tätowierung noch nie von hinten gesehen, aber die Wolke wirkte unheilvoll und böse. Ein Albtraum aus Dornen und Ästen, der versuchte, die unschuldigen kleinen Vögel zu verschlingen.

Ich senkte den Blick – ich konnte es mir nicht länger anschauen. Ich hielt erschrocken die Luft an: Meine Haut war über und über von blassvioletten Flecken überzogen und schimmerte pink von den Striemen der Peitsche. Ich blickte nach hinten, biss die Zähne zusammen und stieß ein Zischen aus, als ich meinen Rücken betrachtete. Die Wunden zogen sich wie ein Netzmuster über meine Haut und brannten fürchterlich. Er hatte die Haut zwar nicht durchbrochen, aber verdammt noch mal, es tat trotzdem höllisch weh.

Q streifte das knopflose Hemd über und drehte sich zu mir um. Er reichte mir eine Felldecke vom Bett. »Du musst das hier anziehen, wenn du auf dein Zimmer gehst – schließlich habe ich deine Kleider verbrannt.«

Ich funkelte ihn an. »Ignorierst du meine Frage absichtlich?«

Er verschloss sich wieder, die Augen glasig und verkatert, der Kiefer angespannt. Ich konnte seine Distanziertheit nicht verstehen. Seine Kälte.

Das Klopfen ertönte erneut und durchbrach die sich aufbauende Spannung.

Q seufzte und zog sich noch weiter zurück. »Ich muss gehen.«

Ich stand mit stolzgeschwellter Brust auf und weigerte mich, mich in die Decke zu hüllen. Ich wollte, dass er sah, was er mir angetan hatte. Dass ich die Male mit Leidenschaft trug. Sie zeigten, zu wem ich geworden war. Ich war nicht länger jungfräulicher Schnee. Ich war in Besitz genommen worden. Benutzt. »Willst du mitten in unserer Diskussion einfach verschwinden?«

Seine Augen wanderten über meinen geschundenen Körper. Hitze und Verstörung flackerten darin auf. »Du solltest dem, was gestern Nacht passiert ist, keine falsche Bedeutung zumessen. Ein betrunkener Meister hat seine Sklavin gefickt, das ist alles. Du hast mir gegeben, was ich wollte. Aber nun ist Morgen und andere Dinge verlangen meine Aufmerksamkeit.«

Er hätte mich nicht mehr verletzen können, selbst wenn er es gewollt hätte. Ich kniff die Augen zusammen. Tränen brannten darin. »Das ist eine beschissene Lüge und das weißt du.«

Er zuckte mit den Achseln. »Glaub, was du willst, *esclave*. Ich gehe jetzt.«

Mein Herz brach. *Esclave*. Nicht Tess. Er hatte mich einfach so verleugnet.

Bevor ich ihn fragen konnte, was zur Hölle hier eigentlich los war, schloss er die Tür auf und verschwand.

Ich ging den Weg der Schmach, stieg die Wendeltreppe hinunter und schlich in mein Zimmer. Ich duschte und rieb meine Wunden mit Arnikasalbe ein, bevor ich in ein wunderschönes graues Kleid schlüpfte, das ich im Schrank fand.

Ich hatte nichts mehr dagegen, dass Q mich einkleidete. Nach allem, was er letzte Nacht getan hatte, erschien mir die Auswahl meiner Klamotten völlig banal. Ich hatte zugelassen, dass er mich auspeitschte und mich im wahrsten Sinne des Wortes öffnete, aber anstatt mich wertgeschätzt und wieder ganz zu fühlen, empfand ich nur Leere und Bedauern.

Er hatte Dinge mit mir gemacht, von denen ich niemals geglaubt hätte, dass ich ihnen zustimmen würde, und dennoch hatte ich das Safeword nicht gesagt. Weil ich mich bei ihm *sicher* gefühlt hatte.

Aber auch das war eine Lüge. Er hatte dieses Gefühl der Sicherheit zerstört, als er ohne Erklärung gegangen war. Mir tat schon der Kiefer weh, weil ich ihn die ganze Zeit anspannte. Q hatte kein Recht, sich wieder zu verschließen und einfach so zu verschwinden. *Er hat jedes Recht. Er ist dein Meister.*

Er ist mehr als das – selbst wenn er es so lange leugnet, bis er das Bewusstsein verliert.

Ich bürstete mir mit wütenden Strichen das Haar. Vielleicht hatte ich mir nur selbst eingeredet, dass er mehr für mich empfand. Er hatte zugegeben, 57 Frauen vor mir gehabt zu haben. Was spielte ich armes kleines Nichts da schon für eine Rolle?

Sein betrunkenes Gelalle hallte in meinem Kopf wider. *Winter. Vögel. Frost.*

Ich ließ die Bürste fallen.

Heilige Scheiße. Konnte das wirklich wahr sein? Q kaufte Frauen – aber nicht, um sie zu missbrauchen, sondern um sie zu *retten?*

Ich konnte es nicht begreifen. Nicht nach all den Liedern über innere Dämonen. Nicht nach allem, was er mir angetan hatte. Aber mein Herz flackerte hoffnungsvoll.

Ich musste die Wahrheit erfahren und stürmte aus dem Zimmer.

Ich fand Suzette in der Küche, wo sie Karotten schnitt. Sie würdigte mich kaum eines Blickes. Dunkle Wolken zogen über die Frühlingssonne und warfen düstere Schatten.

Madame Sucre schenkte mir ein halbherziges Lächeln, bevor sie in der Vorratskammer verschwand. Meine kribbelnde Haut erinnerte mich daran, dass ich hier nicht willkommen war. Ich war eine Verräterin. Verstoßen.

Ich machte einen Schritt nach vorn und presste mich gegen die Arbeitsplatte, wagte es jedoch nicht, tiefer in die mächtige Küche zu treten. Ich hatte nicht den Mut, in Suzettes Reich einzudringen, während mich ihre Blicke wie Speere durchbohrten.

Die unerträgliche Stille wurde immer schwerer und eine seltsame Atmosphäre legte sich über das Haus. Anspannung, Knistern, so als würde sich in seinem Inneren ein Sturm zusammenbrauen.

Die Peitschenstriemen brannten und ich hätte mich am liebsten ganz klein gemacht. Aber ich hatte kein Recht, mich ignoriert zu fühlen. Was mit der Polizei geschehen war, war allein meine Schuld.

»Suzette … was ist gestern Nacht passiert? Warum hat die Polizei Q nicht verhaftet?« Ich begann mit einer einfachen Frage. Ich musste das Eis brechen, bevor ich meinen Verdacht bestätigen konnte. Aber es ergab alles einen Sinn – Suzette hatte mir von Anfang an versichert, dass Q sie gerettet hatte. Ich war nur zu starrsinnig gewesen, ihr zuzuhören.

Sie verzog die Lippen und kniff die Augen zu schmalen Schlitzen zusammen. »Was glaubst du wohl, was passiert ist? Die Polizei ist gekommen und hat Q beschuldigt, dich entführt zu haben.«

»Aber sie sind wieder gegangen. Sie müssen Q für unschuldig halten, wenn sie ihn nicht verhaftet haben.«

»Es gibt so vieles, was du nicht weißt, *esclave*«, verhöhnte mich Suzette. »Und du hast das Recht verloren, es jemals zu erfahren.«

Mir drehte sich der Magen um. Mir war gar nicht bewusst gewesen, wie viel mir Suzettes Freundschaft bedeutete.

»Ich hab nicht die Polizei gerufen. Ich habe meinen Freund angerufen und ihm von Q erzählt, aber … das ist alles.«

Sie hörte auf zu schnippeln. »Und du denkst, damit wäre alles in Ordnung?« Sie schloss die Augen und hatte sichtlich Mühe, ihre düstere Stimmung zu vertreiben. Als sie die haselnussbraunen Augen wieder öffnete, funkelten sie mich an, aber sie schien nicht mehr so wütend. »Ich weiß, dass du schreckliche Angst hattest, als du hier angekommen bist. Ich weiß, dass du in Mexiko sehr gelitten hast. Ich weiß, dass du deinen Freund vermisst hast – ich kann dich nicht dafür hassen, dass du eine Kämpferin bist, dass du weggelaufen bist oder dass du mutig bist. Ich wünschte nur, du hättest uns mehr Zeit gegeben, bevor du uns verurteilst und eine schlechte Entscheidung triffst.« Sie hob das Messer wieder auf und schnippelte weiter.

Ein eiskalter Schauer jagte mir über den Rücken. Mich beschlich ein ganz ungutes Gefühl.

Madame Sucre machte den Ofen auf und ein himmlischer Duft von Zimt und Zucker schwebte durch den Raum, als sie die perfekt gebackenen süßen Schnecken herausholte. Sie stellte sie vor mir ab und wedelte mit einem Geschirrtuch darüber. Kleine Dampfwolken stiegen auf.

Ich versuchte, meinen rasenden Herzschlag zu ignorieren. Ich hasste dieses Gefühl. Dieses unheimliche Gefühl des Verlustes. »Madame Sucre, haben Sie *Maître* Mercer gesehen? Ich muss mit ihm sprechen.«

Suzette wurde ganz steif, blickte jedoch nicht auf.

Madame Sucre schüttelte den Kopf. »Nein. Er ist vor etwa einer halben Stunde gegangen. Ich bezweifle, dass er bald wieder nach Hause kommt.«

Traurigkeit überflutete mich und ich musste mich an der Arbeitsplatte festhalten. Er war gegangen, ohne sich von mir zu verabschieden. *Was hast du denn erwartet? Nur weil du zugelassen hast, dass er dich auspeitscht, dachtest du, dass jetzt alles anders wird?*

Es hätte mir nicht so sehr wehtun sollen … es war zu erwarten gewesen. Es war ein Werktag und er hatte ein Imperium zu führen. Aber er war an diesem Morgen nicht einfach *gegangen*. Er war *geflüchtet*. Irgendetwas stimmte hier nicht. »Oh« war alles, was ich herausbrachte.

Madame Sucre warf mir einen mitfühlenden Blick zu und schätzte mich mit ihren scharfen braunen Augen ab. Mit einem sanften Lächeln reichte sie mir eine der warmen Schnecken. »Am besten isst du erst mal was, Kind. Du weißt nie, wann du das nächste Mal etwas bekommst.«

Ich schaute ihr in die Augen und eiskalte Schauer huschten über meinen Rücken. »Warum sollte ich das nicht wissen?« Mein Instinkt erwachte brüllend zum Leben und ich rannte um die Kücheninsel herum und packte ihr Handgelenk. »Was meinen Sie damit?«

Suzette beobachtete mich mit wachsamen Augen. Ihre Wut verwandelte sich in Trauer. Sie öffnete den Mund, um etwas zu sagen, aber ein maskuliner Bariton hinter mir kam ihr zuvor.

»Sie meint, dass dein Aufenthalt bei uns zu Ende ist, *esclave*.«

Nein.

Ich ließ Madame Sucre wieder los und wirbelte zu Franco herum. Er stand da, aufrecht und wachsam, eine dunkle Sonnenbrille auf dem Kopf, dieselbe Mappe in den Händen, deren Inhalt mir Q gezeigt hatte, als ich aus Mexiko hierhergekommen war. Die Akte, die die Kidnapper angelegt hatten. Die Akte, in der ich nur als »blondes Mädchen auf Motorroller« bezeichnet wurde.

Mein Herz krampfte sich zusammen. Q hatte die ganze Zeit gewusst, was er tun würde. Ich war so unglaublich dumm gewesen, weil ich es nicht erkannt hatte. Er hatte um eine Nacht gebeten, in der er mit mir tun konnte, was immer er wollte. Eine Nacht – weil das alles gewesen war, was er brauchte. Und jetzt warf er mich raus. Nachdem er mich benutzt hatte. Dieses *Dreckschwein*.

Franco kam auf mich zu und ich wich zurück und prallte gegen den warmen, weichen Körper von Madame Sucre. Q verbannte mich und trennte mich damit von diesen Menschen, denen ich mehr bedeutet hatte als meinen eigenen Eltern. Von Madame Sucres mütterlichem Trost, von Suzettes schwesterlicher Freundschaft. Selbst von der seltsamen Verbindung zu Franco.

Es war alles vorbei.

Franco setzte ein Lächeln auf, aber es erreichte seine Augen nicht. Er blieb direkt vor mir stehen. Madame Sucre legte mir die Hände auf die Schultern und versuchte mir Kraft zu geben, als Franco sich bückte und mit einem Messer den GPS-Sender durchtrennte. Er fiel von meinem Knöchel ab und landete scheppernd auf den Fliesen.

Dies war das Symbol, dass ich Q nicht mehr interessierte, es traf mich wie ein Schlag. Er versagte mir seinen Schutz, seine seltsame Zuneigung. Er schleuderte mich zurück in eine Welt voller Biester und Fahrer.

»Das war's dann? Ich habe keine Stimme?« Es zerriss mich innerlich und tat so weh, dass ich es gar nicht wirklich begreifen konnte. Q hatte noch nicht einmal genug Rückgrat, es selbst zu tun. Er hatte seinem Personal befohlen, mich loszuwerden wie ein unerwünschtes Haustier. Ich lachte gekränkt. »Werde ich jetzt entsorgt wie ein tollwütiger Pudel?« Es wäre das Beste, wenn sie mich einfach erschießen würden. Wie sollte ich all das sonst nur ertragen?

Franco gluckste. »Wohl kaum, *esclave.* Du gehst nach Hause.«

Nach Hause. Die Worte lösten weder Freude noch ein Gefühl der Zugehörigkeit in mir aus. Sie fühlten sich fremd und hohl an.

Q jagte mich in eine Welt zurück, in die ich nie wieder hatte zurückkehren wollen. Er warf mich weg wie ein ungewolltes Weihnachtsgeschenk.

Madame Sucre drückte meine Schultern, bevor sie die Hände wieder sinken ließ und mich Richtung Franco schob. »Geh jetzt. Lass all das hinter dir.«

Ich stürzte zu Suzette und nahm ihre Hände. Ihre Augen fingen meine ein und ihr mitleidiger Blick ließ mir das Herz bluten. »Ich will nicht gehen, Suzette. Wegzulaufen war ein Riesenfehler. Du kannst Q das doch erklären, damit er mich bleiben lässt, oder? Du sagst doch selbst immer, dass ich gut für ihn bin. Dass er ein besserer Mann ist, als mir klar ist. Ich will mich als würdig erweisen, Suzette. Ich will hierbleiben und seine Geschichte hören.«

Sie löste sich aus meinen Fingern und wich zurück. »Ich weiß, Tess, aber es ist zu spät. Q hat mit der Polizei einen Deal ausgehandelt. Es wird keine Anklage gegen ihn erhoben, wenn er dich nach Hause schickt. Es ist die einzige Möglichkeit.«

Mein Herz schmerzte so sehr, dass selbst das Atmen wehtat. So hatte er die Polizei also dazu gebracht, wieder zu gehen. Er gab mich auf, um seinen eigenen Arsch zu retten.

»Nein! Ich kann nicht gehen. Ich will hierbleiben. Ich *muss* hierbleiben.«

Franco kam zu mir und schloss mich in seine starken Arme wie in ein Gefängnis. »Komm jetzt. Wir müssen pünktlich sein.« Und damit trug er mich einfach aus der Küche, fort von Suzette, fort von meinem neuen Leben.

Als wir die Lounge durchquerten, spielte ich kurz mit dem Gedanken, ihn zu schlagen und wegzulaufen. Ich könnte mich im Schlafzimmer einschließen und auf Q warten, damit er mir persönlich sagte, dass er mich nicht mehr wollte. Aber Franco war zu stark für mich. Es wäre sinnlos gewesen.

Er marschierte mit mir zur Tür und grunzte trocken. »Schon komisch, dass all das damit angefangen hat, dass ich dich durch diese Tür gestoßen habe, damit du dich vor deinem neuen Meister verbeugst.« Er lachte, bevor er hinzufügte: »Ich musste allerdings noch nie zuvor eine Sklavin wieder rauswerfen.«

Die Peitschenstriemen, die Q mir vergangene Nacht zugefügt hatte, zeichneten sich ganz gewiss deutlich ab, als meine Haut vor Panik kreideweiß wurde und mich die Realität erst richtig traf. Ich konnte das hier nicht mehr aufhalten. »Ich habe dich an jenem Tag gehasst und jetzt hasse ich dich auch.«

Er nickte. »Das verstehe ich, aber ich führe nur Befehle aus.«

Auf demselben perfekt gepflegten Rasen wie beim letzten Mal, unter einem Windsack und zwischen den Landelichtern, stand Qs Privatjet mit seinen Initialen. Der Wind peitschte fauchend durch mein Haar, schwarze Wolken bauschten sich auf und verkündeten Regen.

Ich erkannte eine Chance und fragte: »Sollten wir bei diesem Wetter wirklich fliegen? Das ist nicht sicher.« Ich rammte die Fersen in den Boden und versuchte, mich aus

Francos Griff zu befreien. »Bitte, Franco. Ich will hierbleiben. Ruf Q an. Lass mich mit ihm sprechen.«

Er schüttelte den Kopf und zog mich weiter Richtung Flugzeug, als hätte ich mich gar nicht gewehrt. »Q will dich nicht mehr sehen, *esclave*. Es tut mir leid, das sagen zu müssen, aber du hast ihm und seinem Leben schon genug Probleme bereitet.« Seine Worte stachen, aber sein Tonfall war warm und traurig.

Ich ließ den Kopf hängen und gab auf. Warum sich wehren? Ich konnte mein Schicksal nicht mehr ändern.

Franco half mir die Stufen hinauf in die makellose Maschine: ein Gefängnis aus cremefarbenem Leder und honiggoldenem Holz. Ich ließ mich auf denselben Sessel sinken wie bei meinem ersten Flug. Dasselbe entsetzliche Grauen und dieselbe Trauer wie in jener Nacht erfüllten meine Lungen. *Ich bin doch verrückt. Ich fliege nach Hause! Ich sollte mich freuen.*

Es war das wiederkehrende Thema meines Lebens: Meine Eltern hatten mich nicht gewollt. Brax hatte nicht dafür gekämpft, mich zu behalten. Und Q … Q hatte mir alles gestohlen und mich dann zurück in das Haifischbecken dieser Welt geworfen.

Ich ballte die Fäuste. Eines stand fest: Wenn Q so herzlos war, dass er das hier tat, dann hatte er mich nicht verdient. Ich funkelte Franco böse an, als er sich vor mir aufbaute.

»Es hat Spaß gemacht mit dir, Tess. Lehn dich einfach zurück und entspann dich. Dann bist du schon bald wieder zu Hause.« Er wandte sich ab und verschwand im Cockpit.

Eine Flugbegleiterin erschien. Ihr blondes Haar war zu einem französischen Knoten zusammengebunden und Qs Initialen leuchteten auf der weißen Uniform direkt über ihrer Brust. Ich wollte ihr wehtun. Ich wollte ihr die

Uniform vom Leib reißen und sie stehlen. Wenn es irgendjemand verdient hatte, Qs Initialen über den Titten zu tragen, dann war *ich* es. Scheiße, er hatte vergangene Nacht jeden einzelnen Teil von mir besessen.

Heiße Wut durchströmte mich und ich wünschte mir, ich könnte Q klar und deutlich sagen, was ich von ihm dachte. Dieser schäbige Feigling.

Er hatte mein Innerstes gebrandmarkt und dabei die ganze Zeit gewusst, dass er mich fortschicken würde. Wie hatte ich das nicht spüren können? Wie hatte er mich so erfolgreich anlügen können?

Tränen verschleierten meinen Blick, als das Flugzeug auf die Startbahn rollte und über den gepflegten Rasen holperte. Mit dröhnenden, glänzenden Motoren rasten wir die Startbahn hinunter und stiegen in einem Strudel aus Turbulenzen und Wind in die Luft.

Ich kauerte mich im Sitz zusammen. Qs imposante pastellfarbene Villa verwandelte sich in ein Puppenhaus. Ich presste eine kalte Hand gegen das Fenster und schluckte schwer, als schwarze Sturmwolken den Ausblick verschluckten und mich in die Dunkelheit schickten.

Q hatte all meine Hoffnungen und Träume gestohlen und sie durch Dunkelheit und Leere ersetzt.

Ich war gebrochen.

Schweigend durchquerten wir Zeitzonen. Tankten an Orten auf, die ich nicht kennen wollte.

Nach wenigen Stunden hatten wir den französischen Frühling hinter uns gelassen und landeten im australischen Herbst.

Wir rollten auf einen privaten Hangar zu. Der Mond tanzte zwischen silbernen Wolken. Wir hatten den sich zusammenbrauenden Sturm hinter uns gelassen und waren in einer perfekten, milden Nacht angekommen.

»Zeit zu gehen, *esclave.*« Franco kam aus dem Cockpit und bedeutete mir mit ausgestrecktem Arm auszusteigen.

Meine Gliedmaßen fühlten sich bleischwer an. Ich rappelte mich aus dem Sitz auf und verließ das Flugzeug. Ich hatte nicht die Energie, zu schreien oder Franco davon zu überzeugen, dass er einen riesigen Fehler machte. Mein Hirn hatte den ganzen Flug über keine Pause gemacht und ich war vollkommen ausgelaugt. Es hatte keinen Sinn, alles ständig wiederzukäuen, wenn ich Q ganz offensichtlich egal war.

Ich folgte Franco wie ein braves Schäfchen zu einem Gebäude, das für exklusive Passagiere reserviert war. Ich schaute über die Schulter und warf einen letzten Blick auf Qs Flugzeug. Es war das Letzte, was ich von ihm sehen würde.

Mein Herz quetschte sich zusammen, verhärtete sich. Die kalligrafischen Buchstaben – *Q. M.* – verspotteten mich. Das Flugzeug gehörte in eine andere Welt. Eine Welt, die zu genießen ich nicht länger das Privileg besaß.

Ich war von einem schüchternen Mädchen mit geheimen Fantasien zu einer Kämpferin herangewachsen, die ihre Entführer in Mexiko liebend gerne getötet hätte – zu einer starken Frau, die ihre wahren Begierden mit offenen Armen empfing –, nur um dann wieder zu einem gebrochenen, erschöpften Mädchen zusammenzuschrumpfen, das nur noch schlafen und vergessen wollte. Der kranke Kreis hatte sich geschlossen.

Ich hatte das Undenkbare getan: Ich hatte mich selbst gebrochen und war auf meinen Meister hereingefallen.

Fick dich, Q.

Ich starrte zu Boden, als Franco sich hektisch mit einem der Zollbeamten unterhielt und ihm Papiere reichte, von denen ich annahm, dass sie falsch waren. Nach einer kurzen Unterhaltung und einem Nicken beider Männer legte Franco eine Hand auf meinen unteren Rücken und schob mich auf Melbourner Boden.

Die warme, trockene australische Luft wirbelte in einer sanften Brise. Obwohl ich eigentlich gar nicht hier sein wollte, saugte ich meine Lunge voll. Die Düfte Melbournes weckten Erinnerungen. Eine sanfte Welle des Trostes schwappte durch mich hindurch. Zu Hause.

Ich muss einfach nur wieder lernen hierher zu gehören. Der Gedanke überwältigte mich. Ich musste mich selbst und Brax wieder anschwindeln. So tun, als wäre es völlig in Ordnung, ohne erregende Leidenschaft oder die berauschende Bedrohung sexueller Angst zu leben. O Gott.

Franco grunzte, als ich abrupt stehen blieb. »Geh weiter, *escl…* Ich meine, gehen Sie weiter, Miss Snow.«

Ich wirbelte zu ihm herum. »Bring mich zurück. Ich gehöre hier nicht mehr hin.«

Er blickte mich finster an. »Ich kann dich nicht zurückbringen. Die französische Polizei wird sonst davon erfahren. Das war der Deal. Mr. Mercer hat eine langfristige Abmachung mit den Behörden getroffen.«

Meine Ohren sausten. »Was für eine langfristige Abmachung?«

Franco seufzte und sah mich wütend an. »Für eine Sklavin stellst du verdammt viele Fragen.«

»Ich bin keine Sklavin mehr. Sag es mir.«

Er grummelte: »Wenn du zugehört und aufgepasst hättest, dann wüsstest du, dass Mr. Mercer nicht im Sklavengeschäft tätig ist.«

Die Enthüllung war nicht gerade erschütternd. Das hatte ich mir längst selbst zusammengereimt. Dank Q und seiner frustrierenden betrunkenen Andeutungen. »Da erzählst du mir was Neues. Ich bin Nummer 58. Das bedeutet, dass er vor mir schon 57 andere hatte. Und das macht ihn zu einem Frauenhändler.« Ich konnte es nicht ertragen. Bei dem Gedanken daran, dass Q so viele Frauen gehabt hatte, hätte ich am liebsten um mich getreten, geschlagen und geschrien. Und nun, wo ich weg war, würde es noch weitere geben. Zweifellos. »Aber ich weiß, dass er es aus den richtigen Gründen getan hat. Er hat ihnen geholfen … nicht wahr?« Ich wollte ihn hassen, aber ich konnte es nicht, nicht deswegen.

Franco packte mich am Oberarm und riss mich zur Seite, weg von neugierigen Ohren. »Ja«, raunte er. »Mr. Mercer hatte 57 Sklavinnen. Zwölf von ihnen, als er 16 war. Er kauft Frauen oder akzeptiert sie als Bestechung, aber er rührt sie niemals an.« Er seufzte. »Q stellt zerbrochene Frauen wieder her und schickt sie zu ihren Lieben zurück. Er setzt sein Geld, sein Personal und sein Zuhause dafür ein, Frauen zu helfen, die so zerstört sind, dass sie eigentlich gar nicht wiederhergestellt werden können. Aber mit einer Art Mercer-Spezialkleber gelingt es ihm, sie wieder heil zu machen.«

Die Wahrheit schmeckte süß. Endlich wusste ich alles.

Nachdem ich zwei Monate lang mit einem unlesbaren Meister gelebt hatte, kannte ich nun den Mann hinter der Maske. Suzette hatte es die ganze Zeit angedeutet – die Sperlinge und Vögel hatten mir die Botschaft förmlich ins Gesicht gebrüllt. Sie symbolisierten die Frauen, die Q gerettet hatte. Ich riss die Augen auf, als ich das Tattoo endlich verstand. Der schwarze Sturm und die

Dornenzweige repräsentierten all das Grauen in der Welt – oder ihn. Die in die Freiheit flatternden Vögel waren die Mädchen, die er gerettet hatte. Er trug es wie einen Talisman. Ein Ehrenabzeichen.

Wenn ich ihn nicht gehasst hätte, dann hätte ich ihn dafür geliebt.

Es stimmte mich milder und ich verstand, warum Q mich weggeschickt hatte. Er musste die zukünftigen Frauen beschützen. Er konnte nicht zulassen, dass ich sein Leben zerstörte, weil er es der Rettung anderer widmete. Ich hasste die Tatsache, dass ich es endlich verstand. Ich hätte dasselbe getan.

Mein Herz war leer, aber ich akzeptierte, dass ich nicht mehr zurückkonnte. Franco würde Q niemals hintergehen. Aber eines musste ich trotzdem noch wissen.

Ich blickte auf. »Warum ich? Wenn er sonst keine von ihnen angerührt hat? Warum hat er versucht, mich zu brechen, wenn er Zerbrochenes heilt?«

Franco wandte den Blick ab und rieb sich mit einer Hand den Nacken. »Er wollte dich nicht brechen. Er …« Er presste die Lippen zusammen. Scham zeichnete sich auf seinem Gesicht ab. »Ich habe nicht das Recht, darüber zu sprechen.«

Ich packte ihn am Arm und drückte seine festen Muskeln. »Bitte, Franco. Sag es mir. Ich muss es wissen. Ich halte das nicht mehr aus. Ich dachte, ich würde Q etwas bedeuten. Er bedeutet mir viel und ich habe den schlimmsten Fehler meines Lebens begangen, als ich weggelaufen bin und Brax angerufen habe.« Tränen brannten und strömten über meine Wangen. »Wenn ich das alles ungeschehen machen könnte, dann würde ich es tun. Du bist mir die Wahrheit schuldig.«

Franco tätschelte meine Hand. »Ich weiß, aber das ändert nichts an der Tatsache, dass Q bei dir zum ersten Mal so auf eine Sklavin reagiert hat, wie es jeder normale Meister tun würde. Er hat deinen Kampfgeist gesehen und es geliebt, dass du nicht zerbrochen warst. Trotz allem, was er mit dir getan hat: Er hat nicht versucht, dich zu brechen.« Er sprach so leise weiter, dass ich ihn kaum noch hören konnte. »Er hat gehofft, dass du ihn brichst.«

Das Blut rauschte in meinen Ohren. Ich hörte die Lieder, die davon handelten, kämpfen und besitzen zu müssen. Ich hätte mir am liebsten eine Ohrfeige verpasst, weil ich es nicht gleich erkannt hatte. Q brauchte jemanden, der genauso dunkel und verdorben war wie er selbst. Jemanden, in dem derselbe Krieg zwischen Vergnügen und Schmerzen tobte.

Wir waren uns so ähnlich und doch hatte er mich nie so nahe an sich herangelassen, dass ich es ihm zeigen konnte. Ich hatte ihn ruiniert. Die Polizei hatte ihm ein Ultimatum gestellt und Q hatte keine andere Wahl gehabt, als es zu akzeptieren.

Franco schluckte schwer und fügte hinzu: »Q muss mit so vielem fertigwerden. Ich hatte gehofft, er hätte endlich den Menschen gefunden, der ihm dabei helfen kann. Aber dann bist du weggelaufen und alles war vorbei.«

Franco senkte die Arme, machte einen Schritt zurück und löste sich mit einer schnellen Bewegung von mir. »Es tut mir leid, was du in Mexiko durchgemacht hast und was Lefebvre dir angetan hat, aber du musst Mr. Mercer jetzt vergessen und zu deinem Freund zurückkehren.«

Als er Brax erwähnte, bohrte sich ein Schürhaken durch mein Herz. Was für eine schreckliche Freundin ich in Wahrheit doch war. Wenn Q mich gewollt hätte, hätte ich ihn niemals verlassen. Ich hätte zugelassen, dass sich Brax ohne mich durchs Leben kämpfte, und mein Versprechen, dass ich ihn niemals verlassen würde, einfach so mit Füßen getreten. *Werde ich je wieder mit mir selbst leben können?*

Franco schob mich in Richtung des Taxistands. Reihen von Autos warteten glänzend unter den grellen Lichtern.

Er drückte mir etwas in die Hand und sagte: »Das ist für Ihre Mühen. Auf Wiedersehen, Miss Snow.«

Ich wollte nur noch schreien, als Franco sich entfernte und schließlich verschwand. Ich hasste meinen Nachnamen. Ich vermisste *esclave*. Ich vermisste, was das Wort bedeutete: dazuzugehören. Nicht nur zu Q, sondern in ein ganz anderes Dasein.

Ich wusste nicht, wie lange ich auf dem Fußweg gestanden und den Umschlag von Franco umklammert hatte, aber irgendwann hatte ich keine andere Wahl, als mich zu bewegen. Mich vorwärtszubewegen. Zu versuchen, alles zu vergessen.

Wie in Trance taumelte ich auf den Taxistand zu.

Einer der Fahrer hob eine buschige schwarze Augenbraue. »Kein Gepäck, junge Dame?«

Ich blinzelte. In dem Moment, in dem ich in den Wagen stieg, würde mich mein altes Leben aufsaugen und ich hätte keine Chance, es aufzuhalten. Ich würde wieder zu Tessie werden. Die wilde Tess gäbe es nicht mehr. Q gäbe es nicht mehr.

Q hatte mit einer Sache unrecht gehabt. Etwas in mir war gebrochen: mein Herz.

Ich schüttelte den Kopf und murmelte: »Nein, kein Gepäck.«

Übersteh einfach diesen Tag und denke erst dann an morgen. Einen kleinen Schritt nach dem anderen.

Ich stieg in das mit Plastik überzogene Wageninnere und gab dem Fahrer meine Adresse. Unsere Adresse. Meine und Brax'.

Ich fuhr nach Hause.

KAPITEL 22

WALDDROSSEL

Ich hatte keinen Schlüssel.

Ich fuhr mit den Fingern über die obere Kante des Türrahmens und fand den Ersatzschlüssel. Unsere Wohnung befand sich im Erdgeschoss eines Wohnhauses mit acht Apartments. Ein einfacher, kalter Kasten mit einem Schlafzimmer, ohne Sonne oder Ausblick, aber wir hatten ihn mit lebendigen Stoffen und Brax' Heimwerkerprojekten gemütlich eingerichtet.

Verdammt, jetzt pass schon.

Der Schlüssel wollte nicht ins Schloss, weil ich zu sehr zitterte.

Ich war zu Hause. An dem Ort, an dem ich zwar glücklich, aber vollkommen ahnungslos gewesen war, wer ich eigentlich war. Durch diese Tür zu gehen bedeutete so viel mehr als nur nach Hause zurückzukehren. Indem ich es tat, ließ ich Q gewinnen. Ich ließ zu, dass er mich verstieß.

Ich krümmte mich zusammen, hielt mir den Bauch und versuchte, Kraft zu sammeln. Mein Blick blieb an Brax' Stiefeln mit den Stahlkappen hängen, die auf der Fußmatte standen. Mein Herz hing schwer in meiner Brust.

Du darfst niemals zulassen, dass Brax dich so sieht, Tess … Tessie. Dieser Schmerz ist privat.

Ich richtete mich wieder auf und atmete tief durch. Brax erwartete eine erleichterte und verstörte Freundin – keine

Frau, die vor Verlangen nach einem anderen bebte. Keine Frau, die sich nach einer Peitsche und Gewalt sehnte.

Ich schloss auf und trat über die Schwelle.

Die Angst traf mich zuerst.

Die Angst des ewig Gleichen – die Angst vor der überwältigenden Heimeligkeit von Tessie und Brax. Sie grapschte mit gierigen Krallen nach mir, bereit, mich gegen meinen Willen in die Vergangenheit zurückzuzerren.

Meine Füße klebten am Boden, als wäre ich festgewachsen. Ich musste gegen den unerträglichen Drang ankämpfen wegzurennen. Je länger ich dort stand und vor Angst zitterte, desto verwirrter wurde ich. Mein Verstand kämpfte mit zwei Erinnerungssträngen: Tessie und Tess. Brax und Q. Australien und Frankreich. Sie wollten einfach nicht ineinandergreifen. In meiner schwindelerregenden Verwirrung übte die Wohnung einen schrecklichen Zauber auf mich aus. Sie bändigte meine Angst und gab mir das Gefühl, ich wäre niemals weg gewesen.

Q? Wer war das? Ein Gebilde meiner Fantasie.

Mexiko? Von wegen – Brax würde niemals so weit weg von zu Hause reisen.

Innerhalb eines Wimpernschlags verblassten die letzten zweieinhalb Monate von der Realität zu einem Traum. Ich schnappte verzweifelt nach den schwindenden Ranken und weigerte mich, sie zu vergessen. Ich durfte sie niemals vergessen. Ganz egal, wie schmerzhaft es war, ich wollte diese Erinnerungen wie eine Rüstung tragen, damit ich nie wieder schwach war. Langsam setzte ich einen Fuß vor den anderen und ballte die Fäuste. Die Gänseblümchen-Vorhänge waren beiläufig zugezogen, genau wie Brax es immer tat. Ein dreckiger Teller stand im Spülbecken unserer winzigen cremefarbenen Küche und Brax' rote

Werkzeugtasche versperrte den Flur, der zum Bad und Schlafzimmer führte.

Nirgendwo brannte Licht, es gab nur Schatten. Ich schlich auf Zehenspitzen durch mein eigenes Zuhause und kam mir vor wie ein Eindringling. Ich gehörte hier nicht hin. Ich hatte hier *nie* hingehört.

Ein Knall aus dem Schlafzimmer.

Ich ging in die Hocke, bereit loszusprinten, mein Instinkt in höchster Alarmbereitschaft.

Krallen klapperten auf den Bodenbrettern und ein lautes Bellen durchbrach die Stille.

Blizzard stürmte aus dem Schlafzimmer. Der Husky sprang über die Werkzeugtasche und knallte gegen meine Beine. Ich kauerte mich reflexartig auf dem Boden zusammen, als sein heißer Hundekörper mich berührte. Ich hatte Blizzard noch nie gemocht, aber er passte perfekt zu Brax: eifrig, glücklich und loyal bis zum Ende.

Hundeatem kitzelte in meiner Nase, als er mich abschlabberte und so heftig mit dem Schwanz wedelte, dass sein ganzer Hintern wackelte. »Beruhig dich, Blizzard. Ich brauche deine nassen Küsse nicht.«

Ich schob ihn von mir und er winselte.

Ich brauchte Luft. Ich hievte seinen massigen Körper auf meinen Schoß und er leckte mich mit seiner Sandpapier-Zunge ab. Ich gab auf und drückte das Gesicht in sein Fell. »Du hast mich wohl vermisst, was? Du hast hoffentlich nicht meine ganzen Handtaschen zerbissen, während ich weg war.«

Blizzard jaulte.

Ein lauter Schlag und gedämpftes Fluchen drangen aus dem Schlafzimmer. Ich erstarrte. Blizzard spürte meinen Stimmungswechsel, stieg von mir und rannte den Flur hinunter, in dem plötzlich sein Herrchen auftauchte.

Mein Herz verkrampfte sich. Herr. *Meister*. Blizzard gehörte jemandem. Ich nicht mehr.

Brax geriet ins Stolpern, als Blizzard zwischen seine Beine raste. Er hob den Kopf.

Unsere Blicke trafen sich – himmelblau und graublau. Ich war so an Blassgrün gewöhnt, dass ich richtig zusammenzuckte.

Brax klappte die Kinnlade herunter. Spannung knisterte in der Luft.

Ich war so verwirrt, dass sich alles in mir drehte. Die ›alte Tess‹ wäre den Flur hinuntergerannt, wäre in Brax' Arme gesprungen und hätte uns beide zu Boden geworfen. Sie wäre in Tränen ausgebrochen und hätte ihn mit Küssen bedeckt. So unendlich glücklich, wieder bei dem Menschen zu sein, dem sie so viel bedeutete, dass er sein Leben mit ihr teilen wollte.

Die ›neue Tess‹ trug hingegen den Zehnten Weltkrieg in ihrem Herzen aus. Q hielt mich noch immer gefangen, obwohl ich versuchte, seinen Bann abzuschütteln. Q hatte keinen Gedanken daran verschwendet, wie verstört und einsam ich sein würde.

Er hatte bewiesen, dass er kein guter Meister war. Dabei wusste jeder, dass ein Tier nach seiner Gefangenschaft nicht allein in der Wildnis überleben konnte. Q hätte dafür bestraft werden sollen.

Du gehörst nicht zu ihm. Nicht mehr. Aber wie sollte ich nach Q noch weiterleben? Ich wusste nun, was es hieß, wirklich dazuzugehören. Es war weder ethisch noch normal gewesen, aber ich war wertgeschätzt und wertvoll gewesen. Und ich wollte auch nicht nur dazugehören. Ich wollte *beherrscht* werden. Und Brax würde mich niemals beherrschen. Er konnte es nicht.

Er taumelte langsam vorwärts und schob den verdammten Hund aus dem Weg. »Ist das real?« Seine tiefe Stimme klang verschlafen, kratzig vor Erinnerungen. Brax. Der süße, tröstende Brax. Er war ganz allein gewesen. Wahrscheinlich hatte er zehnmal mehr gelitten als ich.

»Brax.« Ich machte einen Schritt auf ihn zu.

Unsere Augen konnten sich nicht voneinander trennen. Langsam kam er immer näher. »Tessie? O Gott, Tess.«

Und dann rannten wir. Wir prallten gegeneinander, nahmen uns fest in die Arme und drückten uns, bis wir nicht mehr atmen konnten. Brax bedeckte mich mit Küssen, während sein bettwarmer Körper, der nur in einem Unterhemd und Boxershorts steckte, mich mit seiner Trauer fast verbrühte.

Mein Herz zersprang in tausend Splitter. Qs Stimme erfüllte meinen Schädel. *»Riecht so gut. So verdammt gut. Wie Regen … nein, nein, wie Frost. Klar und frisch und eisig und kalt und … und schmerzhaft.« Er schloss die Augen und seine Stimme senkte sich zu einem Flüstern. »Du liebst es, Sch-Schmerzen zuzufügen.«*

Schmerzen.

Sie würden zu einem vertrauten Passagier in meinem Herzen werden. Q hatte mir unermessliche Qualen bereitet. Ich würde das hier nicht überleben. *Du wirst es überleben.*

Brax hörte auf, mein Haar zu küssen, und drückte mich so fest an sich, dass er mir beinahe sämtliche Knochen brach. »O mein Gott, Tess. Tessie? Du bist es wirklich. O Gott.« Sein vertrauter Apfelduft und seine schiere Größe überwältigten mich völlig und ich tat genau das, von dem ich mir geschworen hatte, dass ich es nicht tun würde.

Ich brach zusammen.

Tränen strömten wie Wasserfälle und ich schluchzte und schluchzte. Schluchzte um meine Vergangenheit mit diesem Mann. Über das Wissen, dass ich mich komplett verändert hatte und nie mehr zurückkonnte. Ich würde immer mit Q in meinem Herzen leben – für Brax war darin kein Platz mehr. Aber ich musste so tun, als ob. Dieser Moment markierte den Tag, an dem ich meine Wünsche und Bedürfnisse begrub und bereit war, wie eine Oscargewinnerin zu schauspielern. Tessie würde durch wilde Entschlossenheit und Lügen wiedergeboren werden.

Brax löste die Umarmung, Tränen rannen über sein Gesicht. Er drückte einen nassen Kuss auf meine Lippen und ich zwang mich, nicht zurückzuzucken. *Er ist durch die Hölle gegangen und hat geglaubt, du wärst tot. Küss ihn. Zeig ihm, dass du ihn immer noch liebst.*

Ich öffnete den Mund und erwartete eine brutale Zunge, völlig auf wilde Gewalt konditioniert, aber Brax küsste mich ganz zärtlich, süß und ganz anders als Q. So anders als das, was ich brauchte.

Er löste sich von mir und nahm meine Hände. »Geht's dir gut? Bist du verletzt?« Sein Blick huschte panisch über meinen Körper. Mein graues Kleid war zwar völlig zerknittert, aber es sah teuer aus. Das sollte es auch – es war schließlich von Prada.

Brax runzelte die Stirn, als er den Umschlag in meiner Hand bemerkte. Ich hatte noch immer nicht den Mut gehabt, ihn zu öffnen.

Verletzt? Ja, aber anders, als er vielleicht glaubte. Meine Wunden waren nur nicht zu erkennen. Ich schüttelte den Kopf. »Mir geht's gut.«

Er schaute mich misstrauisch an. »Was ist passiert?« Er drehte mich und strich mit den Händen über meinen

Körper. »Bist du sicher? Wie bist du hierhergekommen? Konntest du fliehen? Vielleicht sollten wir dich ins Krankenhaus bringen.«

Ich kicherte leise, als mich seine Finger kitzelten. Dann meldete sich meine schmerzende Rippe und ich zuckte zusammen. »Mir geht's gut. Ehrlich. Ich muss nur ins Bett und mich ein bisschen ausruhen. Es war ein wirklich langer Tag.« *Der längste Tag meines Lebens.*

Brax schlang die Arme um mich und gemeinsam gingen wir in das dunkle Schlafzimmer. Unser französisches Bett erwartete uns. Die Tagesdecke, die ich aus Stoffresten genäht hatte und die den Eiffelturm zeigte, lachte mir höhnisch entgegen.

Ich blieb abrupt stehen. Warum, warum, *warum?*

Dieses romantische französische Sinnbild schlug mir förmlich ins Gesicht. Ich konnte es nicht ertragen. Ich taumelte vorwärts, packte den Saum und schleuderte die Decke in eine Ecke des Zimmers. Ich konnte nicht unter dem Wahrzeichen des Landes schlafen, in dem mein ehemaliger Meister lebte. Ich betete zu Gott, dass er ebenso sehr litt wie ich. Verdammt, ich hätte ihm am liebsten sein kaltes Herz herausgerissen – genau wie er meines herausgerissen hatte. *Ich hoffe, du heulst vor Qualen, du Mistkerl.*

Ich bebte vor Zorn und erschrak furchtbar, als Brax meine Schultern berührte. »Tessie … alles ist gut. Ich weiß zwar nicht, was passiert ist, aber wir werden dir Hilfe besorgen, okay?« Er zog mich Richtung Bett und half mir, mich auszuziehen.

Ich versank in Gedanken und Erinnerungen und wünschte mir, ich könnte mein Gehirn neu starten und alles vergessen. Einfach alles vergessen.

Als ich aus dem Kleid geschlüpft war und nur noch das Seidentop und den Slip trug, kletterten wir ins Bett. Der Geruch von Waschmittel und Weichspüler beruhigte mein tobendes Herz und erinnerte mich wieder daran, dass ich hier früher immer Frieden gefunden hatte. Ich konnte ihn auch jetzt wieder finden, wenn ich es nur versuchte.

Brax schob sofort meinen Kopf auf seine Brust. So hatten wir früher oft dagelegen. Ich lauschte seinem Herzschlag. Stark und gleichmäßig lullte er mich in selige Gefühllosigkeit ein.

Dann stahl der Schlaf meine Welt.

»Esclave, *was glaubst du, was du da tust?*«

Ich erstarrte und blickte zu meinem Meister hinauf. Q stand stolz und steif neben meinem Bett. Er streichelte seinen harten Schwanz, die Lippen lustvoll geöffnet, die Augen funkelnd vor Begierde.

»*Ich bringe mich selbst dazu zu kommen, während ich daran denke, wie du mich fickst,* Maître.«

Er streichelte sich noch heftiger. Ein einsamer Lusttropfen glänzte. Ich konnte mich nicht mehr zurückhalten. Ich schoss hoch und saugte an ihm. Q stöhnte und krallte eine Faust in mein Haar, während ich ihn leckte, lutschte und in mich einsaugte.

»*Fuck,* esclave. *Dein Mund ist meine ganze Welt. Ich will dich den ganzen Tag ficken, jeden Tag. Ich kann nicht mehr klar denken, wenn ich dich nicht vögel. Ich will dich fesseln und dich nie wieder gehen lassen.*« *Seine Stimme hallte endlos, als er sich immer wieder in meinen Mund rammte und mit voller Wucht ganz hinten gegen meine Kehle prallte.*

Ich stöhnte, schob die Finger zwischen die Beine und streichelte köstliche Feuchtigkeit.

»Hör auf, dich selbst anzufassen, Tess. Das gehört mir. Nur mir.« Er stieß mich nach hinten und setzte sich auf mich. In einer schnellen Bewegung drehte er mich auf die Knie und schlug mich so hart, dass meine Haut vor schmerzvoller Lust aufschrie.

Ich schob meinen Po nach hinten, flehend.

»Du wirst alles nehmen, was ich dir gebe. Du wirst nicht mehr in der Lage sein zu gehen. Gefällt dir diese Vorstellung, ja?« Seine brutale Hand schlug mich erneut und ich stöhnte laut.

»Ja, Meister. Ich liebe diese Vorstellung.«

Q positionierte sich hinter mir und …

»Scheiße, Tess, du bist ja klatschnass.«

Finger streichelten in mir und verteilten die Erregung zwischen meinen Beinen. Brax lag zwischen meinen gespreizten Oberschenkeln und die Traumwelt zerbrach in der Realität.

Es ist nicht real.

Mein Herz hämmerte wie wild und ich versuchte, es zu begreifen. Q war nicht real. Nur ein Traum. Ich fuhr mir mit den Händen durchs Haar, wollte die Gedanken an Q aus meinem Kopf vertreiben, aber meine Finger glänzten ganz feucht. Ich hatte mich selbst im Schlaf berührt.

»Du hast richtig heftig gekeucht und mich aufgeweckt«, murmelte Brax, sein streichelnder Finger noch immer in mir. »Du hast geklungen, als hättest du schreckliche Schmerzen, Tessie. Und dann hast du angefangen, an dir rumzufummeln und zu stöhnen.« Seine Stimme klang so verletzt, dass es wehtat, aber er lächelte sanft. »Ich hab versucht, dich davon abzuhalten, aber du hast meinen Finger mit Gewalt in dich reingeschoben und, na ja, dann … dann bist du aufgewacht.«

Schamesröte flutete meine Wangen. Ich wandte den Blick ab, weil ich es nicht ertrug, die Qualen in seinen Augen zu sehen. »Es tut mir leid, Brax.«

Ich holte tief Luft und kämpfte gegen den Drang an loszuheulen. Ich rollte den Kopf zur Seite und suchte nach dem Duft von Zitrus und Sandelholz. Meine Sinne waren vereinsamt – Q war ihnen entzogen worden. Ich konnte sie nicht aus eigener Kraft neu programmieren und hasste es, dass ich meine Gefühle nicht verstecken konnte. Mein Körper verriet mich und Brax war völlig verloren und verletzt.

Ich musste es wiedergutmachen. Ich musste irgendetwas tun.

Brax drehte sich zu mir. Sein dicker Schwanz presste sich gegen meinen Schenkel. Ich wusste, was ich tun musste. Ich lehnte mich zu ihm und küsste ihn.

Er erstarrte, als ich seine Lippen sanft öffnete. Ich konnte ihm seine Freundin zurückgeben. Ihm zeigen, dass ich wirklich wieder zurückgekehrt war.

Mit einem harschen Stöhnen fiel er auf mich und schob die Finger noch tiefer in mich hinein. Doch seine Berührungen lösten nicht dieselbe lodernde Erregung aus wie Qs und zu meinem Entsetzen stellte ich fest, dass ich immer trockener wurde, nicht feuchter.

»Tess. Gott, ich hab dich so sehr vermisst.« Weiche Lippen pressten sich auf meine. Ich wollte die Augen schließen, aber ich musste mich vergewissern, dass der Mann, der mich liebte, nicht Q Mercer war. Es war dieser Junge mit dem zerzausten braunen Haar und Augen wie der Himmel. Das hier war Brax. Und ich liebte ihn. *Das tue ich.*

Ich zuckte zusammen, als er einen zweiten Finger noch tiefer in mich einführte. Ich hob die Hüften und löste mich von ihm.

Brax hörte auf, mich zu küssen, und sah mich an. »Ist es zu früh? Ich kann aufhören. Ich muss nur wissen, dass du wirklich hier bist. Ich muss dich haben, Tessie, damit ich weiß, dass ich nicht nur träume.« Er strich mit der Nase über meinen Hals und seufzte. »Ich habe so oft davon geträumt, dass du wieder nach Hause kommst, dass ich mir schon selbst nicht mehr vertraue. Ich hab einfach Angst, dass das hier nicht real ist.«

Ich streichelte seine Wange und fuhr ihm mit dem Daumen über die Lippen. Brax war alles, was zählte. Ich musste aufhören, so viel nachzugrübeln, und durfte nur noch an meine Zukunft denken. »Ich brauche dich auch.«

Ich brauchte Brax, damit er auslöschte, was Q in Besitz genommen hatte. Vielleicht konnte ich dann wieder frei sein.

Still senkte Brax die Hüften und presste sich in mich. Ich zuckte zusammen, als ich die wunde Trockenheit spürte. Brax begann langsam zu kreisen und ich drückte seinen Kopf an meine Schulter. Ich zwang meinen Körper zu reagieren.

Gemeinsam schaukelten wir vor und zurück und fanden die Verbindung zwischen uns wieder. Sein Körper erfüllte meinen und ich versuchte alles, um in der Gegenwart zu bleiben. Um meine Liebe für Brax von einem Knistern in brennende Leidenschaft zu verwandeln. Der Funke kam jedoch nie über ein winziges Flackern hinaus. Es war nichts im Vergleich zu den Galaxien, die Q – der teuflische Magier – heraufbeschworen hatte. *Hör auf, an dieses Arschloch zu denken.*

Brax stöhnte und küsste mein Ohr. »Scheiße, du fühlst dich unglaublich an. Ich hab dich so vermisst. So, so sehr. Du hast ja keine Ahnung.«

Ich hasse mich.

Ich hasse Q.

Ich hasse meine kranken Fantasien.

Ich hasste es, dass ich nicht die Frau sein konnte, für die Brax mich hielt. Ich hasste Brax, weil er darüber gejammert hatte, wie es ihm ergangen war, anstatt zu fragen, was mit mir passiert war.

Schwarze Gedanken tobten in mir und ich seufzte erleichtert, als Brax endlich kam und sich bebend in mich hineinstieß.

Mein Körper kam nie über ein leises Pulsieren hinaus, an einen Orgasmus war gar nicht erst zu denken.

Brax zog sich aus mir heraus, setzte sich auf und schaute zu mir herunter. Das Top war bis über meine Brüste hochgerutscht und enthüllte meine nackte Haut.

»Heilige Scheiße.« Ihm blieb der Mund offen stehen. Er rutschte rückwärts und wäre fast über die Bettkante gekippt. »Heilige Scheiße, Tessie. Was zur Hölle ist mit dir passiert?« Tränen glänzten in seinen Augen und sein Blick wanderte über meinen Körper.

Mein Herz raste. Ich senkte den Blick. Ein lautes, psychotisches Lachen entfuhr mir. Brax sah aus, als würde er mit dem Gedanken spielen, mich im Irrenhaus abzuliefern.

Peitschenstriemen, Wunden, rote Küsse und blaue Flecken bemalten meine normalerweise so perfekte Haut.

Ich schüttelte den Kopf. Als Q mich ausgepeitscht und gebrandmarkt hatte, obwohl er wusste, dass er mich wieder zurückschicken würde, hatte er daran gedacht, dass mein alter Liebhaber meine Wunden sehen würde? Hatte er es absichtlich getan?

Q, du hinterhältiges Arschloch. Aber in diesem Augenblick war mir das völlig egal. Die Wunden verbanden mich mit ihm und solange sie meine Haut zeichneten, war ich immer noch *esclave*. Ob es Q nun passte oder nicht.

Brax stand auf und ging nackt im Raum auf und ab. »Sag mir, was mit dir passiert ist. Und warum zur Hölle lachst du?«

Mein Lachen erstarb und ich ließ den Blick sinken. Meine Gefühle spielten Roulette und ich begann stattdessen zu weinen. Ich verfluchte meine verräterischen Tränen.

Brax setzte sich zögerlich wieder aufs Bett.

Schuldgefühle stiegen in mir auf und ich zog die Decke bis zum Kinn hoch. »Das ist nichts, Brax. Es ist nichts passiert. Jetzt bin ich ja hier. Okay? Das liegt in der Vergangenheit und spielt keine Rolle mehr.«

Brax schüttelte den Kopf. Panik flackerte in seinen blauen Augen. »Brauchst du psychologische Hilfe? Wir könnten sofort hingehen. Ich fühle mich so hilflos.«

Der Gedanke, mit jemandem darüber zu sprechen, war einfach nur grauenvoll. »Nein. Es geht mir gut. Ehrlich.«

Brax schluchzte und ließ die Schultern hängen. Seine Stimme brach vor Traurigkeit. »Tess, es tut mir so, so leid, dass ich es nicht geschafft habe, sie aufzuhalten. Ich durchlebe diesen Tag immer und immer wieder. Ich würde mich am liebsten umbringen, weil ich nicht stark genug war, sie zu stoppen. Ich habe es verdient, in der Hölle zu schmoren, weil ich nicht auf dich gehört habe. Ich habe dich gezwungen, in dieses Café zu gehen. Das ist alles meine Schuld.«

Panik stieg in mir auf. Ich würde es nicht verkraften, wenn Brax zusammenbrach. Ich hatte nicht die Kraft, ihn zu trösten *und* mich selbst.

Er löste sich förmlich auf und sah mit jeder Sekunde noch verstörter aus.

Ich setzte mich auf, rutschte zu ihm und vergewisserte mich, dass mein Körper bedeckt blieb. Meine Knie pressten sich an seine, als ich sein Gesicht in meine Hände nahm. »Es war nicht deine Schuld. Niemand wäre in der Lage gewesen, sie aufzuhalten.« Mein Körper spannte sich an, als ich an Lederjacke dachte. »Niemand, okay? Wir waren in der Unterzahl. Du musst dir verzeihen.«

Brax senkte den Kopf. »Hasst du mich denn nicht? Weil ich nicht auf dich gehört habe? Ich habe die letzten zwei Monate geglaubt, du wärst tot. Und dass du jetzt doch in dein Leben zurückgekehrt bist, verwundet und psychisch total kaputt ...«

Ich zuckte zusammen. Ich war eine Menge Dinge, aber psychisch war ich völlig in Ordnung. Q würde nicht gewinnen. Ich würde über ihn hinwegkommen.

Brax schaute mir in die Augen. Er litt schreckliche Qualen. »Ich bin allein in der Toilette aufgewacht und du warst weg. Ich weiß nicht, wie ich es wieder zurück ins Hotel geschafft habe, aber das habe ich. Die Polizei hat nach dir gesucht, aber es gab keine Hoffnung. Nach einer Woche haben sie die Suche abgeblasen und die australische Botschaft hat sich eingeschaltet. Sie haben mich nach Hause geschickt.«

Er lachte düster. »Sie haben mich ohne dich nach Hause geschickt! Wie konnten sie nur glauben, dass ich mein Leben einfach so würde weiterleben können? Ich wollte bleiben und selbst nach dir suchen, aber die Polizei hat gesagt, dass sie in dem Café waren und dass es zugenagelt war. Es war niemand dort.«

Brax nahm meine Hand und drückte sie so fest, dass es wehtat. »Wo haben sie dich hingebracht?«

Ich war bereit, mir Brax' Geschichte anzuhören. Es war offensichtlich, dass es ihn innerlich aufgefressen hatte, aber ihm meine Geschichte erzählen … Das konnte ich nicht. Ich konnte ihm nichts von den grauenvollen Erfahrungen in Mexiko sagen. Ich konnte ihm nichts von der Vergewaltigung erzählen, als ich weggelaufen war. Ich konnte ihm nicht sagen, wie viel Q mir bedeutete. Wie sehr ich mich nach ihm verzehrte – selbst jetzt. All das würde ich mit ins Grab nehmen.

Brax packte mein Handgelenk und entdeckte zum allerersten Mal den Strichcode. Er fuhr mit dem Daumen über die Linien und flüsterte: »Haben sie dir das angetan? Diese miesen Wichser.« Er drehte das Handgelenk um, so als könnte er es abkratzen und dafür sorgen, dass es verschwand. »Warum haben sie dich tätowiert?«

Meine Hand wanderte hinter mein Ohr und Angst stieg in mir auf. Ich hatte noch immer den Peilsender im Hals. Q hatte vielleicht den GPS-Sender entfernt, aber was, wenn die Mexikaner mich trotzdem noch finden konnten? Hörte er nach einer gewissen Zeit automatisch auf zu funktionieren? Ich musste herausfinden, wie er sich deaktivieren ließ, sofort.

Ich zwang mich, ruhig zu bleiben, und sagte: »Mach dir um mich keine Sorgen. Erzähl mir lieber, wie es dir ergangen ist. Du bist zurück nach Hause gekommen und dann? Es tut mir so leid, dass du ganz alleine warst. Es tut mir leid, dass sie mich dir weggenommen haben.«

Meine Tränen strömten, ausgelöst durch Schuldgefühle, weil Brax meinetwegen so sehr gelitten hatte. Seine Albträume mussten schrecklich gewesen sein.

»Als ich nach Hause gekommen bin, hab ich alles versucht, um herauszufinden, wohin andere Frauen vor dir in Mexiko verschleppt wurden. Aber wenn sie erst mal entführt worden sind, findet man die meisten Mädchen nie wieder. Einige Frauen wurden in Spanien entdeckt, andere in Saudi-Arabien, aber keine von ihnen lebend.

Es hat mir das Herz gebrochen, aber ich dachte, ich müsste mich damit abfinden, dich nie wiederzusehen.« Seine Stimme brach und er blickte mich so schmerzerfüllt an, dass ich völlig zusammenschrumpfte. »Und dann hast du angerufen! Ich hätte mich am liebsten umgebracht, weil ich nicht abgenommen habe. Aber mein Chef hat andauernd angerufen und mich angefleht, dass ich wieder zur Arbeit kommen soll, deshalb hatte ich es auf lautlos gestellt. Als ich dann deine Stimme gehört hab, deine Panik, und wusste, dass du noch am Leben warst … Scheiße, ich hätte das Telefon am liebsten in tausend Teile zertrümmert, weil ich nicht mit dir reden konnte.«

Sein Brustkorb hob und senkte sich hektisch und er ballte die Fäuste. »Aber du hast mir einen Namen genannt. Einen verfluchten Mistkerl namens Q Mercer. Du hast mir einen Hinweis gegeben. Ich hatte keine Ahnung, was du in Frankreich machst, aber ich hab die Polizei angerufen und sie haben die Sache in die Hand genommen. Sie haben einen reichen Mann ausfindig gemacht, der in Blois wohnt und dem ein riesiges Anwesen gehört. Ich habe ein paar Nachforschungen angestellt, konnte jedoch kein einziges Bild von ihm finden oder irgendeinen Anhaltspunkt, was er mit dir gemacht hat.«

Er seufzte, bevor er fortfuhr und seinen eigenen Albtraum noch einmal durchlebte: »Die Polizei hat Wort gehalten. Sie haben gesagt, dass sie in der Sache ermitteln und ihn dazu zwingen würden, dich freizulassen, falls sie ihn wirklich finden. Und dass sie ihn ins Gefängnis stecken würden. Ich hoffe bei Gott, dass sie ihn hängen werden.«

Der Gedanke an einen toten Q bohrte sich mit entsetzlicher Wucht in mein Herz. Der Hass in Brax' Stimme jagte mir einen eiskalten Schauer über den Rücken und ich beeilte mich, ihn zu unterbrechen. »Q Mercer war nicht der Mann, für den ich ihn gehalten habe. Nachdem ich geflohen war, erging es mir noch viel schlechter, aber Q hat mich gerettet.«

Ich konnte ein Zittern nicht unterdrücken, als Biest vor meinem inneren Auge auftauchte. Ich verdrängte das Bild mit aller Kraft und fügte hinzu: »Er hat mir geholfen zu heilen, und dann hat er mich gehen lassen.« Das war alles, was ich Brax in dieser Sache erzählen würde. Das war mein Leben, verschlossen mit einer hübschen rosa Schleife.

Brax verzog das Gesicht. »Er hat dich gehen lassen? Ist die Polizei denn nie dort aufgetaucht?«

Ich lächelte. »Die Polizei ist aufgetaucht und ich danke dir, dass du ihnen geholfen hast, mich zu finden. Aber Q wollte mich sowieso gehen lassen.« Mein Herz krampfte sich zusammen und ich wünschte mir, es wäre die Wahrheit. »Weißt du, er kümmert sich um Frauen, die gebrochen sind und verkauft wurden. Er hilft ihnen zu heilen. Er kauft sie, aber wenn sie wieder geheilt sind, schickt er sie zurück nach Hause.« Ich konnte den aufflammenden Stolz in meiner Brust nicht unterdrücken. Q war kein Monster. Er mochte das vielleicht selbst glauben, aber ein Monster hätte so etwas niemals getan. Ein Monster folterte, vergewaltigte und tötete. Es bot einem nach einem Leben in Elend nicht die Freiheit an.

Brax entspannte sich ein wenig. »Dann hat er dich nie angefasst? Du warst die ganze Zeit in Sicherheit und beschützt?« Er senkte den Blick auf die Bettdecke, die ich an meinen Hals drückte. »Und was ist mit den Wunden auf deinem Körper?«

Ich setzte mich aufrecht hin und hoffte inständig, dass ich die Wahrheit verbergen konnte. »Die hab ich mir eingefangen, als ich weggelaufen bin. Ich hab bei ihm im Luxus gelebt und mich mit seinem Dienstmädchen angefreundet, Suzette.« Ich strahlte noch mehr und kämpfte gegen die Traurigkeit an, die sich mit dem nächsten Tränenschwall Bahn zu brechen versuchte. »Aber es geht mir gut. Ehrlich. Gemeinsam kriegen wir unser Leben wieder in den Griff.«

Brax neigte den Kopf zur Seite und einen Moment lang fragte ich mich, ob er mir meine Lüge vielleicht doch nicht abgekauft hatte. Aber dann breitete er die Arme aus und ich schmiegte mich an ihn.

Er küsste mich auf den Kopf und flüsterte: »Jetzt wird alles wieder gut. Du bist wieder zu Hause. Und ich lasse dich nie wieder aus den Augen.«

Ich kuschelte mich an ihn und sagte kein Wort.

KAPITEL 23

SPECHT

Menschen sind anpassungsfähig. Ein menschliches Herz nicht.

Ein Monat verstrich und ich knüpfte an mein altes Leben an, als wäre ich niemals fort gewesen. Zwei Wochen nach meiner Heimkehr rief ich meine Eltern an.

Brax hatte ihnen erzählt, was in Mexiko passiert war, und sie hatten mein altes Plüscheinhorn verbrannt und die Asche im Garten hinter dem Haus verstreut, weil sie annahmen, ich sei tot. In ihren alten, vernebelten Hirnen war meine Wiederauferstehung eine lästige Tortur und keine glückliche zweite Chance. Unsere Unterhaltung verlief steif und distanziert.

Ich meldete mich nie wieder bei ihnen.

Ich wurde abhängig von wütenden Songs, genau wie Q. Die Texte spiegelten die in meinem Inneren gärenden Schmerzen wider und gaben ihnen ein Ventil.

> *Die Erinnerung an dich will mir nicht aus dem Kopf.*
> *Sie spukt in mir, jagt mich, macht mich wahnsinnig. Ich wünschte, ich wäre tot.*
> *Jedes Mal, wenn ich die Augen schließe, bist du da, saugst mich in dunkles Verlangen.*
> *Ich will der Realität entfliehen, meine Träume sind meine Rettung.*

Ich würde dich herausschneiden, zerstückeln, jeden einzelnen meiner Knochen brechen,
wenn ich dann nur Frieden vor deiner dunklen Melodie finden könnte.

Ich spielte diese Songs nie, wenn Brax zu Hause war, sondern nur, wenn ich mit meiner Einsamkeit allein war, und ließ die Worte voller Herzschmerz und Sehnsucht auf mich herabregnen.

In meinen Träumen besuchte mich Q und ich erwachte in Supernovas aus Orgasmen. Tagsüber zwang ich mich zu schauspielern, zu lügen und Tessie zu sein. Die Wahrheit und Q versengten mein Herz, aber es gelang mir, meine Gefühle ebenso erfolgreich zu verstecken wie er.

Meine Geheimnisse blieben hinter einer Festung der blauäugigen Unschuld verschlossen. Mein Körper heilte, auch die Peitschenstriemen waren nicht mehr zu erkennen. Aber sie brannten noch immer grell und heiß auf meiner Seele.

In manchen Nächten zwickte ich mich ganz fest in die Nippel und versuchte, mich selbst so um den Verstand zu bringen, wie Q es getan hatte, aber es gelang mir nie.

Das aufregende, allumfassende Leben, das er mir geschenkt hatte, verblasste zu einem weit entfernten, dunklen Paradies. Die Realität übernahm die Kontrolle. Ich machte meinen Abschluss an der Uni. Wegen der besonderen Umstände durfte ich meine Prüfungen später schreiben und bestand sie alle mit Bestnote. Brax führte mich zum Essen aus, um mein Examen zu feiern, aber ich hangelte mich unsicher durch den Abend, weil ich erkannte, dass ich einen weiteren Anker gelichtet hatte, der mich an diesen Ort band. Ich hatte meine Ausbildung abgeschlossen. Das Einzige, was mich jetzt noch hier hielt, war Brax. Und jeder neue Tag bewies, dass das einfach nicht reichte.

Ich versuchte, Qs Villa in meinem zerfledderten Skizzenblock einzufangen, aber ganz egal, wie sehr ich es auch versuchte, ich bekam es einfach nicht richtig hin.

Ich kam Stacey wieder näher, und meinen anderen Freunden von der Uni, und begann, mich nach einer Stelle in der Immobilienbranche umzusehen. Ich driftete in einem halb bewussten Zustand durchs Leben. Lächelnd, sogar lachend, und doch war alles seltsam gedämpft – von einer dünnen Schicht bedeckt, durch die ich keine strahlenden Farben erkennen, keine herrlichen Düfte riechen oder irgendein besonderes Vergnügen empfinden konnte.

Es war 36 Tage her, dass Q mich verstoßen hatte, als zwei Dinge passierten, die meine karge Welt auf den Kopf stellten.

Brax hatte sich verändert, wenn auch nur sehr subtil. Mir fiel auf, dass er sehr viel Zeit damit verbrachte, den Müll rauszubringen. Eigentlich war es mir egal, aber meine Neugier trieb mich eines Abends doch dazu, ihm zu folgen.

Ich schlich mich aus dem Haus und fand ihn ins Gespräch mit unserer Nachbarin vertieft, die am anderen Ende des Flurs wohnte. Sie vergrub das Gesicht in Blizzards Fell und himmelte Brax förmlich an.

Ich ballte unwillkürlich die Fäuste. Mein Herz schlug schneller – das erste Anzeichen einer Emotion seit einem Monat.

Ich hatte nie darüber nachgedacht, was für ein Leben Brax geführt hatte, während ich mich Qs verdorbenen Sexsklavenspielchen hingegeben hatte. Diese Frau bedeutete ihm etwas – die zaghafte Zärtlichkeit, mit der er auch mich angesehen hatte, als wir uns kennengelernt hatten, glänzte in seinen Augen.

O mein Gott, nahm er es mir etwa übel, dass ich in sein Leben zurückgekehrt war, nachdem er geglaubt hatte, ich wäre tot?

Ich war zu egoistisch gewesen, um überhaupt je darüber nachzudenken. Nach dem ersten Morgen hatten wir einfach so getan, als wäre nie etwas passiert. Wir sprachen nie darüber und ich beschwerte mich nie, dass wir keinen Sex mehr hatten. Ich wollte es zwar nicht zugeben, aber Brax zu lieben – ihn zu küssen und mit ihm Händchen zu halten –, fühlte sich an, als würde ich Q betrügen, was natürlich vollkommen idiotisch und verflucht frustrierend war. Dennoch hasste mich mein Körper dafür, dass ich meinem Meister untreu war. Wenn ich den echten Q durch den Traum-Q ersetzte, wurde ich im Schlaf ganz feucht und sehnte mich zitternd nach einem Ventil für meine Erregung.

Ich beobachtete wie ein Voyeur aus meinem Versteck, wie Brax der Frau wieder aufhalf und sie dabei einen Moment länger festhielt als nötig. Der Ausdruck der nervösen Erregung in ihren Augen löste Verlangen in mir aus. Verlangen nach einem anderen.

Ich wartete auf die Woge der Eifersucht. Ich wartete auf Wut. Ich wartete auf irgendetwas … *irgendetwas,* das mir zeigte, dass es mir nicht egal war.

Nichts.

Brax lachte über etwas, das sie sagte, und tätschelte Blizzard den Kopf. Ein Lächeln erblühte auf seinen Lippen.

Brax mochte eine andere. Er benutzte mich nicht länger als seine Krücke und ich brauchte ihn nicht mehr als meine. Die Erkenntnis traf mich mit dem Donnern von hundert Trommeln und Blitzen.

Glück. *Freiheit.*

Brax brauchte mich nicht mehr.

Ich bin frei!

Ein Strudel der Gefühle wirbelte in mir auf. Die Leine, die mich an Brax band – geknüpft aus Pflichtgefühl und Freundschaft –, zerriss und ließ mich zurück, zu niemandem gehörend.

Zum allerersten Mal in meinem Leben gehörte ich nur mir. War völlig allein. Niemand hatte ein Recht auf mich. Niemand besaß mich oder erhob Anspruch auf mich. Reinste Freude fegte meine Mittelmäßigkeit davon, mein Bedürfnis, jemanden zu haben, dem ich etwas bedeutete.

Ich bedeutete mir etwas. *Je n'appartiens qu'à moi.* Ich bin mein. Die französische Beteuerung passte geradezu lächerlich perfekt.

Ich flüsterte sie vor mich hin und all die Möglichkeiten, die sie in sich barg, machten mich ganz kribbelig. »*Je n'appartiens qu'à moi.*«

Am folgenden Abend verabschiedete ich mich von Brax.

Während er den Müll rausbrachte und mit der Nachbarin flirtete, kramte ich einen alten Rucksack unter dem Bett hervor und begann zu packen. Ich schaltete das Radio an, tanzte zu Popmusik und freute mich auf meinen Neuanfang.

Klamotten, die ich nicht besonders mochte, und Accessoires, die mir nichts mehr bedeuteten, stopfte ich ganz unten in den Rucksack. Zum ersten Mal in meinem Leben zog ich allein in die Welt hinaus. Kein Plan B, kein Sicherheitsnetz. Niemand, auf den ich mich verlassen konnte, außer auf mich selbst.

Ich hatte kein bestimmtes Ziel im Kopf. Aber ich wusste, dass ich mein Versprechen halten wollte. Das Versprechen, das ich der Frau gegeben hatte, die mich in Mexiko tätowiert hatte. Ich hatte ihr versprochen, dass das Karma sie früher oder später drankriegen würde – und ich wollte dieses Karma sein. Ich wollte jede einzelne Person finden und verletzen, die etwas mit der Sache zu tun gehabt hatte. Und ich wollte für all die Frauen einstehen, die im Gegensatz zu mir kein Happy End erlebt hatten.

Ich hatte es satt, schwach und passiv zu sein. *Ich habe es satt, Tessie zu sein.*

Ich blickte auf mein frisch in Plastikfolie eingewickeltes Handgelenk und lächelte. Im Laufe des vergangenen Monats hatte ich mir den Mittelteil des Strichcodes weglasern lassen. Ich genoss den Schmerz – schließlich hatte Q mir beigebracht, dass Schmerzen Vergnügen bereiten konnten.

Er brüllte förmlich in meinem Kopf.

»Denk nur an mich und daran, was ich tue. Schmerzen können auch etwas Intimes sein, esclave. *Lass mich deine Schmerzen in mein Vergnügen verwandeln.«*

Ich schüttelte die Erinnerung ab und ignorierte das Pulsieren zwischen meinen Beinen. Gott, ich vermisste ihn. Vermisste seine egoistische Kälte, seine glühend heiße Gewalt.

Aber ich war ihm auch dankbar. Ohne seine Grausamkeit hätte ich niemals den eisernen Kern in meinem Inneren entdeckt. Lächelnd fuhr ich mit dem Finger über den kleinen Vogel, der zwischen den beiden Enden des Strichcodes gefangen war. Unter dem Sperling standen zwei Ziffern: 5 und 8.

Es war morbide. Falsch auf so vielen Ebenen, mich selbst als Sklavin Nummer 58 zu brandmarken. Aber Q war der Höhepunkt meines Lebens gewesen. Das herausragende Ereignis, das sich niemals wiederholen würde.

Irgendwann würde ich alt, verheiratet, gelangweilt und ausgelaugt sein, und ich wollte etwas, das mich auch dann noch an ihn erinnerte.

Das Tattoo mit dem Vogel und der Zahl würde diese Erinnerungen für immer festhalten. Wie ein Schatzkästchen des sadistischen Vergnügens, jederzeit aus meinem Gedächtnis abrufbar, wann immer ich ein Feuer entzünden wollte.

Seufzend nahm ich das letzte Teil aus meinem Kleiderschrank.

Das graue Kleid, in dem ich Qs Haus verlassen hatte. Im Radio begann ein Lied.

Deine Berührung frisst mich auf,
macht mir Angst, berauscht mich.
Du willst mich einfangen,
ich will dein Opfer sein.
Du willst mich zerstören,
ich will durch dich zerbrechen.
Du zeigst mir deine Dunkelheit
und ich schenke dir mein Licht.

Die Worte peitschten durch meinen Kopf und ich starrte eine Ewigkeit lang auf das Kleid. Mein Herz wusste nicht, ob es weiterschlagen oder sterben wollte. In einem schrecklichen Moment der Schande roch ich an dem Stoff. Eine sanfte Note von Zitrus und Sandelholz bohrte sich voller Liebe und Hass in meinen Magen. Zwei gleichwertige Gefühle – so verschieden und dennoch kein bisschen anders. Sie waren ein und dasselbe: Leidenschaft.

Ich knüllte das Kleid zu einem kleinen Ball zusammen und hörte ein Knistern.

Stirnrunzelnd zog ich den Umschlag heraus, den Franco mir gegeben hatte. Ich hatte nie den Mut gehabt, ihn zu öffnen. Stattdessen hatte ich ihn in dem Kleid versteckt, in der Hoffnung, ihn zu vergessen.

Aber ich hatte ihn nie vergessen.

Jetzt hatte ich endlich die Kraft. Ich hatte die Kontrolle über mein Schicksal. Ich setzte mich aufs Bett, schob den Finger unter die zugeklebte Klappe und öffnete ihn.

Mein Herzschlag raste, als ich den Umschlag umdrehte und schüttelte. Brax' silbernes Armband fiel heraus.

Es landete auf meinem Schoß und mir blieb der Mund offen stehen. Q hatte mir mein Armband zurückgegeben.

»Merde!«, fluchte er. Er erhob sich, hob das Armband vom Teppich auf und ließ es über mir baumeln. »Das gehört mir. Du gehörst mir. Krieg das endlich in deinen Kopf, wenn du es jemals wiederhaben willst.«

Es war eine Lüge. Alles. Er hatte mir das Armband einfach so zurückgegeben – als wäre ich niemals sein gewesen. Wenn er sich mir völlig hingegeben und mich voll und ganz in Besitz genommen hätte, dann hätte ich den vergangenen Monat nicht in der Hölle verbringen müssen.

Ich warf das Armband von mir. Es landete auf Brax' Kopfkissen. Ich wollte es nicht mehr. Es gehörte zwei Persönlichkeiten, vor denen ich mich nicht länger verneigte.

Ich werde das alles hinter mir lassen, so wahr mir Gott helfe. Ich würde andere Frauen finden, die unter Missbrauch litten und ein elendes Dasein fristeten. Ich würde mich in den schlimmsten Albtraum aller Menschenhändler verwandeln. *Auch wenn du ihn verleugnest, wirst du doch genau wie er.*

Meine Augen weiteten sich.

Q rettete Frauen und ich würde dasselbe tun.

Er rettete sie zwar, aber er sorgte nie dafür, dass die Mistkerle, die ihnen all das antaten, ihre gerechte Strafe erhielten. Ich wollte diese Ungeheuer jagen und nicht nur ihre Opfer finden.

Ich schaute in den Umschlag, ehe ich ihn wegwerfen wollte, und zog ein kleines Stück Papier heraus. Meine Atmung setzte aus.

Esclave,
Tess,
das ist für Deine Freiheit.
Fliege hoch hinaus und werde glücklich.
Je suis à toi,
Q

Ich klatschte eine Hand auf den Mund und unterdrückte ein Wimmern. Hinter der Nachricht befand sich ein Scheck.

Mit den arroganten Schnörkeln seiner Unterschrift hatte Quincy Mercer mir 200.000 Euro geschenkt.

Mir wurde ganz schwindelig. 200.000! Wut stieg in mir hoch. 200.000. War das alles, was ich wert war? Weniger als ein Bugatti oder irgendein anderes Stück Besitz, das er sich kaufen konnte?

Scheiße, ich war nicht käuflich!

Die Summe jagte 200 heiße Wellen der Frustration durch meinen Körper. Diese unverschämte Dreistigkeit! Er war wirklich ein verfluchter Idiot. Ich wollte sein Geld nicht. Ich wollte nichts von ihm, außer meinen Frieden. Ich wollte, dass er aus meinem Kopf verschwand. Ich wollte, dass meine Sinne wieder mir gehörten. Ich wollte, dass mein Herz aufhörte zu weinen. Ich wollte so viele Dinge … und würde sie doch nie bekommen.

Er sollte in den Abgründen der Hölle schmoren, verdammt.

Mein Herz raste. Alles, was ich zu vergessen versucht hatte, vor dem ich hatte weglaufen wollen, drückte mir die Kehle zu und erwürgte mich mit ruchloser Brutalität.

»*Wie du wünschst,* esclave. *Jedes Mal, wenn ich dich Tess nenne, sollst du dich daran erinnern, dass ich mit dir tun kann, was immer ich will. Du gehörst verflucht noch mal mir.*«

»*Ja.*«

»*Nach heute Nacht wirst du jedes Mal, wenn ich deinen Namen sage, für mich feucht werden. Ich besitze nicht nur deinen Körper, sondern auch deine Identität. Leugnest du das?*«

Ich versuchte, es zu leugnen. Ich versuchte es so verzweifelt, verflucht.

Aber ich konnte die Lüge nicht schlucken. Q besaß mich immer noch. Er besaß meinen Körper, mein Herz, meine Seele – alles, verdammt noch mal.

Tränen tropften auf meine Hände. Ich wusste, was ich tun musste.

Ich lief zum Nachttisch, fand meinen Skizzenblock und riss eine Seite heraus. Meine Hände zitterten und mein Magen verknotete sich.

Brax,

ich werde Dich immer lieben. Ich liebe Deine Zärtlichkeit, Deine Großzügigkeit, Deine Freundschaft, Dein Lächeln. Ich werde Dich immer dafür lieben, dass ich mich Deinetwegen so gut in meiner Haut gefühlt habe und dass Du mir Sicherheit gegeben hast, als ich mich so furchtbar allein gefühlt habe. Aber ich weiß, dass ich

Dir nicht das geben kann, was Du brauchst. Ich weiß, dass ich selbstsüchtig bin und mich nicht genug bei Dir anlehne. Aber das ist mir jetzt erst bewusst geworden. Eine andere braucht Dich mehr, als ich Dich jemals brauchen werde, und ich will, dass Du glücklich bist. Ich lasse Dich gehen, Brax, und ich wünsche Dir alles Glück der Welt und das Allerb…

»Du gehst, nicht wahr?«

Ich ließ den Stift fallen und schnappte nach Luft. Brax stand im Türrahmen, den Kiefer angespannt. Er stellte sich neben das Bett und versuchte, die Nachricht über Kopf zu lesen. Sein Blick fiel auf das silberne Armband auf dem Kopfkissen.

Ich biss mir auf die Unterlippe, als er es hochnahm, es anstarrte und es doch nicht wirklich sah. Das Armband symbolisierte unsere Zukunft und ich hatte es einfach so gedankenlos weggeworfen.

Eine Nachricht zu hinterlassen war feige, aber ich wusste nicht, ob ich die Kraft hatte, ihm alles von Angesicht zu Angesicht zu sagen. *Finde die Kraft. Er muss die Wahrheit erfahren.*

Ich ließ das Papier sinken und ging zu ihm. »Ja. Ich gehe.«

Brax blickte auf und hielt das Armband fest umklammert. »Wolltest du einfach so abhauen, Tessie?« Seine Augen glänzten vor Schmerz. »Und was ist damit, was ich will?«

Ich legte eine Hand auf sein Herz und schaute in seine tiefblauen Augen. »Ich *gebe* dir, was du willst. Was du brauchst. Ich werde immer deine Freundin sein, Brax, aber wir haben uns auseinandergelebt. Ich wollte dir niemals wehtun, aber wenn ich bleibe, dann tue ich das.«

Er senkte den Kopf und drückte die Stirn auf meine. »Das ist nicht wahr. Ich brauche dich.«

Ich seufzte leise. »Ich glaube, eine andere braucht dich mehr.«

Er schaute mich mit erhobener Augenbraue an und ich fügte hinzu: »Die Nachbarin, mit der du so viel Zeit verbringst? Ich habe euch zusammen gesehen, Brax. Ich weiß, dass du Gefühle für sie hast.«

Er schluckte. »So ist das nicht. Ehrlich. Sie ist eingezogen, als du … ähm … weg warst, und ich hab ihr durch ein paar ziemlich beschissene Zeiten geholfen.« Er sprach leiser weiter. »Ihr Dad und ihr Bruder wurden bei einem Wohnungsbrand getötet. Ihre Mum ist gestorben, als sie noch ein Baby war, und sie hat niemanden, an den sie sich wenden kann. Ich war nur nett zu ihr.«

»Wie heißt sie?«

Er zuckte zusammen. »Bianca.«

Ich hasste den Ausdruck in seinen Augen – der Blick, der erwartete, dass ich losschrie und auf ihn einschlug. Er hatte jedes Recht, sich um eine andere zu kümmern, die genauso einsam war wie er. Sie würden füreinander alles bedeuten. Ich war nicht gebrochen genug für Brax. Mein Mut und meine Stärke rissen eine ständige Kluft zwischen uns.

Ich küsste ihn zärtlich und flüsterte: »Wenn du mich gehen lässt, wirst du glücklich sein, das schwöre ich dir. Die Wahrheit schmerzt weniger als Schwindeleien und Täuschung … Weißt du noch?«

Er schluckte schwer und nickte. Er wusste, dass ich die Wahrheit ausgesprochen hatte. »Wo willst du denn hingehen?« Er zog mich in eine Umarmung.

Ich drückte ihn an mich, aber ich konnte es ihm nicht gestehen. »Ich bin mir nicht sicher. Aber du musst wissen, dass ich glücklich bin und genau das tue, was ich tun will.« Ich küsste ihn auf die Wange und löste mich aus der Umarmung. »Ich hoffe, dass du ein erfülltes Leben hast, ganz egal, mit wem du am Ende zusammen bist.«

Er küsste mich sanft und lächelte. »Du gehst zurück nach Frankreich, stimmt's?«

Ich erstarrte.

»Ich sehe, wie anders du bist, Tess. Ich schlafe neben dir. Ich sehe, dass du heiß und verschwitzt und total geil aufwachst. Irgendetwas ist da drüben passiert und es hat dich verändert. Ich verstehe das. Was in Mexiko geschehen ist, hat uns beide verändert.«

Ich kämpfte gegen meine Verlegenheit und Ehrfurcht an. Brax sah mehr, als ich ihm zugetraut hatte. Die Schamesröte stieg mir ins Gesicht. Er hatte recht. Ich hatte mich verändert und konnte es nicht mehr rückgängig machen. Ich konnte nichts an der Tatsache ändern, dass er neben mir lag, wenn ich davon träumte, wie Q mich auspeitschte und fickte. Er litt schweigend, während ich mein Verlangen hinausbrüllte.

Reue drückte mich nieder. »Es tut mir so leid, Brax.«

Er lachte leise. »Du musst dich nicht entschuldigen, Tessie. Ich wusste, dass wir verschieden sind, seit du deinen Vibrator rausgeholt hast. Solche Sachen sind mir unangenehm und ich glaube, ich wusste schon in jener Nacht, dass wir getrennte Wege gehen würden. Damals hat es furchtbar wehgetan, aber jetzt … Vielleicht kann ich bei dem Gedanken daran, dich nur noch als gute Freundin zu haben, ja endlich wieder freier atmen.«

Seine Akzeptanz ließ mein Herz frei davonfliegen. Ich warf mich erneut in seine Arme. »Lass von dir hören.«

Brax spendete mir mit seiner Umarmung unendlichen Trost und er gab mir einen Abschiedskuss auf die Wange.

Unsere zweijährige Beziehung endete in Freundschaft und ich wünschte Brax alles Glück der Welt.

Eine halbe Stunde später verließ ich die Wohnung in Qs grauem Kleid.

Kein Hab und Gut.

Keine trivialen Dinge, die nichts bedeuteten.

Nur ich, mein Reisepass und eine Nachricht von meinem Meister.

Mit einem aus tiefstem Herzen kommenden Lächeln ließ ich meine Welt hinter mir.

KAPITEL 24
EISVOGEL

Der Flug nach Paris dauerte eine Ewigkeit.

Die Zugfahrt nach Blois schien kein Ende zu nehmen.

In dem Augenblick, als ich in dem Dorf eintraf, in dem ich vor Franco geflohen war, erstrahlte ein ganzer Regenbogen der Gefühle in mir. Beklommenheit wegen der Vergewaltigung. Aufregung, Q so nahe zu sein. Nervosität, weil ich nicht wusste, wie er reagieren würde. Was, wenn er mich hasste? Was, wenn er mich wieder wegschickte? *Hör auf, so zu denken.* Eines war sicher: Q würde mich zumindest anhören, bevor er mich wieder hinauswarf. Er glaubte, er lebte bereits in Dunkelheit? Nun, ich würde ihm die Hölle auf Erden bereiten, wenn er mich nicht anhörte.

Ich beschloss, die Erinnerungen an meine Flucht abzuschütteln. Ich dachte nur noch an meine Rückkehr, spazierte ins Café *Le Coq* und ging auf dieselbe Frau zu wie damals. Die Hähne an den Wänden wollten mir nicht länger die Augen auspicken. Sie sahen fett und zufrieden aus.

Die Frau, die mir nicht geglaubt hatte, dass ich entführt worden war, glotzte mich mit großen Augen an, als ich mich der Theke näherte. Meine Haut kribbelte mit Phantompanik von der Vergewaltigung, aber ich zwang mich, die Erinnerung wegzuschieben. Sie definierte mich nicht. Es war vorbei.

Ihr blieb der Mund offen stehen und sie starrte mich ungläubig an.

»*Bonjour*. Ich suche das *Moineau*-Anwesen. Quincy Mercers Villa.«

Ihr klappte die Kinnlade noch weiter herunter und entblößte unhygienische Zähne. »Sie ... Sie waren hier und haben behauptet, er hätte Sie entführt. Und jetzt wollen Sie wieder zurück?«

Ich strahlte sie an. »Ja. Ergibt doch Sinn, oder?« Ich erklärte mich nicht näher und versuchte, nicht laut loszulachen. Ich konnte die aufsprudelnde Freude in mir nicht unterdrücken. Ich machte das hier nur für mich und es war unglaublich befreiend.

Sie starrte mich eine halbe Ewigkeit lang an. Ich glaubte schon, sie würde mir gar nicht mehr antworten, aber schließlich rief sie etwas in Richtung Küche und ein zerzauster Junge mit von Seifenblasen bedeckten Händen erschien. »*Emmène-la, à la résidence Mercer.*« Bring sie zu Mercers Anwesen.

Ich wärmte mich am poetischen Klang der französischen Sprache. Ich hatte sie vermisst. Frankreich und seine Sprache waren mir ans Herz gewachsen. Wieder in Australien zu leben, mit dem typischen Akzent und der glühenden Hitze, hatte nicht mehr zu mir gepasst. Australien war grell und schnoddrig und wundervoll. Frankreich war schick und stilvoll und brannte vor Leidenschaft.

Der Küchenjunge nickte und strich sich eine schwarze Locke aus den Augen. Ich bedankte mich bei der Frau und folgte dem Jungen zu einem weißen Lieferwagen, der hinten in der Gasse parkte. In derselben Gasse, in der ich vor Franco davongerannt war.

Panik blitzte bei der Vorstellung in mir auf, mit einem Fremden ins Auto zu steigen. Ich würde eine Wiederholung der Erfahrung mit Biest und Fahrer nicht überleben. Ich wappnete mich innerlich.

Wir sagten während der ganzen Fahrt kein Wort. Die vorbeiziehenden sanften Hügel und der Flickenteppich der Landschaft ließen mein Herz schneller schlagen. Mit jedem Kilometer kam ich Q ein wenig näher. Mit jedem Kilometer fühlte ich mich immer zuversichtlicher. Hier gehörte ich hin. Das hier war mein Zuhause.

Wir bogen ab und fuhren durch das riesige, imposante Tor. Beim Klimpern der Kiesel unter dem Wagen bildete sich Schweiß an meinem unteren Rücken. Meine Nerven flatterten und mein Mund war vor Angst ganz trocken.

Qs pastellfarbene Villa ragte vor uns auf, zusammen mit dem Pferdebrunnen, über dem winzige Regenbogen in der Nachmittagssonne flirrten. Der Frühling wich dem Sommer und Qs makellose Gärten glühten in leuchtenden Farben. Schmetterlinge flatterten, Vögel segelten vorbei. Ein unschuldiges Paradies, in dem eine Bestie lauerte. Eine Bestie, die zarte Dinge mochte, aber niemals töten würde.

Der Junge lächelte, als er den Wagen vor den imposanten Säulen und den Stuckengeln zum Stehen brachte. Mir schlug das Herz bis zum Hals. Ich konnte mich nicht bewegen. *Was mache ich hier?*

»Nous sommes arrivés.« Wir sind da. Er bedeutete mir mit einem Winken, auszusteigen.

Ich starrte auf die Villa und alles brach über mir zusammen. *Ich kann das nicht tun. Doch, du kannst.* Aber was, wenn … was, wenn er sich weigerte, mich zu sehen? Oder wenn er längst zur nächsten Sklavin weitergezogen war … oder …

Die Haustür schwang auf.

Ich duckte mich in den Sitz, eine Geisel meiner eigenen Feigheit.

Eine sehr überraschte Suzette trat aus dem Haus und schaute durch die Fenster in den Lieferwagen. Ich winkte ihr vorsichtig zu. Ihr klappte die Kinnlade herunter.

Der Junge lachte, beugte sich über mich und öffnete die Tür. Ich stieg aus, strich hektisch mein graues Kleid glatt, rieb mir die Wangen und wünschte, ich hätte mir die Zeit genommen, mich ein wenig frisch zu machen.

Eine leichte Brise sprühte eine sanfte Gischt vom Springbrunnen auf meine Haut. Ich erzitterte.

Mindestens ein Jahrhundert lang standen Suzette und ich starr voreinander.

Ich bezweifelte, dass jemals eine Sklavin nach ihrer Freilassung zurückgekehrt war. Andererseits war ich gegen meinen Willen verbannt worden. Ich hatte die Tradition gebrochen, indem ich unvorhersehbar gewesen war. Unsere Blicke trafen sich und ich übermittelte ihr alles, was ich fühlte. *Siehst du, dass ich mich als würdig erweisen will? Ich bin zu ihm zurückgekehrt. Ich bin zu dir zurückgekehrt. In dieses Leben. Zu allem, was ich durch ihn geworden bin.*

Suzette, in ihrer schwarz-weißen, perfekt gebügelten Dienstmädchenuniform, ging ein Stück auf mich zu. Die Haselnussaugen funkelten. »Ami? Was … Ich verstehe nicht.« Ihre Schritte wirkten zögerlich. Ich schloss die Lücke zwischen uns.

Ich widerstand dem Drang, sie in eine Umarmung zu ziehen. Als ich sie anlächelte, bedeckte sie mit einer Hand ihren Mund. »*Bonjour,* Suzette.« Die Sonne brannte durch den Dunst des Spätfrühlings und wärmte meine Haut. Was auch immer von nun an passieren mochte, ich hatte die richtige Entscheidung getroffen. Q brauchte jemanden, der gegen ihn kämpfte. Q brauchte jemanden, der *um* ihn kämpfte.

Ich wollte um ihn kämpfen. Ich wollte ihn *gewinnen.*

Die Pastelltöne der Villa glänzten in blassem Grün und Rosa in der Sonne und brachten die dekadenten Renaissance-Elemente noch besser zur Geltung.

Ich wollte nie wieder von hier fortgehen.

Suzette kreischte plötzlich und warf sich in meine Arme. »Du bist zurückgekommen? Warum hast du das getan? Ich dachte, du hasst ihn … uns. Alles, was passiert ist. Er hat dich weggeworfen. Ich dachte, du würdest Mordpläne schmieden – und nicht wie aus dem Nichts wieder hier auftauchen.«

Ich ignorierte das Stechen, das ich beim Wort »weggeworfen« spürte. Das hatte er nicht. Er hatte getan, was die Polizei von ihm verlangt hatte. Ich würde ihm das nicht nachtragen … es sei denn, er benahm sich weiter wie ein arrogantes Arschloch. Dann würde ich ihm eine reinhauen.

Ich erwiderte Suzettes Umarmung und atmete ihren Geruch von Lavendel und Reinigungsmitteln ein. Mein Herz überschlug sich vor lauter Erinnerungen. Suzette hatte es mir nicht leicht gemacht. Sie war Q gegenüber sehr loyal und manchmal hatte ihre Freundschaft sogar wehgetan, aber sie war stark und hatte viel mehr durchgemacht als ich.

Mein Respekt für sie war endlos.

Ich löste mich von ihr und sagte: »Ich hatte Zeit, über alles nachzudenken. Q hat mich verändert, Suzette. Er hat mir mein wahres Ich gezeigt und mich befreit.« Ich lächelte und musste daran denken, welche Bedeutung Vögel für Q hatten. Im Stil seiner kryptischen Metapher fügte ich hinzu: »Er hat meinen Käfig geöffnet und mir erlaubt davonzufliegen. Ich kann nichts dagegen tun, dass meine Freiheit hier liegt.«

Sie wich zurück, ein vages Lächeln auf den Lippen. »Du hast ihn durchschaut.«

Sie verschränkte die Finger mit meinen und zog mich Richtung Haus. Ich setzte langsam einen Fuß vor den anderen und konzentrierte mich aufs Atmen, um nicht in Ohnmacht zu fallen. Mein Herz hatte nicht aufgehört zu hämmern, seit ich ins Flugzeug gestiegen war. Ich war mir ganz sicher, dass es den Dienst demnächst verweigern würde.

»Ein wenig betrunkenes Gefasel und Franco haben mir geholfen, aber ja: Ich beginne allmählich, ihn wirklich zu erkennen. Und ich will noch mehr sehen.« Ich ließ den Blick durch das mächtige Foyer mit der mitternachtsblauen Treppe und den riesigen Kunstwerken schweifen. In meinem Körper tobte ein Sturm aus tausend Emotionen. Mein Magen schlug einen Purzelbaum nach dem anderen.

Suzette gab mir einen Kuss auf die Wange, machte die Tür hinter uns zu und schloss uns in Qs Welt ein. Sein Reich. Meine Zukunft. »Welcher Tag ist heute?«

Ich blinzelte. Zeitzonen und Datumsgrenzen zu überqueren, hatte mich ganz durcheinandergebracht. »Ähm, Sonntag?«

Ein Lächeln breitete sich auf ihrem Gesicht aus. »Es ist kein Werktag?«

O mein Gott. Mein Herz brach aus meiner Brust und schwang sich ins Foyer auf. »Er ist hier«, flüsterte ich. Ich konnte keinen Augenblick länger warten. »Bringst du mich zu ihm?«

Suzette nahm meine Hand und antwortete mit leiser Stimme: »Ich bin so froh, dass ich dich wiederhabe, Ami.«

Ich lächelte. »Du kennst doch meinen richtigen Namen. Nenn mich Tess.«

Sie grinste. »Warte hier.«

Sie flog die Stufen hinauf und ließ mich allein. Ich faltete die Hände, völlig verloren. Ich war ein Eindringling in diesem atemberaubenden Haus und bat einen unfassbar erfolgreichen Mann, sich nicht mehr wie ein Arschloch aufzuführen und mich zurückzunehmen. Mir seine Ruchlosigkeit zu zeigen. Sein Mitgefühl. Mir das Leben zu schenken, das ich wirklich wollte.

Ein Rascheln aus der Lounge. Ich wirbelte herum und sah eine Frau in weiter Trainingshose und einem Sweatshirt, das ihr mindestens drei Nummern zu groß war. Sie bewegte sich mit einer Aura der Zurückweisung und Traurigkeit. In dem Moment, als sich unsere Blicke trafen, wimmerte sie, fiel auf die Knie und verbeugte sich.

Die Zeit kam kreischend zum Stehen. Ich konnte sie nur noch anstarren.

59.

Ich ballte die Fäuste. Sie war Sklavin Nummer 59. Mein Ersatz. Wo war sie hergekommen? Eifersucht peitschte durch meine Adern, aber ich zwang mich, mich wieder zu entspannen. Franco hatte mir erzählt, dass Q die anderen Sklavinnen nie angefasst hatte. Ich war die Erste gewesen. Seine Letzte. Seine verflucht noch mal Einzige, wenn es nach mir ging.

»Schon okay. Du kannst wieder aufstehen«, sagte ich leise und ging auf sie zu. Das braune, strähnige Haar hing ihr fettig ins Gesicht und sie hatte schattige Ringe unter den Augen. Ihre Handgelenke waren so dünn, als könnten sie jeden Moment brechen. Eine geprügelte, zertretene Seele. Alles an ihr schrie Missbrauch.

Kommen sie so alle hier an? War Q deshalb so überrascht von mir gewesen, so fasziniert? Ich hatte mich geweigert, mich zu verbeugen. Ich hatte geflucht. Gefaucht.

Mir stockte der Atem.

Ich sah mich, wie Q mich an jenem Tag gesehen hatte: eine Kämpferin durch und durch. Eine Frau, die sich nicht in Unterdrückung und Knechtschaft prügeln ließ. Ein heller Strahl in einer Welt der Traurigkeit. Ich war das genaue Gegenteil dieses armen Mädchens gewesen.

Ich sank auf die Knie und streckte eine Hand aus. Sie rutschte zitternd von mir weg.

Ich stand wieder auf und machte ein paar Schritte zurück. »Hab keine Angst. Ich werde dir nicht wehtun.«

»Sephena. Steh auf.«

Mein ganzer Körper versteifte sich, verkrampfte sich, schmolz dahin. Seine Stimme. *Er*. Meister. Herrscher. Verflucht heißer Kontrollfreak.

Ich drehte mich zitternd zu ihm um. Blickte meinem Meister ins Gesicht. Meinem selbst gewählten Schicksal.

Q stand auf halber Treppe. Seine blassen Jadeaugen funkelten mit einer Mischung aus Erstaunen, Lust und Zorn.

Die Luft knisterte und bebte, Spannung durchflutete den Raum. Gänsehaut breitete sich auf meinem Körper aus und nichts existierte mehr außer ihm.

Das kauernde Mädchen krabbelte neben mich und rappelte sich unsicher auf. Ich wandte die Augen mit Gewalt von Q ab, als sie sich verbeugte und zu ihm eilte.

Ich folgte ihr. Qs Macht zog mich an wie ein Magnet.

Q hatte nur noch Augen für mich. Er bewegte sich lautlos die Stufen hinunter. Der schwarze Nadelstreifenanzug, zu dem er ein auberginefarbenes Hemd und eine blassgraue Krawatte trug, raschelte bei jedem Schritt. Die polierten Lackschuhe glänzten über dem blauen Teppich. Ich saugte ihn förmlich in mich auf.

Unter seinen Augen erkannte ich feine Linien, die vorher nicht dort gewesen waren. Knoten der Anspannung in seinen Schultern.

Seine flüsterzarte Kontrolle geriet ins Wanken und seine Haltung wirkte alles andere als perfekt.

Er blieb zwei Stufen über mir stehen und funkelte mich an. »*Qu'est-ce que tu fais ici?*« Was tust du hier?

Ich kämpfte dagegen an, allein wegen seiner Stimme in Ohnmacht zu fallen. Mein Gehör, das allein ihm gehörte, befahl mir, ihn anzubeten. Mich an seinen prachtvollen Körper zu klammern und nicht zuzulassen, dass er mich je wieder von sich riss.

Ich leckte mir die Lippen und glühte vor Verlangen. Der Funke zwischen uns ließ sich nicht leugnen. Er brannte wie eine Zündschnur kurz vor der Explosion.

In der ganzen Zeit mit Brax hatte ich kein Interesse an Sex gehabt. Jetzt würde ich *sterben,* wenn ich Q nicht haben konnte. Meine Beine zitterten, mein Körper bebte und ich schmolz in schamloser Feuchtigkeit dahin. Dank Q brach meine Begierde wie ein Feuerball aus mir heraus und versengte mein Innerstes.

Die arme Sephena wurde vollkommen ignoriert.

»Ich bin deinetwegen zurückgekommen«, flüsterte ich. »Aus freien Stücken.«

Seine Nasenflügel bebten, die Lippen teilten sich. Dieser Mund – oh, wie sehr ich mich danach sehnte, ihn zu küssen. Ihn zu lecken. Ihn ganz für mich allein zu haben.

»Sephena. Geh und finde Suzette. Sie wird dir zeigen, wo der Swimmingpool ist.« Sein harter Tonfall wurde weicher. »Und vergiss nicht: Du kannst dich *frei* bewegen und tun, was immer du willst.« Er betonte das Wort frei. Ich bebte noch heftiger.

Das Mädchen wirkte nicht überrascht, aber ich ganz gewiss. Wieso wusste ich nicht, dass Q einen Swimmingpool hatte? Welche weiteren Überraschungen gab es hier noch zu entdecken? Ich würde dafür sorgen, dass Q mich behielt, damit ich es herausfinden konnte. Ich wollte ihm in allen Bereichen seines Lebens helfen. Er brauchte jemanden.

Ich blinzelte. Erst jetzt wurde mir wirklich bewusst, wie einsam er war. Eine Parade der gebrochenen Frauen, die sein Haus mit ihm teilten, ihm aber niemals Trost schenkten.

Er arbeitete und schlief und arbeitete noch mehr.

Als Sephena verschwunden war, ballte ich die Fäuste. »Wir müssen reden.«

Er fletschte die Zähne. »Wir müssen gar nichts. Ich habe dich zurückgeschickt. Was zur Hölle machst du hier?« In meiner Handfläche juckte das Verlangen, ihm eine zu knallen, um ihm ein wenig Vernunft einzubläuen. Hatte er wirklich keine Ahnung, welche Schmerzen er verursachte? Oder erstickten ihn seine eigenen Qualen so sehr, dass er nicht mehr klar denken konnte? Alles, was ich ihm hatte sagen wollen, war plötzlich aus meinem Kopf gelöscht. Ich brach auf dem Boden zusammen.

Eine Unterwürfige, die mit ihrem dominanten Meister sprach. Aber ich war nicht unterwürfig. Ich war die Frau, die ihn, Q, besitzen würde, genau wie er mich in Besitz genommen hatte. Er hatte keine Wahl. Ich würde ihm keine Wahl *lassen*. »Meister … Q … Quincy …«

Er holte tief Luft und sein Anzug knisterte, als er sich bewegte.

»Mein Name ist Tess Snow. Nicht Süße, nicht Tessie, nicht Schatz. Ich bin eine Frau, der erst jetzt bewusst wird, wozu sie fähig ist. Ich bin niemandes Tochter. Ich bin niemandes Freundin. Ich bin niemandes Besitz. Ich gehöre nur mir. Und zum allerersten Mal weiß ich, was für ein mächtiges Gefühl das ist.«

Ich starrte auf den Marmor und legte ihm mein Herz zu Füßen. »Ich bin wegen des Mannes zurückgekehrt, den ich in meinem Meister sehe. Der Mann, der sich wegen seiner perversen Begierden für ein Monster hält. Der Mann, der Sklavinnen rettet und sie zu ihren Lieben zurückschickt. Ich bin zurückgekehrt wegen Q. Ich bin zurück, um seine *esclave* zu sein, aber auch seine ebenbürtige Partnerin.«

Meine Stimme krächzte, als sich mir die Kehle vor erstickender Leidenschaft zuschnürte. »Ich bin zurück, um dein Ein und Alles zu sein … so wie du mein Ein und Alles wirst.«

Mein Herz donnerte wie eine Trommel und brannte in meinen Ohren.

Er kam näher.

Schuhe tauchten in meinem Blickfeld auf. Seine Stimme dröhnte dunkel und schwer. »Du hast ja keine Ahnung, was du da anbietest.«

Ich hob den Kopf und schlang kühn eine Hand um sein Fußgelenk. »Ich biete dir meinen Schmerz. Mein Blut. Meine Lust. Ich biete dir das Recht, mich auszupeitschen und mich zu ficken. Mich zu erniedrigen und zu verletzen. Ich biete dir an, deine Begierden mit meinen zu stillen. Ich bin gewillt, zu dir in die Dunkelheit zu kommen und Genuss in unerträglichen Schmerzen zu finden. Ich bin gewillt, dein Monster zu sein, Q.«

Ich grub die Nägel in sein Hosenbein. Die Wahrheit meiner Worte schmerzte. »Wir sind eins.«

Mit einem Knurren riss er den Fuß los und rauschte in die Bibliothek davon. Ich sah ihm nach, vollkommen schockiert. Verdammt, er war wirklich ein hartes Stück Arbeit.

Ich stand auf und folgte ihm, schloss die mächtige Glastür hinter uns und betätigte den Schalter, um deren Scheiben in undurchsichtiges Milchglas zu verwandeln. Intimität und Anspannung bauten sich zwischen uns auf und explodierten in unserem kleinen Reich der Furcht einflößenden Begierden. Ich konnte den Urknall förmlich vor mir sehen: heiße Bänder blutroter Lust, funkelnd vor Sternen des berauschten Verlangens.

Q lehnte sich über den Schreibtisch und kniff den Nasenrücken zusammen. Das dunkle Zimmer flüsterte von Sünde und unwiderstehlicher Falschheit. Die Bücher mit den erotischen Geschichten blickten von staubfreien Regalen auf uns herab und ermutigten mich, zu Ende zu bringen, was ich begonnen hatte.

Ich war bereit, zu Q zurückzukehren. Aber er musste etwas dafür tun. Er schuldete mir eine Entschuldigung, eine Erklärung. Er schuldete mir sein Herz.

Q drehte mir den Rücken zu, ging im Raum auf und ab und fuhr sich mit der Hand durch das kurze Haar. Seine Augen huschten immer wieder zu mir und ich versuchte, die glühenden Emotionen in seinem Blick zu deuten.

»Du kannst mich nicht zwingen, wieder zu gehen, weil ich aus freien Stücken hergekommen bin. Das hier mag vielleicht dein Haus sein, Q, aber du hast nicht die Kraft, mich zweimal rauszuwerfen.« Ich hoffte inständig, dass ich recht hatte.

Er knurrte leise, tigerte weiter auf und ab und blieb nicht stehen.

Ich stand in der Mitte des Zimmers und beobachtete ihn. Ich ließ die Bestie durch ihr Reich streifen, damit sie ihre

Angst abschüttelte. Während er auf und ab ging, sprach ich weiter.

»Die Nacht, bevor du mich weggeschickt hast, war die beste Nacht meines Lebens. Die Striemen, mit denen du mich gebrandmarkt hast, sind eine ganze Woche lang nicht verblasst. Jedes Mal, wenn ich in den Spiegel gesehen oder eine der Wunden unter der Dusche berührt habe, bin ich feucht für dich geworden. Du hast mich in meinen Träumen besucht. Ich bin in schmerzhafter Nässe aufgewacht, aber mein Herz war leer.«

Meine Haut glühte, als ich daran dachte, wie viele feuchte Träume ich unter seiner brutalen Herrschaft genossen hatte.

Ich liebte es, dass seine Fingernägel blasse Kratzer auf meinem Po hinterlassen hatten. »Die Erinnerungen haben mich im Supermarkt heimgesucht, an der Universität. Ich konnte dir nirgendwo entkommen.«

Er blieb stehen, sein wunderschönes, kantiges Gesicht in Verlangen erstarrt.

Ich näherte mich ihm auf Zehenspitzen und hauchte: »Ich habe mich *schmerzlich* danach gesehnt, dass du mich dominierst. Ich habe mich *bebend* danach gesehnt, dass du mich fickst. Ich habe dich *vermisst*. Ich habe den Mann vermisst, von dem ich weiß, dass er da drin ist, den du mich aber nie sehen lässt.« Ich hob mein Handgelenk.

Er richtete den Blick darauf und packte es blitzschnell. »*Merde.*«

Ich unterdrückte ein Stöhnen, als seine Finger den flatternden Vogel in dem Strichcode-Gefängnis küssten und sanft über die 58 streichelten.

»Warum?« Seine Stimme klang gequält, zitternd und rau.

»Weil du mich befreit hast.«

Er blickte mir voller Wut direkt in die Augen. »Du bist verrückt. Ich habe deinen Verstand zerstört. Nach allem, was ich getan habe … nach allem, was du durchgemacht hast, weil ich dich hier festgehalten habe … Wie kannst du da nur solche Lügen von dir geben?«

Ich legte eine Hand an seine Wange und zuckte zurück, als Funken in meinen Fingerspitzen kribbelten. Ich konnte ihn nicht ohne Schmerzen berühren. Das schien mir nur passend.

»Das sind keine Lügen. Du hast mir gezeigt, wer ich wirklich bin.« Mein Herz wurde ganz warm, kräftig wie Stahl. »Ich bin stark genug, um mich dir zu widersetzen. Ich will dir alles geben, aber nur, wenn du mir im Gegenzug auch gibst, was *ich* will.«

»Du bist vollkommen wahnsinnig. Ich habe dir wehgetan … du solltest vor mir davonlaufen und nie mehr zurückkehren.« Er schlang die Finger wie ein Lasso um mein Handgelenk und zog mich näher zu sich heran. »Du kannst mich nicht zähmen. Ich bin nicht die Art Mann, die dir Gedichte vorliest und dich liebevoll behandelt. Ich. Bin. Nicht. So. Menschlich.«

Ich schluckte schwer, wie erschlagen von Qs Temperament und Zorn. »Hab ich dich etwa um Gedichte und Nettigkeiten gebeten? Nein! Wenn ich das wollte, wäre ich bei Brax geblieben.«

Q erstarrte, seine Nasenwände bebten. Die Härte zog Falten um seinen Mund. »Erwähne diesen Namen niemals wieder in meiner Gegenwart.« Seine eiskalte Stimme ließ Gänsehaut über meine Wirbelsäule kriechen.

Ich verliere. Er sieht es nicht.

Ich verpasste ihm eine Ohrfeige.

Meine Handfläche landete mit einem befriedigenden Klatschen auf seinem Bartschatten. Er wich schockiert zurück, aber dann veränderte sich seine Haltung in die eines Jägers, Mörders, *Monsters.* »Du bist zu weit gegangen. Geh, bevor du es bereust.«

Ich wollte wie ein Kind mit dem Fuß aufstampfen. Einen schrecklichen Trotzanfall bekommen, nur damit er endlich die Augen aufmachte. Ich zwang die Worte zwischen zusammengebissenen Zähnen hervor. »Ich will *dich.* Ich will dein kompliziertes Wesen, deine Schatten. Ich will deine Peitsche, und Ketten, und Brutalität. Hör mir zu! Ich bin gewillt, dir eine Sklavin zu schenken, die niemals bricht – wenn du mir im Gegenzug das gibst, was *ich* will.«

Q neigte den Kopf zur Seite und endlich leuchtete ein Hauch erstaunter Erkenntnis in seinen Augen auf. »Und was brauchst du im Gegenzug?«, raunte er, so nahe, dass ich seine Frage einatmen konnte.

Kraft und Widerstand wichen aus meinem Körper und wurden durch flatternde Nerven und Zerbrechlichkeit ersetzt. »Ich brauche es, dass du dich um mich kümmerst. Versprich mir, dass du dein Leben mit mir teilen und mich nicht ausgrenzen wirst. Ich will wissen, wer Quincy ist. Und ich will Q gehören. Ich will, dass du ehrlich zu dir selbst bist und dir eingestehst, dass ich dir auch etwas bedeute. Hast du die Kraft dazu? Dich voll und ganz auf mich einzulassen, damit ich dir geben kann, was du brauchst?«

Er senkte den Kopf und strich mit der Nase an meinem Hals entlang. Er versteckte seine Gedanken und Gefühle in meinen blonden Locken. »Du bittest mich um das Unmögliche. Du bittest mich, dich zu lieben.«

Mein Herz krampfte sich zusammen, als ich die Qualen in seiner Stimme hörte. Seine Augen funkelten vor Schmerz, als er sich von mir löste. »Ich kann nicht. Ich weiß nicht, wie. Das, was ich dir angetan habe, war zahm im Vergleich zu dem, was ich wirklich will. Ich kann es nicht aufhalten. Ich kann es nicht kontrollieren.« Er stieß mich weg und schob die Hände tief in die Hosentaschen. Er entfernte sich von mir, verbarrikadierte sich hinter einer Mauer. »Wer möchte einem Menschen denn so wehtun, wenn er ihn angeblich liebt? Wer will sehen, wie sich dieser Mensch vor quälenden Schmerzen windet und sich völlig unterwirft? Niemand, der bei klarem Verstand ist. Ich bin vollkommen krank, *esclave*. Ich kann dir nicht geben, was du willst.«

Esclave.

Mein Körper bebte. Qs Gesicht verzerrte sich vor Verlangen, als ihm bewusst wurde, was er gesagt hatte.

»Hast du je eins der anderen Mädchen *esclave* genannt?« Mir war aufgefallen, dass er das Mädchen in der Lounge Sephena genannt hatte – ein Name, kein Titel.

Seine Augen funkelten, aber er schüttelte den Kopf.

Ich machte einen Schritt vorwärts und hielt ihn vor dem Kamin gefangen. »Was auch immer du über dich selbst denkst, ich *bedeute* dir etwas. Du hast mir das Skizzenbuch geschenkt. Du hast mir gegeben, was ich gebraucht habe, nachdem ich vergewaltigt worden war. Du bist ein guter Mensch, Q. Du hast so viele Frauen gerettet. Und jetzt will ich *dich* glücklich machen.«

Q hielt die Luft an und beobachtete mit unlesbarer Miene, wie ich eine Hand ausstreckte und sie um seinen Hals legte. Er richtete sich kerzengerade auf, als ich zudrückte. Seine Macht loderte bei der Vorstellung auf, dass er sich von mir dominieren ließ. Ich hatte alles gesagt, was ich ihm sagen wollte. Ich musste nur noch seine Zustimmung hören, um zufrieden zu sein.

Ich presste die Hand fest gegen seine Kehle und flüsterte: »Hat es dir wehgetan, mich wegzuschicken?«

Als er nicht antwortete, lehnte ich mich vor und schloss die Finger noch enger um seinen Hals. Er schluckte unter meiner Berührung und sein maskuliner Adamsapfel hüpfte auf und ab.

Er funkelte mich an und focht eine innere Schlacht aus. Ich wusste, dass er mich abschütteln wollte – und er hätte es mit Leichtigkeit geschafft. Es gab nichts, was ich hätte tun können, um ihn davon abzuhalten. Aber er ließ zu, dass ich ihn beherrschte, nur für einen Moment. Schließlich löste sich etwas in seinen Augen und seine herzzerschmetternde Leidenschaft flammte wieder auf. Er nickte. »Ja.«

Ich konnte kaum noch atmen. »Ja, es hat dir wehgetan?«

Er wackelte mit den Schultern und schüttelte mich ab. Dann stellte er sich vor mich, saugte die Schatten des Raumes in sich auf und knisterte förmlich vor Energie. »Ja, es hat verdammt wehgetan. Seit Wochen schlafe ich furchtbar schlecht. Ich kann nicht mal mehr in mein eigenes Schlafzimmer, weil ich dort sofort hart werde. Verflucht, ich komme zweimal am Tag, bei der Erinnerung, wie du dich unter der Peitsche gekrümmt hast. Wie rot deine Haut geblüht hat.« Er verstummte, heftig atmend. Sein Körper flehte meinen verzweifelt an und es fiel mir schwer, hart zu bleiben.

Er fuhr sich mit beiden Händen über den Kopf und zwang sich weiterzusprechen, so als wäre dieses Geständnis das Schwerste, was er jemals hatte tun müssen. »Du bist alles, wonach ich gesucht habe, und das jagt mir eine Scheißangst ein. Du willst, dass ich dir wehtue! Du bist verdammt noch mal wahnsinnig, mich so zu reizen.« Mit der Schnelligkeit einer Kobra küsste er mich, hart. »Ich bin außer mir vor Angst, dass ich dich am Ende töten könnte.«

Wir blickten einander in die Augen, völlig überwältigt von der Wahrheit. Mein Blut kochte bei dem Gedanken an seine tiefsten Begierden.

Mit zitternden Händen knöpfte ich sein Hemd auf. Bei jedem Knopf keuchte er noch heftiger, bis sich sein bebender Brustkorb anspannte. Ich streifte das offene Hemd und sein Jackett ab. Meine Atmung ging im selben Rhythmus wie seine.

»Hör auf, Tess.«

Ich schluckte. »Du wirst mich nicht töten. So weit würdest du nicht gehen.« Ich streichelte die tätowierten Sperlinge auf seiner Haut, folgte seinen Rippen und den festen, perfekt definierten Muskeln. »Ich weiß, dass du verurteilst, was mit den Frauen passiert ist, die du rettest. Du wirst mich nicht in einen gebrochenen Schatten meiner selbst verwandeln. Deine Brutalität nährt mich.« Ich beugte mich nach unten, biss in seinen Nippel und wünschte mir sehnsüchtig, mit meinen Zähnen sein Blut fließen zu lassen. »Was immer du mir gibst, ich kann es aushalten … solange ich nur weiß, was du fühlst.«

Meine Finger strichen über die Dornenzweige und den Stacheldraht an seiner Seite und ich zog ihn noch näher zu mir heran.

Q weigerte sich jedoch standhaft, sich zu rühren. Er lehnte meine Bitte mit angespannten Rückenmuskeln ab.

Ich stöhnte. Ich liebte seine Stärke. Seine Kontrolle. Aber ich wollte ihn näher an mir. Mit wildem Blick presste ich mich von den Zehen bis zur Brust an ihn.

Q knirschte mit den Zähnen, seine Augen weiteten sich vor Lust. Er stand vollkommen still und sagte kein Wort. Seine Kraft und seine Wut erfüllten bedrohlich die komplette Bibliothek.

»Sag etwas …«, flüsterte ich. »Sprich mit mir …«

Q holte erneut zitternd Luft, als ich mich auf die Zehenspitzen stellte und an seiner Unterlippe leckte.

Er entspannte sich ein wenig.

Die Muskelwölbungen an seinem unteren Rücken zuckten und er lehnte sich zu mir. »Ich werde niemals genug kriegen«, raunte er. *»C'était la plus grosse erreur de ma vie de te renvoyer chez lui.«* Es war der größte Fehler meines Lebens, dich fortzuschicken.

Überschäumende Freude. Völlige Glückseligkeit.

»Du willst mich behalten? Zur Hölle mit der Polizei?« Ich leckte über den Rand seiner Lippen und fing sein zitterndes Seufzen ein.

»Es gab keine Abmachung mit der Polizei. Sie haben mir nur dazu gratuliert, dass ich eine so starke Sklavin gerettet habe.«

Die Zeit blieb abrupt stehen. *Was?*

Ich zog mich von ihm zurück und schrie auf, als Q mich anschnauzte: »Du kannst mich nicht so reizen und dann erwarten, dass du damit davonkommst, ohne dafür zu bezahlen.«

Er schlang die Arme fest um mich und hob mich vom Boden auf, als würde ich gar nichts wiegen. Er trug mich zum Schreibtisch hinüber und fegte ihn mit einer schnellen Bewegung leer. Stifte klapperten, Papier flatterte und ein Laptop krachte auf den Boden.

Q warf mich auf die Platte und presste die Hüften brutal gegen meine.

Hitze dampfte und Worte zerfielen zu Asche, aber ich klammerte mich an meinen klaren Verstand.

Ich bog den Rücken durch und krallte mich in Qs Unterarme. »Hör auf … Was meinst du damit?« Ich verlor bereits die Kontrolle über meinen Körper, aber ich musste es verstehen. Was zur *Hölle* meinte er damit?

Q stöhnte und stieß mit seinem steifen Schwanz zu. Ich schlang automatisch die Beine um ihn, erregt, erfüllt von einem Strom aus Lava und Lust.

»Die Polizei weiß, was ich tue. Sobald es den Mädchen … besser geht … findet die Polizei ihre Angehörigen und bringt sie zurück nach Hause.« Er schloss die Augen und stieß erneut zu. Sein Körper vibrierte vor Verlangen. Er lachte finster und beugte sich über mich. »Sie mischen sich schon in mein Liebesleben, seit ich 16 bin. Sie dachten, du wärst anders. Sie haben angedeutet, dass ich dich angefasst hätte, anstatt dir zu helfen.« Seine Augen versengten mich mit glühender Jade. »Es hat mir eine Scheißangst eingejagt. Sie haben die Wahrheit erkannt und ich wusste, dass ich dich wegschicken musste, bevor ich dich umbringe oder, noch schlimmer … dich in das verwandele, was andere kranke Meister ihren Sklaven antun.«

Er hielt inne und die plötzliche Stille jagte mir einen eisigen Schauer über den Rücken.

»Erkennst du es denn nicht? Ich habe mich zu sehr darum gekümmert, was *ich* wollte. Ich habe ein Versprechen gegeben. Und ich werde diesen Schwur nie wieder brechen.«

Meine Welt stellte sich auf den Kopf, verwandelte sich von einer Kugel in eine Scheibe. Schwarz und Weiß wurden dieselbe Farbe, Nacht wurde Tag.

Endlich.

Das Rätsel Q Mercer ergab einen Sinn. *Ich* passte in die letzte Lücke des Puzzles. Ich wollte ihn umarmen, beißen, schlagen und ihm die Seele aus dem Leib ficken. Er hatte mich aufgegeben, weil ich ihm etwas bedeutete. Obwohl er geschworen hatte, dass das niemals passieren würde.

Ich lachte. Männer! Herrlich dämliche, egoistische Männer.

Mein Mann.

Mein.

Er blickte mir tief in die Augen und rührte sich nicht, abgesehen vom sanften, kaum merklichen Pulsieren seiner Hüften. Ich bäumte mich auf und stöhnte, als mich sein Reißverschluss durch das Kleid neckte.

»Brich dein Versprechen. Jetzt. Mit mir.«

Q schüttelte den Kopf, presste die Hüften jedoch noch fester gegen mich. »Ich kann niemals ausbrechen und frei sein.«

Er stöhnte, als ich hochschoss und ihn küsste. Ich schlang die Arme um seinen Hals und legte alles, was ich war, in diesen einen Kuss.

Er kämpfte für eine Millisekunde dagegen an, bevor er den Kuss erwiderte, die Zunge mit Gewalt ganz tief in meinen Mund tauchte und mich völlig in Besitz nahm. Mein Hirn zerbröselte, mir stockte der Atem und ich konnte nicht mehr denken. Ich fühlte nur noch.

Ich knabberte an seiner Lippe und bekämpfte seine Zunge mit meiner. Wir trugen einen wortlosen Kampf aus und unsere Herzen rasten im selben Takt.

Plötzlich löste er sich aus dem Kuss, aber statt Lust und ungezügelter Begierde sah ich … Traurigkeit. Bedauern.

Ich spreizte die Beine noch weiter. Ich würde auf keinen Fall zulassen, dass er zu viel über das hier nachdachte. Er keuchte lustvoll und ich drückte den Rücken durch und schnurrte wohlig, als ich seine Steifheit spürte. »Ich brauche dich – ich brauche es, dass du mir wehtust.«

Etwas Dunkles schwebte schwer durch die Luft und ich musste mein Lächeln verbergen. Quincy war dabei, gegen Q zu verlieren. Schwarze Sehnsucht riss allmählich den Käfig ein, in den er sich selbst eingesperrt hatte. *Ich gewinne.*

»Du *brauchst* mich? Oder du *willst* mich?«, knurrte er, biss die Lippen zusammen und stieß hart zu.

Ich zitterte und wand mich, neckte ihn, ließ die lüsterne kleine Sklavin vor dem diabolischen Meister baumeln. »Macht das einen Unterschied?«, keuchte ich.

Für mich gab es keinen. Beides war wichtig. So wichtig, als ginge es um Leben und Tod. Mein Körper überhitzte und betete um Erleichterung.

Q zwickte meinen Nippel durch das seidige Kleid, verdrehte ihn und entlockte meiner Kehle einen weiteren Schrei.

»Brauchst du mich als Mann oder als deinen Meister?« Er zerbiss die Worte förmlich. An seinem Hals trat eine Ader hervor, als er den Reißverschluss der Hose öffnete und seine drängende Erektion herausholte. »Ist es das, worum du mich anflehst, *esclave?*«

Ich nickte und war nicht in der Lage, den Blick von seinem riesigen, köstlich steifen Schwanz abzuwenden. »Ja. Gott, ja.«

Er knüllte mein Kleid an den Schenkeln zusammen und er schob mein Höschen beiseite. Sein Finger verschwand ohne zärtliches Vorspiel in mir, aber ich war bereits klatschnass für ihn. Ich bog mich in seine Berührung und wimmerte vor Dankbarkeit. So lange. Es war so lange her, dass ich diesen Rausch gespürt hatte.

Er schmierte die Feuchtigkeit über meine Klitoris und ich schlang die Beine noch enger um ihn und rekelte mich in scharfer Lust. »Q … Meister.«

Er brach den Augenkontakt nicht ab, griff mit einer Hand um das Vogel-Tattoo auf meinem Handgelenk und hielt mich mit seiner Dominanz gefangen. Seine Berührungen durchströmten mich mit sexueller Macht und er beherrschte meinen Willen allein durch seinen sanften Druck.

»Versprichst du mir, dass du es mir sagst, wenn ich zu weit gehe? Versprichst du mir, dass du niemals zulassen wirst, dass ich deinen Geist breche, deinen Widerstand, deine Kraft? Versprichst du mir, dass du immer stark sein wirst?« Sein Finger bohrte sich tiefer und streichelte meinen G-Punkt.

Mein Kopf war völlig leer. Er wollte, dass ich es versprach? Von mir aus. Ich konnte es ihm versprechen. Ich war hierhergekommen, um ihm alles zu geben. Wenn er einen Blutschwur brauchte, dann würde ich ihm auch das geben. Ich würde jeden Vertrag unterschreiben, wenn das bedeutete, dass Q sich mir voll und ganz hingab.

Sein Finger rammte sich unfassbar tief und zerrte dunkle Begierden an die Oberfläche. Ich verkrampfte mich gierig, lechzte verzweifelt nach mehr. »Antworte mir, *esclave*«, keuchte er.

Ich blickte tief in seine Augen und nahm uns beide gefangen. Seine Iris glänzten dunkel und trunken, die Lider waren schwer vor Lust. »Ich schwöre, dass ich bis zum Tod gegen dich kämpfen werde, bevor ich zulasse, dass du mich brichst.«

Q zog den Finger aus mir heraus und streckte den Arm über meinem Kopf nach einem Brieföffner aus. Beim Anblick der scharf schimmernden Klinge raste mein Herz noch wilder.

»Ich bin Geschäftsmann, Tess. Ich nehme Versprechen nicht auf die leichte Schulter.«

Ich setzte mich auf und schob das Kleid nach unten, um mich zu bedecken. Mein Körper vibrierte nach seiner

Bewegung, aber ich erkannte, wie wichtig das hier für ihn war. Meine Brust schmerzte. Q würde sich einverstanden erklären, mich zu behalten. Mir zu erlauben, seine Welt mit ihm zu teilen. Ich wartete voller erregter Vorfreude. Ich würde alles tun, damit er sich keine Sorgen mehr machte.

»Du bittest mich, dich wie eine Sklavin zu behandeln, aber auch mein Leben mit dir zu teilen?« Seine Miene wirkte wieder verschlossen – Q durch und durch. »Du willst es mir erlauben, dich zu kontrollieren, aber auch meine gleichberechtigte Partnerin sein?«

Ich nickte. »Ganz genau.«

Seine Augen blitzten auf und die Finger krallten sich fester um den Brieföffner. »Ich wäre beinahe gekommen, um dich zurückzustehlen, weißt du?«

Mein Herz schaltete einen Gang höher und ich kämpfte das leise Lächeln hinunter. »Wirklich? Warum?«

Er schnaubte und grinste schief. »Du weißt, warum. Ich bin durch die reine Hölle gegangen. *J'étais malheureux sans toi.*« Es ging mir furchtbar ohne dich. Mit einem schweren Seufzen fügte er hinzu: »Das andere Mädchen, Sephena, ist von irgendeinem sadistischen Dreckschwein aus Teheran zu uns gekommen, eine Woche, nachdem du gegangen warst. Alles, woran ich denken konnte, warst du. Wie du durch meine Haustür gestürmt bist, spuckend und so voller Stolz.«

Er packte mit zornigen Fingern meinen Kiefer. »Franco musste sie hereintragen, weil sie vor lauter Angst vor ihrem neuen Meister in Ohnmacht gefallen ist – ganz anders als du mit deiner Wildheit.«

Er senkte den Kopf und starrte auf die Klinge in seiner Hand. Entschlossenheit und Akzeptanz krochen in seinen Blick. »Du darfst niemals, *niemals* zulassen, dass ich dich so komplett breche. Ich brauche dein Feuer, dein Temperament. Deinen unzerstörbaren Willen.«

Ich rutschte vom Schreibtisch und stellte mich auf die zerknitterten Dokumente, zweifellos ein weiterer Immobiliendeal. »Ich habe dir bereits mein Versprechen gegeben. Und du musstest mich auch nicht stehlen. Ich bin zurückgekommen.«

Er schluckte. Verwirrung und deplatzierte Sehnsüchte verschwanden aus seinem Gesicht. Wilde Erregung blitzte auf. Er richtete sich kerzengerade auf. Licht erhellte seine Dunkelheit, als er endlich begriff, was ich ihm anbot. Als er endlich begriff, dass ich stark genug war, mich gegen die Bestie zu behaupten, mit der er lebte, und ihr ein Halsband anzulegen. Ich würde zulassen, dass er mir wehtat, aber niemals, dass er mich zerstörte.

»Ich will versuchen, dir zu geben, was du willst – im Austausch gegen zwei Dinge.« Er zog mich an einer meiner blonden Strähnen zu sich und küsste mich unsanft auf die Lippen.

»Du musst mich nur darum bitten.«

Er raunte in meinen Mund: »Ich will, dass du für mich arbeitest. Ich weiß, dass du deinen Abschluss gemacht hast. Du bist qualifiziert.«

Ich blickte mit offenem Mund zu ihm hoch. Zwei Dinge warfen mich um: Erstens, dass er mir so sehr vertraute, dass er mich in seinem Multimillionen-Dollar-Unternehmen arbeiten lassen wollte, und zweitens, dass er mich offensichtlich überwacht hatte. Meine Seele schwang sich auf. Er hatte mich doch nicht wirklich gehen lassen. *Ich bin so glücklich, dass er mich gestalkt und ausspioniert hat.* Verdammt, das war ich wirklich. Geradezu ekstatisch vor Glück.

»Und das Zweite?«

»Ehrlich gesagt sind es noch zwei Dinge.« Er versteifte sich und schien sich innerlich zu wappnen. Zornige Leidenschaft glühte auf seinem Gesicht und schwere Wolken zogen auf. »Wenn du *jemals* wieder mit einem anderen Mann schläfst, dann, das schwöre ich bei Gott, bin ich nicht mehr verantwortlich für das, was ich dann tue. Du bist zu diesem Jungen, Brax, zurückgekehrt. Du hast einen Monat lang das Bett mit ihm geteilt. Das war für mich die schlimmste Art der Folter und ich weigere mich, das erneut durchzumachen.« Er atmete schwer und schüttelte den Kopf, die Augen voller Rage.

Ich warf mich auf ihn, küsste ihn, bestieg ihn. Er drückte sich in wilder Lust gegen mich und presste die Zähne auf meine Lippen, so als wollte er all meine Gedanken mit sich selbst füllen. Er hätte sich gar keine Mühe geben müssen – es war ihm ohnehin bereits gelungen. Als ich wieder atmen konnte, stammelte ich: »Das gilt auch für dich. Keine anderen Frauen. Ich bin die Einzige, die du auspeitschst und fickst.« Ich hielt ihm meine Tätowierung vors Gesicht und fügte hinzu: »Dieser kleine Vogel gehört in deinen Käfig. Aber sonst niemand.«

Er stöhnte, presste mich wieder gegen den Schreibtisch und kreiste mit den Hüften. Ich lehnte mich zurück, bis sich meine Schultern gegen das harte Holz drückten. Ich schnappte mir seine Krawatte und zwang ihn, sich auf mich zu legen und mich zu wärmen. Seine nackte Brust lockte mich unter dem aufgeknöpften Hemd. Ich strich mit den Fingern über seinen Rücken und er wölbte sich gegen mich. Es war mir egal, dass ich lüstern und schamlos, geil und quälend heiß war. Es war so lange her und ich brauchte ihn so sehr.

Q nickte. »Das klingt nur fair.«

Ich verpasste ihm einen sanften Klaps. »Und deine letzte Bedingung?« Ich keuchte heftig, als er mit den Lippen seitlich über meinen Hals strich und im Tal zwischen meinen Brüsten verschwand.

Q biss durch das Kleid in meinen Nippel. Blitze der Lust zuckten durch meinen Bauch. »Ich will einen Mord begehen.«

Mein Herz hörte auf zu schlagen.

»Ich werde die Dreckschweine auslöschen, die dir wehgetan haben. Ich werde persönlich dafür sorgen, dass ihre gesamte Organisation dem Erdboden gleichgemacht wird.«

Ich wich zurück und blickte in seine wütenden Augen. Ich konnte nicht mehr atmen. *Er will dieselbe Rache wie ich.* Ich hatte ihn noch nicht einmal darum bitten müssen. Er blickte tiefer in mich hinein, als ihm klar war. So unkonventionell unsere Beziehung auch sein mochte, sie war richtig. Sie war perfekt. Q verstand mich auf einer viel tieferen Ebene als der zwischen Mann und Frau.

Ich war mir absolut sicher, dass er für mich bestimmt war – und ich für ihn. Zwei Hälften derselben abgefuckten Perversion. Zwei Seelen, entsprungen aus denselben kranken Begierden, die erst wirklich frei sein konnten, nachdem sie einander gefunden hatten.

Ich schlang die Arme um ihn und atmete seinen schweren Duft von Zitrus und irgendetwas Dunklerem ganz tief ein – irgendetwas, das mir sämtliche Energie aus dem Körper saugte. Meine Seele schwebte aus meiner sterblichen Hülle, bereit, völlig in Besitz genommen zu werden.

»Du bist der Eine für mich, Q Mercer. Das warst du immer.«

Q errötete – das erste Mal, dass ich diesen so starken, kühnen Mann verlegen sah. Seine perfekt gemeißelten Wangenknochen färbten sich rosa und ich schmolz völlig dahin. *Werde ich mich jemals daran gewöhnen, wie viel er mir bedeutet? Will ich das überhaupt?* Ich wollte mein Leben im siebten Himmel verbringen. In ständiger Ehrfurcht. In ständigem Verlangen.

Q biss die Zähne zusammen und ließ den Brieföffner über das straffe Fleisch seiner Handfläche gleiten. Eine kleine Linie aus Blut quoll hervor. Mit der anderen Hand packte er meine und blickte mir tief in die Augen, als er meine Haut auf dieselbe Weise zerschnitt.

Das Brennen war gar nichts. Ich hieß es willkommen. Ich wusste, was Q tun wollte. Es ergab absolut Sinn und war nur logisch. Kein anderer hätte erkannt, wie sehr ich mich danach sehnte, unsere Essenz, unsere Lebenskraft miteinander zu vereinen. Aber er tat es.

Dies war ein Vertrag zwischen zwei Monstern, die in der Dunkelheit kämpften. Unser Blut war die Tinte, mit der wir den Deal unterzeichneten – einen Deal der Schmerzen und der unendlichen Lust.

Wir drückten unsere Hände fest aufeinander. Sämtliche Elemente des Universums schossen mit einem lyrischen Donnern durch seinen Körper in mich. Ich bebte, als Q raunte: »Ich schwöre, dich zu beschützen, dich zu verzehren, diejenigen zu jagen, die dir wehgetan haben, und dir das Leben zu geben, das du verdient hast. Mein Vermögen gehört dir. Meine Geheimnisse gehören dir. Und ich werde dir die Leichen der Männer schenken, die dir wehgetan haben.«

Unser Pakt brachte meinen ganzen Körper zum Vibrieren.

»Ich schwöre, jede Stunde jedes einzelnen Tages gegen dich zu kämpfen.«

Seine Lippen verzerrten sich zu einem grausamen Lächeln. »Willkommen in meiner Welt, *esclave*. Ich kämpfe jede *Sekunde* gegen mein Verlangen.«

Wir lösten unseren Griff und er schmierte unser vereintes Blut auf mein Tattoo. »Du bist der erste von mir freigelassene Vogel, der wieder zu mir zurückgekehrt ist. Der einzige Vogel.«

Tränen verschleierten meinen Blick, als ich seine Wange streichelte. »Ich bin schon mein ganzes Leben lang zu dir gerannt. Ich wusste es nur nicht. Meine Freiheit liegt in deiner Gefangenschaft, Q. Ich fliege, wenn ich bei dir bin.«

Er leckte sich über die Lippen, anbetungsvolle Ehrfurcht und wilde Lust in den Augen. »*Je suis à toi.*« Ich bin dein.

Ich schüttelte den Kopf. »*Nous sommes les uns des autres.*« Wir gehören einander.

EPILOG

Q MERCER

Vor 20 Jahren

Die Stille war mein Freund. Das war sie immer gewesen. Und wahrscheinlich würde sie das auch immer sein.

Die Luft schien mich zu tragen. Sie löschte die Geräusche aus, die ich machte, und verwandelte mich in einen Schatten. Ich bewegte mich lautlos – wie ein Geist, ein Phantom. Niemals ein Laut, niemals ein Geräusch.

Einmal verloren mich meine Eltern für zwei volle Tage, obwohl ich das Haus nie verließ. Ich verschwand einfach in der riesigen, weitläufigen Villa, die wir unser Zuhause nannten, und schwebte von einem Zimmer zum anderen. Stahl Essen aus der Küche und campte in riesigen, unbenutzten Kaminen.

Geheimnisse ließen sich vor einem stillen, wissbegierigen Achtjährigen nur schwer verbergen. Ich erkannte die Wahrheit, sah, was wirklich vor sich ging, und mir wurde furchtbar übel dabei.

Meine Mutter wusste es ebenfalls, unternahm jedoch nichts und zog Pfirsichschnaps und Baileys meinem Vater vor. Mein Vater wiederum zog Sklavinnen seiner Frau vor.

Ich war fünf, als ich zum ersten Mal die Schreie hörte. Gutturale Hilferufe, vollkommen verstört und mit gebrochenem Herzen, gefolgt von einem grauenvollen Stöhnen der Lust und Ekstase.

An jenem Tag schlüpfte ich zum ersten Mal in das verbotene Zimmer und beobachtete heimlich, wie mein Vater ein Mädchen verprügelte und vergewaltigte. Ihr Hintern leuchtete rot, während er sich immer wieder von hinten in sie hineinrammte.

Mein kleines Herz raste. Ich wusste, dass ich das nicht hätte sehen sollen. Ich verstand es nicht. Irgendetwas Schlimmes passierte hier, aber ich war noch zu naiv, um zu begreifen, was es war. Und doch wusste ich es tief in meinem Inneren ganz genau.

Mein Vater tat einer Frau weh, die nicht wollte, dass man ihr wehtat. Sie war nicht unartig gewesen wie ich manchmal. Sie schrie und heulte nur und kauerte sich zu einem Ball zusammen. Und dennoch schlug sie mein Vater mit Fäusten und Peitschen. Genoss ihre Schreie und verwandelte sich vor Vergnügen in einen lilagesichtigen Pavian.

Die Szene fügte mir Narben fürs Leben zu und veränderte mich unwiderruflich. Ich überschlug mich beinahe und behandelte alle Lebewesen mit sanfter Freundlichkeit. Die Köchin ertappte mich immer wieder dabei, wie ich Vögel, Mäuse und andere Waldtiere fütterte.

Meine Mutter stürzte sich immer tiefer in ihre Liebesaffäre mit fruchtigem Alkohol und ließ mich mit einer wirres Zeug faselnden Säuferin zurück.

Mein Vater baute inzwischen seinen Besitz aus.

Er besaß bereits einen ganzen Stall voller Autos: Bugattis, Audis, Ferraris und Porsches. Außerdem gehörte ihm ein Stall voller Vollblüter und Weltklasserennpferde. Aber das reichte ihm nicht. Er wollte Menschen. Mädchen. Er wollte sie *besitzen*.

An meinem achten Geburtstag brachte er seine zwölfte junge Stute nach Hause. Sie trat um sich und kreischte, bis er sie so fest schlug, dass sie das Bewusstsein verlor. Ein kompletter Flügel des Hauses war abgesperrt und einzig für seine Neuanschaffungen reserviert. Das Personal hatte dort keinen Zutritt.

Ich hatte jedoch Geheimnisse, die er nicht kannte. Versteckte Gänge in den Wänden – kein Schloss konnte mich fernhalten.

Ich beobachtete ihn aus meinem Versteck in Lüftungsschächten und Hohlräumen in den Wänden. Übelkeit übermannte mich, als ich die grauenvollen Verbrechen sah, die er an diesen zerbrechlichen Frauen beging.

Anstatt wie andere Jungen die erste Erregung der Pubertät zu durchleiden, legte sich ein Mantel der erregten Scham über mein Leben. Ich suhlte mich in Schuldgefühlen. Mein eigen Fleisch und Blut zerstörte das Leben anderer Menschen. Stahl ihnen die Freiheit und verwandelte sie in zerbrochene Besitztümer.

Ich hatte meinen Vater noch nie geliebt, und Tag für Tag wuchs mein Hass auf ihn. Ich hasste ihn dafür, dass er mich erschaffen hatte. Ich wollte nichts mit ihm zu tun haben. Ich wollte, dass er verschwand.

An meinem 13. Geburtstag brach ich in den Stall ein, als mein Vater nicht da war.

Die Mädchen blickten mit rot umrandeten Augen und voller Angst zu mir auf. Ich wusste nicht, warum ich gekommen war. Um ihnen mein Mitgefühl auszusprechen? Sie zu trösten? Ich kam mir so dumm vor, als ich vor ihnen stand. Ich bot an, ihnen alles zu bringen, was sie wollten, zum Beispiel Essen aus der Küche zu stehlen. Alles, wenn nur diese Hoffnungslosigkeit aus ihren Augen verschwand.

Aber sie weinten nur und versteckten sich vor mir. Sie rannten sogar vor einem dürren 13-jährigen Jungen davon.

Ihre Angst stank regelrecht und ich hielt es dort nicht länger aus. Aber ich schuldete ihnen etwas, irgendwas – immerhin war es mein Vater, der sie zerstört hatte. Es war an mir, das wiedergutzumachen. »Bitte. Ich will euch nicht wehtun.« Meine Hoden hatten sich noch nicht abgesenkt und meine Stimme klang genauso hoch wie ihr hilfloses Winseln.

Nicht eins der Mädchen näherte sich mir an diesem Tag, aber ich konnte trotzdem ihre blauen Flecken erkennen, die Schatten unter ihren Augen, die geisterhafte Leere in ihren Seelen. Ich konnte nicht länger einfach wegsehen.

Am nächsten Tag kehrte ich zurück und sprach das eine Wort aus, von dem ich geschworen hatte, es niemals auszusprechen. Das Wort, das mein Vater so oft benutzte. »*Esclave*, gehorche mir.«

Sofort versteiften sich die Mädchen und fielen auf die Knie. Alle zwölf verbeugten sich vor mir und ihre langen Mähnen in unterschiedlichen Farben küssten den Boden.

Das war der Tag, an dem ich lernte, was das Wort »gebrochen« wirklich bedeutete. *Sie* waren gebrochen. Vollkommen. Und ich konnte es nicht ertragen. Mit einem einzigen Befehl waren sie mein und ich hasste ihre Schwäche ebenso sehr, wie ich meinen Vater dafür hasste, dass er diese elenden Kreaturen erschaffen hatte.

»Kriecht zu mir«, befahl ich.

Ich hörte das Schaben von Haut auf dem Teppich, als der Kreis der nackten Sklavinnen mir gehorchte.

»Anhalten.«

Sie taten es. Sofort. Völliger Gehorsam.

Ich stand in einem Kreis aus Frauen und leistete einen Schwur. Ich würde ihnen helfen. Niemand sollte so gebrochen werden, dass er nicht wieder heilen konnte. Kein Mensch hatte das Recht, ihnen ihr Leben zu stehlen.

Ich würde zu ihrem Retter werden, sie heilen und ihre geistige Gesundheit wiederherstellen.

Drei Jahre vergingen, bevor ich in den Besitz einer nicht zurückzuverfolgenden Schusswaffe gelangte. Auf dem Internat in London war es mir möglich, mich unter meine reichen, gelangweilten Mitschüler zu mischen – und das bedeutete Verbindungen. Kriminelle klebten an den Reichen wie Fliegen an verdorbenem Fleisch und ich nutzte diese Tatsache für mich aus.

Ich erlangte einen gewissen Ruf und galt als verschlossen und wütend, obwohl ich die ganze Zeit nur Pläne schmiedete, wie ich meinen Vater seiner gerechten Strafe zuführen konnte. Der Ruf meiner Familie eilte mir voraus und die Menschen fürchteten mich. Sie fürchteten meine Macht, mein Erbe als skrupelloser Tycoon.

Ich unternahm nichts, um ihr falsches Bild von mir zu korrigieren. Angst war eine mächtige Waffe, das wusste ich. Ich sah, wie Angst die Frauen meines Vaters beherrschte.

Zwei Wochen später begannen die Schulferien. Ich reiste mit dem Zug und meinem Lederkoffer nach Hause, eine schwere schwarze Pistole im Hosenbund.

Ich hasste es, nach Hause zu fahren. Dort gab es nichts für mich. Nur das unsterbliche Verlangen nach Rache.

Meine Mutter war ein Jahr zuvor an einer Alkoholvergiftung gestorben, aber ich hatte damals nur Leere empfunden. Sie war zwar meine Mutter gewesen, aber sie hatte ihrem einzigen Sohn niemals Aufmerksamkeit geschenkt. Ich war weder Bourbon noch Shiraz und daher nicht von Bedeutung.

Madame Sucre hieß mich zu Hause willkommen und ich verkroch mich in meinem Zimmer und reinigte meinen neuen Besitz. Ich starrte auf die glänzenden Kupferkugeln und begrüßte den Zorn und die Wut.

Um zwei Uhr morgens ging ich auf die Jagd. Die Nacht war die Spielzeit meines Vaters. Ich wusste, wo ich ihn finden würde.

Ich schlich mich in völliger Stille durch das Haus, die Finger fest um meine neue Errungenschaft geschlossen.

Das Wimmern der Mädchen durchbohrte meine Brust. *Bald. Bald werdet ihr frei sein.*

Ich wusste, dass sie mir für das dankbar sein würden, was ich gleich tun wollte. Auch meine eigene geistige Gesundheit würde es mir danken. Schon bald musste ich nicht mehr mit den Schuldgefühlen leben, weil ich es meinem Vater erlaubte, weiter so vielen unschuldigen Frauen wehzutun.

Mein Vater hörte nicht das Geringste.

Ich stellte mich direkt neben ihn, während er eines der Mädchen fickte und sich an ihren Zöpfen festhielt, als wären sie Haltegriffe. Sein Alter-Mann-Arsch wabbelte mit jedem Stoß. Ich verzerrte angewidert den Mund und knurrte. Die Tränen des Mädchens setzten mein Innerstes in Brand.

Ich hob die Pistole und testete ihr Gewicht. Meine Hand war trocken – weder verschwitzt noch nervös. Mein Herz schlug gleichmäßig und kräftig.

»Genieß deinen letzten Fick, Vater. Es ist das Letzte, was du jemals tun wirst.«

Mein Vater, Mr. Quincy Mercer der Erste, hielt mitten im Stoß inne, das Gesicht schreiend rot, die Wangenknochen zitternd.

»Was machst du hier drin, du kleines Stück Scheiße? Raus! Ich hab dir doch gesagt, dass dieser Teil des Hauses für dich verboten ist.«

Die im gesamten Raum verteilten Mädchen, die in schrecklichen Positionen gefesselt waren, begannen zu weinen. Bei einigen hatte er den Hals an die Fußgelenke gebunden, andere hingen kopfüber von der Decke. Tränen strömten, aber in ihren Augen schimmerte sanftes Licht. Hunger, Rache, Freiheit breiteten sich aus wie ein Lauffeuer und zertrümmerten die Fesseln ihrer Gebrochenheit.

Ich sagte kein weiteres Wort. Was gab es schon zu sagen? Ich drückte den Abzug.

Rot sprühte wie ein grausiges Feuerwerk. Das Gehirn meines Vaters spritzte auf das Mädchen, das er noch immer mit seinem Schwanz pfählte.

Sie schrie auf, krabbelte davon und wischte sich mit zitternden Händen das Gesicht ab.

Der komplette Raum erzitterte vor Dunkelheit. Ich war der neue Besitzer des Mercer-Imperiums. Mit 16 Jahren erbte ich all seine Besitztümer, einschließlich dieses Stalls voller Frauen.

Für einen kurzen Moment wurde mein Penis bei dem Gedanken daran ganz steif, dass ich das Erbe meines Vaters fortsetzen könnte. Es wäre so einfach gewesen, eines der gefesselten Mädchen zu schänden, das sich weder bewegen noch mich aufhalten konnte. Ich könnte meine Jungfräulichkeit an eine Sklavin verlieren. Ich konnte tun, was immer ich wollte. Ein ruchloser Tycoon sein, genau wie mein alter Herr.

Aber als ich dort stand und mein Geist von Dunkelheit überflutet wurde, wusste ich, dass ich diesen Weg niemals beschreiten konnte.

Aber verdammt, ich wünschte es mir so sehr. Ich *sehnte* mich nach dem Gefühl zu unterdrücken. Ich *lechzte* nach einer Frau, die meinen Schwanz unter Zwang lutschte. Ich *hasste* mich inbrünstig.

Letzten Endes war ich wohl doch der Sohn meines Vaters. Irgendwie war dieses Böse in dem Augenblick, in dem ich ihn getötet hatte, auf mich übergesprungen. Ich hätte mir am liebsten selbst eine Kugel in den Kopf gejagt, weil ich wusste, dass ich mich niemals von diesen monströsen Trieben würde befreien können.

Ich musste hier weg. Hastig befreite ich die Frauen und brachte ihnen alte Kleider von meiner Mutter.

Die Mädchen nahmen wortlos, was ich ihnen gab, hielten den Blick die ganze Zeit gesenkt und den Mund geschlossen.

Jene Nacht markierte einen Neuanfang. Für uns alle.

Ein Jahr später war meine Heilung der zwölf Frauen abgeschlossen. Ein paar der Mädchen verließen mich sofort, nachdem ich sie befreit hatte. Ich gab ihnen Geld und schickte sie zu ihren Lieben zurück. Einige von ihnen blieben jedoch länger – sie benötigten psychologische Betreuung. Ich brachte sie ins örtliche Krankenhaus und übernahm sämtliche Kosten.

Ich musste mir keine Lügen darüber ausdenken, was mit den Mädchen geschehen war. Alle kannten meinen Vater und seine kranken Vorlieben. Er belieferte eine Menge anderer kranker Arschlöcher im Dorf mit Spielzeug. Er vermietete sie für mehrere Tausend und es war ihm egal, wenn einige von ihnen nicht wieder lebend zurückkehrten.

Ich war aus demselben Holz geschnitzt, auch wenn ich der Bestie in mir widerstand. Ich wollte nichts lieber, als diese Mädchen einzusperren und anzuketten, damit sie sich meinen Begierden unterwarfen, aber ich gab diesen Trieben niemals nach. Ich kämpfte stets dagegen an. Und hatte stets damit zu kämpfen.

Das letzte Mädchen, das mich verließ, war die Tochter eines Scheichs. Sie war ein Geschenk für ein lukratives Immobiliengeschäft im Nahen Osten gewesen. Nach sechs Jahren in Gefangenschaft empfand sie eine Art kranker Loyalität mir gegenüber, weil ich sie befreit hatte.

In der Nacht, bevor sie abreiste, sperrte sie mich in meinem Schlafzimmer ein. Es war den Mädchen erlaubt, sich frei im Haus zu bewegen, damit sie sich ganz langsam wieder an die Freiheit gewöhnten.

Sie schloss die Tür und zeigte mir mit einem einzigen Klicken des Schlosses, was sie wollte.

Ich versuchte, mich ihr zu widersetzen. Ich versuchte, sie wegzustoßen. Sie schuldete mir gar nichts, am allerwenigsten ihren Körper. Aber sie übernahm die Kontrolle und brachte mich dazu, Dinge zu tun, die meinen Vater stolz gemacht hätten. Ich verlor meine Unschuld, aber nicht auf liebevolle oder zärtliche Weise, sondern mit Schlägen und Erniedrigung.

Als alles vorbei war, verachtete ich mich selbst. Ich warf sie hinaus, verfrachtete sie in meinen Privatjet und schickte sie zurück nach Hause. Ich konnte es nicht ertragen, sie anzusehen. Sie erinnerte mich daran, wie tief ich gefallen war. Wie sehr ich dem Mann ähnelte, den ich am meisten hasste.

Die folgenden Jahre waren die reinste Folter. Ich brauchte ein Ventil, aber normaler Sex reichte mir nicht. Ich brauchte Gewalt, um zum Höhepunkt zu kommen. Ich brauchte das Gefühl vollkommener Unterwerfung und Inbesitznahme. Mein Blut war beschmutzt und ich würde niemals frei sein.

Dann kam es zu den ersten Bestechungen. Ich führte das Imperium meines Vaters zu weltweiter Dominanz und wurde immer öfter um Gefallen bei Immobiliengeschäften gebeten. Ein Gebäude hier. Eine Sondererlaubnis da. Ich hatte mächtige Freunde und erhielt zahlreiche Geschenke. Der Ruf meines Vaters eilte mir einmal mehr voraus, aber anstelle von Geschenkkörben erhielt ich Sklavinnen.

Es begann langsam. Einmal im Jahr. Dann zweimal. Bis ich schließlich überall dafür bekannt war, dass ich Frauenhändlern ihre Ware als Bestechung für einen Businessdeal abnahm. Es kostete mich ein Vermögen, aber ich rührte nicht eine von ihnen an.

Sie trafen bei mir ein, gebrochen, zitternd, hin und wieder unter Drogen, manchmal auch vollkommen zerstört. Ich wurde ihr Vater, Bruder, Freund.

Die meisten erholten sich wieder, aber einige ... konnte ich nicht retten.

Ich wandte mich an die örtliche Polizei und bat sie um Hilfe. Gemeinsam arbeiteten wir unermüdlich. Sie erklärten mich zum vorbildlichen Bürger und »Wohltäter«.

Dann kam Suzette. Ihr Körper war mit Bisswunden übersät. Das Haar war abrasiert, sie hatte Brandspuren von Zigaretten auf dem Körper und gebrochene Finger. Ich heuerte sofort einen Söldner an, der diesen speziellen Gefallen an die Männer zurückgab, die sie gebrochen hatten.

Es dauerte sechs Monate, bevor Suzette ihr erstes Wort sprach. Weitere sechs Monate, bevor sie zuließ, dass ich mich im selben Zimmer mit ihr aufhielt. Ganz langsam begann sie, sich nützlich zu machen, und stürzte sich in die Hausarbeit, als könnte sie als Dienstmädchen endlich unsichtbar werden, wenn sie es als Sklavin schon nicht gewesen war. Ich ließ sie gewähren.

Es half ihr. Ihre blasse Haut wurde allmählich rosiger, ihre Augen verloren den panischen Glanz und sie hörte auf, jedes Mal zu erschrecken, wenn ich lautlos neben ihr auftauchte.

Als ich sie fragte, ob sie bereit sei, nach Hause zurückzukehren, lehnte sie ab. Sie warf sich mir vor die Füße und flehte mich an, bleiben zu dürfen. Sie hatte niemanden, zu dem sie zurückkehren konnte, und gestand mir ihre Liebe. Sie wollte, dass ich sie auch liebte. Dass ich sie nahm, wie immer es mir gefiel. Aber ich konnte nicht. Ich konnte nicht so tief sinken, gebrochene Frauen zu benutzen. Ich hätte mich anschließend niemals wiedergefunden.

Stattdessen benutzte ich Professionelle. Lebte meine dunklen Fantasien mit Frauen aus, die gerne bereit waren, 10.000 Euro für ein paar Schmerzen zu akzeptieren. Aber ich war niemals befriedigt. Die Unzufriedenheit legte sich wie ein trockener Film über meine Kehle. Das war nun einmal das Opfer, das ich bringen musste. Ich würde niemals eine Sklavin anrühren.

Suzette spielte eine entscheidende Rolle für den Heilungsprozess der anderen Mädchen. Sie freundete sich mit ihnen an und sie fanden dadurch schneller ihr Glück wieder.

Unser kleines Team arbeitete jahrelang sehr gut zusammen. Ich konzentrierte mich jedoch eher auf Immobilien als darauf, Frauen zu retten. Ich expandierte mit meinem Unternehmen nach Südostasien, Fidschi, Neuseeland und Hongkong.

Und dann wurde meine ganze Welt auf den Kopf gestellt.

Esclave 58 kam zu mir.

In dem Moment, als sie über die Schwelle stolperte, schrien all die dunklen Begierden, all die Rage in mir auf.

Ich wäre am liebsten die Treppe hinuntergestürzt und hätte sie an Ort und Stelle genommen. Verdammt, ich wollte, wollte, *wollte* sie so sehr.

Sie war anders.

Sie war nicht gebrochen.

Zum allerersten Mal kam eine Sklavin fluchend und sehr lebendig zu mir. Intelligenz funkelte in ihren Augen und mein Schwanz rührte sich sofort und ließ sich nicht mehr kontrollieren. Ich wusste, dass ich nicht in der Lage sein würde, mich zurückzuhalten, und hasste sie dafür beinahe so sehr wie mich selbst.

Endlich hatte ich eine Frau getroffen, in der dasselbe Feuer und dieselbe Leidenschaft brannten wie in mir, und alles, was ich wollte, war, sie zu brechen. Ich wollte, dass sie mein war – auf jede nur menschenmögliche Weise.

Ich war ein krankes, krankes Arschloch und würde dank meiner Fantasien ganz gewiss in der Hölle enden.

Nachdem ich zwölf Jahre gegen die Bestie angekämpft hatte, sprang sie aus ihrem Käfig und weigerte sich, wieder hineinzukriechen. Ich konnte meinen lebenslangen Trieben nicht länger widerstehen. Sie übermannten mich, hielten mich als Geisel und ich schlüpfte mit einer solchen Mühelosigkeit in die Rolle des Meisters, als wäre es mein wahres Ich. Mein reales Ich. *Das Monster.*

Sie war mein.

Gegenwart

Sie schüttelte den Kopf und blickte mit taubengrauen Augen in meine schwarze Seele. »*Nous sommes les uns des autres.*« Wir gehören einander.

Zwei Emotionen kämpften in meiner Brust um ihren Platz. Die Bestie setzte zum Sprung an, bereit, ihr Angebot anzunehmen und sie zu demütigen und zu verletzen, während meine andere Seite sie am liebsten zärtlich in die Arme genommen hätte, dankbar dafür, dass sie bei mir war.

Nach allem, was ich getan hatte. Nach allem, was Lefebvre getan hatte ... Mein Herz raste. Dieser verfickte, schwanzlutschende Mistkerl. Schwarze Wut kochte bei dem Gedanken in mir hoch, dass er sie vergewaltigt hatte. Ich hätte am liebsten sein nicht markiertes Grab ausgehoben und ihn genüsslich zerstückelt. Eine einzige Kugel war zu gut für dieses Arschloch.

Aber Tess hatte überlebt. Sie war noch stärker geworden, strahlte noch heller. Sie war nicht gebrochen.

Ich presste mich erneut gegen sie. Mein Schwanz brannte und ich keuchte zwischen zusammengebissenen Zähnen. Ich wollte nichts mehr, als sie zu ficken, aber ich musste auch andere Triebe zähmen.

»*Nous sommes les uns des autres*«, wiederholte ich und küsste sie intensiv. Ihr leises Stöhnen raubte mir den Verstand. Wie hatte ich es nur geschafft, sie wegzuschicken? Sie aus meinem Zimmer zu werfen, nachdem sie zugelassen hatte, dass ich sie auspeitschte, bis sie blutete? Ich war ein verdammter Heiliger mit der Willenskraft eines Engels.

Ich hatte alles geopfert, weil ich mich weigerte, eine so perfekte Frau zu brechen. Eine Frau, die mit Temperament und Feuer in mein Leben geplatzt war und gedroht hatte, meine komplette Existenz niederzubrennen.

»Ich kann nicht glauben, dass du zurückgekommen bist«, flüsterte ich mit galoppierendem Herzen. Ich konnte noch immer nicht fassen, dass wir diesen Blutschwur getätigt hatten. Ich schmierte einen Rest von Rot auf ihren Hals und strich mit den Fingern über ihr Schlüsselbein.

Mein Blick fiel auf das Tattoo an ihrem Handgelenk. Heilige Scheiße, was hatte sie nur mit mir vor? Sie sprach die Dunkelheit in meinem Innersten an und bot mir trotz ihrer Angst die Stirn. Ich hätte sie am liebsten so lange verprügelt, bis sie mir endlich gehorchte, aber ihre Rebellion war mein Untergang.

Ich würde mich niemals von ihr befreien können.

Tess Snow.

Tess *esclave.*

Mein.

Nur mein.

Ich kann nicht länger warten. Sie ist aus freien Stücken zurückgekehrt. Jetzt bin ich an der Reihe.

Ich richtete mich auf, steckte meinen Schwanz wieder in die Hose und zuckte zusammen, als ich spürte, wie steif er war. Diese verdammte Frau hatte mich verzaubert. Tess blinzelte, blickte mich mit ihren berauschenden Bambi-Augen an und flehte förmlich darum, dass ich ihr wehtat und sie fickte.

Ich stöhnte. Wenn ich das tat, dann gab es kein Zurück mehr. Dann war sie alles, was ich brauchte. Ich musste auf ihren Schwur vertrauen. Auf das Versprechen, dass sie stark genug war. Ich betete zu Gott, dass sie recht hatte, denn ich gab den Kampf endgültig auf.

Das Monster brüllte, schlug gegen meine Brust, geiferte bei dem Gedanken daran, was vor ihm lag.

Ich war am Ende und sie war mein, im wahrsten Sinne des Wortes.

»Komm mit.« Ich packte ihr tätowiertes Handgelenk und zerrte sie aus der Bibliothek. Wir durchquerten das Foyer und ihr leises Keuchen steigerte meine Lust so sehr, dass ich dem Wahnsinn nahe war. Scheiße, ich brauchte sie. Ich brauchte ihre Schreie, ihre Begierde, ihr *Blut*.

Was für ein Mann brauchte es, eine Frau bluten zu sehen? Keiner, der bei geistiger Gesundheit war. *Ich bin infiziert. Vergiftet. Für die Hölle bestimmt.*

Ich knallte mit der Faust gegen die versteckte Tür unter der Treppe und ließ meine gewaltige Wut an den Holzpaneelen aus. Tess zuckte zusammen, wich jedoch nicht von meiner Seite.

Ich hob eine Augenbraue, als sich die Tür öffnete, und gab ihr eine letzte Gelegenheit, sich einzugestehen, dass sie einen riesigen Fehler begangen hatte. Nicht dass es einen Unterschied gemacht hätte. Ich würde sie nicht wieder gehen lassen. Willige Sklavin oder nicht. Die Bestie bevorzugte sie unwillig – weil ich krank war. So krank.

»*Je suis à toi*«, hauchte sie.

Ich biss die Zähne zusammen. Scheiße, ja, sie gehörte mir. Niemandem sonst. Sie konnte von Glück sagen, dass ich den dämlichen Jungen nicht aufgeknüpft und gevierteilt hatte, zu dem sie nach Hause zurückgekehrt war. Idiot. Jede Nacht neben ihr zu schlafen – sie zu berühren. Konnte er denn nicht sehen, was für einen einzigartigen Schatz er in ihr hatte? Meine Brust schwoll vor Stolz an. Tess hatte ihn für mich verlassen. Sie war zu viel für diesen Jungen. Sie brauchte einen Mann, in dem ein Dämon lauerte.

Ich hätte niemals geglaubt, dass ich eine weibliche Bestie mit denselben perversen Sehnsüchten finden würde.

Aber *sie* hatte *mich* gefunden.

Ein lustvoller Schauer jagte mir über den Rücken, als ich sie die Stufen hinunterzerrte. Die Lichter gingen automatisch an und erhellten die dunkle Teak-Bar, den Billardtisch, das Musikstudio und die Sauna.

Tess sagte kein Wort. Ihr Blick fiel auf den Billardtisch und ihr Brustkorb hob und senkte sich heftig. Gottverdammt, ich hatte es geliebt, sie in jener Nacht zu berühren. Ich war mehr als bereit gewesen, sie zu vergewaltigen, zu versuchen, das Kranke in mir mit diesem einen Akt zu vertreiben, aber sie hatte sich zu sehr gewehrt und mich zu heiß gemacht. Ich brauchte die Qual, die Spannung schier endlos in die Länge zu ziehen. Ich wollte mich selbst mit dem irrsinnig schmerzvollen Drang foltern, sie mit meinem Schwanz auszufüllen.

Ich war in jener Nacht ziemlich stolz auf meine Willenskraft gewesen. Wenn ich sie vergewaltigt hätte – wer weiß, ob sie dann überhaupt all die anderen Dinge verkraftet hätte, die ich ihr angetan hatte.

Tess prallte gegen mich, nicht in der Lage, die Augen von dem Billardtisch abzuwenden. Ich drückte sie fest an mich, nahm sie in meinen Armen gefangen und raunte ihr zu: »Erinnerst du dich noch an meine Finger in dir, *esclave?* Erinnerst du dich noch, wie feucht du warst? Selbst damals wusste dein Körper, dass du zu mir gehörst.«

Sie erschauderte, steif und angespannt, aber gleichzeitig geschmeidig und weiblich. »Wirst du zu Ende bringen, was du in jener Nacht begonnen hast? Mich auf dem Billardtisch nehmen?« Eine rosa Zunge schnellte zwischen ihren Lippen hervor, unendlich verführerisch.

Verdammt, ich konnte kaum noch stehen, so sehr schmerzte mein Schwanz.

»Nein. Ich habe eine andere Idee.«

Sie schnappte nach Luft und ihr Puls hämmerte wie wild in dem Handgelenk, das ich immer noch fest gepackt hielt.

Rationale Gedanken zwangen die geile Bestie in mir zu Boden. Ich verfiel in Panik. Wie zur Hölle sollte das funktionieren? Wie konnte ich ihr wehtun und … doch wieder nicht? Würde der kranke Drang, ihr die Seele aus dem Leib zu prügeln, jemals verschwinden? *Ich muss die ganze Zeit genau aufpassen, was ich tue und wie hart ich es tue.* Ich durfte mich niemals in meinen Vater verwandeln. Niemals.

Ich wirbelte Tess herum, hielt sie auf meiner Brust gefangen und rieb meinen Schwanz an ihrem Bauch. »Deine Haut ist zu makellos. Ich will Narben sehen.« Ich kniff die Augen zusammen. Ich klang wie ein kranker Wichser. Aber Scheiße noch mal, der Gedanke daran, sie dauerhaft zu kennzeichnen, brachte mich schier um den Verstand.

Sie zappelte, stieß mit den Hüften gegen meine Schenkel, rieb sich an mir und machte mich absichtlich wahnsinnig. So mutig. So dumm und mutig. »Du *hast* mir schon längst Narben zugefügt. Du kannst sie bloß nicht sehen.«

Ich vergaß zu atmen. Bilder ihrer Seele, in Fetzen gerissen durch das, was ich ihr angetan hatte, erschreckten mich.

Ich zwang die Gedanken beiseite und grunzte: »Nur damit das klar ist: Ich bin dein Meister und du bist meine … du bist *esclave*. Ich werde dir wehtun. Ich werde dich ficken, und wenn wir fertig sind, werde ich versuchen, dir das zu geben, was du brauchst. Ich werde versuchen, mit dir zu reden oder zu plaudern oder was immer du sonst von mir willst.« Ich seufzte schwer und spannte mich an, als die Dunkelheit mich überkam. »Aber ich kann dir nicht versprechen, dass es mir gelingt.« In dem Versuch, wenigstens halb menschlich zu klingen, fügte ich hinzu: »Willst du immer noch, dass ich das tue? Auch wenn du weißt, dass ich vielleicht nicht in der Lage sein werde, etwas anderes zu tun, als nur zu nehmen und zu nehmen? Bis du mir nichts mehr geben kannst? Bis ich dich komplett ausgewrungen habe?«

Sie nickte und biss sich auf die Unterlippe. Ihr Gesicht spannte sich vor Verlangen an. »*Oui, maître.*« Graublaue Augen, heiß, voller Sex und Sehnsucht. Sie ließ den Kopf sinken und blonde Locken verbargen ihr Gesicht. Dominante Erregung schoss durch meinen Körper.

Die Freiheit, die sie mir gewährte – zuzulassen, dass sich meine Dunkelheit mit der ihren vereinte –, war unbeschreiblich. Ich wollte sie am liebsten in meiner Umarmung erdrücken und sie nie wieder gehen lassen. Ich wollte sie so heftig ficken, dass sie in meinen Armen zusammenbrach. Ich wollte ihr die Stirn küssen und sie pflegen, bis sie wieder geheilt war, nachdem ich ihr wehgetan hatte. Ich wollte so viele Dinge. So viele Dinge, von denen ich niemals geglaubt hätte, dass ich sie bekommen würde.

Ich konnte nicht aufhören, sie anzustarren. Sie streckte sich und presste weiche, unzerbrechliche Lippen auf meine. »*Maître,* bestrafe mich. Ich habe es verdient, bestraft zu werden, weil ich mit einem anderen Mann gefickt habe, als ich von dir getrennt war.«

Was. Zur. Hölle?

Mein Körper hörte auf zu funktionieren. Meine Welt war ein Strudel der schwefeligen Hölle. Ich krallte die Finger um ihre Kehle. »Du *wagst* es, es zuzugeben? Bist du lebensmüde?« Ich drückte zu, bis wahre Angst in ihren Augen aufblitzte. Sie trieb mich an. Scheiße, sie trieb mich tatsächlich an. Die Angst, die Zerbrechlichkeit. Sie war ein zarter Vogel und ich hätte ihrem Dasein mit Leichtigkeit ein Ende bereiten können.

Entsetzen mischte sich in meine Wut und ich zwang meine Finger, sich zu entspannen. *Reiß dich zusammen!*

»Nicht lebensmüde, aber nicht weit davon entfernt, wenn du mich nicht bald berührst. Ich stehe auf Messers Schneide – ich brauche dich, Q.«

Meinen Namen aus ihrem Mund zu hören ließ die Sicherung endgültig durchbrennen, deren Explosion ich verzweifelt zu verhindern versucht hatte. Ich würde mich nicht länger zurückhalten. Keine Worte mehr verlieren.

Ich packte ihr Haar und zerrte sie zu der kristallenen Bar neben dem Billardtisch hinüber. Ich war nicht in der Stimmung für Spielchen. Ich war in der Stimmung für Alkohol und feucht zu werden.

Ich warf sie über die Bar und suhlte mich in ihrem Stöhnen, ihren Schreien, ihrem geilen Keuchen. »Es wird dir noch leidtun, dass du das gesagt hast, *esclave*. Du willst sehen, wie dunkel ich bin, wie weit ich gehe? Nun, das kannst du nicht. Nicht bis du mir beweist, dass du zu deinem Versprechen stehst. Nicht bis ich sicher bin, dass du stark genug bist.«

Ich schlang die Finger um ihren Nacken und drückte ihre Wange auf die kalte Granittheke.

Sie wand sich und presste den Hintern fest gegen mich. Gottverdammt, diese Frau.

»Macht dich das eifersüchtig? Willst du die Erinnerungen an ihn mit deinem Schwanz wegfegen? Weil ich nämlich will, dass du das tust. Ich brauche es. Q … bitte … Q.«

Heilige Scheiße, wer war dieses animalische Weib? Hatte ich sie geschaffen oder war sie schon immer so pervers gewesen? Meine Haut prickelte. Gefühle, die ich noch nie zuvor gespürt hatte, flammten in mir auf. Glücklich. Ich war wahrhaft grenzenlos glücklich.

Ich schüttelte sie heftig. »Ich bin *irrsinnig* eifersüchtig auf diesen Jungen. Ich war eifersüchtig auf Franco, weil er mit dir nach Australien zurückfliegen durfte. Ich war eifersüchtig auf Suzette, weil sie sich deine Freundschaft verdient hatte. Ich war sogar eifersüchtig auf mich selbst, als ich dich gefickt habe. Scheiße, ja, ich bin eifersüchtig. *Krankhaft* eifersüchtig.«

Ihre Mundwinkel zuckten. »Gut. Das macht mich glücklich.«

Ich schüttelte den Kopf, packte den Rücken ihres grauen Kleides – des Kleides, das ich ihr gekauft hatte – und zerriss ihn komplett. Sie erbebte beim lauten Ratschen des Stoffes. Ich öffnete das zerstörte Kleid und entblößte ihren Rücken, ihren Arsch und die Schenkel.

Meine Handfläche kribbelte und ich konnte mich nicht mehr zurückhalten. Ich schlug sie. Hart. Wahrscheinlich zu hart, aber sie stieß einen so lustvollen Schrei aus, dass mein Schwanz pulsierte und ich beinahe gekommen wäre.

Sofort erblühte ein knallroter Handabdruck auf ihrem weißen Fleisch.

Ich stöhnte, streichelte sie, wollte mehr. Ich verzehrte mich stets nach mehr.

Als ich plötzlich erstarrte und vor Verlangen, zu weit zu gehen, am ganzen Körper zitterte, blickte Tess über ihre Schulter. »Ein Klaps? Findest du wirklich, das ist alles, was ich verdient habe?«

Ich konnte mich nicht mehr zurückhalten. Ich schlug sie. So. Verdammt. Hart. Meine Handfläche stand in stechenden Flammen. Tränen traten in ihre Augen und ich rieb meinen Schwanz an ihrem Hintern. Nicht vergossener Samen pochte, drängte.

Weil ich irgendetwas mit meinen Händen tun musste, öffnete ich die Minibar unter uns und holte eine alte Flasche eiskalten Champagner heraus.

Ich riss die goldene Folie ab, ließ den Korken knallen und ein Schauer durchlief mich vor unterdrückter Lust. Ich konnte nicht mehr klar denken.

Tess beobachtete mich. Tränen glänzten auf ihren Wangen und Wimpern. Sie presste das Gesicht gehorsam auf die Theke und sagte kein Wort.

Der beißende Geruch des Alkohols breitete sich im Raum aus. Ich schenkte ihr ein angespanntes Lächeln, kippte den teuren Champagner über ihren Rücken und tränkte ihr Haar, bis sie unter den eiskalten Bläschen zitterte.

Tess stöhnte, rekelte sich, presste die Hüften gegen mich. Ich knurrte, trank die letzten Tropfen aus und rammte mich gegen ihren rot geprügelten Po. Kreisend, stoßend – ich wollte so vieles mit ihr tun, aber mein Drang zu kommen nahm mir völlig die Kontrolle.

Sie will sehen, wie dunkel es wirklich in mir ist, wie weit ich gehe. Wir konnten uns auf unsere gemeinsame Zukunft freuen, voller Sünde und Ausschweifungen. Ich würde sie lehren, was Dunkelheit wirklich bedeutete, und sie in meine Welt einführen.

Ein Rausch der Erregung schoss meine Beine hinauf bis in meinen Bauch. Eine Zukunft. Gemeinsam.

In meinem Kopf drehte sich alles und ich konnte mich auf keinen Gedanken mehr konzentrieren. Sie servierte mir alles so willentlich, auf einem Silbertablett aus Sex, und war gleichzeitig bereit, alles zu nehmen. Im Gegenzug schuldete ich ihr Vergeltung an ihren Entführern. Ich wollte ihr Leichen zu Füßen legen und beweisen, dass ich zwar ein Monster war, aber ich war *ihr* Monster.

Ein Monster, das sich bei allen, die ihr ein Leid antaten, in eine wilde Bestie verwandelte.

Ich beugte mich nach unten, zerriss den Tanga mit den Zähnen, fuhr mit gieriger Zunge über ihre Flanke und leckte ihre Rippen.

Im Gegensatz zu meinen eigenen waren ihre Rippen jungfräulich, ohne Tattoos. Es hatte vier Jahre gedauert, die Tätowierung zu vollenden. Je mehr Sklavinnen ich rettete, desto mehr neue Vögel fügte ich hinzu.

Die Tatsache, dass Tess sich selbst einen Vogel hatte tätowieren lassen, zeigte mir, wie tief sie bereits abgetaucht war. Wie sehr sie mich wollte. *Alles an mir.*

Der Geschmack des Champagners vernebelte mir das Hirn. Ich brauchte mehr.

Ich fiel auf die Knie, packte ihre Fußgelenke und spreizte ihr mit Gewalt die Beine. Sie rutschte aus und hielt sich an der Thekenplatte fest. »Q … Gott, ja.«

Ihre Stimme vibrierte in mir und mein Lustbarometer schoss durch die Decke. Ich richtete mich wieder auf und riss mir mit einer schnellen Bewegung die Krawatte ab. Ihre Augen weiteten sich. »Nein, kneble mich nicht. Ich werde still sein.«

Ich neigte den Kopf zur Seite und funkelte sie an. *»Obéis, esclave.«* Gehorche. Sie schloss die Augen, öffnete ganz leicht die Lippen und ließ zu, dass der Stoff sie knebelte. Ich führte die beiden Enden hinter ihren Kopf. Sie fühlten sich an wie Zügel. Sie ließ sich völlig kontrollieren, bereit für den Ritt des wilden Wahnsinns.

Ich verknotete die Krawatte und nahm meine Position zwischen ihren Beinen wieder ein. Ihre entblößte Fotze triefte vor Feuchtigkeit und Champagner. Es war der köstlichste Anblick, der sich mir jemals geboten hatte.

Stöhnend leckte ich die Bläschen ab und folgte ihnen über die Innenseite ihres Oberschenkels.

Sie bäumte sich auf und spreizte die Beine noch weiter.

Scheiße, sie schmeckte unglaublich. Weich und rauchig, mit einem Hauch von Orchideen und Frost.

Als ich ihren Kitzler mit der Zunge streifte, verkrampfte sie sich und stöhnte. Tränen quollen. Ich grub die Finger tief in ihre Oberschenkel und hielt sie ruhig. Mein Schwanz litt Qualen in der Enge der Hose. Ich sehnte mich danach, ihn in sie hineinzurammen.

Aber zuerst wollte ich sie lecken und in ihrem Geschmack ertrinken. Ohne Vorwarnung schlängelte sich meine Zunge in ihren Schlitz. Sie stieß einen Schrei aus, gedämpft durch den Knebel, und trieb mich an, noch härter zu lecken. Der beißende Geruch des Champagners löste sich in ihrer pudrigen Süße auf. Nektar nur für mich. Ein Aphrodisiakum, das mir den Verstand raubte.

Ich wollte sie beißen, brandmarken, vergewaltigen.

Ich verlor jedes Zeitgefühl, während ich ihr rosa Fleisch anbetete. Wen interessierte schon Zeit, wenn alles, was ich brauchte, direkt hier war? Ich wollte nie wieder essen, es sei denn, es schmeckte wie Tess.

Aber mein Schwanz weinte Lusttropfen, pulsierte vor Verlangen, meine Zunge zu lösen und sie zu ficken. Die Spielchen würden bis zum nächsten Mal warten müssen – sonst explodierte ich gleich vorzeitig wie ein verfluchter Schuljunge.

Ich richtete mich auf, keuchte heftig und wischte mir Tess' Saft vom Kinn. Ich fummelte hektisch an meinem Gürtel herum und riss die Augen auf, als ich spürte, wie die Brutalität die Kontrolle übernahm. Ich riss das Leder aus den Schlaufen und wiegte es in meiner Hand.

Mit lustschwerem Blick sah Tess mich über ihre Schulter hinweg an. Durch den Knebel stand ihr Mund offen, war seltsam verzerrt und ihre Wangen glühten rot vor Leidenschaft.

Ich faltete den Gürtel in der Mitte und nahm die Schnalle in die Hand. Ich klatschte ihn auf meine Handfläche und zuckte bei dem brennenden Schmerz zusammen. Aber ich liebte es, dass sie noch heftiger keuchte.

Ich hob eine Augenbraue. »Ist das Strafe genug dafür, dass du mit einem anderen gefickt hast?«

Einen Moment lang erwiderte sie nichts. Ich erwartete ein Nein. Ein Wimmern. Ein Flehen, sie gehen zu lassen. Aber stattdessen schüttelte sie mit grellblauem Glanz in den Augen kokettierend den Kopf. Sie schob das Kinn vor und bat mich durch ihre Körpersprache, den Knebel abzunehmen. Ich wollte es nicht, kam ihrer Bitte jedoch nach.

Nachdem ich ihn entfernt hatte, japste sie gierig nach Luft und ich legte die durchweichte Krawatte auf die Theke. Für eine Millisekunde sagte sie nichts und berauschte meine Sinne mit ihrem Keuchen. Dann blitzte dieser sexy, gefährliche Glanz wieder auf und sie fauchte: »Denk nicht mal dran, mich auszupeitschen, du Monster. Ich hab dir doch gesagt, dass ich das nicht will. Lass mich gehen.«

Oh. Mein. Gott. Verflucht. Noch. Mal. Gewalt. Wut. Köstlicher Wahn.

Ich schloss die Augen und die Bestie erwachte rasend zum Leben. »Verdammt, *esclave*. Ich habe dich doch gewarnt, dass du mich nicht in Versuchung führen sollst.«

Ich schloss die Hände um das Leder und spannte es straff. Diese perfekte Frau würde gleich die Peitschenhiebe ihres Lebens erhalten. Und dann würde ich sie ficken. Brutal.

Sie ließ mich undenkbare Dinge mit ihr tun. Sie gab mir alles, was ich brauchte – und mehr. Sie nährte den Mann und die Bestie und sie würde nie wieder frei sein. Sie war in meinem Käfig gefangen und ich würde die Tür nie wieder öffnen. Sie war der Schlüssel. Der Schlüssel zu meinem Glück.

Ich tätschelte ihren Hintern und hob die Hand. In diesem Moment der Erwartung zitterten wir beide unkontrolliert.

Ich schlug zu.

Der Gürtel pfiff durch die Luft und landete mit einem lauten Knall auf ihrer champagnernassen Haut.

Sie stöhnte, biss sich auf die Lippe und kniff die Augen fest zusammen.

Meine Hüften bewegten sich aus eigenem Antrieb und fickten die Luft, während ich immer wieder zuschlug, aber nie auf dieselbe Stelle. Ich dekorierte ihren Arsch mit roten Streifen. Ich bekam nicht mehr genügend Sauerstoff und mein Brustkorb hob und senkte sich mit jedem Hieb.

Ich verlor die Kontrolle und schlug zu fest zu – ein kleines Blutrinnsal quoll hervor. Sie jaulte auf und wackelte mit dem Hintern, aber ich hielt sie fest. »Ich bin noch nicht fertig mit dir, Tess. Zehn Schläge dafür, dass du geflohen bist. Zehn Schläge dafür, dass du weggegangen bist. Und zehn Schläge dafür, dass du in die Höhle des Monsters zurückgekehrt bist, obwohl es dich freiwillig hat gehen lassen.« Ich erkannte meine eigene Stimme kaum wieder, unendlich schwer vor Verlangen.

»Zu viele. So viele ertrage ich nicht.« Tränen strömten und ihr Gesicht war schmerzverzerrt.

»Du wolltest die Dunkelheit. Ich gebe dir die Dunkelheit.«

Und das tat ich auch.

30 Schläge Dunkelheit.

30 Hiebe köstlicher Verführung, die mein Leben in kosmischem Glanz erstrahlen ließen und nicht mit der

Schwärze zu vergleichen waren, in der ich sonst mein Dasein fristete.

Tess schrie und schluchzte, aber darin tobte ein Strudel der sexuellen Begierde. Ihr Saft tropfte an ihrem Schenkel hinunter, dicker, cremiger als der Champagner. Sie mochte es vielleicht hassen, aber sie liebte es auch.

Als der letzte Lederkuss auf ihren perfekten Arsch klatschte, ließ ich den Gürtel fallen, öffnete in derselben Sekunde meinen Reißverschluss, zog die Hose nach unten und holte meinen pochenden Schwanz heraus. »Beine spreizen«, befahl ich, drückte auf ihren unteren Rücken und formte sie nach meinem Willen.

Sie gehorchte und wimmerte, als mein Kaschmirjackett ihre wunde Haut streifte.

Dann hörte sie auf zu weinen.

Ich tauchte tief in sie ein, mit solcher Wucht, dass ihre Füße vom Boden abhoben und sie über die champagnernasse Theke rutschte. »O fuck, ja«, grunzte ich.

Sie bog den Rücken durch und ein freudiger Schrei entwich ihrer Kehle. Ich schlang einen Arm um ihre nackten Brüste und richtete sie auf. Meine Hüften bohrten sich in ihre und ich versuchte, jeden Zentimeter von ihr in Besitz zu nehmen. Mein Schwanz war hungrig, verzweifelt und pulsierte vor Verlangen, sie komplett auszufüllen.

Sie ist so eng, so feucht.

Ich glitt in sie hinein und hinaus und rammte mich immer wieder so heftig in sie, dass meine Eier gegen ihre Haut klatschten.

»O Gott, wie ich das vermisst habe«, schrie sie. »Ich habe dich vermisst. Die Schmerzen vermisst.«

»Halt's Maul und nimm es, *esclave.*« Ich stieß tiefer, verdrehte ihren Nippel, biss ihr in den Hals. Mein Kiefer bebte und gierte nach Blut. Ich war ganz wild nach ihrem Blut. Es war die beste Droge. Das Lebenselixier der Bestie in mir.

Ihr heißes, gepeitschtes Fleisch verbrannte meinen Unterleib. Ich konnte an nichts anderes denken, als sie zu ficken. Ich verlor die Kontrolle. Ich stellte mich breiter hin, krallte die Finger in ihre Hüften und gab mich der Dunkelheit hin.

»Nimm mich, Tess.«

»Das habe ich schon, *Maître.*«

Ich hämmerte in sie und es war mir egal, dass ihre Hüftknochen gegen den harten Granit prallten und ihre Knie auf der Theke aufgeschürft wurden. Alles, worauf ich mich konzentrierte, war mein Vergnügen.

Sie kreischte, stieß zurück und drängte mich, sie härter zu nehmen, *härter.*

Ich konnte nicht mehr atmen – der brennende Samen der Lust erstickte meinen Schwanz und drängte darauf, sich in diese unglaubliche Sklavin zu ergießen. In diese Frau, die meine Welt auf den Kopf gestellt hatte. Diese Frau … der Schlüssel zu meinem Untergang.

Ich knurrte wie ein wildes Biest und gab mich völlig der Ekstase hin. Meine Erregung explodierte in einer Druckwelle von meinen Schenkeln durch meine Hoden und bis in meinem Schwanz. Ich fickte sie wie ein Monster, das nur noch wenige Sekunden zu leben hatte, füllte sie mit meinem Sperma, markierte sie und sorgte dafür, dass sie wusste, wer ihr Meister war.

In dem Moment, als ich mich in ihr ergoss, krampfte sie sich um mich zusammen. »Fuck, ja, Q. O Gott. Gib es mir. Ich will dich. Ich will dich ganz.« Sie kam und kam, grapschte, melkte mich und geiferte nach jedem Tropfen, den ich zu geben hatte.

Ich wurde von Krämpfen geschüttelt, als unerträgliche Intensität heißes Vergnügen ersetzte, aber ich konnte einfach nicht aufhören, mich in sie zu stoßen. Ich wollte ihre heiße, dunkle Feuchtigkeit nie mehr verlassen. Hier gehörte ich hin.

Sie wurde schlaff und schnaufte wie eine gequälte Drossel. Meine Beine wurden ganz weich und wackelig. Ich zog sie in meine Arme und sank mit ihr zu Boden, unsere Körper ein klebriger Knoten aus Schweiß und Champagner.

Sie lachte, als ich sie auf meinen Bauch legte, um ihren nackten Körper vor den kalten Fliesen zu schützen. Obwohl völlig ausgelaugt, wurde mein Schwanz nicht schlaff und mit jeder Bewegung schoss neues Leben durch ihn hindurch.

Würde ich jemals genug von ihr kriegen? Würde ich ihr jemals zeigen, wie dunkel es wirklich in mir aussah?

Sie machte Anstalten, sich von mir zu lösen, aber ich schlang die Arme noch enger um sie. »Wo willst du hin?«

»Ich will dich nicht zerquetschen.« Sie wackelte mit dem Hintern und wohlige Funken jagten durch meine Eier. Nachdem ich sie einen ganzen Monat lang nicht gehabt hatte, würde sie mir nicht so leicht davonkommen.

Ich gab ihr einen sanften Klaps auf den Bauch. Ich wusste, dass ihr Po dank der Bestrafung durch den Gürtel erst einmal genug hatte. »Glaubst du, ich bin mit dir fertig, *esclave?*« Ich streichelte mit der Nase ihr Ohr und leckte es zärtlich. »Ich fange gerade erst an.«

DANKSAGUNGEN

Das hier wird eine Mini-Novelle, also lehnt euch zurück, während ich mich bei allen bedanke.

Zuallererst möchte ich meinem Mann danken, der mich ertragen hat, als ich 14 Stunden am Tag an diesem Buch gearbeitet habe und er von mir nur noch »Q dies« und »Q das« zu hören gekriegt hat – nichts als Q, Q und noch mal Q. Er ist definitiv ein Heiliger.

Als Nächstes danke ich den unglaublichen Vorab-Lesern, die sich *Tears of Tess* in all seiner orthografisch inkorrekten Herrlichkeit zu Gemüte geführt haben. Skye Callahan – du warst die Allererste und, bei Gott, es tut mir wirklich leid, dass ich dir das angetan habe. Ich kann mir nicht vorstellen, ohne dich auf meiner FB-Seite zu schreiben.

Ing von As The Pages Turn, Chelle Bliss, Monica Robinson, Blakely Bennett, Kyra Lennon, Kelley Lynn und Suzi Retzlaff. Tausend Dank für eure Vorschläge und dafür, dass ihr mich immer ermutigt und meine endlosen »Ich bin so Scheiße«-Momente ertragen habt.

Ein riesiges Dankeschön an Ari von Cover it! Designs. Ich könnte mir kein anderes Cover für *Tears of Tess* vorstellen und bin total vernarrt in Qs Cover! <3 Ich liebe unsere Unterhaltungen über die Welt der Bücher um zwei Uhr morgens.

Ich möchte mich auch bei meinen wundervollen Lektoren bedanken – T. J. Loveless, Lindsey und Robin: Ihr habt tolle Arbeit geleistet. Hoffentlich haben wir alle versteckten Fehler erwischt.

Dieses Buch hätte niemals so viel Aufmerksamkeit erregt ohne all die unglaublich grandiosen Blogger. In keiner bestimmten Reihenfolge: Dank an Aestas Book Blogger,

Helenas Book Obsession, Breezy Books, Totally Booked, Hopeless Romantic, Dirty Books, House of Vetti, Read More Sleep Less, As The Pages Turn, Must Read Books, Swooning Over Books, Hook Me Up Book Blog, Jacqueline Reads, all die Kritiken bei AMAZING ARC: Alaina, Nishat, Nadie, Ing, Surjit, Tiffany, Susan, Amber, Tamara, Donna, Haloangel Reads, ItsyBitsy Book Blog, Stacey, Patricia, Kristina, Jennifer, Mara und all die anderen phänomenalen Blogger, die geholfen haben, dieses Buch bekannter zu machen. Ich kann euch gar nicht genug danken, aber ich sende euch tausend Küsse.

Danke auch an die unfassbaren Ladys, die eine Promo für *Tears of Tess* organisiert haben; Ing von As The Pages Turn: Deine Großzügigkeit und deine Unterstützung sind unbezahlbar. Giselle von Xpresso Book Tours: Ich bin so, so glücklich, dass du dich um die unfassbare Anzahl von Bloggern gekümmert hast, die sich gemeldet haben. Und Laurynne von CBL Book Tour: Du bist brillant und ich danke dir so sehr für all deine harte Arbeit.

Vielen Dank auch an Jenny von Totally Booked, die all meine Fragen zur Verwendung von Songtexten in Büchern beantwortet hat (anscheinend geht das nicht so einfach, deshalb hab ich die Musikerin in mir heraufbeschworen und es einfach selbst erledigt. Aber schaut euch doch bitte auch die Playlist mit den Songs an, die mich inspiriert haben).

Und last but not least danke ich Black Firefly, die sich um alles rund um die Veröffentlichung meines Babys gekümmert haben. Ihr wart wahre Lebensretter.

Wird fortgesetzt …

EIN PAAR SONGS, DIE ALS INSPIRATION FÜR TEARS OF TESS DIENTEN

Demons von Imagine Dragons
Bring Me Back To Life von Evanescence
Arms von Christina Perri
Dark Paradise von Lana Del Rey
Undisclosed Desires von Muse
The Animal von Disturbed
E. T. von Katy Perry
Halo von Depeche Mode
Higher Level von Beseech
My Immortal von Evanescence
Tainted Love
Familiar Taste of Poison von Halestorm
Gravity von Sara Bareilles
Closer von Nine Inch Nails
Stay With Me von Danity Kane
So Far Down von Three Doors Down
SOS von Rihanna

pepperwinters.com

PEPPER WINTERS stammt aus Neuseeland und ist eine der erfolgreichsten Autorinnen der Dark Romance. Sie schreibt finstere, brutale Liebesgeschichten, in denen die Heldin viel Leid durchlebt. Oh, und Sex … Ihre Bücher sind voller Sex.
Verrucht, heiß, ergreifend. Jedes Buch von Pepper Winters ist eine gewaltige Reise voller Schmerz und Leidenschaft.

Infos, Leseproben & eBooks: www.Festa-Verlag.de